KB086020

RAINBOW CITY

Rainbow

RAINBOW CITY

채팔이
장편소설

2

{ 차례 }

{ 레인보우 시티 }

STONE WALL

Stone Wall

#4

백록담에서 터져 나온 용암이 한라산을 타고 흐른다.

굼실거리며 산을 녹여 내리는 검붉은 용암은 아담의 피와도 비슷한 색을 띠고 있었다. 휴화산이 결국 활동을 시작한 건가? 지나치게 뜨거운 열기에 온몸이 삽시간에 증발할 것만 같았다.

석화는 코앞에서 흘러내려 오는 용암을 봤지만 도망칠 생각도 하지 못했다. 두 다리가 돌처럼 굳어버려 꼼짝도 할 수가 없었다.

더워, 뜨거워.

몸의 모든 곳이 지글지글 들끓고 있었다. 열기에 고막도 부어 땡땡하게 올라붙은 듯했고, 웅성거리는 사람들의 목소리는 간헐적으로 들려왔다.

'열이 45도까지 치솟았습니다. 이대로라면 정신을 차린다고 해도⋯⋯.'

'혈액은? 변이는?'

너무 더워 몸을 뒤척이려 했지만 표본이 된 곤충처럼 미동조차 하지 못했다. 그러다 차가운 무언가가 손에 닿았다. 시원한 두 손이 제 손을 맞잡아주었다. 석화는 분출하는 화산을 바라보며 간신히 입을 떼어냈다.

……더워요. 탈 것 같아.

'격리실로 옮기고 얼음 준비해.'

누군가의 목소리가 들렸다가 점차 멀어졌다. 지진이라도 이는 듯한 감각에 석화는 헛구역질을 쏟아냈다.

괴로워, 차라리 잠들고 싶어.

그럴수록 열에 들끓는 몸의 모든 세포가 일깨워지듯 신체의 고통은 선명해졌다. 등에 닿는 시린 감각에 석화는 두 손을 허공에 내저었다. 그러나 실제로 손을 허우적거리지는 못했을 것이다. 시체를 눕혀두는 스테인리스 염습대의 냉기는 금세 석화의 열로 달궈졌다.

나 안 죽었어요. 나 여기 살아 있어요.

눈을 감고 있어도 빛이 사라지는 게 느껴졌다. 차갑고 좁은 냉동고 안으로 몸이 넣어지고 있었다.

'이 빌어먹을 새끼들! 지금 뭐 하는 거야!'

'체온을 낮춰야 합니다.'

'얼려 죽일 셈이야? 얼음이나 더 가져와!'

익숙한 목소리가 고함을 내질렀다. 달뜬 숨을 내뱉으니 어느덧 화산은 사라져 있었다. 숙인 고개 밑으로 하얀 눈만 듬뿍 쌓여 있었다.

한 걸음 내딛으며 걸으니 발자국이 닿았던 곳은 눈이 녹아 물로 흥건해졌다. 석화는 흑백의 뽀얀 눈길을 걷고 걸어서 세화해변 근처에 있는 자신의 집에 도착했다.

엄마, 저 왔어요. 오늘 눈이 왔어요. 3년 만에 내린 눈이래요. 시원해서 기분이 좋아요.

내려다본 제 손은 제주도 특산물인 고사리같이 작고 얇았다.

'……전에도 말했지만 오 선배는 우리와 달라요. 그리고 우리의 생각도 달라진 것뿐이죠. 내 아이를 실험대에 올릴 수는 없어요. 어차피 후계자로 삼을 수도 없는 하자품이라면서요.'

'나이가 찼는데도 아직도 보내지 않는 이유가 뭐겠어. 네가 숨기는 것을 내가 모를 줄 알아? 지능이 부족하다고? 그거야 학습센터로 가게 되면 알겠지. 사용할 구석이 있다면 철저하게 사용해야지.'

'레인보우 시티를 위해서요?'

'……'

'정말로 알 것 같아요. 곽 선배와 강 선배가 왜 그런 선택을 했는지 너무 잘 알겠어요. 나는 내 아이에게 절대 희생을 강요하지 않을 거예요. 레인보우 시티? 그게 얼마나 대단하다고 희생을 해야 하나요.'

'이진연, 반군 사상으로 처형하지 않는 것을 다행으로 알아. 영상 종료해.'

석화는 집 안으로 들어가지 못하고 대청마루에서 멍하니 서 있었다. 다른 사람과 이야기를 하고 있을 때는 방해해서는 안 된다고 배웠다.

한참을 그러고 있었더니 발밑에 축축한 물이 고였다. 석화는 바닥에 쭈그리고 앉아 마루에 모아둔 돌을 데굴데굴 굴렸다. 그 소리에 석화의 엄마가 문을 열었다. 그녀의 어깨 너머 방 안에는 그간 보지 못했던 노트북이 놓여 있었다.

이진연은 다 젖은 석화의 꼴을 보고는 걱정스레 다가왔다.

'화야, 너 또 맨발로 다녔어?'

'눈 왔어요.'

'그러네.'

'3년 만에 내린 눈이래요.'

석화는 멍한 시선으로 아직도 내리는 흑백의 눈을 바라봤다.

고작 여덟 살인 석화는 이 근처 사는 사람들에게 불쌍한 아이가 되어 있었다. 추운 겨울에 맨발로 돌아다니면서 돌이나 줍고 있으니, 지능이 부족하다 느낄 수밖에 없었다. 이진연은 아이의 발을 수건으로 닦아주면서 중얼거렸다.

'학교에 가고 싶니?'

'……안 가도 돼요.'

석화는 학습센터에 가는 일을 어머니가 원치 않는다는 것을 직감적으로 알았다. 마찬가지로 그 마음을 아는 이진연도 부드럽게 미소 지었다. 이 조그만 아이는 남의 마음을 헤아릴 줄도 알았다.

'학습센터에 가면 널 못마땅하게 생각하는 아이들이 많을 거야. 아버지 없는 아이라고 손가락질을 할 수도 있어.'

'아버지가 없다고 왜 손가락질을 해요. 그건 이상한 거예요.'

'우리 석화는 아버지가 궁금하지 않아?'

'돌아가셨어요. 궁금해도 어쩔 수 없어요.'

석화는 조금 시무룩하게 대답했다. 그러더니 제가 모은 돌 중에 가장 매끄럽고 예쁜 것을 어머니에게 내밀었다. 상냥하게 웃은 어머니는 석화의 두 뺨을 앙상한 손으로 감쌌다. 귀까지 감싸여 있어 어머니의 목소리가 물속에 잠긴 듯이 들려왔다.

그녀는 느릿하지만 온화한 미소를 걸쳤다.

'신은 인간을 창조했지. 아담은 인간이 창조했고. 그로 인해 인간은 에덴동산에서 쫓겨났단다.'

석화는 어머니의 다정한 손길에 제 뺨을 비볐다.

'에덴동산에서 갈라져 나온 강물은 비손, 기혼, 티그리스, 유프라테스였고 그들은 땅을 비옥하게 만들었지. 아니, 비옥하게 만들고 싶어 했지만……. 석화야. 그 누가 뭐라 하든 너는 실패작이 아니야. 유프라테스가 낳은 완벽한 아이지.'

'날 낳은 사람은 엄마예요. 엄마 이름은 이진연.'

'그래, 우리 똑똑한 석화. 지금은 아니지만 한때는 유프라테스이기도 했단다. 비손과 기혼의 두 아이는 어떨지 모르겠구나. 티그리스도……. 한곳에서 파생되어 나왔지만 네 개로 갈라진 강물은 결코 하나가 될 수 없음을 몰랐지.'

알 수 없는 말을 석화는 귀담아듣지 않았다.

'아담에게는 이브가 필요해. 그러나 우리는 실패했고, 또 사상을 달리했지.'

'아담은 무서운 거라고 했어요.'

'사람도 무섭단다. 너에게 아담은 두려운 존재가 아니야. 사람을 조심하렴. 내일부터는 학습센터에 가자꾸나.'

어머니의 앙상한 손이 가루가 되어 눈바람처럼 날리고, 몸에 열이 다시 한번 올랐다. 장소는 곧 여의도 쉘터로 뒤바뀌었고, 연구복을 입은 오양석 박사가 뒤를 돌아보며 웃었다.

'어서 오게나. 참으로 이 박사를 많이 닮았군.'

깜빡, 석화는 눈꺼풀을 털어냈다. 이 박사? 그게 누구지? 잠시 그런 의문이 들었지만 입 밖으로 내뱉지는 않았다. 낯선 연구소에서 석화는 주어진 일만 할뿐이었다. 다만 치료제에 몰두하는 오양석과 뜻을 같이해 석화도 연구를 거듭했다.

'석 박사, 내 할 말이 있다네.'

어느 날 밤, 오양석의 자택에서 연구실로 전화가 걸려왔다. 오양석의 목소리는 희열에 차 있었다.

'말씀하세요.'

'석 박사가 말했던 것 있지 않나. 거기에 희망이 있을 것 같아. 전화로는 설명이 어려우니 내일 당장 연구소로 돌아가겠네.'

석화는 속으로만 의문을 띠고는 알았다며 전화를 끊었다. 그리고 그날 새벽, 누군가가 자신의 방문을 급히 두드렸다. 잘 움직여지지 않는 몸을 이끌고 밖으로 나갔더니 침통한 얼굴을 한 군인이 서 있었다.

'박사님, 너무 놀라지 마십시오.'

'⋯⋯무슨 일입니까?'

'박사님의 어머니께서 돌아가셨다는 급한 연락이 왔습니다.'

석화는 문고리를 잡은 채로 멍한 눈을 들었다.

'⋯⋯뭐라고요?'

'집 안에서 쓰러지신 것을 이웃 주민이 발견했고, 제주도 병원센터로 이송됐지만 이미 숨이 끊긴 뒤였습니다. 제주도로 내려가 보시겠습니까?'

'⋯⋯'

'박사님?'

군인이 놀란 얼굴을 했다. 석화의 얼굴이 울상으로 일그러져 있었다. 믿고 싶지 않은 부고에 가슴이 수십 개의 칼로 난자당하는 것 같았다. 익사 직전의 사람처럼 잘 쉬어지지 않는 숨을 뻐끔거렸다.

'박사님, 괜찮으십니까?'

'제주도로⋯⋯ 가야겠어요.'

휘청거리는 몸을 군인이 부축했지만 석화는 스스로의 힘으로 간신히 섰다.

세상의 오롯한 제 편은 이제 단 한 명도 남지 않았다. 그리고 제가 오롯이 편을 들 수 있는 대상도 사라진 것이다. 석화의 세상에 마음 둘 곳은 오직 어머니뿐이었다. 그 상실감은 모든 것을 무기력하게 만들기 충분했다.

'외로워.'

소리 냈더니 정말 더 외로워졌다.

◆ ◆ ◆

"······워."

석화의 곁을 떠나지 못하고 지키던 곽수환이 놀라 바짝 다가갔다. 방금 분명 뭐라고 말을 한 것 같은데······.

"대장, 위험합니다."

격리실 문을 지키고 선 차 중령이 목소리를 키웠다.

"입 다물어."

바이올렛구역으로 석화를 다시 데려왔지만, 아담에게 물렸으니 즉결처분을 해야 한다는 의무원의 충고를 무시했다.

그때부터 차 중령의 걱정이 이만저만이 아니었다. 아담으로 변한다고 해서 곽수환이 석화의 공격에 다칠 일은 없겠으나, 자신의 상사가 평소와는 다른 행보를 보였기 때문이었다. 아직 석화가 아담으로 변이한 것은 아니니 지켜보는 게 옳을 테지만······.

"그렇게 다가갔다가 물리면······."

"지금 네 눈에는 석 박사가 아담으로 보여?"

"그건 아닙니다. 변이가 늦을 수도 있으니 염려하는 것뿐입니다."

"나가 있어."

차 중령은 뭐라 한마디를 더 보탤까 하다 포기했다. 곽수환의 험악한 분위기 때문에 이도저도 못하고 격리실을 나갈 수밖에 없었다.

곽수환은 온몸이 포박된 석화를 내려다보면서 긴 한숨을 내쉬었다.

과천 쉘터 방역소로 행방불명됐던 군인 몇 명이 돌아왔다. 다들 멍한 구석은 있었으나 말은 잘 통했기에 오랜 굶주림 때문이라고 방역소는 결론 내렸다. 다만 에덴동산에서 탈출한 것으로 짐작되는 군인들이었기에 곽수환을 호출한 것이었다.

몇 놈은 문제가 없어 쉘터로 진입을 한 뒤였으며, 단 한 놈만 같은 말을 반복하는 증세를 보였다. 감시카메라로 상황을 지켜보던 곽수환은, 방역소 놈들이 일을 허술하게 처리했다는 것을 곧 알아차렸다. 놈은 마치 오양석 자택에서 마주했던 오청운과도 비슷해 보였다.

망설이지 않고 방역소로 쳐들어가 놈의 숨통을 끊어내려 했으나 놈이 변이한 것이 더 빨랐다. 미처 대비하지 못한 군인들과 의무원들이 아담에 감염됐고, 방역소는 순식간에 아수라장으로 변했다.

◆ ◆ ◆

"양 소령, 방역소 내부부터 정리해."

"야! 너는?"

양상훈이 전투태세를 갖추며 방역소 감시실의 문을 확 열어 젖혔다.

"씨발! 위로 진입시킨 놈들 있다며!"

방역소를 양상훈에게 맡긴 곽수환은 곧장 석화에게로 달려 갔다.

잠을 자고 있을 텐데, 아니 그것보다 수갑을 채워놨기에 운신도 자유롭지 못할 석화였다. 아니나 다를까, 취조실 복도도 아담으로 변이한 놈들과 그걸 막으려는 군인들의 싸움으로 엉망이었다.

곽수환은 제게 덤벼드는 놈들을 전부 벽에다 처박아 머리통을 부수고 취조실로 달려갔다. 석화가 있던 방 앞의 깨진 전구를 보자마자 피가 얼음장처럼 식어나갔다. 그와 반대로 가죽 장갑을 끼고 있는 손에는 땀이 흥건했다.

깨진 전구까지 밟으며 재빨리 문을 차니 발버둥치는 석화가 보였다. 아담에게 짓눌린 앙상한 몸이 위태로웠다. 젠장! 이를 따닥거리며 석화를 공격하는 놈을 떼어냈다. 순식간에 머리통을 박살내고 나서야 차갑게 식어 내린 한숨을 돌렸다. 괜찮냐고 물으려 했지만 목소리는 좀체 나오지 않았고, 석화는 고개만 숙이고 있었다.

어둠에 좀먹히는 석화에게 다가가는 발걸음이 어째서인지 지나치게 무거웠다. 한번도 그랬던 적이 없던 몸인데 중력이 엄청난 세기로 저를 잡아당기는 것만 같았다. 양어깨를 잡고 일으키니 잇자국을 따라 파인 손목의 살점이 드러났다.

석화의 흔들리는 시선이 곽수환에게 닿았다.

곽수환은 뭐라 형용할 수 없는 무기력함을 느끼며 오래전 보내버린 부모님과 동생을 떠올렸다. 안 된다. 또다시 반복할 수는 없어. 절망스러움에 석화의 어깨를 더 거세게 쥐었다.

……살고 싶어요.

석화가 그렇게 말했다.

그는 잇새로 터져 나오는 자신에 대한 욕을 삼키고, 셔츠를 찢어내 석화의 팔뚝에 꽉 묶었다. 이것으로 감염을 막을 수 있을 거라 생각하지 않았지만 눈에 보이는 게 없었다. 석 박사가, 석화가, 아담이 된다는 건 상상조차 되지 않았다.

짓궂은 장난으로 선물한 돌을 소중하게 감싸고 있는 엉뚱한 박사가, 기운이 없어 덥석 잘도 업히던 석화가 사람이 아닌 게 되어버린다.

곽수환은 누군가가 제 숨통을 꽉 틀어쥐는 기분을 맛봤다. 석화를 안고 달리면서 길을 막는 아담을 총으로 갈겼다. 저는 손쉽게 죽일 수 있는 놈들이라 두렵지 않았지만 석화는 아니었을 거다.

"아담 키트 가져와!"

곽수환은 의무실 침대에 석화를 내려두고는 고함을 내질렀다.

"무, 물렀습니까?"

"입 닥치고 키트나 가져와!"

의무실장이 다급하게 서랍을 열어 아담 키트를 꺼내왔다.

곽수환은 키트를 감싼 덮개를 벗겨내고 석화의 손목을 타고 흐르는 피를 묻혔다. 그러고는 손에 잡히는 붕대로 석화의 손목을 강하게 압박해 감쌌다.

20초, 20초면 충분하다.

곽수환은 기절한 채 숨을 색색거리는 석화를 끌어안았다. 빌어먹게도 기나긴 20초를 기다리며 벽시계를 올려다봤다. 두려움에 질린 의무실장은 석화를 피해 문을 열고 밖으로 나가려 했다.

나가지 마!

곽수환이 다급히 외쳤지만 이미 늦은 뒤였다. 문을 열자마자 아담이 덤벼들었고, 의무실장의 목에서 피가 튀었다. 여의도와 다르게 열악한 환경인 데다 낮은 클래스 군인들이 포진한 과천 쉘터는, 온갖 절규가 난무하는 지옥의 한구석처럼 변했다.

20초가 지나도 키트는 아무런 반응이 없었다. 곽수환은 테이블을 뒤집어 콰직, 발로 차서 다리를 꺾어 떼어냈다. 뒤에서 덤벼드는 아담의 아가리에 테이블 다리를 꽂고 석화를 고쳐 안았다.

새로운 키트를 찾아서 제복 안쪽에 넣고, 변이된 의무실장의 머리를 으깼다. 하얗게 질린 석화의 얼굴을 확인했다. 제 목을 물어뜯으려고 이를 다닥거리지도 않았으며, 약하게 앓는 신음 소리만 흘러나왔다. 아담으로 변할 거였으면 이미 충분히 감염이 되고도 남았을 시간이었다. 곽수환은 혹시나 싶은 생각을 했다. 물렸어도 혈액이 침투하지는 않았을 거라고. 다시 석화의 피를 묻혀 키트를 확인했을 때였다.

양성 반응.

아니, 그럴 리가 없다. 아무래도 키트에 문제가 있는 게 틀림없었다. 곽수환은 키트를 집어 던지고 석화의 이마를 손으로 쓸었다. 열이 엄청났다.

과천 쉘터에 그대로 둘 수가 없기에 그는 아수라장을 헤치며 바이올렛구역으로 향했다. 지프 조수석에 벨트를 채워 눕힌 석화를 연방 확인했다. 사납게 차를 모는 동안에도 석화가 정신을 차리는 일은 없었다. 제 관리하에 있는 쉘터에 도착하자마자 곧장 격리실로 향했다.

멍청한 새끼들이 석화를 시체보관소에 처넣으려는 것을 막고, 얼음을 퍼부어 엄청나게 들끓는 석화의 열을 식혀나갔다. 그러나 재차 확인한 키트는 여전히 양성 반응. 정말로 아담에게 물린 것이다. 곽수환은 제 눈으로 보고도 믿기지가 않아 그 키트를 분질러버렸다.

그는 차 중령을 제외한 모든 군인과 의무진들을 격리실에서 물리고, 계속해서 석화를 지켜봤다. 그게 벌써 만 하루가 넘었다. 과천 쉘터는 양상훈의 주도로 정리가 완료됐고, 아담으로 변이한 군인들이 어떻게 다시 복귀를 하게 됐는지 역학조사에 들어간 상태였다. 또한 석화가 아담에게 물린 사실은 극비였다.

곽수환은 때때마다 키트로 석화의 혈액을 확인했는데, 벌써 20개를 더 넘게 썼다. 여전히 전부 양성 반응을 보였다. 처음에는 키트에 문제가 있는 게 아닐까 믿었지만, 스무 개 전부 불량품일 확률은 극히 적었다.

젠장, 변하지 마. 석 박사……. 곽수환은 석화의 뜨거운 두 손을 붙잡았다.

……시원해요. 곽 소령님.

마치 석화가 그런 말을 꺼낸 것만 같았다. 곽수환이 퍼뜩 고개를 들어 석화를 쳐다봤다. 피부는 여전히 사람의 그것이었지만, 지나치게 하앴다. 이렇게 뜨거운 몸을 하고서 눈 같은 살갗을 가진 석화가 아담일 리가 없다.

의무실장은 열이 45도까지 치솟았기에 뇌에 문제가 생길 수도 있다고 했다. 어쩌면 시각과 청각에 이상이 생길 수도 있다고 덧붙였다. 치료제……. 곽수환의 입에서 허탈한 웃음이 새어 나왔다. 석화가 그렇게 치료제를 만들고 싶다고 말을 했을 때는 무시했다. 왜? 저에게 치료제는 지금 당장 필요한 물건이 아니었기 때문이었다. 그러나 치료제가 있었다면 석화가 이렇게 누워 있을 일도 없었을 거다.

석화가 아담으로 변한다고 해도 한주먹거리도 안 되겠지. 그래도 저 가는 목과 동그랗고 예쁜 머리를 박살낼 수는 없을 것 같았다. 괴롭게 바라보고 있다가 곽수환은 일말의 희망을 갖고 다시 키트를 들었다. 바보처럼 진실을 부정하는 꽉 막힌 머저리가 된 듯했다. 그래도 엄지에 바늘을 찔러 넣어 키트에 피를 흡수시켰다. 20초의 시간이 또다시 길고도 길다.

음성.

곽수환은 키트를 확 들고는 제 눈을 의심했다. 서둘러 또다시 새로운 키트를 들어서 석화의 피를 묻혔다. 총 다섯 개의 키트가 전부 음성 결과를 내보였다. 바닥에는 그가 내던졌던 키트가 음성과 양성으로 두서없이 섞여 있었다.

"……아파요."

뒤에서 들린 석화의 목소리에 곽수환이 놀라 손을 꽉 붙들었다. 석화는 슬며시 눈을 뜨고는 천장만 바라보고 있었다.

"정신이 들어?"

멍한 동공을 둘러싼 흰자는 다행히도 맑았다.

앞이 흐릿한지 미묘하게 미간을 구겼다가 약한 숨을 내쉬었다. 곽수환이 미지근한 물을 입가에 흘려줬지만, 석화는 삼키지 못하고 그대로 기침을 토해냈다. 그는 석화의 마른 등을 손으로 끌어안고 제가 입에 물을 머금었다. 입으로 직접 옮겨주려고 하자 석화가 고개를 돌렸다.

"……물렸어요."

곽수환이 입안의 물을 삼키고는 한숨을 내쉬며 대답했다.

"괜찮아. 다행히 혈액이 침투하지는 못했나 봐. 음성이야."

그는 진심 반, 거짓말 반을 전했다. 그런데도 석화의 멍한 눈에 이채가 돌아오는 일은 없었다.

"……너무 더워요. 온몸이 탈 것 같아. 그런데도 추워요."

중구난방으로 말을 내뱉는 석화는 열에 들뜬 눈으로 허공을 덧그렸다.

"머리가…… 너무 아파. 깨질 것 같아. 눈이 내려요. 소령님……."

석화는 고통스러움에 몸을 뒤척이며 얇고 긴 환자복을 끌어올렸다. 열을 식히고자 전라에 긴 상의만 걸쳐놓은 꼴이라 전신이 고스란히 드러났다. 곽수환은 통에 담긴 얼음을 쥐어 석화의 겨드랑이에 끼웠다. 석화가 몸을 부르르 떨면서 웅얼거렸다.

"추워요. 소령님……."

"열을 식혀야 해서 그래."

혼탁하던 동공이 곽수환에게 다다랐다.

"……흐릿해."

"조금 있으면 괜찮아질 거야."

시력이 안 좋아질 수도 있다는 말이 떠올랐지만, 그저 오랜 시간 동안 눈을 감고 있었기 때문이라고 말했다.

곽수환이 석화를 다시 고쳐 안고 물을 들이켰다. 또다시 입에 흘려 넣으려고 하자 힘없는 고개를 틀었다. 어차피 입에서 입으로 물을 흘려주는 일은 음성이든 양성이든 상관없었다. 곽수환이 석화의 몸을 안고 입안에 담긴 물을 천천히 흘려 넣어주었다. 처음에는 마시지 않고 전부 흘려보내던 석화가 두 번째부터는 꼴깍꼴깍 받아먹기 시작했다.

……시원해요.

다소 기분 좋은 듯이 숨결을 내뱉자 곽수환의 얼굴이 와작 구겨졌다. 정신이 들면 저에게 욕설을 퍼붓지는 않을까 싶었는데, 이 바보 같은 박사는 시원하다는 말이나 한다.

겨드랑이와 등, 두 허벅지 사이에 놓았던 얼음은 삽시간에 녹아서 시트를 축축하게 적셨다. 곽수환이 또다시 석화의 팔을 들어 얼음을 넣으려고 하자 석화가 신음했다.

"열이 아직도 심해."

괴로워. 머리가 너무 아파.

석화는 고통스러움에 제 몸을 어쩔 줄 몰라 했다. 그러다가 기운이 다 빠져 숨만 몰아쉬었다. 시선에 초점이 없는 석화는 마치 강물에 잠겨 죽어가는 시체 같았다. 곽수환은 제복 상의를 벗고 셔츠도 전부 풀어 내렸다. 얼음을 손에 쥐고 석화의 몸과 제 몸 사이에 그것을 두고 마찰했다. 그런데도 차가운지 석화는 곽수환의 커다란 몸을 애써 끌어안고 신음했다.

양성이었다. 그러나 지금은 음성이었다. 도무지 알 수 없는 변화였으나 석화의 상태가 무사한 것이 가장 중요했다. 곽수환은 석화를 짓누를 수는 없어 제가 침대에 드러눕고, 석화를 그 위에 올렸다. 금세 녹아버린 얼음을 다시 석화와 자신 사이에 넣었다. 석화가 몸을 바르작거리자 물기에 서로의 몸이 질척거

25

리듯 마찰했다.

"하아……. 오 선배……."

석화가 중얼거리며, 곽수환의 어깨에 뺨을 비볐다. 곽수환은 석화의 등에 손을 두르고 있다가 움찔했다. 오 선배라니, 설마 오청운을 말하는 건가.

'사귀었던 사람도 몇 명 없었다는 것 같던데?'

왜 이런 상황에서 이채윤의 말이 떠오르는지 모르겠다. 어쨌든 석화의 열을 식히는 일이 우선이니, 석화가 자신의 몸을 다른 사람과 착각하는 것은 아무렇지 않아야 했다. 그런데도 손등에 힘줄이 바짝 서버렸다. 그건 스스로 조절할 수 있는 일이 아니었다.

30분도 더 넘게 석화를 안아 열을 식히자 숨소리가 조금은 편안해져 가는 듯했다. 머리가 지끈거릴 때마다 석화는 곽수환의 피부에 얼굴을 문질렀다.

약간의 안도가 머무른 데다 뜨거운 생명체가 몸을 맞대어오니, 별수 없이 아래에도 반응이 찾아왔다. 곽수환은 얼음을 쥐어서 상체에 이어 하반신에 가져다 댔다.

"훗."

차가운 충격에 석화가 눈꺼풀을 여러 번이나 깜빡거렸다. 몸 중에 가장 시원하고 차갑게 해야 할 곳인데, 석화는 고환마저도 열기로 뜨거웠다. 석화는 시린 얼음을 치우기 위해 기운 없는 손을 내렸고, 그러다가 곽수환의 성기 밑에 손이 닿았다.

그 부분이 마음에 드는지 손바닥을 댔다가 또 손등을 대기도 했다. 시원한 고환을 흡사 돌처럼 주물럭거렸다. 곽수환은 기가 찬 숨을 내뱉었다.

　"사람 걱정하는 것도 모르고."

　곽수환은 제 아랫입술을 슬쩍 깨물었다.

　"……그랬어요."

　"응?"

　"오 선배……. 또 비손과 기혼의 두 아이는 어떨까요. 티그리스는……. 내가 이 박사를…… 닮았어요."

　아직 고열에 헛소리를 하는 듯했다. 석화가 계속 아래를 주물거리자 곽수환이 그 손을 떼어냈다. 시원한데 왜 그러느냐며 불편한 숨을 내뱉는 석화는, 그의 쇄골에서 녹고 있는 작은 얼음을 입에 물었다.

　달그락, 달그락 작은 입안에서 귀를 자극하는 소리가 들려왔다. 아담에게 물리면 음란하게 변하는 사람도 있는 건가. 아니, 그럴 리가 없지. 곽수환이 쓰게 웃었다. 본능적으로 시원함을 찾는 행동일 뿐인데 저 자신이 그렇게 느끼는 것일 뿐이다.

　"석 박사, 대체 정체가 뭐야."

　그뿐이야? 사람을 들었다 놨다 해. 그보다 정말 문제없는 거 맞지?

　곽수환도 이렇게 몸을 맞대고 있으니 조금 긴장이 풀려버렸다. 그는 석화의 뜨거운 이마를 차가운 손으로 문질렀다. 석화는 그 손길이 기분 좋은지 이마를 더 깊숙이 비벼왔다.

앞은 녹아버린 얼음으로 차가웠지만, 등과 엉덩이 안쪽에서는 아직 열이 엄청났다. 석화는 무의식적으로 축축해진 손을 제 뒤로 가져다 댔다. 이어 저 스스로 입에 있던 얼음을 빼서 등에서부터 엉덩이 사이에 대고 문질렀다.

더워요.

곽수환은 석화의 뒷목을 커다란 손으로 감싸고 제 품에 확 껴안았다. 그러고는 가장 열이 높은 석화의 안쪽에서부터 회음부를 얼음으로 마찰했다. 석화의 달뜬 숨이 쇄골에 아지랑이처럼 일렁이며 내려왔다.

하아⋯⋯. 속의 열이 여전한지 어깨로 흩어지는 입김이 습하고 뜨거웠다. 이런 상황에서도 반응을 보이는 본능에 곽수환은 낭패한 얼굴을 했다.

미끄덩거리는 얼음은 삽시간에 녹아 두 손을 흥건하게 만들었고, 그때마다 통 안의 새 얼음을 꺼내 석화의 열을 식혀 내렸다. 정신 차리라며 제 것에도 가져다 대자 맞닿은 석화의 성기가 오히려 수축했다. 그는 천장을 본 채로 끌어안은 등을 토닥거렸다. 축축한 손바닥은 더 찰지게 석화의 피부를 마찰했다. 할딱이던 숨이 점차 고르게 잦아드니 초조했던 심장도 제 속도를 되찾아갔다.

재차 키트를 쥐려고 몸을 일으키자 늘어진 석화의 몸이 고스란히 딸려왔다. 서로의 몸은 마치 물속에서 빠져나온 듯 물기로 가득했다. 키트로 다시 한번 혈액을 확인했고, 결과는 음성이었다. 곽수환은 석화의 어깨에 얼굴을 묻으며 안도했다.

◆ ◆ ◆

축축한 무언가가 등줄기를 불쾌하게 만들었다. 곽수환은 달걀이 깨져 있는 배낭을 내려놓지도 못하고 문을 두드렸다.

"지환아, 형 왔어."

똑똑똑, 문을 두드리면 누구보다 빠르게 달려 나와 문을 열어 주던 동생이었다.

문고리를 부수는 것은 어렵지 않으나, 고치는 일이 더 골치 아픈 법이었다. 그러나 곽수환은 망설임 없이 발을 들어 문을 박살냈다. 문고리가 안으로 밀려 나가고 끼익, 철문이 열렸다.

거실 창문에 덕지덕지 붙여둔 낡은 신문지에는 피가 튀어 있었다.

"곽지환!"

곽수환이 다급히 외치자 타다닥, 욕실에서부터 맨발로 달려 나오는 소리가 들렸다. 달려드는 이를 확인할 새도 없이 배낭을 풀어 막았더니, 멀쩡했던 계란마저 깨지는 감각이 뒤따랐다.

크억, 크헉! 배낭을 이로 씹는 사람은 다름 아닌 아버지였다. 일주일에 겨우 한 번 볼까 말까 했던, 그것도 제 나이 열세 살, 동생의 나이 열한 살 되던 때부터 얼굴을 드러낸 부모였다.

기억의 시작부터 곽수환과 동생을 돌봐준 건 같은 층에 살던 베트남 출신의 아주머니였다. 맹장이 터져 고름이 배 속으로 퍼진 아주머니는 수술도 받지 못한 채 고통만 받다가 죽었다. 그리고 부모가 나타난 것이 바로 그 직후였다. 자신들이 돌봐줄 수 없기에 베트남 아주머니에게 저희 둘을 부탁했고, 그녀가 죽었으니 이제부터는 직접 돌봐주겠다는 것이다.

동생은 레인보우 시티로 들어갈 수 있다는 희망에 부풀어 있었다. 그러나 곽수환은 아니었고, 그의 예상대로 동생의 바람이 이루어지는 일도 없었다. 이따금 찾아오던 부모의 손길은 따뜻했지만, 가슴 한구석에서는 늘 의문이 따라다녔다.

'레인보우 시티 연구원이라면서 왜 우리를 돌봐준 아주머니를 죽게 놔둔 거야? 거긴 수술도 가능하다면서? 시민이 아니면 치료도 받을 수 없는 거야? 그래서 시민이 아닌 우리를 이렇게 몰래 보러 오는 거고?'

한번도 입 밖으로 꺼낸 적 없던 질문이었고, 이제 아버지는 대답해줄 수 있는 상태도 아니었다.

컥, 크헉!

아버지가 제 아들의 목덜미를 물어뜯고자 붉은 눈을 번뜩거렸다. 곽수환은 괴로운 시선을 내렸다가 배낭을 방패 삼아 아버지를 벽으로 밀어붙였다. 앙상하게 마른 아버지는 벽에 붙어서도 곽수환을 공격하려고 위협적인 이를 드러냈다.

"누가 풀어줬어요? 지환이는 아니죠?"

크륵, 칵!

곽수환은 얼굴을 일그러뜨린 채 광인 같은 아버지의 모습을 눈에 담았다. 저 안쪽의 닫힌 방문을 차마 볼 수가 없었다.

형이 말했잖아. 얌전히 있으라고.

주변을 둘러봐도 아버지를 묶을 만한 물건이 보이지 않았다. 제아무리 나이에 비해 발육이 좋고 힘이 세다 할지라도 하루 내내 쉴 새 없이 달려온 터라 힘에 부쳤다. 이윽고 아버지의 힘에 뒤로 밀려나기 시작했다. 곽수환은 배낭을 바닥에 떨어뜨리고야 말았다.

"캭! 카캭!"

나자빠진 몸에 올라타 코를 물어뜯으려는 아버지를 향해 주먹을 내질렀다. 코뼈가 무너진 아버지는 고통도 느끼지 못하는지 또다시 덤벼들기에 이르렀다.

곽수환은 재빨리 몸을 일으켜 주방에 있는 무딘 칼을 쥐었다. 레드구역의 마트를 몇 번이나 털러 들어갔지만, 실질적으로 아담과 맞닥뜨린 적은 몇 번 되지 않았다. 그마저도 식료품이 가득 담긴 배낭을 메고 미친 듯이 도망쳐 떼어냈던 경험이 전부였다.

크어억!

달려드는 아버지를 보던 곽수환은 눈을 질끈 감았다. 손을 뻗어 옆구리에 칼을 박아 넣었다. 그래도 여전히 공격을 멈추지 않으며 이를 다다거렸다. 제발……. 미끄러진 손이 칼에 베이자마자 손을 확 뒤로 빼냈다.

흐르는 피가 저 자신의 것인지 아니면 아버지의 것과 섞였는지조차 구별되지 않았다. 레인보우 시티에서 학습한 적은 없지만, 저도 혈액을 통해 감염이 된다는 것쯤은 알고 있었다. 다만 아담의 신체를 정지시키는 방법은 알지 못했다. 이곳의 어른들은 아담을 만나면 무조건 도망가라고만 했으니까.

칼에 찔려도, 코뼈가 무너져도 아랑곳 않고 공격해오는 아버지를 막을 방법이 떠오르지 않았다. 그러나 제게는 동생이 있었다. 곽수환은 눈물로 흐릿해진 시야를 팔뚝으로 북북 문질렀다.

낡아빠진 식탁 의자를 들어 덤벼드는 아버지를 몇 번이나 내리쳤다. 피가 튀고 살점이 파이는 소리에 자꾸만 눈물이 고였다. 수십 번을 형체도 알아볼 수 없도록 얼굴을 내려치니 파들파들 경련하던 몸은 실이 끊어진 꼭두각시처럼 미동도 하지 않았다.

곽수환은 비척거리며 일어나 여전히 닫혀 있는 방문을 봤다. 동생에게 먹으라고 한 통조림 소시지는 닫힌 방문 앞을 굴러다녔다.

"……지환아."

곽수환은 방문에 다가가 이마를 기댔다.

"어머니……"

목소리는 울음으로 가득했다.

쿵! 쿵쿵!

울리는 문의 충격에 이마로 파동이 느껴졌다.

"지환아?"

쿵! 쿵!!! 크릉, 컥.

사람의 것이 아닌 듯한 소리였지만, 톤이 높은 소년의 음성은 분명 제 동생이었다. 곽수환은 흐느끼면서 천장을 올려다봤다.

"이 바보 같은 새끼야……! 내가 가만히 있으라고 했잖아. 아버지 다 나을 때까지 기다리라고 했잖아……."

발밑을 나뒹구는 통조림을 봤을 때 이미 직감했었다. 바보 같은 놈이 말라가는 아버지에게 소시지를 주려던 게 아니었을까 하고.

"형이 말했잖아. 치료만 하면 나아질 수 있다고. 아버지는…… 아무것도 안 먹어도 된다고."

곽수환이 소리 내서 울기 시작했다.

"미안해, 지환아. 형이 미안해."

널 두고 나가는 게 아니었는데 미안해.

곽수환은 쿵쿵대는 소리가 문을 열어달라는 동생의 부름으로 들렸다. 형이 꺼내줄게, 지환아. 그는 문고리를 돌려 열었다. 차라리 저도 이대로 아담이 되는 것도 나쁘지 않겠다는 생각마저 했다. 그러나 묵직한 무언가가 문에 밀려나고 있었다.

"……지환아."

문고리와 동생의 손목에 수갑이 한쪽씩 걸려 있었다. 코피가 흥건한 동생이 발버둥 치면서 곽수환을 향해 손을 뻗었다. 다시 눈을 질끈 감아 눈물을 털어냈지만 물기가 차오르는 건 삽시간이었다. 그리고 저기 아버지를 묶어두었던 안방의 철제 침대 위에는 어머니가 누워 있었다. 제가 없는 동안 벌어진 참상을 알려주듯 바닥과 유리창에는 피가 잔뜩 튀어 있었다.

어머니의 팔뚝과 목덜미는 이에 뜯겨나간 살점이 선명했다. 그녀는 손에 자동권총 한 자루를 쥐고 있었고, 관자놀이에 검붉은 구멍이 보였다.

"아아……."

곽수환은 꼼짝도 못하고 서서 눈물만 흘렸다. 그렇게 눈을 반쯤 뜨고 있는 어머니를 하염없이 내려다봤다.

부모가 형제를 보러 온 건 불과 일주일 전이었다. 그리고 아버지가 이상한 행동을 보이기 시작한 건 그날 오후였다. 아버지는 저녁 식사 후에 인슐린 주사를 놓고 나서, 갑자기 몸을 기괴하게 비트는 증세를 보였다. 나직한 비명을 토해낸 어머니는 아이들에게 전선줄이나 묶을 만한 것을 가져오라고 지시했다.

그녀는 아주 잠깐 눈물을 보였으며, 참담함에 가슴을 움켜쥐고 신음하기도 했다. 그녀는 철제 침대를 이용해 남편의 손에 수갑을 채웠다. 꼼짝도 하지 못하게 다리를 벌려 묶고, 다닥거리기 시작한 남편의 입에 손수건을 쑤셔 넣은 뒤에야 주저앉았다.

곽수환은 어째서 아버지가 저렇게 변한 것인지 도무지 이해할 수가 없었다. 두 살 어린 동생은 더더욱 이해하지 못했다. 동생은 직접 아담을 겪어본 적이 없기에 아버지가 아프다고만 생각할 뿐이었다. 어머니는 그런 동생에게 차분히 설명을 해주었고, 동생은 알아들었다는 시늉을 했다. 그러나 실제로는 전혀 이해를 하지 못했던 것이다.

동생에게 아담은 그저 무서운 존재일 뿐이었고, 괴물이었을 테니까. 아버지를 아담으로 생각할 수는 없었을 것이다.

크억! 컥!

곽수환은 천천히 고개를 들었다.

'……그런데 아버지의 수갑은 누가 풀어준 거지?'

수갑 열쇠는 어머니가 가지고 있었을 텐데……. 지환이가 어머니에게서 열쇠를 훔쳤던 건가?

곽수환은 주변을 두리번거렸다. 피가 튄 탁상 위에는 색이 뒤죽박죽으로 섞여 있는 큐브가 보였다. 아픈 동생이 집에서 심심할까 봐 제가 구해다 놓은 장난감이었다. 그 큐브 옆에는 종이 한 장이 삐뚤게 놓여 있었다.

종이를 들어보니 붉고도 투박한 손 글씨가 쓰여 있었다.

곽수환은 뒤를 돌아 침대에 누워 있는 어머니의 손을 쥐었다. 검지손가락 끝에는 검붉은 피가 말라붙어 있었고, 아직 화약 냄새가 나는 듯했다. 곽수환은 어머니의 목에 걸린 ID카드를 쥐어뜯었다.

"이딴 게…… 다 무슨 소용이에요."

곽수환은 흐느낌을 죽여가며 동생을 바라봤다. 한쪽 팔이 문고리에 매달린 채 이쪽으로 기어오려고 하는 동생은 제가 아는 지환이 아니었다.

"레인보우 시티가 다 뭐예요. 아버지, 어머니가…… 연구원이면 뭐 해요."

식칼에 베인 손에서는 피가 끊임없이 새어 나왔다.

"아주머니는 그렇게 죽어갈 동안…… 약 한번 못 먹었어요. 내 동생, 아프게 태어나서 매일 약을 달고 살았어요. 이게 뭐예요. 당신들이 정말 내 부모는 맞아요? 왜 우리를 숨겨뒀어요?"

곽수환은 말을 잇지 못하고 또다시 오열했다.

부모에게 하고 싶은 말과 질문은 수많았다. 그러나 입 밖으로 내뱉는다면 두 번 다시 저희 형제를 찾지 않을까 봐 애써 웃었다. 저 어린 동생마저도 궁금한 게 산더미 같아도 꾹꾹 목 안쪽으로 삼켜 넘겼다.

"내 동생을…… 왜 우리를 바보로 만들었어요!"

곽수환이 누구에게 하는 말인지도 모르는 채 동생을 손으로 가리켰다.

"레인보우 시티 시민으로 태어나면 학교도 간다면서요? 걔들은 아담이 뭔지 정확히 다 안다면서요? 백신도 준다면서요? 그런데 내 동생은 글씨 하나 쓸 줄도 몰라……. 그리고 나도……!"

이게 무슨 글자인지 하나도 모르겠어.

아이처럼, 아니 고작 아이인 곽수환은 오열하며 종이를 손안에서 구겼다.

새벽녘이 되어서야 안방에서는 한 발의 총성이 울렸다. 곽수환이 홀로 남게 된 신호탄이었다.

＊＊＊

쾅쾅쾅! 쾅쾅!

아무것도 먹지 않아 입술이 하얗게 뜬 곽수환이 현관을 바라 봤다. 환기도 하지 않은 집 안은 시체가 썩어가는 냄새로 가득 해 눈이 매캐할 정도였다. 까무룩 쓰러져 고열에 시달렸던 곽수 환은 이대로 얼마나 시간이 지나야 굶어 죽을 수 있을까만 생각 했다.

쾅쾅!

철문을 두드리는 소리가 귀에 거슬렸다. 고장 난 문이 열리지 않도록 식탁 의자를 현관에 눕혀두었기에 의자가 덜컥덜컥 흔 들렸다.

거실 벽에 등을 대고 철문을 바라보니, 동그랗게 구멍이 뚫린 문고리 사이로 사람의 눈알이 보였다.

"이봐!"

3층에 사는 애꾸눈이었다.

"이봐, 곽수환이. 큭, 이게 다 무슨 냄새야. 문 좀 열어봐."

애꾸눈이 멍해 있는 곽수환을 연방 불렀다.

"부탁했던 약 구해났다고. 안 가져갈 셈이야?"

"……필요 없어요."

곽수환이 기운 없이 중얼거렸다. 애꾸눈은 돌아갈 생각을 하 지 않고 발로 문을 연거푸 걸어찼다. 콰직, 눕혀둔 의자가 박살나며 현관문이 열렸다.

엄청난 악취에 애꾸눈은 옷을 끌어올려 코와 입을 틀어막았다. 말라붙은 피가 집 안 여기저기에 튀어 있었기에, 곧 냄새의 정체를 알아차릴 수가 있었다. 그는 거실과 침실의 참상을 둘러보고 나서야 나직하게 한숨을 내쉬었다.

형체도 알아보기 힘들었지만, 거실에 머리가 으깨진 남자가 형제의 아버지라는 것 또한 쉽게 알 수 있었다. 연구원 ID가 마치 군번처럼 남자의 신원을 대신해주었으니까.

"이게 다 무슨 일이야?"

곽수환은 아무 말도 없이 벽만 바라봤다.

"전부 네가 처리한 거야?"

꼴을 보니 아담이 된 아버지와 동생을 곽수환이 처치한 듯 보였다. 관자놀이의 총상을 보면 형제의 어머니는 자살한 것도 같았다.

겨우 열넷에 불과한 녀석이 아담이 된 가족들을 죽이고 살아남았다. 평소에도 평범한 놈이 아니라고는 생각했지만, 직접 눈으로 보고 나니 항간에 떠도는 소문을 실감했다.

레인보우 시티에서 태어난 돌연변이는 범인보다 뛰어난 육체나 두뇌를 가지고 있다는 소문 말이다. 연구원의 자식이었으니 어쩌면 이 녀석도 그럴지 모른다고 짐작했다.

"쯧쯧, 대체 어디서 감염이 된 거야."

애꾸눈은 코와 입을 막고 있던 셔츠 자락을 내려놓았다.

"이봐, 얼른 일어나. 지금 네 꼴을 봐. 네가 아담이라고 해도 믿겠어!"

곽수환은 저를 일으키려는 애꾸눈의 손을 거칠게 쳐냈다.

썩어가는 시체와 함께 계속 여기다 둘 수는 없는 노릇이 아닌가. 애꾸눈이 다시 한번 곽수환의 팔을 붙들었다.

"차라리 잘됐다고 생각해. 약 달고 사는 동생 놈 데리고 있어 봐야 짐이나 되지. 네놈 정도면 목숨은 쉽게 부지할 것 아니야. 그러니 잘 죽었다고, 컥!"

벌떡 자리에서 일어난 곽수환이 애꾸눈의 목을 옥죄었다. 피죽 한 그릇 얻어먹지 못한 꼴을 하고도 손아귀의 힘이 엄청났다.

"다시 지껄여봐. 나머지 한쪽 눈알도 뽑아줄 테니까."

멀쩡한 눈을 향해 주먹을 들었던 곽수환이 아랫입술을 짓씹었다. 이내 손을 놓자 애꾸눈이 밭은기침을 토해냈다.

"쿨럭, 성격 하고는……."

그 또한 덩치가 제법이라 곽수환을 충분히 막을 수 있었지만, 혼자 남게 된 녀석이 무척이나 어리다는 것도 알았다.

쓸데없는 감상 따위 이 세상 사는 데 불필요하나 어릴 때부터 봐오던 녀석이었다. 저리 찬장에 쌓아놓은 식료품을 한번도 나눠준 적 없던 야박한 녀석이지만.

게다가 녀석의 부모가 동생의 약 말고도 돈을 주고 부탁한 일이 있었다. 혹시 저희 부부가 잘못되면 화선강당으로 아이들을 보내달라고 했었다. 이 녀석은 레인보우 시티의 시민이 아니니 어쩌면 그게 더 나을 수도 있겠지. 애꾸눈이 이제는 썩은 시체가 되어버린 곽수환의 가족을 보고 착잡한 얼굴을 했다.

"네놈 여기 있지 말고, 화선강당으로 가봐. 산 사람은 살아야지."

"그냥 죽게 놔둬요."

"여기서 굶어 죽어봐야 개죽음밖에 더 돼? 내가 너라면 이리 개죽음을 택하지는 않아. 생각 있으면 이거 가지고 화선강당으로 가봐. 내 추천이라고 말하면 될 거야."

화선강당은 곽수환도 익히 들어 알고 있었다. 가끔 머리에 띠를 두른 사람들이 몰려와 외치는 구호에서도 들어봤다.

'지옥으로! 망해라! 레인보우 시티! 구원이 내린다! 믿는 자, 화선강당으로!'

"화선강당이…… 뭐 하는 곳인데요."

"뭐긴 뭐야. 무슨 동산인가 하는 종교 집단이지. 애들 상대로는 먹을 것도 준다더라."

고개를 저은 애꾸눈은 문 밖으로 나가더니 외발 수레를 끌고 왔다. 곽수환은 지친 눈으로만 애꾸눈의 행동을 뒤좇았다. 그는 구더기가 들끓는 아버지의 시체를 그 안에 실었다.

"뭐 하는 거예요."

곽수환이 날카롭게 반응하자 애꾸눈도 마찬가지로 성을 냈다.

"여기다 그냥 놔뒀다가는 쥐까지 꼬여. 옥상 소각장으로 가서 불태워야지. 원래 사람이 죽으면 땅에 묻거나 불에 태우는 거야. 네 시체까지 치우러 오기는 싫으니 내가 말한 곳으로 가기나 해. 또 누가 알아? 밖의 사람들이 언젠가 저 대단한 레인보우 시티에 엄청난 엿을 선사할지. 나라면 그런 능력 그대로 안 썩혀. 네놈도 알 거 아냐? 너 같은 열넷이 세상천지에 어디 있어."

억울하지도 않아? 네놈은 연구원 자식인데도 레인보우 시티 시민도 못 됐지. 그게 얼마나 불합리한 일이야. 하긴 세상은 전부 불합리로 돌아가지.

애꾸눈은 온갖 푸념을 토해내면서 수레를 끌고 몇 번 옥상을 오르락내리락했다. 그리고 곽수환은 애꾸눈을 도와 이틀간 부모와 동생의 시체가 소각되는 순간을 눈앞에서 지켜봤다.

마지막 날에는 아주 오랜만에 비가 내렸고, 곽수환은 여기서 한참이나 떨어진 화선강당으로 갈 채비를 했다.

동생은 레인보우 시티의 시민이 되기를 꿈꿨지만, 자신은 아니었다. 레인보우 시티가 저희 형제와 아주머니를 버렸다면, 저도 필요 없었다.

짐 싸는 것을 이번에는 애꾸눈이 도왔고, 곽수환은 물과 음료가 담긴 묵직한 배낭을 어깨에 멨다. 애꾸눈은 기름이 한 눈금 남은 차의 키를 곽수환에게 넘겼다.

"어차피 버리는 차니까, 여기 지도 따라서 잘 따라가 봐."

"아저씨."

"아저씨는 무슨. 네놈이 나를 애꾸눈이라고 부르는 걸 모를 줄 알아."

곽수환은 애들답지 않게 쓰게 웃고 나서 진심을 담아 말했다.

"고마워요."

"뭘."

애꾸눈은 차까지 배낭을 들어주겠다고 했지만, 곽수환은 말없이 계단을 걸어 내려갔다.

1층에 다다랐을 때쯤, 멀끔한 차림의 남자가 계단을 올라오는 게 보였다. 이 동네에서는 흔히 볼 수 없는 제복 차림이었고, 남자는 은테 안경까지 쓰고 있었다.

"어? 김 대위님께서 여기까지 어쩐 일이십니까?"

애꾸눈이 남자를 곧장 알아보더니 고개를 꾸벅했다. 김 대위는 레인보우 시티와 밖의 지역을 연결해주는 브로커로 불법적인 돈을 벌었다.

"시끄럽고. 여기 곽수환이랑 곽지환이라는 녀석들 살지?"

애꾸눈과는 말도 섞기 싫다는 듯, 김 대위는 용건부터 꺼냈다. 곽수환은 자신의 이름이 불리자 조금 눈을 키웠다.

"김 대위님께서 그 아이들은 왜 찾으십니까?"

녀석의 부모는 레인보우 시티의 시민이었다. 아담으로 변했다고 해도 아버지를 죽인 건 곽수환이었다. 혹시나 아이들을 처형하러 왔나 싶은 마음에 애꾸눈은 불안해했다.

"대가리 많이 컸네? 벌레 새끼도 안 되는 주제에 나한테 이유를 물어? 감히?"

저벅저벅 걸어 올라온 김 대위가 애꾸눈의 싸대기를 때렸다.

한번에 그치지 않고 연거푸 내리치자 코피가 터지고, 어금니가 나가버려 이가 붉게 물들었다. 곽수환이 김 대위의 손목을 거칠게 움켜쥐었다.

"뭐야, 너는."

"너, 감히 대위님한테 무슨 짓이야! 그 손 놔."

불분명한 말을 내뱉는 애꾸눈이 연방 김 대위에게 고개를 조아렸다. 곽수환은 그럼에도 손에서 힘을 풀지 않고 김 대위를 노려봤다.

"우리 형제는 왜 찾습니까?"

애꾸눈이 그러면 안 된다고 고개를 저었다. 김 대위는 잡힌 팔을 거칠게 빼내더니 믿기지 않는 표정으로 제 손목을 주물렀다.

"누가 밖에서 자란 놈 아니랄까 봐 무식하기는. 네놈이 곽수환이야?"

곽수환이 대답이 없자 김 대위가 코웃음을 쳤다.

"동생 놈은?"

"아이고, 대위님. 저 녀석 동생은 이미 죽었습니다. 불쌍한 아이인데 한번만 봐주십시오. 이 아이는 아무런 죄가 없습니다."

"누가 죽인대? 새끼야, 넌 운 좋은 줄 알아. 곧장 학습센터로 이동할 거니까 그 대가리에 잔뜩 낀 무식한 때나 털어내. 그분 부탁만 아니었어도 이딴 더러운 곳에 발도 안 디뎠어. 따라와."

김 대위가 곽수환의 머리를 쿡쿡 손으로 찔렀다.

"……김 대위님, 정말 학습센터로 가는 거지요?"

애꾸눈이 김 대위의 팔을 붙들었다. 혹시 거짓말을 하고 처형하는 게 아닌가 싶은 눈이었다. 곽수환은 애꾸눈에게 내가 알아서 할 테니 들어가라는 말을 전하려고 했다. 그러나 김 대위가 권총을 꺼낸 게 더 빨랐다.

타앙-! 날카로운 총성이 계단을 타고 울려 퍼졌다. 순식간에 벌어진 일이었기에 말릴 틈도 없었다. 아저씨! 곽수환은 뒤로 넘어가는 애꾸눈을 다급하게 붙들었다.

고개가 뒤로 덜렁 넘어가 뒤통수를 받치자 끈적끈적하고 축축한 뭔가가 손을 타고 흐르는 게 느껴졌다. 내려다보니 멀쩡한 한쪽 눈이 총알에 뚫려 없어진 뒤였다. 곽수환은 믿을 수가 없었다. 숨이 끊긴 그를 보며 눈도 깜빡하지 못했다.

"더러운 새끼가 어딜 만져."

툭툭, 애꾸눈이 잡았던 팔을 털어낸 김 대위가 바닥에 침을 뱉었다.

"그래서 너는, 따라갈래? 아니면 여기서 뒈질래?"

총구가 이번에는 곽수환을 향했다.

죽은 자의 뇌수와 피로 점철된 손으로 주먹을 꽉 쥐었다. 총알 한 방에 아저씨는 아무런 말도 못 하고 그대로 죽었다. 저를 도와준 남자를, 레인보우 시티의 군인이 죽였다. 저희를 벌레보다도 더 못한 취급을 했다. 이대로 달려들어 놈의 얼굴을 뭉개주고 싶었지만, 총구는 여전히 자신을 겨누고 있었다.

곽수환은 입술을 꾹 다물었다. 분노로 경련하는 주먹을 애써 펼쳤다. 아저씨를 바닥에 눕혀두고 조끼를 벗어 얼굴에 덮어주었다.

그가 자신의 부모와 동생을 하늘로 올려 보내기 전에 했던 행동이었다.

"……따라갈게요."

김 대위는 뻔하다는 듯, 경멸 섞인 웃음을 뱉었다.

"그럼 멍청하게 서 있지 말고 따라와."

그런데 너희들은 뭐가 그렇게 잘났지? 어째서 밖의 사람들을 벌레 취급하고 이렇게 손쉽게 죽여 없애지? 그렇게 잘났다면 얼마나 잘났는지 직접 봐줘야 하지 않겠어?

만일 그렇지 않다면 너희들도 전부 죽어 마땅하다.

곽수환은 김 대위의 뒤통수를 눈도 깜빡이지 않고 노려봤다.

◆ ◆ ◆

벽에 등을 기대어 앉은 석화의 초점은 여전히 선명하지 못했다.

눈을 뜬 건 한 시간 전이었지만, 석화는 그동안 제 몸의 감각을 하나씩 확인해봤다. 그 사이 열이 제자리를 찾은 것도 깨달았다.

석화는 기계적으로 손을 움직여 손목을 감싼 붕대를 풀었다. 설마 싶었건만 정말로 아담에게 물린 잇자국이 드러났다.

석화는 이윽고 침대 밖으로 걸어 나와 주변을 두리번거렸다. 옆으로는 커다란 유리창이 있었고, 그 너머에는 온갖 약품들이 있었다. 이곳의 문은 굳게 닫혀 있었지만 이 안에도 약품을 모아둔 드레싱 카트가 보였다. 익숙한 듯하면서도 익숙하지 않은 격리실이었다.

드레싱 카트로 걸어간 석화는 아담 키트의 포장지를 벗겨내 엄지손가락을 바늘로 찔렀다.

결과는 음성이었다.

이번에는 핀셋을 쥐고 피딱지가 굳어 있는 부분을 떼어냈다. 살점이 뜯겨나가는 통증에 입술을 앙다물었다. 상처에서 다시금 피가 몽글 올라왔지만, 무시하고 샬레에 피딱지를 올려두었다. 덮개를 닫고는 손에 쥔 채 침대로 돌아왔다.

테이블의 물을 마시고, 침대에 앉아 고개를 까딱까딱 움직이고는 다시 행동을 멈췄다. 신체는 무리 없이 제 마음대로 움직여주었다.

아담에게 물린 것은 확실히 기억하나 열이 올랐던 동안의 기억은 뜨문뜨문 끊겨 있었다. 혼미하게나마 정신이 들 때면 계속 곽수환이 있었다. 공복감이 어마어마해 고개를 드니 유리창 밖에 제복 차림의 남자가 보였다. 타인의 눈길을 잡아끄는 레인보우 시티의 컨트롤러였다.

잠긴 문을 열고 들어온 그의 손에는 그릇이 들려 있었다.

"타락죽이라는데, 괜찮아?"

곽수환이 침대 옆 테이블에 그릇을 내려두었다. 석화는 시선으로 그를 좇았지만, 곽수환은 마치 아무 일도 없었다는 듯 평소와 같은 미소를 입술에 걸치고 있었다. 그러나 석화가 내려두었던 샬레를 슥 가져가는 것은 잊지 않았다.

석화는 곽수환의 손목을 붙들었다.

"……이었죠."

열이 내린 뒤 며칠 만에 목소리를 내는 거라 잔뜩 잠겨 있었다.

"분명…… 양성이었어요."

그 말에 곽수환은 눈을 찡그렸다가 곧 입매를 끌어올렸다.

"꿈 꿨어? 양성인데 나랑 어떻게 대화를 해."

"꿈 아니에요."

"며칠이나 자더니 기운이 넘쳐? 석 박사. 아니지, 이제는 석화 씨라고 불러줘야 하지? 죽이나 먹어."

손을 떼어낸 곽수환이 침대 끝에 붙어 있는 탈부착식 식판을 끌어 올렸다. 그러고는 죽을 그 위로 옮겨두었다.

그의 말대로 며칠 내내 잠만 잔 덕일까, 몸의 컨디션은 그다지 나쁘지 않았다. 어쩌면 고열에 큰 고역을 치르고 난 뒤라 상대적으로 편히 느끼는 것일 수도 있었다.

곽수환이 몸을 씻겨주었는지 찜찜한 구석도 없었다. 석화는 식판 밑으로 다리를 넣고 수저를 들었다. 고소한 냄새가 올라오는 죽을 살살 긁어서 입에 가져다 댔다. 곽수환은 팔짱을 끼고 그 모습을 지켜봤고, 샬레는 제복 주머니 속으로 사라진 뒤였다.

"내가 불편하면 나가 있을까?"

불편하다니? 왜 저런 말을 하는지 알 수는 없었다.

저에게 수갑을 채워 취조실에 가둔 건 곽수환이었지만, 그건 하지 말라는 짓을 해서 처벌을 받은 것뿐이었다. 타이밍 안 좋게 그때 아담이 들어온 것뿐이고.

"물렸는데…… 왜 구해줬어요?"

곽수환은 생각지도 못한 물음에 짧게 한숨을 내뱉었다.

"죽이나 먹어."

"먹고 있어요."

석화가 죽의 윗부분을 살살 긁어서 제 입에 넣었다. 간이 전혀 되어 있지 않은 죽은 빈말로도 맛있다고 말하지는 못했다.

"여긴 어디예요?"

"21바이올렛구역."

"왜 여기 있어요?"

"다섯 살짜리 애도 아니고 무슨 질문이 그렇게 많아."

석화는 고개를 푹 숙이고 죽을 천천히 떠먹었다. 곽수환이 한 발 빠르게 다가왔다가 그 자리에 멈춰 섰다. 혹시나 제가 죽에 얼굴이라도 박는 줄 알았나 보다.

석화는 밍밍한 죽으로 빈속을 달래면서 기억에 듬성듬성 자리 잡은 곽수환을 떠올렸다.

그는 열이 잔뜩 오른 몸을 달래주었고, 추위에 떨 때는 껴안아 췄으며 몸과 몸을 맞대 얼음을 녹여주기도 했다. 몸을 어루만

지던 손길은 마치 기억 속의 어머니만큼이나 다정해서 더욱 곽수환을 알 수가 없어졌다.

　냉정하게 연구원직을 박탈시킨 그가, 자신이 아담에게 공격을 당했을 때 얼마나 다급해했는지 어렴풋하게도 기억했다.

　"다 먹었어요. 대답해주세요."

　석화는 빈 그릇을 쓱 밀고 물로 입을 헹궜다.

　"무슨 대답?"

　그가 대답을 회피할 때면 질문을 되묻거나 다른 쪽으로 말을 돌린다는 것 정도는 안다.

　"고열로 정신이 없을 때…… 바닥에 떨어진 키트를 봤어요. 그런데 양성이었어요. 잘못 본 거라고 말하지 말아요. 아담 바이러스 보균자에게 물린 건 사실이고, 제 몸은 제가 알아요."

　아담 바이러스에 노출되고 나서 오히려 건강을 되찾은 건지 석화의 눈이 선명했다. 물론 그럴 리가 없었다. 석화는 곽수환이 다른 이야기로 빠져나가지 못하게끔 압박을 가하는 중이었다.

　"원망이라도 하지?"

　"……제가 왜요?"

　"석 박사가 아담에게 물린 데는 내 탓도 있으니까."

　서펀트와 접선하려고 했던 행위는 즉결처형이 가능한 사안이었다. 석화도 그게 얼마나 위험한 짓이었는지 피부로 실감했고, 저 자신의 무기력함도 뼈저리게 느꼈다.

　군인이 공격을 해왔을 때 할 수 있는 모든 행동을 해봤으나 결국 물렀다. 아무리 노력해도, 발버둥 쳐도 안 되는 게 있는 거다. 그건 자신의 나약한 육신에서 비롯됐다. 석화는 그제야 떨리는 손을 식판 밑으로 가져가 숨겼다.

"곽 소령님은…… 제 목숨을 몇 번이나 구했어요."

석화는 속내를 알 수 없는 컨트롤러가 아닌, 실없는 농담을 던지거나 돌을 주는 곽수환이 그의 진짜 모습이라는 데에 무게를 더 실었다.

"이번에는 아니야. 석 박사가 스스로 구원했지."

그가 그릇을 치우고 식판을 원위치로 돌려 침대에 걸터앉았다. 석화도 덩그러니 앉아서 그를 쳐다봤다. 하반신이 휑했는데 긴 환자복 안으로 속옷도 입지 않은 것을 그제야 깨달았다.

그는 잠시 생각에 잠긴 듯 바닥을 내려다봤다가 몸을 조금 틀어 석화를 향했다.

"석 박사가 잠들어 있던 동안 과천 쉘터로 돌아온 군인이 왜 아담이 됐는지 역학조사에 들어갔어. 행방불명되었던 놈들이 어떻게 돌아왔는지도 말이야."

어쩐 일로 그가 이런 소식을 전달해주는 건가 싶었다. 석화는 곽수환에게 조금 더 다가갔다. 그가 움찔 뒤로 몸을 무르려는 게 느껴졌어도 실제로 행동하지는 않았다.

"왜 그래?"

"마더가 지켜볼지도 모르잖아요."

"여긴 마더 같은 건 없어."

그래도 석화는 뒤로 물러나지 않았다.

아직 몸이 좋지 않다면 죽만 주고 나가려던 곽수환이었다. 그런데 말도 곧잘 하고 궁금증을 참지 못하는 것을 보니 대화가 충분히 가능하다고 판단 내렸다. 그보다 사실은, 석화가 혹시 저를 쏘아보거나 네가 수갑을 채워놨기 때문에 아담에게 물렸다며 화를 낼 줄 알았다.

아담에게 물린 석화를 두고 곽수환 자신이 할 수 있는 건 오래전 그날처럼 아무것도 없었다. 말했던 대로 석화 스스로 제 몸을 지켜낸 것이다. 그게 자신에게 얼마나 큰 안도감을 줬는지 아마 석화는 모를 거다.

잃는 것이 너무도 익숙한 세상에서 잃지 않을 수도 있다는 것을 깨닫게 해주었다.

석화가 아담에게 잡아먹히는 상황이 생길지는 몰라도 아담으로 변이해 죽는 일은 없을 것이다. 그렇다면 아담의 공격쯤이야 제가 지켜주면 그만이었다. 모두를 잃었던 열넷 이후로 그어떤 소중한 것도 만들고 싶지 않았다. 더는 아무것도 잃고 싶지 않았으니까.

그러나 이제는 괜찮지 않을까?

곽수환은 자신보다도 작은 박사가, 이 빌어먹을 세계에서 유일하게 안정을 가져다주는 구원자처럼 느껴졌다.

'가지고 싶어.'

불현듯 홀로 남았던 소년의 울림이 일었다.

'아담을 이겨낼 정도로 저렇게 강한데 참지 않고 가져도 되잖아.'

곽수환은 저를 물끄러미 올려다보는 석화에게 손을 뻗었다. 석화는 다가오는 손을 피하지도 않고, 경계심을 내보이지도 않았다. 곽수환은 주먹을 꽉 쥐었다가 말려 올라간 석화의 환자복만 끌어내렸다.

만일 석화가 마음먹고 종교 단체를 만든다면, 제 몸 하나만을 가지고도 엄청나게 신도를 불릴 수 있을 거다. 신의 뜻을 받아 아담 바이러스에서 자유로운 육신을 타고났다고 하면, 지푸라기라도 잡고 싶은 이들에게는 한 줄기 희망이 될 테니까. 앞서 자신이 신의 뜻을 받은 면역자라면서 사람들을 현혹시킨 반군들도 존재했다. 놈들은 가짜지만 석화는 진짜였다.

그러니 상부가 이 사실을 알아차리면 곤란하다. 단순히 사상이 의심되는 연구원이 아닌 반군의 핵심이 될 수 있는 요주의 인물로 낙인찍힐 가능성이 높았다. 제아무리 레인보우 시티의 컨트롤러라고 해도 구해주기는 어려울 것이다.

"……잘 들어."

한참이나 잠들어 있던 건 석화인데 곽수환의 목소리가 오히려 더 깊이 잠겨 있었다.

"석 박사는 그냥 음성인 거야. 아담에게 물린 것도 셔츠에 감싸여 있어서 직접적으로 물린 게 아니고."

곽수환이 어떤 의미로 말한 것인지 석화도 대충은 알았다. 석화는 천천히 고개를 끄덕거렸다.

"시티에서 역학조사를 한다고 했지? 알아보니 놈들을 실어 나른 지프가 목격됐어. 놈들은 레인보우 시티에서 지급하는 군용 지프를 타고 과천 쉘터로 들어왔고, 시차를 두고 아담으로 변이했지. 석 박사가 보기에는 어때? 이게 가능한 일 같아?"

"……아담 바이러스에 감염되면 사람마다 변이하는 시간이 각기 다르지만, 10분 이상 넘어간 사례는 얼마 보지 못했어요. 지프에서 내려서 쉘터로 진입할 때까지 걸린 시간이 얼마나 돼요?"

"방역을 마치고 올려 보냈으니 족히 20분은 더 걸렸을 거야. 말도 했으니 혈액검사도 안 하고 올려 보낸 거고."

이 일로 과천 쉘터 방역소에 몸담고 있던 군인과 직원이 대거 퇴출됐다. 그 점은 곽수환도 당연한 결과라고 생각했다.

"저를…… 물었던 군인도 처음에는 말을 했어요. 마치 오청운 선배처럼……."

석화는 이불 안으로 두 손을 숨겨 떨림을 감추려 했다.

"그 군인의 혈액을 구할 수 있을까요?"

"구해줄게."

석화는 놀란 눈을 한 번 깜빡거렸다. 분명 또 쓸데없는 짓을 한다면서 한 소리를 할 줄 알았다. 석화는 진심이냐고 다시 되묻지 않고 말을 차분히 이어나갔다.

"전에 오청운 선배의 혈액으로 바이러스를 배양한 적이 있었어요."

그건 곽수환이 에덴동산에서 배포한 백신을 들고 왔던 날 상부에 보고했던 사실이기도 했다.

"그런데 공격적인 일반 아담 바이러스와 다르게 오청운 선배의 혈액에서는 바이러스가 아주 느리게 움직였어요. 항원이 생겼기 때문이라고 가설을 세워봤는데, 어쩌면 오양석 박사님이 미완성의 치료제를 투여한 것일 수도 있어요."

이야기를 듣던 곽수환이 다시 손을 뻗어 위로 뻗친 석화의 머리카락을 쓱 뒤로 넘겼다.

"석 박사, 오청운이랑은 무슨 사이였어?"

석화는 의아함을 감추지 않았다.

"오청운 선배는…… 제 선배인데요?"

"그거 말고."

"그거 말고 또 뭐가 있나요?"

오청운 선배가 자신이 모은 돌을 다 버렸다는 말까지는 하지 않았다.

"섹스했어?"

석화는 웬일로 눈에 띄게 미간을 구겼다. 대체 곽수환이 어떤 의도로 그런 질문을 한 건지 전혀 유추할 수 없었다.

"오청운을 죽였으니 내가 밉겠네."

"곽 소령님이 아니었으면 제가 물려 죽었을 수도 있어요."

"아무 사이도 아닌데 목숨이 위험할 때 오 선배를 찾아."

석화는 제가 그런 적이 있었나 싶은 얼굴을 했다가 곧 꿈을 떠올렸다.

'……전에도 말했지만 오 선배는 우리와 달라요. 그리고 우리의 생각도 달라진 것뿐이죠. 내 아이를 실험대에 올릴 수는 없어요. 어차피 후계자로 삼을 수도 없는 하자품이라면서요.'

"제가 입 밖으로 말했어요?"

"오 선배를 애타게 찾던데."

"그렇다면 오청운 선배가 아니었어요."

"그럼 오씨 성을 가진 다른 선배가 있어?"

"……저도 몰라요."

도돌이표도 아니고 질문을 던졌으면 답이 와야 하는데 석화는 아리송한 대답만 내놓았다.

"석 박사."

곽수환은 손으로 얼굴을 쓸어내렸다.

"앞으로 대외적으로 박사 직위를 박탈할 건데, 괜찮겠어?"

"이미 박탈된 거 아니었어요?"

"아직 상부는 몰라. 석 박사가 과천으로 이동된 줄로만 알지. 내 권한으로 일반 시민으로 강등시킬 거고, 석 박사는 여기 바이올렛구역 쉘터에 거주하게 될 거야. 대신 여기서 연구를 할 수 있게 내가 지원해줄게."

석화는 곽수환의 말을 천천히 정리해봤다. 그러자 답은 하나를 가리켰다.

"……치료제를 개발해도 된다는 소리예요?"

그는 아무런 대답도 하지 않았지만, 긍정에 가깝다는 것을 느꼈다.

"위에서는 안 된다고 했는데. 만일 상부 몰래 치료제를 개발하면……."

혼란스럽게 중얼거리던 석화가 고개를 획 들어서 곽수환을 봤다. 골이 띵하고 울렸지만 곧 가라앉았다.

"무슨 생각이에요?"

곽수환이 손바닥을 양쪽으로 펼쳐 보였다.

"여기 세컨드 마스터가 있고, 이 옆에는 퍼스트 마스터가 있지."

그는 왼쪽, 오른쪽 손바닥을 가리키더니 그 두 개의 손을 포개었다.

"앞으로 둘의 세력 싸움이 가속화될 테니 양쪽 다 타격을 입을 거야. 그 와중에 에덴동산은 덩치를 키우는 중이고 말이야. 어차피 저 윗대가리들에게 중요한 건 치료제가 아니라 자신들의 안위지. 놈들은 잘못된 걸 알면서도 변화를 원하지 않잖아. 그 틈을 에덴동산이 파고들면 어떨 것 같아? 이보다 상황이 더 나아질까?"

그는 레인보우 시티의 컨트롤러이면서 위험한 발언을 거침없이 쏟아냈다.

"저를…… 시험하는 거예요?"

"오히려 내가 시험당하는 것 같지는 않고?"

곽수환이 픽 웃었다.

"에덴동산과 오양석 박사가 손을 잡은 건 사실이야. 상부는 그 사실을 미리 알았기 때문에 오양석 박사를 처리한 거고."

석화의 입술이 작게 벌어졌다.

"오양석을 살해하라 지시한 건 퍼스트 마스터였어."

"대체…… 언제부터 알았어요?"

석화의 눈이 옅은 불신으로 물들어가고 있었다.

"그렇게 보지 마. 나도 안 지는 얼마 안 돼. 퍼스트 마스터가 나를 제 편으로 회유하려고 입을 연 것뿐이야."

곽수환은 제복 안쪽에서 메모지와 펜을 꺼내더니 뚜껑을 이로 땄다.

"내가 컨트롤러로 활동하면서 알아낸 바로는 에덴동산의 사인장로가 바로 비손, 기혼, 티그리스, 유프라테스라는 거야. 그런데 이 네 명은 전부 죽은 것으로 유추돼."

그는 네 줄기의 갈라진 강물을 그리듯 네 개의 이름을 적어 넣었다.

"에덴동산의 시작을 생각해봐. 아담과 이브, 그리고 뱀인 서펀트가 있지. 아담은 바이러스가 되어버렸고, 서펀트는 현재 모습을 드러냈어. 그렇다면 아직 모습을 드러내지 않은 에덴동산의 인물은 누구일까?"

……이브였다.

'에덴동산에서 갈라져 나온 강물은 비손, 기혼, 티그리스, 유프라테스였고 그들은 땅을 비옥하게 만들었지. 아니, 비옥하게 만들고 싶어 했지만…… 석화야. 그 누가 뭐라 하든 너는 실패작이 아니야. 유프라테스가 낳은 완벽한 아이지.'

'아담에게는 이브가 필요해. 그러나 우리는 실패했고, 또 사상을 달리했지.'

어머니의 목소리가 머릿속에서 웅웅 울려댔다.

"만약 내가 끼어들지 않았다면, 석 박사는 에덴동산의 서펀트와 다시 만났을 수도 있었을 거야. 모텔 지하에서 분명 놈이 치료제를 운운했다고 했지? 그렇다면 놈들에게 이브는, 아마도 아담과 같은 존재가 아닐까 하는 생각이 들어."

이브는 사람이 아닌 치료제를 말하는 것일지도 모른다. 마찬가지로 아담도 바이러스를 뜻했으니까.

"에덴동산이 치료제를 개발하면 형세는 역전될 거야. 밖에 있는 에덴동산이 세력을 키워 권력을 잡고, 레인보우 시티를 무너뜨리는 수순을 밟겠지. 그런데 나는 서펀트가 결코 석 박사가 원하는 그럴싸한 그림을 그리리라고 생각하지 않아."

석화는 조금 뒤로 물러나고 싶은 충동에 사로잡혔다.

"저보고 다른 건 관심 갖지 말고 연구만 하라면서요. 그런데 왜 그런 말을 해요?"

손끝으로 시트를 꾹 눌렀다.

"고래 싸움에 새우 등 터질까 싶었는데 알고 보니 그 새우가 엄청 센 것 같아서."

"새우는 고래보다 약해요."

"누가 몰라."

곽수환이 나무라듯 웃었고, 석화는 문득 저 표정이 참 좋다는 생각을 했다.

생각해보면 여태 곽수환이 저에게 경고를 했던 건 상부의 처형을 피하기 위함이었다. 만일 이진법 암호를 곽수환보다 다른 이들이 먼저 발견했다면, 이미 자신은 이 세상 사람이 아니었을 거다. 아담에게 물린 일을 비밀로 하자는 것 또한 그가 자신을 보호하고자 하는 일 같았다.

"소령님은…… 레인보우 시티의 수호자라면서요."

스윽 몸을 기울여 다가온 그가 시트에 내려둔 석화의 손을 제 손으로 덮었다.

"……어느 날 우리 형제를 보러 왔던 아버지가 아담으로 변했어. 지금 생각해보면 아버지가 맞던 인슐린 주사에 누군가가 아담 바이러스를 심어둔 것이겠지. 그렇게 아담이 된 아버지가 내 동생을 감염시켰고, 어머니 또한 아담이 된 둘의 공격을 받았어. 아니, 보지는 못했지만 그랬을 거야."

곽수환은 마치 다른 사람의 이야기를 하듯 덤덤하게 말을 이어나갔다.

"밖에 나가 있다가 돌아와 보니 그 참상이 벌어져 있었지. 그래서…… 내 손으로 모두를 죽였어."

석화는 자신의 손등을 덮은 그의 손을 떼어냈다.

"어차피 흔한 이야기야."

안전한 제주도에서 나고 자란 석화이니 공감하지 못할 수도 있었다. 아무리 그래도 가족을 죽였느냐며 경멸 섞인 눈을 할지도 모른다. 그걸 아는데도 순식간에 물러나니 마음은 좋지 않네. 곽수환이 속내를 숨긴 채 여상한 표정을 했지만, 석화는 그에게 무릎걸음으로 다가갔다.

"……마음이 아파요."

뜨거운 손이 뺨을 감싸자 곽수환도 인정할 수 있었다.

"맞아. 나도 아파. 아직도 무척이나."

그의 눈이 충혈된 것만 같았다. 한 번 깜빡이니 언제 그랬냐는 듯 맑아졌다.

"그렇게 혼자 남은 나를 도와줬던 사람을 레인보우 시티의 군인이 죽였지. 단지 팔을 붙잡았다는 이유로 더럽다면서 총을 쐈어."

곽수환의 서늘한 뺨을 타고 한기가 올라오는 듯했다.

"내가 컨트롤러가 되고 나서 가장 처음 한 일이 뭔지 알아?"

석화는 물끄러미 그를 바라보면서 고개만 저었다. 이제 곽수환의 얼굴에 웃음기는 어디에도 없었다. 싸늘하다 못해 오랜 시간 땅속에서 몸을 숨기고 있던 뱀이 올라와 쌓아둔 독기를 내뿜는 것만 같았다.

"그 새끼를 찾아내 눈알을 뽑고 발버둥 치는 걸 지켜봤어. 일주일 동안 지켜보다가 마지막에는 아담의 먹이로 던져줬지. 그런 내가 레인보우 시티의 수호자라고?"

그가 제 뺨을 감싼 석화의 손을 꽉 움켜쥐었다. 그 악력에 손뼈가 부딪혀 시큰거렸다.

"나는 이제 무엇도 빼앗길 생각이 없어."

무릎을 세운 석화를 곽수환이 올려다봤다.

"내가 지켜줄게."

그가 잡은 손을 놓고는 이번에는 허리를 끌어안았다. 너무 거세게 쥐어 숨이 막히지 않도록 의식적으로 힘을 조절했다.

석화는 당혹스러운 눈으로 그의 정수리를 내려다봤다. 아담으로 변한 가족을 죽인 그가 아담에게 물린 자신을 돌봐주었다. 변하지 말라며 몸을 꽉 끌어안던 그의 행동도 기억했다. 어떤 심정이었을지 짐작은 못 하지만 여전히 가슴은 아팠다. 석화는 축 내리고 있던 두 팔을 부자연스럽게 올려서 그의 머리를 살포시 끌어안았다. 곽수환의 체온만큼은 언제나 그렇듯이 제 몸을 달래주는 것만 같았다.

◆ ◆ ◆

바이올렛구역에서 생활하기 시작한 석화는 제 혈액을 기반으로 아담 바이러스를 심었다.

레인보우 시티의 규정상 생물안전 3등급 이상에서만 아담 바이러스 실험이 허가됐지만, 어차피 여기는 마더의 감시도 없는 곳이었다. 다만 연구실 건물은 석화 외에 곽수환만 출입할 수 있었다.

수십 차례 실험을 반복했지만, 놀랍게도 제 혈액은 아담 바이러스에 감염이 됐다. 석화는 그 감염된 혈액을 인간의 평균 체온보다 훨씬 높게 올려봤다.

44.1도부터 아담 바이러스의 활동이 현저히 느려지기 시작하더니, 44.3도에서는 동면에 들어간 것처럼 활동을 멈췄고, 44.5도를 돌파하자 바이러스가 파괴되기 시작했다.

아담 바이러스가 고열에 약하다는 것은 익히 알고 있는 사실이었으나 인간의 체온이 45도까지 육박하는 경우는 흔치 않았다. 게다가 아담에게 물렸을 때 엄청난 고열에 시달리고 있을 타이밍이 몇이나 될까. 결국 아담에게 물린 인간이 스스로 열을 창출해내 바이러스를 파괴하는 수밖에 없었다.

쉽게 생각하면 삽시간에 열을 올릴 새로운 바이러스가 필요한 것이다. 다만 45도까지 올라가는 열을 육체가 버텨주어야 했고, 열이 내리지 않으면 그건 그것대로 문제였다.

감염이 된 후에 치료에 성공했다고 해도 면역자로 부르기는 어려웠다. 바이러스에 다시 노출되었을 때 감염이 될 가능성은 충분했다. 지금 석화의 피가 그것을 알려주듯이 말이다.

과연 치료제라는 게 있기는 할까?

석화는 제 몸을 내려다봤다. 면역체계가 생성됐다면 좋았을 텐데……. 그런데 분명 저는 삽시간에 열이 올라 아담 바이러스를 파괴했었다. 어쩌면 바이러스를 파괴하기 위해 열을 발생시키는 항체가 이 몸에 있는 게 아닐까 싶기도 했다.

석화는 손목을 들어서 아직 아물지 않은 잇자국을 손으로 쓱 문질러봤다.

곽수환에게 아직 이야기는 하지 못했지만, 어릴 적 어머니에게 네 개의 강에 대해 들어본 적이 있었다. 그리고 어머니는 자신이 유프라테스라고 했었다. 비손과 기혼의 아이들……. 설마 둘은 부부였던 건가? 석화는 의자에 털썩 앉아 견과류가 담긴 통의 뚜껑을 열었다.

이 건물로 들어온 지 벌써 나흘이었다. 그동안 세 끼 식사는 옆 건물에서 미리 곽수환이 가져다 두고 나가고는 했다.

그는 다른 누구보다 레인보우 시티에 대한 반감이 엄청난 것 같았다. 설마 싶지만 퍼스트 마스트와 세컨드 마스터가 싸울 동안 그도 뭔가를 할 셈인지도 모른다.

석화는 땅콩 껍질을 벗겨서 휴지에 올리고 엄지와 검지로 알을 굴렸다. 곽수환도 쉘터 연구원의 아이라고 했으니 어딘가에 부모의 기록이 남아 있기는 할 거다.

아무리 생각해도 곽수환은 일반적인 돌연변이들과 달랐다. 육체는 이채윤이나 양상훈처럼 범인을 훨씬 뛰어넘었고, 부대를 이끌거나 컨트롤러로 몰래 활동할 만큼 두뇌도 현명했다.

"……하자 없는 돌연변이."

석화가 중얼거렸다. 그렇다면 나는 하자품인가? 후계자가 될 수 없는 하자품……?

잊고 있을 만큼 오래된 어머니의 말은, 당시도 이해를 못했지만 지금 돌이켜봐도 이상했다. 어머니는 제주도 출신으로 레인보우 시티에서 주는 배급품을 받고 살았다.

몸이 약해 뚜렷한 일은 하지 않았으나, 제 나이 다섯 이전 무렵에는 일주일에 몇 번 배를 타고 우도를 들어갔었다. 그때마다 석화를 돌본 건 할머니였다. 그런데 아담 청정지역이자 최상부가 거주하는 우도에 들어갈 수 있는 사람은 일꾼이나 허가받은 군인들밖에 없었다.

우도로 향하는 배편이 있는 성산항부터 통제구역이었기에 그곳에서 멀지 않은 곳에 살던 석화조차 발 디뎌본 적이 없었다. 경비가 삼엄한 우도는 퍼스트 마스터와 세컨드 마스터의 중요 거주지이기도 했으니까.

자신을 유프라테스라고 칭하던 어머니가 어쩌면 반군이나 레인보우 시티의 상부와 관련이 있지 않을까 의심했다. 일종의 가설에 지나지 않으나 그녀가 했던 말들을 이번만큼은 그냥 흘려보내지 않았다.

석화는 파괴된 아담 바이러스 샘플을 내려다보다가 저 끝에 놓인 주사기로 시선을 보냈다. 아담 바이러스를 투입해 몸에 열이 오를 때, 그 순간의 혈액 샘플을 채취하면 뭔가 특이점을 찾을 수 있을지도 몰랐다.

◆ ◆ ◆

곽수환은 컨트롤러가 되자마자 가장 먼저 김 대위를 찾아냈다.

놈은 그때도 브로커로 활동 중이었으니 처분을 내리는 것은 손쉬웠다. 두 눈알이 없이 바닥을 허우적거리던 놈이 그때 뭐라고 했던가. 그만 죽여달라고, 아마도 그랬었다. 놈의 모습이 지금 저 남자와 비슷했었지.

곽수환은 바닥을 허우적대는 김 박사를 내려다봤다. 양상훈이 막 끊어낸 놈의 손가락을 쓰레기통에 던져버렸다. 손가락이 세 개나 잘려 나가 앞으로 제대로 된 연구는 못할 테지만, 김 박사가 살아 돌아갈 일도 없을 것이다.

"김 박사가 식당에 있던 녀석에게 아담 혈액을 줬을 거라는 심증은 다들 가지고 있었지. 단지 물증이 없을 뿐."

곽수환의 말에 양상훈이 고개를 끄덕끄덕했다.

소년이 아담으로 변할 수 있었던 건 누군가가 아담 혈액이 담긴 주사기를 줬기 때문이었다. 양상훈도 소년의 옆에 앉았던 김 박사를 처음부터 의심했었다. 게다가 주변을 경계하면서 백숙을 먹는 것을 멈추지 않던 소년이 김 박사가 나타나자마자 그릇만 노려봤었다.

"네놈이 네 개의 강 말고, 밑에 있는 장로 중 하나고?"

김 박사가 도통 무슨 말인지 모르겠다면서 미친 듯이 고개를 저었다.

그때 소년은 자신이 장로님에게 예쁨을 받는다고 말했다. 그 장로의 명이라면 당연히 주사기를 제 몸에 찔러 넣었을지도 모르지.

"장로라니! 그런 건 난 몰라요! 흐아악! 내 손! 내 손가락!"

김 박사가 비어버린 손가락을 보면서 절규했다.

"네 개의 강이 이미 다 죽었으니 네놈이 그들의 뜻을 받든 새끼 장로가 아니면 뭐겠어."

김 박사는 장로가 죽었다는 말에 아주 미세한 동요를 보였지만, 가운을 돌돌 말아 제 손을 감싸는 데 치중했다.

"가만 안 있을 겁니다! 절대로요! 내가 레인보우 시티에 충성한 세월이 얼만데! 나한테 이럴 수는 없어!"

김 박사가 흡사 오열을 토해냈다. 곽수환은 눈물 콧물로 범벅이 된 김 박사의 얼굴에 사진 몇 장을 던졌다. 김 박사가 몸을 일으키자 얼굴에 붙어 있던 사진이 바닥으로 떨어졌다.

"잘 봐봐, 김 박사. 나는 기회를 주려고 그쪽을 여기로 데려온 거야. 상부에 먼저 보고했으면 이렇게 변명할 시간도 주지 않아."

곽수환은 턱짓으로 사진을 가리켰다.

사진에는 여의도 쉘터에서 그리 멀지 않은 폐기용 군수창고의 모습이 찍혀 있었다. 그리고 번호판이 없는 군용 지프에 올라타는 김 박사의 모습도 선명했다.

"이, 이게 뭡니까!"

"발뺌할 생각은 말고."

곽수환은 끌고 온 의자를 빙글 돌려서 앉았다. 의자 등받이에 팔을 걸치고 김 박사를 내려다봤다.

"박사님이 왜 폐기용 군수물자 창고에서 군용 지프를 끌고 나가지? 이거 그림이 좀 이상하잖아."

김 박사가 멀쩡한 손으로 사진을 들어 콰직 구겼다.

"그냥 필요했을 뿐입니다! 그냥요! 제가 이 지프를 썼다고 이런 처벌을 내리는 겁니까?!"

"당연히 아니지. 저 지프에 번호판이 없다고 추적이 불가능할 거라 생각했어? 군이 사용하는 지프에는 전부 일련번호가 새겨져 있거든. 그런데 네놈이 끌고 나간 지프가 우리 과천 쉘터로 군인들을 실어온 차량과 동일해."

손가락이 잘렸기 때문일까, 김 박사의 얼굴이 창백하게 질렸다.

"김 박사. 그날 잘 빠져나갔다고 생각했나 본데, 내가 그날 이후로 김 박사한테 애들을 심어놨었거든. 그동안의 당신 동선이 전부 나한테 있다는 소리야."

억울하다며 악을 써대던 김 박사가 사진을 툭 바닥으로 떨궜다. 그러고는 가운을 두른 손을 꽉 감쌌다. 김 박사는 이를 악물고 고통 섞인 신음을 뱉어냈다.

"그러니까 어렵게 생각할 것 없어. 김 박사는 서펀트에 대한 힌트만 주고, 레인보우 시티에서 추방되는 것으로 깔끔하게 끝내자고."

"서펀트는…… 나야."

김 박사가 잇새로 말을 뱉어냈다.

"내가 그럴 줄 알았다! 이 개새끼!"

잔뜩 흥분한 양상훈이 김 박사의 배를 후려쳤다.

"좆같은 새끼야! 너 때문에 죄도 없는 어린애가 죽었어!"

저걸 믿냐. 곽수환이 지끈거리는 이마를 눌렀다.

"양 소령."

"씹새끼! 넌 진짜 나쁜 새끼야! 애들 이용하는 새끼들은 다 뒈져야 돼!"

연거푸 김 박사에게 폭력을 행사하는 양상훈을 향해 곽수환이 목소리를 키웠다.

"양 소령! 저 새끼 서펀트 아니라고."

"아니면 어때! 어차피 지가 서펀트라고 자백했잖아!"

양상훈이 돌아보는 때였다.

젠장!

곽수환이 재빨리 양상훈에게 달려갔지만, 손만 뻗으면 바로 코앞에 있는 김 박사보다는 빠르지 못했다. 그제야 씩씩거리던 양상훈도 제 허리춤이 가벼워진 것을 깨달았다.

동시에 김 박사가 입에 총구를 넣고 발사했다.

퍼억. 수박이 깨지는 소리와 함께 터져나간 뇌수와 붉은 살점은 벽을 타고 흘러내렸다. 김 박사에게는 일말의 망설임도 없었다.

곽수환은 시체가 되어버린 김 박사 앞에서 흐트러진 머리를 뒤로 넘겼다.

"미안…… 씨발……. 진짜 미안하다, 곽 소령. 내가……."

당황한 양상훈이 제 발치에 쓰러져 있는 김 박사를 내려다본 채로 중얼거렸다. 곽수환은 뭐라고 한마디를 하려다가 간신히 삼켜 넘겼다.

"상부에는 즉결처형했다고 보고해."

"마더는?"

"여기 감시카메라는 껐어. 어차피 이놈 상부도 눈여겨보고 있었으니까 상관없어."

"야, 진짜 미안하다. 저 새끼가 그 애한테 아담 혈액 줬다고 생각하니 눈이 뒤집혀서……."

"됐으니까 시체나 치워놔."

양상훈이 입을 떡 벌렸다. 한바탕 욕설을 퍼부을 거라 생각했는데, 곽수환은 별말 없이 과천 쉘터 취조실을 나가는 게 아닌가.

"야! 너 근데 석화 박사님은 어떻게 한 거냐?! 나보고 알아보라면서 이채윤이 엄청 쪼잖아!"

별 욕도 안 했겠다, 이참에 물어보자 싶었는데 아니나 다를까였다. 곽수환이 뒤도 안 돌아보고 가운뎃손가락을 올리고는 마저 걸어 나갔다.

◆ ◆ ◆

　석화는 하루에 열두 시간 이상을 연구실에 있었다. 물론 그중 두 시간은 체력을 비축하느라 조는 시간이기도 했다.

　곽수환이 관리하는 21바이올렛구역은 인기척이 전혀 느껴지지 않았다. 어쩌면 제가 있는 연구실이 다른 곳과 분리되어 있어 그럴지도 몰랐다.

　석화는 연구실을 빠져나와 낡은 복도를 걸었다. 오래전에는 그린구역이었던 이곳 쉘터의 연구실은 장비의 수준이 그리 나쁘지 않았다.

　이곳은 총 2층짜리 건물이었고 옆으로는 커다란 건물이 있었는데, 그곳은 군인들이 거주하는지 지프가 왔다 갔다 하고는 했다.

　석화는 곽수환이 가져다 준 아몬드를 오독오독 씹어 먹으며 창밖을 내다봤다. 직접 밖으로 나가는 건 위험하지만, 창으로 밖을 바라보는 것 정도는 괜찮다고 했다. 바이올렛구역인지라 가끔 밤낮으로 아담이 나타나기 때문이었다.

　석화는 아몬드를 더 꺼내 씹어 먹으며 새롭게 들어오는 지프 한 대를 봤다. 운전석에서 내려선 사람은 다름 아닌 곽수환이었다. 석화는 문득 반가운 마음에 손을 흔들 뻔하다가 주머니에 다시 꽂았다. 곽수환이 인상을 쓰고 군인에게 무슨 말을 하는 중인데, 분위기가 영 험악했다. 그러다 시선을 느꼈는지 그가 고개를 들었고, 석화는 그의 눈을 피해 창문 옆으로 이동했다.

석화는 며칠 전부터 느껴지는 이 찜찜한 감각을 다시 되새겨야 했다. 물론 여의도 쉘터에 있을 때보다 여기서 더 자유롭게 연구할 수 있었고, 필요한 물건은 곽수환이 전부 가져다주고는 했다.

그가 자신을 나가지 못하게 하는 건 아니지만, 그렇다고 어딜 쉽게 나갈 수 있는 것도 아니었다. 석화는 이곳에 들어온 뒤로 한번도 밖을 나가지 못했다는 것을 그제야 알아차렸다.

석화는 곽수환이 마련해준 방으로 걸어가면서 마지막 남은 아몬드를 입에 넣었다. 방문을 여니 책상에는 남근석과 두 개의 언덕이 동그란 돌이 보였다. 이것도 전부 곽수환이 가져다준 거였다. 석화는 침대에 눕는 대신 돌이 있는 책상으로 가서 의자에 앉았다. 그리고 몸의 기운을 쭉 늘어뜨리고 차가운 책상에 뺨을 기댔다. 물끄러미 돌을 보면서 무의식적으로 눈만 깜빡거렸다.

곽수환은 레인보우 시티를 무너뜨리고 싶어 하는 걸까? 에덴동산도 해치우고? 치료제가 개발되면 혹시 그가 그 치료제를 가지고 새로운 세력을 키울 셈인가?

의문은 내내 머리를 떠돌아다녔지만 그뿐이었다. 현재 석화의 생각은 온통 아담 바이러스에 집중되어 있었다. 저는 정치 같은 건 모른다. 다만 하루 빨리 치료제가 나와 더는 모두가 아담으로 고통받지 않았으면 했다. 그랬다면 곽수환도 부모와 형제를 죽일 일이 없었을 테니까.

"눈 뜨고 자?"

석화는 시선을 위로 휙 올렸다. 들어온지도 몰랐던 그가 코앞에 있었다. 몸을 일으키자 곽수환도 뒤로 물러나주었다. 석화는 의자를 빙글 돌려서 그를 향했다. 어쩐지 피 냄새가 나는 것 같았지만, 착각이겠거니 했다.

곽수환은 제복 주머니에서 초코바와 귤 몇 개를 꺼내 책상에 올려두었다.

"곽 소령님."

"왜 귤 싫어해?"

"좋아해요."

귤은 특히나 구하기 힘든 과일이었다.

"까줄까?"

"저 면역체 아니에요."

귤껍질을 까는 곽수환은 별다른 반응을 보이지 않았다. 그는 솜씨 좋게 단박에 귤을 까서 반으로 갈랐다.

"제 안에서 아담 바이러스는 괴멸됐는데 제 혈액은 여전히 바이러스에 감염돼요. 다만 45도 가까이 가열되면 아담 바이러스가 파괴되고요."

말을 끝내자 입술로 말캉한 귤이 들어왔다. 반사적으로 귤을 씹자 달고 신맛이 확 입안에 퍼졌다. 석화는 그 놀라운 맛에 저도 모르게 입을 벌렸다. 제주도에 있을 때도 몇 번 먹지 못한 귤이었다. 과일은 엄청 비쌌으니까.

"석 박사 열이 그날 45도까지 치솟기는 했지."

곽수환은 귤을 한 점 더 떼어내 석화의 입술로 향했다. 석화는 그 달콤한 맛의 충동을 이겨내고 고개를 틀었다.

"더 안 먹어?"

그는 대신 자신의 입에 쏙 넣었다. 시네, 그런 말을 하면서 눈썹을 슬쩍 구겼다.

"뭐 더 필요한 건 없고?"

석화는 입술을 꾹 다물고 안으로 말았다. 곽수환은 인내심을 가지고 석화가 말을 꺼내기를 기다렸다.

"내 피딱지 가져간 샬레 다시 가져다줘요."

"어렵지도 않은 걸 왜 힘들게 말해."

곽수환은 아마 제 방에 있을 거라고 말을 덧붙였다. 사실은 석화가 하고 싶은 말은 그게 아니었다. 자신이 한번 더 감염이 되는 게 어떻겠냐는 말을 꺼내려고 했었다. 그러나 그의 과거를 아는 이상 쉽게 말할 수는 없었다. 연구원으로서의 자신과 감정적인 자신이 뒤엉켜버렸다.

"에덴동산이 배포했던 백신도 가져다주실 수 있으세요?"

당시 백신에 대해 조사를 하다 쫓겨난 꼴이기는 했는데, 석화는 그 안에서 기생충을 발견했었다. 백신이 이동 과정에서 오염됐을 수도 있기에 다른 박사들에게는 언급하지 않은 사실이었다.

"그거면 돼?"

"그리고…… 여의도 쉘터에 다녀오면 안 될까요?"

곽수환의 입매가 부드럽게 휘어졌다.

"돌 가지러 가려고?"

"아니요."

"제주도 집에 있는 돌도 여기로 가져다줄까?"

석화는 영문을 모르겠다는 눈을 하고 고개를 저었다.

"제가 직접 쉘터에 다녀와야 할 것 같아요."

"내가 다녀올게."

"제가 연구원 자격이 박탈돼서 쉘터로 출입이 불가능해진 건가요?"

허가를 받으면 들어갈 수 있다는 사실은 석화도 알고 있었다. 곽수환이 다가가 의자 등받이를 벌려 쥐고 석화를 그 안에 가뒀다.

"여기가 가장 안전해. 내가 석 박사 뭐든지 다 하게 해주잖아."

"안전한 건 아는데 계속 여기서 지낼 수는 없잖아요."

"왜 없어. 여의도에서도 쉘터에서만 지냈잖아."

웃고 있는 곽수환이 조금 낯설게 느껴졌다.

"그럼…… 밖에 못 나가요?"

"내가 석 박사 감금했어? 무슨 말이 그래. 사태 진정될 때까지 안전하게 있자는 거야."

석화는 그제야 찝찝한 이 감정의 정체를 깨달았다. 그는 아니라고 하지만, 자신의 처지가 감금된 거나 다름없었다.

"내가 지켜준다고 했잖아."

곽수환은 아무 문제없다는 듯 귤껍질을 다시 벗기기 시작했다. 석화는 매끈하게 까인 귤을 불안하게 내려다봤다.

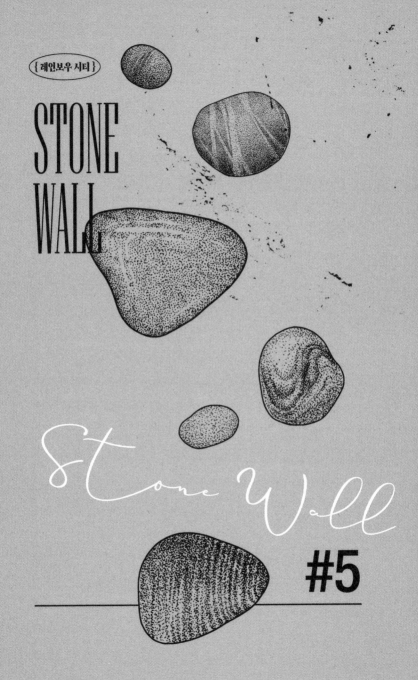

{ 레인보우 시티 }

STONE WALL

Stone Wall

#5

"빌어먹을 자식!"

분개한 세컨드 마스터가 유리잔을 내려쳤다.

세컨드 마스터가 저렇게 광분한 모습은 여자의 죽음 이후로 처음 겪는 일이었다. 집사는 서둘러 세컨드 마스터에게 다가가 유리에 찢긴 상처를 살폈다.

"마스터, 진정하세요."

"집어치워!"

마스터가 다시 주먹을 쥐니 피가 뚝뚝 카펫으로 떨어졌다. 세컨드 마스터는 전동휠체어의 방향키를 쥐고 책상을 돌아 나왔다.

대가리가 너무 크게 놔뒀어, 곽수환……. 석화의 연구원 직위를 박탈하고 일반 시민으로 강등시켜? 게다가 어딘가에 숨겨두기까지 하다니! 마더를 통해 본 영상에서 석화는 분명 아담에게 물렸다. 아니, 취조실은 어두워 사람의 인영밖에 보이지 않았지만, 의무실부터는 선명하게 보였다.

아담키트로 석화의 혈액을 검사했고, 분명 양성이었을 것이다. 영상을 확대해도 음성인지 양성인지는 보이지 않았지만 곽수환의 표정을 보고 유추할 수 있었다. 그는 분명 절망했으니까.

"면역체였던 거야. 석화가……."

세컨드 마스터 역시 곽수환이 퍼스트 마스터와 접선했던 건 알았다. 다만 설마 놈이 정말 자신의 뒤통수를 칠까 싶었다. 사리분별도 못 하는 명청한 놈이 아닌데 퍼스트 마스터의 편을 들리가 없지 않나.

세컨드 마스터는 상처를 살피고자 전전긍긍하는 집사를 뒤로하고 집무실로 향했다. 흐르는 피 때문에 패드에 지문을 인식하는 일조차 번거로웠다. 그는 긴 복도를 지나 집무실 안으로 들어가자마자 목소리를 키웠다.

"마더! 레인보우 시티 세컨드 마스터의 접속을 허가하라."

집무실의 조명이 순차적으로 켜지고 마더의 화답이 들렸다.

[세컨드 마스터 음성인식 완료. 서버를 전부 개방합니다. 반갑습니다, 마스터.]

"지금 당장 세컨드 마스터의 권한으로 곽수환의 컨트롤러 직위를 박탈한다."

[마스터, 그것은 불가능합니다.]

"……뭐?"

불가능하다니? 세컨드 마스터는 제 귀를 의심하며 눈을 부릅떴다.

[레인보우 시티 개정법 제213조에 의거. 퍼스트 마스터의 허가 없이 현現 컨트롤러의 직위를 박탈할 수 없습니다. 퍼스트 마스터의 동의를 얻어주세요.]

그게 곽수환이 퍼스트 마스터와 접선했을 당시 부탁했던 일이었다.

'제가 퍼스트 마스터의 손을 잡는다면, 가장 먼저 세컨드 마스터가 제 컨트롤러 직위를 박탈하려고 할 겁니다. 퍼스트 마스터께서는 그걸 막아주십시오.'

빌어먹을!

세컨드 마스터는 아끼던 마노 광물을 들어 벽으로 내던졌다.

◆ ◆ ◆

석화는 창문에 올려둔 귤껍질을 무심히 바라봤다. 하룻밤 사이에 수분기 없이 바짝 말라버렸지만 상큼한 향은 아직 머물러 있었다.

석화는 책상에 놓인 소형 라디오의 안테나를 길게 뽑아 올렸다. 귤껍질 옆에 그 라디오를 놓아두었다.

치직, 치지직. 잡음이 들리지 않도록 라디오 주파수를 세심하게 돌렸다.

[……쉘터는 재정비가 끝났습니다. 우리 시민들이여, 아담을 두려워할 필요는 없습니다. 과천 쉘터로 진입한 아담은 우리의

주적인 에덴동산의 소행으로 밝혀졌습니다. 헌병대 조사를 통해 여의도 쉘터 김석태 박사가 서펀트인 것으로 밝혀졌으며, 아직 남은 에덴동산 반군들을 소탕하고자 우리 군은 총력을 기울이고 있습니다.]

……뭐?

석화는 눈꺼풀을 한 번 털어냈다. 스피커의 볼륨을 조금 더 높였다. 그러나 김 박사나 에덴동산에 대한 뉴스는 그것으로 끝이었다. 나머지는 항상 듣던 레인보우 시티의 세뇌 방송이었다.

제가 만난 서펀트와 체형도 말투도 전혀 다른데 김 박사가 에덴동산의 서펀트라니? 혹시 그날 만난 서펀트는 사칭이었던 건가? 아니, 오히려 김 박사가 누명을 썼다는 쪽이 더 그럴싸할 것이다. 자신도 여의도 쉘터 식당에서 일어난 아담 사태 때문에 김 박사를 의심한 적은 있었으나 그가 서펀트라는 건 말도 안 되는 추론이었다.

만일 김 박사가 구금된 상태라면, 에덴동산에 대해 파내기 위해 그를 심문할 가능성이 높았다. 말이 심문이지, 고문일 거다. 어쩐지 손톱이 시큰거리는 것 같아 석화는 주머니에 손을 넣고 돌을 매만졌다.

곽수환이 두 번째로 선물해줬던 돌은 첫 번째보다 무게가 상대적으로 가벼웠다. 게다가 컨디션도 여의도 쉘터에 있을 때보다 좀 더 좋았다. 잠도 편히 자고, 타인과 엮일 일도 거의 없고 식사도 제때 하니 건강 상태가 양호해진 거겠지.

똑똑.

이 방의 문을 두드릴 사람은 한 명밖에 없었다. 그렇지 않아도 석화는 라디오를 들은 이후부터 곽수환을 기다리고 있었다.

"식사할까?"

보통 그가 식판에 먹을 걸 담아오고는 했는데, 안으로 들어온 곽수환은 빈손이었다.

"옆 건물로 가서 먹자."

"여기서 먹어도 돼요."

"답답한 것 같은데 나가서 공기 좀 쐬자고."

곽수환이 '이것 봐, 얼마나 자유로워?'라는 듯 입술을 쓱 끌어 올렸다.

석화는 라디오를 원래 자리에 내려두고 그가 준비해두었던 코트를 걸쳤다. 보들보들하고 포근한 재질이어서 몸의 열이 더 오르는 것만 같았다.

"연구는 잘돼가고?"

석화의 보폭에 맞춰 나란히 걷던 곽수환이 먼저 입을 열었다.

"네."

"백신 가져다 달라고 했으니까 오늘 중으로 올 거야."

"……네."

석화가 단답형의 대답만 하자 곽수환이 시선을 흘끔 내려 얼굴을 살폈다.

"뭐 먹고 싶은 거라도 있어?"

"아뇨."

"갖고 싶은 건?"

석화는 그가 왜 이러는지 이유를 알 수가 없었다.

원래도 종잡을 수 없는 행동을 하긴 했는데 지금은 자신의 신변을 보호하는 데에 그치지 않고, 원하는 게 있으면 다 해주겠다는 말들이나 꺼내고 있었다.

"없어?"

"네."

그는 심기가 불편해진 사람처럼 한숨을 짧게 내뱉었다. 정말 갖고 싶은 게 없기 때문에 그렇게 대답했을 뿐이었다.

"나보다 밥 먹은 날도 더 많으면서 왜 자꾸 애들처럼 굴어."

"제가요?"

"전하고 다르게 굴잖아."

"저는…… 전하고 똑같은데요."

건물 밖으로 나오자 곽수환이 바람에 날린 머리를 손으로 정리했다.

"석 박사는 전하고 똑같은데 내가 그렇게 느끼지 않으면, 나한테 문제가 있다는 거네."

그가 멈춰 섰기에 어디로 가야 될지 모르는 석화도 주머니에 손을 넣은 채로 섰다.

"대답도 그렇고 얼굴 표정도 그렇고 자꾸 살피게 되는데, 나이런 건 처음이라 좀 적응 안 되거든?"

딱딱한 제복 차림인 그는 석화를 물끄러미 내려다봤다. 그는 제 뜻대로 되지 않아 초조해진 애들처럼 짜증스러운 기색이 머물러 있었다.

"됐다, 밥이나 먹자."

곽수환이 석화의 팔을 잡아끌자 석화가 신음 소리를 냈다. 세게 잡힌 탓에 뼈까지 욱신거렸기 때문이었다. 잇새로 혀를 찬 곽수환이 팔을 놓더니 다시금 보폭을 맞춰 걸었다.

바이올렛 쉘터라 불리는 옆 건물의 입구는 세 명의 군인이 지키고 있었다. 그들은 그린구역 군인들보다 한참이나 각이 잡혀 보였고 표정이라 부를 것도 없었다. 곽수환과 석화를 확인하고는 곧장 길을 터주었을 뿐 석화에게 어떠한 관심도 두지 않았다.

쉘터 내의 2층 식당은 점심시간이 지난 터라 지나치게 한산했다. 이곳은 여의도와 다르게 식당 직원들조차도 전부 군인이었다. 음식이 아직 스테인리스 반찬통에 남아 있었기에 석화는 식판을 들었다.

"자리에 계시면 준비해서 가져다 드리겠습니다."

주방 안쪽에서 얼굴을 내민 취사병이 걸걸하지만 정중하게 말했다.

"됐어, 남은 거 먹지 뭐. 어차피 석 박사는 먹고 싶은 것도 없을 텐데."

먹고 싶은 게 왜 없나. 있다면 닭백숙인데. 지금 당장 만들 수도 없는 음식이기에 입 밖으로 꺼내지 않았다. 석화는 식은 밥을

푸고, 옆에 있는 반찬들을 남기지 않을 만큼만 담기 시작했다.

"거, 빨리빨리 좀 풉시다."

뒤에 있던 곽수환이 식판으로 툭 옆구리를 찔렀다. 돌아보니 조금 짓궂은 얼굴을 하고 웃었다. 심술이 느껴지는 건 기분 탓이 아닐 거다.

애처럼 구는 게 누군데……. 저는 곽수환을 전하고 하나도 다름없이 대하고 있었다.

인간의 존엄성을 잃고 아담이 될 상황까지 갔어도, 대외적으로 연구자의 지위를 박탈당했어도 말이다. 사실상 곽수환이 저를 어딘가에 묻어 죽인다 해도 자신을 찾아줄 사람은 단 한 명도 떠오르지 않았다. 어머니가 돌아가신 뒤로 혼자가 된 게 너무 당연하다고 생각했는데, 제 존재를 아무도 떠올려주지 않는다고 생각하니 어쩐지 서글펐다. 이제 저를 기억해주는 건 여기 있는 곽수환밖에 없을 것만 같았다.

그런 내가 김 박사에 대해서 물어봐도 될까……?

석화는 자신도 모르는 사이 그의 눈치를 적잖이 살피고 있었다. 그래서 샬레나 백신을 달라고 했을 때도 쉽게 말을 내뱉지 못했던 것이다.

신변을 보호해주는 건 곽수환이지만, 반대로 목숨줄을 쥐고 있는 것도 그였다. 삶에 큰 미련이 없다고 생각했건만 아담에게 물렸을 때 가장 먼저 든 생각은 살고 싶다는 거였다.

"햄 못 먹은 귀신이 처붙었나, 새끼들이 햄만 싹쓸이했네."

소시지와 채소를 볶아둔 통에는 정말로 소시지는 조각밖에 보이지 않았다. 석화도 채소보다는 소시지가 더 좋았지만 아쉬운 대로 남은 것을 긁어모아서 그의 식판에 덜어주었다. 곽수환이 의외라는 듯이 눈을 키웠다.

그가 뭐라고 말을 하기도 전에 빈자리를 찾아서 식판을 내려두었다. 그랬더니 곽수환은 주머니에서 아주 작은 귤 몇 개를 꺼내 석화의 빈 식판에 올렸다.

모양이 귤과 똑같은데 어떻게 까먹어야 할지 모를 만큼 크기는 한참이나 작았다.

"그거, 금귤이라고 부른대."

"금귤이요?"

"껍질째 먹는 거라던데 안에 씨도 있다더라."

생김새는 귤하고 비슷하지만 먹는 방법은 전혀 달랐다. 그러나 이것도 귤과 마찬가지로 제주도에서 올라온 귀한 과일일 것이다.

석화는 뒤늦게 고개를 끄덕거리더니 천천히 식사를 하기 시작했다. 곽수환은 반으로 잘린 소시지 한 점을 석화의 수저에 툭 올렸다.

"……라디오를 들어보니까 서펀트가 누군지 밝혀졌다던데요."

석화는 먼저 운을 떼어봤다.

"믿어?"

곽수환은 취사병 새끼가 썩은 양파도 안 걸러냈다면서 한마디를 더 보태기만 했다.

"김 박사님이라던데……. 저도 믿기지는 않아요. 그럼 김 박사님을 심문 중인가요?"

"죽었어."

석화는 수저를 든 채로 굳어버렸다. 대수롭지 않은 일이라는 듯 곽수환은 식사를 이어나갔다. 석화도 더는 무슨 말을 해야 할지 몰라서 기계처럼 손과 입을 움직였다.

"이 장소는 상부도 몰라요?"

"설마, 세컨드 마스터는 알아. 알아도 어쩔 거야. 하반신 불구라서 웬만해서 우도 밖으로 나오지도 못하는데. 원래는 세컨드 마스터를 지키기 위해 만든 부대였는데, 여기 애들 내가 거둔 놈들이라 레인보우 시티가 아니라 나한테 충성하거든."

상부가 알게 된다면 즉결처형을 내릴 만한 말을 함부로 뱉어냈다.

21바이올렛구역에 거주하는 컨트롤러의 직속 부대는 스무 명 안팎이었다. 대신 특수부대라고 부를 만큼 개개인 한 명의 전력이 뛰어난 편이었기에 마음만 먹는다면 몇 명이서 레드구역 소탕 정도는 손쉽게 할 수 있었다. 뿐만 아니라 그들은 레인보우 시티의 시민에 속하지만, 차 중령이나 곽수환과 달리 정식 직위가 없기에 마더에 등록되지 않은 유령들이었다.

세컨드 마스터는 자신을 위한 군대를 만들고자 했지만 결국 곽수환의 부대가 되어버렸다.

"생각해보면 우습지 않아?"

곽수환이 짧게 비웃음을 내비쳤다.

"어떤 게요?"

"나는 시티의 허락 없이 태어나서 밖으로 방출됐잖아. 내 동생도 마찬가지지만 살아 있다고 해도 레인보우 시티에 등록되지 못했을 거야. 선천적인 병이 있었거든. 여기서 불치병을 앓거나 몸이 불편한 사람들을 한번이라도 본 적 있어?"

그가 무슨 말을 하고자 하는지는 안다. 태어날 때부터 장애가 있다면 철저히 버림받는다. 그건 레인보우 시티의 인구정책 중 하나였다. 시민들을 지키며, 아담과 반군이라는 주적을 해치우기 위해서 다른 복지에 힘을 쓸 수 없다는 이유 때문이었다.

"그런데 이 시티의 대가리 중 한 놈이 하반신 불구야. 또 한 놈은 몸은 멀쩡하지만 뇌에 똥만 가득 찼지. 그런 놈들이 인구정책을 그따위로 펼치니 아이러니하지?"

바이올렛구역에 온 뒤로부터, 조금 더 정확히는 자신이 아담에게 물리고 살아남은 뒤부터 곽수환은 솔직하게 제 생각을 전달해왔다.

석화는 수저를 꽉 쥐었다. 이어 조용하지만 고저 없이 물었다.

"곽 소령님은…… 레인보우 시티가 망했으면 해요?"

곽수환은 턱을 괴더니 눈만 올려 석화를 바라봤다. 응. 그는 입술을 다문 채로 목만 울렸다. 오히려 석화가 당황해 작게 입을 벌렸다.

"실질적으로 레인보우 시티가 무너지는 건 어렵겠지. 다만 이 체제를 무너뜨릴 수 있는 방법은 하나야. 아담이 사라지는 거지. 뭐, 이건 세 살 애도 아는 이론일 테고."

"세 살은 이론이라는 표현도 모를걸요."

곽수환이 모양 좋은 눈을 길게 휘었다.

"그리고 이건 나보다 석 박사가 더 잘 알 거야. 백신이 나와도 아담 바이러스가 변이를 거듭하는 이유가 자연발생인지 아닌지 말이야."

"……."

석화는 한동안 말을 아꼈고, 곽수환은 다시 식사를 하며 시간을 때웠다.

밥을 절반도 먹지 않은 석화는 앞에 놓인 금귤 하나를 들었다. 무슨 맛인지 궁금해 깨물었더니, 엄청나게 신맛에 어금니와 맞닿아 있는 뺨 안쪽의 점막이 시큰거렸다. 그런데도 단맛이 느껴지니 입안 가득 침이 고였다. 석화는 공을 들여 씹어 먹다가 씨를 손바닥에 뱉어냈다.

"이것도 심으면 자라겠죠?"

"엄청 오래 걸리겠지만."

"바이러스도…… 오래 걸리지만 자연적으로 변이하는 경우가 존재해요. 페니실린에 내성을 가진 베타 락타메이스라는 박테리아도 나타났으니까요. 이후에는 아예 페니실린이 듣지 않는 균도 나왔고요."

석화는 한숨도 돌릴 겸, 손바닥에 놓인 씨를 빈 물컵에 톡톡 털어 넣었다.

"그런데 그건 아주 오랜 시간에 걸쳐 나타나는 현상이에요. 지금처럼 짧은 기간에 7차 변이까지 이루어지는 경우는 드물다고 봐야 하고요."

석화는 제가 말하고도 이건 아니라는 듯이 고개를 저었다.

"아마…… 없다고 봐야 할 거예요."

"그렇지?"

곽수환은 저의 생각도 그렇다면서 깔끔하게 식사를 끝마쳤다.

"레인보우 시티가 이 체제를 유지하려면 아담이 필수로 존재해야 하거든. 그렇다면 백신이 듣지 않는 새로운 아담 바이러스도 계속 필요하겠고, 이 또한 인위적으로 만들어지는 거겠지."

그렇다면 쉘터에 있는 멀쩡한 박사들은 전시용이나 다름없다. 레인보우 시티가 이렇게 열심히 백신을 만들고 있다는 걸 보여주기 위한.

석화도 전이었다면 엄청난 비약이라며 흘려듣고 말았을 테지만, 지금은 곽수환의 말에 공감했다. 그렇다면 대체 누가 그런 짓을 벌이는 걸까…….

현재의 레인보우 시티가 유지되길 바라는 사람일 테고, 자연스럽게 위에 있는 사람들이 떠올랐다. 석화는 문득, 레인보우 시티의 최대 연구센터가 우도에 존재한다는 것을 상기했다.

"설마 마스터들이……."

"그런데 석 박사는 내 경고를 깨끗이 말아드시더라고."

곽수환이 제 앞에 놓인 물을 벌컥 들이켰다.

앞서 처형을 당한 박사들도 진실에 근접해갔기에, 마스터나 그들과 뜻을 함께하는 상부에게 죽임을 당했을 수도 있었다. 그리고 자신 역시도 그런 운명이 됐을지도 모른다.

"다 먹었으면 나가자."

석화도 식사를 더 할 생각이 없어서 금귤만 주머니에 넣었다. 식판을 수거함에 올려두고 이번에는 한 손만 주머니에 넣었다. 코트 주머니 한쪽은 금귤로 불룩하게 튀어나와 있었다.

곧장 제 연구실이 있는 건물로 데려갈 줄 알았는데, 곽수환은 식당 반대편에 있는 무기고로 향했다. 석화는 진입이 불가능했기에 무기고에서 떨어진 복도에서 그를 마냥 기다렸다.

무기고로 들어갔던 그가 나올 때는 K3기관총을 어깨에 메고 있었다. 석화는 곽수환이 현장이라도 나가나 싶었다. 그가 이쪽으로 오기까지 기다렸다가 다가온 타이밍에 맞춰 걸음을 옮겼다. 입구를 빠져나와 제가 거주하는 건물로 걸어가려는 때였다.

"어디 가."

"연구실에요."

석화는 너무도 당연하다는 대답을 꺼냈다.

"이리 와."

조금 떨어져 있던 그가 손을 까딱까딱했다. 다가가서 한쪽 주머니에 손을 넣은 채 올려다보자 곽수환이 잘생긴 얼굴을 쓱 내렸다.

"석 박사, 무지개 본 적 있어?"

"……아뇨."

무지개가 뭔지는 알지만, 실제로 본 적은 없었다.

밖에서 활동하는 시간보다 안에 있는 시간이 더 많아서일 수도 있었고, 레인보우 시티는 이름과 대조될 만큼 비도 자주 내리지 않았다.

곽수환이 저 뒤쪽으로 가자며 턱짓을 했다. 석화는 딱히 거절할 이유도 찾지 못해서 그를 따라갔다. 설마 뒤편으로 데려가서 자신을 총살하려는 건가? 하는 이상한 상상도 하지 않았다. 총알을 낭비할 필요 없이 그가 목만 꺾어버리면 그만일 테니까.

쉘터 건물 뒤편에는 오래전 인공적으로 만든 것처럼 보이는 연못이 있었다. 아직 찬바람이 기승인 터라 연못은 꽁꽁 얼어 있었고, 그 밑의 물풀은 마치 시간이 정지한 것처럼 멈춘 상태였다.

"좋은 거 보여줄게."

곽수환은 기다란 총을 앞으로 장전하더니 꽁꽁 언 연못의 한 부분에 대고 총을 연사하기 시작했다. 투투툭, 그 타격에 꽝꽝 언 얼음이 깨지며 물보라가 분수처럼 일었다. 위로 분사된 물방울을 따라 오묘한 색이 희끄무레하게 떠오르기 시작했다. 작고도 귀여운 무지개였다.

곽수환은 무지개가 뜨자마자 사격을 멈추고 어깨에 총을 들쳐 멨다. 그는 태어나 처음 무지개를 감상하는 석화를 구경했다. 물론 무지개의 원리는 그리 복잡하지 않았다. 빛이 물방울을 통과할 때 생기는 굴절에 의한 색의 향연일 뿐이었다. 그런데도 석화는 그 모습이 신기해서 한참이나 멀거니 서 있었다. 순식간에 나타났다가 신기루처럼 사라졌지만, 총으로 무지개를 만들 수 있을 거라는 발상은 여태 해본 적이 없었다.

"……신기해요."

솔직한 감상에 곽수환은 의기양양한 웃음을 지어 보였다. 한편으로는 환심을 사고자 하는 아이 같기도 했다.

"죽이지?"

물론 본인이 발견한 게 아니라 양상훈이 알려줬다는 사실은 숨겼다. 그러다 곽수환이 갑자기 낭패한 얼굴을 했다. 석화의 턱에 붉은 상처가 올라와 있던 탓이었다.

얼음 조각이 튀어 오를 때 스친 건데, 그것도 모르고 석화는 의아하게 곽수환을 쳐다봤다.

"피 나잖아."

그제야 따끔한 통증이 느껴져 손을 댔다가 떼어냈다. 큰 상처는 아니라 피가 조금 묻어날 뿐이었다. 곽수환이 상처에 손을 대려고 하자 석화가 깜짝 놀라 뒤로 물러났다.

"먼저 들어갈게요."

웬일로 석화가 황급히 몸을 움직이고 있었다. 턱을 손으로 감싸고 걸어가는 석화를 곽수환이 곧장 따라잡았다.

"많이 아파?"

"아뇨."

"상처 좀 봐봐."

곽수환이 턱을 가린 손을 낚아채서는 저를 보게 만들었다.

"안 돼요. 피가……."

석화는 말을 끝까지 잇지 않고 입술을 다물었다.

곽수환도 석화가 왜 이러는지 대충은 짐작했다. 아담에게 물렸으니 혹시 혈액에 무슨 문제라도 있을까 싶어 조심하는 모양이었다.

"확실히 음성인데 뭘 걱정해."

"그래도요."

석화는 강경하게 상처는 절대 건드리지 말라는 눈을 했다. 아담을 때려잡으러 다니는 사람이 바로 저인데 고작 개미 눈물 같은 피가 두려울 게 뭐가 있나.

"그렇게 걱정이 많아서 앞으로 사람들하고 스킨십은 어떻게 하려고."

"아담 바이러스는 혈액을 통해 전염돼요. 그리고 스킨십은 안 하고 살 수도 있어요."

석화는 제 턱을 다시 손으로 감쌌다.

"난 안 하고는 못 살 것 같은데."

곽수환이 무뚝뚝하게 내뱉었다. 시선만큼은 훗훗하게 다가왔기에 석화는 뒤로 한 발짝 물러났다. 감금 아닌 감금을 당하고 있으면서 석화 또한 곽수환을 의식하고 있었다.

그와 껴안는 건 저도 좋다. 그의 성기는 크지만 모양도 거부감 없이 예뻤고, 심지어 제가 입에 물기까지 했으니까. 다른 타인의 손길은 모르겠지만, 곽수환이 몸을 만져주는 감각도 몇 번이나 머리에서 맴돌았다.

"여의도에 있을 때는 정액 달라면서 졸졸 쫓아다니더니 구하기 쉬운 지금은 왜 달라고 안 해? 이제 필요 없어?"

"줄 거예요?"

석화가 턱을 감싼 손을 내렸다. 곽수환은 그 틈을 놓치지 않고 팔을 낚아챘다. 석화를 제 쪽으로 잡아당기고는 턱을 살짝 깨물었다.

웃! 놀란 석화가 그의 어깨를 밀어냈지만, 그는 별 타격도 받지 않은 듯 허리만 더 꽉 끌어안았다. 혀를 뾰족하게 세워 상처를 핥더니 턱을 물고는 거세게 빨아들이기 시작했다.

"……소령님."

안에 있는 피가 빨려나가는 것만 같았다. 흡혈귀에게 물려 꼼짝도 못 하는 사람처럼 곤란하게 눈썹만 일그러뜨렸다. 너무 거세게 빨리는 바람에 입에서는 밭은 숨이 샜다. 그는 울혈이 생길 정도로 빨고 또 피를 핥았다.

"……아파요."

곽수환이 입술을 떼어내자 턱은 타액으로 축축했다. 얼마나 세게 빨아댔는지 상처보다도 빨린 주변이 발갛게 달아올라 있었다. 하얗게 질린 얼굴에 턱만 불그스름하니 입이 메말랐다. 석화는 열이 오른 눈으로 곽수환의 젖은 입술을 바라봤다.

······젠장, 못 해 먹겠네.

갑작스러운 그의 거친 언사에 석화는 홀린 듯한 기운을 털어냈다. 그는 제복 안쪽에서 울리는 무전을 들고 말했다.

"먼저 들어가."

걸음을 먼저 옮긴 건 오히려 곽수환이었다. 석화는 균열이 간 연못 앞에 서서 손으로 금귤만 굴렸다. 그가 왜 갑자기 짜증을 낸 건지 이유를 따져보려 했지만, 저는 그냥 아프다는 이야기를 한 것밖에 없었다. 석화는 화끈거리는 턱을 손으로 꾹 눌렀다. 아래가 발기했다는 것은 뒤늦게 깨달았다.

◆ ◆ ◆

석화는 밤이 되자마자 버릇처럼 라디오를 틀고 새로운 소식이 없는지 확인했다. 레인보우 시티의 방송을 전부 신뢰할 수는 없지만, 어떤 일이 일어나는지는 알고 싶었다.

곽수환이 안전하다며 자부하는 이곳에 자신을 감금한 건 어쩌면 그에게는 위험천만한 일일 것이다. 완벽한 면역체는 아니지만, 아담의 피에 노출되고도 살아남았다. 그는 이 사실을 상부에 숨겼을 테고, 그래서 자신이 이곳에 있는 거니까.

[레인보우 시티의 마스터 투표일이 점차 다가오고 있습니다.

현재의 퍼스트 마스터와 세컨드 마스터가 그대로 연임을 하느냐 아니냐가 관건일 텐데요. 마스터들이 공략과 업적을 발표하기에 앞서, 세컨드 마스터가 이례적으로 전언을 보내왔습니다. 현재 아담 바이러스의 치료제 개발이 약 80퍼센트 이상 진행됐다고 합니다.]

석화는 너무 많이 굴려 미지근해진 금귤을 꽉 쥐었다.

치료제 개발? 이자들이 또 거짓말을 하고 있는 건가 싶었다. 다시 한번 라디오에 정신을 집중했지만, 세컨드 마스터를 찬양하는 말이 대부분이었다.

샤워를 하고 방치해둔 머리가 금세 말라 있었다. 석화는 편한 옷으로 갈아입고 이불 안으로 파고들었다. 곽수환이 마련해준 깨끗한 이불이었지만, 매트에서부터 지울 수 없는 곰팡이 냄새가 올라왔다. 어둠이 가득했다. 차량의 엔진 소리가 몇 번 들려오고 나서는 총성도 들렸다. 아마 불빛을 따라온 아담에게 발사한 듯했다.

석화는 이불을 좀 더 몸 위로 끌어올리고 몸을 웅크렸다. 혼자 자는 건 익숙했지만 이 커다란 건물에 저 혼자밖에 없다는 고독감은 공포심을 동반했다. 석화는 손에 쥐고 있던 금귤을 입술에 가져다댔다. 마음의 안정을 주는 건 늘 돌이었는데, 이 금귤도 그 못지않았다.

쿵!

엄청난 굉음에 석화가 부스스 몸을 일으켰다. 방패도 되지 못

하는 이불을 쥐고 벽에 등을 댔다. 설마 아담이 여기까지 올라온 건가? 아담에게 감염이 되지 않는다는 것을 알고 있어도 심장이 마구 박동했다. 덜컥, 덜컥, 문을 잠가뒀기에 문고리가 흔들렸다.

"······소령님?"

입 밖으로 소리를 내뱉었지만 제가 듣기에도 너무 작았다.

석화가 자리에서 일어나자 문고리가 부서지면서 끼익, 문이 열렸다. 백열전구의 빛은 복도를 타고 방을 비췄고, 문 앞에 서 있는 사람에게 검은 그림자가 졌다. 실루엣만으로도 그가 누군지 알 수 있었다. 불을 켠 석화는 한숨을 돌리고 이불을 내려두었다.

안으로 들어온 곽수환은 평범한 바지에 편한 티셔츠를 걸치고 있었는데, 손에는 위스키가 들려 있었다.

그는 아무 말도 없이 책상 의자를 끌어와 침대 앞에 내려두었다. 그러고는 털썩 앉았다. 석화는 말없이 술을 마시는 곽수환을 살피다가 마찬가지로 침대에 엉덩이를 붙였다. 그가 만취할 정도로 술을 마신 것을 본 기억은 없었다. 그런데 지금은 눈매도 나른하게 풀려 있었고 자세도 평소보다 흐트러져 보였다.

곽수환은 손을 뻗어 책상의 컵 하나를 쥐더니 술을 조금 따랐다. 석화는 제게 내민 그 잔을 받고 입을 열었다.

"술 못 마셔요."

"알아."

두 손으로 잔을 쥐고 있는 석화의 얼굴이 조금 긴장돼 보였다. 곽수환은 그걸 알면서도 시선을 거두지 않고 빤히 쳐다보기만 했다.

"석 박사."

부르고는 다시 술로 입을 축였다.

"우도로 갈래?"

잔에 담겨 있던 누런 빛깔의 술이 한 차례 요동쳤다.

"우도요?"

"세컨드 놈이 치료제 개발 명목으로 박사 몇 명을 우도로 불러들인다는데, 그중 하나가 석 박사야."

"저는 직위가 박탈됐는데요."

"세컨드가 다시 부활시켰어."

자신의 컨트롤러 직위를 박탈할 수 없으니 석화를 표적으로 삼은 것 같았다.

"상부는 치료제를 만들길 원하지 않는다면서요."

"치료제를 세컨드가 독점적으로 만들어낼 수 있다면 이야기는 달라지지. 지금도 아담을 없애지 않는 건 저들의 안위와 시민들을 통제하기 위함이니, 세컨드가 치료제를 만들어낸다면 오히려 퍼스트를 견제할 수도 있을 거야. 물론 그건 만들 수 있을 때의 이야기고, 그냥 석 박사를 우도로 끌어들일 구실일 수도 있겠지. 석 박사가 아담에게 물렸다는 걸 세컨드가 눈치챘을 가능성이 높아."

설마 인체실험이라도 하겠다는 건가? 석화는 잔을 들어 입술에만 대고 떼어냈다.

"······가야 되면 가야죠. 제가 안 가면 소령님이 위험해지잖아요."

그는 생각지도 못한 대답을 들었다는 듯 고개를 삐딱하게 했다.

"과천 쉘터에서 저를 데리고 나온 사람이 곽 소령님인 걸 상부도 알겠죠. 그런데 가지 않으면······."

석화가 생각에 잠긴 듯 눈을 내렸다. 짙은 눈꺼풀에 그림자가 졌고, 곽수환은 숨을 크게 들이쉬었다가 주먹을 쥐었다.

'빼앗기고 싶지 않아. 그런데 석화가 내 것이 맞긴 한가?'

과천에 나갔다가 돌아올 때마다 곽수환은 이 건물을 보면서 위안을 받았다. 마치 돌아올 집이 생긴 것만 같았다.

나갔다 돌아오면 반겨주는 것까지는 아니지만 안전한 곳에 머물러 있는 석화가 있었으니까. 반면에 곽수환은 석화가 무슨 생각을 하는지 확신하지는 못했다. 나가고 싶어 하는 것도 같고, 또 아닌 것도 같았다. 석화의 턱에는 제가 빨아놓은 자국이 선명하게 남아 있었다.

저도 모르게 뻗어나간 손으로 석화의 뒷목을 감쌌다. 끌어당기자 약간의 경계심 어린 눈빛이 솟았다. 기분 좋게 해주면 좋아하지 않을까? 앞서 몇 번 쾌감에 약한 모습도 보여주던 석화였으니 말이다.

곽수환은 제가 만들어놓은 울혈을 혀로 쓱 핥았다. 석화의 눈꺼풀이 잘게 떨렸다. 입술을 조금 더 위로 올려 말캉한 아랫입술에 맞대니 석화의 입술이 벌어졌다.

곽수환이 혀를 미끄러뜨리자 옅은 알코올 향이 뒤섞여 석화는 그 냄새만으로도 취기가 올라오는 것 같았다. 그는 셔츠 안으로 손을 넣어 벌써 딱딱하게 선 젖꼭지를 엄지로 꾹 눌렀다. 먹어치울 듯이 석화에게 입술을 맞대자 그 힘에 밀려 몸이 침대로 넘어갔다.

"하아, 소령님."

기분은 좋은데, 왜 우리가 키스를 하고 몸을 겹치죠? 관계에 대한 의문이 담긴 눈을 하고 있었다.

"우리…… 친구인가요?"

곽수환이 가슴을 울려 헛웃음을 내뱉었다.

"요 근래 들은 소리 중 가장 참신한 개소리야."

"그럼 우리는 무슨 사이예요?"

직설적인 물음에도 곽수환은 쉽게 정의를 내릴 수가 없었다. 대답 대신 셔츠가 말려 올라가 드러난 유두를 입에 물고 빨아들였다.

"섹스…… 파트너예요?"

황당해진 곽수환이 석화를 올려다봤다.

"아무 사이도 아닌데 몸을 겹치는 게요. 소령님이 보던 책에서 그래요."

"나랑 섹스 파트너 하고 싶어?"

석화는 달뜬 얼굴로 곽수환을 봤다가 눈만 깜빡거렸다.

"모르……겠어요."

난 우도로 가야 하는데…….

그는 매끄럽고 마른 몸을 손바닥으로 미끄러뜨리면서 바지의 버클을 풀었다. 곧장 성기가 손에 닿았기에 곽수환이 손에서 말캉한 귀두를 굴렸다.

"속옷은 어쩌고."

"원래…… 잘 안 입어요."

열이 많아서…… 더워요.

제 성기가 만져지는 감촉을 느끼며 중얼거렸다.

연구원 가운 안으로 속옷을 입지 않은 모습을 떠올리니 어쩐지 음란한 기분이 배가 됐다. 그런 주제에 평소에는 성에 관심도 없다는 멍한 얼굴을 하고 있었다. 곽수환은 간신히 턱에 힘을 뺀 동물처럼 석화의 어깨를 잘근 씹었다. 연약한 피부에 잇자국이 남았고, 입술이 닿을 때마다 움찔거리는 몸이 솔직하게 부딪혀왔다.

"그럼 원나잇이에요?"

그는 가슴을 베어 물고는 혀로 젖꼭지를 깨물기도 하면서 빨아들였다. 석화는 눈만 깜빡거리면서 곽수환의 머리를 끌어안았다.

"원나잇에 이렇게 공들이는 놈이 어디 있어."

가슴으로 그의 숨결이 확 퍼진다고 느꼈을 때 그가 허벅지 뒤를 콱 틀어쥐었다. 그대로 들어 올리니 자신의 성기가 고스란히 노출됐다. 발기한 성기가 흔들거렸고, 등까지 들린 채였다. 석화는 당황함에 손을 그에게로 뻗었다.

엉덩이가 벌어지고 아래에 말캉한 감촉이 찾아왔다. 그에게 닿지 못하고 내려온 손으로 시트를 긁었다. 태어나 처음 느껴보는 감각에 석화는 몸을 비틀면서 신음만 내뱉었다. 아니, 비틀고 싶었지만 곽수환에게 단단히 잡혀 아래가 속수무책으로 빨리기만 했다.

음습한 소리가 방 안을 가득 채우고 잔뜩 핥아질 때마다 구멍이 움찔거렸다.

"흐읏……. 이상해요."

짐승에게 아래가 먹히는 것만 같았다. 그는 연한 회음부까지 혀로 쓱 올리고 고환을 빨아 들였다. 석화는 곽수환의 양어깨에 다리를 얹고 허리를 젖혔다. 어깨를 제 무게로 짓눌렀지만 단단하게 받치고 있어 그가 물러나는 일도 없었다.

양쪽을 입에 품었다가 놓은 곽수환이 웃는 게 느껴졌다. 단단하게 선 성기의 끄트머리에 매달린 액을 그가 쭉 빨아들였다. 시원하다고 느꼈던 그의 입안이 흡사 열탕 같았다. 머리카락을 움켜쥔 채로 석화가 슬쩍슬쩍 허리를 움직였다.

"……뭐야, 내 입에 박고 싶어?"

그가 귀두를 살짝 깨물었다. 어디든 좋았다. 석화는 빨리 따뜻한 곳에 감싸여 쥐어짜지고 싶었다. 한껏 빨렸던 가슴은 타액이 식어 차갑지만 홧홧했다. 곽수환은 아래를 다시 빨아달라고 종용하는 석화의 몸을 일으켜 제 위에 얹었다. 거꾸로 얹힌 터라 석화의 턱에 묵직한 성기가 맞닿았다.

"지퍼 내려봐."

뿌연 눈을 한 석화는 그의 버클을 풀고 지퍼도 내렸다. 브리프를 끌어내리자 갑갑하게 갇혀 있던 성기가 퉁, 기세 좋게 튀어 올랐다. 매끈한 두 다리 위로 꽉 다물린 구멍이 훤히 보이는데 석화는 감출 생각도 못 하고 그의 좆을 쥐었다. 어설프게 주물럭거리자 곽수환은 엄지로 구멍을 쓱 문질러댔다.

"잘생겼지?"

좆한테 잘생겼다는 말은 좀 그랬지만, 그의 말대로 완벽한 모양을 갖추고 있었다. 마냥 구경만 하고 있을 수는 없어 혀를 내밀어 쿠퍼액을 핥았다. 입에 엉겨 붙는 음란한 맛에 귀두를 쪽삼키자 곽수환이 낮게 숨을 토해냈다.

그는 침대 상단에 등을 비스듬하게 기대어 석화의 엉덩이를 벌려 쥐었다. 어설프게 빠는 터라 이에 좆이 긁히는데도 감질났다. 작은 입구멍이 더 벌어지지 않아 좆머리만 쪽쪽 빠는데 열중하는 게 또 사람 마음을 동하게 했다. 석화의 허리를 획 잡아올려 뒤에서부터 끌어안고 커다란 손으로 가슴을 감쌌다.

"하아⋯⋯. 왜."

마치 더 빨고 싶다는 듯 석화가 아쉬운 한숨을 내쉬었다. 손가락을 석화의 입에 넣어 천장을 살살 굴렸다. 간지러움에 비트는 몸을 꽉 붙들고 혀를 누르면서 깊숙하게 손가락을 넣었다.

"우욱. 욱."

헛구역질에 석화의 가슴이 요동쳤다. 곽수환이 달래듯 귀에 입을 맞추면서 속삭였다.

안에 더 벌려봐. 여기, 넣다 보면 넓어져.

석화가 고개를 틀어서 곽수환을 돌아봤다. 초점 없는 눈이 뿌옇게 흐려져 있었다.

"……그렇게 하는 게 맞아요?"

손가락을 문 채로 말했기에 발음이 부정확했다. 그런데도 석화는 의심을 잔뜩 담고 있었다.

"이건 약과지."

곽수환도 타인과 자신의 섹스 스타일이 어떻게 다른지 정의를 내릴 수는 없었다. 다만 석화가 기절할까 봐 힘줄이 불거지도록 인내심을 발휘하는 중이었다.

석화는 고개를 천천히 끄덕하더니 다시 밑으로 내려가 곽수환의 허벅지를 쥐었다. 고개를 내려 아직도 축축한 좆을 입에 넣고, 안으로 꾹꾹 집어넣기 시작했다. 그러면서 제 젖꼭지까지 그의 탄탄한 하복부에 비볐다.

밝히긴.

곽수환은 드러난 구멍을 젖은 손가락으로 살살 달랬다. 긴장이 풀릴 때까지 엉덩이도 주물러주자 살이 금세 새빨갛게 달아

올랐다. 말랑거리는 구멍에 중지를 넣으니 아래에 힘이 바짝 들어갔다. 좆을 뱉어내려는 걸 허리를 탁 쳐서 막았다.

"계속해."

석화는 당혹스러움에 눈꺼풀만 경련한 채 좆을 물고만 있었다. 밑이 벌어지는 감각이 지나치게 낯설었다. 흐으, 막힌 입에서 신음 소리가 새어나오고, 위와 아래가 곽수환에게 함부로 파헤쳐지니 제 몸이 제 것이 아니게 되는 것만 같았다.

손가락 하나가 더 들어오자 성기를 입에서 뱉어냈다. 그의 허벅지에 얼굴을 비비며 앓는 신음만 낼 수밖에 없었다. 엄청나게 발기한 좆이 제 가슴을 찔러대며 젖꼭지까지 마찰해 소름이 돋았다.

"빡빡······해요."

억지로 벌어지는 아래로 온 신경이 집중되고 있었다. 가위질을 하듯 움직이는 손가락은, 한번도 노출된 적 없던 점막에 과한 자극으로 다가왔다.

"아윽!"

빙글, 손가락을 돌려 뱃가죽이 있는 방향으로 꾹 누르자 비명이 터졌다.

"기절하면 안 돼."

엉덩이가 깨물렸고 곽수환의 호흡이 거칠어졌다. 그는 계속 안쪽을 손으로 누르고 비비기를 반복했다. 석화의 성기에서 흘러내린 액이 느른하게 그의 가슴팍으로 떨어졌다.

벗어나려는 두 허벅지를 한 손으로 둘러 잡고 손가락을 돌리니 흡사 울음에 가까운 신음이 터져 나왔다. 입 밖으로 흩어지는 숨결이 뜨겁다. 혼미한 정신을 일깨우듯 밑에서 쉼 없는 자극이 쏟아졌다.

"아, 안 돼······. 흐아······."

곽수환이 손가락을 천천히 빼자 빠끔하게 벌어졌던 구멍이 다시 좁아졌다. 그는 애써 넓혀놓은 아래가 완전히 닫히기 전에 손가락을 걸어서 당겼다. 하반신에 흩어지는 석화의 달뜬 숨에 아래가 한번 더 팽창했다. 인내심이 완전히 바닥나버려 구멍에 윤활제 대신 침을 뱉었다.

"읏!"

석화는 놀란 눈을 하고 그를 돌아봤다. 비척대며 몸을 일으켜서는 제 엉덩이를 손으로 가렸다.

마치 저를 탓하는 시선이었지만, 곽수환은 뭐가 문제인지도 몰랐다. 그래도 미안, 짧게 말했다. 제게서 물러난 석화를 조심히 끌어와 안았다. 축축한 구멍을 부드럽게 풀어주면서 제 좆과 석화의 성기를 함께 마찰했다. 동그란 이마에 땀이 송글 솟아 있었다. 곽수환은 이마에 입술을 맞추고는 석화를 반듯이 눕히고 올라탔다.

다리를 들어올려 커다란 좆으로 회음부를 문질러대니 기대감인지 긴장감인지 구멍이 빠끔댔다. 앞대가리를 가져다 대자 쪼옥 저를 빨아들이는 것만 같았다.

"콘돔 낄까?"

군에서 지급되는 콘돔이 있지만 질이 안 좋아 금방 찢어지기 일쑤였다. 응? 그대로 꿰뚫고 싶은 것을 참아내며 석화에게 속삭였다. 그러면서 가슴을 부드럽게 매만지고 좆으로는 아래를 뭉근하게 문질렀다.

"……있어요?"

"없지. 가져와야 돼."

아프게 안 할게. 유혹하는 뱀처럼 그가 눈가와 뺨에 키스를 천천히 내렸다. 석화는 곽수환의 어깨를 끌어안았다. 커다란 몸이 제게 주는 안정감은 여전했기에 조금 겁은 났지만 괜찮을 것 같았다. 손가락으로도 그렇게 기분이 좋았는데, 성기가 들어오면 어떨지 자못 기대도 됐다. 이런 걸 진짜 밝힌다고 하는 건가.

곽수환이 두 다리를 확 올려서는 밑을 내려다봤다. 늘 여유만만한 웃음을 걸치고 있던 남자의 얼굴이 차갑게 느껴졌다. 그러나 눈의 열기는 분명했다. 엉덩이를 두 손으로 잡아 벌리더니 앞을 꾹 밀어 넣기 시작했다. 석화의 입이 벌어졌지만 새된 소리조차 새어 나오지 못했다. 아래는 마치 두 번 다시 닫히지 않을 듯 팽팽하게 벌어지는 중이었다.

학, 하악……. 목에 구슬이라도 걸린 듯 간헐적인 숨이 터졌다. 곽수환은 미간을 구기고 낮게 숨을 토해냈다. 제 것을 먹어 치우는 아래가 고스란히 드러나 뒷목까지 열로 지글지글 들끓었다. 그 위로는 달아오른 얼굴로 저를 보는 석화도 보였다.

성욕 억제제 약효는 제대로 듣지도 않았을 뿐더러 떨어진 지도 오래였다. 자칫하다가는 이성을 잃고 덤벼들 것만 같았다. 좀 더 깊이 내리누르면서 석화의 얼굴 옆으로 팔뚝을 내려 몸을 지탱했다.

석화는 숨을 몰아쉬면서 늘어난 아래가 익숙해지기를 기다렸다. 그때마다 조금씩 더 들어오는 좆에 제 아랫배를 감쌌다. 손가락이 닿지 않았던 곳을 그가 좆으로 길을 내고 있었다.

"아, 아읏."

"천천히 할게."

다정하게 말을 했지만 석화의 귀에는 잘 들리지도 않았다. 그런데도 온통 아픔만 가득한 것은 아니라 천국과 지옥을 동시에 오가는 기분이었다. 그가 안쪽을 느릿하게 비비다가 허리를 뒤로 빼내자 석화는 입술을 깨물었다. 아래가 딸려 나갔다가 다시 들어올 때는 버티지 못하고 입을 벌렸다.

천천히 치대던 아래에 점차 속도가 붙고 탁, 탁, 허리를 쳐올리는 힘이 엄청났다. 헛구역질이 나올 정도로 좆이 안을 쳐대니, 들어왔다가 나갈 때마다 아랫배의 모양이 이상해졌다.

"아, 소령님……. 안에…… 밀려요. 밀려나요."

두 팔 안에 석화를 가둔 곽수환은, 신음하는 입술과 몽롱해진 눈을 한꺼번에 담았다. 제 좆을 전부 감싸 쥔 밑이 주는 쾌감에 점차 행위가 거칠어지고 있었다. 이런 것을 열락이라고 한다면, 한 번으로는 절대 그치지 못할 거다.

힘들어하는 와중에도 저를 따라오는 석화의 안쪽 한곳을 계속 처박아주었더니, 몸을 바들바들 떨었다.

"아! 하으…… 윽."

전립선을 그대로 쑤셔 올리자 석화의 성기에서 묽은 액이 튀었다. 흘러내린 액이 고환을 타고 회음부로 내려와 구멍을 감쌌다. 석화는 동요해 그를 올려다봤다.

"이거, 왜…… 하악!"

다른 생각은 하지 못하게끔 계속 허리를 부딪치자 석화가 기절이라도 할 것처럼 자지러지기 시작했다. 기분 좋지? 석 박사. 그러니까 내 거 맞지? 곽수환은 겉만큼이나 뜨겁고 좁은 내벽에 제 좆을 함부로 문질러댔다.

"기분, 좋아?"

"아윽, 이상해. 여기가 나와요. 못 나오게…… 잡아줘요."

석화가 울상을 하고는 제 성기를 쥐었다. 그렇게 잡아도 소용없는데. 곽수환이 보일 듯 말 듯 웃고는 석화의 팔을 떼어내 위로 올렸다.

얼마나 삽입을 반복했는지 몰라도 이제 아래는 무리 없이 곽수환을 받아들였다. 귀두를 구멍에 걸쳤다가 탁 쳐올릴 때의 충격만큼은 여전해 석화는 허벅지를 바르르 떨었다. 더는 못 버틸 것 같았다. 그가 주는 진저리나는 자극에 도망치고 싶기도, 이성을 전부 놓아버리고 생각 없는 몸뚱이가 되고 싶기도 했다.

곽수환은 집착특성이 정말 섹스에 있는 게 아닐까 싶을 정도로 저를 몰아갔고, 또 사정도 하지 않았다. 석화는 제가 언제 사정한지도 모른 채였다. 아니, 사정도 아닌 묽은 액으로 아래가 온통 젖어 있었다. 그가 나가고 들어올 때마다 쿨쩍거리는 소리가 들려왔다. 석화는 혹시 제가 삽입의 자극에 지린 건가 싶었다.

그만해요. 소령님⋯⋯. 나⋯⋯. 화장실 가야⋯⋯ 해요.

석화가 이제 안 된다고 말을 뜨문뜨문 뱉어냈다. 곽수환은 석화의 몸을 들어 올려 제 위에 앉혔다. 삽입이 좀 더 깊어지자 아래가 온통 젖은 석화가 몸을 비틀었다.

"석 박사, 딱 내 체질이야."

그의 목소리가 잔뜩 가라앉아 있었다.

"체질⋯⋯?"

"엄청 밝힌다고."

탁, 그가 허리를 쳐올렸다. 석화는 곽수환의 어깨에 제 뺨을 힘겹게 늘어뜨렸다.

"밝히는 석 박사 분수 터진 건데."

"그게 뭐예요."

하긴 수치심도 알아야 있는 법이지. 곽수환이 웃자 좆이 담긴 아래가 전부 울렸다.

"⋯⋯석화야."

하웃! 그가 깊숙이 박아둔 채로 저를 불렀다. 거세게 허리를 쥐고는 어디도 가지 못하도록 내리눌렀다.

"석화야."

얼굴을 떼어내 고개를 젖히자 그가 턱을 입술로 쪼았다.

"형."

석화가 눈을 크게 뜨고 곽수환을 내려다봤다. 그는 올려다보며 혀를 내밀어 젖꼭지를 핥고 또 빨아들였다. 겹친 몸뿐만 아니라 시선으로도 범해지는 듯했다. 형, 좋아? 기분이 이상하다 못해 아랫배와 손끝 발끝이 콕콕 쑤셔 그를 벗어나려고 했지만, 곽수환이 작정하고 덤벼들었다.

불안정한 호흡이 흐트러지고, 무두질을 당한 아래는 제어를 벗어나 완전히 성기가 된 것 같았다. 차라리 기절이라도 했으면 좋으련만 정신이 몽롱해질 때마다 전류가 흐르는 자극이 쏟아졌다.

"하아, 힘들어……."

좆을 뒤로 빼낸 곽수환이 단숨에 처박았다. 아윽! 위로 밀려날 정도의 충격이 뒤따랐지만, 그가 두 손목을 꽉 붙들고 있어 뿌리까지 받아내야 했다. 그가 빨아놓은 가슴이 스산해질 만큼 소름이 돋았다. 이성 따윈 다 던져버리고 몸을 치대 오는 그의 눈에는 이채가 선명했다.

정신없는 저와는 다르게 무슨 생각을 하는 건지 알 수가 없었다. 게다가 사정도 하지 않아 무서움이 생길 지경이었다. 말캉하게 열린 구멍이 되돌아오지 않을 것만 같았다.

"사정…… 안 해요?"

"석 박사가 개발한, 억제제 때문에 그렇잖아."

제 좆이 수그러들지 않는 걸 석화 탓을 했다. 움찔, 안에 꽉 들어찬 성기가 한 차례 더 팽창하는 게 느껴졌다. 좆을 어디 할 것 없이 내벽이 감싼 터라 미세한 움직임마저도 크게 다가왔다.

은밀한 내부가 헤집어지는데도 상반된 감정이 교차했다. 스스로도 알지 못하는 곳을 곽수환이 파헤치는데, 창피함이나 경계심보다 그와 좀 더 피부를 맞대고 싶다는 생각이 들었다. 간간이 경련하는 손을 뻗어 곽수환의 몸을 끌어안았다.

"사정해요."

불에 덴 것처럼 근육이 놀라는 게 손바닥에 고스란히 와 닿았다. 싸요. 석화의 속삭임에 곽수환이 기막힌 듯 헛웃음을 내뱉었다. 그러나 곧 화답하듯 석화의 몸을 두 팔로 꽉 껴안았다.

"그게 말처럼 쉬운 게 아니라."

이제 힘들어서 못 버티겠어요. 그 말은 꺼내지도 못했고, 꽉 껴안고 있던 손에서도 금세 힘이 빠졌다.

"나 싸려면 형이 좀 도와줘야 할 것 같은데."

형이라고, 생각도 안 하면서…….

곽수환이 석화의 안에서 좆을 쑥 빼냈다. 예고도 없이 빼낸 터라 상실감에 구멍이 움찔거렸다. 넓어졌던 안이 다시 수축하는 바람에 앓는 소리만 나왔다. 그는 석화의 몸을 엎드리게 해 허리를 확 잡아 올렸다. 간신히 두 팔로 침대 시트를 누르는데 타악! 하는 소리가 들렸다. 동시에 안이 뚫린 것이다.

"아읔!"

다물어진 밑으로 진입하는 그는, 지금까지는 전희에 지나지 않았다는 듯 더 거셌다.

"아! 후으……."

정상위보다 뒤에서 들어오는 게 훨씬 더 깊었다. 바짝 선 좆이 내벽을 긁어대는 세기에 꼬리뼈가 밀려나는 것만 같았다. 도저히 몸을 지탱할 수가 없어 팔에 힘이 빠졌다. 손을 위로 뻗은 석화의 상체가 무너져 거친 시트에 뺨이 문질러졌다. 벌어진 입에서 흘러나온 타액까지 시트를 적시고 있었다. 그는 허리를 잡은 손을 풀지 않고 탁, 탁, 뜨거운 내벽에 처박기를 반복했다.

석화는 시트를 그러쥐지도 못한 채 곽수환에게 시달려 성기만 달랑거렸다. 앞으로 도망가 제 안을 채운 좆을 빼내고 싶은데 힘의 차이에 그저 그를 부르기만 할 뿐이었다.

소령님, 곽 소령님…….

빠끔대는 동안 곽수환은 음모가 닿을 정도로 깊숙이 좆을 쑤셔 넣었다. 가장 깊숙하게 박아놓은 상태로 허리를 움직이자 배를 때려 맞는 것만 같았다. 쾌감과 고통이 교차적으로 찾아들어, 눈꺼풀이 자꾸만 까무룩 내려앉았다.

"하, 진짜 정액 필요해? 나 안에, 싸도 돼?"

"……안에? 흐읏, 어디에?"

석화는 말뜻을 인지도 못하고 되물었다.

"여기, 형 안에."

"……윽!"

꾸욱 좆을 들이밀었더니 열이 한껏 오른 석화의 눈이 뿌옇게 변했다.

"밖에 할까?"

등에 상체를 바짝 붙여온 곽수환이 속삭였다. 그의 몸도 평소보다 열이 올라 있었는데, 탄탄하게 닿는 촉감이 좋았다.

"밖에……. 안에……. 샬레에……."

저 자신이 무슨 말을 하는지도 모르고 중얼거렸다.

곽수환은 기절하지 않은 게 용한 석화의 성기를 손으로 감쌌다. 억제제 약효가 남아 있었기 때문인지 몰라도 정액보다 묽은 액이 더 많이 샜다. 주무르고 흔들어도 반쯤 서기만 할 뿐 단단해지지도 못했다. 석화의 어깨를 깨물고 빨아들이다가 다시 허리를 툭 쳐올렸다. 그때마다 아직도 긴장해 있는 몸이 반사적으로 수축했다.

"금방 할게, 금방."

아까도 비슷한 말을 했다며 따지고 싶었지만, 석화는 겨우 숨만 내쉬는 게 고작이었다.

그래도 여기 있으면서 체력이 많이 좋아졌는지, 아니면 진짜 곽수환의 말처럼 밝히는 건지 몰라도 계속 버티고만 싶었다. 무방비하게 몸이 뚫린 것만큼이나 곽수환에게 신뢰가 생기고 있었다. 예민한 내부에 그가 아닌 다른 게 들어와 있으면 두려움에 쾌감 따위도 못 느꼈을 거다. 그러나 곽수환이기 때문에 몸을 맡길 수가 있었다. 물론 지금 안을 힘들게 하는 사람도 곽수환이었지만.

석화는 늘어진 몸을 간신히 움직여 엎드린 채로 웅크렸다. 머리만 동굴에 박은 어리석은 짐승 같았으나, 그의 힘에 허리가 잡혀 있는 것보다는 훨씬 편했다. 그 바람에 좆을 품고 있는 아래가 곽수환의 시선 밑으로 음란하게 드러났다. 엉덩이가 슬쩍 올라와 있었기에 삽입도 좀 더 깊어져버렸다. 뭉근하게 좆을 비비는 곽수환이 낮은 숨을 토해냈다.

섹스를 제대로 해본 적도 없을 텐데도 사람 눈 돌아가게 했다. 남의 자지는 구원해주면서 석 박사 성생활은 비루할 거라고 생각한 것도 취소해야겠네.

"하, 씨발. 내 자지 녹겠어."

"아윽, 왜 욕해……요."

"그냥 감탄사야."

모양 좋게 퍼진 엉덩이 양쪽을 움켜쥐고 곽수환이 점차 속도를 올리자, 석화가 고개를 돌려 그를 올려다봤다. 석화에게 집중하던 곽수환도 곧 그 시선을 눈치챘다. 석화가 힘들어 잔뜩 처진 눈을 하고도 저를 계속 보는 게 희한하기도 하고, 오히려 저를 부추기는 것도 같았다. 곽수환이 그 기세를 몰아 더 밑을 탐했다.

화악, 시큼 달달한 향이 올라왔다. 둘의 정사에 금귤이 짓눌려 터져 있었다. 그는 군침이 도는 향에 성욕도 더 고조돼 석화의 몸을 덮치듯 끌어안았다. 석화의 신음 소리가 안쓰러울 정도로 옅었다. 몸을 전부 먹어치울 듯이 더 맞대고 거센 삽입을 반복하자 어느 순간 석화의 몸이 완전히 늘어졌다.

젠장, 기절한 게 분명한데 아래는 여전히 저를 자극해대고 있었다. 곽수환은 도저히 멈추지 못하고 부드러운 목에 이를 박아 넣었다.

자제해야지, 속으로 몇 번이나 되새기면서 좆을 쓰윽 빼냈다. 제 좆에 맞춰 뻥 뚫린 구멍을 보자마자 다시금 박고 싶은 충동이 거세게 일었다.

아직도 기세가 흉흉한 좆을 손으로 누르면서 침대 상단으로 손을 뻗었다. 얼마나 침대가 흔들렸으면 물통도 엎어져 있었다. 반쯤 물이 쏟아진 생수통을 손에 쥐고 벌컥벌컥 마셨다. 그리고 남은 물을 제 좆에다가 뿌렸다. 미지근한 물이지만 좀 전보다는 한 꺼풀 가라앉기 시작했다.

곽수환은 석화의 몸을 조심히 끌어안고 침대를 감싼 시트를 벗겨냈다. 원래는 사용되지 않던 건물이라 새 시트 같은 게 있을 리가 없었다. 조금 찜찜할지 몰라도 그는 석화의 몸을 이불로 돌돌 말았다.

저도 옷을 대충 걸쳐 입고는 힘없이 늘어진 석화를 안아 들었다. 방을 빠져나오다가 석화가 좋아하는 좆돌 하나를 손에 쥐었다. 걸어 나가는데 발기한 좆이 쉽게 가라앉지를 않아 옆 쉘터까지 가는 데도 한참이었다.

보초를 서 있던 군인 몇 놈이 석화가 죽었나 싶은 당황한 얼굴을 했지만, 그때뿐이었다. 곽수환은 제 방으로 성큼성큼 걸어 올라갔다. 그동안 석화가 좀 깨어나 주었으면 좋으련만 침대에 내려놓을 때까지도 정신을 차리지 못했다.

기분 좋게 해주려고 했는데, 난감했다.

그래도 좋아했던 것 같기는 한데…….

곽수환은 데운 물로 적셔 온 수건으로 석화의 몸을 꼼꼼하게 닦아나갔다. 말랑거리는 좆도 깨끗이 닦아주고 다시 다물린 구멍도 부드럽게 쓸어주었다.

"……석 박사, 나 인내심 끝내주지 않아?"

그런 것치고 석화의 몸은 깨물리고 빨려서 붉어진 자국들로 선연했다. 체력이 약한 것도 모자라 피부까지도 연했다. 곽수환은 마저 몸을 더 닦아주고는 마지막으로 이불을 덮어주었다. 저는 욕실로 들어가 샤워기를 쥐었다. 뜨거운 물은 나오지 않기에 찬물 샤워를 했더니 아래가 다행히도 잠잠해졌다. 다만 샤워기를 쥔 손에는 힘이 바짝 들어갔다.

솔직히 이 정도로 좋을 줄은 몰랐다. 큰일이네. 두 번 다시 안 한다고 하면 어떻게든 잘 구슬려서 타일러봐야지. 체력은 바닥을 기면서 저렇게 밝히니 걱정이 앞서긴 했다. 그래도 석화가 또 만만한 성격은 아니니 아무하고나 섹스하지는 않겠지.

수건으로 머리를 털며 나오던 곽수환이 눈을 키웠다. 자는 줄 알았던 석화가 눈을 뜨고 있기 때문이었다.

"깼어?"

곽수환의 물음에도 석화는 천장만 올려다보고 있었다. 뭔가 이상해 다가가니 눈을 뜨긴 했는데 초점이 느껴지지 않았다. 설마 잠버릇 같은 건가 싶어서 지켜보니 곧 쓰윽 눈을 감았다.

옷걸이에 걸어둔 제복에서 뭔가가 깜빡깜빡 점멸했다. 군용 무전기에 달린 램프였다. 무전기를 쥐고 운을 떼려는 참이었다.

'곽 소령, 지금 자리에 있나?'

차 중령의 목소리가 심상치 않았다. 게다가 부하직원을 대하는 듯한 말투에 옆에 누군가가 있다는 것을 확신했다.

"말씀하십시오."

'지금 1층으로 내려와 봐.'

"무슨 일입니까?"

'안녕하십니까? 곽수환 소령님.'

무전기를 타고 차 중령이 아닌 다른 놈의 목소리가 들렸다.

"누구야."

'저는 석화 박사님의 동료인 최호언 박사라고 합니다.'

최호언?

'하하, 실례를 무릅쓰고 제가 직접 21바이올렛구역까지 오게 됐습니다. 만나 뵐 수 있을까요?'

차 중령이 미치지 않고서야 이곳에 최호언을 데려와? 그런데 차 중령이 아직 저에게 반말을 하는 것을 봐서는 컨트롤러인 사실은 모를 가능성이 높았다.

"내려갑니다."

'석화 박사님도 함께 계실 테니 같이 내려오시죠.'

"나 혼자 갑니다."

'과천 쉘터 사태에 대해 역학조사를 하던 중, 석화 박사님의 혈액이 묻은 키트를 발견했는데…….'

곽수환이 무전을 끊어버렸다. 그는 군번줄을 셔츠 안으로 넣고 제복으로 갈아입었다. 차 중령이 이 구역에 최호언을 데려온 건 적어도 1급 위험 사안이라는 거다. 제가 석화를 데리고 있는 걸 알고 있는 자들은 최상부뿐이기도 했고.

곽수환은 홀스터에 권총을 꽂고는 석화가 자고 있을 침대를 바라봤다. 이불에 감싸인 석화가 앉아서 그를 보고 있었다.

"……최호언 박사가 왔대요?"

아까 눈을 떴던 게 정신을 차리려는 전조였나 보다. 그러나 목소리는 잔뜩 갈라져 있었다.

"다녀올게."

"저도 가요."

석화가 침대에서 일어나다가 휘청했다. 부축해주기도 전에 저 스스로 옷장을 열어 곽수환의 평상복 몇 개를 꺼냈다. 곽수환은 석화의 두 어깨를 쥐고는 다시 침대에 앉혔다.

"그냥 있어."

석화의 얼굴만 봐도 저들이 정사를 치렀다는 사실을 쉽게 알 수 있을 것이다. 게다가 아담 키트라니, 의무실에 남아 있던 키트는 전부 수거해서 처리한 지 오래였다. 최호언이 그저 떠보는 것이거나 아니면 그날의 영상을 봤거나 둘 중에 하나겠지만, 꿍꿍이가 있다는 건 확실했다.

석화는 곽수환의 말을 무시하고 옷을 입기 시작했다.

"석 박사, 지금 꼴이 어떤지 알아?"

그가 제복 코트의 단추를 채우며 입을 열었다. 방에는 어떤 거울도 없기에 석화는 비척대면서 욕실까지 걸었다. 셔츠와 바지 사이즈가 맞지 않아 허리춤을 한데 움켜쥐었다.

눈가와 뺨은 그가 빨아놓은 자국이 선명했고, 목덜미와 쇄골도 잇자국과 붉은 흔적으로 수없이 뒤덮여 있었다. 그보다 더 큰 문제는 걸을 때마다 아직도 이물감이 느껴진다는 것이었다.

욕실 문을 잡고 선 곽수환이 턱짓으로 침대를 가리켰다.

"혼자 가서 이야기하고 올 테니까 쉬고 있어."

석화가 대답을 하기도 전에 그가 방을 나섰고, 밖에서 문을 잠가버렸다. 뒤늦게 문으로 나간 석화가 문고리를 돌려봤지만 허사였다. 어쩐지 취조실에 갇혔던 그날의 기억이 불현듯 스쳐 지나갔다.

저를 보호하려는 행동인 건 알고 있지만, 곽수환은 제 신변을 완벽히 통제하려고 할 때가 있었다. 제 일인데도 저를 배제하는 게 석화는 여간 찜찜한 게 아니었다. 이런 생각을 한다고 해도 어차피 밖으로 나갈 수 있는 것도 아니니 침대를 향해 천천히 걸었다. 마치 하반신에만 중력이 배로 작용하는 것 같았다.

몸에 찜찜한 기운이 없는 걸 보고 그가 닦아준 걸 뒤늦게 깨달았다. 석화는 손을 엉덩이 사이로 가져다 댔다. 열이 엄청났다. 안을 헤집던 성기와 아래가 팽팽하게 벌어지던 감각이 떠올라, 저도 모르게 움찔하고 밑이 움직였다.

생전 처음 경험한 신경의 자극은 중독성을 내포하고 있었다. 밀착할 때마다 그의 탄탄한 살가죽이 문질러지는 촉감도 좋았다. 가슴이 깨물리고 빨리는 것도, 그의 성기를 물었을 때는 포만감마저 들었다. 이래서 다들 섹스를 하는 건가 싶었다.

옆으로 누워 있다가 잠이 좀체 오지 않아 방을 둘러보기 시작했다. 침대와 책상, 옷걸이만 덩그러니 있었고 방은 생각보다 깔끔한 편이었다. 그러고 보면 여의도에서 그가 사용하던 방도 정리정돈이 잘되어 있었다. 석화는 책상에 놓인 큐브를 손에 쥐었다.

도색이 벗겨진 낡은 큐브는 회전면이 마모되어 헐거움마저 느껴졌다. 이건 평소 그가 가지고 노는 큐브와는 다른 듯도 했다. 버리지 않고 놔둔 것을 보면 소중한 물건일지도 몰랐다.

석화는 그가 가져온 것으로 보이는 자신의 돌 옆에 큐브를 내려두었다. 잠시 고민을 하다가 곽수환이 했던 것처럼 책상 서랍을 열어봤다. 유치한 복수 심리는 아니었으니 그저 호기심일 뿐이었다. 그런데 서랍에는 그 흔한 펜이나 종이도 없었다. 단 한 권의 책만 놓여 있었는데, 레인보우 시티의 도서관 바코드 표식이 없었다.

석화는 책을 조심히 들어 앞장을 펼쳤다.

곽수환

마치 책에 이름표를 붙여두듯 소유자의 이름이 쓰여 있었다.
필체는 아이의 것처럼 어설펐다. 뒷장을 넘기니 꼬리말에도 '곽
수환'이라는 글씨가 쓰여 있었고, 더 넘어갈수록 글씨체가 점차
자리 잡히는 게 보였다. 한번 더 페이지를 넘겼을 때, 책 사이에
껴 있는 뭔가를 발견할 수 있었다.

검붉은 뭔가가 묻어 있는 변색된 종이였다.

살아.

석화는 책을 펼친 채로 한동안 굳어 있었다.

누군가의 절규 같기도 했고, 애원처럼 들리기도 했다. 글자에
서 소리가 들린다는 게 이상했지만, 그만큼 이 두 글자에 담긴
염원이 느껴졌다. 저가 봐서는 안 되는 곽수환의 깊은 안쪽을
엿본 것만 같아 석화는 탁 소리가 나도록 책을 덮었다.

살아.

그 글자는 뇌리에서 좀체 지워지지 않았다.

　　　　◆ ◆ ◆

　군용 지프 한 대는 시동이 걸린 채였다. 보닛 위로 하얀 김이 솟아올라 봄은 여전히 멀었음을 알렸다. 곽수환은 2층 창으로 밖을 내다보고 나서야 로비로 내려왔다.

　차 중령이 눈을 마주치자마자 송구하다는 시선을 보내왔다. 최호언은 깔끔한 검은 슈트 차림이었는데, 만면에 미소를 띠고 쉘터 로비를 둘러보고 있었다.

　원래 이곳은 생명공학을 연구하던 연구자들의 숙소로 사용하던 건물이었다. 물론 군 시설로 탈바꿈해 그때의 흔적은 거의 남아 있지 않았다. 남아 있는 것이라고는 로비 한쪽에 방치되어 있는 연구원들의 사진 정도였다. 최호언은 깨끗한 구두로 바닥을 짓누르며 걸어가 액자를 손에 쥐었다. 깨진 액자 안에는 다양한 색의 가운을 입고 있는 사람들이 웃고 있었다.

　"최호언 박사님?"

　계단에서 내려온 곽수환이 목소리를 냈다.

　"아, 드디어 오셨군요. 반갑습니다, 곽수환 소령님."

　최호언은 액자를 원래 자리에 내려두고는 차 중령의 옆으로 돌아왔다. 악수를 청했지만 곽수환은 목 인사로 대신했다. 민망할 것도 없다는 듯 손을 내린 최호언이 진하게 웃었다.

　"그런데 석화 박사님은?"

　최호언이 곽수환이 내려온 계단을 흘끔 올려다봤다.

"몸이 안 좋아서 저만 왔습니다. 무슨 일로 여기까지 오신 겁니까?"

놈은 부산에서 올라온 명예가문 출신이며 돌연변이 데이터베이스에 등록되어 있지도 않았다.

바이러스보다 동식물 개량에 더 일가견이 있었고, 근력은 A급 군인을 웃돌았다. 이채윤이 인정할 정도니 크게 틀린 추측도 아닐 것이다. 곽수환은 최호언을 마주 보면서 마찬가지로 미소만 걸쳤다.

"여기서 이야기할 게 아니라 최 박사님과 함께 내 방으로 가지."

둘 사이에 껴서 전전긍긍하던 차 중령이 간신히 운을 뗴었다. 겉으로는 차 중령의 직위가 더 높기에 곽수환은 순순히 따르는 척해 보였고, 최호언도 배려가 감사하다면서 인사를 건넸다.

딱히 차 중령의 방으로 부르기는 어려우나 그들이 작전회의 때 사용하는 1층 사무실의 문을 열었다. 벽에 걸린 레인보우 시티의 지도는 각 구역마다 다양한 색의 압정이 꽂혀 있었다. 현재로서는 녹색 압정이 가장 많았고, 그다음이 붉은색이었다. 최호언은 흥미롭게 그 지도를 보더니 뒷짐을 졌다.

"곽수환 소령님과 단 둘이 이야기를 나누고 싶습니다."

"……그러시죠, 박사님. 이야기가 다 끝나면 다시 여의도로 모셔다드리겠습니다."

차 중령이 문을 닫고 나간 후에야 곽수환은 책상에 걸터앉았다.

"바이올렛구역이 쉽사리 열리는 곳도 아니고, 여기까지 박사님을 차 중령님이 데려왔다는 건 그만큼 막중한 일이 있었다는 건데."

지도를 보던 최호언이 몸을 빙글 돌렸다. 그는 안경을 벗어서 슈트 주머니에 집어넣었다. 그리고 그 안쪽에서 투명한 팩에 담긴 키트를 하나 꺼냈다.

"이 키트에 묻어 있는 혈액은 석화 박사님의 것이죠. 자, 아시다시피 키트의 결과는 양성 반응을 가리키고 있고요."

곽수환은 팔짱을 끼고 여유롭게 대응했다.

"그쪽 말대로라면 석화 박사가 아담이 됐다는 겁니까?"

"그거야 제 눈으로 봐야겠죠. 소문을 듣자 하니 소령님께서는 석화 박사님과 은밀한 관계라고 하던데, 아담이 된 박사님을 숨기고 계실 수도요. 그런데 아담을 숨기는 건 중죄인 걸 알고 계시죠?"

말려들지 말아야 한다. 저 새끼는 분명 석화가 멀쩡하다는 것을 알고 왔을 가능성이 높았다.

"그런데 이상한 건, 석화 박사님의 연구원 직위가 박탈되었다가 다시 또 복귀됐다는 거죠. 그사이에 전 이 키트를 손에 넣었고요."

"동료라고 해봐야 며칠 같이 있었을 텐데, 석 박사한테 이만한 관심을 갖는 이유가 뭡니까?"

"그거야 석화 박사님이 면역체일 수도 있으니까요."

최호언이 너무 당연한 질문을 한다면서 쉽게 답을 내놓았다.

"그렇다면 레인보우 시티를 위해 석화 박사님께서 많은 일을 해주셔야 하죠. 그렇게 생각하지 않습니까, 곽 소령님?"

곽수환은 잠시 고민에 잠겼다.

돌연변이 데이터베이스에 등록되지 않았는데도 범인 이상의 근력을 가졌다면, 상부에서 심어놓은 스파이일 가능성도 배제할 수는 없었다.

컨트롤러를 견제할 다른 직위가 존재할지도 모르지만, 곽수환의 감이 말했다. 저 새끼는 레인보우 시티의 세뇌를 당한 놈은 아닌 것 같다고.

여의도로 온 타이밍도 그렇고, 하고 많은 연구실 중에 김 박사와 석화가 있는 곳으로 전근을 왔다. 과천에 있을 키트까지 손에 넣었으니 놈은 그간 석화를 눈여겨보고 있었다는 소리밖에 안 됐다. 게다가 에덴동산에 연루된 같은 연구실 동료 김 박사가 돼졌다. 그 점에 대해서는 왜 파고들지 않는 걸까.

"너."

무례한 언사에 최호언이 눈썹을 일그러뜨렸다.

"서펀트지?"

"……"

말려 올라간 빰과 눈동자에는 어떠한 동요도 드러나지 않았다. 마찬가지로 곽수환도 팔짱을 낀 채로 다리만 꼬고 있었다. 얼마간 지속되는 침묵을 깬 사람은 코웃음을 친 곽수환이었다.

"현미경만 들여다봐서 그런지 농담을 즐길 줄 모르시는 분이네. 어쨌든 그 키트의 혈액이 석화 박사의 것이 맞다고 해도 문제는 없을 겁니다. 아담 바이러스 키트의 정확도는 약 98퍼센트고, 최 박사님이 들고 있는 키트는 그 2퍼센트의 오류를 보여주는 거니까."

최호언이 비닐에 담긴 키트를 앞뒤로 돌려봤다.

"돌연변이 데이터베이스에 곽수환이라는 이름 석 자는 없더군요."

"아, 그건 내가 밖에서 와서. 그리고 내가 돌연변이가 아닐 수도 있다는 이야기고."

"등록은 되어 있지 않은데 주변 군인들은 다들 곽 소령님을 돌연변이로 확신하죠. 제가 봐도 그렇습니다. 혼자서 레드구역까지 소탕하시는 분인데요."

"그런데 그쪽도 그렇지 않나? 평범한 연구원 같지는 않은데, 마찬가지로 데이터베이스에 없더군요. 설마 당신도 밖에서 온 건 아니고?"

곽수환은 가벼운 말투로 최호언을 떠봤다.

차 중령이 놈을 여기까지 데리고 온 것은 놈이 먼저 접근을 했다는 뜻이었다. 명예가문 출신이라 그런지 생각보다 많은 걸 아는 듯한데, 차 중령과 자신의 관계성까지 캐치했다는 건 의아했다.

"내가 이 키트를 상부에 보고한다면, 어떤 이유에서든 석화 박사님이 소환될 겁니다."

"그러지 않아도 석 박사님은 곧 우도로 가게 될 겁니다."

내내 아무런 동요도 보이지 않던 최호언의 눈에 아주 짧게 경련이 일었다. 이로써 놈이 석화에게 지나친 관심을 가진 건 확실해졌다.

곽수환은 팔짱을 풀고는 책상에서 일어났다. 최호언에게 다가가 키트를 달라며 손을 내밀었다.

"우도로 보내겠다고요?"

최호언이 그럴 리 없지 않느냐며 미심쩍음을 담았다.

"곽 소령님. 아시다시피 저는 밖에서 오셨다는 곽 소령님과 다르게 아주 부유한 가문에서 자랐습니다. 세상은 이 모양이지만 웬만한 것은 다 가져봤고요. 그 귀하다는 강아지도 고양이도 키워봤죠. 다들 안전하게 살다가 늙어서 죽었고요. 그런데 단한 번 실패했던 적이 있습니다."

"그런 건 자서전에나 쓰시고."

힘쓰기 전에 키트나 내놓으라고 돌려 말했다.

"아담이 제가 살던 그린구역에 들어와 삽시간에 감염이 시작됐죠. 그때는 새도 감염이 되는 줄 알고 아직 새끼에 불과하던 카나리아를 안고 방공호로 도망갔어요. 무사히 방공호로 들어가서 카나리아를 봤는데, 걱정이 되어 녀석을 너무 꽉 쥐었기 때문인지 몰라도 제 손에서 죽었더군요."

"난 무식해서 그렇게 비유를 해도 이해 못 합니다."

"석화 박사를 내게 데려와요."

"싫다면."

"상부에 보고하겠습니다."

"살아서 돌아갈 수 있다고 생각합니까?"

"우리에게는 석화 박사가 꼭 필요합니다."

"아니, 나만큼 석화를 필요로 하는 사람은 없어."

안전을 주고, 가족이라는 울타리를 내가 만들어줄 거야. 무사히 돌아갈 때마다 어서 오라면서 반갑게 맞아주는 그런 안전한 가정. 돌도 가져다주고 말이야. 레인보우 시티가 망가질 동안 석화는 아늑한 곳에서 지내게 될 거다.

"소령님 한 명의 욕심 때문에 치료제를 개발할 수 있는데도 못 한다는 게 말이 됩니까?"

"석 박사는 면역체 아니라니까."

"치료제 그 자체라면요?"

곽수환이 와작 인상을 구겼다.

손을 뻗어 놈의 손목을 움켜쥐고 키트를 빼앗으려 했다. 최호언은 마찬가지로 엄청난 악력으로 키트를 쥐었다. 팔꿈치를 들어 최호언의 가슴팍을 찍어 내리고 주먹으로 턱을 후려갈겼다. 그사이 한 걸음 뒤로 물러난 놈은 주먹을 빗겨 맞았다.

"큭, 곽 소령님."

"그러니까 피차 힘쓰지 말자고."

말로는 어렵겠다 싶은 최호언 역시 키트를 쥔 채 주먹을 날렸고, 곽수환은 상체를 낮췄다가 명치에 그대로 꽂았다. 컥, 짧게 기침을 토해낸 최호언이 넥타이를 끌어내 손에 휘감았다. 재빠르게 덤벼들어 곽수환의 목을 감쌌지만, 그는 그 틈에 손을 넣어 넥타이를 끄집어 뜯어냈다.

부유하게 자랐다고? 적어도 싸움 스타일은 엘리트스럽지 못한데.

다시금 육탄전이 벌어지며 서로의 급소를 향해 주먹을 내질렀지만, 서로에게 큰 타격을 주지 못해 체력싸움으로 변질되고 있었다.

"나는 곽 소령과 싸우려고 온 게 아닙니다!"

"석 박사를 데려간다면 싸워야지. 인체실험대에 올릴 게 뻔한데."

후, 곽수환이 숨을 털어내고 주먹을 뻗었다. 콰직, 놈이 피한 바람에 대신 부딪친 캐비닛이 볼품없이 찌그러졌다.

"멈추십시오!"

최호언은 철컥, 곽수환을 향해 총을 장전했다.

"치사하긴."

곽수환은 움켜쥔 주먹을 한 번 털어냈다. 그러고는 단박에 놈에게 접근해 탄창의 밑 부분을 쳐서 장전된 총알을 분리시켰다. 박사들에게 지급되는 자동권총은 내구성이 그리 좋지 않은데다 탄창이 헐거운 경우가 태반이었다. 그걸 모르는 것을 보니 자동권총을 제대로 사용해보지 않은 놈 같았다.

곽수환이 홀스터에서 제 권총을 꺼내 최호언에게 겨눴다.

"곽수환 소령님. 같은 편인 우리끼리 싸울 이유가 전혀 없습니다."

최호언이 두 손을 들어 더 이상 싸우지 않겠다는 의사를 밝혔다.

"내가 여기 있다는 건 어떻게 알았어?"

"이번 일과 관련해 역학조사를 하던 중, 우연치 않게 차 중령님과 과천 쉘터에서 이야기를 나누는 곽수환 소령의 영상을 발견했습니다."

최호언은 천천히 손을 내리더니 키트를 바닥에다가 내려두었다.

"말은 들리지 않았지만 이상한 점이 보이더군요. 아무 접점이 없을 두 분인데 차 중령님이 과천까지 내려가서 소령님과 만났다는 사실이요. 게다가 석화 박사님을 마지막으로 데려가신 분이 곽수환 소령님이었죠. 혹시나 싶어 상부에 보고하기 전에 먼저 차 중령님께 말을 꺼낸 것뿐입니다. 차 중령님께서 중요한 사안이라고 판단하셨는지 저를 여기로 데려오셨고요."

최호언은 막힘없이 말을 내뱉었다.

"그 키트는?"

"마더에 저장된 과천 쉘터 의무실 영상을 봤습니다."

곽수환은 권총의 총구를 돌려 홀스터에 꽂았다.

"그 키트, 석 박사 거 아니지?"

"……."

최호언은 안도보다는 찜찜한 한숨을 내쉬더니 고개를 끄덕거렸다.

"돌아가."

아무리 저라도 명예가문 출신인 놈을 죽였다가는 쉽게 빠져나가지는 못할 터였다. 여전히 꺼림칙함은 남아 있었지만, 가장 먼저 해야 할 일은 석화의 존재를 레인보우 시티에서 지워버리는 것이었다.

"어째서 석화 박사님이 우도로 가십니까?"

"글쎄. 그런데 최 박사님, 아무리 생각해도 연구원보다는 현장에 더 가까워 보이는데."

깨끗한 슈트나 안경 그리고 마모 없는 구두는 전부 최호언을 감싼 가면 같았다. 아무리 빗겨 맞았다고 할지라도 그 정도 타격이면 평형감각에 이상이 생기는 게 보통인데 말이다.

"제 몸 하나는 지켜야 할 세상이니 여러모로 호신술을 배운 것뿐입니다."

"호신술을 길거리 깡패한테 배웠나 봐."

이채윤의 직감적인 본능처럼 곽수환 역시 놈의 정체에 의구심이 솟아났지만 시간 낭비였다.

"최호언 박사님, 이만 차 중령님께 돌아간다고 전달하겠습니다."

"후회하실 겁니다."

"그건 전형적인 악당의 대사인데."

"석화 박사님은 약하시죠. 그게 그분의 하자이고요."

하자라는 말을 직접 들으니 곽수환은 제가 더 불쾌해졌다.

"나가."

"허나, 열기로 잠재우니 육신의 속박에서 한번 더 자유로워진다고 말씀하셨죠."

개소리 그만 지껄이고 나가라고 턱짓을 했다.

최호언은 손목시계를 내려다보더니 숨을 크게 들이쉬었다가 내뱉었다. 이어 가슴께에 올린 두 손바닥을 하늘을 향해 내보였다. 마치 신의 계시를 받는 신자처럼 두 눈까지 곱게 감고 있었다. 놈의 뒤로 천사들이 내려온다면 그럴싸한 광경이 그려질 법했지만, 이 동네는 어차피 괴물들이 배경이 되는 세상이 아니던가.

"에덴동산의 네 개의 강은 생명의 나무와 선악을 알게 하는 나무를 세웠도다."

천천히 미소를 짓는 최호언이 눈을 떴다. 무슨 개소리를 정성 들여 하나 싶었지만, 비웃어주기도 전에 핏기가 가셨다. 이 새 끼는 지금까지 되지도 않는 연기를 해가면서 시간을 벌고 있던 거였다.

"우리가 바로 생명의 나무이니, 너희를 단죄하노라."

쾅-!

소닉붐에 버금가는 굉음과 함께 온 유리창이 박살났다. 폭탄이 터진 밖에서부터 거센 불길이 치솟기 시작했다. 크륵, 크어억! 수많은 아담의 괴성까지 더해지는 순간이었다. 제기랄! 석 박사! 곽수환은 회의실 문을 다급하게 열어젖혔다.

◆ ◆ ◆

석화 박사님?

누군가가 문을 두드리면서 석화를 부르고 있었다. 석화는 흘러내리는 바지를 벗어두고는 곽수환의 트레이닝복으로 갈아입었다. 끈으로 묶으니 조금 품이 넉넉할 뿐 나름 나쁘지 않았다.

"누구십니까?"

"차 중령입니다. 방문을 열겠습니다. 한참 뒤로 물러나 계세요."

문 밖에서 들려오는 소리에 석화는 그의 말대로 침대 구석으로 걸어갔다. 화끈거리는 엉덩이 안쪽의 이물감은 여전했지만 움직이지 못할 정도는 아니었다.

멀리 계시죠?

차 중령의 목소리가 멀었다. 석화는 조금 목소리를 키워 예, 크게 대답했다. 그러자 탕탕, 몇 발의 총성이 들리고 문이 열렸다. 곽수환이 누구도 문을 열지 못하게 문고리를 고장 냈던 터라 차 중령으로서는 이 방법밖에 없었다.

석화는 모습을 드러낸 차 중령을 보고 의문을 가졌다.

"어쩐 일이세요?"

이런 결정을 내린 차 중령은 곽수환에게 적어도 죽지 않을 만큼, 아니면 거의 죽을 만큼 맞을지도 모른다고 생각했다.

"박사님. 현재 곽수환 소령님의 상황이 많이 곤란해지셨습니다."

"……저 때문이죠."

차 중령이 놀란 눈을 했다. 다짜고짜 석화가 다 알았다는 듯 나올 줄은 몰랐던 탓이었다.

"저를 보호하는 게 문제가 되는 거죠? 그럼 제가 우도로 가겠습니다."

"우도요?"

"네, 상부가 저를 우도로 불렀다고 했습니다."

차 중령은 이게 아닌데 싶은 얼굴을 했다.

최호언은 석화가 아담에 감염되고도 살아남은 면역체이기 때문에 여의도로 데려가야 한다고 했다. 뿐만 아니라 과천 쉘터에서 석화를 데리고 나가는 곽수환의 영상까지도 보여줬다.

발뺌을 하려던 차 중령이었지만, 석화를 보호하는 사람이 곽수환이라는 건 이미 최상부가 알고 있었다. 단지 석화가 면역체인 것을 몰랐을 뿐이지.

차 중령은 최호언을 이곳으로 데려올 수밖에 없었다. 면역체에 대한 보고가 상부로 올라간다면, 헌병대의 모든 전력이 곽수환을 제압하러 왔을 것이다.

"석화 박사님께서 가셔야 할 곳이 우도인지는 모르겠지만, 최호언 박사님께서 직접 데리러 오셨습니다. 제가 보기엔 이성적이고 신사적이신 분 같으니 석화 박사님의 신변에 큰 문제는 없을 겁니다."

사실 차 중령도 확신하지는 못했다. 석화가 정말 면역체라면, 어떤 실험을 받게 될지 너무도 자명했으니까. 그러나 차 중령은 컨트롤러와 그의 부대를 지켜야 했다.

"네."

석화는 순순히 고개를 끄덕거렸다.

차 중령이 기다리고 선 것을 보니 지금 당장 나가야 할 상황인 듯싶었다. 석화는 곽수환이 선물해준 돌을 가져가고 싶었다. 그러나 서둘러 나오라는 종용에 미련만 잔뜩 남겼다.

차 중령의 뒤를 천천히 쫓아가면서 둔통에 몇 번 입술을 꾹 물었다. 다행히 느린 걸음을 탓하는 일은 없었다. 로비로 곧장 나가는 건가 싶었는데 갑자기 차 중령이 석화의 팔뚝을 쥐었다.

큭, 크륵, 캬악! 익숙하지만 듣기 싫은 짐승의 소리가 들렸다. 놀라 앞을 본 석화도 눈을 크게 떴다. 로비에 있던 세 명의 군인이 마치 아담처럼 고개를 획획 돌리며 먹잇감을 찾는 중이었다.

어째서……?

석화는 혹시나 놈들이 들을까 봐 입 밖으로 말을 꺼내지는 않았다. 차 중령조차도 멀쩡하던 부하가 왜 아담이 된 건지 알 수 없었다. 그러나 아담을 앞두고 생각은 필요 없었다.

차 중령은 곧바로 권총을 장전하고 석화를 확 들쳐 업었다.

석화는 흡, 하는 소리를 간신히 막아냈다. 그는 로비로 나가는 대신 왼쪽의 복도로 방향을 틀어 내달리기 시작했다. 군홧발 소리를 들은 아담이 크카각거리며 뒤따라오기 시작했다.

"박사님! 일단 안전한 곳으로 모시겠습니다."

죄송해요, 죄송해요. 석화는 그 말만 반복했다. 차 중령이 죄송할 것 없다면서 곽수환이 있을 회의실로 막힘없이 달려 나갔다. 아담과의 차이가 벌어지고 굳게 닫힌 문을 열려고 하는 그때였다.

쾅-! 쾅! 엄청난 굉음과 함께 건물 전체가 요동쳤다. 뒤에서 따라오던 아담은 그 반동에도 괴성을 지르면서 달려들었다. 차 중령이 문고리에 손을 댐과 동시였다. 누군가가 문을 거칠게 열어젖혔다.

"대장!"

차 중령은 밖으로 튀어나오려던 곽수환을 보자마자 소리쳤다. 마찬가지로 놀란 그였지만 몸이 먼저 움직였다.

"석 박사부터!"

곽수환은 황급히 석화를 대신 받아들려 손을 뻗었다. 그의 뒤에서 시계를 찬 손이 더 먼저 뻗어 나와 석화를 잡아 끌어내렸다. 석화의 몸이 방으로 끌려 들어가 나뒹굴었고, 어느새 코앞으로 다가온 아담에게 차 중령이 총을 쏘았다.

"문 닫습니다! 엄호합니다!"

차 중령이 소리치며 문을 굳게 닫았다.

"그 손 놔, 씹새끼야."

그사이 석화를 우악스럽게 잡아 일으킨 최호언의 팔을 곽수환이 잡아 꺾었다. 최호언은 팔을 빼내며 재킷까지 벗었고, 다시금 목표물인 석화를 향했다.

곽수환이 옆구리에 주먹을 꽂고 총을 꺼내자, 최호언이 재빨리 손목을 붙들었다. 손등에 힘줄이 불거지고 서로에게 권총을 겨누려는 힘이 부딪치니 오히려 총구는 엉뚱한 방향으로 향했다. 힘과 힘이 격돌하자 그 어느 쪽도 가지지 못하고, 그 반동에 권총은 바닥으로 튕겨 나갔다.

총을 잡으려고 달려 나가는 대신 둘은 서로에게 주먹을 꽂아넣었다. 석화는 바닥에 떨어진 총을 보고 정신을 바짝 차렸다. 최호언이 왜 저러는 건지, 폭발은 왜 일어난 것이고 아담은 어디서 나타난 건지 머릿속이 복잡했지만, 기어가서라도 저 총을 손에 넣어야 했다.

곽수환은 석화를 붙잡으려는 최호언의 어깨를 움켜쥐어 뒤로 잡아당겼다. 부욱, 하얀 셔츠가 찢겨 나갔다. 최호언이 이제 그 천조각도 거추장스럽다는 듯 옷을 뒤집어 벗어 던졌다.

놈의 어깨 위로 화상 자국 같은 흉터가 드러났다. 총알이 스쳐 지나간 상처였다. 이채윤에게 부탁할 만큼 찜찜했던 감각이 이거였다. 곽수환도 무거운 제복 재킷을 벗고는 싸늘하게 일갈했다.

"농담이 안 통한 이유가 있었네."

손목시계를 흔들어 고쳐 맨 최호언이 주먹을 쥐고 자세를 고쳐 잡았다.

"서펀트가 아니라고 한 적은 없는데."

총을 주운 석화는 제 귀를 의심하며 뒤를 돌아봤다.

"가면 없이는 처음 인사드리네요, 석화 박사님."

석화를 내려다본 서펀트가 웃었다.

"위험하니 총은 이리로 주시죠."

"수작은."

곽수환이 최호언을 밀어붙였다. 깍지를 낀 손으로 곽수환의 등을 내리찍는 소리가 거셌다. 척추가 부러지지는 않을까 싶을 정도였기에 석화는 두 남자를 향해 총을 조준했다. 자칫하다가는 곽수환이 맞을까 싶어 쉽사리 발사하지도 못했다.

카악! 트레이닝복이 누군가에게 붙잡혔다. 군복을 입은 아담이 깨진 창 너머에서 옷을 잡아당기고 있었다.

입이 귀까지 찢어지고 유리에 찔린 팔뚝 밑으로 피가 퍼지는데, 안으로 들어오려는 힘은 막힘이 없었다. 석 박사! 곽수환의 외침이 들렸다. 석화는 망설이지 않고 총구를 돌려 방아쇠를 당겼다. 탕! 발사된 총탄이 군인의 눈을 관통했다. 손아귀에서 벗어날 수 있었어도 한 번 더 방아쇠를 당겼다. 그러나 총탄이 나가지 않고 덜컥거리기만 했다.

"탄피 빼고, 재장전해!"

탄피, 탄피. 석화는 그 말을 속으로 반복했다. 총이 발사되면 슬라이드가 뒤로 빠졌다가 돌아와야 하는데, 지금은 배출구에 탄피가 걸려 있었다.

석화는 깨진 창을 향해 달려드는 아담을 바라보면서 재빨리 배출구에 걸린 탄피를 빼냈다. 철컥, 슬라이드를 재장전하고 창에서 뒷걸음질을 쳤다. 삽시간에 손이 땀으로 흥건해졌다. 뒤를 돌아보니 거친 싸움의 흔적이 역력한 두 남자가 보였다. 손목시계를 내려다본 최호언이 퉤, 하고 핏물 섞인 침을 뱉었다.

석화는 최호언을 향해 총구를 겨눴다.

최 박사가 서펀트라고? 그날 자신을 납치해서 지하에 가뒀던 자이고, 군인들을 상대로 인체실험을 자행한 에덴동산의 수뇌부인가? 그럼에도 석화는 방아쇠에 건 손가락에 힘을 줄 수가 없었다. 아담을 쏜 것도 처음인데 사람은 더더욱 없었다. 차라리 곽수환에게 총을 넘기고자 타이밍을 지켜봤지만, 둘의 치고받는 싸움을 따라가기가 버거웠다.

캬아아! 창을 타고 기어 올라오는 아담을 향해 탕, 한 번 더 발사했다. 방아쇠를 계속 누르고 있으면 연사가 가능한 권총이기에 의식적으로 손가락에 힘을 뺐다.

안에서 아담과 대치하는 컨트롤러부대도 고전 중인지 고함과 비명이 문 밖에서 흘러 들어왔다. 대체 아담을 몇 명이나 푼 건가. 석화는 남은 탄환 수를 확인하고는 창을 바라봤다. 하나, 둘, 셋까지 세고는 숫자 세기를 포기했다.

조준의 정확성이 떨어지는 권총으로, 현장 경험이 없는 제가 다 맞히리라는 보장이 없었다. 게다가 곽수환은 저를 신경 쓰느라 몇 번이나 최호언에게 빈틈을 내주어야 했다. 석화는 창문의 반대편 벽에 붙어서 목소리를 키웠다.

"멈추지 않으면 쏩니다!"

곽수환의 위에 올라타 주먹을 내리꽂던 최호언이 멈칫한 건 아주 잠깐이었다. 이 거리에서 제대로 조준하지 못할 거라고 직감했을 것이다. 그 틈을 놓치지 않은 곽수환이 최호언을 군홧발로 걸어찼다. 곧장 제게로 달려오는 곽수환을 향해 권총을 던지려 했지만 그가 소리쳤다.

"들고 있어!"

삽시간에 다가온 곽수환이 권총을 채가 최호언에게 겨눴다.

최호언은 창을 타고 기어 올라온 아담의 뒷목을 잡아 이쪽으로 내던졌다. 곽수환은 아가리를 벌린 놈을 향해 방아쇠를 당기고 곧이어 최호언에게 발사했지만, 깨진 창문을 넘어간 뒤였다. 놈을 뒤따라간 아담보다 이 안에 남아 있는 수가 더 많았다. 위험하다. 이 안에서 석화를 엄호하기란 쉽지 않았다. 곽수환은 다시 권총을 석화에게 넘겼다.

"꽉 쥐고 있어. 덤벼드는 새끼 있으면 쏘고."

"네."

석화는 사색이 되었지만 대답은 막힘없이 했다. 곽수환이 걱정 말라는 듯 한 번 웃고는 석화를 안아 들어올렸다. 멈추지 않고 내달려 문을 발로 박살냈다. 복도는 아비규환이었다. 좁은 공간에 군복을 입은 아담과 또 멀쩡한 군인들이 뒤엉켜 있었고, 총을 쉽사리 사용할 수 없어진 그들은 칼이나 주먹으로 아담을 상대했다.

"밖으로 유인해!"

곽수환이 달려가면서 소리치자 차 중령이 엄호하면서 다급하게 그를 말렸다.

"대장! 밖은 수가 더 많습니다!"

"몇이나?"

"적어도 서른 이상입니다."

"방공호는?"

"지금 사용할 수 있는 건 옆 건물뿐일 겁니다."

부대도 위급상황이지만 차 중령에게 석화를 맡길 수는 없었다. 곽수환은 로비까지 달려 나가서야 저를 부르는 차 중령을 돌아봤다. 석화를 업고 가기에는 뒤에서 어떤 공격이 올지 모르니 부담이 컸다. 짐짝처럼 들쳐 메는 게 가장 좋긴 하지만.

곽수환은 석화를 바닥에 내려두고 가죽장갑을 꺼내 양손에 알맞게 채웠다.

"탄약고를 폭파시키면서 트럭에 싣고 온 아담을 푼 것으로 예상됩니다. 제가 최호언 박사를 데려올 때 적들에게 뒤를 밟힌 것 같고요. 일단 그쪽으로 무장한 녀석들을 보내놨습니다."

"아담부터 전부 정리하고, 최호언 박사는 생포가 불가능하다면 사살해."

"예?"

"최호언이 서펀트야."

놀란 것도 잠시, 차 중령은 입구에서 달려드는 아담을 향해 연달아 총을 쐈다.

"알겠습니다. 대장 엄호는……."

"됐으니까 부대 지휘해."

크아악! 바닥을 기어 곽수환을 물려는 놈을 향해 석화가 총을 발사했다. 뒤통수에 총알이 관통했고, 얼굴 밑으로 핏물이 스멀스멀 번져 나왔다.

"하, 살다 보니 석 박사한테 목숨 빚질 일이 생기네."

곽수환이 엉망이 된 얼굴을 하고 웃었다. 석화는 그의 입가에 맺힌 피를 닦아주고 싶었지만, 지금 그럴 여유는 없었다.

"이대로 방공호까지 뛸 건데, 들쳐 업고 달릴 거야. 알았지?"

가뜩이나 정사로 인해 몸이 안 좋을 텐데, 석화가 직접 달리는 건 무리라고 생각했다. 게다가 갓 변이한 아담보다 더 느린 달리기 솜씨를 가졌을 가능성도 무시할 수 없었다.

꽉 잡아. 곽수환이 석화를 들어올려 어깨에 단단히 멨다. 잡을 데가 없어요, 곽 소령님. 하고 말하기도 전에 그가 달리기 시작했다.

석화는 몸이 반쯤 접힌 채로 권총을 떨어뜨리지 않도록 꽉 쥐었다. 곽수환이나 A급 군인들이 마음먹고 전력질주를 한다면 따라잡을 수 있는 아담은 없었다. 그는 앞을 막는 아담의 얼굴을 뭉개고 머리채를 잡아 벽에다 찧었다. 바로 옆 건물까지 가는 동안 뒤따라 붙은 아담의 숫자가 엄청났다.

석화는 고개를 획 들어서 한 놈이라도 총으로 쏘려고 했지만, 너무 심하게 흔들려 조준이 불가능했다. 헛구역질이 솟을 것 같아 꾹 참고 이도 악물었다. 연구동 건물로 들어간 곽수환이 계단을 단번에 뛰어내린 순간, 반동이 엄청났다. 입을 벌리고 있었으면 혀를 깨물었을지도 몰랐다.

아담과 거리는 멀어졌지만 놈들은 여전히 뒤를 따라오고 있었다. 곽수환은 지하의 방공호를 발견하자마자 원형의 잠금장치를 한 손으로 획획 돌렸다. 오랫동안 잠겨 있던 방공호의 문은 녹이 슬었는지 끽끽 하는 음산한 소리를 자아냈다.

육중한 문이 열리자마자 비상전력이 들어와 내부가 팟 하고 밝아졌다. 석화를 내려둔 곽수환은 총을 건네받아 내부에 두 발을 발사했다. 아까운 총알을 버리는 일이었지만, 안쪽이 안전한지 확인하기 위함이었다. 혹시나 살아 있는 아담이 있다면 이 소리에 튀어나올 테니까. 그러나 방공호 안에 인기척은 둘밖에 없었다.

"석 박사, 앞으로 세 발 남았을 거야. 가지고 있어. 한 시간 안으로 정리하고 돌아올 테니까."

같이 있으면 안 돼요? 석화는 불쑥 튀어나온 진심에 스스로를 질타했다. 대체 제가 도움 되는 게 뭐가 있단 말인가. 서펀트가 찾아온 것도 아마 자신 때문일 거다. 저만 없었다면 곽수환이 위험해질 일도 없었을 거다.

곽수환이 석화의 어깨를 세게 움켜쥐었다.

"지금은 쓸데없는 생각 말고 꽃밭이나 생각해. 석 박사 없을 때도 이거보다 더 위험한 일들 많았어."

마치 제 생각을 읽기라도 한 것처럼 그가 재빠르게 말을 꺼냈다.

"그보다 우리 석화 형, 내 운동복 잘 어울리네."

씩 웃은 그가 석화를 안으로 밀고는 방공호 밖에서 문을 돌려 잠갔다. 석화는 다시 문까지 다가가 차가운 철을 손끝으로 매만졌다. 방음이 되는 공간인지 지옥 같은 밖의 소리가 들어오지는 못했다. 언제나처럼 곽수환은 무사할 거다. 오히려 나와 같이 있으면 내가 짐이니까.

고요한 방공호 안에 남은 석화는 총만 꽉 쥐고 있었다. 몸을 돌려 천천히 주변을 둘러보자 비상식량과 함께 쌓여 있는 생수가 보였다. 먼지가 쌓인 침대는 세 개나 있었고 화장실은 사용하지 않아 물때가 곰팡이로 변해 있었다. 최호언이 서펀트라니……. 석화는 생각을 정리하면서 방공호를 돌아다니기 시작했다.

가면을 쓰고 저를 만났을 때는 목소리를 변조했던 걸까? 생각해보니 최호언을 처음 만났을 때 분명 기시감을 느꼈었다.

에덴동산의 수뇌부라는 사람이 무슨 생각으로 저를 만나러 온 것이며, 기생충을 넣은 백신을 배포한 걸까?

석화는 무심결에 침대 사이 스탠드에 놓인 액자를 들었다. 연구원들로 보이는 자들의 사진이었는데 날짜는 적혀 있지 않았다. 그러나 총을 꽉 쥐고 있던 손에서 저절로 힘이 빠졌다. 액자 안에 아주 익숙한 얼굴이 보인 탓이었다.

원호 박사…….

마지막으로 봤을 때보다 얼굴이 젊었지만 딱딱한 표정 덕에 쉽게 알아볼 수 있었다. 아니, 그것보다 더 눈에 들어온 것은.

……엄마.

연구원 가운 주머니에 손을 넣고 있는 단발머리 여자였다. 착각할 리 없었다. 어릴 때부터 저 고운 얼굴을 두 손으로 만져왔었다. 늘 자식을 상냥하게 품에 안아주던 제 어머니였다. 그런데 어째서 엄마가 연구원들과 함께 있지? 어머니의 옆은 원호 박사, 또 그 옆은 다정해 보이는 남녀 둘이 같이 서 있었다. 등줄기로 소름이 돋았다. 손이 떨려 액자도 잘게 경련했다. 말도 안 되지만, 정말 이상하게도 키가 커다란 남자는 곽수환과 생김새가 무척이나 닮아 있었다.

석화는 고개를 한 번 털어내고는 액자를 뒤로 돌려 덮개를 뜯었다. 사진 뒤편을 감싼 하얀 종이도 떼어내 낡은 사진을 직접 손에 쥐었다.

네 개의 강이 함께하다.

사진 뒷면에 정갈한 글씨가 보였다. 석화는 사진을 떨어뜨리지 않기 위해 두 손으로 꽉 붙들었다. 트레이닝 상의의 지퍼를 열어 사진을 넣고 다시 잠갔다. 심장이 쿵쾅거리며 뛰었다. 뒤늦게 긴장감이 몰려오고 있는 건지, 아니면 이 사진 때문인 걸까……. 자신을 유프라테스라 칭하던 어머니의 말이 재차 떠올랐다. 그렇다면 서펀트는 대체 정체가 뭐지?

끼릭, 끼릭, 쿵! 석화는 저쪽 모서리에서 들려오는 소리에 재빨리 권총을 고쳐 쥐었다. 앞으로 세 발이 남았다고 했다. 끼익, 끽. 조금 전 철문을 돌리던 때처럼 녹이 슨 쇠가 마찰하고 있었다. 석화는 소리의 방향을 따라 몸을 바로 세웠다.

벽면 한쪽이 긴 직사각형 모양으로 금이 가기 시작했다. 벽으로 가장해 페인트가 칠해져 있었지만 숨겨진 문이자, 패닉룸이었다.

석화는 슬라이드가 잘 당겨져 있는지 한 번 더 확인했다.

"이런. 쏘지 말아요. 해를 가할 생각은 없습니다."

자칫 다정하게 들릴 법한 목소리가 말을 걸어왔다. 어둠 속에서 모습을 드러낸 이는 최호언이었다. 상의가 찢겨 나갔던 그는 이제 얇은 스웨터를 걸치고 있었다.

"다가오면, 쏩니다."

석화는 총구를 그쪽으로 겨누고 최대한 냉정하게 말을 내뱉었다.

"안타깝게도 우도로 가셔야 한다고요. 가면 박사님은 죽어요.

그러니 저와 함께 가시죠. 오해할 만한 상황이 벌어졌지만, 저는 박사님을 구하러 온 겁니다."

"싫습니다."

최호언이 단칼에 거절당할 줄은 몰랐다면서 곤란하게 미소 지었다.

"그러지 않으면 곽수환 소령이 더 위험해질 겁니다."

"그래도…… 싫습니다."

오히려 서펀트를 얌전히 따라가면 곽수환이 더 위험해질 것 같은 예감이 들었다. 한 발 더 다가오려는 최호언을 향해 총을 다시 들이밀었다. 진짜 쏠 거다. 정말로 쏠 것이다. 석화는 침대 라인을 기점으로 삼고, 넘어오면 정말 발사하고자 마음을 먹었다.

석화는 제주도 학습센터에서 배웠던 대로 한 손으로 반대 손목을 받치고 조준 자세를 취했다.

"더 다가오면,"

탕! 들려온 총성에 석화는 몸을 울렸다.

제가 발사한 소리는 아니었다. 뱀처럼 삽시간에 달려든 최호언이 석화의 몸을 앞으로 돌려 안았다. 윽! 손목이 거칠게 꺾여 총을 놓쳤고 그걸 최호언이 받아 들었다. 축축한 뭔가가 느껴진다 싶었더니 최호언의 팔뚝에서부터 피가 흘러내리고 있었다.

"짜증 나!"

쾌활한 목소리는 잔뜩 화가 나 있었다. 최호언이 나타났던 문에서 이어 나온 사람은 다름 아닌 이채윤이었다.

"이 소령님……?"

"박사님, 미안. 저 새끼 날려주려고 했는데, 먼저 눈치채는 바람에."

석화를 뒤에서 끌어안은 최호언이 버둥거리지 못하게끔 몸을 더 옥죄었다.

"놀랍군요. 제 뒤를 밟은 겁니까?"

"어, 그니까 입 닥치고 박사님이나 이리로 보내."

"힘만 센 줄 알았더니 미행도 제법이군요."

최호언이 대단하다는 듯 이채윤을 향해 칭찬을 했다.

"애석하게도 저는 이채윤 소령님께 관심이 없으니, 이제 그만 따라다니시죠."

"지랄. 나도 그쪽한테 관심 없거든?"

"하도 제 맨살을 보고 싶어 하셔서 제가 착각했지 뭡니까."

곽수환에게 부탁을 받고 어떻게든 어깨를 까보려 했던 이채윤이었지만, 방어가 생각보다 막강해서 미수에 그치기 일쑤였다. 박사가 저보다도 재빠르니 아무래도 수상쩍어서 그간 뒤를 밟았고, 바이올렛구역까지 따라오게 된 터였다.

그렇게 밖에서 동태를 살피는데 트럭 몇 대가 들어온 뒤 얼마 지나지 않아 화약고가 폭발했다. 트럭의 짐칸이 열리고 군인들이 빠져나오자 트럭은 다시 밖으로 빠져나갔다.

뭔가 이상한 광경이었지만, 그때만 해도 이채윤은 놈들이 멀쩡한 군인인 줄로만 알았다. 미심쩍은 놈을 미행한 것뿐이라 대체 이 상황들이 뭔가 싶었다.

"아, 제길. 이게 무슨 상황이야. 박사님, 어디 다친 데는 없지?"

이채윤이 관자놀이를 손으로 꾹 눌렀다.

"네, 저는 괜찮습니다. 이 소령님은……."

그녀의 제복에 피가 군데군데 묻어 있었지만 다행히도 다친 건 아닌 듯했다. 폭발 이후로 안으로 진입하던 이채윤이 아담을 처리하지 않았다면, 바이올렛 쉘터의 군인들은 지금보다 더 버거운 싸움을 벌였을 거다.

석화는 정강이를 걷어차려고 오른쪽 다리에 잔뜩 힘을 주었다.

'쓸데없는 짓 하지 말아요.'

최호언이 뒤에서 속삭였다.

'그녀를 살리고 싶으면 내 말대로 해요. 이미 바이올렛 쉘터는 우리 측 인원으로 포위된 상태입니다.'

사실일까? 아니면 그저 위협에 불과한 말일까?

최호언의 총구는 석화를, 이채윤의 총구는 최호언을 향해 있었다. 석화는 최호언의 이 모든 행동들이 그저 위협일 뿐이라는 판단을 내렸다. 서펀트가 접선한 이유는 필시 제게 이용 가치가 있기 때문일 테니까.

"이 소령님, 쏘세요."

"뭐라구? 박사님?"

"쏴요."

이채윤이 석화를 향했다가 곧바로 최호언을 올려다봤다.

"이런, 석화 박사님이 큰 착각을 하시는 것 같은데."

탕, 바로 옆에서 총성이 들렸기에 귀가 먹먹해졌다. 눈을 몇 번 깜빡거리니 급작스러운 통증이 찾아오기 시작했다. 석화는 최호언이 제 팔을 쐈다는 것을 그제서야 인지할 수 있었다.

"으윽……."

총알이 스쳐 지나가며 찢긴 팔뚝에서 피가 흘러내렸다. 피는 삽시간에 곽수환의 운동복을 적셔나갔다.

"이 씨발! 미친 새끼야!"

이채윤도 믿을 수 없다는 눈을 하고 핏대를 세웠다.

"이 소령님, 그 문에서 비켜요. 지혈하지 않으면 석화 박사님의 생명은 보장할 수 없습니다."

"박사님, 박사님, 괜찮아?"

이채윤이 여전히 총구는 이쪽을 겨눈 채로 울상을 했다. 찢긴 곳에 심장이라도 달린 것처럼 통증이 박동했다. 석화는 제 팔뚝을 움켜쥐고 이채윤에게 재차 말했다.

"괜찮으니…… 쏘세요."

최호언의 얼굴로 총을 겨눈 이채윤이 이를 악물었다.

"박사님을 죽일 생각은 없지만, 다리나 팔 하나쯤 날려 보내는 건 그리 어려운 일이 아니니 시도해보지 그래요, 이 소령님."

최호언은 진심이었다. 석화의 팔이나 다리 하나를 관통시키겠다는 놈의 협박에 이채윤은 쉽사리 선택을 할 수가 없었다. 목숨만 남겨놓으면 그만이라는 태도에 석화 또한 겁이 난 건 사실이었다. 그러나 서펀트에게 잡혀가면 그보다 더한 일들이 벌어질지도 몰랐다.

최호언이 석화를 끌고 앞으로 다가가자 이채윤이 뒤로 한 걸음씩 물러났다. 난 못 해. 박사님, 못 하겠어. 그녀가 경황없이 중얼거렸다. 석화도 더는 이채윤에게 짐을 지워줄 수는 없었다. 석화는 조심스럽게 지퍼 주머니를 열어서 바닥에 사진을 떨어뜨렸다. 최호언이 눈치채지 못하도록 반항하듯 몸을 움직여 정신을 분산시켰다.

"이 소령님, 곽수환 소령님한테 꼭 전해주세요."

이채윤이 무슨 소리냐는 듯 미간을 찡그렸다. 석화는 제발 그녀가 기억해주기를 바라면서 빠르게 말을 이어나갔다.

"제 어머니의 이름은 이진연. 이진연이고 유프라테스였어요. 곽수환 소령님의, 윽!"

"거기까지."

최호언이 석화의 팔뚝에 손가락을 박아 넣었다. 석화의 입에서 비명이 터졌다. 석화는 그럼에도 바닥에 떨어뜨린 사진을 시선만으로 가리켰다.

"거기에 엄마가 있어요."

다급한 석화의 마지막 말은 그것으로 끊겼다. 이채윤이 총구를 들이밀며 뒤따라가려 했지만, 밖으로 나간 최호언이 문을 밀어 닫았다. 그는 쇠막대를 가로로 눕혀 문을 잠갔다. 이채윤에게 얼마간의 시간이 주어진다면 충분히 문을 부수고 나올 수 있을 것이다. 최호언도 그걸 아는지 석화를 끌고 어두운 복도를 성큼성큼 걸어 나갔다. 거의 끌려가다시피 하던 석화의 발이 꼬였지만, 최호언은 아랑곳 않고 석화를 들쳐 멨다.

"무례를 용서하세요. 이렇게까지 할 생각은 없었습니다."

무기력함은 늘 자신에게 붙어 있던 꼬리표였다. 그리고 오늘도 어김없었다. 석화는 손에 힘을 주어 최호언의 팔을 세게 쥐었다. 울컥, 마찬가지로 이채윤의 총에 찢긴 그의 상처에서 피가 흘러나왔다. 최호언은 고통도 느끼지 못하는지 아무런 반응을 보이지 않았다. 석화가 이를 악물고 최호언의 찢긴 상처를 더 꽉 눌렀지만, 발걸음이 늦어지는 일은 없었다.

복도는 계단 없이 경사가 져 있었다. 최호언이 복도 끝에 가서 문을 열자 쉘터의 경계 밖이 나왔다. 철조망이 넓게 둘린 쉘터 안쪽은 여전히 불타고 있었고, 군인과 아담의 싸움이 이어지고 있었다.

최호언은 아직도 제 팔뚝을 쥔 석화를 떼어내 세워둔 차에 억지로 구겨 넣었다. 석화가 밖으로 나가려고 하자 가슴을 세게 눌러 보조석 수납장에 있는 수갑을 꺼냈다. 천장 손잡이에 수갑을 건 다음, 석화의 두 팔을 채웠다.

숨을 몰아쉬며 최호언을 노려보는 석화의 얼굴에 피가 흥건했다. 그 바람에 마치 아담 같아 보이기도 했다.

운전석에 올라탄 최호언은 여전히 분해하는 석화의 얼굴을 제쪽으로 향하게 했다. 휙 고개를 돌리자 한 손으로 턱을 쥐고,

석화의 입술 안으로 엄지손가락을 밀어 넣었다. 그는 앞니 끝을 슬쩍 문질렀다.

"이가 상하진 않았군요."

최호언의 말투는 정중했지만 행동은 그렇지 않았다. 뒷좌석으로 손을 뻗은 최호언이 약품 키트를 앞으로 옮겨왔다.

"조금만 참아요. 진통제 효과도 같이 있으니 고통이 덜할 겁니다."

그 안에서 지혈가루와 붕대를 쏟아냈다. 최호언은 익숙한 손놀림으로 석화의 팔에 응급조치를 취했다. 본인의 팔에는 지혈가루만 대충 뿌리더니 붕대를 한 번 동여매고 말았다. 석화는 그동안 아무 말도 없이 창밖만 쳐다봤다. 손잡이에 고정된 양 손목이 시큰거렸다.

볼펜만 한 스캐너를 꺼낸 최호언은 갑자기 석화의 팔을 쓱 훑기 시작했다. 개미가 쏘는 듯한 따끔한 감각에 석화가 경계심을 한껏 세웠다.

"뭐 하는 겁니까?"

"안전을 기하기 위해서요."

석화도 그제야 놈이 뭘 확인하는지 알아차렸다. 불행히 피부 밑에 이식되어 있던 마이크로칩은 총상으로 기능이 정지된 상태라 스캐너에 잡히지 않았다.

두 번 일을 할 필요가 없어진 최호언은 운전대를 쥐고는 액셀을 세게 밟았다. 석화는 멀어지는 불길을 돌아보면서 차창에 이마를 기댔다. 한 시간 안에 곽수환이 돌아온다고 했는데, 저는 그 시간도 다 채우지 못하고 최호언에게 붙잡혀버렸다.

"석화 박사님."

석화는 대답 없이 창밖만 바라봤다. 헤드라이트도 켜지 않고 달리는 최호언은 큰 도로가 아닌 샛길로 빠졌다.

저 뒤로 레인보우 시티의 지프가 연달아 바이올렛 쉘터로 달려가는 게 보였다. 사람이 살지 않는 바이올렛구역에서 빛이라고는 석화가 빠져나온 쉘터밖에 없었다. 홀쭉한 달은 어둠이 좀먹은 도시에 닿지도 못해 저희들의 모습까지도 숨겨주고 있었다. 석화는 자꾸만 내려앉으려는 눈꺼풀에 억지로 힘을 주었다. 온몸이 아팠다. 붕대로 감싼 팔뚝만큼이나 아래에서도 열이 느껴졌다.

"……어디로 갑니까?"

석화는 느릿하게 입술을 열었다.

"안전한 곳으로 갑니다."

"목적이…… 뭡니까?"

"당연한 말을 물으시는군요. 아담 소탕과 더불어 썩은 도시를 정화하려는 거죠."

"그래서 멀쩡한 군인들까지 감염시킨 겁니까?"

상부에 썩은 인사들이 포진해 있다는 걸 알지만, 죄 없는 이들을 잡아다가 고문하고 실험을 자행한 에덴동산도 곱게 보이지는 않았다.

"백신 개발 시, 인간을 실험 대상으로 삼지 않는다. 그게 레인보우 시티의 방침이죠?"

"……."

"그 말을 믿는다면 석화 박사님은 그 어떤 이면도 보지 못한 겁니다. 곽수환 소령도 알고 있는 사실일 텐데 말이죠. 민간인 출입이 불가능한 레드구역에서 무슨 일이 벌어지는지 군 장교들은 다들 알 겁니다."

최호언은 속도를 올려가며 헤드라이트의 불빛을 켰다.

"밖에 있는 사람들을 납치해서 실험 대상으로 삼는 게 일상이죠. 그들이 개발한 약물을 실험실 쥐에게 주입하는 것으로 끝나지 않는다는 소리입니다. 적어도 석화 박사님은 본인 몸으로 임상시험을 하셨지만, 저 위의 놈들은 닥치는 대로 실험해 바이러스를 변형시키고자 했죠. 이건 충분히 예상하신 것 아닙니까?"

"그래서 백신을 배포하면서 말라리아 기생충을 심은 겁니까?"

최호언이 쓰윽 핸들을 손으로 쓸었다.

"눈치챘어요?"

마치 보물찾기 놀이에 물건을 숨긴 아이처럼 별거 아니라는 듯 대꾸했다.

"어차피 레인보우 시티가 개발한 백신으로 둔갑해서 나갈 테니까, 그 정도 위험은 놈들도 감수해야죠."

"왜 저에게 접선을 시도한 겁니까?"

"저는 박사님께 사과를 드렸을 뿐이죠. 선악을 알게 하는."

서펀트가 아니었다면 오양석 박사나 레인보우 시티의 수뇌부에 대해 의문을 가지지 않았을지 모른다. 그저 예전처럼 주어진 일만 반복했겠지.

"치료제 개발에 성공한 겁니까?"

서펀트가 모습을 완전히 드러냈으니 혹시나 싶었다.

"오청운이 아담 바이러스에 감염된 건 자의였죠."

석화는 차 안에 탄 이후로 처음 최호언을 쳐다봤다. 두 팔이 위로 묶여 있어 자세가 불편했고 멀미마저 일었다.

"가장 처음 우리와 접선을 한 건 오양석 박사가 아닌 오청운이었습니다. 우리에게도 교리는 있어요. 그게 종교의 가장 기본이잖아요? 레인보우 시티가 행하는 모든 일에 아담이라는 명분이 있듯이 말이죠."

최호언이 에덴동산의 교주가 아닐까 생각했는데, 그는 오히려 종교에 회의적인 시각을 가진 듯했다.

"그런데 오청운 박사가 그 교리에 심취할 줄은 몰랐지 뭡니까? 본인이 신에게 선택받은 인간이라고 하더군요. 아마도 오청운은 돌연변이들에게 열등감을 가지고 있었는지도요."

거칠게 달려 나가는 것과 다르게 최호언의 목소리는 매끄러웠다.

"오양석 박사는 제 몸에 아담 바이러스를 심은 아들을 구하기 위해 치료제를 개발하려 했지만, 미완성에 그쳤죠. 오양석 박사는 치료제에 대한 힌트를 석화 박사님에게서 얻었다고 했습니다."

석화는 고개를 저었다.

"저는 치료제를 개발한 적 없으니 힌트를 준 적도 없습니다."

최호언은 그저 조용히 미소만 지었다. 차는 이제 샛길을 벗어나 철로를 따라 달리기 시작했다. 방향이 밑인 것을 보니 지방으로 내려가려는 모양이었다.

"한숨 자둬요. 갈 길이 멉니다."

"그럼 손 좀…… 풀어주시죠."

"조금만 참아요."

덜컥, 덜컥, 석화가 매달린 손을 흔들어도 최호언은 꼼짝도 하지 않았다. 그렇다고 잠이 들 석화도 아니었다.

"직접 보게 되면 박사님도 생각을 달리하시게 될 겁니다. 박사님이 곧 우리의 교리니까."

◆ ◆ ◆

백호부대가 도착한 건 아담 소탕이 어느 정도 일단락됐을 때였다.

이채윤이 탄약고에 폭발이 일자마자 곧장 양상훈에게 무전을 넣었고, 그는 비밀리에 정예군만 데리고 과천을 빠져나왔다. 아직도 불타고 있는 탄약고의 불길은 사그라질 기미를 보이지 않았다. 한참 떨어져 있건만 양상훈은 열기를 전신으로 느낄 수 있었다.

시체밭이라고 불러도 좋을 만큼 난자된 몸뚱이들이 바닥에 널브러져 있었다. 아담으로 변이되기 전에 자살을 한 듯 보이는 군인도 있었고, 군인에게 사살당한 아담도 수많았다. 양상훈의 지시에 셋, 둘, 셋이 건물 내부의 각 방향으로 흩어져 최종 정리에 나섰다.

양상훈은 9mm 기관단총의 장전손잡이와 탄창을 단단히 쥐었다. 바닥을 기는 아담을 확인사살하며 버려진 연구실로 보이는 건물로 이동했다. 그 길 또한 시체들이 즐비했고 그들은 하나같이 군복 차림이었다. 참혹한 현장은 수없이 봐왔지만, 현장의 시체가 모두 군인인 경우는 거의 없다고 봐도 좋았다.

양상훈은 소리를 질러 이채윤이나 곽수환을 찾을까 하다 그만두었다. 남은 아담의 숫자가 얼마일지 가늠이 안 되기에 기민하게 옆 건물로 들어갔다. 휙 총을 들어서 위를 봤다가 아래로 향하니 시체가 그쪽으로 이어져 있었다. 양상훈은 발로 시체를 걷어차면서 계단을 내려갔다.

저 아래에서 희미한 불빛이 새어나오고 있었다. 빠르게 빛을 향해 달렸고, 닫힐 듯 말 듯 벌어져 있는 문에 군화를 넣고 들어가 총구를 겨눴다.

"굼벵이 새끼, 존나 일찍 오네."

얼굴을 보자마자 이채윤에게 욕을 먹은 양상훈이 이걸 쏴버려? 하는 얼굴을 했다. 등만 보이고 선 곽수환이 장갑을 벗어서 바닥에 거칠게 던졌다.

"박사님은?"

양상훈이 묻자 이채윤은 머리를 거칠게 쓸어 넘겼다.

"서펀트가 데려갔어."

"뭐? 서펀트?"

"말하자면 길어."

"GPS로 찾으면 되잖아. 박사님 직위 다시 복구된 거 아니었어?"

"GPS 관제 허가받았는데, 신호가 안 잡힌대."

둘이 대화를 나누는 동안 곽수환은 이채윤이 전달했던 말만 곱씹었다.

'석화 박사님 엄마 이름이 이진연이래. 박사님 엄마가 유프라인가 테프라인가 뭐고, 그리고 또 뭐지. 곽수환 소령님도, 뭐 그런 비슷한 말을 했어. 그 말을 너한테 꼭 전해달라고 했거든? 그 사진 보면서 엄마가 있다고 했는데, 대체 무슨 뜻이야? 내가 제대로 기억한 건 맞아? 내가 말하고도 뭔 말인지도 모르겠다. 아씨, 돌겠네. 나 기억력은 자신 없단 말이야.'

곽수환은 반으로 접혀 있던 사진을 펼쳐 봤다. 깊은 안쪽에서 탄식에 가까운 한숨이 새어나왔다.

제 손으로 죽인 아버지와 저에게 마지막 전언을 남긴 어머니가 사진 안에 있었다. 그 옆은 원호 박사이며, 또 그 옆은 누구지……?

단발머리 여자에게 연구원증이 걸려 있었지만, 화질 때문인지 글자는 보이지 않았다. 그러나 석화가 이 사진을 가리키면서 어머니에 대해 이야기를 했다. 그런 위급한 상황에서 괜한 말을 했을 리가 없지 않나.

네 개의 강이 함께하다.

뒷면에 쓰인 글을 읽은 순간, 뒤통수가 싸늘하게 식는 것만 같았다.

'비손과 기혼의 두 아이는 어떨까요. 티그리스는……. 내가 이 박사를…… 닮았어요.'

귓가에 석화의 목소리가 들려오는 듯했다. 그저 열에 들떠 헛소리를 한다고 치부했던 말.

석화가 이 박사를 닮았으며, 어머니의 이름이 이진연……. 그렇다면 사진의 이 여자가 유프라테스이며, 바로 석화의 어머니일 가능성도 무시할 수 없었다. 분명 네 개의 강이 함께한다는데, 그중 두 사람은 자신의 부모였다. 곽수환은 사진을 꽉 쥐고는 뒤를 돌았다.

"최호언 본가가 부산이라고 했지?"

양상훈은 무슨 소리인지 모르겠다는 듯이 눈만 깜빡거렸다.

"일단 이 소령, 너는 최호언 본가와 그놈 엄마 위치도 같이 확보해. 둘 다 내장 칩이 없는 걸 보면, 한통속일 가능성이 커."

"야, 네가 전에 그 새끼가 서펀트일 수도 있다고 했잖아. 어깨까보라고. 아무래도 이상해서 내가 뒤를 좀 캐봤거든?"

"핵심만 말해."

이채윤이 발끈하려고 하다가 스스로를 진정시켰다. 석화가 다쳤다는 말을 전해 듣자마자 앞뒤 안 보고 나가려는 곽수환을 말리느라 이미 진을 뺀 그녀였다. 곽수환이 방공호로 돌아온 건 둘이 나가고 나서도 한참 뒤였으니 어디로 갔는지도 유추가 불가능했다. 지금은 정보를 모으는 게 우선이었다.

"최호언 본가는 부산항 근처야. 그놈 가문이 여객선이랑 화물선 몇 척을 소유하고 있거든? 섬하고 육지에 물건 옮기는 역할을 하는데 존나 부자래."

"나도 아니까 핵심만 말해."

"이름이, 뭐였더라? 하여튼 최호언네 엄마가 보통은 부산항에 있다더라고. 내가 아빠한테 물어봤더니 그 아줌마가 어떻게 명예가문이 됐냐면, 남편을 밀고했대."

"뭐?"

"남편이 반군으로 활동하는 걸 아줌마가 신고한 거야. 그래서 명예가문이 되고 아저씨가 하던 일을 아줌마가 하게 된 거래. 그리고 그 집 애가 어릴 때 홍역 앓느라 엄청 아팠다더라?"

이채윤의 집안은 레인보우 시티의 초창기부터 명예가문이었기 때문에 웬만한 정보는 다 꿰고 있었다.

"이 소령, 제발 부탁이니 핵심."

곽수환의 인내심은 이미 박살난 지 오래였다.

"내가 말한 거 다 핵심이거든? 어쨌든 아빠가 그러는데 자기는 그때 애가 죽었다고 알고 있는데, 버젓이 어른으로 나타나서 박사로 활동하는 게 좀 이상했대."

그러니까 진짜 최호언은 홍역을 앓다가 죽었고, 지금 서펀트는 그 이름만 빌렸을 수도 있다는 의심이었다.

이채윤의 부모는 정치의 흐름을 읽어 대세에 편승하는 자들로 유명했다. 현재는 퍼스트 마스터 측 라인이지만, 언제든지 세컨드 마스터로 갈아탈 수도 있는 시민 대표 중 하나였다. 그런 자들에게서 나온 말이니 아주 신빙성이 없지는 않을 것이다.

"고맙다. 일단 정확한 위치 좀 알아봐."

고맙다는 솔직한 말에 이채윤이 눈을 크게 떴다.

"근데 너희는 왜 21바이올렛에 와 있는 거냐?"

양상훈이 불쑥 끼어들었다. 이채윤의 긴급 요청 때문에 왔지만, 저 둘이 여기 있다는 게 의아할 따름이었다.

"바보야, 똘수환이가 석화 박사님을 여기서 보호한 거잖아!"

"아, 맞네."

곽수환이 후, 입으로 바람을 부니 앞머리가 슬쩍 들렸다.

"곽 소령, 박사님은 괜찮겠지?"

정작 곽수환이 묻고 싶은 질문이었다. 그는 가라앉은 눈으로 최호언이 석화와 함께 빠져나간 문을 바라봤다.

분노에 머리가 들끓었고, 서펀트 놈이 석화에게 어떤 짓을 벌일지 상상만 해도 눈에 보이는 모든 것을 전부 박살내고 싶었다. 두 번이나 서펀트에게 끌려가는 석화를 놓쳤다.

아담을 풀어 주변을 정신없게 만드는 게 놈의 특기인 줄 알면서, 방공호는 안전할 거라고 착각한 제 병신 같음에 빌어먹을 찬사를 보냈다.

"곽수환아, 나도 최선을 다했다."

이채윤이 곽수환의 어깨를 툭 두드리고 걸어 나가기 시작했다.

"최호언 본가 주소랑 그 새끼 엄마 위치 바로 확보하는 대로 무전 보낼게."

곽수환도 더 생각을 증식시키기를 그만두었다. 다만 서펀트의 간교한 혀에 석화가 넘어가지 않기만을 바랄 뿐이었다. 레인보우 시티의 단점을 설파하며 에덴동산의 이점을 주입시켜 같은 편으로 끌어들이려는 짓을 한다면…….

아니, 그렇다고 해도 석화는 절대 넘어가지 않을 거다.

"양 소령."

"응."

"너는 과천으로 복귀하고, 퍼스트 마스터가 나 찾으면 서펀트 사냥하러 나갔다고 해."

"안 그래도 나 여기 오기 전에 상부 연락받았거든?"

곽수환이 양상훈에게서 기관단총을 뺏어 들었다.

"무슨 연락."

"너보고 여의도로 올라오란다."

철컥, 곽수환이 기관단총의 장전을 풀었다.

"새끼야, 너 군사재판에 기소됐다고. 세컨드 마스터가 널 기소했고."

"세컨드가 자꾸 자충수를 두네."

"자충수는 또 누군데. 하여튼 너 안 가면 바로 수배 명령 떨어질 거야. 어쩌려고 이래."

곽수환은 엿이나 먹으라며 총을 어깨에 멨다. 바이올렛구역은 차 중령이 정리할 테니 맡기고 가는 수밖에 없었다. 이제 한 시도 출발을 늦출 수는 없었다.

계단을 달려 올라가는 곽수환의 뒤에 대고 양상훈이 소리쳤다.

"야! 어디 가냐고! 말은 하고 가, 새끼야!"

곽수환은 아담 시체를 발로 밀고는 대꾸했다.

"35그린구역."

부산이었다.

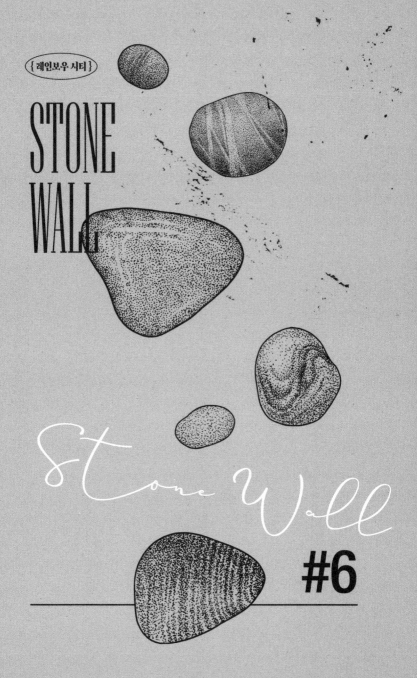

{ 레인보우 시터 }

STONE WALL

St one Wall

#6

세컨드 마스터가 저를 기소했다면 이유는 석화와 관련이 있을 것이다. 서펀트처럼 아담에게 감염된 석화를 숨겨두었다는 사유가 가장 그럴싸하겠고, 좀 더 깊이 들어가면 면역체로 추정되는 석화를 상부에 보고하지 않은 점을 기소 이유로 삼았을 거다.

곽수환은 중부내륙고속도로를 타고 내려가면서 아무렇게나 방치되어 있는 차들을 피해 나갔다. 기름은 아직 충분했으니 부산 그린구역에 도착해 주유를 할 셈이었다. 일단 양상훈이 시간을 벌겠다고는 했지만, 세컨드 마스터가 마음먹고 칼을 쥔 이상 어떻게든 저를 끌어내리려고 할 터였다.

퍼스트 마스터가 에덴동산과 세컨드 마스터를 한데 엮어 보내버리려고 하는 중이니 그동안 시간을 버는 수밖에 없었다. 아니, 그딴 것 다 차치하고서라도 석화를 되찾는 게 우선이었다.

제 인생은 늘 그랬다. 소중한 것을 지켜본 적이 없었다. 늘 잃기만 했고, 주변은 죽음 천지였다. 그런 상실뿐인 삶에 석화가 나타났건만 또다시 반복되려 하고 있었다. 고작해야 지키는 일

하나뿐인데 왜 이렇게 쉽지 않지?

분기점을 지키고 있는 초소에서 불빛이 깜빡거렸다. 차를 세우라는 신호였지만, 곽수환은 무시하고 페달을 밟았다.

빵, 빠앙- 거친 클랙슨 소리와 함께 강한 불빛이 쏟아지기 시작했다. 룸미러를 흘끔 보니 곽수환의 지프를 몇 대의 차가 쫓아오고 있었다. 아직 수배 명령이 전달됐을 리는 없고, 레인보우 시티 군용 지프인 것을 확인했을 텐데도 클랙슨을 연방 울려 댔다.

계기판의 바늘이 한계치까지 넘어가기 시작했다. 빠아앙, 역주행을 해오는 트럭의 헤드라이트에 곽수환은 핸들을 급히 옆으로 틀었다. 급작스러운 방향 변경에 타이어가 갈리는 소리가 났다. 스키드마크를 새기며 지프가 커다랗게 도는 동안 곽수환은 브레이크를 짧게 반복해서 밟으며 차를 세웠다. 머리가 어찔할 정도의 관성에 욕지기가 치밀었다. 순식간에 뒤따라온 차들 또한 곽수환의 지프를 포위했다. 곽수환은 조수석 바닥에 떨어진 기관단총을 쥐었다.

사이드미러와 룸미러를 번갈아 둘러보니 차에서 내리는 놈들은 총을 든 상태였고, 제복을 입고 있었다. 어깨의 견장이 일반 사병임을 알렸다.

똑똑, 곽수환의 지프 유리창을 한 놈이 두드렸다.

"차에서 내리시죠. 이 시간에 어디를 가시는 겁니까?"

역주행해 온 트럭은 놈들과 한 패인 것으로 보였다. 지나온 초소는 오렌지구역인 데다 레인보우 시티에서 손을 놓은 도시였다. 그런 곳에 초소를 세우고 불심검문을 한다는 건 지나친 전력 낭비다.

"차에서 내리라고 했습니다."

곽수환은 앞을 보고 있다가 창문을 한 뼘만큼 내렸다. 고작해야 스물 남짓해 보이는 청년의 얼굴이 더 자세히 보였다.

"어디 소속이야?"

"저희는 열쇠부대 소속입니다. 차에서 내려서 신원을 밝혀주시죠."

어디서 주워들은 건 있어서는. 여의도에 있는 열쇠부대가 왜 여기를 지킨단 말인가.

놈들의 정체는 어렵게 생각할 필요도 없었다. 시민으로 인정받지 못한 수많은 범죄 집단 중 하나일 뿐이었다.

곽수환은 저를 둘러싼 차들을 보고는 그대로 돌진하기는 어렵겠다고 판단했다. 차 문 레버를 잡아당겨 문을 확 열어서 서 있던 놈의 몸통을 가격했다. 그러고는 총구를 자빠진 놈에게 겨눴다.

"앞에 트럭 치우라고 해."

뒤늦게 놈이 총을 꺼냈지만 탕, 곽수환이 손을 저격했다. 으악, 으아악. 놈은 제 손이 날아간 줄 알고 바닥을 굴렀다. 실제 탄환이 지나간 건 놈이 가진 총구일 뿐이었다.

"안 치우면 다 죽는다."

173

손을 감싸 쥐고 있던 놈이 그제야 곽수환이 입고 있는 군복을 확인했다. 일반 배급병인 줄 알았는데, 어깨의 견장을 보니 대위 이상급이었다. 차에서 내린 놈들이 총을 장전해 점차 포위망을 좁혀 오고 있었다. 바닥을 짚고 눈치를 살피던 놈은, 저희 숫자만 믿고 호기롭게 곽수환을 올려다봤다.

"지프하고 그 총, 그리고 가진 지폐 전부 내놔. 그럼 목숨은 살려줄 테니까."

말에 어폐가 있었다. 이 고속도로에서 차를 가져간다는 건 한마디로 죽으라는 뜻이었다. 전방에 한 놈, 후방 둘, 4시 방향에 하나. 처리는 어렵지 않을 듯했다.

치직, 칙. 무전기에 잡음이 섞여 들기 시작했다.

'⋯⋯하라. 곽수환 소령. 들리면, 응답하라.'

이채윤의 목소리에 곽수환이 무전을 떼어 와 대답했다.

"말해."

이채윤이 본가 위치를 알아냈다면서 부산항에서 가까운 지도상 좌표를 불렀다.

그 틈을 타 날아간 총을 주워온 놈이 곽수환에게 발사했지만, 곽수환의 총이 더 빨랐다. 기어코 총알이 놈의 팔을 관통했고, 곽수환의 지프를 향해 총탄이 함부로 박히기 시작했다. 방탄유리로 제작되어 있지만 내구성은 그리 좋지 못했다.

곽수환은 다시 차량 거울로 놈들의 위치를 확인하고는 닫았던 문을 열었다. 너덜거리는 팔을 감싼 놈을 데려가려는 동료의 다리를 총으로 쏘고, 지프에서 내려 목덜미를 잡아 들었다.

"이거 놔! 악!"

버둥거리는 놈의 뒤통수를 긴 탄창으로 후려치자 적어도 동료애는 있는지 총질이 멈췄다. 곽수환은 다 죽여버리고 싶은 충동을 억누르면서 목소리를 키웠다.

"트럭 치워, 아니면."

그는 차 문을 방패 삼아 열린 창에 총을 걸쳐두고 있는 놈의 귀를 저격했다. 한쪽 귀가 터져나가자 비명 소리가 더해졌다.

"전부 죽인다고 했다."

팔을 다친 놈에게 다시 총구를 들이대니 엄청난 고통에 눈에 핏발이 서 있었다.

"네가 대장이야?"

"흐윽……. 대장 없어요. 그냥 우린……. 애들 죽이지 마세요. 소령이면…… A급이죠? 잘못했어요. 죽이지 마세요."

"그래? 너희들도 니들한테 목숨 구걸하던 놈들 살려줬어?"

"……."

놈이 흐느끼는 소리를 짜냈다. 그저 살기 위해서였다고 변명까지 더했다.

씨발, 이 무슨 신파극이 다 있나 싶었다. 곽수환은 트럭 운전석에서 핸들을 쥐고 있는 놈을 쳐다보며, 옆으로 치우라고 총구를 까딱거렸다.

"여기로 나 말고 지나간 차 있었어?"

출혈이 심해 얼굴이 하얗게 뜬 청년이 영문도 모른 채 고개만 저었다. 지금은 살려달라며 빌고 있지만, 곽수환은 이놈들의 손도 깨끗하리라고 생각지는 않았다. 살기 위해서 도둑질을 했을 테고, 놈들이 입은 군복의 주인을 죽였을지도 모르는 일이다.

지금 놈들을 살려두고 가면 또 다른 희생자가 나올 수도 있을 테지만, 곽수환은 아무래도 상관없었다. 이런 무법지대를 만든 게 바로 레인보우 시티였으니까.

목덜미를 잡아 들어올렸던 놈을 바닥에 던지고 나서야 다시 운전대를 쥐었다.

고속도로를 타고 이동한 게 아니라면 더 정리되지 않은 국도일 리도 없고, 아마도 철길을 따라 내려갔을 것이다. 서펀트가 석화를 데리고 군인들이 포진해 있는 서울이나 근교로 향할 가능성은 거의 없다고 봐야 했다.

곽수환은 트럭을 비껴 지나가다가 끼익, 급히 브레이크를 밟았다. 트럭 옆면에 새겨진 그림을 보고 난 뒤였다.

생명의 나무.

수십 개의 나무줄기와 커다란 몸통, 의정부 벙커에서 봤던 그림과 거의 일치했다. 곽수환이 차를 돌려 돌아오자 동료를 챙기던 놈들이 잔뜩 긴장한 얼굴을 했다. 가다가 마음이 뒤바뀌어 저희를 죽이러 온 것이라고 생각했기 때문이었다. 곽수환은 재빠르게 지프에서 내려서 군홧발로 놈들에게 다가갔다.

"니들 에덴동산 신도야?"

팔을 다친 녀석이 눈을 부릅떴다. 경기를 일으키듯 고개를 저었다.

"아닙니다. 아니에요! 저희는 반군이 아니에요!"

곽수환이 어깨에 메고 있던 총을 다시 녀석을 향해 겨눴다.

"살려주세요! 저희는 먹을 걸 준다고 해서 신도로 들어간 거예요. 정말이에요!"

트럭 운전사였던 놈이 그 앞을 막고 섰다.

"에덴동산이 배급은 어디서 하는데."

"보통은…… 레인보우 시티에 속하지 않은 구역에서 나눠주는데……. 저희는……."

진실과 거짓말을 교묘하게 섞으려는지 말꼬리를 흐렸다.

"너희 어디 출신이야?"

"추, 출신이요?"

"부산이야?"

녀석들은 고개를 저었다가 끄덕였다가 어떻게 해야 할지 모르는 듯 행동했다. 이럴 때는 협박보다는 회유가 낫다.

"내가 아는 사람이 에덴동산에 심취해서 신도로 들어가게 됐거든? 니들이 에덴동산 신도든 뭐든 상관없이 난 그 사람만 빼오면 그만이야. 그러니까 신도들이 어디서 모이는지 알려주면."

곽수환은 말을 하다 말고 제복 안에서 지갑을 꺼냈다. 레인보우 시티 인장이 새겨진 지폐 여러 장을 빼서 대장으로 보이는 놈에게 내밀었다.

"브로커만 있으면 적어도 1년치 생활비는 될 거야."

낡아빠진 천으로 팔을 동여맨 녀석이 침을 꿀꺽 삼켰다.

"저희는 부산에서 일주일에 한 번씩 배급받아요."

"야!"

"돈 준다잖아!"

저희들끼리 내분이 일어났기에 곽수환이 사람이 없는 공간을 향해 총을 한 번 갈겼다.

"부산 어디."

"우룡산……이요."

곽수환이 놈들에게 지폐를 건네주고 빠르게 지프로 돌아왔다. 일단은 이채윤에게 받은 좌표가 우선이었다. 지금이라도 철로를 따라가 볼까 잠시 고민했지만, 시간 차가 있기 때문에 지프의 속도를 높이는 수밖에 없었다.

◆ ◆ ◆

석화는 잠들지 못한 채로 창밖의 바다만 바라보고 있었다. 두 팔은 이제 아무런 감각도 느껴지지 않았다.

말로만 듣던 부산이라는 도시에 온 건 태어나 처음이었다. 곽수환을 만나기 전까지 행동반경은 제주도나 여의도뿐이었다. 그조차도 연구소와 집이 전부였다. 석화는 새삼 레인보우 시티가 참 크다고 느꼈다. 오래전에는 시티가 아닌 한 나라였으니 그럴 만도 했지만.

　우물 안 개구리는 바로 저를 가리키는 말이었다. 석화는 철로를 따라가면서 불을 쬐고 있는 부랑자들과 아담의 위험에 노출되어 있는 어린아이들을 심심치 않게 볼 수 있었다. 그나마 예전 역사로 사용되던 곳이 시티 바깥 사람들에게는 쉘터나 마찬가지였다. 최호언은 사람들의 교류가 역사에서 이루어지는 경우가 태반이라고 말했다.

　"모두에게 구원이 필요합니다. 다들 너무 지쳤어요. 시민이 아니라는 이유로 너무 많은 위험에 노출되어 있고, 또 실험실의 쥐 대신이 되기도 하죠. 밖의 사람들에게 아담만큼이나 두려운 게 레인보우 시티의 군인과 수뇌부들입니다."

　딜레마였다. 최호언의 말은 틀린 데가 하나도 없었지만, 저는 에덴동산이 쌓아둔 수많은 군인들의 시체를 봤다.

　"에덴동산은…… 시티의 시민이 아닌 사람들을 위해 만들어졌다고요?"

　"아뇨, 모두를 위해 만들어졌죠."

　"그런데 왜 군인들을……."

　최호언은 부산항을 지나치고 있었다.

　"석화 박사님, 배고프시죠?"

　"저는 최호언 박사님도 똑같아 보여요. 궤변입니다."

　"레인보우 시티의 공격에 저희도 대비를 한 것뿐입니다."

　에덴동산도 군인을 상대로 인체실험을 했지 않느냐는 말까지는 꺼내지 못했다.

"사실 곽수환 소령님도 원래는 저희와 합류할 예정이었는데, 사람 일은 생각처럼 되는 게 아니더군요."

석화는 아예 귀를 닫기로 했다. 최호언의 말을 신뢰할 수는 없었다.

"곽 소령님의 부모님께서 돌아가시고 난 뒤, 제 아버지가 먼저 곽 소령님을 데려오려고 하셨죠. 그런데 당시에 생각지도 못했던 오양석 박사가 곽수환 소령님께 도움의 손길을 뻗었습니다."

듣고 싶지 않은데 최호언의 목소리가 자꾸만 뇌를 파고들었다. 그는 내뱉는 모든 말에 힘을 가진 사람 같았다.

"결국 곽수환 소령님은 레인보우 시티로 들어가게 됐죠. 저 또한 석화 박사님과 곽수환 소령님에게 접선하기 위해 시티의 시민이 되어야 했고요."

서펀트다. 서펀트는 간교한 말을 일삼는 뱀이다.

"아버지가 석화 박사님에 대해 종종 말씀을 하셨죠. 절대 실패작이 아닐 거라고."

석화가 무심함을 가장해 최호언을 향했다. 최호언은 낡은 목조 주택 앞에 차를 세우고 석화를 마주 봤다. 곽수환과는 다른 분위기를 풍기는 자였다. 거친 면은 존재하지만 수만 번 사포질을 한 듯 겉만큼은 아주 매끄러워 보였다.

"아버지가……."

"박사님도 잘 아시는 분입니다."

최호언은 위로 들린 석화의 한쪽 손목을 풀어주었다. 스르륵, 중력의 무거움을 느끼며 내려온 손이 저릿저릿했다. 수갑을 풀어주지는 않고 다시 반대쪽 손에 채웠다.

"식사부터 하죠."

운전석에서 내린 최호언이 조수석으로 돌아와 석화를 붙잡아 끌어 내렸다. 안으로 들어가지 않으려는 석화를 애석하게 내려다보더니 하는 수 없다는 듯 들쳐 멨다.

석화는 최호언의 등에 손을 깍지 껴 처내릴까 했지만, 차라리 힘을 비축해 빈틈이 생기면 도망쳐야겠다는 그럴싸한 목표를 세웠다.

목조주택 안은 겉에서 보는 것과 다르게 깔끔한 편이었다. 얼마간 집을 비웠다는 것을 알려주듯 테이블 위에 먼지만 옅게 쌓여 있을 뿐이었다.

주방으로 걸어간 최호언이 석화를 식탁 의자에 내려두었다. 최호언은 오랜 운전 끝에 찌뿌둥한 몸을 풀듯 팔을 가볍게 교차시키고는 찬장을 열었다. 저 여유로운 행동은 납치범의 태도로 보기 어려웠다.

"신선한 식재료가 없어서 통조림으로 때워야 할 것 같습니다."

최호언은 옥수수와 소시지통조림을 꺼냈다. 버너에 냄비를 올리고 생수를 따서 물을 부었다. 수돗물이 공급되지 않는 지역이다 보니 수도꼭지도 전부 녹슬어 있었다. 물이 끓기를 기다리던 최호언은 지금은 돌아가지 않는 냉장고에 붙어 있는 사진 하나를 떼어 왔다.

"아버지는 언제나 소중한 건 절대 은밀한 곳에 보관해서는 안 된다고 하셨죠. 그래도 자식과 찍은 단 한 장의 사진을 냉장고에 붙여둔 건 좀 그렇죠."

석화는 그가 내민 사진을 내려다봤다. 물이 슬슬 끓기 시작하는지 최호언은 소시지통조림을 따서 냄비에 넣었다.

"그냥 먹으면 비린내가 나서. 배고파도 조금만 기다려요."

"……원호 박사님."

석화는 사진의 남성을 보고 중얼거렸다. 원호 박사는 겨우 열 살 남짓해 보이는 아이의 어깨에 손을 올리고 있었다. 배경은 바로 밖에서 봤던 이 목조주택이었다.

"이제 남은 건 사진뿐이더라고요. 모두가요."

서펀트가 원호 박사의 아들이라고? 원호 박사에게 자식이 있다는 이야기는 한번도 들은 적이 없었다. 아니, 애초에 결혼도 하지 않았던 것으로 알고 있는데……. 툭, 석화의 앞에 김이 모락모락 올라오는 소시지가 담긴 그릇이 놓였다.

"석화 박사님은 유프라테스에게서 났고, 비손과 기혼의 남은 아이는 곽수환 소령, 마지막으로 티그리스의 아이는 저죠."

석화는 배고픔도 느끼지 못한 채 식탁만 내려다봤다. 최호언이 무슨 소리를 하는지 좀체 알 수 없었다. 네 개의 강에 대해서 알고 있지만, 왜 저희가 그들의 자손이라고 하는지 알고 싶지도 않았다. 어머니는 항상 위험한 일은 피해가라고 했다. 그런 사람이 에덴동산을 만든 사람일 리가 없다.

아니, 그 어떤 것보다 지금은 그저.

"……저는."

최호언은 온화하게 미소 지었다.

"곽 소령님이 보고 싶어요."

석화가 고개를 들었다.

◆ ◆ ◆

치지직, 지직.

[……백호, 3121, 참매, 먹이비행, 개인행동 금지.]

암호와도 같은 단어가 차량 라디오를 통해 흘러나왔다. 최호언은 군용 CB무전을 도청하는 중이었고, 레인보우 시티는 군법을 따라 암호로 교신했다.

마음 같아서는 아무것도 먹고 싶지 않았지만, 석화는 집에서 나오기 전 소시지를 억지로 쑤셔 넣었다. 곽 소령에게 보내달라는 말에 최호언은 불가능하다는 대답만 주었다. 그러니 여기서 더 체력이 떨어지면 곤란했다.

"방금 무전, 해석이 가능해요?"

석화는 다시 두 팔이 천장 손잡이에 묶인 채로 대꾸했다.

"아뇨."

"3121은 곽수환 소령님의 코드 넘버고, 참매는 추적자죠. 아무래도 곽 소령이 도주 중인 것 같군요."

서펀트도 아닌 곽수환이 도주 중이라고?

"아마도 상부에 누군가가 중간에 끼어든 것 같습니다. 석화 박사님이 면역체인 사실을 곽수환 소령님이 숨겼으니까요."

아닌 척하지만, 그 사실을 밀고한 사람이 서펀트일 수도 있었다. 석화는 무심을 가장해 입을 열었다.

"……저 면역체 아닙니다."

"사실이든 아니든 레인보우 시티로 돌아가면 박사님은 아담 혈액을 투여받게 될 겁니다."

"최 박사님이 저에게 그러지 말라는 법도 없겠고요."

최호언이 의외라는 듯이 석화를 봤다가 다시 정면을 향했다.

"제가 왜 그러겠습니까? 우린 한곳에서 파생되어 나온 형제 나 마찬가지인데요."

여전히 서펀트가 세 치 혀를 놀리는 것이라 믿고 싶지만, 방 공호에서 봤던 사진이 그의 말을 뒷받침했다. 만일 이 사실마저 상부가 알게 된다면, 저뿐만 아니라 곽수환은 더 위험해질 거 다. 명확히 저희들은 반군의 자식들이었다.

"곽수환 소령님과 잤어요?"

뜬금없고도 불쾌한 물음에 석화가 미묘하게 표정을 구겼다. 대체로 무표정한 석화이기 때문에 그 변화가 확연히 도드라졌 다. 최호언은 석화의 눈가와 뺨 언저리 그리고, 울긋불긋한 목 덜미를 손으로 가리켰다.

"여의도 쉘터에 떠도는 소문이 거짓은 아니었나 보군요."

"대체…… 저를 납치해서 얻는 이득이 뭡니까?"

최호언은 그 질문에는 답을 하지 않고 어딘가로 계속 차를 몰았다.

그린구역이라고 하지만, 서울보다는 군인들의 숫자가 현저히 적었다. 몇몇 부유층이 사는 지역만 군인들의 경비가 삼엄했을 뿐, 그 외는 길거리에 나앉아 있는 사람들이나 물통을 들고 비가 오기를 기다리는 자들만 있었다.

한참 좁은 길을 따라 올라가 언덕을 넘어서자 방치되어 수풀이 우거진 숲이 보였다. 길도 나지 않은 곳을 차로 밀고 들어가니 석화는 불안한 마음이 배가 됐다.

레인보우 시티에서조차 곽수환을 추적한다는데 혹시나 그가 저를 찾으러 오다가 어디 다치지는 않을는지, 아니면 지금쯤 어디로 도망을 가고 있는 건지 걱정이 앞섰다. 사실은 제 코가 석 자인데 말이다. 오히려 곽수환에게 저라는 짐이 없으니 그는 더 안전할 것이다.

최호언이 차를 세운 곳은 아주 오래되어 보이는 서양식 저택이었다. 최호언은 석화의 두 손목에 채운 수갑을 이번에는 완전히 풀어주었다. 오랜 시간 수갑에 시달린 손목은 생채기와 멍이 생겨 있었다. 게다가 응급조치만 한 팔뚝의 총상은 몇 번이나 욱신거림을 호소했다.

"여기서 혼자 도망가기는 힘들 겁니다."

혹시나 싶어 경고하는지 모르지만 최호언의 말대로였다.

적어도 차를 훔쳐서 달아나야 하는데, 석화는 배운 적이 없어 운전을 할 줄 몰랐다. 다만 최호언이 기어를 넣으며 운전하는 모습을 반복해서 훔쳐봤고, 머릿속으로 운전하는 시뮬레이션을 그렸다. 저 자신이 차를 몰기가 아주 불가능하지는 않을 듯했다. 다만 최호언은 차키를 차에 두지 않고 제 주머니에 챙겨 넣었다.

차 밖으로 나가는 그를 시선으로 쫓던 석화는, 문득 저택의 긴 창문으로 사람의 형상을 엿봤다. 마치 눈이 마주친 것 같았기에 물끄러미 쳐다봤지만 인영은 금세 사라져버렸다.

조수석 문을 열자 하는 수 없이 차에서 내려야 했다. 일단은 최호언의 말을 잘 듣는 척하면서 경계심을 허무는 게 우선이었다.

고풍스러운 서양식 저택은 겉보기와 달리 현관에서 지문인식을 거쳐야 했다. 최호언이 지문을 인식하자 달칵, 문이 열렸다. 평범한 집과 다르게 현관의 턱도 없어 신발을 신은 채 안으로 들어갔다. 위를 올려다보니 천장이 높았다. 매달려 있는 샹들리에는 전구가 깨지거나 빠져있는 게 태반이었다.

석화는 시선을 돌려 집 안의 구조를 파악하기 시작했다. 중앙에 놓인 나무계단에 눈이 닿자, 그 위에서 누군가가 조심스럽게 걸어 내려오는 게 보였다. 한 명이 아니라 적어도 서너 명은 되어 보였다. 경계하는 석화만큼이나 그들도 석화를 경계했다. 나이가 가장 많아 보이는 녀석은 그래 봐야 스물도 되지 않은 듯했다.

최호언이 석화의 어깨를 끌어안고 계단의 녀석을 향해 말했다.

"구원자가 오셨다."

목소리만으로도 신뢰가 느껴질 만큼 깊은 울림이었다. 동시에 눈을 크게 뜬 녀석들이 계단을 빠르게 내려오기 시작했다. 마치 새로운 식구를 들이는 짐승처럼 석화의 주변을 맴돌면서 머리끝부터 발끝까지 몸을 살펴봤다.

"……두 번 다시 우리를 버리지 않을 거죠?"

겁에 질려 눈썹을 잔뜩 늘어뜨린 소년이 석화에게 애원하듯 굴었다. 석화는 최호언의 손을 떼어내면서 옆으로 비켜섰다.

"아담에게서 우리를 보호해줄 거야. 우리 구원자님이셔."

가장 나이가 많아 보이는 소녀가 소년을 토닥였다.

지하와 2층에서도 사람들이 하나둘 모습을 드러냈다. 한쪽 다리를 절거나 신체 어디 하나가 없는 사람도 있었지만, 그들은 하나같이 하얀 옷을 입고 있었다. 청결을 소홀히 하지 않은 사람처럼 아주 깨끗했다. 이들은 에덴동산의 신도들이었다.

"교주님, 각 지부에 알리겠어요! 우리에게 드디어 생명의 나무가 오셨다고요."

감격스러워하는 중년 남성이 가슴 앞에 두 손을 꼭 모았다. 석화가 뒷걸음질 치자 최호언의 가슴팍에 등이 부딪혔다. 최호언은 아주 온화하게 어깨에 손을 얹고는 속삭였다.

"다정하게 대해줘요. 박사님은 저들의 구원자니까."

다 ◆ ◆ ◆

석화는 어안이 벙벙할 수밖에 없었다. 자신이 앉은 의자 뒤로 커다란 나무가 그려져 있었고, 사람들은 수시로 다가와 저와 이야기를 하려고 했다. 삶의 고충을 토로했으며, 그에 대한 답을 주기를 바라는 자들도 있었다. 아담에게서 가장 자유로운 구원자, 네 개의 강이 낳은 마지막 희망이라고도 했다.

석화는 그들을 보며 아무런 말도 할 수가 없었다. 저에게는 그 어떤 종교적 신념도 없었다. 그러나 이들에게 종교는 곧 삶으로 보였다. 만면에 머물러 있는 희망에 가슴이 답답했다. 저는 일개 사람일 뿐인데 왜 구원자라는 가면을 뒤집어씌운 걸까? 이건 최호언의 거짓말이다.

"저는, 그런 게 아니에요."

"네?"

자신의 차례가 되어 석화의 손을 맞잡은 여인이 놀란 얼굴을 했다.

"전 생명의 나무가 뭔지 몰라요. 저는 구원자도 아닙니다. 최호언 박사가 거짓말을 하고 있는 거예요."

석화는 마음을 다해 앞의 여인에게 조용히 속삭였다. 최호언은 저기 벽에 기대 장로 중 한 명과 이야기를 하는 중이었다. 여인은 더없이 자애롭게 미소를 지었다.

"구원자는 자신이 구원자라 말하지 않는다. 구원자라 사칭하며 우리를 현혹하지 않는다. 저를 부정하는 구원자야말로 진정한 생명의 나무이니라."

그녀의 말에 석화는 그들을 설득시키기를 포기했다. 이후로는 한마디도 하지 않았고, 손을 맞잡는 사람들에게 시선도 두지 않았다. 잠도 제대로 자지 못해 피곤함이 이루 말할 수가 없었다. 전 같으면 이미 기절하고도 남았을 텐데, 정신력으로 버티는 건지 앞으로 고꾸라지는 참사는 일어나지 않았다.

최호언이 다가오자 순서를 기다리던 이들이 물러났다.

"피곤하시죠?"

하얗게 질린 석화를 최호언이 부축했다.

"모두에게 축복을 내려주려 하시니 무척 힘이 드시나 봅니다."

최호언이 신도들에게 말을 전달했다. 전부 모이니 족히 서른은 넘어 보였고, 그들은 에덴동산 신도 중에서도 직급이 높거나 가장 신실한 자들인 듯했다. 백신 방송 이후로 에덴동산의 신도는 적어도 천 단위가 넘어섰다. 백신의 배포는 세력을 확장하려는 목적이었다.

석화는 일부러 최호언의 부축을 피하지 않았다.

그는 생명의 나무실을 빠져나와 계단을 올랐고, 2층 가장 첫 번째 방문을 열었다. 방은 쉘터와 크게 다르지 않은 모습이었다. 책상과 침대만 덩그러니 놓여 있었고 책상에는 에덴동산의 교리가 담긴 책이 보였다.

석화는 나무가 그려진 표지를 흘끔 보고는 시선을 돌렸다.

"식사는 조금 있다가 가져다 드릴까요?"

"왜 저를 구원자라고 말했습니까?"

침대에 앉은 석화가 헤드에 한쪽 어깨를 기댔다. 힘이 달려 눕고 싶었지만 최호언 앞에서 풀어진 모습을 보이고 싶지 않았다.

"면역체가 곧 구원자이니까요."

"저들이 그걸 믿습니까?"

"제가 말했으니 믿을 수밖에요. 이곳에는 레인보우 시티의 시민도, 밖의 사람들도 한데 섞여 있습니다. 다들 부당함과 두려움에 떨고 있는 사람들입니다. 아담이 사라지기만 한다면 아름다운 세상이 올 거라고 믿고 있죠. 구원의 힘으로 자신들도 면역체가 될 수 있을 거라는 희망을 갖기도 하고요."

"그래서 저는 여기서 치료제를 만들면 되는 겁니까?"

최호언이 의자를 끌어와 석화를 마주 보고 앉았다.

"네 개의 강이 실패했던 일을 이어나가는 게 우리의 사명입니다. 아담에게서 자유로운 인류를 이룩해내는 것이야말로 구원이고요. 하자 없는 완벽한 유전자 말입니다."

서펀트의 말이 묘하게 이상했다.

"유전자요?"

"우리가 자연 진화를 했다고 생각하십니까?"

최호언은 안경을 벗어 책상에 올려두었다.

"석화 박사님도 알고 계시지 않습니까? 시티 안에서 돌연변이 연구를 하셨으니까요."

돌연변이의 진화는 비이상적으로 빠르게 이어졌다. 마치 아담 바이러스가 변이하는 것처럼, 그 또한 인간의 간섭으로 이루어진 일이었다.

"석화 박사님뿐만 아니라 곽수환 소령 또한 마찬가지죠. 배아의 유전정보를 편집해 태어난 인류라는 걸 부정할 수는 없을 겁니다."

석화는 골이 지끈거려 이마를 손으로 눌렀다.

최호언은 유전자 가위를 이용해 배아의 유전자를 편집하는 일을 말하고 있었다. 이론적으로 에이즈에 면역을 갖고자 한다면 우리 몸에 있는 CCR5 유전자를 제거하면 그만이었다. CCR5는 HIV 바이러스가 면역세포 내로 침투할 수 있게 해주는 통로이니 그것을 제거하면 에이즈에 면역이 생긴다는 것이다.

그 외에 어떤 유전자가 어떤 질병에 걸리게 하는지를 알아낼 수만 있다면, 편집을 통해 질병과 감염을 애초에 차단할 수 있었다.

아담이 나타나기 전에도 이런 형태로 슈퍼 베이비를 만들고자 했던 자들도 수많았다. 다만 상용화하기에는 위험부담이 너무 크고, 어떤 반향을 낳을지 모르기에 반발도 심하게 일었다. 불특정 배아를 상대로 유전자 편집을 한다는 건 인체실험과 다를 바가 없는 행위였으니까.

"그래서 배아를 상대로 제 어머니와 박사님들이 실험을 자행했다는 겁니까?"

"수도 없이 많아요."

석화의 얼굴이 더할 수 없이 하얗게 바랬다.

"유전자 변형에서 도태된 태아들은 죽거나 밖으로 내쫓기기도 했죠. 그 모든 게 레인보우 시티의 지시로 일어난 일입니다."

최호언이 자리에서 일어났다.

"레인보우 시티는 이미 손쓸 수 없을 만큼 썩었어요. 전부 밀어내지 않는 이상 새로운 도시가, 나라가 생긴다고 해도 변하지 않을 겁니다."

밖으로 나가는 최호언이 문을 닫았어도 잠그는 소리는 들리지 않았다. 석화는 적어도 한 시간은 눈을 붙여야겠다고 생각했지만, 머리가 생각으로 들끓었다.

레인보우 시티의 지시 때문에 유전자 편집과 변형을 시도했고, 문제가 생긴 태아들은 전부 처리했다고? 그렇다면 그에 반발심을 가진 박사들이 에덴동산을 세운 것인가?

석화는 침대 위를 무릎걸음으로 이동해 창밖을 내다봤다. 저 밖의 숲은 새카매서 한 치 앞도 보이지 않았다. 심지어 저택에는 전력이 들어오지 않아 초를 사용해 주변을 밝혔다. 석화는 창에 등을 기대고 주저앉아 최호언의 차키를 어떻게 가져와야 할지 생각했다. 힘만 셌다면 주먹으로 흠씬 패주고 빼앗아올 수도 있었을 텐데……. 석화는 허탈한 웃음을 내뱉었다. 그랬다면 애초에 납치도 당하지 않았겠지.

무릎을 모으고 얼굴을 박고 있으니 자꾸만 꾸벅꾸벅 졸음이 몰려왔다.

석 박사.

석화는 쓱 고개를 들었다가 다시 얼굴을 묻었다. 환청이 들리는 것을 보니 정말 정신이 한계에 다다랐나 보다.

석화 형!

번쩍 고개를 들고는 창밖을 내려다봤다.

그럴 리가 없지. 곽수환이 여기를 알고 찾아올 리가 없다. 석화는 두 손을 펴서 뺨을 눌렀다. 정신 차리자. 잠들면 안 돼. 차가 없다면 걸어서라도 내려가야 해. 그린구역에 해당하니 아담이 있지는 않을 거야. 석화는 긍정적으로 생각했다.

침대 밖으로 훌쩍 나가려는 그때였다. 등 뒤로 화악, 강렬한 빛이 비쳤다. 이어 쾅! 충격음이 터졌다. 놀라 밖을 보니 최호언의 차가 시뻘건 불길에 삼켜지고 있었다. 불길 옆에 서 있는 남자를 보자마자였다. 석화는 망설이지 않고 의자를 들었다. 고작 나무 의자인데도 왜 이렇게 무거운지 모르겠다. 팔뚝의 고통을 참아내며 이를 악물고 있는 힘을 다해 유리창을 부쉈다. 와장창창이 박살나니 손에서 미끄러진 의자가 저 밖으로 떨어졌다.

남자는 갑자기 위에서 뚝 하고 떨어진 의자를 봤다가 천천히 시선을 올렸다.

뚫린 창문 앞에 서 있는 석화가 보였다. 곽수환은 불타는 서펀트의 차에 피 묻은 장갑을 벗어 던지고 두 팔을 뻗었다.

"자기, 겨우 며칠만인데 왜 이렇게 반갑지?"

그의 시원한 목소리에 석화는 박살이 난 창문틀을 밟고 섰다. 1층으로 내려가려다 서펀트에게 잡히면 오히려 일이 복잡해질 것 같았다.

"뛰어내릴 수 있겠어?"

그가 소리쳤다. 방문 밖에서부터 들려오는 발걸음 소리에 석화는 재빠르게 고개를 끄덕거렸다. 그래 봐야 2층이니, 그가 제대로 받지 못한다고 하더라도 죽지는 않을 거다.

석화는 숨을 한 번 들이켜고는 곽수환이 있는 방향을 향해 몸을 던졌다. 나름 각도를 재서 창틀을 도움닫기 삼아 밀어냈고, 질끈 감고 싶은 눈도 억지로 떴다. 곽수환은 망설임 없이 뛰어내리는 석화를 보며 몸의 중심을 낮춰 단번에 받아 들었다.

"웃차! 나이스 캐치."

그럼에도 중력에 석화의 전신이 찌르르 울렸다. 2층을 올려다보니 최호언이 창문에 손을 댄 채로 이쪽을 내려다보고 있었다. 곽수환은 가장 먼저 석화를 자신의 지프에 앉혔다. 내려오라는 듯 곽수환이 최호언을 향해 손을 까딱하자 석화가 말했다.

"소령님, 제가 짐이 될 거예요."

내부에는 소년소녀뿐만 아니라 어른들도 있었기에 어떤 식으로든 변수가 생길지 몰랐다. 그러나 다행히 서펀트는 밖으로 내려오는 일 없이 이쪽만 내려다보고 있었다. 곽수환 또한 이대로 저택을 밀고 들어갈까 하다가 세 번의 실수는 저지르지 않기로 마음을 가라앉혔다.

"곽수환 소령님!"

곽수환이 운전석의 문을 연 그때였다. 최호언이 웃는 낯으로 그를 불렀다.

"석화 박사님과 이야기를 잘해보세요. 차후를 기대하고 있겠습니다."

곽수환이 가운뎃손가락을 올리고는 운전석에 훌쩍 올라탔다. 가속페달을 거세게 밟자, 몇 번 헛바퀴를 돌던 지프가 숲을 질러나가기 시작했다. 무슨 일이 있었는지 몰라도 헤드라이트는 한쪽만 빛을 내뿜고 있었다. 도로로 합류할 때까지 곽수환은 아무런 말을 꺼내지 않았다.

석화는 흘끔 그를 쳐다봤다. 곽수환도 그 시선을 느끼고는 입을 떼어내려는 때였다.

"며칠 아닌데요."

"응?"

"하루 조금 넘었어요."

그런가? 곽수환이 굳이 그걸 걸고넘어져야 하느냐며 나무라듯 웃었다.

"체감으로는 며칠도 더 된 것 같았어."

"저도요."

솔직한 대답에 곽수환이 핸들을 꽉 쥐었다. 이 감정을 뭐라고 표현해야 할지 모르겠다.

팔뚝에 감긴 붕대를 봤을 때 피가 거꾸로 솟아 이성이든 뭐든

집어치우고 서펀트의 목을 따버리고 싶었다. 저를 보자마자 의자로 창문을 박살내고 밖으로 뛰어내리는 석화를 봤을 때는, 배 속이 묵직해지는 것만 같았다.

누군가를 믿고 뛰어내리려야 할 상황이 온다면 저는 절대 하지 못할 거다. 그러나 석 박사는 자신을 완벽하게 신뢰했고, 놓치지 않을 거라는 믿음이 있었기에 뛰어내렸다.

석화의 눈가와 뺨에 든 노란 멍을 보자마자 곽수환의 손등에 힘줄이 잔뜩 섰다. 얼마 되지 않아 그는 자신이 남긴 흔적이라는 걸 알고 묘한 반성의 시간을 가져야 했다.

몸은 좀 괜찮으냐는 말도 안 되는 질문은 던지고 싶지도 않았다. 겉으로만 봐도 석화는 엉망이었다. 연구실이 가장 잘 어울릴 석화가 손톱이 뽑힐 뻔하지 않나, 총상을 입지를 않나, 보통 군인들이 겪지 않아도 될 일까지 체험했다.

"어떻게 찾아왔어요?"

"왈."

석화는 의아하게 그를 바라봤다.

"나보고 개라며. 냄새 맡고 왔지."

석화가 웬일로 농담을 깨닫고 보일 듯 말 듯 웃었다. 긴장이 풀려 잔뜩 늘어진 몸은 의자에 파묻히다시피 했다.

"조금만…… 잘게요."

곽수환과 저택을 빠져나오는 그 순간부터 석화는 급격한 피로에 휩싸이고 있었다. 곽수환이 편히 자두라는 말을 하기도 전에 석화가 먼저 곯아떨어졌다. 입을 작게 벌리고 설핏 인상을 쓴 모습이 애처로울 지경이었다. 곽수환은 석화의 뺨을 손등으로 한 번 훑고는 다시 핸들을 쥐었다.

곽수환은 현재 레인보우 시티에서 수배 명령이 떨어져 있었다. CB무전에 따르면 몇 조가 팀을 이뤄 뒤를 추적 중이었다. 아마도 최호언이 석화에 대한 이야기를 흘렸거나 세컨드 마스터가 적극적으로 개입한 것이라고 짐작했다. 곽수환 또한 최호언의 정체를 까발릴 수 있었지만, 그는 바이올렛구역에 있던 이들에게도 입단속을 시켰다.

상부에 서펀트의 정체가 전달되면, 군인들이 놈을 추적하는 동안에 석화의 목숨은 보장받기 어려웠을 것이다.

석화를 구해냈으니 서펀트의 위치를 보고하는 편이 일망타진하기 수월하겠지. 그러나 수배령이 떨어진 군인의 말을 믿어줄 자는 없었다.

부산에 도착해 곧장 우룡산으로 향했던 곽수환은 어린놈들이 거짓말을 지껄인 게 아닌가 잠시 의심을 했었다. 주변에 인기척이 전혀 없었기 때문이었다.

산비탈에 놓인 몇몇 담벼락에 그려진 생명의 나무가 아니었다면, 도로 발걸음을 돌렸을 것이다. 산을 타고 올라가는 길마다 동백꽃이 흐드러지게 피어 있었다. 간간이 떨어진 꽃잎은 늘 봐오던 핏물처럼 색이 붉었다. 다만 피와는 달리 향기가 있었다.

아담을 상대하는 현장을 나가본 건 수없이 많았지만 개화한 동백꽃을 본 건 처음이었다. 뛰어 올라가던 곽수환이 멈춰 섰던 건 서리가 얼어 굳은 동백꽃 하나를 딸 때였다. 석화에게 야생화를 보여주고 싶다는 충동이 들었다. 결국 주머니 안에서 엉망이 되어버렸지만. 그래서 장갑과 함께 최호언의 차에 그냥 태워 버렸다.

곽수환은 고이 잠든 석화를 다시 확인했다. 한 번 더 만졌다가는 잠에서 깰 것 같아 앞에 놓인 부산 지도를 보는 것으로 그쳤다. 도로 표지판은 떨어져 있거나 말라비틀어진 덩굴이 엉켜 있는 경우가 태반이었다.

광안대교는 아담 출현 초창기 시절 폭파되어 길이 끊겼으니, 멀쩡한 대교는 좌수영교뿐이었다. 그마저도 왕복 6차선 도로 중 이용이 가능한 건 2차선 정도였다. 곽수환은 좌수영교를 향해 차를 내달렸다.

부산을 좌우로 나눴을 때, 바이올렛이나 레드로 지정되어 있는 해운대 쪽이 지금 저희들에게는 더 안전할 듯했다. 다행히 기름은 여유가 있기에 라이트를 끄고 사람이 살지 않는 구역을 찾아 나섰다.

캄캄해서 그런가 잘도 자네. 다리를 건넌 곽수환은 좀 더 깊숙한 곳으로 차를 몰았고, 옛 호텔들이 몰려 있던 해안가는 피했다. 곽수환은 동네 안쪽의 약국 간판을 보자마자 사각지대에 주차를 했다. 시동을 끄니 히터의 열기도 끊겼다. 자고 있는 석화를 깨우기는 싫었지만 여기에 두고 갈 수는 없었다.

어깨를 천천히 흔들었는데도 여간 일어날 생각을 하지 않았다. 그냥 들쳐 메야지 했더니 석화가 천천히 눈을 떴다.

"······어디예요?"

"일단 내리자."

곽수환이 먼저 내려서 주변을 살피고 석화에게 내려도 좋다는 신호를 보냈다.

그린구역이었을 때 운영되던 약국인지 약품이 바닥이나 진열대에 흐트러져 있었다. 도망칠 때 다시 돌아올 수 있을 거라는 희망을 가졌던 것일까, 약국 문이 잠겨 있었다. 곽수환은 철제 셔터 하단을 손으로 쥐고는 위로 확 잡아 뜯어 올렸다. 바닥에 박혀 있던 고정 나사가 뜯겨져 나가고 셔터가 드르륵 위로 올라갔다.

손을 턴 그가 안으로 들어가자 석화도 뒤를 따랐다. 길고 가느다란 손전등의 전원을 켜니 어두웠던 약국 내부가 밝아졌다. 레인보우 시티 산하에서 제작된 약품들의 상태는 제법 멀쩡했다. 곽수환은 약품과 붕대를 찾아내 석화를 제조실 안쪽 의자에 앉혔다.

석화는 혹시 그가 다친 건가 싶어 놀랐지만, 자신을 치료하고자 한 것을 알고 스스로 붕대를 풀었다.

곽수환이 석화의 상처를 손전등으로 비췄다. 그 빌어먹을 새끼가 석화의 팔뚝에 생채기를 남겨 놨다. 석화는 잔뜩 화가 난 곽수환을 올려다본 다음 자신의 상처를 확인했다. 다행히 곪지는 않았고, 빠른 처치를 한 덕에 병원체 감염 위험도 적어 보였다.

"제가 할게요."

석화는 그의 손에 있던 소독약을 가져와 침전물이 있나 확인하더니 뚜껑을 개봉했다.

"석 박사, 내가……."

동시에 석화가 제 상처에 소독약을 들이부었다.

삽시간에 들끓는 통증에 눈을 감은 석화는 입술을 안으로 말고 버텼다. 몇 초가 지나니 살갗이 지글지글 타들어가던 고통이 조금씩 완화되고 있었다. 표정을 굳힌 곽수환은 말없이 상처에 연고를 짰다. 출혈은 없었기에 상처를 감싸지 않는 게 더 좋을 테지만, 가만히 누워 있을 수는 없으니 붕대를 둘러야 했다.

"아프지."

곽수환의 목소리가 꽉 잠겨 있었다.

"참으면 돼요."

"참지 마. 아프다고 말해. 석 박사 사실대로 잘 말하잖아."

석화는 붕대를 꼼꼼하게 둘러주는 곽수환의 손목을 쥐었다. 제가 알고 있던 시원한 온기 그대로였다. 곽수환은 불에 덴 듯 움찔했다가 곧 석화가 만지는 대로 그대로 두었다.

"그럼 참을 만해요."

"그게 그 말이지, 뭐가 달라."

곽수환이 붕대를 핀으로 고정시키고는 테이블에 올려두었던 손전등을 들었다.

“나가자.”

석화는 쓸 만한 약품 몇 개를 더 챙기고는 다시 지프에 올라 탔다. 그가 향하는 여정이 어딘지는 몰랐다. 그래도 짧지만 푹 자고 일어난 덕인지 전신을 짓누르고 있던 피곤함은 조금 가신 뒤였다.

“곽 소령님…… 최호언 박사가…….”

“이야기는 나중에.”

석화는 왜? 하는 의문이 들었지만 굳이 물어보지는 않았다.

차가 달리는 동안 곽수환이 준 생수를 몇 모금 마시고, 전투식 량인 곡물가루팩 안에 물을 넣어 흔들어 먹었다. 맛은 밍밍했다.

“기분이 이상해요.”

“연구실로 돌아가고 싶을 거야.”

자기도 다 안다는 식으로 쓸쓸하게 대꾸했다. 석화는 아직 생채기가 남은 그의 입술로 손을 가져갔다. 그랬더니 그는 피하지 않고 몸을 기대 오는 커다란 동물처럼 제 손길에 얼굴을 맡겼다.

“그게 아니라, 한번도 이럴 거라고는 생각 못 했거든요. 그냥 연구소에서 살다가…… 어느 날 뒤나 앞으로 고꾸라져 죽지 않을까 싶었어요.”

곽수환은 약국 안쪽 골목으로 내내 직진하다가 그나마 멀쩡해 보이는 주택 앞에 차를 세웠다. 석화는 말간 눈에 곽수환을 담고 있었다.

“소령님을 통해서 다른 세상을 알게 됐어요.”

그가 핸들에 잠시 얼굴을 가까이 가져다 댔다.

"동생 위할 줄도 알고, 진짜 형은 형이네."

곽수환은 석화가 자신을 위로한다고 생각했다. 석화 또한 그걸 느꼈지만 애초에 말주변이 없는지라 오해를 풀어주지도 못했다.

"진짜 팔은 괜찮아?"

"네. 곽 소령님."

"응."

"고환 만지고 싶어요."

그가 핫, 기막힌 헛바람을 내뱉었다. 곽수환은 핸들에 기댄 얼굴을 옆으로 틀었다.

"내 불알이 석 박사 만병통치약도 아니고 만지면 나아져?"

"그럼 다시 말할게요. 맨몸 껴안고 싶어요."

석 박사가 진짜 사람 마음도 모르고.

곽수환은 다짜고짜 석화에게 달려들고 싶은 충동을 감내해냈다. 저 말캉거리는 입술과 매끄러운 피부를 마구 빨고 매만지고 싶었다. 안으로 들어갈 때까지만 참자, 일단 차도 숨겨두고. 곽수환이 주먹을 꽉 쥐었다가 풀었다.

"바로 올게."

곽수환이 직접 차 문을 잠그고는 권총만 챙겨 밖으로 나갔다.

주택은 오양석의 집처럼 정원 옆에 주차장이 있는 형태였고, 창문은 전부 쇠창살로 막혀 있었다. 곽수환은 현관문을 부수고 안으로 들어갔다. 방과 거실, 그리고 수납장까지 전부 열어 내부를 확인했다.

욕실 문을 여니, 머리카락이 욕조 밖으로 나와 있는 게 보였다. 손전등을 비추며 권총을 장전하고 다가갔다. 살아 있는 사람이 아닌 백골화가 진행된 시체였다. 죽은 지 꽤나 오래됐는지 벌레나 곤충은 보이지도 않았다. 욕조 외에 핏자국이 없는 것을 보아 아마도 자살한 게 아닐까 추측할 뿐이었다. 곽수환은 샤워부스의 천을 떼어서 욕조를 덮었다.

서둘러 정원으로 나왔더니 석화의 모습이 보이지 않았다. 이 짧은 시간에 설마 싶었다. 곽수환이 재빨리 조수석 문을 열어젖혔다.

"곽 소령님?"

조수석 밑에 숨어 있던 석화가 천천히 몸을 일으켰다. 곽수환은 심장이 밑으로 떨어졌다가 다시 올라오는 기분을 느꼈다.

"왜 숨었어."

"안전할 것 같아서요."

말 그대로 밖은 위험천만하지만, 그렇다고 석화를 레인보우시티로 보낼 수는 없었다. 조금만 시간을 벌면 돌파구가 생길 테니 그동안 석화가 버텨주기를 바라는 수밖에 없었다.

곽수환은 뒷좌석에 놔둔 군용 배낭을 챙겨 한쪽 어깨에 메고 말했다.

"안이 안전하기는 한데, 욕실은 들어가지 마. 어차피 물도 안

나오니까."

"그럴게요."

두 다리를 차 밖으로 내린 석화를 본 곽수환이 먼저 현관으로 걸어가기 시작했다. 쿵, 석화는 차에서 울린 소리에 뒤를 돌아봤다. 곽수환이 집 안으로 들어가고 나서 조수석 밑에 숨었던 이유도 이 때문이었다. 그때도 괴상한 소리가 들렸었다. 뒷좌석에 아무도 없는 것을 이미 확인했기에 이 소리의 정체는 어쩌면 트렁크일 수도 있었다.

석화는 지프의 뒤에 매달린 예비용 타이어를 물끄러미 쳐다봤다. 조금 더 다가가서 어둑어둑한 트렁크 유리창 안을 내려다본 석화는 놀라 한 발 뒤로 물러났다.

"뭐 해."

저 앞에서 걸음을 멈춰 선 곽수환이 석화를 돌아봤다.

"곽 소령님……."

석화는 곽수환에게 제가 본 것을 속삭였다.

"트렁크 안에 누가 있어요."

그러나 곽수환은 대수롭지 않다는 듯 저벅저벅 걸어왔다.

"들어가자."

"안에."

"무시해도 돼."

발버둥을 치지 않는 걸 보면 아담은 아닐 테고, 분명 사람일 터였다. 웬만해서 곽수환의 말을 따르려던 석화이지만 이번만큼은 아니었다.

"맨몸으로 껴안고 싶다며."

"지금은…… 아니에요."

"석 박사 너무하네. 사람 불 질러놓고 이게 뭐야."

곽수환이 혀를 찼다.

그가 여닫이문 형식의 트렁크 문을 열었는데, 안에는 두 팔과 두 발목이 묶여 있는 여자가 보였다. 재갈이 물린 나이 지긋한 여성은 이미 지칠 대로 지쳐 보였다.

"……누구예요?"

눈이 마주치자마자 그녀가 눈을 부릅뜨더니 몸을 마구 흔들었다. 곽수환은 몸을 비트는 여자를 들쳐 메고 안으로 걸었다. 고개를 바짝 들고 제게 붉은 안광을 빛내는 여자의 시선을 석화는 피하지 않았다. 빤히 쳐다봤지만 저와 안면이 있는 사이는 아니었다. 먼지가 쌓인 낡은 카펫에 여자를 내려놓은 곽수환이 재갈을 확 잡아끌어 내렸다.

"쿨럭, 컥."

마른기침을 토해내자 곽수환은 배낭에서 물을 꺼내 얼굴에 대충 뿌렸다. 여자는 불안하게 주변을 둘러보면서 경계심을 잔뜩 세웠다.

"적이에요?"

석화도 그녀에게서 조금 떨어진 채로 물었다. 곽수환이 멀쩡한 사람을 납치해서 묶었을 것 같지는 않았기에 나온 말이었다.

곽수환은 물을 벌컥 들이켜더니 손으로 쓱 잔해를 밀었다.

"최호언네 엄마. 아니, 진짜 엄마가 맞기는 한가?"

석화는 반사적으로 손을 뻗어 곽수환의 소매를 꼭 쥐었다. 돌이 없는 대신 자꾸만 곽수환을 붙들게 된다는 걸 석화는 아직 알지 못했다.

이제 보니 그녀의 목에 걸린 목걸이는 금붙이였고, 입은 옷도 두꺼운 모피 재질이었다. 멀쩡하게 서 있었다면 한눈에 부유층이라는 것을 쉽게 알 수 있을 법했다.

"……나무, 우리…… 희망."

그녀는 잔뜩 쉬어버린 목소리를 하고서 석화를 올려다봤다. 석화는 저 맹목적인 시선을 이미 받아본 바 있었다. 도망쳐 나온 최호언의 저택에서 말이다.

"드디어…… 드디어."

감격하는 중년 여성의 눈에는 눈물이 고여 있었다. 당혹스러운 마음에 석화는 소매를 놓고 한 걸음 뒤로 물러났다. 그녀의 앞에 쭈그려 앉은 곽수환은 물통을 얼굴 옆에 내려두었다.

"아주머니, 우리 석 박사 무사히 못 데려오면 내가 아주머니를 좀 이용할까 싶었거든. 무사히 구출했으니 내일 어디쯤에 내려주려고 했는데, 보다시피 석 박사 호기심이 장난이 아니어서."

휙 날카로운 시선을 든 여자가 곽수환을 향해 퉤 침을 뱉었지만, 그가 피한 게 더 빨랐다.

우룡산 꼭대기에 도착했을 때 타이밍 좋게도 이 여자를 발견할 수 있었다. 경호원을 셋이나 대동하고 사람들에게 식료품을 배급하는 중이었기에 에덴동산에서 직급이 높은 자일 거라 예감했고, 생각보다 더 대어였다.

최호언에 대해서 알아볼 때 놈의 부모 사진도 확인했던 곽수환이었다. 여자가 누구인지는 금세 알아차릴 수 있었다. 어차피 우룡산에서 힌트를 얻지 못하면 이 소령의 좌표대로 여자를 찾으러 갈 예정이었다. 발품을 팔 필요도 없이 배급을 끝내고 차로 내려가는 걸 기다렸다가 지프로 받아버렸다.

은신처가 어디인지 죽어도 알려주지 않겠다고 고집을 피우기에 경호원 팔 한쪽을 분지르고, 나머지 살점을 포를 뜬다고 협박했다. 눈 하나 깜짝 안 하던 여자는 결국 두 놈의 팔을 다 분지르고 났을 때서야 입을 열었다.

원래 이런 부류는 직접 협박하는 것보다 다른 사람을 이용하는 게 편했다. 애초에 신도들에게 식량을 배급한다는 것 자체가 이타심이 뛰어난 사람일 테니까. 그런데 생각보다 서펀트가 석화를 쉽게 내놨지. 물론 석화가 2층에서 휙 뛰어내릴 거라는 변수는 서펀트에게도 없었을 테지만, 차후를 기대하겠다던 놈의 말이 내내 마음에 걸렸다.

"석 박사."

생각에 잠겨 있던 곽수환이 입을 뗐다.

"최호언 박사를 낳았습니까?"

석화는 대답도 하지 않고 여자를 향해 이상한 물음을 던졌다.

"원호 박사의 부인이세요?"

아무래도 그사이 서펀트에게 이상한 세뇌라도 당했는지 석화가 앞뒤 맥락이 맞지 않는 말을 꺼냈다.

그녀는 무언가를 말하고 싶어 했지만, 내내 트렁크에서 시달린 탓인지 힘겹게 다잡은 동공이 돌아가려고 했다. 석화는 놀라 그녀의 이마를 짚고 숨을 확인했다. 뜨거운 손길에 닿은 여자는 구원이라도 받은 것처럼 길게 숨을 내뱉고 눈을 감았다. 다행히 엄청난 피로감에 기절했을 뿐, 큰 문제는 없어 보였다.

"왜 납치한 거예요?"

"그럴 만한 사정이 있었어. 어차피 이 여자도 좋은 사람은 아니야. 나 믿지?"

변명을 늘어놓는 곽수환이 석화의 손을 잡았다. 뿌리치지 않고 오히려 꽉 붙들어오는 체온이 뜨거웠다. 곽수환은 석화를 데리고 그나마 깨끗한 방으로 걸어 들어갔다. 문을 닫고 석화를 그 앞에 세웠다.

"석 박사, 이야기 압축할 줄 알지?"

석화는 의미를 헤아리다가 곧 고개를 끄덕했다. 긴 말을 시작하기에 앞서 석화는 마른침을 한 번 삼켰다.

"최호언 박사가…… 원호 박사님 아들이래요."

"뭐?"

이건 너무 압축했나 싶었다.

석화는 어쩐지 초조해 보이는 곽수환의 허리를 껴안고 그를 차분히 가라앉혔다. 사실 곽수환이 아니라 저를 위한 행동 같기도 했다. 어깨에 뺨을 맞대고 이렇게 몸을 전부 기대고 있으면 안정감이 찾아왔다. 석화의 행동을 예측하지 못한 곽수환만 어설프게 손을 들었다가 금방 석화의 몸을 감쌌다.

"……우리 엄마, 곽수환 소령님의 부모님 그리고 최호언 박사의 아버지 원호 박사요. 이 넷이서 같이 유전자 편집 연구를 했어요. 돌연변이를 만들기 위해서요. 배아를 상대로 실험을 했고……. 우리도 그 실험체 중 하나래요. 전부 레인보우 시티가 시킨 일이고, 거기에 반발하기 위해 에덴동산을 만들었대요."

이채윤의 말에 따르면 서펀트에게 납치당하던 순간 석화가 사진을 흘렸다고 했다. 서펀트가 그렇게 어설플 리가 없었다. 아마 사진을 떨어뜨린 것을 알면서도 일부러 놔둔 것일 테니, 결국 놈은 새로운 사과를 두고 간 셈이었다.

그 사진으로 저에게도 의심이 생겼고 부산까지 내달려오는 동안 오만 가지를 생각했다. 사진 속 단발머리 여자가 석화의 어머니이자 연구원이며, 제 부모와 같은 연구실에 있었다는 가설까지.

"돌연변이들에게 결함이 있는 게 유전자 편집 때문이라고? 그럼 시티에 있는 돌연변이들이 전부 실험체라는 거고?"

"……아마도요."

세컨드 마스터는 서펀트만큼이나 석화에게 많은 관심을 쏟았다. 면역체일 뿐만 아니라 유전자 조작으로 태어난 아이였기 때문인가?

"최호언이 원호의 아들이라면, 저 여자는 친어머니가 아니겠지."

여자의 밀고로 처형을 당한 남자가 원호 박사는 아니었다.

"최 박사가 그랬어요. 자신도 시티의 시민이 아니었는데, 우리를 만나기 위해 시티로 왔다고요."

석화는 고개를 획 들었다. 저를 내려다보고 있는 곽수환의 입술이 가까웠다. 곽수환도 손에 힘을 주어 석화의 허리를 좀 더 바짝 당겼다.

"원래는……. 곽 소령님이 에덴동산에 합류할 예정이었대요."

'네놈 여기 있지 말고, 화선강당으로 가봐. 산 사람은 살아야지. 내 추천이라고 말하면 될 거야.'

곽수환은 아주 오래전 죽고 없는 애꾸눈을 떠올렸다. 차를 구해주고 반군 세력이 있는 화선강당으로 자신을 보내려던 어른이었다. 그러나 브로커를 통해 오양석 박사가 저를 시민으로 승격시킴으로써 반군과는 길을 달리하게 됐다.

설마, 그때 화선강당에 있던 세력이 에덴동산이었나?

불현듯 곽수환은 아무래도 좋다는 듯 웃었다. 서펀트의 말을 곧이곧대로 믿을 생각도 없고, 사실이라고 해도 달라지는 건 없다.

"석화야."

매끄러운 입술이 벌어지고 달래는 듯한 목소리가 흘러나왔다.

오래도록 떨어져 있다가 마주한 사람들처럼 뺨을 맞대고 피부의 감촉을 재차 느꼈다. 아직 노란 멍이 들어 있는 석화의 눈가에 키스를 하자, 간지러운지 눈가를 살짝 찡그렸다. 입술에 닿는 그 미세한 움직임에 좀 더 갈증이 나는 듯했다. 콧등을 살짝 깨물고 쓱 고개를 숙여 석화의 입술에 안착했는데, 입이 꾹 다물려 있었다.

"벌려봐."

"밖에, 읍."

곽수환이 석화를 더 문으로 밀어붙이고 혀로 파고들었다. 그의 등을 껴안고 있던 석화를 어깨까지 등 뒤로 돌려 감싸 안았다.

키스가 깊어질수록 곽수환의 근육이 더 단단해지니 석화는 마치 돌 같다고 생각했다. 숨이 부족해 고개를 뒤로 젖히자 따라오는 그가 쪽쪽 얼굴 여기저기에 입을 맞추면서 말을 꺼냈다.

"하, 레인보우 시티고 뭐고, 둘이 도망칠까?"

"위험, 읍, 해요."

"내가 있는데 왜 위험해."

석화가 생명의 물이라도 되는 것처럼 곽수환은 입을 빨고 안쪽을 거칠게 핥았다.

섹스를 한 여파가 아직 사라졌다고는 할 수 없지만, 어쩐지 석화는 뒤가 움찔거렸다. 곽수환이 그걸 아는지 모르는지 엉덩이를 콱 움켜쥐었다. 더 참지 못하고 몸을 확 들어올리니, 석화가 위에서 그를 내려다보며 뺨을 감쌌다.

"절 넘기면 곽 소령님은 안전해질 거예요. 나 때문에 수배받은 거니까요."

"수배 떨어진 건 또 어떻게 알았대."

곽수환이 턱을 잘근 깨물었다.

"넘길 거였으면 내가 부산까지 좆 빠지게 내려왔을 것 같아?"

석 박사 내 거야. 아무도 안 줘. 석 박사가 스스로 나한테 뛰어내렸잖아.

"곽 소령님."

마음이라도 읽은 건지 자못 심각한 목소리였다.

"좆 안 빠졌어요. 엄청 커요."

석화는 밖의 사람을 의식했는지 속삭이고는 품에서 내려왔다.

곽수환은 가슴팍을 밀어내며 빠져나가려는 석화를 뒤에서부터 끌어안았다.

"빠진 것 같은데, 박사님이 좀 봐줘."

어리광을 부리는 곽수환에게 석화가 잠깐 흔들렸다. 그걸 귀신같이 알아챈 그가 귓가에 속삭였다.

"하자, 응?"

석화의 엉덩이에 곽수환의 단단한 게 와 닿았다. 제복 바지 겉으로 실루엣을 드러낸 좆의 기세가 엄청났다.

"사람 있어요."

"자잖아."

기절한 걸 잔다고 표현하다니. 석화는 해일처럼 밀려오는 성욕에 간신히 방파제를 세워 막았다. 여기서 더 단칼에 잘라내지 않으면 물이 범람하고도 남을 것 같았다.

"……싫어요."

하, 내쉬는 한숨마저도 목덜미를 간지럽혀 몸이 움츠러들었다.

"밖에 있는 사람, 안전한 데다 내려다 두고요."

기절한 사람이 있는데 문 하나를 사이에 두고 섹스하는 건 석화 나름 상식에 어긋나는 일이었다.

"여태 석 박사는 질질 넘치게 싸기도 했는데, 난 한번도 못 쌌거든? 언제까지 정액 모아둬야 해. 내 불알 터지면 제일 슬퍼할 사람이 석 박사 아니야?"

획 뒤를 돌아본 석화의 얼굴이 웬일로 붉어져 있었다. 수치심은 거의 없다시피 한 석화가 어떤 점에 저런 반응을 보이는지 알 수 없었다.

"질질 안 쌌어요."

"쌌는데."

"안 쌌어요."

석화가 강경하게 대꾸했다. 곽수환은 석화 뒤로 놓여 있는 침대를 흘끔 봤다.

"다시 해볼까?"

걸어가 이불을 치우자 그 밑에 숨겨져 있던 시트는 깨끗했다. 곽수환은 제복 코트를 벗어서 시트 위에 깔았다. 석화보고 와서 누우라는 듯 검지로 콕콕 제복 위를 가리켰다.

"안 해요."

"왜, 질질 안 쌌다며. 그럼 지금 해도 안 쌀 거 아니야."

문 앞에 덩그러니 서 있던 석화가 꾹 다문 입술을 열었다.

"……쌌어요."

곽수환은 참지 못하고 황당한 웃음을 터뜨렸다. 가끔이지만 이렇게 대놓고 고집머리가 있는지라, 여기서 더 밀고 간다고 해도 석화의 거절은 바뀔 것 같지 않았다.

"와서 누워봐."

고자세로 서 있는 석화를 곽수환이 붙잡아 끌어왔다. 억지로 하는 줄로만 아는지 눈에 불신이 가득했다. 사람을 뭐로 보고. 곽수환은 먼지가 쌓인 베개도 바닥으로 끌어 내렸다.

"한숨 자둬. 아침 되면 바로 이동해야 돼."

"소령님은요?"

"아직은 괜찮아."

곽수환도 석화를 찾아낼 때까지 잠 한숨 못 잤지만, 둘 다 자 버렸다가는 무슨 일이 벌어질지 몰랐다.

"전 잤으니까 곽 소령님도 조금 자요. 제가 보초 설게요."

"석 박사 보초 믿고 자겠어?"

그건 그렇다는 듯한 표정에 곽수환이 석화를 제복 위에 밀어 눕혔다.

"정말 졸리면 부탁할 테니까 걱정 말고 자."

짧게 잤다고 해도 석화는 체력에 부담이 쌓인 상태였다. 전처럼 연구소에만 있는 게 아니라 돌아다녀서 그런지 체력은 전보다도 좋아졌지만 말이다.

"죄송해요."

석화는 반듯하게 누워서 두 손을 제 가슴팍에 올려두었다. 곽수환은 그 빈손을 보더니 바지 주머니를 뒤적여서 조그만 조약돌 하나를 꺼냈다. 우룡산에서 주운 모양새가 좀 특이한 돌이었다. 재질은 현무암인데 메추리알처럼 생겨서 한 손에 쏙 넣기에도 좋았다. 생각해보니 망가진 야생화에 미련을 둘 필요는 없었다. 석화는 꽃보다 돌을 좋아했으니까.

석화는 그 돌이 마음에 드는지 손으로 거칠거칠한 부분을 굴렸다.

"돌이 그렇게 좋아?"

"네."

유전자 변형으로 태어났다고 하니 괴이쩍은 집착특성을 가진 게 이상할 것도 없었다. 곽수환이 아는 유전자 변형 돼지만 해도 몸집이 커진 대신 눈과 귀가 퇴화해 먹이에만 집착했다.

곽수환은 석화가 잠이 들 때까지 벽에 등을 기대고 팔짱을 꼈다. 이런 먼지투성이 방에서 자는 게 익숙하지 않을 텐데, 석화는 다행히 고른 숨을 내쉬었다. 곽수환은 창문의 철창에 이상이 없는지 확인하고 방을 빠져나왔다.

레인보우 시티에서 최호언의 어머니로 등록되어 있는 여자도 아직 정신을 차리지 못한 상태였다. 주방에 있던 라디오를 가져와 여자를 감시하면서 주파수를 맞춰나갔다. 정규 라디오 방송에 중요한 소식이 전달될 리는 없으니, 군용 암호방송 주파수를 찾아냈다.

지금은 치직거리는 잡음만 들릴 뿐 방송은 전혀 없었다. 곽수환은 볼륨을 최대로 올려두고는 주방에 있던 파인애플통조림을 꺼내 왔다. 잭나이프로 통조림을 따고 단물이 뚝뚝 떨어지는 살점을 칼로 꽂아 씹어 먹었다.

희한하게도 세컨드 마스터가 석화를 데려오라고 한 시점과 서펀트가 석화를 납치한 시점이 비슷했다. 둘이 한통속이 아닐까 잠시 의심도 했지만, 서펀트는 석화가 우도로 가야 한다고 했을 때 동요를 내비쳤었다.

곽수환은 나이프를 쥔 손으로 눈을 꾹 눌렀다. 전에는 아버지가 아담으로 변한 이유에 대해서 수도 없이 생각했었다. 정신에 이상이 생겨 그 스스로 아담 혈액을 주사했을 수도 있고, 인슐린 주사용액을 누군가 오염시켰을지도 모른다는 의혹도 가졌다. 그렇다면 그건 누구의 짓인가?

헝클어져 있던 큐브가 조금씩 움직이는 것도 같았다. 에덴동산을 만든 부모에게, 그것을 알아차린 시티가 보복을 한 걸지도 모르지.

그들이 한두 개의 배아로 실험을 하지는 않았을 것이다. 다수였을 테고, 신체의 결함이 있는 아이들은 아마 전부 폐기처분했을 터였다. 곽수환은 어째서 석화의 어머니가 연구직에서 물러났는지를 짐작해봤다.

체력이 바닥으로 태어난 석화도 처분 대상 중 하나이지 않았을까? 또한 저희 형제를 몰래 숨겨뒀던 이유도 이제야 이해할 수 있었다. 아마도 저보다 더 먼저 태어난 형제가 있었을 가능성.

유전적인 결함이 있어 처분을 당하고, 부모는 더 이상 아이를 잃을 수 없기에 시티 밖으로 저희를 내보냈다는 심증 말이다.

"……생명의 나무가 선악을 알게 되는 날 구원이 내릴지어니."

곽수환이 소파에 앉아 시선만 내렸다. 정신을 차린 여자가 그를 올려다보면서 중얼거렸다.

"아주머니, 정신 차려요. 구원 같은 게 어디 있어."

"불쌍한 아이야. 폭력과 힘은 결국 구원 앞에 굴복하고 만다. 아직 너에게 생명의 나무가 함께하니 안전한 것이란다."

아무래도 이 여자가 말하는 생명의 나무는 석화인 듯했다. 곽수환은 파인애플 하나를 더 찍어서 씹어 먹었다.

"그래? 당신네 생명의 나무가 헬기가 필요하다는데, 아줌마네 헬기 있지?"

여자는 눈에 의아한 빛을 띠었다.

"방금 석 박사 말한 거 아니야?"

"생명의 나무의 사회적 지위는 중요하지 않단다."

최호언이 세뇌를 잘도 시켰나 본데.

"어쨌든 석화 박사가 헬기가 필요하다니까 좀 도와주지? 구원을 받으려면 저 구원자한테 잘 보여야 할 거 아니야. 근데 웃긴 게 그쪽 수녀부를 서펀트라고 부르는 게 이상하지 않아? 서펀트는 에덴동산에서 아담과 이브를 내쫓게 만든 장본인인데."

"뱀은 지혜의 생물이지. 선악을 알게 했으니 또 다른 구원이 아니겠니? 아이야, 눈앞에 보이는 것만 보지 말거라."

"이런 빌어먹을 세상에서 종교에 맹목적인 믿음을 갖는 걸 이해 못 하는 바는 아닌데, 아주머니가 그렇게 믿고 따르는 에덴동산을 만든 장로 중 두 사람이 우리 부모님이라네? 우리 부모님에게 엄청난 신앙이 있던 것도 아니니, 뭔가 이해관계가 있었겠지. 나보고 그런 종교를 믿으라는 게 무리지 않아? 그것보다 최호언, 당신 친아들 아니지?"

"내 아이가 맞다."

"마음으로 품은 아이?"

심드렁하게 물으니 여자는 천천히 눈을 감았다가 떴다. 곽수환은 칼에 묻은 과일즙을 툭 털어냈다.

"반군으로 활동하는 건 당신도 마찬가지인데 왜 남편을 밀고했어?"

"무지했으니까. 레인보우 시티를 믿었고, 사실대로 말하면 내 남편을 살려준다고 했어. 내가 밀고한 게 아니라 밀고를 하게끔 종용했지. 그랬더니 내 남편이 처형당했고."

여자에게는 아직도 잊히지 않는 과거인지 눈시울이 붉게 타올랐다.

"그래서 마음 둘 곳을 찾았다 이건가. 당신들이 말하는 구원자 같은 건 없으니까 헛된 희망은 버리지 그래."

"어째서? 너도 구원받았으면서."

움찔, 곽수환은 잭나이프를 쥔 채로 굳었다.

"그래서 이곳까지 따라와 손에 넣으려고 한 것이겠지."

그는 곧 사나운 눈을 하고는 여자를 노려봤다.

"맞아. 그런데 내 구원자지, 당신들의 구원자가 아니야."

"아이야, 헛된 소유는 정작 아무것도 가지지 못하게 한다."

소 귀에 경 읽기가 이런 건가. 곽수환은 코웃음을 치더니 소파에 등을 기댔다.

"헬기가 필요하면 내어주마. 여객선이 필요하면 그것도 내어주겠어."

"그리고 당신을 놓아달라?"

"우리와 함께하자꾸나. 나는 네 어머니가 되어줄 수도 있단다."

"미안하지만 내 가족은 석 박사 하나뿐이라."

"너 혼자 품기에는 너무 거대한 나무다."

"그 거대한 나무가 나 없이는 죽고 말걸."

"너 없이도 잘 살지 않았니? 오히려 너를 만나서 위험에 빠지고, 이렇게 힘들어졌단다."

"아, 그건 좀 찔리는데."

곽수환이 잭나이프의 칼날을 닫아서 뒷주머니에 꽂았다.

"서펀트는 최호언이 아니라 아줌마가 해도 되겠네."

"곽수환, 곽지환."

"입 다물어요."

"우리가 품을 새로운 강이었지. 너를 데려간 오양석 박사도 결국에는 우리에게 감화가 되었단다. 내가 너의 협박 때문에 은신처를 알려준 줄 아니? 너 또한 우리가 품을 아이란다."

[치직, 치직, 백호 산행, 참매 35, 추적 재개.]

라디오에서 암호 방송이 나오기 시작했다. 백호는 곽수환이며 35라 함은 부산 그린구역을 뜻했다. 벌써 부산까지 따라붙은 듯했지만, 지프의 추적 장치를 떼어냈기에 모래사장에서 바늘 찾기 수준일 거다. 그래도 앞으로 딱 두 시간만 여유를 두기로 했다.

"너는 생명의 나무를 우리에게 이끌 인도자였지. 그 외의 감정은 필요치 않아."

이것만큼은 그냥 흘려들을 수 없었다.

돌이켜보면 오양석의 자택이 있는 레드구역에 가서 분탕질을 쳤던 이유는 에덴동산을 알아보기 위함이었다. 컨트롤러로서 활동을 속이기 위해 영창까지 갈 뻔했고, 사면을 받는 대신 석화의 경호를 맡게 됐다. 만약 그게 우연이 아니라면 상부에 에덴동산의 일원이 있다는 소리였다. 그것도 전후 관계를 아주 잘 파악하고 있는.

곽수환의 기분이 급격하게 바닥을 쳤다. 누군가의 장기말이 되는 건 사양이다.

"골 때리네. 그래서 석 박사가 뭐로 당신들을 구원하는데?"

"그 존재가 구원이지. 우리의 신념과 신앙이 틀리지 않았음을 알게 됐고."

"아, 면역체? 근데 이걸 어째. 석 박사 혈액은 여전히 아담 바이러스에 감염되거든."

"그러나 승리했지. 역경과 고뇌를 거친 나무야말로 진정한 구원자다."

마음대로 생각하시지. 곽수환은 더는 말을 섞기를 포기했다. 집 안을 돌아다니며 쓸 만한 통조림과 남아 있는 생수를 차에 실어 날랐고, 담배를 태우며 동이 트기를 기다렸다.

그어, 그어억, 컥, 제대로 걷지도 못하는 아담 한 놈이 집 주변을 돌아다녔다. 변이된 지 꽤 오래되어 보이는 게 저대로 놔두면 조만간 신체의 움직임이 정지할 듯했다.

곽수환의 담뱃불을 본 아담이 칵, 크칵, 괴상한 소리를 내면서 몸을 휘적거리며 다가왔다. 입부터 귀까지 살갗이 벗겨져 잇몸이 드러난 모습은 그로테스크했지만 위협적이지는 못했다. 곽수환은 다가오면 박살을 내버릴까 하다가 제가 먼저 걸어가서 앙상한 몸을 발로 걷어찼다. 그리고 지프의 뒷문을 열어 여분의 가죽장갑을 꺼내 손에 끼웠다. 어떻게든 기어와 저를 물려는 아담의 머리를 쥐고 바닥에 얼굴을 찍어 이를 전부 부러뜨렸다. 곽수환은 마저 피운 담배를 그 옆에 비벼 껐다.

그는 곧장 놈의 목덜미를 잡고 집 안으로 끌고 들어갔다. 아담을 보자마자 내내 평온을 지키던 여자가 눈에 띄게 긴장하기 시작했다.

"저 방에 구원자가 있다면서. 당신이 이놈한테 물려도 구원자가 있으니 구해주겠지?"

"믿음에…… 의심을 갖지 않는다."

"대단하네."

곽수환은 버둥거리는 아담을 바닥에 내리찍고는 감흥 없이 말했다.

"내가 봤던 책에서는 어떤 양반이 세 번이나 신의 존재를 부정했다는데, 아주머니는 그런 것도 없네. 내가 실제로 이놈을 당신에게 안 물릴 거라고 생각하지? 당신들이 무슨 짓을 했는지 뻔히 아는데? 멀쩡한 군인들 잡아다가 온갖 실험까지 했으면서, 그런 사람이 석 박사를 가지고 구원자니 뭐니 하면 안 되지. 잘 가요, 아주머니."

아담의 얼굴을 목덜미 가까이 가져다 댄 순간이었다.

"곽 소령님……!"

방문 앞에 선 석화의 얼굴이 하얗게 질려 있었다.

곽수환은 이가 부러진 채로 다닥거리는 아담을 뒤로 확 잡아뺐다. 직접 머리를 부수지 않고 칼로 뒤통수를 찔러 움직임을 정지시켰다.

제복 코트를 쥐고 있는 석화는 제 눈을 의심하는 듯 그 자리에서 꼼짝도 하지 않았다.

"농담이야, 자기. 그냥 장난 좀 쳐봤어."

이리 오라는 듯 두 손을 펼친 그는 곧 낭패한 듯 장갑을 벗었다.

"응?"

미소까지 덧칠하니 정말 짓궂은 장난을 치려던 사람처럼 보였다. 석화도 그가 진심은 아니라고 생각했음에도 어째서인지 묘한 낯섦이 느껴졌다. 그에게 보호받고 목숨을 몇 번이나 빚졌지만, 곽수환에 대해 아주 잘 안다고 자부하지는 못한다. 아는 건 그가 하자 없는 돌연변이 같다는 것과 그 누구보다 자신을 잘 챙겨준다는 점이었다. 그래서인지 방금 같은 행동은 적응되지 않았다.

"왜 벌써 일어났어?"

그럴 생각이 아니었는데 곽수환이 다가오니 그를 나무라는 시선을 숨길 수가 없었다. 석화는 눈을 내려 카펫에 널브러져 있는 여자를 확인했다. 아담의 피로 모피가 물들어 있었지만 감염의 징후는 없었다.

"안 올 거야?"

곽수환은 마치 상처받았다며 눈썹을 슬쩍 찡그렸다.

"그런 장난은 하지 마세요."

"알았어. 앞으로는 안 할게."

석화는 그제야 앞으로 걸어갔다.

"슬슬 출발할까?"

"어디로요?"

"가면 알아."

그는 배낭을 한쪽 어깨에 메고 여자의 다리를 묶은 밧줄을 끊어냈다. 뒤로 묶어두었던 손도 이번에는 앞으로 이동시켜 재차 포박했다.

오랫동안 묶여 있던 터라 다리에 힘을 주지 못하는 그녀를 석화가 옆에서 부축했다. 그걸 보다 못한 곽수환이 직접 여자를 들쳐 멨다. 트렁크에 실으려다가 혀만 차고 여자를 뒷좌석에 태웠다.

여자는 말없이 묶인 두 손만 잘게 떨었다. 아마 구원자가 나오지 않았다면 정말 아담에게 감염됐을지도 몰랐다. 장난이라고 둘러댔지만, 그때 곽수환의 얼굴은 아무 감정도 떠올라 있지 않았다. 그녀는 아무래도 일이 잘못 돌아가고 있다고 생각했다. 석화를 향한 곽수환의 집착이 상당했기에, 무사히 돌아간다면 곽수환을 끌어들이기 어렵겠다고 보고를 할 셈이었다. 무사히 돌아갈 수나 있을까? 다만 그녀는 석화가 있는 이상 곽수환이 잔인하게 굴지는 않을 거라고 믿었다.

석화는 곽수환이 건넨 건빵 봉지를 뜯어서 여자의 손에 한 움큼 넘겨주었다. 그녀는 석화가 넘긴 건빵을 먹지 않고 두 손으로 꼭 감싸 쥐었다.

"아주 식량이 넘치지?"

비아냥거림에도 아랑곳 않고 나머지 한 움큼은 곽수환에게 넘겼다.

"석 박사나 먹어."

그는 조수석의 벨트를 끌어와 채워주고는 시동을 걸었다.

"아줌마, 나 쫓아 내려온 사냥개들 때문에 부산항에 내려줄 수는 없고, 대충 이용 가능한 공중전화 앞에 내려줄 테니까 알아서 가요."

곽수환은 기어를 넣고 가속페달을 세게 밟았다. 석화는 그동안 곽수환이 기어를 어떻게 넣는지 유심히 지켜봤다. 1단, 2단, 속도에 맞춰 머릿속으로 같이 기어를 그렸고 최호언의 차에서 제대로 외운 게 맞는 듯했다.

석화는 남은 건빵을 꼭꼭 씹어 삼키며 생수로 입을 축였다. 배가 차자 보조서랍에 있는 구강티슈로 이를 꼼꼼하게 닦고, 코인티슈에 물을 부어 티슈가 부풀기를 기다렸다. 곽수환은 펼친 티슈로 얼굴을 닦는 석화를 곁눈질했다.

깔끔한 성격이니 찝찝해하는 걸 이해 못 하는 바는 아니었다.

"샤워하고 싶어?"

"괜찮아요."

도시에 비는 자주 내리지 않지만 얼어붙은 연못 정도는 찾을 수 있었다. 육사에 있을 당시 한겨울에도 연못에 뛰어들어야 했는데, 그때마다 몸을 감싼 건 물이 아니라 송곳이었다. 저는 괜찮아도 석화가 얼음장에서 몸을 씻기는 어려울 것이다.

"헬기가 필요하다면서."

뒤에 있던 여자가 말문을 열었다.

"있으면 편하기는 한데 부산항으로 갈 생각 없다니까."

"부산항 말고 다른 곳에도 있단다."

마치 아이를 어르는 듯한 말투에 석화는 조금 신기해했다.

"내가 그쪽을 뭘 믿고."

끼익, 갑자기 브레이크를 밟은 곽수환이 공중전화 앞에 차를 세웠다.

차에서 내려 뒷좌석의 여자를 끌어 내리고 잭나이프로 공중전화의 내선 끈을 끊어버렸다. 상체에 가려진 데다 순식간에 일어난 일이라 석화는 미처 볼 수가 없었다. 곽수환은 여자가 무슨 말을 하기도 전에 운전석에 올라탔다.

두 손이 앞으로 묶여 있는 여자를 쳐다보자, 그가 급격히 가속페달을 밟았다. 석화의 몸이 휙 앞으로 쏠렸다.

"곽 소령님."

"그린구역 넘어와서 안전한 데다 내려줬으면 됐잖아. 그리고 우리 지금 쫓기는 신세거든? 부산까지 참매들 내려왔어."

사실 그린구역은 여기서 좀 떨어져 있지만, 운이 좋다면 무사히 돌아갈 수 있을 거다. 곽수환은 주파수를 맞춰둔 라디오의 볼륨을 올렸다.

헬기를 탈취할 수 있었다면 곧장 부산에서 제주도로 갈 생각이었다. 불가능한 일이 되었으니 조금 돌아간다고 해도 다른 방편을 찾아냈다. 이곳에서 애써 위험을 감수할 필요는 없었다.

곽수환은 레인보우 시티의 지도를 넓게 펼쳐 X 표시된 부분을 거르고, 펜으로 갈 수 있는 길을 죽 연결했다.

"해남……?"

"알아?"

"처음 들어요."

레인보우 시티의 지도는 지휘관이나 구할 수 있었고, 일반 시민에게 반출도 금지였다. 박사라고 해도 예외는 아니었다. 그렇기에 최호언도 21바이올렛구역에서 부산까지 철길을 따라 내려갔던 것이다.

지프로 달리는 동안 여기저기서 폐허가 된 곳을 쉽게 볼 수 있었다. 방치된 지 오래된 집의 주인은 이제 덩굴들이었다. 그 위에 까마귀 떼가 줄지어 앉아 지프가 이동하는 것을 지켜봤다. 감염이 되지 않는 조류는 개체수가 늘어났고, 그만큼 식량으로 삼기에도 좋았다. 시티 밖의 사람들은 대부분 부락을 이뤄 살았으며 그들의 주 식량은 저런 새들이었다.

"곽 소령님."

"응."

그래도 한적한 시골도로를 달리고 있자니 쫓기는 신세라는 게 잘 믿기지 않았다.

"제가…… 운전해봐도 될까요?"

곽수환이 눈을 조금 크게 키웠다.

"배운 적 없잖아."

"할 수 있을 것 같아요. 그리고 곽 소령님도 자야죠."

부산을 뒤지고 있는 참매는 자신들의 목적지가 해남인 사실은 아마 모를 거다. 꽤나 거리를 벌려두었으니 곽수환도 어디 풀숲에 차를 세우고 눈을 붙일 생각이었다.

"지도는 볼 수 있겠어?"

"가능할 것 같아요."

여태 곽수환이 지도를 따라 이동할 때마다 석화도 같이 눈으로 따라갔었다.

"아담 나타나도 그냥 받아버릴 수 있어? 그럼 운전대 넘겨주고."

"……그럴게요."

미심쩍기는 했지만 곽수환은 일단 운전석을 석화에게 내주었다.

늘 운전은 그의 몫이었는데 서로의 위치가 바뀌니 한껏 긴장감이 솟았다. 석화는 봤던 대로 차분히 차를 몰자며 기어를 느릿하게 넣었다. 조금이라도 안 되겠다 싶으면 운전대를 뺏으려던 곽수환이었는데 문제없이 기어를 넣고 페달을 밟는 모습에 얼떨떨해졌다.

분명 동작이 느리긴 한데 차를 모는 데 지장은 없어 보였다. 곽수환은 순간 터져 나오는 웃음을 참지 못했다.

"왜요?"

석화는 정면만 보면서 물었다.

"나무늘보 같아서."

"안 같아요."

"나무늘보가 뭔지는 알아?"

"본 적은 없어요. 근데 이름이 느려 보여요."

"나도 본 적은 없는데 책에서 엄청 느리다고 하더라."

곽수환이 피식피식 웃음을 멈추지 못한 채 머리를 헤드레스트에 기댔다.

"해남은 왜 가요?"

"거기 내 보물창고가 있거든."

팔짱을 낀 곽수환이 눈을 감았다. 걱정은 되지만, 제가 두 눈 크게 뜨고 지켜보면 석화도 부담을 가질 터였다.

끼이익! 급작스럽게 브레이크를 밟은 석화가 핸들을 꽉 쥐고 놀란 눈을 했다. 아무래도 안 되겠다 싶은 마음에 운전대를 도로 되찾으려는 때였다.

"고라니요."

풀숲에서 튀어나온 고라니는 이미 저 반대로 뛰어가는 중이었다.

"고라니는 치라는 말 없었잖아요."

운전대를 빼앗기기 싫은지 석화는 평소보다 말을 빠르게 늘어놓았다. 빼앗길세라 1단 기어를 넣고는 다시 출발했다.

"잘할 테니까 걱정 마요."

2단 기어를 넣어 가속을 붙이자 곽수환도 재차 눈을 감았다.

"잘 부탁해, 형."

여기서 더 신경을 써봤자 시간만 낭비하는 꼴이었다. 이렇게 된 김에 그냥 자버리자 싶었다. 곽수환도 이틀 이상 잠을 제대로 자지 못해 머리가 살짝 멍한 상태였다. 베개에 머리만 대면 자는 타입인지라 얼마 지나지 않아 곧 잠에 빠질 수 있었다.

석화는 그동안 낡은 표지판과 지도를 번갈아 가면서 확인했다. 날이 밝아서 다행이었다. 궂은 날씨였다면 운전을 직접 하겠다는 말은 꺼내지 못했을 거다. 속도를 올릴 때마다 기어를 다시 넣어주고 묵직한 핸들을 꽉 쥐었다. 군용 지프는 핸들이 빡빡해 꺾을 때마다 힘을 잔뜩 줘야 했다.

운전에 어느 정도 여유가 생긴 건 아침 10시가 지났을 무렵이었다. 그런데도 앞만 보고 달리는 소처럼 정면의 도로를 제외한 다른 곳은 볼 새도 없었다. 그러나 그것으로도 밖의 세상을 알기엔 충분했다.

쉘터를 벗어나 도로를 종횡무진 다니는 모습은 꿈속에서조차 겪어본 적 없었다. 엔진은 살아 있는 생물처럼 그릉거리며 핸들을 울렸다. 도로를 덮친 마른 풀줄기에 차가 덜컹거리기 일쑤였지만, 직접 운전을 해서인지 멀미가 일지는 않았다.

꼬리뼈부터 머리끝까지 전기가 통하듯 찌르르했다. 그리고 어쩐지 눈에 물기가 서리는 것만 같았다.

30년이 넘도록 제주도나 여의도만 알았고, 그곳에서조차 학습센터와 쉘터에서만 지냈다. 그래서 오양석은 저를 종종 집으로 초대했던 것인가? 더 넓은 세상을 보지 못한 채 연구실에만 박혀 있는 연구원이 불쌍해서? 시간이 지날수록 차창을 비추는 해의 기울기가 달라지는 모습조차도 경이로웠다. 이렇게 달리다 보면 그 누구도 쫓아오는 사람 없이, 레인보우 시티도 상관없이 자유로워질 것만 같았다.

속박된 삶이 당연해 그게 자유인 줄로만 알았다. 자주적인 삶에 대해 돌이켜본 적도 없으니 저는 여태 레인보우 시티의 부품에 지나지 않았다.

희망의 시작, 땅끝 해남

이윽고 낡았지만 선명한 환영 표지판이 보였다.

◆ ◆ ◆

곽수환이 눈을 뜬 건 해남에 들어와 석화가 길을 헤맬 때였다.

목적지가 있는 해남의 달마산은 어찌어찌 찾아냈는데, 헬기장까지 가는 길은 와본 사람도 헤맬 정도였다. 곽수환은 그럼에도 고개만 비스듬히 꺾어 석화를 구경했다. 정면을 향해 한껏 집중한 석화는 이제껏 중에 가장 심각해 보였다.

"석 박사, 너무 밟는 거 아니야?"

곽수환은 잠긴 목소리를 일깨우며 생수로 목을 축였다. 달마산의 비포장도로를 오르던 석화가 천천히 브레이크를 밟았다.

"일어났어요?"

겨울이었기에 망정이지 수풀이 우거진 여름이었다면 이미 한참 전에 길을 잃었을 것이다. 곽수환은 차체에 내장된 시계를 확인했다. 어느새 오후 1시. 나름 깊은 잠을 잤던 터라 피곤함은 덜어낼 수 있었다.

"여기부터는 내가 할게."

곽수환이 조수석에서 내리자 석화는 운전석에서 곧장 옆으로 이동했다. 기력이 다 빠져서 내릴 힘도 없었나 보다. 아니나 다를까, 운전석으로 와 핸들을 쥐니 석화의 열로 뜨끈뜨끈했다. 괜찮은가 싶어 좀 더 자세히 들여다봤더니 석화의 뺨에 홍조가 서려 있었다. 아픈 게 아니라 뭔가에 한껏 흥분을 한 얼굴 같았다. 그게 퍽 사람 마음을 뒤숭숭하게 뒤흔들었다.

곽수환은 지프를 다시 출발시켜 헬기장이 있는 방향으로 페달을 밟았다.

"놀랐어. 운전 잘하더라."

그의 칭찬에 석화는 괜히 찔려 했다. 그가 자는 동안 몇 번이나 기어를 잘못 넣어 차가 멈출 뻔했기 때문이었다.

"잘하진 않아요."

"아니야, 양상훈이 면허 허가받을 때보다 낫던데. 그 새끼는 1단 기어 외우는 데만 석 달 걸렸을걸."

힘으로 기어도 몇 번 부숴 먹었지만.

석화는 아직도 손이 저릿저릿한지 주먹을 쥐었다가 풀었다. 10분 정도 차를 타고 올랐을까, 'H' 로고가 새겨진 헬기장이 모습을 드러냈다. 그조차도 메마른 잡풀이 무성해 희끗희끗하게 보일 지경이었다. 그 반대편으로 이동식 주택이 하나 있었는데, 특이하게 목조가 아닌 철로 만들어진 집이었다.

곽수환은 핸들을 꺾어 그 뒤편에 지프를 세웠다. 차에서 훌쩍 뛰어내린 그가 석화에게도 얼른 내리라며 손짓했다. 그는 뒤쪽의 철문을 툭툭 발로 차더니 도어록 덮개를 열어 비밀번호를 막힘없이 눌렀다. 석화가 차에서 내리자 문이 열리는 소리가 들렸다.

곽수환이 오랫동안 닫혀 있던 철문을 힘주어 열었다. 안에서부터 매캐한 먼지 냄새가 코를 훅 스쳤다. 한동안 환기를 시킨 뒤에야 석화와 함께 안으로 들어갈 수 있었다. 전기가 들어오지 않는 대신 차량용 배터리가 한쪽 벽면에 빼곡했다. 곽수환이 배터리를 이용해 전구를 밝히자 어두웠던 내부가 빛으로 환해졌다. 석화는 주변을 빙 둘러보면서 입을 벌렸다. 나머지 벽면에는 권총과 기관단총, 망원경이 달린 저격총이 수십 개나 매달려 있었으며 정체 모를 열쇠들도 다양했다.

"여기가…… 어디예요?"

"내 보물창고."

곽수환이 환풍기를 가동시키고는 제복 코트를 벗었다. 이어 셔츠를 툭툭 풀면서 한편에 마련된 샤워 부스의 문을 열었다. 끼릭, 끼릭, 샤워콕을 돌리니 놀랍게도 위에 매달린 수도에서 물이 쏟아지기 시작했다. 얼마간 물을 흘려보낸 곽수환이 옷을 전부 벗었다. 전라인 그가 이리 오라며 손짓했다.

탄탄해 보이는 피부의 굴곡이 유려해 석화는 홀리듯 그에게 다가갔다. 또한 샤워의 유혹을 이기지 못해 옷을 하나씩 벗기 시작했다. 샤워기도 아닌 둥그런 수도꼭지에서 물이 떨어지는데, 가까이 다가가기만 해도 한기가 느껴졌다.

엄청난 추위가 머무른 산이었기에 좀 더 그에게 맞닿고 싶었다. 마찬가지로 전라가 된 석화는 곽수환의 몸을 껴안았다. 아무리 그가 시원한 체온을 가졌다고는 해도 이런 추위에서는 뜨겁게만 느껴졌다. 얼음 같은 물을 고스란히 맞는 곽수환이 몸을 돌려 석화를 껴안았다. 거센 물줄기가 곽수환의 등에 부딪히니 석화에게는 차가움이 희석되어 돌아왔다.

둘만의 산에서 그는 웃으며 석화의 이마를 쓱 쓸어 올렸다.

"우리 아담과 이브야?"

웃음기 섞인 그의 말대로 세상에 저희 둘만 있는 것 같았다. 석화는 곽수환의 머리를 감싸 안고 제 입술로 내렸다. 흘러들어 오는 차가운 물과 서로의 뜨거운 숨결이 뒤섞여 습한 공기를 만들어냈다. 물이 매개체가 되어 둘 사이를 더욱 밀착시켰다. 숨을 내쉬며 입술을 떼어낸 석화가 속삭였다.

"우리…… 여기서 살아요?"

"그럴까?"

이곳까지는 시티의 추적이 붙지 않을 수도 있었다. 산짐승을 잡아먹으면서 산다면 어떻게든 목숨 부지 못 하라는 법도 없었다. 그러나 쫓기는 신세라는 건 변하지 않는다. 석화는 곽수환의 어깨에 뺨을 기대면서 차가운 물을 한껏 맞았다.

"앞으로 석 박사는 제주도로 갈 거야."

석화는 고개만 끄덕했다.

서울에서 부산, 그리고 해남으로 넓은 세계를 경험했으니 다시 좁은 세상으로 돌아가도 괜찮을 것 같았다. 앞으로 남은 삶 동안 인상 깊었던 이날들을 돌이킨다면, 적어도 상상할 것도 없던 옛날보다는 낫지 않을까 싶었다. 한 가지 두려운 점은 있었다. 세컨드 마스터가 저를 우도로 불렀다는 건 실험체로 삼겠다는 뜻일 수도 있기에.

석화의 손이 곽수환의 엉덩이에 닿자 근육이 딱딱해졌다. 석화는 굴곡진 그의 엉덩이를 손으로 만지면서 고개를 들었다.

같이 있을 수 있는 시간은 이게 마지막이었다. 석화는 곽수환의 몸 이곳저곳을 손에 담아두고 싶었다. 곽수환은 그런 것도 모르고 혹시나 석화가 삽입하고 싶어 하나 난감해했다. 자기는 했는데 곽 소령님은 왜 안 되느냐는 말을 한다면 그도 할 말은 없었다. 다행히도 석화는 엉덩이에서 허벅지로 손을 쓱 내렸다. 부드러운 손길에 곽수환의 성기가 고개를 들기 시작했다.

석화는 제 뱃가죽에 맞닿아오는 성기를 내려다봤다. 살갗을 쿡쿡 찌르는 감촉이 어쩐지 만족스러웠다. 딱딱한 허벅지에서 손을 떼고 그의 좆을 가볍게 쥐니 낮은 신음이 샜다. 쓱쓱 흔들어주자 곽수환이 손에 힘을 바짝 주어 허리를 더 세게 끌어안았다. 그는 며칠이나 굶주린 사람처럼 목덜미에 이를 박고 빨아들이기를 반복했다.

석화는 고개를 들어 그의 귀두를 손바닥으로 꾹 눌렀다. 새어 나온 쿠퍼액이 물과 뒤섞여 적당히 끈끈해졌다. 그의 몸을 맞고 튕겨 나가는 물방울이 눈을 시리게 해 두 눈을 감았다. 그랬더니 소리와 촉감에 모든 감각이 집중됐다.

목을 핥는 질척한 혀와 손안에서 버거울 정도로 부피를 키워 나가는 성기의 팽창이 사실적으로 다가왔다. 곽수환도 반쯤 발기한 석화의 성기를 꽉 쥐었다. 그는 의식적으로 손힘을 조절해야만 했다. 자제하지 않으면 터뜨리고 싶을 정도의 거센 성욕에 사로잡힐 게 분명했다.

"하아, 기분 좋아요."

석화의 목소리만 들어도 아래가 녹고 있다는 게 느껴졌다.

"더 세게 만져줄까?"

"……세게."

딱딱한 좆을 전부 감싸고 흔들어주니 석화가 좀 더 달라붙었다. 석화도 최대한 힘을 주어 곽수환의 좆을 마찰하고 있지만, 그의 손힘에 비할 바는 아니었다. 빠르게 흔들리니 찌르르한 사정감이 허벅지부터 단박에 올라오기 시작했다. 석화는 그의 가슴팍을 밀어냈다. 아직 사정하기에는 이르다. 생각보다 쉽게 물러나주는 곽수환을 한 번 더 뒤로 밀었다. 그러고는 망설임 없이 무릎을 꿇어앉았다.

그가 당황하는 게 느껴졌지만 도톰한 귀두를 입에 물었다. 젖은 머리카락을 파고든 그가 엄지로 귀를 간질였다. 석화는 성기를 문 채로 고개를 살짝 비틀었다. 그 바람에 귀두가 안을 밀쳐 뺨이 불룩하게 튀어나왔다. 입안에서 새어 나오는 액이 엄청났다. 틀어놓은 물도 같이 섞여 들어와 꿀꺽 삼켰더니, 목 안쪽에 끈끈하게 달라붙었다. 혀를 밑으로 내리누르며 일전에 그가 알려줬던 대로 입안의 길을 트기 시작했다.

곽수환은 시선을 내려 제 좆을 문 석화를 눈에 담았다. 눈을 감고 쪽쪽 빨면서, 조금 깊이 넣었을 때는 미간에 설핏 인상이 서리기도 했다. 머리통을 붙잡고 그대로 처박고 싶어 손끝까지 저릿했다. 원래도 소극적이지는 않던 석화였지만, 오늘은 훨씬 더 적극적이었다.

석 박사도 그동안 나랑 하고 싶었던 거지?

곽수환이 탁, 허리를 치자 석화가 시선을 들었다. 한껏 좆을 물고 저를 올려다보니 사람을 돌게 했다. 곽수환이 석화의 겨드랑이에 손을 넣어 확 들어 일으켰다. 닫지 못한 채 벌어진 입에서 주룩 침과 물이 떨어졌다. 그는 손을 뒤로 뻗어 샤워콕을 잠그고 축축한 동굴이 된 석화의 입에 제 혀를 얽어 넣었다. 석화도 말캉거리는 입술을 부지런히 움직여 그와 뒤엉켰다. 서로의 몸에서 열기가 피어오르고 있었다.

곽수환은 입술과 턱을 끊임없이 핥고 깨물었다. 그와 키스를 하거나 몸을 겹칠 때면 머리부터 발끝까지 전부 먹히는 기분이

드는 건 단순히 착각만은 아니었다. 곽수환의 손이 잘게 떨렸다. 행여 거칠게 굴어 어디라도 다칠까 봐 걱정하고 있었다. 체력이 바닥이기는 해도 그렇게 쉽게 다치거나 하지 않는다. 그는 키스를 이어나가면서도 팔뚝을 감싼 붕대까지 살폈다. 물에 젖었지만 다행히 피가 비치는 일은 없었다.

"……곽 소령님…… 더 세게, 하아. 해도 돼요."

석화는 두 손을 깍지 껴서 곽수환의 목에 걸었다.

"걱정돼."

"하고 싶어요."

귓가에서 말을 하자 곽수환이 확 엉덩이를 벌려 쥐었다. 삽시간에 안쪽이 차가운 공기에 노출되어버려 소름이 일었다. 연방 움찔대는 구멍으로 손을 미끄러뜨린 그가 입구를 문질렀다. 하, 입에서 뜨거운 열기가 터진다. 물기가 어린 손가락이 안으로 꾹 들어오자 허리가 뒤틀렸다. 그대로 석화는 몸을 뒤로 빼지 않고 그에게 더 맞붙었다.

원래 밝히는 건 알았는데 석화가 이렇게 나오니 곽수환은 뿌듯함마저 들었다. 손가락 두 개를 비틀어 넣어 꽉 다물린 안쪽을 천천히 벌렸다. 단단하게 맞물려 있을 줄 알았는데 삽입된 감각을 기억하는지 금세 말랑거리면서 손을 감쌌다.

안쪽의 살짝 튀어나온 곳을 긁어주자 석화가 자극에 눈을 깜빡거렸다. 오르가즘이 왔다가 사라지는 게 아니라 계속 반복해서 자극이 퍼부어졌다. 석화는 이를 가볍게 물고 몸을 바르르 떨었다. 그의 굵은 손가락으로도 부족했다. 더 깊이, 더 꽉 안을 채우고만 싶은 마음에 팔을 풀고는 빙글 몸을 돌렸다. 손가락이 구멍에 걸렸다가 빠질 때 다리가 휘청했지만, 눈앞의 벽을 잡고 간신히 버텼다.

석화는 허리를 뒤로 빼서 그의 성기에 제 엉덩이를 가져다 댔다. 한 손으로는 팽창한 곽수환의 성기를 잡아 구멍에 문질렀다.

"석 박사…… 나 좆돌 아니야."

탓하는 듯 말했지만 기분 좋은 웃음기가 가득했다.

빨리 안으로 넣어줬으면 좋겠는데 곽수환은 장난을 치듯이 귀두로 구멍을 꾹 눌렀다가 툭, 위로 빗겨 올리기를 반복했다. 석화가 뺨을 벽에 문대고 자신의 성기를 두 손으로 맞잡았다. 쾌감을 어딘가로 분출하고 싶은데 그게 뜻대로 되지 않아서 눈에 열이 가득 올랐다. 그도 인내심이 다다라 목덜미를 꽉 물었다가 놨다. 훗, 밭은 숨을 내쉬는 석화를 돌려 저를 쳐다보게 만들었다.

"아까처럼 둘러봐. 응?"

석화는 곽수환의 목에 다시 깍지를 껴서 손을 감았다. 물기 때문에 미끄러지지 않도록 힘을 단단히 주니, 그가 석화의 한쪽 다리를 들어올렸다.

아, 아파요. 한번에 이렇게 다리를 찢은 적이 없던 석화였기에 다시 내리려고 했다. 그보다 빠르게 고환을 지나 그의 성기가 구멍에 맞닿아 왔다. 곧이어 확, 그가 양 허벅지 뒤편을 두 손으로 쥐고 접어 올렸다. 어깨부터 날개뼈가 벽에 짓눌렸고 아래는 허공에 뜬 채였다. 간신히 두 팔을 목에 걸어 버티고 있었지만 자세가 너무 불안했다.

그가 귀두를 꾸욱 구멍 안으로 집어넣었다. 곽수환은 그 순간부터 석화의 얼굴을 쳐다봤다. 충격에 벌어진 입에서는 밭은 소리만이 터졌다. 조금이라도 편해지기 위해 두 다리를 곽수환의 허리에 감자 그도 몸을 옥죄어 안고는 그대로 꽂아 내렸다.

"아……! 아윽……."

안쪽이 단숨에 벌어지며 헛구역질이 솟았다. 그의 목에 감고 있는 손이 자꾸만 미끄러졌고 두 다리도 마찬가지였다.

뒤로, 뒤로 할래요. 석화가 다급하게 중얼거렸다. 곽수환은 석화의 드러난 유두를 꼬집었다가 부드럽게 문질렀다.

"설 수 있겠어?"

"빨리."

곽수환이 석화를 내려놓으니 좆이 저절로 쑥 빠졌다. 두 팔을 푼 석화는 반사적으로 제 엉덩이를 감쌌다. 시큰시큰한 통증에 두 허벅지를 붙이고 그 아찔한 감각이 지나가기를 기다렸다. 그 뒷모습을 보니 오히려 기다리지 못하는 건 곽수환이었다.

"얼굴 보고 하고 싶었는데."

그는 두 손목을 붙들어 제 쪽으로 끌어당겼다. 꼿꼿하게 선 성기를 슬쩍 벌어져 있는 구멍에 가져다 푹 밀어 넣었다. 팽팽하게 벌어지는 비부가 좆을 꽉꽉 물었고, 엉덩이 사이에 갇힌

기둥은 지나치게 선정적이었다. 툭, 곽수환의 머리카락에서 떨어진 물이 등허리를 타고 흘러내렸다. 엉덩이 골 사이로 스르륵 내려온 그 물방울은 맞물린 구멍을 빙 둘렀다.

곽수환이 좀 더 안으로 좆을 넣으니 석화의 뱃가죽이 경련했다.

"다…… 들어왔어요."

"후, 안 보이잖아."

"아니, 근데……. 아훗, 다 들어왔어요."

아직도 한참이나 남았는데 벌써 다 들어왔다고 우는 소리를 한다. 곽수환은 석화를 벽에 가까이 붙여 세웠다. 아픔에 조금 늘어진 석화의 성기를 쥐었다. 손으로 조였다가 풀어주면서 자극을 주자 긴장해 있던 내벽도 조금씩 느슨해지는 게 느껴졌다. 그때마다 곽수환이 조금씩 안으로 더 좆을 밀어 넣었다.

석화가 고개를 돌려 삽입된 곳을 보려 했지만, 곽수환은 그 틈을 놓치지 않고 키스를 퍼부었다. 다시 얼굴을 돌리려고 했더니 곽수환이 반대쪽 뺨을 밀어 꼼짝도 못하게 했다. 입술부터 아래까지 온통 그가 파고들어 정신을 차릴 수가 없었다. 꾹꾹 안으로 완전히 진입한 좆이 배꼽을 울리는 것만 같았다. 하아, 간신히 얼굴을 제자리에 돌리자 혀가 아릿아릿했다.

"움직여도 돼?"

"하……. 아직."

말과는 달리 석화의 안쪽이 곽수환의 것을 감쌌다가 풀기를 반복했다. 그가 허리를 탁, 세게 쳐올렸다. 엉덩이가 때려 맞는 듯했지만, 배 안쪽이 더 화끈거려 고통 따윈 금세 잊었다. 천천히 뒤로 허리를 뺄 때면 밑이 한없이 아래로 빠지는 기분이었다. 그런데도 전립선을 긁고 나가는 기둥에 석화의 성기에서는 느른한 액이 주룩 흘렀다.

조금씩 속도를 올려 허리를 놀리는 곽수환이 석화의 배를 손으로 감쌌다. 마른 몸이 안타까웠지만 안을 때려 박을 때마다 제 것을 품고 있는 게 느껴졌다.

"아……, 자꾸 커져요."

"괜찮아, 안 다쳤어."

곽수환이 달래듯이 어깨에 입술을 내렸다.

"하아, 세게 해도 돼요."

아까부터 자꾸만 그래도 된단다. 곽수환이 혀로 둥근 어깨를 핥았다.

"천천히 할 거야. 우리 아직 시간 있잖아."

여기서 한참 굴러도 괜찮을 테니 걱정 말라고 말했다.

"마지막인데, 마지막이니까."

움직임을 멈춘 곽수환이 의아하게 물었다.

"마지막이라니?"

석화는 숨을 고르며 젖은 입술을 떼었다.

"제주도, 가니까. 소령님, 이제 못 보니까. 웃!"

그가 석화를 두 팔로 거세게 껴안아 제 쪽으로 확 끌어당겼다. 발끝이 꼿꼿하게 섰다.

"나 못 볼 거라고 생각했어?"

"흐읏, 아, 깊어, 너무……."

"석 박사는 그래도 괜찮았어?"

저 때문에 쫓기고 있으니 가야 하는 게 맞았다. 석화는 힘겹게 고개를 끄덕였다.

"영영 나 못 봐도 괜찮다고?"

질문의 의미를 모르겠다. 석화는 약한 신음을 흘렸다.

"안에, 소령님……. 배가, 아파요."

"아니지?"

석화는 발을 들어 그의 다리를 밀어내려고 했다. 미끌, 정강이에 닿았던 발바닥이 그대로 미끄러져 버리고야 말았다. 지독하게 깊은 삽입에 그의 두 팔을 쥔 채로 그를 돌아봤다. 너무 바짝 붙어 있어 시야에는 그의 입술밖에 보이지 않았다.

"아니라고 말해."

입매는 가볍게 올라가 있었지만 기분이 이상했다.

{ 레인보우 시티 }

ADAM'S APPLE

Adam's Apple

#1

가야 하는데 가기 싫다고 말을 한다면 곽수환이 위험해진다. 석화는 입을 꾹 다물었다. 움찔, 안쪽의 좆이 한 번 더 팽창했다. 석화는 벗어나고자 몸을 비틀었지만 엄청난 힘이 제 몸의 자유를 빼앗았다. 여태 타인이 힘으로 저를 좌지우지하는 게 가장 싫었다. 그걸 아는지 곽수환은 억지로 저를 대한 적이 없는데, 막심한 힘의 차이에 석화는 갑자기 불안해졌다.

　두 다리 사이를 옆으로 툭 쳐서 벌리게 만든 그가 양 팔뚝을 거세게 쥐었다.

　소령님……! 나지막하게 부른 순간이었다.

　"흐앗!"

　눈앞이 새하얗게 바랬다가 칙칙한 벽이 보이기 시작했다. 더 할 수 없을 정도로 좆을 집어넣은 그의 음모가 엉덩이에 맞닿았다. 뒤로 확 잡아 뺐다가 안으로 들이닥치니 내장이 밀리는 충격에 헛구역질이 솟았다. 붕대 밑의 팔뚝을 쥐고 있었지만 압박감에 상처가 다시 벌어지는 것만 같았다.

엄청난 세기로 아래를 오가는 동안 함부로 비벼지는 전립선이 붓기 시작했다. 그의 성기가 들락날락할 때마다 일그러진 입에서 흐느낌이 새어 나왔다. 쾌감과 고통이 동시에 내려지니 정신이 아득해져갔다.

"그렇게 쉬워?"

거친 숨을 몰아쉬는 곽수환이 퍽 좆을 뿌리까지 처박았다. 벌어진 석화의 입에서 삼키지 못한 침이 바닥으로 떨어져 내렸다.

"나는 석 박사한테, 아무것도 아니야?"

"훗!"

날갯죽지가 거세게 깨물렸다. 그는 깊숙이 처박아둔 상태로 탁탁탁 반복해서 안을 때려댔다. 도저히 입을 다물 수가 없었다. 그런데도 석화의 성기는 그의 움직임에 따라 덜렁거리며 발기한 채였다. 위로만 때려 올리는 게 아니라 옆으로도 세차게 빗겨 치니 왈칵, 액이 쏟아졌다.

곽수환이 그 성기를 붙잡고는 손으로 함부로 굴려댔다.

"이렇게 밝히는데 씨발, 나 없이 어떻게 하려고. 나만큼 잘해주는 사람 있어?"

"……싫어요. 이거 싫어요."

석화가 어쩐 일로 얼굴을 한껏 구기고 흐느꼈다.

몸이 마구 떨려 좆을 꽉 물고 있는 내벽까지 떨리는 게 느껴졌다. 곽수환은 그제야 진짜 찬물을 뒤집어쓴 것 같았다. 하얗고 매끄러운 등에 잇자국들이 선명했고, 팔을 감은 붕대에 피가 비치기 시작했다.

좆을 확 빼내자 석화의 몸이 바닥으로 내려앉았다. 차갑게 젖어 있는 부스 바닥에서 석화가 계속 몸을 떨었다. 곽수환은 어떻게 해야 할지 몰라 자괴감에 돌아버릴 지경이었다.

이러려고 한 건 아니다. 그냥, 석화가 너무 쉽게 자기를 놓아버리려고 하니까…….

곽수환은 벗어둔 제복 코트를 주위와 석화의 몸을 감쌌다. 올려다보는 얼굴이 엉망이었다.

석화는 대체 그가 왜 화가 났는지도 몰라 의문만 담고 바라봤다. 곽수환은 인상만 잔뜩 쓰고 있었다. 일을 벌여놨지만, 뭐라고 혼을 낼 수 없을 정도로 속상해하는 아이처럼 보였다. 석화는 손을 뻗어 그의 이마를 손끝으로 밀었다. 그는 그 손길을 애써 떼어내며 조용히 말했다.

"춥지?"

곽수환이 석화를 안아 들어 일으켰다. 성큼성큼 밖으로 걸어가 간이매트를 감싼 비닐을 벗겨내고 그 위에 석화를 내려두었다. 그가 하의를 갖춰 입고는 앞에 놓인 기름난로의 불을 켰다. 그러고 나서 이쪽은 보지도 않은 채 밖으로 나가려고 했다. 석화는 급히 손을 뻗어 곽수환을 붙들었다.

"가지 마요."

"밖에 있을게. 석 박사도 그게 더 나을 거야."

"같이……."

석화가 쉰 목소리로 다시 그를 붙잡았다.

"왜, 마지막이니까 제대로 기분 좋게 박아줄까?"

곽수환은 제가 뱉어놓고도 제 혀를 뽑아버리고 싶을 지경이
었다.

"머리 좀 식힐게."

석화는 그의 손목을 꾹 쥐었다.

뿌리치려면 얼마든지 할 수 있었지만 곽수환은 한풀 기가 꺾
인 짐승처럼 얌전히 있었다. 석화가 제 쪽으로 곽수환을 잡아당
기자 그가 매트에 끌려와 앉았다. 기름 냄새가 매캐하게 난다
싶더니 금세 열기가 주변을 달구기 시작했다.

"왜 그랬어요?"

까만 눈이 정말 이유를 모르겠다는 듯이 물어오니 곽수환은
제가 왜 그랬는지 솔직히 말하기가 힘들었다. 석화가 알게 되면
얼마나 병신같이 볼까. 저만큼 석화가 자신을 생각해주지 않는
다며 혼자 열이 뻗쳐 발광을 해댄 셈이니 비루하기까지 했다.

"왜 화났어요?"

"화 안 났어."

"났어요."

지금은 아니지만 분명 화가 났던 그였다.

"말해요. 아니면 몰라요."

지나친 솔직함은 때로는 분란을 야기할 때도 있지만, 자칫 한
참 돌게 될 문제를 곧장 해결할 때도 있었다. 그래서 곽수환은

솔직한 석화가 좋기도 했다. 음모와 술수가 판을 치는 세상에서 석화만큼은 청정하게 다가왔으니까.

"석 박사가 나보다 돌을 더 좋아하는 것 같아서."

그래도 석화만큼 솔직하지 못한 건 어쩔 수 없었다. 곽수환의 뺨이 난로에서 피어오르는 붉은 열로 일렁거렸다.

"곽 소령님도 좋아해요. 위험할 때도 절 항상 구해주셨고요."

남들은 다 뭐라고 하는데 유일하게 돌을 선물해줬고, 늘 혼자였던 자신을 따라다녀 준 사람도 곽수환뿐이었다.

"그거 흔들다리 효과라고 부르는 거거든."

"흔들다리요?"

"위험한 상황에서 여기가 뛰는 걸 사랑으로 착각한다는 건데."

곽수환이 석화의 심장 부근을 톡톡 두드렸다. 손끝에 젖꼭지가 걸리는 바람에 서둘러 빼낼 수밖에 없었다.

"사랑이라고 말한 적은 없어요."

"그러니까 석 박사는 좋아 죽는 돌하고 살라고."

곽수환은 말이 뾰족하게 나가니 유치해도 별수 없었다. 석화는 밑에서 올라오는 욱신거림에 잠시 몸을 움츠렸다가 그의 손을 또다시 붙들었다. 돌과 그를 왜 비교해야 하는지 모르겠지만, 이 말은 꼭 전하고 싶었다.

"돌은 많을수록 좋지만, 곽수환 소령님은 하나예요. 돌은 다른 돌로 대신할 수 있지만, 곽 소령님은 아니에요."

석화에게서 나온 말이니 입 발린 소리가 아니었다.

무슨 말을 하든 온전히 신뢰할 수 있는 사람이 곽수환에게는 석화뿐이었다. 아줌마가 그랬지. 너도 구원받지 않았느냐고. 진심으로 이게 구원이지 달리 구원이 있나 싶었다.

"그렇지? 난 세상에 딱 하나지?"

금세 자신만만한 얼굴로 돌변한 곽수환이 쓱 몸을 가까이 가져왔다. 석화는 당연한 말을 한다 싶어서 눈만 끔뻑였다.

"하나뿐인데 안 볼 생각 하면 아깝지도 않아?"

"……."

곽수환의 손등에 힘이 바짝 들어가자 대답을 주저하던 석화가 움찔했다. 아까의 기억 때문에 혹시나 경계심을 갖게 된 건 아닐까 싶었다. 그래도 곽수환은 석화의 어깨를 감싸고 있는 제복을 좀 더 단단히 여며줬다.

"아까우면 놓지 마."

"짐이 되는 건 싫어요."

그놈의 싫다는 소리는.

곽수환이 석화를 확 매트에 눕혔다.

"석 박사는 나한테 짐 수준도 안 돼."

좀 전의 실수를 만회하듯이 석화의 이마에 부드럽게 입술을 맞댔다. 속눈썹이 제 얼굴을 간질이는 것마저 음심을 돋게 했다.

"부드럽게 해줄게. 기분 좋게."

곽수환은 석화가 아닌 저에게 말하는 듯 중얼거리고, 조심스럽게 키스했다. 뜨끈뜨끈한 입 안을 혀로 휘저으니 어떻게든 석화도 저를 따라오려고 했다. 손을 내려 석화의 좆을 감싸 쥐고 입으로는 계속 빰 안쪽과 천장을 달래줬다.

점차 달아지는 입을 젖꼭지로 내렸다. 작은 알을 혀끝으로 굴리며 쪽쪽 빨아 들였다. 배꼽과 갈비뼈를 혀로 쓸어주며 석화의 좆을 빨려는 때였다. 석화가 저 스스로 두 허벅지를 잡고 들어 올렸다. 그 광경에 곽수환은 하반신에 곧장 피가 쏠렸다. 고환에 모여 있는 정액이 터질 것같이 탱탱한 두 알을 두드려댔다.

"삽입하고…… 싶어요."

혹사당했던 구멍이 빠끔거리며 움직였다. 석화는 손을 그곳에 가져다 대고 긴장을 풀려는 듯 직접 비부를 마사지하듯 비볐다.

"석화야, 석화 형. 어디 가서 그러면 진짜 안 돼."

석화는 설핏 미간을 구겼다.

"저는 곽 소령님하고만 하고 싶은데요."

그러면서 나머지 한 손으로는 곽수환의 바지를 끌어 내렸다. 이제는 흡사 석화의 말이나 행동만으로도 좆물을 싸댈 수 있을지도 몰랐다. 곽수환은 입을 일자로 다물더니 그대로 푹, 단단한 좆을 꽂아 넣었다.

"하웃!"

손을 지나쳐 안으로 들어온 좆에 석화가 밭은 숨을 토해냈다.

꾹, 곽수환이 석화의 아랫배를 손바닥으로 누르자 허벅지가 파들파들 떨렸다.

밖과 안에서 전립선과 함께 눌려 비벼지니 석화가 쾌감에 어쩔 줄을 몰라 했다. 발기한 석화의 좆구멍에는 묽은 쿠퍼액이 방울져 떨어져 내렸다. 손바닥으로 배를 좀 더 누르고 천천히 허리를 움직였다.

"하으. 기분 좋……아……. 좋아……요."

석화는 흐린 눈을 하고는 탄성을 뱉어냈다. 제대로 느끼고 있는지 성기를 감싼 압박감이 엄청났다.

"한번 싸고, 시작해도 돼?"

나 너무 많이 참아서. 그가 귓불을 씹으며 속삭였다. 석화는 말 뜻을 완전히 헤아리지도 못했음에도 고개를 여러 번 끄덕거렸다. 하반신은 여전히 거칠었지만 일방적이던 아까와는 달랐다.

곽수환이 무릎을 들어올려 석화의 두 다리를 제 어깨에 걸쳤다. 밑에서 위로 허리를 재빠르게 쳐대자 석화가 매트를 긁어댔다. 그 손을 제 등에 두르게 하고 바짝 몸을 맞붙였다. 삽입의 속도를 늦추지 않은 채로 안쪽을 괴롭혔다.

점막은 연해졌지만 여전히 좆을 움켜쥐듯 굴었고, 한계까지 늘어진 구멍은 버겁게 벌어진 채로 달라붙었다. 밑에 깔린 석화에게서 새된 신음이 마구잡이로 터졌다. 벌어진 입에 곽수환이 키스를 퍼부었다.

초점 없는 시선을 하고서도 혀를 내밀어 그에게 숨을 전부 맡겼다. 더할 수 없을 정도로 치대던 그가 픽, 안을 완전히 꿰뚫을 기세로 몸을 전부 박아 넣었다. 안쪽, 그 어떤 것도 닿지 않았던 곳으로 거센 정액이 쏟아지기 시작했다. 움찔거리면서 정액을 방출하는 기둥이 배 속을 울렸다. 몇 번에 그치지 않고 끊임없이 사출되는 정액에 배가 부풀어 오르는 것만 같았다. 시원한 체온과는 다르게 내부는 화상이라도 입은 듯했다.

"……배 꽉 찼어요. 흐으, 터져요."

사정이 끝나지 않았는데도 석화가 그의 성기를 빼내려고 했다. 곽수환은 빠져나가지 못하게 석화를 끌어안고 허리를 느릿하게 움직였다.

안을 꽉 메우다 못해 밖으로 역류하려던 정액이 그의 좆에 막혀버렸다. 어서 그의 것을 빼내고 속을 꽉 채운 정액을 흘려보내고 싶었다. 반대로 온몸 전체가 곽수환으로 가득해지는 열기는 중독성이 있었다.

"하아, 내 정액 받은 사람 석 박사가 처음이니까, 끝까지 책임져야 돼."

책임을 지라니, 석화는 처음 듣는 말이었다. 그런데도 책임이라는 어감은 묵직하지만 좋은 울림으로 다가왔다. 쾌감 속에서도 곽수환의 시선이 선명했다.

◆ ◆ ◆

석화의 뱃가죽 위로 끈끈한 정액과 묽은 액이 뒤엉켜 있었다. 안을 오가는 곽수환의 좆은 여전히 기세가 흉흉했지만, 미끄러운 내벽이 무리 없이 성기를 받아들였다. 대신 안쪽 전부를 그

255

가 정액에 흠뻑 젖은 좆으로 문질러대고 있었다.

언제 기절해도 이상하지 않을 정도건만 석화는 앓는 소리를 내면서도 부지런히 허릿짓을 따라왔다.

"괜찮아?"

성기가 들락날락 할 때마다 흘러나온 정액이 깔린 제복에 고였다. 곽수환은 제가 봐도 지독하게 싸질렀다고 생각했다. 그런데 자신에게 맞지 않는 성욕 억제제를 만든 게 석화니 저를 탓해서는 안 된다.

"으응. 좋아요."

몇 번이나 사정해 말랑거리는 성기를 석화가 쥐었다. 그대로 흔드니 다시 발기가 시작되고 있었다. 그래도 처음처럼 딱딱해지지는 못했다.

"……소령님."

"응."

어느새 곽수환의 이마에 땀이 맺혀 있었다.

"부러워요."

석화가 제 것에서 손을 놓더니 고환을 들어올렸다. 그러고는 절반쯤 밖에 나와 있는 곽수환의 기둥을 손으로 매만졌다. 귀두는 내벽이 오물거리며 쥐어짜고 밖은 석화의 손이 닿으니 가뜩이나 후덥지근한 몸이 더 확 달아올랐다.

"뭐가, 부러워."

"커서 좋은 것 같아요."

"뭐?"

"커서 안에 꽉 차서, 전립선 계속…… 비비는데, 아, 안에 수분 다 뺏겨요. 너무 많이 싸서."

곽수환이 손으로 석화의 입을 덮었다. 그가 웃는 바람에 안이 울려 석화는 몸을 움츠리고 떨었다.

"이럴 땐 적당히 솔직해도 돼."

어처구니가 없었지만 기분은 좋았다. 곽수환은 피가 비친 석화의 팔에 입술을 한 번 내렸다가 두 다리를 확 잡아당겼다. 스프링이 움직임을 방해했기에 매트 밖에 선 곽수환이 석화의 오금을 쥐었다. 체중을 실어 몸을 꾹 내리눌렀다.

석화는 뭘 하려는 건지 몰라 기운 빠진 눈만 들었다. 그가 갑자기 좆을 확 빼냈다. 엄청난 상실감에 내벽과 구멍이 경련했지만 들이닥쳐 들어오는 게 더 빨랐다. 푸욱, 하는 소리가 들릴 정도였다. 또다시 뿌리까지 집어 처넣었다가 완전히 밖으로 빼는 걸 반복했다. 도톰한 귀두가 안에 남은 정액을 긁어낼 때마다 엉덩이골을 따라 줄줄 흘러 내렸다.

"아, 아!"

석화는 입안에서 단어를 만들지도 못한 채 속수무책으로 신음만 내뱉었다.

곽수환은 거칠게 안을 탐하면서도 눈을 내려 삽입된 곳을 쳐다봤다. 밖으로 뺄 때마다 좆에 맞춰 동그랗게 벌어진 구멍이 빨리 들어오라면서 다시 쑤시자마자 쪼아댔다. 확 뺐다가 다시 푹 넣고, 젖어버린 안을 진탕 휘저었다.

석화가 몸을 굳히면서 다리를 버둥거렸다. 소령님, 못 참겠어
요. 그러나 말은 나오지 못했다. 다시금 사정감이 치달아 뒷머
리를 마구 매트에 비볐지만, 곽수환은 봐주지 않고 불규칙적으
로 아래를 범해댔다. 팟, 석화에게서 정액이 터졌는데 지나치게
묽었다.

아, 안 돼. 그만 움직여요. 혀도 굳어 흐느낌만 터졌다. 타악,
탁, 그가 허리를 기세 좋게 쳐올리는 때때마다 성기에서 액이
샜다. 석화는 동공이 자꾸만 돌아갈 것 같아 입술을 꽉 깨물었
다. 구멍이 뒤집어졌다가 다시 안으로 밀리는 감각에 이제는 흡
사 무서움마저 들었다.

더 이상 버티지 못할 것 같아 곽수환의 가슴팍을 밀어내리려고
했다. 그가 입술을 부딪쳐오며 석화의 몸을 반으로 접어 눌렀
다. 허리는 멈추지 않았고, 완전히 엉망이 된 석화는 얼굴도 축
축하게 젖어 있었다.

곽수환의 허벅지가 더 단단해진다고 느꼈을 때, 그가 다시 안
쪽에 사정을 하기 시작했다. 받아들이지 못한 내벽이 기어코 맞
물린 틈새로 정액을 역류시켰다. 곽수환도 더는 안 되겠다 싶
어 사정을 하는 채로 좆을 확 잡아 뺐다. 꿀럭거리며 정액이 쏟
아졌고, 좆에서 튄 사정액이 석화의 얼굴에 흩어졌다. 한계까지
다다른 석화의 몸이 축 늘어져버렸다. 곽수환이 놀라 손을 뻗었
지만, 다행히도 숨을 쉬고 있었다.

그는 아직도 반쯤 서 있는 좆을 정신 차리라는 듯 꾹 내리눌렀다. 머리를 쳐드는 건 자의로 해결되는 게 아니라 젖어버린 제복만 석화의 밑에서 빼냈다. 난로의 열기도 줄이고 한쪽 박스에 담겨 있는 세면도구와 수건을 꺼냈다. 너무 심했나. 수건에 물을 적셔 와 늘어진 석화를 얼굴부터 꼼꼼하게 닦기 시작했다. 하얗게 질린 얼굴에 시체를 닦는 불길한 기분이 들었다.

가슴을 매만지니 심장이 뛰고 오르락내리락하는 숨의 흔적이 와 닿았다. 찝찝한 구석이 없도록 몸을 다 닦아주고는 엉덩이 밑에 수건을 댔다.

곽수환은 차가운 물을 냄비에 담아 난로 위에 올려두고 나서야 샤워를 시작했다.

연방 석화가 있는 쪽을 바라보면서 얼음물 샤워를 마치니 석화가 슬슬 몸을 뒤척였다. 여분의 제복은 따로 가져다 놓지 않았기에 바지에 셔츠만 걸쳤다. 그는 서둘러 다가가 석화의 몸을 토닥였다. 팔베개를 해주고 껴안으니 좀 더 꽉 끌어안고 싶어 애가 탔다.

"석 박사 임신하면 어떻게 하지?"

……안 해요.

중얼거림에 곽수환이 고개를 휙 내렸다. 석화가 눈을 가느다랗게 뜨고 있었다.

"농담인 거 알지?"

씩 웃는 그는 팔베개를 해준 채로 제 눈썹을 한 번 문질렀다.

석화는 말할 힘도 없어 그의 가슴팍에 손을 툭 올리고만 말았다. 배 안쪽은 아직도 지글지글한 열로 들끓고 있었다.

◆ ◆ ◆

흐음, 음. 계단을 내려가는 남자는 목을 울려 노래를 부르고 있었다. 기분이 한껏 좋아 보이기도 하고, 잠잠했던 눈에 생기도 돌았다.

최호언은 저택의 지하로 내려가 백열전구를 밝혔다. 사복 차림의 한 남자가 손발이 묶인 채 코에서 피를 흘리고 있었다.

"참매가 어떻게 백호를 잡나."

최호언을 보자마자 재갈을 문 남자가 눈을 부릅떴다.

"분명 개인행동 하지 말라고 지시받았을 텐데요? 왜 말을 안 들어서 불행을 자초해요."

최호언은 애석하다는 표정으로 그의 앞에 의자를 끌어와 앉았다. 그 자리를 중심으로 오른쪽에는 스테인리스 수술대와 메스들이, 왼쪽 찬장에는 약품이 가득 놓여 있었다.

최호언은 손을 뻗어 남자의 재갈을 끌어 내렸다. 상황 파악은 하는 군인인지 소리를 지르거나 목숨을 구걸하지는 않았다. A급 추적자이니 그만큼 교육받기도 했을 테고.

공적을 세우고자 개인행동을 하다가 운 좋게 곽수환이 공중전화 앞에 내려둔 여자를 발견한 게 바로 이 남자였다. 여자가 곽수환이 이동한 방향을 안다고 해서 따라왔건만, 도착한 장소는 이상한 숲이었다. 운이 좋았던 게 아니라 나빴던 것이다.

"누굽……니까?"

추적자에게 여의도 쉘터 연구원인 최호언의 정보는 없었다.

"코피가 계속 흐르네."

안쓰럽다는 듯이 남자의 뺨을 툭툭 두드린 최호언은 수술대 근처에 붙어 있는 수도꼭지를 돌렸다. 수도에 끼워져 있는 호스를 들고 오는 동안 물이 바닥으로 줄줄 흘렀다. 최호언은 불안한 눈을 한 남자의 머리채를 틀어쥐어 올렸다.

피가 흐르는 남자의 코에 호스를 쑤셨다. 코로 들어간 물이 입 밖으로 흘러나왔다. 커억, 켁, 쉴 새 없이 흘러 들어오는 물을 반쯤 마시고 뱉어내는 남자의 눈이 붉게 충혈됐다. 위가 빵빵해질 때까지 물을 들이켠 남자는 잡힌 머리를 빼내려고 했지만, 엄청난 힘에 꼼짝할 수가 없었다.

최호언이 남자의 코에 꽂았던 호스를 뺐다. 그러고는 호스의 물로 바닥을 닦아 흘려보냈다. 남자가 기침을 하는 동안 수도꼭지를 잠그고 돌아와 다시 의자에 앉았다.

그는 깨끗해진 얼굴이 흡족한지 입매를 부드럽게 올렸다.

"곽수환을 추적하라고 지시한 건 세컨드입니까?"

"허억, 컥."

입 밖으로 물을 토해내는 남자는 최호언의 질문에 어떤 대답도 하지 못했다. 최호언은 남자의 멱살을 잡아 일으켜 수술대

위에 포박된 몸을 눕혔다. 하단에 늘어진 벨트를 끌어올려 몸을 다시 고정한 뒤, 라텍스 장갑을 착용했다.

"뭘…… 하려는."

손바닥을 배에 대고 꽉 누르자 컥, 남자가 또다시 물을 토해 냈다.

"아무리 부산이라고 해도 겨울은 좀 춥잖아요? 나 어린 시절 뒷산에는 토끼가 많았거든요. 토끼 피를 전부 제거하고 귀를 잡아 몸을 훑어내리면 항문으로 내장이 튀어나와요. 그럼 아주 깔끔하게 토끼털을 쓸 수가 있죠. 그런데 난 그게 인간도 가능할 것 같거든요."

최호언이 메스를 들자 남자가 급히 말문을 열었다.

"세, 세컨드가 맞습니다."

최호언은 남자의 셔츠 안으로 손을 넣어 군번줄을 떼어냈다.

"정말입니다! 이유는 모릅니다. 저희는 지시대로 움직일 뿐입니다."

흘끔 직위와 이름을 확인했다. 최호언이 다시 물을 틀어 이번에는 입에 쑤셔 넣었다. 목구멍 깊숙하게 호스를 처박고 손으로 입을 틀어막았다. 남자가 발버둥 쳤지만 최호언은 그마저도 지루한 듯 한숨만 길게 흘렸다. 눈에 보일 정도로 가슴팍과 배가 부풀어 오르자 호스를 빼냈다.

"잘했어요. 우리 대위님 몸 멀쩡히 살아 나가야죠."

최호언이 물을 역류해내는 남자의 이마를 부드럽게 쓸어내렸다. 대위는 무슨 말을 하든 저자가 자신을 죽일 것이라 생각했다. 여기가 어딘지, 또 이 남자가 누구인지 모른 채로 비명횡사하는 거다. 그 누구도 자신의 죽음을 알지 못할 거라는 게 더 두려웠다. 최호언은 대위의 머리를 한 번 더 쓰다듬어주었다.

"세컨드가 곽수환만 생포하라고 했나요? 아니면 사살? 그것도 아니면 석화 박사님을 모셔오라고 했나요?"

대위는 이자가 생각보다 많은 정보를 가지고 있다고 확신했다. 상부는 여의치 않을 시 곽수환을 사살해도 된다고 했으며 석화는 생포하라고 했으니까.

"두, 둘 다. 둘 다입니다."

"춥고 좁은 이 지하에 갇혀 있는데, 시티는 대위님을 찾지 않겠죠?"

최호언이 정말로 안타깝다면서 침울한 얼굴을 했다.

"그게 방침이니까. 그런데 그 방침은 너무 잘못됐어요. 어떻게 내 시민과 군인을 지키지 못하는 게 방침입니까? 나라면 내 사람이 이렇게 잡혀 있다면, 어떤 수를 써서라도 찾을 거예요."

쿨럭, 대위가 연방 물을 토해냈다. 대위는 그제야 최호언의 정체를 유추할 수 있을 것 같았다.

"씹새끼……. 너 반군이지?"

몸을 일으킨 최호언이 무표정하게 대위를 내려다봤다.

"이건 틀려먹었네."

메스로 대위의 가슴을 천천히 갈랐다. 흐아아악! 듣기 싫은 비명 소리에 장갑을 벗어 대위의 입에 쑤셔 넣었다. 달칵, 최호언은 문을 열고 들어오는 이를 향해 돌아섰다.

"정말 실망했어요, 어머니."

여자는 어깨를 움츠렸다.

"곽수환이 석화 박사에게 필요 이상으로 집착을 했어요."

여자는 변명을 더 하려다가 입을 다물었다.

"곽수환 소령은 어때 보였어요?"

"회유될 만큼 녹록해 보이지 않았어요. 어떤 망설임도 없이 저를 해하려 했고요. 대신 석화 박사가 제어할 수 있는 수준이 었지만요."

레인보우 시티가 목표했던 진화는 시티를 지킬 소수의 돌연변이 출현이었고, 원호 박사가 이룩하고자 했던 세상은 완전한 인류의 진화였다.

곽수환은 앞서 태어난 최호언과 석화의 모든 단점을 탈피하고 나온 배아였다. 원호 박사와 곽수환의 부모는 완벽에 가까운 유전자를 탄생시켰고, 그 유전자가 가진 임무는 번식을 통한 거듭된 진화였다. 현재가 가장 진화를 이룩하기 좋은 때가 아니던가.

진화의 시작은 곧 생존이기 때문이었다. 그리고 생존은 번식을 통해 이어진다. 곽수환은 자신에게 새겨진 본능에 집착할 수밖에 없을 것이다. 또한 아담에게서 자유로운 석화는 진화 사상을 전파할 수 있는 일종의 교주 역할을 맡아야 했다. 레인보우 시티는 새로운 세상을 꿈꾸는 군중들에 의해 무너져야 한다.

'뭐, 사실 나는 진화나 개혁 따윈 아무래도 상관없지만.'

서펀트는 한 뼘만큼 벌어진 자상에서 피를 쏟아내는 대위를 돌아봤다. 그는 서서히 죽어가고 있었다. 그러나 자신의 죽음이 믿기지 않는 듯 멍한 눈을 하고 있었다. 여자는 서랍장을 뒤적여 수술용 실이 담긴 박스를 꺼냈다. 멸균된 봉합사를 건네받은 최호언이 대위의 눈앞에 박스를 가져다 보였다. 죽은 생선 같던 눈에 희망이 들어차기 시작했다. 최호언은 손목시계를 확인했다.

"대위님, 이제 봉합할 거예요. 제가 너무했죠? 조금만 버텨봐요."

그러나 장갑을 물고 있던 대위의 입에서 힘이 풀려나갔다. 동공의 초점도 사라져 이제는 어디를 보는지도 알 수 없었다. 최호언은 안타까운 얼굴로 죽어버린 남자의 눈을 감겨주었다.

"어머니, 이분은 희망을 안고 세상을 뜨셨네요."

"네, 저도 마지막 희망을 봤습니다. 제아무리 레인보우 시티를 위해 살아온 이라고 한들, 희망을 안고 가셨으니 네 개의 강의 품속에 잠기실 겁니다."

여자가 심장에 손을 대고 대위를 위해 잠시 묵념했다. 최호언은 수술대 위에 늘어진 대위의 몸을 뒤집었다.

"그보다, 곽수환 소령이 제게 헬기가 필요하다고 했어요."

헬기?

최호언이 인상을 쓰며 뒤를 돌았다.

◆ ◆ ◆

석화는 부지런히 움직이는 곽수환을 눈으로만 쫓았다.

곽수환은 난로에 올려두었던 냄비에 라면을 끓여주고 밥까지 말아주었다. 석화는 숟가락으로 밥알을 떠먹다가 아직도 배가 화끈거려 몇 번이나 몸을 웅크려야 했다.

"다 빼냈는데도 아파?"

"아픈 건 아니에요."

"거봐, 내가 샬레에 안 싼 이유가 있다니까."

뭐가 저렇게 당당할까. 틀린 말은 아니기에 석화는 다시 수저를 놀렸다.

"제가 우도로 가면 곽 소령님을 어떻게 봐요?"

"내가 언제 우도라고 했어. 제주도라고 했지."

곽수환은 접이식 의자에 앉아서 석화가 쓸 만한 자동권총에 탄환을 장전했다.

"우도도 제주도예요."

"그거야 옛날이나 그랬지. 지금은 다른 구역이잖아."

"그래도 제주에 포함돼요."

"그러네, 제주도가 곽 소령님 좆만큼 크네. 곽 소령님 생식기가 어떻게 섬만 하냐고 따지지는 말고."

석화가 할 말을 곽수환이 먼저 선수 쳤다. 그는 권총을 들고 자리에서 일어나더니 석화가 앉아 있는 매트에 올렸다.

"비상용으로 가지고 있어."

석화는 두 손으로 쥐고 있던 냄비를 바닥에 내려두었다.

"우도가 아니면 제주도 어디로 가요?"

"안전가옥으로 가."

레인보우 시티에서 가장 안전한 구역이 제주도인 건 변하지 않는다.

퍼스트 마스터와 세컨드 마스터의 대립이 절정에 이를 동안 석화는 제주도에서 숨어 지내면 될 테고, 저는 일단 세컨드 마스터를 치는 데 일조를 한 뒤 퍼스트 마스터의 측근 행세를 할 생각이었다. 향후 10년을 바탕으로 목적해둔 일이었지만, 석화가 나타났기에 조금 빨라진 것뿐이다. 레인보우 시티의 썩은 부분은 전부 도려내야 한다. 그게 새로운 시티를 세우는 일이라고 해도.

"왜요?"

"왜긴 왜야. 석 박사 안전하라고."

"거기서 계속 지내요?"

곽수환도 석화의 옆에 털썩 앉았다.

"밖은 위험하잖아. 마스터 투표가 끝나기 전까지만 몸 사리는 게 좋아."

레인보우 시티는 자격이 된다면 누구나 마스터 선거에 출마할 수 있지만, 무턱대고 출마를 하는 사람은 없었다. 인지도가 높은 지금의 마스터들보다 더 많은 표를 받을 수는 없기 때문이었다. 그러나 둘 중 어느 한쪽이 사멸하게 된다면, 출마를 한 다른 이들에게도 기회가 오게 된다. 아직 출마 인원이 확정되지는 않았지만.

"만일 둘 중 한 명이 마스터 출마 심사에서 탈락하거나 문제가 생기면, 새로운 출마자가 마스터가 될 수도 있겠네요?"

곽수환은 석화의 입술에 키스를 하려다가 멈칫했다.

"아마도."

"누가 출마할까요?"

석화가 새카만 눈을 하고 곽수환을 들여다봤다.

마스터 선거는 명예가문 출신들만 출마할 수 있는데 최호언은 이미 서펀트인 게 밝혀졌다. 아니 그 사실을 믿어줄 상부가 있을지는 모르겠다.

곽수환의 컨트롤러부대나 차 중령이 증언을 해봤자 최호언이 서펀트라고 입증할 확실한 물증이 없었다. 오히려 면역체로 의심받는 석화를 숨겨두었던 곽수환이 반군으로 몰릴 가능성도 배제할 수 없었다.

"설마 최호언 박사가 출마하지는 않겠죠?"

"최악의 상황은 그건데, 퍼스트는 몰라도 세컨드는 만만한 상대가 아니야. 최호언이 출마한다면 의심부터 할 테니까. 그리고 그놈뿐만 아니라 퍼스트와 세컨드가 서로 싸우길 기다리며 지켜보는 눈들이 더 있을 거야."

통합국 법에 따르면 마스터는 총 두 명이어야 한다. 석화는 문득 김 박사가 했던 말이 떠올랐다.

'오늘 중국지부에 있는 친구 놈하고 간신히 연락이 닿았는데 요. 듣자 하니 거긴 아담이 아직 7차 변이 전이더라고요? 어쩐 지 갑자기 해외랑 전부 연락이 두절된다 싶더니……. 지금 우리 레인보우 시티만 고립된 거 아닙니까?'

석화는 몸을 움직여 곽수환에게 좀 더 가까이 다가갔다.

"곽 소령님은 누구 편이에요?"

그게 무슨 말이냐면서 곽수환이 헛웃음을 지었다.

"난 누구 편도 아니야. 그래도 지금 레인보우 시티의 체제가 정상이라는 생각은 안 해. 갈아치울 건 갈아치워야지. 그래야 내 동생 같은 녀석들도 안 생기고……. 그런데 지금은 석 박사 안전이 최우선이야."

곽수환은 심각해 보이는 석화의 얼굴을 부드럽게 쓸어내렸다.

그는 에덴동산은 물론 퍼스트 마스터나 세컨드 마스터, 그 어 느 쪽에도 편승하지 않는다고 말했다. 혼자서 싸우기에는 상대 들이 너무나 거대하지 않나? 할 수만 있다면 석화도 도움이 되 고 싶었다. 그래야 치료제가 개발된다고 해도 사람들에게 제재 없이 제공할 수 있을 테니까.

"김 박사님이 전에 그랬거든요. 밖의 다른 국가와 연락이 안 된다고요. 우리만 7차 변이가 시작된 후로 고립됐다고 했어요."

그건 곽수환도 몰랐던 사실이었다.

"7차 변이도 상부 놈들이 주도했다는 심증이 있었지?"

"아담 자체를 이용하는 건 상부라고 했어요. 그런데 어쩌면…… 이번 7차 변이는 상부의 소행이 아닐 수도 있을 것 같아요."

"뭐?"

"서펀트가 저한테 레인보우 시티를 없애겠다고 말했어요. 각지의 쉘터 안에 분명 에덴동산 신도들이 있을 테지만, 그것만으로는 어림도 없죠. 신흥 종교가 통합국에 속한 시티를 무너뜨리겠다는 건 달리 말하면……."

"통합국이 우리를 버렸을 때 가능하지."

석화가 천천히 고개를 끄덕했다.

"게다가 7차 변이가 발견된 지점이 말이죠."

석화가 의심을 갖는 이유를 곽수환도 알아차렸다. 7차 변이 아담이 처음 발견된 장소는 오양석 박사의 자택이 있던 구역이었다.

탕탕탕!

그때였다. 철문을 두드리는 소리에 석화가 어깨를 화들짝 울렸다. 너무 놀라 했기에 곽수환이 괜찮다며 등을 쓸어내렸다.

야, 나와!

닫힌 철문으로 익숙한 목소리가 흘러 들어왔다.

"이채윤 소령님이에요?"

"빨리도 찾아왔네."

곽수환이 석화의 뺨을 가볍게 감싸고 입술에 쪽 키스를 했다.

새롭게 감아둔 팔의 붕대도 재차 확인하고 셔츠 한 장을 뒤집어 씌웠다. 석화도 하반신을 감싼 군용모포를 벗어낸 뒤 그의 트레이닝복 하의로 갈아입었다.

오라고 해놓고는 어디 갔어?!

이채윤이 힘으로 문을 열려는지 철문이 끼긱끼긱 하는 소리를 빚어냈다. 곽수환이 성큼성큼 걸어가 철문을 확 열었다. 이채윤은 메고 있던 제 상체만 한 배낭을 안에 툭 던져놓았다.

"박사님 괜찮아!?"

한달음에 달려오는 그녀에게 석화도 반가운 마음이 들었다. 꾸벅 인사하고 보니 다행히 그녀도 어디 다친 데는 없어 보였다.

"소령님은 괜찮으세요? 걱정했어요, 저도."

"나는 어디 내놔도 잘 살아. 박사님이 제일 걱정이지."

"여기는…… 어떻게 오셨어요?"

"엄마가 여기로 가라던데?"

그러면서 잘 찾았지, 웃으며 '브이' 자를 펼쳤다. 곽수환이 그녀가 내려놓은 배낭의 입을 확 벌려 열었다.

"따라오는 놈들은?"

"당연히 없었지. 양상훈 새끼는 과천에 대기시켜 놨어. 차 중령이 나보고 이거 전해달라더라."

곽수환은 접힌 종이에 적힌 글을 내려다봤다.

접선 이상 무. 호의.

"그게 무슨 말이야?"

세컨드 마스터와 퍼스트 마스터의 싸움에 대비해 곽수환이 접선한 상대는 다름 아닌 이채윤의 가문이었다. 줄타기에 능한 명예가문이기에 지금은 그 누구의 편도 들지 않지만, 퍼스트 마스터나 세컨드 마스터 어느 한쪽이 무너지면 새로운 세력에 편승할 가능성이 컸다. 그리고 그 새로운 세력이 그들 자신이 된다면 금상첨화겠고.

"무슨 말이냐고, 새끼야!"

"설명하기 귀찮아. 석 박사, 이거 받아."

곽수환이 배낭에서 꺼낸 건 방탄조끼였다. 석화는 그가 내민 조끼를 한 팔씩 끼워 넣어서 입었다. 곽수환이 갑자기 웃음을 터뜨렸다.

"지금 말고 진짜 이동할 때 입어."

안 그래도 조끼가 어깨를 축 늘어뜨릴 정도로 무거웠다. 석화는 조끼를 벗어서 매트 위에 가지런히 올려두었다.

"너, 진짜 무슨 생각인데?"

이채윤은 곽수환과 오래 알아왔지만, 이해 못 할 행동을 할 때가 한두 번이 아니었다.

"잘 살 생각."

"지금 네가 석화 박사님 데리고 날랐다고 소문 쫙 퍼졌어. 다들 너 찾겠다고 난리인 건 알지?"

역시나 석화는 곽수환이 저로 인해 피해를 봤다고 생각했다.

"상관없어. 제주도로 갔다가 곧장 퍼스트한테 갈 거야."

"제주도?!"

"넌 이거 가지고 다시 여의도로 올라가."

곽수환이 내민 물건은 석화의 피가 묻은 붕대 몇 개였다.

"차 중령한테는 암호 무전 보낼 때까지 아무것도 하지 말라고 전해주고. 여기까지 오느라 고생 많았다."

"마음에도 없는 소리는 때려치워라. 제주도는 어떻게 가게? 헤엄칠 거야?"

"말이 되는 소리를 해. 헬기 타고 갈 거야."

그는 지혈제나 진통제 같은 약품과 함께 비상식량과 물도 가방에 가득 담았다. 곽수환의 말에 놀란 건 이채윤뿐만이 아니었다.

"헬기요?"

석화가 물었다.

"응, 헬기."

"아…… 저 미친 새끼. 아! 너 진짜! 이 개새끼!"

갑자기 뭔가가 생각난 듯 이채윤이 발작하듯 날뛰었다.

"헬기 잃어버렸다며! 개호로 새끼! 내가 그거 때문에 엄마한테 얼마나 깨졌는데!"

이채윤이 저렇게 화낼 만도 했다.

지방에 있던 그들이 여의도 불패소대로 배정받았을 당시, 헬기 두 대를 이채윤의 가문에서 지원해줬던 적이 있었다. 어느 날 지방의 급한 지원 요청에 헬기를 끌고 나갔다가 이름 모를 야산에 불시착했는데 헬기를 조종한 건 곽수환이었다.

아담이 대거 출현한 구역으로 가야 하는 일이 더 급했기에 방치된 차를 타고 이동했고, 나중에 헬기를 찾으려고 하니 대체 어디에 있는지 도저히 찾을 수가 없었다. 곽수환도 도통 위치를 모르겠다고 잡아뗐다.

"나중에 찾은 거야, 나중에."

이채윤이 주먹을 쥐자 곽수환이 변명 같지 않은 변명을 꺼냈다.

"그래도 그 헬기 덕분에 석 박사가 무사히 제주도 가게 됐으니 좋은 게 좋은 거잖아."

곽수환은 트레이닝복 상의를 걸쳐 입고 지퍼를 죽 올렸다.

"곽수환 소령님."

밖으로 나가려던 그의 앞을 석화가 막아섰다.

"응?"

"우도로 가요."

곽수환이 눈에 훤히 보이도록 인상을 썼다. 그러나 석화는 어젯밤처럼 체념한 얼굴이 아니었다.

"우도는 안 돼."

"생각이 있어요."

"생각은 누구나 있지. 석 박사가 무슨 생각하는지는 모르겠는데 우도는 아니야."

석화는 어떤 식으로 곽수환을 설득해야 할지 고민에 잠겼다.

세컨드 마스터가 저를 실험체로 삼을 가능성은 있지만, 다짜고짜 거위의 배를 가르는 멍청이는 아닐 것이다. 인체실험을 강행하기보다는 자신의 혈액을 이용해 아담 바이러스를 연구할 가능성이 더 높았다.

각 쉘터에 마더를 구축한 사람이자 인체실험을 막는 안건을 제시한 게 바로 세컨드 마스터였다. 그렇다면 세컨드 마스터를 무작정 피하기보다 우도로 가는 게 낫지 않을까 싶었다. 게다가 7차 변이 아담을 만들어낸 게 레인보우 시티가 아닐 확률도 높으니 석화 역시도 호기심이 일었다.

"곽 소령님은 세컨드 마스터 편이었죠?"

"자꾸 편가르기 할래. 누구 편도 아니었다니까."

"애초에 소령님이 퍼스트가 아니라 세컨드와 손을 잡은 이유가 있었을 거 아닙니까."

석화가 딱딱하게 나왔지만 곽수환도 물러서지 않았다.

"그때는 잡았을지 몰라도 지금은 아니야. 이번에는 내 말 들어."

"에덴동산 서펀트를 만난 게 저예요. 세컨드 마스터도 에덴동산을 없애려고 할 테니, 서펀트를 알고 있는 제가 접선한 뒤에 곽수환 소령님이 중간 다리 역할을 하는 편이 낫지 않겠어요? 그리고 곽 소령님의 수배를 푸는 가장 쉬운 방법은 제가 세컨드에게 가는 거고요."

"운전대 좀 맡겼다고 실전에 뛰어들어 스파이 노릇이라도 하려고? 몸 쓰는 건 내가 알아서 하니까 일단은 피신해 있으라는 거야."

아작아작, 석화는 라면을 씹어 먹는 소리에 옆을 쳐다봤다. 이채윤이 흥미 어린 표정을 하고 둘의 설전을 지켜보고 있었다. 엄지손가락에 묻은 스프 가루를 쪽 빨아 먹은 그녀가 코웃음을 쳤다.

"아예 박사님을 입에 넣고 다니지 그래."

곽수환이 농담할 상황 아니라면서 인상을 썼다.

"박사님을 세컨드한테서 빼돌리려는 정확한 이유가 뭔데?"

"실험체로 삼으려는 수작이 뻔히 보이잖아."

"세컨드 마스터가 인체실험 금지한 거라던데?"

"그거 지지율 얻으려고 쇼한 거거든."

"난 그런 건 잘 모르겠고 겉으로는 우리 집안이 퍼스트 라인으로 보이는데, 사실은 엄마도 세컨드를 훨씬 좋아해."

"너희 엄마 취향을 내가 알 게 뭐야. 끼어들지 마."

"이런 씹, 개불 같은 새끼야, 난 네가 무슨 생각인지 하나도 모르는데 도와주잖아."

라면 봉지 안에 손을 넣은 이채윤이 포클레인처럼 라면 부스러기를 퍼 올렸다.

"그냥 박사님이랑 내가 같이 움직일게. 아무리 세컨드라고 해도 우리 집은 함부로 못 건드리잖아. 그리고 박사님 말도 맞지.

너 자유롭게 움직이려면 일단 수배부터 풀어야 할 거 아니야."

석화가 눈을 동그랗게 떴다. 이채윤이 위험해질 수도 있기에 거절하려고 운을 떼려고 할 때였다.

"그럼 한 시간에 한 번씩 보고해."

"세 시간으로 해. 이참에 나도 엄마가 부탁한 일 있어서 이 이유 대고 우도 들어가는 게 낫겠다 싶고."

"부탁한 일?"

이채윤이 봉지에 남은 라면을 털어 넣고 말을 아꼈다.

"묻지 마. 엄마가 아직은 아무한테도 이야기하지 말라고 했어."

이채윤네 가문의 꿍꿍이가 뭔지 알아내야 했지만, 핵심을 찾아내 유도신문 몇 개만 던지면 술술 불 테니 일단은 보류였다.

철문을 열고 밖에 선 곽수환이 바람의 세기를 가늠했다. 군용 헬기라고는 해도 이렇게 거센 바람이 불 때는 쉽게 뜨기 어려웠다. 헬기를 가져와 이곳에 착륙을 시도하고 다시 뜰 생각이었지만, 아무래도 모두가 이동을 해야 할 듯했다. 석화도 그걸 아는지 벗어둔 방탄조끼를 착용하고 있었다.

"여기서 한 20분정도 더 올라가야 하는데 괜찮지?"

"우리 걸음으로 20분이면 박사님은 한 시간일걸?"

"잘 따라갈게요."

석화는 곽수환이 건네줬던 총도 권총집에 꽂았다.

곽수환은 나름대로 무장을 하는 석화를 보며 자식에게 첫 심

부름을 보내는 부모의 심정을 이해했다. 분명 대견하긴 한데 걱정이 앞섰다. 운전할 때도 한껏 얼굴이 상기되어 있지 않았나.

인생을 연구실에 저당 잡힌 데다 체력이 약해 활동적인 삶을 살아본 적이 없어서인지 석화는 오히려 쫓기는 지금이 다른 때보다 생기 넘쳐 보였다.

안으로 돌아온 곽수환은 이채윤에게 기관단총 하나를 던졌다. 자신도 권총을 챙겨 허벅지에 찬 레그 홀스터에 꽂았다. 다리를 움직여 이동의 용이함을 확인하고는 물건을 넣어둔 배낭을 어깨에 멨다. 석화도 조그만 배낭에 생수 몇 통을 넣어 메었는데 수납용 그물에는 또 다른 총이 꽂혀 있었다. 난로의 불씨를 제거한 뒤 주변을 빙 둘러본 것을 끝으로 나갈 준비를 마쳤다.

이채윤이 나가고 그다음은 석화가, 마지막으로 곽수환이 나와 철문을 잠갔다.

"석 박사 업히자."

"제가 직접 걸을게요."

석화는 체력을 잘 비축해뒀다면서 하얀 입김을 내뱉었다. 굵은 나무 몸통도 흔들 만한 산바람이 불어와 머리를 이리저리 나부끼게 만들었다.

"길 따라갈 게 아니라서 업히는 게 나을 거야."

사람들의 발길이 없어진 산은 등산로도 허물어진 지 오래였다. 그야말로 야생의 산을 타고 올라가야 하는 셈이었다. 석화도 저 위를 올려다보더니 하는 수 없이 곽수환의 등으로 향했다. 그는 이미 배낭을 앞으로 멘 뒤였다. 쉽게 업힐 수 있게끔 몸을 낮추니 석화가 온기 가득한 손으로 목을 감쌌다.

"속은 괜찮아?"

"메슥거리지는 않아요."

"그거 말고 안에 안 아프냐고."

"괜찮아요."

엉덩이와 배 안쪽의 화끈거림은 이따금씩 찾아왔지만 못 견딜 만큼은 아니었다.

"이 소령, 따라와."

"올라가기나 해."

이채윤이 군화의 끈을 단단히 묶었다. 곽수환은 제자리에서 한 번 다리를 구르더니 뒤를 돌아봤다. 미행이 없었다고 하지만 행여 따라오는 놈들이 있나 싶은 기우에서였다. 나뭇가지 사이사이를 타고 스산한 바람이 교차하는 소리만 들릴 뿐 인적은 저희들이 전부였다.

"석 박사."

"꽉 잡고 있어요."

한두 번 업힌 게 아니라 이제 잘 아네 싶어 웃음이 번졌다.

곽수환이 석화의 허벅지를 단단히 잡고 산을 오르기 시작했다. 20분이라고 했지만 훨씬 더 단축할 생각이었다. 미끄러지지 않기 위해 바닥에 박힌 돌을 도움닫기 삼아 빠르게 달려 올라가기 시작했다.

얽혀 있는 마른 나무줄기에 다리가 걸리지 않도록 방향을 틀었고, 이채윤도 뒤에서 잘 쫓아오고 있었다. 석화는 혀를 깨물지 않도록 이를 꽉 물었다. 산의 전경이 휙휙 지나쳐가는 동안 둘을 대신해 여러 번 뒤를 돌아보기도 하고 주변을 살피기도 했다. 사람의 인기척에 퍼드덕 새들이 날아오르기를 반복했다.

산의 정상에 다다르기 전에 곽수환이 훌쩍 오른쪽으로 틀어서 걷기 시작했다. 그의 입가에서도 하얀 입김이 쉴 새 없이 솟아났다. 잎이 없어 앙상한 나뭇가지들을 손으로 쳐내며 걷던 그가 드디어 석화를 내려두었다. 거의 절반의 시간을 단축해 오른 그는 숨을 한 번 크게 골랐다.

"헤매면 어쩌나 했는데."

물론 그럴 일은 없었을 거라면서 자신만만하게 웃었다.

커다랗게 솟아 있는 바위 뒤로 공터와 비슷한 공간이 나왔다. 그 중앙에 흙과 마른 나뭇잎들이 잔뜩 쌓여 있는 커다란 몸체가 보였다. 이채윤이 헬기로 다가가 흙먼지가 낀 문을 손으로 쓱 털어냈다. 아니나 다를까 황제펭귄의 옆모습이 그려진 마크가 드러났다. 바로 이채윤 가문의 마크였다.

"이 씹새."

직접 눈으로 확인하니 더 황당하다는 듯 욕설을 퍼부었다.

"다 쓰면 도로 가져다 놓지 뭐."

곽수환이 뭐가 문제냐는 듯 헬기의 문을 옆으로 열고는 내부를 확인했다. 흙바람에 노출되어 있는 겉과는 다르게 내부는 나름 깨끗한 편이었다. 배낭을 좌석에 걸고, 놀라움에 입을 슬쩍 벌리고 있는 석화를 향해 말했다.

"타시죠, 석 박사님."

그는 조종석 뒤쪽을 가리켰다. 소형 헬기보다는 커서 뒷부분이 길쭉했고 좌석도 옆으로 앉게끔 되어 있었다. 상공에서 군인이 총기를 사용할 수 있게 벨트도 문 앞에 달려 있었다.

뒷좌석에 올라탄 석화는 옆으로 앉았다. 달려 올라온 건 곽수환인데 오히려 제 가슴이 마구 박동했다. 곽수환은 긴장하지 말라면서 입꼬리를 쓱 올리고는 석화의 앞에서 몸을 굽혔다.

"다리 벌려봐."

은근히 야한 어투로 말했는데 석화는 무심히 두 다리를 벌렸다. 섹시한 맛은 하나도 없지만 찰진 허벅지의 감촉을 아는지라 일부러 석화의 허벅다리를 쥐어봤다. 밑에서 배낭형 낙하산을 꺼낸 곽수환이 석화가 메고 있던 가방을 벗기고 대신 낙하산 벨트를 채웠다. 석화는 그 바람에 등이 볼록해져 엉덩이가 앞으로 밀렸다.

"혹시나 싶어서 준비하는 거니까 너무 걱정 말고, 알았지? 비행기도 뜨기 전에 안전방송 듣잖아. 그거랑 비슷한 거니까."

낙하산을 얹어주니 행여 겁먹을까 봐 안심을 시켜주었다. 정작 석화는 아무렇지 않은 표정이었다.

"여기서 탈출해야 하는 상황이 생기면 저기 문밖으로 뛰어내리는 거야. 뛰어내리자마자 바로 펼치면 안 돼. 점프해서 내리지도 말고 그냥 수직으로 뛰어내려야 돼. 어느 정도 헬기랑 거리가 멀어졌다 싶을 때, 그때 이걸 잡아당기면 낙하산이 펼쳐질 거야. 근데 진짜 사용할 일은 없을 테니까 걱정하지 말고."

그는 걱정하지 말라는 말을 몇 번이나 되풀이했다. 아무래도 비행기나 배에 비해 헬기가 조금 더 위험하다는 인식이 있기 때문이었다. 실제로도 일반인들이 타기에 위험한 게 헬기이기도 했다.

"걱정 안 해요. 혹시나 그런 상황이 생겨도 잘 탈출할게요."

곽수환이 바람에 함부로 나부꼈던 석화의 머리를 단정하게 정리해줬다. 석화는 그 손길이 기분 좋아서 설핏 눈을 감았다.

"거기까지."

조종석 칸에 올라탄 이채윤이 곽수환이 앉아야 될 곳을 주먹으로 픽 쳤다. 곽수환은 굴하지 않고 석화의 머리를 완벽하게 정리해준 다음에야 조종석으로 가 앉았다. 그는 상단에 매달린 스위치를 툭툭 가볍게 쳐올렸다.

"너 얼마 만에 운전해보냐?"

곽수환이 다시 한번 석화를 확인하고는 대답했다.

"그때가 마지막이었어."

헬기를 잃어버린 뒤로 불패소대에 더 이상의 헬기 지원은 없었기 때문이다.

군용헬기는 제트기용 연료(JP-8)를 사용했는데, 다행히 헬기 안에 넉넉한 양이 보관되어 있었다. 도중에 연료를 채워줘야 할 테니 아무래도 석화의 집이 있는 곳을 목적지로 삼아야 할 듯했다.

무사히 헬기의 시동이 걸리고 탁, 탁, 탁, 천천히 돌던 프로펠러가 급격하게 회전하기 시작했다. 곽수환은 기동훈련 때 했던 것처럼 헬기를 급상승시키기 시작했다. 휘청, 바람에 헬기의 몸체가 격렬하게 흔들렸다. 석화는 제 어깨에 두른 벨트를 두 손으로 꽉 쥐었다. 행여나 이 안에서 낙하산을 펼치지 않기 위해서 몇 번이고 제가 잡은 벨트를 확인했다.

헬기가 위로 치솟는 동안 프로펠러 돌아가는 소리가 엄청난 소음을 자아냈다. 곽수환과 이채윤이 뭐라고 말을 했지만 전혀 들리지가 않았다. 그러나 어느 정도 일정 고도에 들어서니 헬기는 안정을 찾고 앞으로 질러가기 시작했다. 바다가 바로 눈앞이었다. 다시 제주도로 가는 여정이 시작된 것이다.

같은 날, 두 시간 뒤. 제주도 세화해변 근처.

내가 말했던 거 기억하지?!

석화는 빙글빙글 돌아가기 시작한 헬기 안에서 곽수환을 쳐다보려고 노력했다. 그러나 관자놀이가 지나치게 지끈거렸다. 곽수환도 더는 석화를 돌아보지 못하고 조종대만 꽉 쥐고서 상승고도를 간신히 유지하고 있었다. 조종석에 앉아 있던 이채윤이 벨트를 풀고 순식간에 튀어나와 석화를 붙들었다. 그녀가 석화를 자신의 앞에 안고 벨트로 단단히 고정시켰다.

"박사님! 낙하산은 내가 펼칠 거야! 알았지?!"

소리치며 헬기의 출입문을 힘으로 열어젖혔다.

소령님은, 곽 소령님은!

말하기도 전에 이채윤이 허공으로 몸을 던졌다. 헬기에서는 까만 연기가 쉴 새 없이 피어나오고 있었다. 석화는 위를 보려고 했지만 밑에서부터 치고 올라오는 바람 때문에 고개를 가눌 수가 없었다.

이채윤이 낙하산의 날개를 펼친 순간, 엄청난 굉음이 터졌다. 헬기가 있는 방향이었다.

◆ ◆ ◆

[세컨드 마스터, 이채윤 소령이 제주도로 접근 중입니다.]

세컨드 마스터는 마더의 비상 알림에 고개를 퍼뜩 들었다. 그의 집무실 책상에는 온갖 서류와 함께 오양석 주변인의 인적사항이 정리되어 있었다.

"이채윤 소령?"

[이동속도를 계산한 결과 헬기로 추측, 15분 이내로 세화해변에 도달할 예정입니다.]

위치 추적이 가능한 칩을 체내에 삽입하는 것이 레인보우 시티의 규정이었지만, 명예가문의 경우는 예외였다. 권력의 중심에 있는 이들이니만큼 감시나 사찰에 노출될 수 있다는 이유에서였다. 그러나 곽수환과 깊이 연관되어 있는 이채윤이기에 세컨드 마스터는 그녀가 신체검사를 받을 당시, 아담 백신이라는 거짓 핑계를 대고 칩을 삽입하라고 지시했다. 아무리 세컨드 마스터라고 해도 조언자의 허가가 없다면 함부로 GPS 관제를 열 수는 없었다. 세컨드 마스터는 자신의 안전을 위해 요주의 인원들 중, 제주도로 접근하는 이들이 있다면 마더에게 경고를 울리게끔 설정해두었다.

이채윤이 허가도 없이 제주도로 접근 중이라면 그녀 혼자가 아닐 가능성이 높았다.

"세화육군본부로 연결해."

[로딩 중, 연결합니다.]

연결 신호가 몇 초에 걸쳐 이어진 뒤에야 육군본부에서 답이 들렸다.

[세컨드 마스터, 세화통신센터입니다. 말씀하십시오.]

"미확인 헬기가 세화해변으로 접근 중일 겁니다."

[예, 저희도 미확인 헬기 확보했습니다. 격추 준비 중입니다.]

눈을 흡뜬 세컨드 마스터가 책상을 거칠게 쾅 내리쳤다.

"격추 중지하세요! 지금 당장 중지하세요!"

[……격추 중지 요청 전달합니다.]

"격추 허가를 누가 내린 겁니까?"

통신센터 군인이 한참 말을 못 하고 있더니 도무지 이해가 가지 않는다는 말투로 대답했다.

[세컨드 마스터 아니십니까?]

"뭐라고?"

[세컨드 마스터께서 헬기 격추 요청을 하신 것으로 확인됩니다.]

"대체 어떠한 경로로 확인을 했다는 겁니까?"

[마스터……. 마스터께서 전용 회선으로 저희에게 메시지를 보내지 않으셨습니까?]

세컨드 마스터는 재빨리 키보드를 가져와 육군 보안 시스템에 접속했다. 중복 접속 시스템 메시지가 떠올랐다. 세컨드 마스터는 대체 어떤 놈이 자신의 고유 서버로 접속을 했는지 추적하라고 지시했지만, 접속 위치 또한 자신의 집무실이었다.

이 무슨…….

[마스터, 격추 중지 요청을 하달했으나……. 이미 격추되었다

는 소식이 들어왔습니다.]

"젠장!"

세컨드 마스터가 키보드를 유리창을 향해 날렸다. 세컨드 마스터의 두 다리에 힘이 들어가고 발가락이 움찔했다. 세컨드 마스터는 자신의 하반신을 커다란 천으로 덮었다.

[마스터, 헬기는 격추됐으나 다행히 비상탈출을 한 인원이 있는 것으로 확인됩니다. 비상탈출 인원에게 사격은 중지한 상태입니다.]

"비상탈출 인원이 누구인지 정확히 보고하세요."

[예, 알아보는 대로 곧장 보고하겠습니다.]

세컨드는 전동휠체어를 키보드가 날아간 방향으로 움직였다. 이채윤과 동행한 인원이 석화일 수도 있다는 불길한 예감이 들었다. 그렇다면 무사히 탈출을 한 사람이 석화이기를 바랐다.

세컨드 마스터는 떨어진 자판을 주울 생각도 하지 못하고 전면의 유리창을 바라봤다.

에덴동산을 중심으로 명예가문과 군인 그리고 연구원 등이 방사형으로 정리되어 있었다. 몸통인 나무부터 여러 가지가 거미줄처럼 뻗어나간 듯한 형태였다. 그 사이사이에는 네 개의 강들도 있었으며, 그들을 타고 또 곽수환과 석화가 나왔다.

석화의 동료 연구원 이름들을 타고 도착한 곳은 김 박사와 최호언.

최호언의 이름에 동그랗게 표시가 되어 있었다.

◆ ◆ ◆

　제아무리 낙하산을 타고 모래사장에 떨어졌다고 하지만, 충격이 엄청났다.

　지상에 안착하는 순간 다리를 부지런히 움직여 충격을 최소화하려 했음에도 모래에 발이 얽혀 나자빠져버린 탓이었다. 급박한 가운데 이채윤은 석화를 제 몸 위로 올려 최대한 감쌌다.

　모래로 범벅이 된 석화가 손으로 낙하산의 천을 걷어내려고 허우적거렸다. 그럴수록 더 몸에 엉키기만 했다. 이채윤이 잭나이프로 끈을 끊어내자 석화는 모래사장을 기다시피 해서 앞으로 빠져나갔다. 공중에는 헬기의 어떤 모습도 보이지 않았다. 저 먼 바다에서 검은 연기와 함께 불길만 일렁거렸다. 마치 폭발한 헬기의 잔해처럼 보였다.

　"······박사님."

　모래를 툭툭 털고 일어난 이채윤이 석화를 불렀다. 석화는 멍한 눈으로 바다만 바라봤다.

　"걱정 마. 곽수환 새끼 괜찮을 거야. 우리한테 이런 일 한두 번 있던 것도 아니야."

　그러나 이채윤의 목소리도 불안하게 떨렸다.

　"박사님, 우리도 어째 큰일 난 거 같네."

　석화와 이채윤의 주변을 세화 소속 헌병대원들이 둘러싸기 시작했다. 이채윤이 제복의 옷매무새를 제대로 여미고 인상을 구겼다.

"나 여의도 불패소대 이채윤 소령이거든? 너희 돌았어? 헬기 마크 보면 몰라? 가뜩이나 물자도 부족한데 헬기를 격추시켜?!"

허가도 없이 제주도에 들어온 게 문제였지만 이채윤은 오히려 헌병대를 향해 윽박질렀다.

"격추 요청을 받았기에 격추를 한 것뿐입니다."

주저앉아 일어나지도 못한 채 석화는 두 손에 모래를 가득 쥐었다. 손 틈으로 빠져나가는 모래가 마치 수백 개의 유리조각 같았다.

"격추 요청? 어떤 새끼가 지시했는데!"

파일럿을 양성하는 데는 엄청난 비용과 시간이 들어가기 때문에 헬기나 비행기를 운전할 수 있는 사람은 대체로 시티의 군인뿐이었다. 그마저도 조종법을 배운 군인은 몇 되지 않았다. 본래 전시 상황에서도 파일럿은 포로로 삼을 뿐, 죽이지 않는 법이다. 현재 레인보우 시티 또한 전시 상황과 별반 다르지 않기에 헬기를 격추시킬 거라는 생각은 해보지도 못했다. 적이라할지라도 파일럿을 지키는 게 불문율이 아니던가.

"어떤 새끼냐고!"

이채윤이 소리를 지르자 헌병대 대위가 조심스럽게 운을 떼었다.

"세컨드…… 마스터십니다."

세컨드 마스터가 격추 명령을 철회했지만, 분명 처음 지시를 내린 사람도 그였다.

허망하게 바다만 바라보고 있던 석화가 그제야 대위를 돌아봤다. 비척대고 일어나니 헌병대 대원들이 이채윤과 석화를 연행하러 좀 더 다가왔다.

"나 여기서 니들 다 죽이고 튈 수도 있으니까 피차 힘 빼지 말자고. 내가 알아서 걸어갈 거야."

이채윤이 석화의 팔을 붙들었다.

"박사님, 괜찮아?"

석화가 제 가슴을 꽉 움켜쥐었다. 심장이 너무 답답했다. 누군가가 제 숨통을 쥐고 있는 것 같이 갑갑했다. 분명 곽수환이 쥐고 있는 거였다. 그 때문에 이렇게 속이 아프니까.

"저희가 우도로 모시겠습니다. 세컨드 마스터께서 그렇게 명령하셨습니다."

석화는 세컨드 마스터라는 말에 엄청난 반발심이 일었다. 받아들이기 버겁도록 부정적인 감정은 한번도 겪어본 적이 없었다. 이건 분노라는 감정과 닮아 있었다. 누군가는 마음에 병을 얻어 죽는 사람도 있다고 말했지만, 그동안 저는 공감하지 못할 이야기였다. 그런데 몸 안 가득 분노와 슬픔이 차서 어디로 빠져나가지 못하고 쌓이고 쌓이면 정말 죽을 수도 있겠다 싶었다.

어머니가 돌아가셨을 때는 장례를 치르고 나서야 그녀를 두 번 다시 보지 못한다는 사실을 실감했다. 그런데 곽수환을 두 번 다시 보지 못한다는 건 실감이 나지 않았다. 그러니 그는 무사할 거다. 석화는 불길이 꺼져가는 저 먼 바다에서 눈을 떼지 못했다. 곽수환이 물 밖으로 나오는 모습만 계속 상상했다.

◆ ◆ ◆

성산항에서 쾌속정을 타고 약 15분, 레인보우 시티의 최후방 이자 최상부들만이 거주하는 우도가 보였다.

석화는 뱃멀미에 빈속을 연방 게워냈고 이채윤은 저러다 박사 님 죽겠다면서 발을 동동 굴렀다. 석화는 선미에서 토악질을 하 면서도 바다에서 시선을 거두지 못했다. 어딘가에 곽수환이 있 을지도 몰랐다. 그러나 우도에 도착해 차를 타고 세컨드 마스터 의 저택으로 이동할 때까지도 곽수환의 모습은 보이지 않았다.

사람의 손길이 닿지 않은 데가 없는 우도는 기록으로만 남아 있는 그 어느 나라의 휴양지처럼 아름다웠다. 자연 풍화를 거친 절벽 안으로 산책 코스를 걷는 사람들도 보였다. 석화는 이 풍 경이 참으로 이상했다. 웃고 떠들며 여유 있게 산책로를 걷는 이들에게 불안한 기색은 어디에도 없었다. 아담이 나타날까 봐 함부로 밖을 나다니지 못하는 저 육지와는 달라도 너무 다른 세 상이었다.

지극히 평화로운 이 모습이 마냥 낯설기만 했다. 아담이 나타 나기 전에는 모두가 이랬을까? 곽수환 소령도 위험에 빠질 일 은 없었겠지? 소수가 저런 특권을 누리기 위해서 수많은 사람이 희생되는 게 과연 맞는 일인가? 석화는 여기서 사는 이들이 부럽지는 않았다. 하나 더없이 확신할 수 있는 건, 곽수환의 말대로 레인보우 시티는 잘못됐다는 것이다.

"여기서부터는 세컨드 마스터님의 집사님께서 안내하실 겁니다."

검멀레해변을 마주 보는 저택은 안으로 들어가는 데만 족히 몇 분은 소요됐다. 총 세 개의 경비초소를 거치고 나서야 세컨드 마스터의 저택이 보이기 시작했다. 수없이 많은 감시카메라가 석화가 타 있는 차량을 주시하고 있었다. 뭐가 그렇게 두렵기에 이 안전한 곳에서까지 삼엄한 경비를 갖추고 있는 걸까. 석화는 기가 질릴 정도로 커다란 저택을 눈앞에 두고 차에서 내려섰다.

파도가 절벽에 몸을 부딪치는 소리가 들려왔다. 저택의 중앙문 앞에는 휠체어에 앉아 있는 세컨드 마스터가 보였다. 인자한 웃음을 짓고 있는 세컨드 마스터의 앞으로 석화가 저벅저벅 걸었다. 집사와 세컨드 마스터의 경호를 맡은 군인들이 석화를 막아섰지만 세컨드 마스터가 괜찮다며 손을 내저었다.

"여기까지 오느라 힘들었지요? 석화 박사님."

석화는 휠체어에 앉아 있는 세컨드를 쓱 내려다봤다.

"그러게요. 죽지 않고 왔네요."

석화가 이런 사람이던가. 세컨드 마스터가 웃는 낯 그대로 표정을 굳혔다.

◆ ◆ ◆

수백 수천 개의 송곳으로 변해 몸을 찌르는 차디찬 물은 이미 익숙한 감각이라 대수롭지 않았다. 견딜 수 없는 게 있다면 바로 소금물이었다.

"후, 씨발."

컥, 쿨럭, 모래사장까지 기어 올라온 곽수환은 구역질을 해 바닷물을 게워냈다. 물을 다 토해내자마자 벌렁 모래사장에 드러누웠다. 숨을 힘겹게 몰아쉬면서 하늘을 올려다보니 시커먼 하늘에 별이 촘촘하게도 박혀 있었다.

자기⋯⋯. 설마 나 죽었다고 생각하는 건 아니지?

바람피우면 그 상대 가만 안 둬.

농담 섞인 어조로 중얼거렸지만 표정은 더없이 싸늘했다. 그는 몸을 일으켜 흠뻑 젖은 트레이닝복 상의를 모래사장에 던졌다. 이딴 곳에서 숨을 돌리고 있을 시간은 없었다.

해류를 타고 토끼섬까지 떠내려온 곽수환의 뒤로 봉긋하게 떠 있는 섬 우도가 보였다. 가까운 거리이기는 해도 빛을 따라 헤엄쳐서 가기란 당연히 무리였다.

곽수환은 셔츠도 벗어던지고 군번줄만 덜렁 매단 채 토끼섬을 빠져나가기 시작했다. 하얗게 꽃이 피는 여름과는 달리 휴면 상태에 들어간 문주란들이 이방인의 출입에 사삭거렸다. 토끼섬은 물이 빠질 때만 육지와 연결됐는데 빠진 물이 슬슬 들어오려는 중이었다. 곽수환은 허리께까지 차는 물을 헤치면서 육지로 향했다. 물이 들어오는 속도도 여간 빠른 게 아니라 중간 지점에서는 헤엄을 쳐서 빠져나와야 했다.

더럽게 춥네.

곽수환이 제자리에서 뜀박질을 해 물을 털어내는 듯싶더니 민가가 있는 곳으로 달리기 시작했다. 멀쩡한 헬기를 격추시키라는 명령은 적어도 대장급 이상이 내렸을 테고, 이곳에서 그만한 영향력을 가지고 저희를 주시할 수 있는 놈은 세컨드 마스터뿐일 것이다.

곽수환은 석화가 이채윤과 함께 뛰어내린 것을 확인한 뒤에야 바다로 이동해 헬기를 버렸다. 바다에서 낙하산을 펼쳐봐야 물에 빠져 죽을 테니 펼치지 않은 배낭을 튜브 삼아 여기까지 떠내려왔다.

해변도로로 이어지는 길을 따라 계속 내달리자 득실득실한 갯강구들이 현무암 사이로 숨었다. 입안에 남아 있는 까슬까슬한 소금기를 뱉어내고 도로 옆에 붙어 있는 민가로 향했다.

한때 관광지로 성행해 타운하우스나 게스트하우스가 남아 있었지만, 상하수도 시설은 전처럼 건재하지 않았다. 건설 중이던 도시가스 공사도 아담의 출현으로 중지됐기에 기름보일러나 아궁이에 불을 지필 수 있는 집에만 사람이 살았다.

곽수환은 대문이 열려 있는 집 하나를 발견했다. 안으로 들어가 마당에 떠놓은 물로 입을 헹구고 몸에도 뿌렸다.

"뉘, 뉘쇼?"

갑자기 들이닥친 이방인에게 놀란 노인이 문밖으로 얼굴을 내밀었다. 곽수환은 바가지로 물을 퍼서 다시 몸을 닦고, 물을 벌컥 들이켰다. 그는 목에 걸려 있는 군번줄을 노인을 향해 보였다.

"레인보우 시티 육군 소령입니다. 사정이 생겨서 신세 좀 졌습니다."

군인이라는 소리에 노인이 한껏 긴장을 했다. 청정구역인 제주도라고 하지만 여기서도 군인들의 영향력은 저 육지 못지않았다. 몇 달 전인가, 쌀을 배급받던 하도리 주민 중 한 명도 군인에게 맞아 죽었다는 소문이 파다했다.

"오, 옷은 어쩌시고."

얼굴과 상체 여기저기에 생채기가 있어 노인은 좀 더 불안해하고 있었다.

"제주도로 오던 도중에 문제가 생겨서 토끼섬에 불시착하게 됐습니다. 죄송하지만 옷 좀 빌릴 수 있을까요?"

곽수환은 노인의 허락이 떨어지기도 전에 서둘러 집 쪽으로 걸어갔다. 온몸의 짠 기운을 다 털어낸 대신 물이 뚝뚝 떨어졌다.

"들어가도 될까요?"

노인은 곽수환을 올려다보면서 고개만 한 번 끄떡했다.

군화를 벗고 안으로 들어간 곽수환이 빨래 건조대에 올려둔 수건으로 제 몸을 털어냈다. 허벅지에 매달린 레그 홀스터를 떼어내고 입을 만한 옷을 둘러보는데, 사이즈가 전혀 맞지 않는 바지나 셔츠밖에 없었다. 그것도 색이 아주 알록달록했다.

"저기……."

안쪽 방으로 들어갔던 노인의 손에 트레이닝복이 들려 있었다.

"그, 오래전에 육지에 나간 아들놈이 입던 건데, 사이즈가 맞을지는 모르겠지만……."

의류 회사 로고가 새겨진 감색 트레이닝복이었다.

"감사합니다."

노인은 투명한 비닐에 감싸인 새 속옷도 건네왔다. 행여 해코지라도 당할까 봐 두려워 이것저것 잘 챙겨주는 것을 알았기에 입맛이 조금 썼다. 곽수환은 진심으로 고맙다는 말을 하고 노인이 준 옷으로 갈아입었다. 상의는 바람막이 형태였는데 생각보다 보온성이 제법이었다.

그는 벗어둔 바지 주머니를 뒤적여 지갑을 꺼냈다. 바닷물에 흠뻑 젖은 지갑을 열어보니 지폐도 완전히 소금에 절어 있었다. 얼마의 돈을 건네주니 노인이 눈을 커다랗게 떴다.

"이렇게 많은 돈은……."

"감사해서 그럽니다."

곽수환은 수건으로 지갑의 물기를 닦아내고 다시 밖으로 나왔다. 노인이 운동화 한 켤레를 내밀었지만, 괜찮다면서 군화 안쪽만 수건으로 닦았다. 들어온 지 이제 5분이나 됐을까. 나갈 준비를 마친 곽수환이 군화 끈을 질끈 동여맸을 때였다.

[……알립니다. 제주도에 있는 레인보우 시티 시민들에게 알립니다. 레인보우 시티 육군 소령 곽수환의 행방을 발견하시는 분께서는 곧장 육군센터로 연락주시기 바랍니다. 해변에 떠내려온 시신이 있을 시 군번을 확인해주십시오. 인상착의를 다시 한번 알립니다. 지직…….]

노인이 일상처럼 틀어둔 라디오에서 나오는 건 구좌읍 전용 군인방송이었다. 방송에서 나오는 인상착의와 흡사한 곽수환을 본 노인은 지폐를 두 손에 꼭 쥐었다. 이어 노인의 시선은 곽수환이 들고 있는 홀스터의 총에 닿았다.

"사, 살려주시오."

곽수환이 한숨을 내쉬었다. 하는 수없이 군화를 벗고 노인의 등을 밀어 집 안으로 다시 들어갔다. 살려달라는 말을 반복하는 노인을 붙들고 유선전화기가 있는 방을 찾았다. 세이프센터나 육군센터의 번호가 적힌 메모지가 벽에 붙어 있었다.

곽수환은 수화기를 들지 않고 스피커 기능으로 전환했다. 메모지에 큼지막하게 써진 육군센터의 번호를 눌렀다.

'우리는 위대한 레인보우 시티의 세화 육군센터입니다. 말씀하십시오.'

위대고 나발이고.

"나 왜 찾아."

'……예?'

"석화 박사와 이채윤 소령은 구금 중이야?"

'누구십니까? 성명을 대십시오.'

"내 발로 찾아가기는 할 건데, 석화 박사와 이채윤 소령이 무사한지나 말해."

'혹시…… 곽수환 소령이십니까?'

스피커 너머가 조금 소란스럽다 싶더니 혼선되는 듯한 신호음이 잡혔다. 하여간 고물. 인상을 쓴 곽수환이 전화를 끊으려고 하자 곧 다른 이의 목소리가 들려왔다.

'곽수환 소령.'

곽수환이 눈꺼풀을 내리깔았다가 떴다.

"……세컨드 마스터."

목소리만으로도 그가 누군지 쉽게 유추할 수 있었다.

'자네는 대체 왜 내게 반기를 세우려는 건가? 난 도무지 이해를 할 수가 없어. 자네가 내 말만 잘 따라주었다면 일이 이렇듯 복잡해지지는 않았을 걸세.'

"석화 박사는 세컨드 마스터가 데리고 있는 중입니까? 만약에 석 박사에게 해코지라도 한다면……."

'그렇다고 해도 곽 소령 자네가 할 수 있는 일은 없어.'

"왜 없습니까. 세컨드 마스터 목 하나는 충분히 따고 죽을 수도 있는데."

곽수환은 차갑게 식은 몸과 다르게 손에 땀이 배어난 것을 깨달았다. 세컨드가 섣부른 짓은 하지 않았을 거라 믿고 싶지만, 혹시 뛰어내리다가 어디 다친 건 아닌지, 행여 세컨드 마스터가 석 박사를 고문이라도 했을지 걱정이 앞섰다.

'네놈, 지금 무슨 말을 하고 있는 줄이나 알아? 사상 불순 그 자체야.'

"그러니까 석 박사가 지금 어떤지 말하라고."

세컨드 마스터는 노기를 누르듯 낮은 침음을 흘렸다.

'우도로 오게. 여기서 이야기합세.'

"석 박사 진짜 당신이 데리고 있는 건 맞아? 적어도 목소리라도 들려줘야 내가 믿지 않겠어?"

'팔에 아직 총상이 남아 있더군. 그 때문에 위치 추적 칩도 사라졌고. 이러면 답이 되겠나?'

뚝, 일방적으로 전화가 끊겼다. 이제 보니 육군센터에서 세컨드 마스터가 있는 곳으로 회선을 연결한 듯했다. 곽수환도 스피커 버튼을 눌러 전화를 끊고는 허벅지에 레그 홀스터를 매달았다.

"할배, 그거 내려놔요."

노인은 어디서 가져왔는지도 모르는 프라이팬을 위로 쳐들고 있었다.

"그, 그냥은 나도 못 죽어!"

석 박사보다 더 비실비실하게 서서 온 힘을 다 짜내는 걸 보니 정말 제가 악당이라도 된 기분이었다. 곽수환이 노인에게서 프라이팬을 획 뺏어서 바닥에 내려두었다.

"여기서 우도로 가려면 성산항에서 배 타야 하죠?"

곽수환은 지갑에서 지폐를 좀 더 꺼내 프라이팬 옆에 내려두었다. 그런데도 노인은 쉽게 경계를 풀지 못했다.

"할배, 내가 할배 죽일 거였으면 이렇게 돈 줄까요? 나 지금 엄청 바쁘거든요?"

여전히 주름진 입술만 꾹 다문 채였다. 곽수환도 더는 됐다면서 나가려는 때였다.

"……성산항에서 갈 수는 있는데, 우도는 군인들이 지키고 있어서 아무나 가지 못해."

한 꺼풀 누그러진 목소리가 곽수환의 등에 부딪혀왔다.

"그리고 배도 하루에 한두 번밖에 안 떠. 이렇게 컴컴하니 오늘은 더 이상 안 뜰 거야."

내일까지 기다리라는 건 나보고 기다림에 목말라 죽으라는 거지.

곽수환이 노인을 향해 고맙다고 고개를 꾸벅하고 밖으로 나가 군화를 재차 신었다.

"이봐."

따라 나온 노인이 곽수환을 불렀다.

두려워 마지않는 군인이라고 하지만 저자는 분에 넘치는 돈도 줬고, 경우 없게 굴지도 않았다. 정말로 죽일 생각이었으면 처음부터 죽이고 필요한 물건을 강탈했을 것이다. 노인도 그걸 깨닫고 나니 곽수환이 달리 보였다.

"근데 우도는 왜 가게? 우도는 아무나 못 들어가는데, 군인이면 알 거 아니야."

곽수환은 군화 끈을 꽉 잡아당겨서 묶었다.

"애인 찾으러 가요."

노인이 침침한 눈을 끔뻑거렸다.

"애인?"

"이만 갑니다, 오래도록 편안히 잘 사시고."

"잠시, 잠시만!"

기다리라는 말을 하더니 안방으로 들어간 노인이 뭔가를 부산하게 찾는 소리가 들렸다. 시간도 부족한데 그냥 가버리자 싶어 마당을 걸어 나가는데 노인이 달려 나왔다. 노인은 뭔가를 곽수환의 손에 올려주었다. 뭔가 싶어서 내려다보니 낡은 열쇠였다.

"지금은 기름이 없어서 쓰지 못하는데, 옛날에 내가 쓰던 게 남아 있거든?"

"설마 할배, 배라도 있어요?"

곽수환도 그럴 리 없다는 걸 알면서 물었다.

"그런 비싼 게 어디 있어. 있다고 해도 다 레인보우 시티 소유지. 이리 와봐. 오래되긴 했는데 내가 애지중지 아끼고 관리해서 굴러가긴 할 거야. 아무렴 나한테 있어봐야 썩어가기만 할 테니 필요한 사람이 쓰는 게 낫지."

노인은 곽수환의 팔을 붙들고 집 뒤편으로 향했다.

나무로 된 창고 문을 열자, 낡은 트럭 뒤로 조악한 색의 제트스키가 보였다. 오래된 제품은 맞는지 몇 번이고 페인트를 다시 칠한 흔적이 있었다.

"어때? 이 정도면 훌륭하지 않아? 기름은 알아서 충당해봐."

곽수환이 짧게 헛웃음을 터뜨렸다. 기름을 대체 어디서 채우나. 육군센터도 여기서 한참 떨어져 있는데 말이다. 그러다가 곽수환은 재빨리 트럭의 기름칸을 확인했다. 아직 한 눈금 정도 남아 있었다.

"이 트럭에 있는 기름 정도면 우도까지 가요?"

"거리가 멀진 않으니 아슬아슬하게 되긴 할 거야."

"할배, 내가 돈 더 줄 테니까 트럭에 있는 기름 제트스키로 옮겨요."

"그럼 제트스키는 어떻게 옮기고."

제트스키는 트럭에 매달아 옮길 수 있도록 쇠로 된 카트 위에 올라가 있었다. 곽수환은 제트스키가 놓인 카트의 앞머리를 잡고는 한번 끌어봤다. 힘은 좀 들어도 밑에 바퀴가 달려 있어 무리 없이 끌려오니 노인이 입을 벌렸다.

"힘이 장사네. 자네도 돌연변이야?"

"이 정도는 웬만하면 끌어요."

무게는 족히 150킬로그램 이상은 나갔지만, 곽수환의 말대로 힘 좀 쓴다 하면 옮기기 어려울 건 없었다.

노인은 트럭에 있는 기름을 전부 빼내 제트스키로 옮겨 담았다. 젊었을 적, 아담이 나타나기 전에는 하루에 몇 번이고 제트스키를 타고 바다에 나가 놀았던 노인이었다. 군인들에게 빼앗기지 않으려 숨겨두었지만 창고에서 썩어 없어지는 건 노인이 원하는 바가 아니었다.

곽수환은 카트의 앞머리에 두른 밧줄을 끌어와 어깨에 걸었다. 두 손으로 밧줄을 꽉 쥐고는 바다로 끌고 가기 시작했다.

"육지는 어때? 여전히 아담들이 판을 치나?"

"항상 똑같죠."

노인이 도와준답시고 뒤에서 미는데 도움은 전혀 되지 않았다.

"내 아들도 육지로 차출되어 나갔는데 나간 지 몇 달 만에 아담한테 물려 죽었다대. 난 내 아들 유골도 못 받았어. 사는 게 늘 전쟁이지 뭔가. 젊은 놈들만 죽어나가지."

꽤나 오래전 일인지 노인의 목소리는 제법 덤덤했다. 곽수환은 더 걸음을 빨리해 해안도로를 건너 바다와 연결된 콘크리트 도로로 향했다. 제트스키를 밀어 물에 띄우고 발판을 딛고 올라탔다. 엔진이 꺼져 있는 제트스키는 잔잔한 파도에도 이리저리 흔들렸다. 곽수환은 열쇠를 꽂아 돌렸다. 시동이 걸리지를 않아 조바심이 났지만, 다행히 여러 번 시도한 끝에 워터제트가 돌아가기 시작했다.

"손잡이를 누르면 속도가 붙어. 후진 기능은 없으니까 방향을 틀 때는 크게 돌면 돼!"

설명이 끝나기도 전에 이미 곽수환이 손잡이를 잡아당긴 뒤였다. 동체가 앞으로 확 튀어나갔다. 제트스키의 조작법은 자동차보다도 훨씬 간단했다.

"나중에 돌려주러 올게요."

노인이 됐다면서 손을 흔들었다. 곽수환은 손잡이에 달린 액셀에 힘을 주어 저 멀리 보이는 섬을 향해 나아가기 시작했다. 물살이 얼굴에 튀었지만 옷이 흠뻑 젖는 일은 없었다. 파도를 거스를 때마다 제트스키의 몸체가 요동쳤다. 어쩐지 뒤에 석 박사를 태우면 생기 넘치는 얼굴을 볼 수 있을 것만 같았다. 그러려면 떨어지지 않도록 두 팔을 끌어와 자신의 허리 앞에 묶어야겠지만 말이다. 마음이 급한 까닭인지 우도는 눈에 보이는 것보다 훨씬 더 멀었다.

◆ ◆ ◆

소금이 나오는 요술부채를 바다에 빠뜨린 남자 때문에 바닷물이 짜다고 했었다. 곽수환은 어릴 적 베트남 아주머니가 들려준 이야기를 기억했다. 그때는 바닷물이 짠지 어떤지도 모를 때였다. 그러나 지금은 부채를 잃어버린 새끼를 저주할 정도로 바닷물을 지겹게도 맛봤다.

우도 주변을 돌던 곽수환은 저 꼭대기에서 강렬한 불빛을 내뿜는 저택을 올려다봤다. 세컨드 마스터의 저택이 어디인지는 모르겠으나 아마 전력을 가장 많이 낭비하는 곳이 놈의 집이 아닐까 싶었다.

검멀레해안까지 제트스키를 끌고 가 해변 근처에서 시동을 껐다. 동체를 끌어 올리니 앞에서 산책을 하던 사람들이 소스라치게 놀랐다.

우도를 직접 방문한 건 곽수환도 이번이 처음이었다. 해변에 놓인 벤치와 2인용 그네, 그리고 언제든지 생필품을 구할 수 있는 마트는 불이 훤했다. 우도의 밤은 기다란 등대 몇 개가 쉴 새 없이 주변을 감시하듯 비추고 있었다.

저기 모래사장 끝에서 군인들이 탄 지프가 달려와 멈추는 게 보였다.

세컨드 마스터가 파놓은 함정이라고 해도 올 수밖에 없었다. 곽수환은 제 허벅지에 매달린 권총을 내려다봤다가 지프로 시선을 던졌다. 문을 열고 내린 사람은 슬리퍼를 신고 있었다. 이 추위에 하얀 맨발을 드러낸 모습이 꼭 처음 본 그날 같았다.

곽수환은 눈도 깜빡하지 않고 석화를 바라봤다.

상처 자국은 없는지 낙하하면서 어디 다친 곳은 없는지 꼼꼼하게 바라보고 있으니 석화가 사박사박 모래를 헤치며 걸어왔다. 등대 불빛이 둘 사이를 지나칠 때마다 서로의 모습이 자세히 들어왔고, 석화도 곽수환을 뚫어지게 쳐다봤다.

석화는 여전히 믿기지 않는다는 듯 조심스럽게 물었다.

"……진짜 소령님이에요?"

달려와서 안기는 것까지는 안 바라지만, 제 존재를 확신하지 못하는 질문이라니.

"내가 누군데?"

곽수환이 무표정하게 대꾸하자 석화가 눈을 커다랗게 떴다. 추락을 하면서 기억에 무슨 문제가 생겼다고 생각하는 게 분명했다. 석화치고 너무 극적으로 놀라 했기에 곽수환은 순간 미묘한 죄책감마저 느꼈다.

"오늘도 슬리퍼 신고 돌 주우러 나왔어?"

석화의 눈썹이 눈에 띄게 구겨졌다.

"농담한 거예요?"

"화내지 마. 나 석 박사 만나겠다고 시커먼 밤바다 건너서 왔잖아."

곽수환이 두 팔을 벌렸다. 그런데 석화는 오지도 않고 모래에 발이 파묻힌 것처럼 가만히 있었다. 안 오면 내가 가지, 뭐. 성큼성큼 걸어가 석화를 끌어안으려는데 방해꾼이 뒤에서 다가왔다. 몇 번 얼굴을 본 적이 있던 세컨드 마스터의 집사였다.

"세컨드 마스터님의 자택으로 모시겠습니다."

"다 같이 죽으라고 헬기를 격추시켜 놓더니 이건 무슨 심보입니까?"

"뭔가 큰 오해가 있었습니다. 오히려 격추 중지 요청을 하신 분이 바로 세컨드 마스터이십니다."

곽수환이 석화의 앞을 막고 섰다.

"육군센터와 녹음한 내용도 남아 있으니 오해는 얼마든지 풀어드릴 수 있습니다."

하루에도 조작과 음모를 수백 개는 만들어낼 수 있으니 녹음본 따위에 신뢰는 없었다. 제트스키에 석화를 태워 데리고 빠져나갈까 하는 생각도 하지 않은 건 아니나 기름이 턱없이 부족할 터였다. 어차피 우도에 들어온 이상 세컨드 마스터의 마수를 피하는 일은 쉽지도 않을 테고.

"곽 소령님."

석화가 곽수환의 팔을 꽉 붙들었다.

"무사해서 다행이에요."

석화는 그제야 눈앞의 그를 실감했다. 자신을 기억하지 못하는 듯한 말을 했을 때는 발밑이 무너지는 충격이 닥쳐왔지만, 설사 그런 일이 생긴다 하더라도 그가 무사하면 그만이었다.

"나 쉽게 안 죽어."

"이채윤 소령님과 세컨드 마스터께서 기다리고 계십니다."

집사는 더 시간을 지체하지 말라는 투로 딱딱하게 말했다. 세컨드 마스터와의 만남을 피할 수는 없기에 곽수환도 정차 중인 지프로 석화와 함께 걸었다.

"다친 데는 없고?"

"없어요. 소령님은요?"

"바닷물만 한껏 마신 것 빼고는."

그런 것치고 차에 올라타 보니 곽수환의 턱에 상처가 생겨 있었다. 옆에서 턱을 만지자 곽수환이 부드럽게 웃었다.

"다쳤어요."

"이런 건 금방 나아."

"한참 못 볼 줄 알았어요."

"그럴까 봐 제트스키로 날아왔잖아."

조수석에 앉아 있던 집사가 눈을 가느다랗게 떴다. 세컨드 마스터가 했던 말이 정말인가 싶을 정도로 둘 사이가 끈끈해 보였기 때문이다. 물론 집사도 석화나 곽수환에 대해 적잖은 정보를 가지고 있었다. 석화가 관심 두는 건 오로지 돌뿐이고, 곽수환은 진짜 정체를 숨기기 위해 가벼운 행동을 일삼는다는 것쯤은 말이다. 그런 둘이 만나서 애틋함을 흉내 내고 있으니 혹시 연기라도 하는 게 아닐까 의심될 정도였다.

룸미러로 뒤를 들여다보니 귀신같이 시선을 눈치챈 곽수환이 눈을 마주쳐왔다.

"세컨드 마스터께서 많이 걱정하셨습니다."

곽수환이 명백한 비웃음을 머금었다.

"그런 사람이 수배 명령을 내립니까?"

"에덴동산에게서 두 분을 보호하기 위해서였습니다."

곽수환은 귀를 휘적거리고 싶을 정도의 개소리라고 치부했다.

석화는 뒷좌석의 자리를 나누는 볼록한 중앙 시트에 앉아서 곽수환의 소매를 꽉 붙들고 있었다. 불편한 자리인데도 행여 곽수환이 어디론가 사라질 것처럼 온기를 실어 몸을 맞대었다.

무의식적인 행동에 곽수환은 석화를 끌어안고 싶은 충동을 애써 내리눌렀다. 아무래도 오늘 일이 석 박사한테 엄청 충격이었나 본데…….

석화는 자신을 만나서 더없이 많은 고생을 하게 된 것만 같았다. 연구실에만 있었다면 아무것도 모른 채 그냥 살아갔을 텐데. 아니, 최호언이 석화를 눈독 들인 이상 오히려 제가 있기에 다행이었다. 최호언이 석화를 손에 쥐고 뒤흔드는 생각만 해도 놈의 얼굴과 몸통을 분리해버리고 싶었다.

"세컨드 마스터가…….”

석화는 불빛이 새어 나오는 저택을 바라보면서 조용히 말을 건넸다.

"최호언 박사가 서펀트인 걸 알고 있어요.”

그리 놀라울 일은 아니었다. 세컨드 마스터도 여러 정보를 취합해 의심 정도는 할 수 있겠지 싶었다. 그러나 세컨드가 최호언을 향해 저놈이 서펀트다, 라고 확실히 지목한다면 이야기는 조금 달라진다. 적어도 세컨드 마스터의 말에는 엄청난 힘이 실려 있으니까.

"세컨드 마스터가 뭐라고 말했든 곧이곧대로 너무 믿지 마.”

"저도 확실한 사실만 믿어요.”

무기력해 보여 자칫 쉽게 휩쓸릴 것 같지만, 석화는 생각이나 사상이 확고한 편이었다. 곽수환은 다른 것을 다 떠나서 자꾸만 저에게 몸을 붙여오는 석화 때문에 몸이 닳을 지경이었다.

어디 으슥한 장소로 이동해서 몸 여기저기 다친 곳이 없나 확인하고 키스를 하고 싶었다. 뒷목뼈 부근에는 자신이 씹고 빨아 놓은 자국들이 아직 선명했다. 전에는 이 정도로 인내심이 적지는 않았건만 석화와 몸을 섞고 나니 좀 더 성욕이 들끓었다. 따뜻하게 감싸는 석화의 체온을 너무도 잘 아는 탓이었다.

석화는 곽수환의 트레이닝복 하의로 시선을 던졌다.

"왜 섰어요?"

꼭 그걸 말로 해야 해. 그래도 어느 정도 수치심은 있는지 대놓고 크게 말하지는 않고 곽수환의 귓가에 속삭였다. 곽수환은 뒷좌석 그물에 놓인 물만 들어 벌컥벌컥 들이켰다.

"석 박사가 섹시해서."

일부러 웃음기를 섞어 말한 곽수환이 석화의 발을 쓱 끌어 올렸다. 그 바람에 문 쪽으로 밀린 자세가 된 석화가 의문 섞인 눈만 깜빡거렸다. 많이 걷지도 못해서 그런지 발바닥은 부드러웠지만 바닷물처럼 차디찼다. 몸에 열이 많아 양말을 잘 신지 않는다는 걸 알면서도 괜스레 마음이 쓰였다.

"다 왔습니다. 내리시죠."

집사는 일부러 뒤를 보지 않고 먼저 차에서 내려섰다. 곽수환은 석화의 발을 두 손으로 꼭 쥐었다가 다시 놔주었다. 석화는 그의 행동을 전부 이해할 수는 없었지만, 발에 닿았던 온기가 기분이 좋아서 슬리퍼 안의 발가락을 꼼지락거렸다.

곽수환이 무사하다는 이야기를 듣지 못했다면, 분명 자신은 세컨드 마스터와 대립하게 됐을 것이다. 세컨드 마스터가 자신과 어떤 관계가 있다 한들 분명 용서하지 않았을 거다. 석화는 늘 완벽한 몸을 가진 자들을 부러워만 했는데 이번만큼은 그가 튼튼해서 다행이라고 생각했다. 오늘 하루 곽수환이 제게 얼마나 소중한지도 뼈저리게 깨달았다. 그를 잃는다는 상상만으로도 목이 졸리는 듯한 고통이 찾아왔으니까.

집사가 열어준 문으로 걷는데 복도 끝에 이채윤이 팔짱을 끼고 서 있었다. 입에 문 소시지를 손도 대지 않고 우물우물 씹어 먹었다.

"안 죽었냐?"

말은 그렇게 해도 이채윤의 눈에서는 반가움이 묻어났다.

"고맙다. 고생했어."

"세상에, 한번도 못 듣던 감사인사를 석화 박사님만 얽히면 귀에 딱지가 앉도록 듣는다, 야. 우도가 좋기는 좋더라? 우리 집 안도 쉽게 못 들어오는데 여긴 먹을 거 천지더만?"

지잉, 투박한 기계 소리에 곽수환이 이채윤의 어깨 너머로 시선을 던졌다. 전면 유리창 밖으로 절벽과 함께 해안이 보였고, 복도 벽과 거실 곳곳에는 동양화가 걸려 있었다. 그리고 거실의 중심에는 휠체어에 앉아 있는 세컨드 마스터가 있었다.

"직접 얼굴을 보는 건 오랜만이군, 컨트롤러."

소시지를 씹어 먹던 이채윤이 세컨드 마스터를 휙 돌아봤다가 다시 곽수환을 향했다.

"이 소령, 내가 컨트롤러와 이야기를 나눌 수 있도록 자리를 좀 피해주게."

두 번에 걸친 이야기에 이채윤은 제가 잘못 들은 게 아님을 깨달았다. 그러나 놀란 것도 잠시, 썹새끼라는 욕을 하면서 곽수환을 노려봤다. 너 나중에 이야기해. 이채윤이 곽수환을 지나쳐가면서 나직하게 으르렁거렸다. 석화는 그녀의 반응에 어쩌면 양상훈조차도 그의 정체를 알지 못할 거라고 짐작했다.

"석화 박사도 마저 이야기 계속하지."

세컨드 마스터는 주름진 눈을 손으로 쓸어내렸다. 며칠이나 잠을 자지 못한 사람처럼 지독하게 피곤해 보이는 모습이었다. 곽수환은 저 영감이 무슨 수작을 부리려는지 몰라 평소보다 정신을 바짝 차렸다. 정치로 굴러먹을 대로 굴러먹은 인간이라 약간의 틈을 보이면 한입에 삼켜버리고야 마는 놈이었다.

"둘 다 이리로 오게나."

휠체어를 돌려 유리창으로 다가간 세컨드 마스터가 창밖을 바라봤다. 곧장 다가가 목을 따버려도 좋을 만큼 무방비해 보였다.

"석화 박사는 내 말을 신뢰하지 않더군. 그래서 곽수환 소령 자네가 필요했네."

석화는 세컨드 마스터를 무생물 보듯 바라봤다. 사회생활 경험이 거의 없다시피 한 석화지만, 곽수환의 걱정과는 다르게 타인을 쉽게 신뢰하지 않았다. 가설은 세우되, 그 가설에 사로잡히는 연구원도 아니었다. 석화는 언제나 눈에 보이는 결과치만 중요시 여겼다. 오양석은 석화를 챙기면서도 인간미가 없는 박사라고 종종 나무랐다.

"석 박사가 똑똑하니 세컨드 마스터의 말을 걸러 듣는 겁니다."

곽수환이 팔불출처럼 툭 내뱉었다. 끌끌, 기막힌 듯 목을 울리며 웃는 세컨드 마스터가 다시 휠체어의 방향을 조절해 둘을 향해 섰다.

한 놈은 결점 없는 신인류처럼 보였고, 또 한 녀석은 나사 하나가 빠진 것처럼 멍했지만 아담에게서 자유로우며, 연구자로서는 더할 나위 없었다.

"종교의 기능은 아주 훌륭하지. 확실한 증거나 물증이 없어도 믿음이라는 감정 하나만으로 충분히 사람을 강하게 만들어. 그러니 에덴동산의 처음 취지는 좋았을지도 몰라."

세컨드 마스터는 이불로 덮어둔 다리 위의 리모컨을 들어 버튼을 눌렀다. 동시에 커튼이 내려와 커다란 창을 가리기 시작했다.

[지금부터 약 30초 이내로 보안 1등급으로 전환됩니다.]

거실의 스피커를 타고 마더의 목소리가 들렸다.

"지금부터 내 말 잘 듣게나."

세컨드 마스터는 커튼이 내부를 완전히 감싼 뒤에야 말을 이었다.

"향후 마스터 선거는 내가 아니라 석화 박사가 출마하게 될 걸세."

"저는…… 하지 않겠다고 했습니다."

석화가 무뚝뚝하게 대꾸했다. 세컨드 마스터가 무슨 수작을 부릴 거라고는 충분히 짐작했지만, 저딴 소리를 꺼낼 줄은 몰랐다. 곽수환은 헛바람을 내뱉었다.

"세상이 바뀌어야 한다는 점은 나도 인정하네. 그러나 혁명보다는 개혁이 좀 더 안정적인 법이지."

곽수환이 시선을 내리자 둥그런 석화의 뺨이 보였다. 석화는 무슨 생각을 하고 있는지 알 수 없을 만큼 까만 눈으로 세컨드 마스터를 응시했다. 토끼섬을 빠져나와 이곳까지 오는 동안 석화와 세컨드 마스터가 나눈 대화를 알 길이 없기에 마냥 개소리로 치부할 수는 없었다.

"이리로 오게나."

세컨드 마스터가 방향키를 조절해 앞장을 섰다. 현관의 반대편 복도로 향하는 뒷모습만 쫓고 있으니 세컨드 마스터가 한번 더 입을 열었다.

"보여줄 게 있으니 너무 경계 말게."

어차피 세컨드 마스터의 저택에 들어온 이상 뭐라도 얻어 나가는 편이 좀 더 이롭다는 것을 안다. 곽수환과 석화는 뒤늦게 발을 옮겼다. 긴 복도를 지나고 나니 집무실로 통하는 보안문이 보였다. 신원을 확인한 뒤 열린 문을 따라 또 한참을 걸었고, 곧 거실처럼 넓은 형태의 집무실이 나타났다. 다만 책이 꽂혀 있는 서재 반대편은 두꺼운 커튼으로 가려져 있었다.

집무실 진열장에는 바다를 압축해놓은 듯한 광물과 검은 광택이 흐르는 흑요암이 손이 닿는 높이에 놓여 있었다. 석화는 유리처럼 번들거리는 흑요암에 시선을 빼앗겼다. 굴곡은 있으나 마모는 없는 유리 광물은 까마득한 과거에 만들어진 용암의 흔적이었다. 주먹보다도 더 큰 흑요암은 태어나 처음 보는 크기기에 시선이 가는 것을 막을 수가 없었다.

"훔쳐줄까?"

곽수환이 석화의 귓가에 속삭였다. 석화는 단호하게 고개를 저었다.

"용암이 삽시간에 차가운 바닷물과 맞닿아 굳으면 이런 매끈한 유리질 암석이 되지. 어떻게 보면 이 녀석은 용암과 해빙의 아이인 셈이야."

세컨드 마스터가 애정 어린 손길로 흑요암을 쓰다듬었다.

얘, 늬 집엔 이런 거 없지? 하며 감자도 아니고 돌을 자랑하는 꼴을 보니 곽수환은 배알이 꼴렸다.

"석 박사한테 애들처럼 돌 자랑하려고 데려온 겁니까?"

세컨드 마스터는 뭔가 재미있다는 듯 다시 한번 목을 긁으며 웃었다.

석화는 흑요암이 마음에 들었지만 훔치고 싶은 정도는 아니었다. 곽수환이 준 메추리알처럼 생긴 돌도 아직 주머니에 잘 있었고, 둘 중 하나를 선택하라면 주머니 속의 알이었다. 그러고 보니 세컨드 마스터의 집무실에 있는 돌들은 전부 광물이었다.

광물은 암석과는 다르게 규칙적인 원자 배열로 그 특징이 나뉘는데, 탄소 광물인 다이아몬드도 그중 하나였다. 단일 원소로 이루어져 있는 것들은 대체로 가격이 깨나 나갔다. 석화는 집무실 책상의 중앙에 놓인 둥근 마노를 봤다. 제아무리 집사의 돌봄을 받는다지만 집무실은 세컨드 마스터의 지문이 있어야만 출입이 가능했다. 결국 이 안은 세컨드의 손길이 가장 많이 묻어 있다고 해도 과언은 아닐 것이다.

넓은 공간에는 먼지 한 톨 없었고, 마노가 놓인 자리 또한 정중앙이었다. 게다가 각각의 사각기둥에 놓인 광물들의 위치 또한 모난 곳 없이 일정한 거리를 두고 있었다. 석화는 광물에서 시선을 거두고 세컨드 마스터를 향했다. 저는 길가에 굴러다니는 돌 중에서 마음에 드는 것들이 많았다. 딱히 일정한 광물만 좋아하는 건 아니었다.

"무엇을 관찰하나?"

흥미 어린 시선을 한 세컨드 마스터가 석화에게 물었다.

"한 녀석은 너무도 뻔히 적개심이 보여 잘 알겠는데 말이지."

세컨드 마스터의 말대로 곽수환은 석화와는 다른 의미로 집무실을 둘러보고 있었다.

세컨드 마스터의 목을 따버리고 도망갈 퇴로라든지, 어딘가에 패닉룸이 있지 않은지, 공격을 당할 시 방어를 구축할 수 있는 공간은 있는지 말이다. 그런 곽수환이 있기에 석화도 안정감을 되찾을 수 있었다.

"저를 왜 후계자로 지목하려고 합니까?"

"그럴 만한 이유도 명분도 있기 때문이지."

곽수환이 무사하다는 연락을 받고 나서 세컨드 마스터가 그랬었다. 자신의 후계자가 되어달라고.

"명분?"

석화의 앞에 서 있는 곽수환이 불쾌하게 물었다.

세컨드 마스터가 무릎 위의 리모컨을 다시 들더니 버튼을 눌렀다. 커튼이 걷히는 소리와 함께 가려진 집무실 한쪽 면이 드러나기 시작했다. 이윽고 방사형으로 뻗어 나가 있는 관계도가 전부 펼쳐졌다. 가장 중심에는 에덴동산이 있었으며, 에덴동산을 기점으로 네 개의 강이 뻗어 나가 있었다. 석화는 마치 사진을 찍는 것처럼 한눈에 관계도를 담았다.

비손(곽재원), 기혼(강손은), 티그리스(원호), 유프라테스(이진연→오양석), 서펀트(최호언)

개개인의 줄기를 타고 비손과 기혼의 자손은 곽수환이 표기되어 있었고, 이진연은 석화였다. 그리고 서펀트는 티그리스의 아이였다. 최호언에게 들었던 것과 한 치도 다르지 않았다. 석화는 줄기 가장 상단에 매달린 글귀를 봤다.

혁명

그러나 곽수환은 단 한 곳, 그 한 부분에 집중했다. 석화의 어머니인 이진연에게서 파생되어 나온 또 다른 아이가 있었다.

최호언

곽수환의 손등에 힘줄이 섰다.

"무슨 수작이야."

"말조심하게."

막말을 하게 만든 놈이 누군데.

"석 박사, 거를 건 거르라고 내가 말했지?"

석화도 '혁명'을 지나쳐 밑단의 줄기에 다다른 때였다.

원호 박사와 어머니의 아이가⋯⋯.

"안 믿어요."

석화는 딱 잘라 말했다. 누구보다 제 어머니를 잘 안다. 할머니가 말하기를 어머니를 조산했기에 아이 때부터 약하다고 했었다. 그랬던 그녀였기에 석화도 간신히 가질 수 있었다고도 말했다.

"내 말을 믿지 못할 수도 있겠지. 우리가 함께했던 연구는 전부 폐기 처분했고, 그걸 입증할 만한 증거 따윈 남아 있지 않으니. 그러나 석화 박사, 한 가지는 확실해. 이진연 또한 우리와 함께 연구를 해온 박사였다네.”

곽수환이 석화의 팔을 잡아 자신의 뒤로 보냈다. 그녀가 연구진이었다는 건 그들도 알고 있는 사실이었다. 세컨드 마스터는 저 둘이 놀라지 않는 사실에 오히려 더 놀랐다. 어쩌면 이 우도에 처박혀 있는 자신보다 더 많은 정보를 취득했는지도 모른다고 여겼다.

“아담 바이러스의 첫 면역자는 제주도에서만 나왔지. 마더, 보안 서버를 열어주게.”

세컨드 마스터는 잔뜩 잠긴 목소리로 마더를 일깨웠다.

[음성, 홍채 인식 완료, 세컨드 마스터의 보안 서버를 개방합니다.]

“지금까지 확실히 증명된 아담 바이러스 면역자 리스트를 보여주게.”

그리 수가 많지 않은 면역자 리스트가 떴고, 그 중간에는 익숙한 얼굴이 보였다. 바로 석화의 어머니였다.

“레인보우 시티는 면역자들의 혈액을 바탕으로 변이 바이러스를 만들어냈지. 그 짓을 벌인 게 퍼스트 마스터 라인이라네.”

상부가 변이 바이러스를 만들어낸다는 심증은 있었지만, 가장 최상부의 입에서 진실이 나올 거라고는 그 누구도 생각지 못했다. 오히려 그렇기에 곽수환과 석화는 의심을 했다. 저희들에게 이런 이야기를 한다는 건 어떤 식으로든 이용하겠다는 꿍꿍이로밖에 보이지 않았다.

"어머니가 면역자였다고요?"

"레인보우 시티의 교육센터도 이렇다시피 아주 완벽하지는 못한 게지. 레인보우 시티의 마스터인 내 말을 의심하고 있지 않나. 그러나 그게 진정 사람의 본성이지. 버려서도 안 되고 퇴화해서는 안 되는, 진화에 필수불가결한 요소야. 사람은 의심을 통해 진실을 도출해내 혁명을 일으키기도 하고, 개혁을 불러내기도 하니까."

레인보우 시티가 시민들의 정보 습득을 막는 이유는 하나였다. 앎의 억제를 위해서였다. 그건 결국 시민들을 통제하고 저희들 뜻대로 다루겠다는 소리였다.

소수가 특권을 누리기 위해 다수가 억압당하는 형태는 신분제도가 존재하던 시대의 산물이었다. 그때는 한 명의 성주를 위해 수많은 소작농이 고통받는 경우가 태반이었으며, 천민으로 태어났다는 이유로 운명에 순응하며 살아가는 것이 당연했다. 그러나 불합리함을 알게 된 사람들이 소리 내어 평등과 평화를 이루고자 했다.

그를 위해 인간은 무던히도 혁명을 반복했고 또 이룩해내기도 했지만, 어느 날 아담의 출현으로 다시 퇴화해버렸다. 그리고 현 레인보우 시티는 바로 특권층이 원하는 세상과 다를 바가 없었다.

"그러니까 세컨드 마스터는 혁명보다는 개혁을 원하고, 석화 박사를 양자로 삼아서 꼭두각시로 세우겠다, 이 말입니까?"

곽수환은 삐딱하게 말했다. 마치 꿈도 크시지, 라는 말투였다.

에덴동산이고 세컨드 마스터고, 석화가 7차 변이 바이러스의 면역체라는 것을 이유 삼아 정치적으로 이용하려는 의도가 투명했다. 그걸 가만히 눈 뜨고 놔둘 곽수환도 아니었다.

"그럼 곽수환 소령, 자네는 혁명을 원하나? 이 도시가 아예 무너졌으면 하고? 그렇다면 아비규환이 될 테지. 범죄의 천국이 되겠고. 지금은 군인이 있어 통제가 되지만, 그 군인들조차도 자신들을 통제할 이들이 없어진다면 어떻게 될 것 같나? 그 어떤 법도 통용되지 않는 무정부 상태가 되는 걸세. 힘이 곧 진리가 되겠지."

"세상의 그 어떤 혁명도 무정부 상태가 되지는 않았죠. 새로운 정부를 수립한 뒤 그에 따른 홍역은 당연히 치렀겠지만."

"그래, 곽수환 소령. 자네 말도 일리는 있지. 그러나 그 혁명이 일어났을 시절에 아담이라는 인간의 천적이 있었던가?"

이번에는 석화가 곽수환의 앞으로 섰다.

"치료제를 만들 생각은 있으십니까?"

"시기상조라는 생각은 하지만, 가능하다면······."

[긴급 상황, 긴급 상황.]

세컨드 마스터의 말이 끝나기도 전이었다. 마더가 경고음을 울려댔다.

[레인보우 시티 13레드구역에서 대량의 아담 출현.]

13레드구역이라면 오양석 박사의 자택이 있던 곳이다. 우도까지 긴급 상황 알림이 온다는 건 분명 그 숫자가 한둘이 아니라는 것이다.

[긴급 상황, 레인보우 시티 1, 3, 5그린구역, 다시 정정합니다. 1, 2, 3, 5그린구역, 2, 31, 21인디고구역 아담 출현. 로딩 중, 동시다발적 아담 출현에 의해 음성이 아닌 화면으로 제공합니다.]

벽면 스크린이 확 밝아지면서 레인보우 시티의 지도가 선명하게 떠올랐다. 다다닥, 붉은 점들이 수도 없이 찍히고 있었다.

[긴급 상황입니다.]

마더의 목소리는 언제나 그렇듯 고저 없었다.

ADAM'S APPLE

Adam's Apple

#2

최호언은 손목의 시계를 내려다봤다.

그는 주택가의 전경이 한눈에 들어오는 언덕에 서서 밑으로 시선을 내렸다. 불과 몇 시간 전까지 그린구역이었던 곳에서 비명과 사이렌 소리가 마구잡이로 섞였다. 굉음과 함께 커다란 불기둥이 치솟은 곳은 주유소였다. 최호언은 숨을 크게 들이쉬었다. 만족스러움에 입가가 매끄럽게 말려 올라갔다.

비좁은 언덕 계단으로 사람들이 마구 뛰어 올라오기 시작했다. 무언가에 쫓길 때 사람은 본능적으로 아래보다 위를 향하고는 했다. 바삐 도망치던 사람 중 몇 명은 가만히 서 있는 최호언에게 어서 도망치라며 소리를 질렀고, 또 어떤 사람들은 무시하고 내달렸다.

사람들의 이동 반경을 쫓아 아담도 언덕을 뒤따라 달려왔다. 이제 갓 변이한 아담들은 기세가 엄청났다. 크어어! 괴성을 지르며 달려오는 아담이 서 있던 최호언에게 달려들었지만 총알이 이마를 뚫은 것이 더 빨랐다. 수박 터지는 소리가 경쾌했다.

이곳으로 달려오는 사람들에게 따라붙은 아담을 하나, 둘, 정확히는 다섯 놈을 해치우니 멀쩡한 인간들만 남아 있었다. 때마침 아담에게서 튄 뇌수를 뒤집어쓴 사람이 절박한 얼굴로 손을 뻗었다.

"시티에서 나온 겁니까?! 살려주세요! 어디로 대피를 해야 하는지! 컥."

최호언은 절규하는 사람의 머리에 총을 발사했다. 망설임은 없었다. 남자는 자신이 왜 죽어야 하는지도 모른 채 눈을 뜨고 죽었다.

"이봐요! 당신! 지금 뭐 하는 겁니까!"

뒤늦게 달려 올라온 사람이 경악스러움을 담아 최호언을 쳐다봤다. 최호언은 남자의 소매를 총구로 쓰윽 걷어 올렸다. 죽은 남자의 손목에는 아담에게 물린 잇자국이 선명했다.

"감염을 막기 위해 하는 수 없었습니다. 더 위로 달리세요. 그곳에 안전한 곳으로 이동할 버스가 있습니다."

"시티에서 나오신 겁니까?"

최호언이 애석하다는 듯이 고개를 저었다.

"저희는 에덴동산이라 불리는 단체입니다."

주변에 몇 사람이 더 있었는데 다들 경계하고 겁먹은 분위기였다. 저 밑에서 또다시 괴성과 비명이 들려오기 시작했다. 또다른 무리가 이 위로 달려 올라온다면 아담도 다시 가세할 것이다.

"레인보우 시티는 긴급 상황이 발생해도 시민을 지킬 전력이 없습니다. 그러나 우리는 다릅니다. 우리는 모두가 평등하게 살아야 할 권리를 추구합니다. 우리 모두가 보호받아야 하죠."

불길이 치솟고, 피비린내가 스멀스멀 올라오는 난리통 속에서 최호언의 음성만은 부드러웠다. 반군이라는 말에 겁은 났지만 최호언의 말에는 힘이 있었으며 두려움의 대상인 아담 또한 아주 손쉽게 처리했다. 지금 밑으로 내려가면 죽게 되는 건 분명했다. 언제 올 지 모르는 레인보우 시티의 지원을 기다리는 것도 목숨을 사지로 내모는 꼴이었다.

여태 레인보우 시티가 모든 시민을 살리고자 힘을 썼던가? 사람들은 그 물음에 긍정할 수 없었다. 다급한 상황에서 레인보우 시티는 어떤 확신도 주지 못했다.

"선택은 시민들의 몫입니다. 강요는 하지 않습니다. 버스의 자리도 한정적이고요."

최호언이 총구를 들자 사람들이 웅성거렸다. 저 밑을 향해 총구에서 총알이 발사됐고, 달려오는 사람을 덮치려던 아담이 뒤로 나자빠졌다. 팟, 설상가상으로 언덕의 계단을 비추던 가로등의 전력도 끊겼다. 달조차 구름에 가려 흐릿한 밤은 마치 극야였다. 최호언은 슈트 주머니에서 휴대용 손전등을 꺼내 한 남자에게 건넸다.

"언제까지 엄호할 수 있을지 모르니 일단 이동하세요. 어딘가에 숨어도 되고, 저희와 함께 하셔도 됩니다."

손전등을 건네받은 남자는 떨리는 목소리로 말했다.

"이걸 제가 받으면⋯⋯."

"저는 밤눈이 밝아서 괜찮습니다."

최호언이 호감 가는 인상으로 미소 지었다. 그러자 손전등을 켠 남자는 무언가 결심한 듯 보였다. 남자는 달려가야 할 방향을 비추고는 사람들을 향해 말했다.

"막연하게 시티의 지원을 바라지는 맙시다. 우리 스스로 살아남아야 해요."

"그래도 에덴동산이 확실히 어떤 곳인지도 모르는데⋯⋯."

"일단 살아남는 게 먼저죠."

"맞아요, 그린구역에서 아담이 창궐하면 시티는 바로 지역을 버리고 나중에 군인들을 투입해 방역을 했잖아요? 우리가 다 죽고 나면 무슨 소용이에요."

사람들이 하나둘씩 말을 내뱉었다. 손전등을 든 남자는 더 지체하지 않겠다는 듯 선두에 서서 올라가기 시작했다. 주저하던 사람들도 사실상 선택권은 없었다. 몇몇은 이탈을 했지만 또 몇몇은 남자의 뒤를 따르기 시작했다. 최호언만 반대로 계단을 내려가며 무전기를 들었다.

"17구역은 3분 뒤 철수한다."

[감지, 지원 세력도 전부 이상 없습니다.]

에덴동산은 버스를 아담이 발발한 각지에 두었고, A급 이상이 최호언처럼 주변을 엄호하고 있었다. 물론 최호언이 손전등을 건넨 남자 또한 에덴동산의 신도였고 일명 바람잡이라고 불렀다. 최호언은 장갑을 낀 손으로 사람의 뒤를 쫓는 아담의 머리뼈를 깨부쉈다. 개중에 변이되지 않은 사람도 있었지만, 어차피 일정 이상 목적은 이뤘으니 상관없었다.

곽 소령, 석화 박사. 이제 슬슬 우도에서 나와야 하지 않겠어?

최호언의 머리 위로 떠 있던 희끄무레한 달이 완전히 구름에 가려졌다.

◆ ◆ ◆

"상황 파악된 곳부터 병력 투입하세요. 긴급 상황이니만큼 중령까지 각 현장으로 지원 가고, 현장으로 나간 지휘관들은 전부 대대장에게 직접 보고하도록."

급히 말을 끝낸 세컨드 마스터가 수화기를 내려놨다. 각지의 상황이 실시간으로 마더의 서버로 몰려들고 있었다.

"곽 소령, 자네는 지금 당장 이채윤 소령과 함께 제주 병력을 모아서 서울로 복귀하게."

심각하게 실황을 지켜보는 석화와는 다르게 곽수환은 심드렁한 분위기였다.

"제가 왜 갑니까."

"뭐?"

세컨드 마스터가 책상을 손으로 내리쳤다.

"네놈!"

"말했던 것 같은데, 난 레인보우 시티가 망해도 상관없다고. 내가 지켜야 할 석 박사는 여기 안전하게 있는데 어째서 가야 합니까?"

"네놈이 컨트롤러니까! 아무리 시티에 반감을 가졌다고 하더라도 네놈의 직위가 레인보우 시티를 위해 있다는 건 변하지 않아! 퍼스트 편에 편승해서 컨트롤러 직위 박탈도 막은 것을 내가 모를 줄 알아?!"

"아, 예상대로 움직여주셨네."

내 목을 치려고 했다고. 곽수환이 무성의하게 목을 긋는 시늉을 했다.

"지금껏 각지에서 동시다발적으로 아담이 출현한 적이 있었나요?"

분개한 세컨드 마스터에게 석화는 담담하게 물었다.

"아주 없다고는 못 하지만 이 정도 규모는 없었다고 봐야 하지."

그렇다면 자연스러운 출현이 아니라 인위적이라는 뜻이었다. 동시다발적으로 아담이 나타났다는 건 누군가가 아담을 각 구역으로 운반해 놓아주었다는 건데, 제아무리 에덴동산이라고 해도 이 정도의 전력을 보유하지는 못했을 것이다. 석화는 그 점이 이상했다.

"곽 소령, 내 말에 따르지 않으면 명령불복종으로 헌병대에 넘기는 수밖에 없어."

곽수환의 능력치가 뛰어나도 그는 레인보우 시티의 군인이었다. 세컨드 마스터의 말처럼 긴급 상황 시 상부의 지시를 따르지 않는다면 군사재판에 회부될 게 분명했다.

"저도 소령님과 같이 갈게요."

"우도에 있어."

곽수환도 한번 배짱을 부려본 것에 지나지 않았다. 아직은 석 박사가 세컨드 마스터에게 잡혀 있는 꼴이니 명령을 완전히 무시할 수도 없었다.

"잘 생각해보게, 곽 소령. 내가 석화 박사에게 출마를 권한 이유가 뭐겠나? 석화 박사가 믿는 네놈이 나는 탐탁지 않지만 그걸 감수하겠다는 의미지. 그러니 네놈은 나를 좀 더 신뢰해도 돼. 적어도 나는 피바람이 불지 않는 개혁을 원하는 사람일세."

세컨드 마스터는 개혁 온건파고, 퍼스트는 독재 체제를 원하는 특권 세력이었다. 상식적으로 퍼스트 마스터보다는 세컨드 마스터가 더 나을 테지만, 곽수환은 굳이 한쪽을 선택할 필요가 있나 싶었다. 양쪽 다 자멸하는 게 곽수환이 그려온 그림이었으니까. 세컨드 마스터는 그걸 아는지 모르는지 새로운 피인 석화를 수혈하려고 했다.

"석 박사를 정치적으로 이용할 생각은 접어서 넣어둬요. 아니면 다른 면역체를 찾아서 꼭두각시로 세우던가."

"다른 면역자는 필요 없지. 내가 분명 명분도 있다고 말했을 게야.”

더 들을 것 없다는 듯 곽수환이 석화의 손을 잡았다. 석화도 애초에 세컨드 마스터의 권유를 받아들일 생각이 없었기에 그의 손을 맞잡았다.

“석화 박사는 여기 안전한 곳에 두고 가게나. 곽 소령 자네가 아무리 아담이 두렵지 않다고 한들, 누군가를 지키면서 싸우기란 버겁다네.”

“안전한 곳은 내가 정합니다. 당신을 뭘 믿고.”

“적어도 내 유전자를 물려받은 아이를 해하지는 않지.”

곽수환과 함께 걸어 나가던 석화가 걸음을 멈췄다. 팔이 잡아당겨졌지만 곽수환도 곧 멈춰 섰기에 충격이 일지는 않았다. 분명 석화는 집무실의 광물을 보던 때부터 기이한 감각에 사로잡혔다. 세컨드 마스터도 돌연변이일까 하는 것이었다. 세컨드 마스터는 자신만큼이나 광물에 집착을 하는 듯 보였고, 어머니는 우도를 몇 번이나 방문했었다.

“그게 내 명분일세. 내 유전자를 물려받은 아이가 내 후계자가 되는 것 말이야.”

곽수환이 고개를 삐딱하게 했다.

“그 개소리를 믿는다고 칩시다. 그런데 그동안 석 박사를 방치했다가 아쉬우니 내 자식이오, 하고 앞세우려는 거 아닙니까? 그게 아니면 왜 여태 안 밝혔습니까?”

아버지가 궁금하지 않느냐고 어머니가 물었던 적이 있었다.

아주 솔직하게는 친부가 누구인지 궁금하기는 했다. 하지만 몰라도 그만이었다. 어머니의 사랑이 너무도 컸기에 석화의 마음에 빈 구석은 없었다. 그런데 세컨드 마스터가 자신의 친부라고 한다.

석화는 곽수환을 잡은 손에 힘을 주었다. 화가 나서도 아니고, 감동해서도 아니었다. 그저 아무런 감흥도 들지 않았다. 유전자상의 아버지일 뿐 감정적인 교류는 전혀 없었고, 오히려 자신과 체온을 나누고 있는 곽수환이 훨씬 더 가족 같았다. 그래서 더욱 곽수환의 손을 세게 잡았다. 그는 그 행동을 다른 뜻으로 해석했는지 석화의 귓가에 속삭였다.

무시해, 개소리야.

"석화를 안전하게 보호하기 위해서 밝힐 수가 없었네. 때가 되면 언제든 밝히고 내 후계자로 세울 생각을 하고 있었지."

'내 아이를 실험대에 올릴 수는 없어요. 어차피 후계자로 삼을 수도 없는 하자품이라면서요.'

'나이가 찼는데도 아직도 보내지 않는 이유가 뭐겠어. 네가 숨기는 것을 내가 모를 줄 알아? 지능이 부족하다고? 그거야 학습센터로 가게 되면 알겠지. 사용할 구석이 있다면 철저하게 사용해야지.'

아담에게 물려 열이 들끓던 날 꾸었던 꿈이자 과거의 편린이었다.

'정말로 알 것 같아요. 곽 선배와 강 선배가 왜 그런 선택을 했

333

는지 너무 잘 알겠어요. 나는 내 아이에게 절대 희생을 강요하지 않을 거예요. 레인보우 시티? 그게 얼마나 대단하다고 희생을 해야 하나요.'

'이진연, 반군 사상으로 처형하지 않는 것을 다행으로 알아. 영상 종료해.'

곽 선배와 강 선배.

그건 어쩌면 곽수환의 부모를 뜻하는지도 몰랐다. 석화는 어머니와 이야기를 하던 상대의 음성을 정확히 기억하지는 못했다. 그러나 그건 아마도 세컨드 마스터였을 것이다.

"세컨드 마스터."

석화가 일자로 다물린 입을 뗐다.

"저는 후계자로 어울리지 않습니다. 당신 말대로 하자품이거든요."

세컨드 마스터가 인상을 쓴 것보다도 더 먼저 곽수환이 석화를 끌어당겼다.

석 박사가 무슨 하자품이야. 상등품이야. 아니, 나한테는 최고야. 입으로 말하지 않아도 곽수환의 속마음이 다 들려오는 것 같았다.

"석화 박사."

나이 탓일까, 세컨드 마스터의 눈에는 총기라고 부를 만한 것이 남아 있지 않았다. 다행인 건 세컨드 마스터가 자신을 아들이라는 말로 부르지 않는다는 점이었다.

"후계자는 다른 사람을 찾으세요. 저는 그럴 만한 그릇이 되지 못합니다."

"우리 석 박사 그릇은 충분한데, 레인보우 시티의 마스터로는 아깝지."

세상에 완전한 제 편이 있다면 아마 이렇지 않을까. 석화는 든든함과 동시에 이제 그가 없으면 엄청난 상실감에 사로잡힐 것 같아 두렵기도 했다.

"너희들을 만들어낸 게 바로 우리라는 사실은 잊지 말아야 해. 곽수환 네놈도 우리의 기술이 있었기 때문에 모든 걸 다 갖추고 태어날 수 있었던 게야."

세컨드 마스터는 분노했지만 언성을 높이지는 않았다.

"당신이 말하는 그 기술 이름이 복불복이라도 돼? 내 동생을 봤다면 그딴 소리는 못하지."

"네 동생은 너희 부모가 사랑으로 낳은 아이지. 그러나 너는 아니야."

곽지환은 부모가 직접 관계해서 낳은 아이고, 곽수환은 실험에 의해 태어난 아이라는 말을 돌려 하고 있었다.

"알게 뭡니까."

곽수환의 말이 맞았다. 석화도 인정했다. 최호언이 자신의 동복형제든 세컨드 마스터가 자신의 아버지이든 하등 상관없는 일이었다. 게다가 세컨드 마스터가 어머니와 사랑했던 사이라고 생각되지도 않았다. 그랬다면 어머니에게 처형을 하겠다고 협박했을 리가 없다.

"저도 마스터가 말하는 실험체 중 하나일 뿐이지 않습니까?"

석화는 불구인 세컨드 마스터의 하반신을 반사적으로 봤다가 눈을 떼었다.

"가겠습니다."

"그건 시민임을 포기하겠다는 이야기인가? 그렇다면 자네 둘은 평생 쫓기는 신세가 될 걸세. 치료제를 만들고 싶다면서. 정말 그걸 포기할 생각인 게야?"

"아니요. 세컨드 마스터께서 저를 후계자로 지목하신 것을 철회하고, 곽수환 소령에게 불이익을 주지 않는다면 저는 레인보우 시티의 시민으로 남아 있을 겁니다."

"석화 박사. 내 편이 되어달라는 게 그리 어려운 부탁인가?"

"네."

석화가 깔끔하게 대답하니 곽수환은 웃을 수밖에 없었다. 이래야 석 박사지. 곽수환은 어서 가자면서 석화의 손을 잡아끌었다.

"올라가서 상황 정리에 도움은 주겠지만, 행여 다른 생각은 하지 마시죠. 어디 사는지도 훤히 알았으니까."

도전적인 곽수환의 태도를 세컨드 마스터는 더 이상 참지 못했다.

"곽수환 네놈은 뭘 원하는 거야. 네가 마스터라도 해보겠다는 건가?"

"시켜줄 겁니까?"

어차피 당신 석 박사를 꼭두각시로 세우려던 거 모를 줄 알아?

세컨드 마스터도 그 속내를 유추했는지 더는 말을 아꼈다.

더는 이곳에 있을 가치를 느끼지 못한 곽수환은 석화와 함께 걸었다. 석화는 그의 걸음 보폭을 버거워하면서도 부지런히 따라왔다. 번쩍 안아 들어서 더 빨리 질러나갈 수 있었음에도 곽수환도 석화의 보폭에 맞췄다.

"정말 하고 싶어요?"

"섹스?"

"마스터요."

"하고 싶다고 하면, 자기가 시켜줄 거야?"

석화는 제게 그런 힘은 없다는 듯 입술을 다물었다.

이렇게 된 이상 세컨드 마스터는 더 몸을 사릴 테니 퍼스트 마스터와의 싸움도 장기전이 될 가능성이 높았다. 그렇다고 완전히 퍼스트 마스터 편에 편승해서 세컨드 마스터의 약점을 미주알고주알 떠들기도 쉽지 않았다. 세컨드 마스터에게 딱히 약점이랄 건 없어 보였다. 그걸 알기 때문에 퍼스트 마스터도 거짓 정보를 퍼뜨리려는 것이다.

복도를 빠져나오니 거실에는 이채윤과 집사가 보였다. 그녀는 어쩐 일로 얼굴이 하얗게 질려 있었다.

"야! 소식 들었어? 진짜야?"

"어. 복귀하자."

다가온 집사가 곽수환에게 무전기를 내밀었다.

"제주공항으로 가신 다음 제주 병력과 함께 이동하셔야 합니다."

비행기까지 쓴다는 건 이번 사태가 확실히 심상치 않다는 거다.

"여기서 여객선을 준비하는 데는, 적어도……."

집사가 시계를 올려다보는 사이에 곽수환이 말을 꺼냈다.

"여기 있는 기름이나 줘요. 그리고 제트스키 남는 거 있습니까?"

"아마 해변에 레저용으로 몇 개 있을 겁니다."

레저용이라니, 이제는 비웃음도 잘 나오지 않았다. 그러고 보니 거실은 1급 보안을 해제했는지 커튼도 다 걷혀 있었다.

저기 해변에서는 육지에서 어떤 일이 벌어지는지 관심도 없는 듯 부모가 아이들과 불꽃놀이나 해대고 있었다. 유리창에 이마를 맞대고 밖을 내려다보던 석화도 묘한 반발심이 생겨버렸다. 정말 저들은 어떤 일이 일어난 건지 전혀 모르는 건가? 어째서 이런 특혜를 받지? 돈이 많아서? 정치를 잘해서?

"석 박사."

곽수환이 뒤에서 부르니 석화가 천천히 몸을 돌렸다.

"이마 멍들겠어."

커다란 손으로 유리에 식어버린 석화의 이마를 문질렀다.

"방해가 되겠지만 저도 같이 가요. 쉘터에 잘 숨어 있을게요."

당연히 우도에 두고 가는 게 안전할 테지만, 사실 곽수환은 제 눈에 석화가 안 보이는 게 더 불안했다. 또 누가 아나, 누군가가 앙심을 품고 우도에 아담 바이러스를 퍼뜨릴지. 그렇게 따지면 세상에서 가장 안전한 장소는 자신의 옆이었다.

집사는 곽수환의 제트스키가 있는 해안까지 갈 준비가 되었다면서 차키를 건넸다.

"성산항에 도착하면 공항까지 모실 차가 기다리고 있을 겁니다."

곽수환은 집사의 말이 끝나기도 전에 곧장 저택 밖으로 향했다. 이채윤과 석화도 같이 이동했고, 운전대는 곽수환이 쥐었다. 이채윤은 평소와는 다르게 조금 기가 죽은 듯이 보였다. 뒷좌석에 앉은 석화도 그녀가 평소보다 말 수가 적다는 것을 깨달았다.

"이 소령, 컨트롤러에 대해서는……."

"그건 어차피 비밀이니까 말 안 한 거 이해하기로 했어."

곽수환이 가속페달을 밟았다. 검멀레해안까지는 불과 몇 분 걸리지 않았다. 한적한 도로를 최고 속도로 달리는 동안 이채윤이 초조하게 입을 열었다.

"우리 부모님 계신 구역도 아담 떴대. 우리 아저씨 아줌마 싸움도 못하는데."

"어차피 1순위로 보호받는데 뭐가 걱정이야. 집에 벙커도 있을 거 아니야."

"그래도 걱정되잖아. 집사 이야기 들어보니까 1급 사태라던데."

"그럼 서울 내리자마자 부모님 구역으로 튀어가."

"이 새끼는, 군인 새끼가 사감으로 움직이냐?"

"어차피 너희 집까지 뚫리면 그냥 이 도시 망하는 거야."

그러니까 걱정 말라는 투였다.

둘이 투덕거리는 동안 석화는 의아한 점을 돌이켜 생각하고 또 정리하고 있었다. 아담이 동시다발적으로 출현한 이유를 말이다.

아담을 누가 가져다 놓은 건지, 또는 에덴동산이 각 구역에 침입해 사람들에게 아담 바이러스를 주입했다든지. 혹은…….

툭툭, 곽수환이 도착했다면서 다른 생각에 빠져 있던 석화를 일깨웠다. 그는 트렁크 안에서 석유통과 함께 방탄조끼처럼 생긴 것을 꺼내 들었다. 석화가 모래사장으로 내려서니 그가 대신 구명조끼를 알맞게 채워주었다.

"제가 몰아요?"

"아니, 내 뒤에 타고 갈 거야."

곽수환은 성큼성큼 자신의 제트스키가 놓인 곳으로 가서 기름을 채웠다. 서핑보드가 놓여 있는 저쪽 한편에는 이채윤이 타고 갈 제트스키가 있었다.

"이 소령, 짧게 설명할 테니까 들어. 다른 건 대충 네가 타면 알 거고, 후진은 안 되니까 후진할 일 있으면 크게 원으로 돌아."

곽수환은 제트스키 핸들을 가리키며, 이채윤에게 모는 법을 뭉뚱그려 설명했다.

"장난하냐? 나 제트스키 타봤거든?"

"그럼 다행이고."

기름을 전부 넣은 곽수환이 빈 통을 모래사장으로 던졌다. 석화도 제트스키의 생김새는 알았지만 직접 타본 적은 없었다. 뒤에서 가만히 서 있자 곽수환이 제트스키를 물로 끌고 가 띄웠다. 종아리까지 금세 바닷물로 흠뻑 젖은 그가 모래사장으로 돌아와 석화를 번쩍 들었다.

"제가 갈 수 있어요."

"물 차가워."

가지가지 한다! 이채윤이 제 제트스키를 힘으로 끌고 가면서 고함을 쳤다. 곽수환은 가뿐히 무시하고 석화를 제트스키 위에 올렸다. 동체가 기우뚱하는 것을 막고는 그도 훌쩍 올라탔다.

"잘 붙들고 있을 자신 있어?"

석화는 이미 곽수환의 허리를 두 팔로 꽉 감싸고 있었다. 구명조끼 때문에 곽수환의 체온이 느껴지지 않는 게 아쉬울 따름이었다.

"나 엄청 빨리 갈 건데, 끈으로 묶을까?"

석화는 그것도 좋은 생각 같아서 고개를 끄덕했다. 곽수환은 석화의 구명조끼 밑으로 길게 나온 끈을 제 허리에 여러 번 동여 묶었다. 손목이 묶일 생각을 하고 있었던 석화는 배 쪽으로 내밀었던 손을 교차시켜 꽉 껴안았다.

"이 소령, 저기 불 보이냐?"

제트스키 두 대의 시동이 걸리자 엔진 소리가 파도를 잡아먹을 정도였다. 안 그래도 여기서 내다보니 성산항의 등대에 불이 훤했다.

"저기 불 향해서 그냥 내달려!"

곽수환의 말이 끝나기가 무섭게 이채윤이 먼저 제트스키를 몰기 시작했다. 그녀가 질러 나간 궤적을 따라 거센 파도가 일어나 곽수환의 제트스키가 꿀렁거렸다. 석화는 혹시 모를 멀미에 대비해 입술을 꾹 다물었다. 곽수환도 뒤질세라 제트스키를 몰기 시작했다.

이채윤과 거리를 두고 물살을 가르는 동안 석화는 곽수환의 등에 뺨을 대고 넘실거리는 파도를 쳐다봤다. 까만 수면 밑은 아무것도 보이지 않아 조금 공포스럽기도 했다. 그럴수록 곽수환을 껴안은 손에 힘이 더 들어갔다. 바람에 몸을 실어 오는 바닷물이 얼굴에 점점이 튀었다. 제주도에 살았지만 바다 중심으로 나온 적은 없던 석화였다. 감히 올 엄두도 못 냈던 깊은 바다를 곽수환과 함께 질러 나가는 이 순간이 꿈같았다.

"석 박사, 괜찮아?"

곽수환의 목소리가 파도와 엔진 소리에 얽혀들었다.

"기분 좋아요."

석화의 목소리는 그에게 닿지 못했지만, 등에 비벼 오는 뺨의 감촉에 곽수환은 안심하고 속도를 더 높였다. 급한 상황인데도 저 성산항까지 거리가 좀 더 멀었으면 했다. 석화가 저만 믿고 온몸을 의지해오는 이 순간이 좋았으니까. 그러나 등대의 불빛이 삽시간에 코앞으로 다가오고 있었다.

생각해보면 괴로울 때는 시간이 느리게 흘러가고, 즐거울 때는 순식간에 흐르고는 했다. 어쩌면 시간의 상대성일 수도 있을 것이다. 곽수환에게는 이 순간이 마치 찰나 같았다. 얼마나 좋았으면 찰나로 느꼈을까 싶기도 해 그는 끈을 풀면서 쓰게 웃었다.

나 석 박사 진짜 어마무시하게 좋아하나 보네.

곽수환이 제트스키에서 내려서 다시 바다에 다리를 담갔다. 손을 뻗으니 아까와는 다르게 순순히 석화가 안겨 왔다. 물을 헤치고 성산항으로 걸어 나오자 제복을 입은 군인 여럿이 그들을 마중 나와 있었다.

그중 선두에 선 남자가 거수경례를 했다.

"제주 육군센터 저 이철헌 대위 외에 121명, 제주공항으로 집결 중입니다."

곽수환은 문이 열려 있는 지프로 석화와 같이 걸었다.

"지금 육지 상황 어떤지 짧게 보고해."

그는 자신의 뒤를 따라오는 대위에게 말을 건넸다. 석화에게는 먼저 저 지프로 가 있으라고 턱짓을 했다.

"10분 전까지 들어온 보고에 따르면, 갑자기 멀쩡한 사람이 아담처럼 행동하기 시작했다고 합니다. 그것도 도시 각지에서 말입니다."

"구역별 특이사항은?"

"없습니다. 특정 구역에서만 발발한 게 아니라 무작위였습니다. 그리고 그린구역에서 아담이 발생한 건 오늘이 처음이 아닙니다. 오늘을 기점으로 불과 일주일 전에도 있었다고 합니다. 그 이후로도 몇 차례씩 발견됐지만, 전부 사살했습니다. 이상한 건 그들도 멀쩡하게 있다가 아담이 됐다는 목격자의 증언이 있었습니다."

곽수환은 대체 무슨 소리냐는 듯 지프의 문을 잡고 돌아섰다.

"설마 공기 전염도 된다는 소리야?"

"그건 저희도 모르……겠습니다."

"공기 전염이 될 리는 없어요."

석화가 차에 타지 않고 불쑥 끼어들었다.

석화는 그들의 대화를 엿듣던 중, 생각의 중심에 비어 있던 퍼즐을 끼워 맞췄다.

에덴동산이 배포한 백신에는 기생충이 있었다. 또한 오청운 선배는 아담 바이러스에 감염이 됐음에도 인간의 말을 구사했었다. 그건 미완의 치료제를 투여했기 때문이 아닐 수도 있었다. 아담 바이러스에 감염된 오청운 선배는, 어쩌면 오랜 시간에 걸쳐 아담화가 되어간 것일지도 모른다.

석화는 에덴동산의 백신을 조사하는 과정에서 특이점을 발견할 수 있었다. 그 와중에 자신이 아담에게 물렸고 이후로는 21바이올렛센터로 향하게 되어버렸다. 그러나 분명 그 백신에 담긴 말라리아 기생충은 휴면 상태였다.

여기서 석화는 한 가지 가설을 세웠다. 에덴동산이 퍼뜨린 백신은, 잠복기를 가진 아담 바이러스일 가능성이 높다는 것.

석화가 곽수환을 황급히 올려다봤다.

"백신 배포를 막아야 해요."

"뭐?"

"에덴동산이 무료로 배포한 백신이 전량 회수된 게 맞아요?"

아니, 전부 회수하지 못했을 수도 있었다. 직접 병원을 찾아가 급여의 3분의 1이나 되는 레인보우 시티의 백신을 맞느니 에덴동산에서 배포한 펜 타입 주사제를 이용한 이들도 있었을 테니까. 변수는 늘 존재했다.

"일단 이동부터 하자."

곽수환의 말대로 지금은 레인보우 시티로 이동하는 게 급선무였다.

"어, 제주공항에서 합류해."

물기를 털어낸 이채윤도 다른 지프에 올라탔다. 석화는 대위가 운전대를 잡은 뒷좌석에 앉아 옆의 곽수환에게 차분히 이야기를 꺼내기 시작했다.

"전 처음에는 백신이 오염되었을 거라고 생각했어요. 그런데 최호언 박사에게 납치당해서 부산으로 내려갔을 때, 기생충을 일부러 심었냐고 물었거든요. 그날 최 박사가 자기들이 한 게 맞다고 인정을 했어요."

"무슨 오염?"

"에덴동산이 배포한 백신 중에 말라리아 원충이 잠복 상태로 투입된 것들이요. 레인보우 시티에서는 에덴동산 백신을 믿지 말라고 방송을 했지만, 어쩌면 에덴동산에 감화된 사람들도 있었을 거예요."

곽수환도 그 점에는 공감했다. 레인보우 시티의 시민이지만, 에덴동산으로 넘어간 사람도 있을 것이다.

"그 기생충이 들어 있는 백신을 맞으면 아담이 된다는 거야?"

"그건 저도 그냥 가설일 뿐이에요. 위로 올라가게 되면 전 여의도 쉘터로 갈게요. 거기에 일전에 연구했던 자료들도 남아 있을 거예요."

여태 나온 아담 바이러스 백신은, 아담 바이러스에 대한 내성을 심어주는 형태였다.

즉, 백신을 맞은 사람들에게는 개개인 아담에 대한 내성이 존재한다. 아직 레인보우 시티에서 7차 아담 바이러스 백신이 나오지는 않았으나 손 놓고 있을 수는 없기에 시민들에게 6차 백신을 맞히고는 했다. 물론 기생충만으로 아담이 되지는 않는다. 석화는 그 기생충이 체내에서 뭔가 다른 작용을 일으켰을 거라고 추측했다.

"여의도 쉘터는 상황 파악 가능해?"

곽수환이 운전을 하는 대위에게 물었다.

"여의도와 강남 그리고 과천, 부산 그 외 몇몇 쉘터는 아직 무사한 것으로 알고 있습니다."

군대가 있는 쉘터가 무너진다는 건 그 지역이 전멸했다는 뜻이나 다름없었다.

레인보우 시티가 탄생한 이래로 1급 사태는 여태 딱 두 번 있었다.

연합국이 세워진 초창기 아담 바이러스가 다시 한번 변형되어서 퍼져나갔을 때와 바로 오늘이었다. 마더가 1급 위급 상태를 알렸다는 건 감염 속도가 걷잡을 수 없이 빠르게 퍼져나간다는 걸 입증했다.

어느새 동이 트고 제주공항은 비행기에 올라타려고 대기하는 군인들로 북적거렸다. 이동 인원은 총 125명, 제주를 지키는 병력은 저 위의 레인보우 시티보다 좀 더 체계적이었고 A급 세력 숫자도 제법이었다.

대기 중인 군 수송기 근처에서 곽수환과 석화가 내려섰다. 군인들은 정식 제복이 아닌 무장 상태로 방탄조끼를 비롯해 총기를 소지 중이었다.

그중 제복모를 쓴 군인 한 명이 곽수환과 석화에게 다가왔다.

"제주 쉘터 오희원 중령이다."

곽수환도 계급 상관을 향해 거수경례를 했다.

"과천 쉘터 소속 곽수환 소령입니다."

"석화 박사님을 안전히 모시라는 세컨드 마스터의 지시를 받음과 동시에 1급 위기 사태 출동 명령이 떨어졌다. 우리 쪽 무장 병력 중 80명은 C-130에, 나머지는 CN-235 수송기로 이동하겠다."

"석화 박사님은 저와 같은 수송기에 탑승하겠습니다."

"허가한다. 곽수환 소령이 CN-235 수송기의 지휘를 맡는다. CN-235 수송기 무장 병력은 광명, 여의도, 과천 쉘터로 나누어 지원 보내고, 곽수환 소령은 핵심지인 여의도 쉘터를 지킨다."

"명령 하달받았습니다."

중령이 팔을 들어 수송기 양옆을 가리키자 군인들이 수송기로 탑승하기 시작했다. 이채윤도 명령에 따라 수원으로 향하는 수송기에 탑승했고, 곽수환과 석화는 서울로 향하는 CN-235에 몸을 실었다.

수송기의 내부는 일반 여객기보다 작을 뿐 생김새는 크게 다르지 않았다. 곽수환은 VIP 좌석으로 마련된 맨 앞자리에 석화를 데려갔다. 벨트를 채우는 석화를 보고는 파일럿 두 명이 있는 조종석으로 다가갔다.

"착륙 위치가 정확히 어딥니까?"

"성남 기지 활주로에 착륙할 예정입니다."

파일럿 두 명보다 곽수환의 직급이 더 낮았지만, 위기 사태이니만큼 S급인 곽수환의 지휘를 따르라는 전달 사항이 있었다.

"김포 활주로가 더 가깝지 않습니까?"

"현재 김포에 아담 감염이 삽시간에 확대되고 있다고 합니다. 그리고 김포 활주로는 아직 복구 중입니다."

처음 아담 사태가 발발했던 때 다리를 폭파하거나 길을 끊으면서 이곳저곳에 폭격이 일었다. 활주로도 예외는 없었다. 현장을 다니던 곽수환도 김포 활주로의 상태가 어떤지 누구보다 잘 알았다. 그러나 군 수송기는 역추진 엔진이 포함되어 있어 활주로의 거리가 500미터만 돼도 이착륙이 충분히 가능했다. 그 정도 거리는 멀쩡하게 남아 있는 부분이 있었다.

"김포로 갑니다."

"예?"

파일럿 두 명이 동시에 곽수환을 돌아봤다. 마음 같아선 서울 시내의 도로를 활주로로 삼고 싶었지만, 아직 남아 있는 고층 건물들이 있어 그것까지는 무리였다.

"성남 기지 활주로에서 이동하면 차량 이동이 불가능한 구역이 몇 군데 있습니다. 그 구역을 돌아가면 시간을 훨씬 더 낭비할 겁니다."

도심의 도로 상황은 파일럿들은 전혀 모르는 내용이었다. 그러니 실제 현장에서 활동했던 곽수환이 더 정확할 테고, 어차피 명령을 내리는 사람도 그였다.

"좌져, 김포로 가겠습니다."

곽수환이 다시 자리로 돌아오니 창가 쪽에 앉은 석화는 아직도 생각에 잠겨 있었다. 호기심을 갖고 석화를 보는 옆 라인 군인의 시야도 차단할 겸 곽수환이 자리에 앉았다.

"김포에서 내리면 곧장 여의도 쉘터로 이동할 거야."

"네."

[레디 포 테이크 오프.]

파일럿의 이륙 준비 완료 알림이 끝나고 랜딩기어가 돌아가기 시작했다. 여객기보다도 훨씬 빠른 속도로 활주로를 질러 나가는 군용기가 중력을 거스르고 공중에 뜨기 시작했다. 석화는 금세 귀가 멍해져 이명까지 울렸다. 일정 고도로 올라갈 때까지 수송기의 흔들림은 온몸을 흔들었고, 덜컥거리며 마찰하는 군장비 소리마저 둔탁하게 들려왔다.

창밖을 바라보니 점차 제주도의 모습이 작아져 바다에 뜬 섬으로 변해갔다. 완전히 동이 터 구름 위를 나는 동안 뜨거운 태양이 어깨에 와 닿았다. 피가 튀는 육지와는 다르게 푸르스름한 하늘은 그저 평온하게만 보였다. 석화는 처음으로 직접 보는 하늘의 모습에 감탄하지는 않았다. 지금 석화의 머릿속을 차지한 건 당장 연구실로 뛰어가야 한다는 것이었다.

오청운 선배의 혈액이 무사히 보존되어 있어야 하며, 기생충이 담긴 백신도 필요했다. 자신의 가설이 맞는다면 잠복기가 있기에 당장에 혈액 반응이 나오지는 않을 테니 촉매도 필요했다.

"석 박사."

곽수환의 목소리가 평소보다 멀게 들리는 건 비단 기분 탓은 아니었다. 그만큼 수송기의 엔진 소리가 시끄러웠다.

"지금은 그냥 좀 쉬어. 어차피 착륙까지 40분은 걸리니까 기분 전환도 할 겸 저 바깥 구경도 좀 하고. 구름도 이렇게 가까이서는 처음 보지?"

"처음 봐요."

무심히 대꾸한 석화는 VIP 좌석에만 놓여 있는 담요를 들어 곽수환의 다리를 감쌌다. 바닷물에 들어갔다 온 터라 그의 군화와 트레이닝복도 젖어 있던 탓이었다. 담요를 정리해주는 석화의 정수리를 보고 곽수환이 피식 웃어버렸다.

"왜요?"

석화가 허리를 일으켜 다시 의자 등받이에 기댔다.

"전에 내가 석 박사 기절시켰잖아."

"맞아요."

"그때도 비행기로 이동했는데 기억에 없지? 그때만 해도 나석 박사랑 이렇게 얽힐 줄은 몰랐는데, 사람 일은 모르는 거야."

곽수환에게 양말을 받았을 때의 인상은 그저 레인보우 시티의 군인일 뿐이었고, 자신을 기절시켰을 때도 역시 꺼림칙한 군인이었다. 그러나 여의도 쉘터에서부터 별의별 일을 겪었으며 아담에게 물리기도 하고, 전국구로 돌아다니기까지 했다. 그사이 석화도 곽수환의 존재가 제 안에서 떼어낼 수 없을 정도로 커졌다.

"얽혀줘서 고마워요."

곽수환이 눈을 크게 떴다가 미간에 인상을 썼다.

"지금 상황에서 그런 말 하면 꼭 죽으러 가는 것 같잖아."

"저는 안 죽고 싶은데요."

"말이 그렇단 거야. 영화 봐봐. 위험한 상황에서 사랑 고백하는 게 대체로 죽음 복선이라잖아."

장난기 어린 말을 하는 곽수환을 석화는 도통 이해할 수 없었다.

영화를 제대로 본 적도 없었고, 레인보우 시티에서 내보내는 방송은 화면보다 라디오가 더 주를 이뤘다. 어느 정도 높은 위치에 있는 사람들은 기존 영화나 콘텐츠를 접할 수 있었지만, 그것조차 레인보우 시티에 도움이 될 지식을 쌓는다는 목적으로만 대여할 수 있었다.

레인보우 시티 밖에 있던 곽수환은 군인이 되고 나서 온갖 서적을 파고, 때때로 악기도 배웠다. 그에게 피아노를 알려준 건 다름 아닌 오양석이기도 했다. 그렇다 해도 오양석 박사가 연주할 수 있는 건 도레미에 지나지 않았다.

"이번 감염 사태 무사히 정리되고, 석 박사가 치료제 만들면 내가 피아노 연주해줄게. 아무한테도 해준 적 없는 거야."

"그런 말 하지 말아요."

"왜? 싫어?"

곽수환이 괜스레 시무룩한 얼굴을 했다.

"그런 말 하면 죽으러 가는 거라고 했잖아요."

무표정하게 말하는 석화의 어깨가 더 처져 보였다. 곽수환은 군인들이 있든 말든 더 참을 수가 없어 석화의 통통한 입술에 쪽 키스를 했다. 순식간의 짧은 입맞춤에 석화가 혀를 내밀어 아랫입술을 핥았다. 저도 모르게 나온 행동일 뿐이었다. 그랬더니 곽수환이 다시 입을 대고 쪼옥, 그 타액을 빨았다.

곽수환은 곧 아무 일도 없었다는 듯 몸을 똑바로 했다. 물론 누군가에게 들켜서 지금 시국이 어떤 시국인데, 하고 책망 받아도 상관없었다.

어떤 시국에도 사랑은 꽃 피웠거든.

"곽 소령님."

"응."

석화는 빨린 입술을 안으로 말았다가 떼어냈다. 아직도 홧홧한 기운이 남아 있던 탓이었다.

"최호언 박사를 이번에는 우리가 잡아야 해요."

"생포가 불가능하면 사살할 수도 있을 거야."

"꼭 살려야 해요."

설마 석화가 저의 동복형제라서 동정심이라도 드나 싶었다.

"휴면 상태의 말라리아 기생충을 구현한 걸 보면 분명 상부 쪽 사람이 엮여 있을 거예요. 에덴동산 혼자의 힘으로 시티만 한 연구소 수준을 구축할 수는 없었을 거고요."

"석 박사, 돌이 좋아? 연구가 좋아?"

곽수환이 자못 진지하게 물어왔다.

"……좋아하는 건 돌이에요."

"그럼 내가 최고네."

곽수환은 입꼬리를 씩 올렸다.

일전에 돌보다 자기를 더 좋아한다고 했던 석화였으니, 연구보다 저를 더 좋아한다는 결과도 자연스럽게 도출됐다. 자신의 1순위가 석화인 만큼, 석 박사의 1순위도 곽수환 자신이어야 했다.

뿌듯해하는 곽수환을 여전히 이해 못 한 석화는 다시 귀가 아파 창밖을 내다봐야 했다. 김포 활주로로 향하는 동안 수송기의 고도가 점차 낮아지니, 까만 연기가 곳곳에서 치솟아 오르는 게 보였다.

[3분 뒤, 착륙한다. 인바운드 포 랜딩.]

약 600미터의 활주로를 확보한 수송기가 주변을 크게 돌았다가 다시금 착륙을 시도하기 시작했다. 고도를 최대한 낮춘 수송기에 엄청난 충격이 오고 누군가 동체를 쥐고 흔드는 것처럼 마구 떨렸다. 역추진 엔진이 작용하니 활주로를 내달리던 수송기는 가속도를 무시하고 급격하게 멈춰 섰다.

앞으로 잔뜩 몸이 쏠렸던 석화가 쿵 하고 시트에 등을 박았다. 행여 머리를 박을까 곽수환이 손을 대어주고 있어 뒤통수에는 충격이 적었다. 어디 하나 부러지지 않을까 싶은 착륙이었지만, 무사히 동체를 안착시킨 것만으로도 파일럿의 솜씨는 수준급이었다. 수송기가 완전히 멈춰 서자 곽수환이 벨트를 풀고 일어났다.

"수송기 출구에서 3시 방향, B32구역에 군용 지프 약 스무 대가 있다. 각 조의 대위가 지휘관이 되어서 B32까지 이동한다. 1조부터 5조는 광명 쉘터로, 6조부터 9조 과천 쉘터, 나머지는 나와 여의도로 움직인다. 이동 중 아담 발견 시 즉시 사살하되 정차는 금지하며, 민간인 구조가 1순위이나 시민들 중 반군이 섞여 있을 수도 있으니 모쪼록 건투를 빈다. 1조부터 5조 먼저 이동 시작해."

군인들이 체계적으로 수송기에서 내려 지프가 있는 구역으로 달려 나갔다. 엄호팀과 진행팀이 나뉘어 서로의 안전을 보장했고, 나머지 6조 이후 팀들도 마찬가지였다. 최정예라고 불러도 될 만한 이들이 왜 이렇게 제주도에 많이 있었는지 씁쓸할 따름이었다. 당연히 이유는 하나였다. 상부 놈들이 저희의 안전을 최우선으로 보장받겠다고 능력이 뛰어난 놈들만 제주도에 배치한 거다. 모순적이게도 레인보우 시티가 망해 자기들 밥줄이 끊어질까 봐 위급 시에는 또 이렇게 총알받이로 내몰았다.

곽수환은 이번 일만 마무리되면 에덴동산과 상부 놈들의 부패를 대대적으로 드러낼 생각이었다. 1급 사태가 터졌으니 레인보우 시티에 충성하는 여론을 바꾸기도 손쉬울 테니까.

석화도 벨트를 풀고 일어나 내려갈 차례를 기다렸다. 한시라도 빨리 연구실로 돌아가 에덴동산 백신의 문제점을 알려야 했다. 콰앙-! 멀리서 무언가가 폭발하는 소리가 들렸다. 파동에 수송기가 흔들릴 정도였지만, 곽수환은 에스코트라도 하는 사람처럼 고상하게 손을 내밀었다.

"석화 씨, 그럼 우리도 슬슬 여의도로 가볼까?"

· · ·

인생의 적기라는 게 있다면 아마도 석화는 곽수환을 만난 이후가 아닐까 싶었다. 그래서 몇 번이나 그와의 첫 만남을 곱씹었다. 곽수환이 자신의 보호자가 되어 제주도로 오게 된 것이 정말 우연의 산물일까 하고.

곽수환은 처음 장 중령과 함께 제주도를 방문했다. 그 전에 그는 13레드구역을 조사하며 술집을 털었다는 핑계를 댔고, 그 구역을 조사하라 지시한 사람은 다름 아닌 세컨드 마스터였다.

수석연구원인 오양석 박사가 죽었으니 제주도에 있던 석화가 서울로 올라가야 할 이유는 충분했다. 돌이켜보면 더 이상한 점이 있었다. 어머니의 장례식이 끝나고 바로 부름을 받을 줄 알았건만 레인보우 시티는 자신을 방치했다. 과연 레인보우 시티가 멀쩡한 연구원을 이용하지 않고 놔뒀던 적이 있던가?

오양석 박사와 연락을 차단한 것만 봐도 누군가는 자신이 연구실로 복귀하는 걸 원하지 않았던 거다. 그런 와중에 오 박사가 죽고, 영창을 가야 했던 곽수환이 경호를 맡게 되면서 만남이 성사됐다. 물론 단순히 우연으로 치부할 수도 있었다. 페니실린처럼 우연히 치료제를 만들어낸 경우도 왕왕 있었으니까.

그러나 그 또한 완벽한 우연이라고 부르기는 어려웠다.

뜻밖에 식당 주인이 불치병의 치료제가 될 수 있는 어떤 성분을 만들어냈다고 치자, 과연 치료제가 개발될 수 있을까? 묻는다면 '아니오'에 가까웠다. 식당 주인은 그 성분에 대해 조사를 할 이유도 없고, 그것이 어떤 효과가 있을지 전혀 예측할 수 없기 때문이었다. 우연한 계기로 백신과 치료제를 발견할 수 있는 사람도 대개 관련 연구자였다.

곽수환과 자신이 예기치 않게 만났다고 볼 수도 있겠지만, 반대로 저희에게 관심을 갖고 있는 누군가가 알맞은 타이밍에 연결한 것일지도 몰랐다. 보호받아야 할 박사와 완벽한 돌연변이인 군인의 만남을 말이다.

물론 이어질 수 없는 사람들이 만나게 되고, 원수의 자식을 사랑하게 되고, 생이별한 형제와 우연찮게 다시 재회하게 되는 단순한 인과관계로는 설명이 되지 않는 인연도 있었다. 누군가는 이를 신의 뜻이라고 말하기도 했다.

여태 석화는 신에 대해 생각한 적이 없기에 인위적인 만남이 아닐까 의심을 가진 것이다. 그러나 곽수환이 돌보다도 더 소중한 사람이 됐다는 건 또 어떻게 설명할까.

석화는 오청운의 혈액에 휴면 상태의 기생충을 심고는 변화를 차분히 관찰하고 있었다. 뿐만 아니라 멀쩡한 사람의 혈액에도 기생충을 심었다.

주머니에 손을 넣고 그가 준 메추리알돌을 굴렸다. 일전에 선물해줬던 다른 돌들은 전부 바이올렛구역에 있었기에 아쉬운 마음만 가질 따름이었다. 활주로에서 여의도 쉘터까지 오는 데만 해도 엄청난 수의 아담을 상대해야 했다.

아담이 어떤지는 누구보다 잘 알고 있던 석화였지만, 여기저기서 불이 치솟고 사람과 아담을 구별할 수 없는 도시는 지옥도를 방불케 했다. 아담 바이러스가 갓 창궐하던 때의 모습도 딱 그렇지 않을까 싶었다.

석화는 초조한 마음을 억누르며 에덴동산의 백신을 제 혈액에도 심었다. 배양기에 넣은 혈액들의 온도를 각각 달리 설정하고 10분마다 변화를 체크했다. 혼자서는 벅찬 작업이기에 쉘터의 연구진 몇몇도 석화를 돕고 있었다.

아직도 석화의 귓가에는 사람들의 비명이 들리는 것 같았다. 아이의 울음소리도 이명처럼 자꾸 귀를 맴돌았다.

◆ ◆ ◆

"민간인 쏘지 말라고! 이 병신 새끼들아!"

"민간인과 아담이 구별되지 않습니다. 사살하지 않으면 전염 속도를 막을 수가 없습니다!"

대의를 위한 소의 희생. 죽음 앞에서는 다들 어쩔 수 없다 여겼다.

초창기 아담 바이러스가 퍼져나갔을 때도 아담에게 물린 사람들이 살고자 멀쩡한 사람들이 모인 방공호로 몰래 들어오기도 했으며, 바이러스에 노출된 고위 공직자들 또한 이대로 죽을 수 없다면서 바이러스 연구센터나 병원을 접수해 마비시키기도 했다.

사실은 그런 자보다 타인을 구하기 위해 앞장선 사람들이 더 많았다. 공직자 중에서도 아담화된 이들을 데리고 일부러 방공호에 갇히기를 자처한 위인도 있었다.

불행하게도 아담 바이러스는 전쟁과는 양상이 달랐고, 100명의 위인보다 악인 1명의 파급력이 더 거셌다. 그런데 과연 그들이 전부 악인이었을까?

몇몇 군인은 목덜미가 물린 채로 살겠다고 발버둥 치는 사람들을 혼란스러운 눈으로 쳐다봤다. 그들은 총을 제대로 조준하지도 못했다. 과연 저들이 악인인가?

샛강에 둘러싸인 여의도로 들어오는 다리는 전부 폭파되거나 길이 끊긴 상태였기에 남은 건 서울교뿐이었다. 또한 현재 여의도의 경계선은 서울교 교차로였다.

수십 대의 탱크가 교차로를 막고 있었고, 그보다 더 앞에는 레인보우 시티가 위기 대체용으로 만들어둔 경계용 철망이 둘려 있었다. 그러나 철망도 수많은 사람의 힘이 몰리면 무너질 가능성이 높았다. 더 최악은 사람들 사이에 섞여 있는 아담이었다.

교차로의 경계초소이자 아파트 15층에 해당하는 콘크리트 요새에서 곽수환은 저격총의 스코프 배율을 올렸다. 그는 아담을 구별해내 머리를 저격했다.

"소령님! 구축 방어기지 밖으로 전부 사살 명령 내려졌습니다."

재차 장전을 하는 와중에 통신병이 황급히 말을 건넸다.

"뭐?"

"상부에서 지시가 내려왔습니다."

"그러니까 누가!"

"퍼스트 마스터입니다."

좆같은 새끼. 철컥, 곽수환이 사람을 공격하려는 아담을 연달아 사살했다. 여의도 교차로 지휘관은 다름 아닌 그였지만 상부 지시를 완전히 무시할 수는 없었다.

곽수환은 총구를 내리고 저 밑을 내려다봤다. 타 구역 사람들이 서울교를 타고 여의도 쉘터로 오기 위해 물밀 듯이 밀려들고 있었다. 아담에게 물린 사람들도 변이를 해 양방향으로 바이러스가 전파되는 게 한눈에 보일 정도였다.

곽수환이 아무런 말을 하지 않자 통신병이 다시 한번 입을 열었다.

"소령님, 사살 명령이 전달됐습니다."

멀쩡한 사람들을 안으로 골라 들여보내는 일도 이제는 불가능했다. 철망을 개방하는 순간 아담까지 물밀 듯이 쏟아져 들어올 것이다.

"소령님……."

곽수환은 두 손으로 눈을 꾹 눌렀다가 떼어냈다. 전부 사살하라고?

현장을 수없이 오가던 곽수환도 이런 상황은 처음 겪었다. 이미 변이된 아담을 죽이는 건 손쉬웠고, 아담이 나타난 시작점을 기준으로 구역을 정리하는 일 또한 마찬가지였다. 그러나 불특정 지역에서 동시다발적으로 변이된 아담이 나타났기에 모든 구역의 군인들이 고전을 면치 못하고 있었다. 그건 수원으로 간 이채윤도, 과천을 지키는 양상훈도 마찬가지였다. 그들이 태어난 이래로 이런 대대적인 아담 청소는 단 한번도 없었다.

이쯤 되면 그냥 다 망하는 게 맞지 않겠어? 상부 새끼들은 알아서 살게 놔두고 나는 석 박사와 어디 섬이라도 가서 둘이 오순도순 살면 되잖아.

곽수환은 장전한 총으로 아담을 죽이고 또 죽이다가 기어코 부모가 안고 있던 아이마저 변이된 것을 봤다.

석화가 없었다면 어땠을까. 그냥 전부 사살하라고 했을까? 아니면 이 미쳐버린 레인보우 시티는 망해야 된다고 손을 놨을까. 상부의 지시라 어쩔 수 없었다면서 멀쩡한 사람까지 죽인다면 석 박사가 나를 어떻게 보려나.

곽수환의 이성도 전부 사살하는 것이 맞다고 신호를 보냈지만, 쉽게 명령을 내리기가 힘들었다. 교차로가 뚫리면 간신히 사수 중인 여의도도 완전히 무너질 것이다. 그는 입술을 꾹 다물었다가 목소리를 냈다. 입에서 한기가 새어 나오는 것만 같았다.

"전부……."

사살하라는 명령을 꺼내기도 전이었다. 탕, 타앙, 타타탁. 반대쪽 콘크리트 요새에서 기관총을 발사하기 시작했다. 수없이 많은 비명과 경악이 터졌다. 레인보우 시티의 군인이 무차별적으로 총을 쏴대기 시작하자 사람들이 여기저기로 흩어지기 시작했다. 뒤로 후퇴하는 자들, 철망을 어떻게든 부수고 들어오는 자들, 그리고 그저 피에 굶주린 악귀처럼 사람들에게 달려드는 아담으로 넘쳐났다. 곽수환은 요새 뒤쪽에 있는 통신병에게 다가가 멱살을 쥐었다.

"유, 윤 대장님께서 직접 명령을 내리셨습니다. 곽수환 소령님께서 명령 불복종을 하셨다고……."

멱살을 틀어쥔 곽수환 때문에 숨이 막힌 통신병의 눈도 붉게 충혈되어 있었다.

"소령님, 정말 맞습니까? 모두를 안전하게 구할 수 없으면…… 사살하는 게 맞습니까? 저는 도저히 못 하겠습니다."

저 앞에서 기관총을 쥐고 있는 대위가 어깨를 떨고 있었다.

바람을 찢어 갈기는 것만 같은 프로펠러 소리가 들려오기 시작했다. 요새를 지나 날아가는 헬기에서 지원사격이 들어온 것이다. 삽시간에 교차로는 피로 물들었다. 총에 맞아 고통에 소리를 지르는 자들과 가족을 찾겠다고 다친 몸을 이끌고 헤매는 자들로 넘쳐나는 빌어먹을 세상이었다.

곽수환은 제 몸 하나 지킬 줄만 알지 아무것도 할 수가 없었다. 범인보다 뛰어난 능력을 가졌다지만 아담만 싹 골라 죽일 수 있는 마법을 부릴 수 있는 것도 아니었다.

"윤 대장은 지금 어디에 있어?"

곽수환은 참상을 물끄러미 내려다보며 입을 열었다.

"여의도 쉘터에 계십니다."

손가락 아니 목소리 하나로 마법을 부릴 수 있는 게 대장이라는 새끼였다.

여기서 총을 휘갈기는 놈들이 나중에 어떤 후유증을 겪을지 관심 하나 없는 새끼들이 저 쉘터 안에서 지시만 내렸다.

"사격 중지시켜."

"예?"

"중지시켜. 뒷일은 내가 책임진다."

곽수환이 요새를 등지고 내려가기 시작했다. 이미 한 차례 엄청난 폭풍이 휩쓸고 간 교차로에 남은 건 시체와 다친 사람들, 몸 어느 한쪽이 날아가도 끊임없이 생존자를 공격하려는 아담밖에 없었다. 사다리를 타고 내려갈수록 피비린내가 짙어지고 있었다.

바닥에 내려선 곽수환이 성큼성큼 철망을 향해 걸어가기 시작했다. 곽수환의 명령에 모든 총격은 멈춘 뒤였다. 그는 뒤에서부터 달려 도움닫기를 해 철망을 붙잡고 올랐다. 3미터가 조금 넘는 철망을 건너서 교차로에 섰다. 찰박, 군화에 피가 묻어났다.

석 박사가 그랬지. 자기는 힘도 없어서 늘 타인에게 짐이 된다고.

그래서 석 박사도 나처럼 강했으면 좋겠다고…….

아니야, 석 박사. 이 모든 걸 해결할 수 있는 건 치료제가 맞아. 치료제만 있었으면 이따위 참상이 일어나지도 않았을 테니까.

'어떻게든 만들 거예요. 어떻게든 치료제를 만들 거니까.'

여의도 쉘터에 내려주던 때 석화가 그랬다.

'책임진다고 했잖아요. 나 믿어요.'

기어서라도 저에게 달려드는 반병신이 된 아담을 군화로 짓이겨 머리통을 깨부줬다. 그는 피바다 속에서 흐느끼는 소리가 들리는 곳으로 다가갔다. 소리의 근원은 널브러진 시체 밑이었다.

목덜미를 잡아서 시체를 치우니 여자는 뭉친 셔츠를 목구멍까지 쑤셔 넣은 채로 죽어 있었다. 쏟아지는 총탄 속에서도 혹시나 아담으로 변해 제 아이를 물까 봐서였을 거다. 곽수환은 아이를 안아 들려고 했다. 그러나 허억거리는 숨소리를 내뱉는 아이가 몸을 마구 비틀었다. 괴로운 듯이 전신에 경련을 일으키는 아이는 바이러스를 이기지도 못하고 꺾인 몸을 부들부들 떨기만 했다. 부모가 살리고자 하던 아이마저 죽었고, 희망은 어디에도 없어 보였다.

최호언 새끼가 왜 석 박사를 이용하고자 하는지 너무도 잘 알겠다. 직접 공포를 겪은 사람들은 면역체인 석화를 신격화할 것이다. 신의 계시를 받으면 너희들도 면역체가 될 수 있을 거라며 현혹하려 할 테지.

곽수환은 살아남은 사람들을 구출하기 시작했다. 그들의 눈

에 공포만큼이나 짙게 서려 있는 감정은 군인을 향한 적개심이
었다.

　믿어, 석 박사.

　곽수환은 속으로 중얼거렸다.

ADAM'S APPLE

Adam's Apple

#3

[구원받고 싶은 자, 에덴동산을 믿으십시오. 레인보우 시티는 시민을 버렸습니다. 우리에게는 구원인 생명의 나무와, 나무를 지키는 지혜의 뱀이 함께합니다. 에덴동산은 시민들의 안전을 최우선합니다. 믿는 자, 인내하면 에덴동산이 그대를 마중하러 가리니…… 치직, 칙.]

틀어놓은 라디오에서 에덴동산의 방송이 흘러나왔다. 그마저도 전파 방해를 받았는지 끝까지 나오지 못하고 곧 잡음으로 가득해졌다.

"이대로 시티가 무너질까요? 아담도 판을 치는 와중에 에덴동산이라니요."

교육센터에서 자란 연구원이 불안함에 손톱을 물어뜯었다.

"에덴동산이 정권을 잡으면 우리는 다 죽은 목숨이겠죠?"

이어지는 연구원의 말에도 석화는 아무런 반응을 보이지 않았다.

6차 백신을 투여받은 사람의 혈액에서 에덴동산 백신이 반응을 보였지만, 그마저도 움직임이 미비했다.

분명 7차 변이 아담들 중 몇몇은 말을 하거나 후퇴하는 행동을 보이고는 했다. 석화도 동물원에서 그들이 이브라고 입을 뻐끔거린 것을 봤고, 그 아담들은 전부 13구역에서 나왔다. 또 최호언은 자신을 오양석의 자택이 있던 13구역으로 불러들인 뒤 여의도 쉘터를 공격했으며, 13구역에 폭발사건도 일으켰다.

설마 그때 자신을 죽이려고 했던 건가? 아니, 그랬다면 자신을 생명의 나무라고 운운했을 리가 없다. 앞선 역사만 들여다봐도 폭발사건은 그릇된 사상을 가진 테러범들의 짓이거나 기밀을 없애기 위한 자들의 소행이 대부분이었다. 그렇다 한들 에덴동산은 폭발사건으로 얻어간 것이 없어 보였다. 그래 봐야 여의도 쉘터에 걸어두었던 대자보뿐이었다.

너희가 이런 일을 저질렀으니 온갖 집짐승과 들짐승 가운데서 저주를 받아, 죽을 때까지 배로 기어 다니며 흙을 먹어야 하리라.

당시 그 대자보 이야기가 뒤에서도 오고갔기 때문에 창세기의 한 구절이라는 것을 석화도 안다. 그건 신이 뱀에게 내린 형벌이었다. 그런데 만일 뱀이 아니라 레인보우 시티의 수뇌부들에게 경고를 한 것이라면?

저주를 받아 죽을 때까지 배로 기어 다니며 흙을 먹는다…….팔다리를 쓰지 못하고 바닥을 기는 아담이 그런 모습이지 않을까 싶었다.

라디오의 주파수를 이리저리 돌려봤지만, 안전한 곳으로 대피해 있으라는 기계적인 방송 외에는 다른 내용이 전혀 없었다. 석화는 가운을 벗고 연구실을 빠져나갔다. 어디를 가느냐는 다른 연구원들의 말도 무시한 채였다. 걸어 나가면서 제법 칼로리가 나가는 과일즙을 마시고 제가 해야 할 말을 다시금 정리했다. 엘리베이터로 향하는 동안 복도 스피커에서는 마더의 목소리가 흘러나왔다.

[우리 쉘터는 안전합니다. 쉘터 밖으로 나가는 행위는 금지되었습니다. 군인을 제외한 모든 쉘터 내의 인원은 20층 밑으로 이동을 금지합니다.]

최종 방어선인 48층이 아닌 20층까지도 무사했으니 아직 여의도 교차로가 뚫리진 않은 듯했다. 석화는 그곳에 있을 곽수환을 떠올리며 안도의 한숨을 내쉬었다.

석화는 다른 때보다도 부산히 걸음을 옮겼다. 전부터 이상하다고 느꼈건만 어느 순간부터 체력이 전보다도 훨씬 좋아진 것 같았다. 예전 같았다면 부산으로 내려가는 중에도 몇 번이고 기절했을지 모른다. 그뿐이랴, 제주도에서도 마찬가지였을 거다. 곰곰이 되짚어 생각해보면 그 기점은 아담에게 물려 호되게 앓았던 이후였다.

석화는 고개를 한 번 털었다. 사념에 잠기지 말자. 아직은 좀더 중요한 일이 남아 있었다. 58층에 내리자마자 앞을 지키는 군인이 석화의 신분을 확인했다.

"무슨 일이십니까, 석화 박사님."

"이연태 중장님을 다시 뵙고 싶습니다."

무장 상태의 군인은 무전으로 석화의 용무를 알렸다.

얼마 지나지 않아 복도의 길을 터주었고, 석화는 여전한 걸음으로 이연태의 집무실을 찾았다. 그 앞도 군인이 지키고 있었으나 미리 연락을 받았기 때문인지 순순히 문을 열어주었다.

이연태는 유선전화기를 귀에 붙인 채로 말을 쏟아내는 중이었다.

"미친 연구원의 가설이요? 그게 아니라 당신들이 치부를 인정하기 싫은 거잖아! 씨발 개좆 같은 새끼들아! 지금 밖이 어떤지나 알아?!"

이연태의 수화기는 벌써 반쯤 금이 가 있었다. 몇 번이고 내리쳤던 것이 분명했다. 쾅, 수화기를 내려놓은 이연태가 숨을 크게 들이쉬었다.

"석화 박사."

"왜 방송을 안 합니까?"

석화는 쉘터에 돌아오자마자 이연태에게 에덴동산 백신에 대해 방송을 해달라고 부탁했었다. 여의도 쉘터 내에서 상급자이며 이따금 자신의 편을 들어준 이연태를 믿고 선택한 건 당연했다.

"실험 결과는?"

"6차 백신이 투여된 혈액과 오염된 에덴동산 백신이 반응을 보입니다."

"그러니까 그게 7차 아담 바이러스냐고. 석화 박사, 내가 또 석화 박사 대변인이라는 이야기를 저 윗대가리들한테 들어야겠어?"

그는 짜증을 가득 담아 석화를 쏘아봤다. 그러더니 곧 눈매를 누그러뜨렸다.

"석화 박사가 말한 건 가설에 지나지 않잖아?"

"에덴동산 백신이 오염된 건 사실이지 않습니까? 그걸 투여하지 못하게 막아달라는 겁니다."

이연태도 석화를 오래도록 알아왔지만 늘 멍해 있을 때가 대부분이었다. 언제나 죽음을 선고받은 노인 같은 눈을 하고 있었건만 지금은 새로운 세상을 알게 된 소년처럼 힘이 실려 있었다. 그래 봐야 기운 넘치는 군인들에 비하면 여전히 기력이 쇠해 보이기는 했다.

"이미 전부 회수했다고 발표를 했으니 그런 방송은 의미가 없지. 게다가 오염된 백신을 맞은 사람들이 있을 텐데, 그 사람들에게 혼란만 심어주는 셈이야."

"그럼 지금 대대적인 감염 사태 때문에 에덴동산 백신을 맞는 사람들이 생긴다면요? 분명히 문제가 있는데 왜 회피하는 겁니까?"

"레인보우 시티는 회피와 타협으로 만들어진 시티잖나."

이연태 중장이 이상할 것 없다면서 쓰게 웃었다.

"치료제를 만들거나, 오염된 것 말고 에덴동산 백신에 정확히 무슨 문제가 있는지 결과물을 가져오게."

치료제. 말은 쉽다. 여태까지 만들지도 못하게 압박을 줬으면서 당장에 결과물을 가져오라니, 이거야말로 모순이 아닌가.

"잘못됐다고 생각하지 않으세요?"

"생각은 해. 과감히 실행하지 못할 뿐이지. 내가 상부 놈들의 말을 무시했다고 치자, 이번 일이 정리되면 나를 가만히 놔둘 것 같나? 어차피 쌍욕을 퍼부었으니 늦었는지도 모르겠지만 말이야. 자네보고는 미친 연구원이라더군."

이연태가 헛웃음을 피식피식 흘렸다.

"방송을 해주세요. 가능하시잖아요. 이번 사태가 안정되더라도 다시 문제가 발생할 겁니다. 미비하지만 분명 혈액에 변화가 있었어요. 혼란이 야기된다면 에덴동산의 백신이 오염됐다는 말은 하지 말고, 유통기한이 굉장히 짧으니 투여를 금지한다고만 전달해주세요."

이연태가 가죽의자에 털썩 앉았다.

"제 가설이 맞다면 13구역에서 나온 7차 변이 아담들이요. 그자들이 후퇴를 하거나 말을 반복한 건 아담에게 지능이 생겨서가 아니에요. 아담 바이러스에 노출됐지만 감염 속도가 현저히 늦어진 것뿐이라고요. 오청운 박사님도 마찬가지입니다."

그 현상은 이연태도 알고 있었다. 아담인 오청운이 말을 했다고 곽수환과 석화가 보고를 했으니까.

이연태는 어디론가 전화를 연결하더니 달싹거리는 입술을 떼어냈다.

"나 이연태 중장일세. 지금부터 내가 전달하는 이야기를 레인보우 시티 정규 라디오 방송으로 모두 내보내게."

이연태는 피곤한 듯 눈을 질끈 감았다가 떴다.

"에덴동산이 배포한 백신 중, 오염이 된 백신 때문에 각지에서 아담화가 동시다발적으로 일어난 것으로 추정된다. 에덴동산이 배포한 백신의 투여를 전면 금지한다. 투여를 받은 자는 집 밖으로 나오지 말고, 가족과 친구들을 자택의 방공호로 대피시키기를 바란다. 사랑하는 사람들을 지키기 위해서 꼭 그렇게 하기를 바란다."

이연태가 수화기를 내려두었다.

"이 정도로 타협했으면 윗대가리 놈들도 처형까지는 안 시키겠지."

석화는 이연태를 향해 꾸벅 고개를 숙이고는 왔던 길을 되돌아가기 시작했다. 아무리 안전하다고 하지만 쉘터 내부도 부산스러웠다.

엘리베이터도 한참을 기다려야 했기에 석화는 그동안 다시한번 그를 떠올렸다. 곽수환에게 믿으라고 호언장담을 했으니 지금은 제가 할 수 있는 일을 하는 게 먼저였다. 도착한 엘리베이터를 타고 연구실로 돌아간 때였다. 연구원이 석화를 기다렸다는 듯이 달려 나왔다.

"박사님, 박사님! 빨리 이것 좀 보세요!"

조급하게 팔을 잡아끄는 연구원을 봤다가 모니터로 시선을 돌렸다.

전에 오청운의 혈액세포를 이용해 배양을 했을 때, 난폭하게 활동하던 아담 바이러스가 정체된 것처럼 아주 느리게 움직였었다. 그때는 그게 치료제와 관련이 있지 않을까 기대했는데 그게 아니었다. 저조차도 치료제를 운운한 서펀트의 간사한 혀에 말려버린 것이다.

이제야 가설이 맞아떨어졌다.

오염된 에덴동산 백신을 멀쩡한 혈액에 투여한 뒤, 아담 바이러스를 심으면 그 순간에는 아무런 변화가 없었다. 그러나 바이러스가 투입됨과 동시에 휴면 말라리아 기생충이 자극을 받아 활동을 시작한다. 그렇게 기생충은 한동안 아담 바이러스를 막는 역할을 했다.

기생충으로 적혈구가 파괴돼 혈소판이 감소하면, 혈액의 응고와 지혈이 더뎌진다. 이윽고 혈소판 수가 현저히 줄어들었을 때, 느리게 퍼져나가던 바이러스에도 속도가 붙었다.

또한 6차 백신이 체내에 남아 있는 상태에서 에덴동산 백신이 투입돼도 마찬가지로 혈소판이 감소했다.

감소의 끝에 6차 백신의 구성 성분 중 독성을 약화시킨 아담 바이러스가 활동을 시작했다. 오청운의 혈액에서 바이러스가 느리게 이동했던 이유도 선배가 완벽하게 변이되기 전에 죽임을 당했기 때문이었다.

석화는 등이 스산해지는 것을 느꼈다.

에덴동산이 노린 건 치료제가 아닌 속임수였다.

백신은 전부 거짓이었다.

기생충이 감염의 진행을 더디게 만든 건 사실이지만, 혈소판이 지나치게 감소하면 바이러스가 즉시 퍼져나간다. 더 위험한 건 혈소판 감소 때문에 피하출혈이 훨씬 쉬워진다는 점에 있었다. 쉽게 말해 잇몸을 살짝 건드리기만 해도 출혈이 지속되니, 바이러스가 퍼져나가기는 더욱 용이했을 것이다.

"석화 박사님……."

연구원도 하얗게 질린 석화를 보면서 망연자실했다. 생각 이상으로 훨씬 더 위험한 상황이었다. 에덴동산은 시티를 무너뜨리고 새로운 정부를 세우려던 것이 아니었나? 이 결과만 놓고 보자면 새로운 세상이 아닌 완벽한 말살을 뜻하는 듯해 보였다.

석화는 정신을 차리고자 웬일로 찬물을 들이켰다.

이걸 누구에게 전달해야 하지? 아니, 전달한다고 해도 감염을 해결할 뾰족한 수가 있을까? 석화의 머릿속을 스친 건 다름 아닌 곽수환이었다.

맨몸으로 아담을 상대하는 곽수환이 손쉽게 출혈을 일삼는 아담에게서 안전할 수 있을지 미지수였다. 게다가 아직 변이가 되기 전인 아담 바이러스 감염자가 있을 것이다. 겉으로 보기에는 멀쩡한 사람을 구하려다 혈액을 통해 감염되기라도 한다면……?

석화는 달리기 시작했다.

한번도 전력질주를 해본 적이 없어서 심장이 입 밖으로 튀어나오려고 했지만 이를 악물었다. 엘리베이터를 초조하게 기다려 다시 이연태 중장에게 향했으나 그는 부재중이었다. 집무실에 두고 온 것이 있다고 거짓말을 해도 씨알도 먹히지 않을 것이다.

"제발, 군인이면 시티를…… 지키는 사람이잖아요. 빨리 알려야 할 사실이…… 있습니다. 전화를 쓰게 해주세요."

숨을 거칠게 몰아쉬는 석화의 절박함에도 군인은 그럴 수 없다면서 앞을 막았다.

"저 수석연구원입니다. 지금 손을 쓰지 않으면 정말 다 죽습니다……!"

군인도 저 밖에서 어떤 사태가 일어나고 있는지 누구보다 잘 알았다. 자칫하다가 시민들이 거의 죽을 수 있다는 생각도 했으니까.

군인은 주인이 없는 집무실 문을 열어주었다. 마치 저절로 열리기라도 한 것처럼 석화를 없는 사람 취급했다. 그게 군인이 할 수 있는 최대한의 배려였다. 석화는 고맙다는 말도 못 하고 서둘러 이연태의 유선전화기를 들었다.

그의 책상에는 통신센터와 각 지부의 전화번호가 적혀 있었다. 석화가 가장 처음으로 선택한 곳은 여의도 요새의 통신센터였다.

"여의도 쉘터입니다. 구출된 사람들도 전부 아담 키트로 검사를 해야 합니다!"

'다시 말씀해주십시오.'

유선 접속 불량인지 감이 멀게만 들렸다. 석화는 숨을 한 박자 고르고 천천히 말을 이어나갔다.

"저는 여의도 쉘터, 수석연구원 석화입니다. 이연태 중장님이 부재중이신 관계로 제가 대신 전달합니다. 구출된 사람들 모두를 아담 혈액 키트로 검사해주십시오. 겉으로는 멀쩡해 보여도 아담 바이러스 보균자일 수 있습니다."

'……현재 서울교 교차로, 생존자 확인되지 않습니다.'

석화는 수화기를 떨어뜨릴 뻔한 것을 간신히 고쳐 쥐었다.

"……곽수환 소령님은 무사한가요?"

'혹시 모를 생존자를 구출하러 나가셨습니다. 여기서는 더 이상 모습이 보이지 않습니다.'

"곽수환 소령님께 꼭 전달해주세요. 생존자들을 전부 격리해야 합니다. 정신없으시겠지만 전부 아담 키트로 꼭 검사를 진행해주세요. 그렇지 않으면 재차 감염이 확산될 겁니다."

'수석연구원이라고 하지 않으셨습니까?'

군 상부도 아닌 연구원의 지시였기에 군인이 의문을 띤 건 당연했다.

"부탁드립니다. 모두가 위험해질 수 있어요."

'전달은 하겠습니다.'

탐탁지 않은 목소리를 끝으로 연결이 끊겼다. 석화는 이어 세컨드 마스터에게 향할 직통번호를 눌렀다. 투박한 신호가 혼선이 되는 것처럼 겹쳐 들렸다. 달칵, 상대방이 전화를 받는 것과 동시에 입을 열었다.

"저 석화입니다. 마더 시스템을 통해서 여의도 쉘터 제 연구소 서버로 접속 부탁드립니다. 이번 바이러스 사태에 대한 정리가……."

'쉬엄쉬엄 말해요. 우리 구원자님 숨넘어가겠어요.'

석화는 번개를 맞은 것처럼 몸을 떨었다.

"……최호언 박사."

'세컨드 마스터가 우도에 처박혀 계시는 동안 세상이 어떻게 돌아가는지도 모르고 해킹에도, 혼선에도 무방비지 뭡니까. 그보다 석화 박사님 벌써 알아냈어요? 난 적어도 좀 걸릴 거라고 생각했는데.'

"대체 무슨 생각입니까? 이 상태라면 전부 감염되어 죽을 수도 있습니다."

나직한 웃음소리가 건너편에서 들려왔다.

'인류가 그렇게 쉽게 무너지지는 않아요. 어떤 시대든 살 사람은 살아남죠. 흑사병을 보세요. 유럽 인구의 3분의 1이 죽었답니다. 그래도 역사는 이어졌잖아요? 지금 시티에는 너무 많은

사람들이 살고 있어요. 에덴동산을 믿는 사람들만 구원하기 위해 한 차례 솎아내는 작업을 하는 것뿐이죠.'

"……아니잖아요."

석화는 두 손으로 수화기를 꽉 붙들었다.

"아닌 거 다 압니다."

손이 떨렸지만 두려워서는 아니었다. 석화는 분노하고 있었다.

"당신은 그냥 전부 다 죽이려는 거잖아. 에덴동산도 사실은 아무 의미 없잖아요."

감염자 중에는 에덴동산의 신도도 분명 있었을 것이다. 이 정도로 감염 속도가 빠르다는 건 오염된 백신을 맞은 그들의 신도가 시티 안에 포함되어 있었다는 거다.

'……온실 속에서 자란 내 동생. 세컨드 마스터를 만났으니 많은 이야기를 들었겠죠?'

서펀트가 정말 형제라고 해도 가족으로서의 애틋한 감정 따위는 없었다. 남보다도 못한 존재까지는 아니어도 그냥 남이었다.

'봐요, 이 사달이 났는데도 시티의 수뇌부들은 제주도로 피신하거나 안전한 곳에서 지시나 내리고 있죠. 민간인까지 전부 사살 명령이 떨어진 건 알고 있어요? 우리 동생은 너무 순진해서 그럴 리 없다는 말을 하려나?'

"최호언……. 당신이 벌인 일이잖습니까."

'죄를 지었으면 벌을 받아야 한다죠. 내 구원자, 어서 내게로 와요. 내 가족은 이제 석화 박사뿐이에요. 아버지 때처럼 힘없

이 잃지는 않을 거니까.'

　석화는 더는 듣지 않고 수화기를 내려놓았다.

　뚜르르, 뚜르르르, 전화기에 붉은 불빛이 점멸하면서 수신음 소리가 들렸다. 최호언일 수도 있기에 수화기까지 가는 손이 더뎠다. 석화는 망설임을 지우듯 다시 수화기를 확 들어올렸다.

　'곽수환 소령입니다.'

　그의 다급한 목소리가 들려왔다.

　"소령님!"

　'……석 박사?'

　"무사해요? 이야기 전해 들었어요?"

　'나 무사하니까 일단 진정해. 아담 키트로 멀쩡한 사람까지 확인하라는 건 무슨 소리야? 이미 통제 전에 여의도로 들어간 시민들도 있잖아.'

　아……. 석화의 입에서 생각이 끊기는 듯한 음성이 흘러나왔다.

　[긴급 상황, 긴급 상황, 여의도 쉘터 아담 출현, 최종 방어선 48층까지 폐쇄 카운트 360. 카운트 들어갑니다.]

　석화는 멍하니 고개를 들어 스피커를 향했다.

　[긴급 상황 발생, 여의도 쉘터 아담 출현.]

　마더는 계속해서 위험을 알리고 있었다.

　'석 박사!'

　수화기 반대편에도 마더의 알림이 들어갔는지 곽수환이 외쳤다.

'정신 차려. 지금 이연태 중장 방이지?'

"⋯⋯네."

'문 잠그고 거기 그대로 있어. 내가 갈 테니까.'

"아뇨, 안 돼요."

그 혼자의 몸으로 1층부터 58층까지 뚫고 올라오는 건 말도 안됐다.

"일단 더 위로 이동해볼게요."

'아직 48층까지 뚫리지는 않은 거지?'

"그런 것 같아요."

'헬기 보낼 테니까 옥상에서 기다리고 있어.'

쾅! 이연태 집무실의 문이 열리고 앞을 지키고 있던 군인이 들어왔다. 칵, 크륵, 괴이한 소리를 내는 군인은 이럴 리 없는데, 없는데, 그런 말을 반복하면서 피를 토해냈다.

"소령님⋯⋯."

석화는 수화기를 든 채로 괴이한 소리를 내며 각혈하는 군인을 바라봤다. 그러고는 천천히 밑의 서랍을 열어 권총 한 자루를 찾아냈다.

'방금 그 소리 뭐였어? 석 박사, 대답해!'

지금 제 눈앞에 아담이 되려는 사람이 있어요. 그렇게 전하고 싶었지만 입 밖으로 내뱉지 않았다. 수화기 너머의 그에게 전해서는 안 될 말이었다. 제가 아는 곽수환이라면 혹시나 문제가 생겼을 때 분명 자기 자신을 질타할 것이다. 혹여 잘못되더라도 그에게 죄책감을 심어줄 수는 없었다.

'석 박사. 석화야.'

곽수환의 목소리에 절망이 가득했다. 석화는 침을 꿀꺽 삼키고 권총을 꽉 쥐었다. 군인은 짐승처럼 이를 드러냈다가 고개를 흔들고, 제 머리를 주먹으로 치기도 했다.

"옥상까지 가볼게요. 나 믿으라고 했잖아요. 괜찮아요."

석화는 자신을 세뇌하듯 그렇게 말을 반복했다. 곽수환이 더 뭐라고 말을 하기 전에 전화를 끊었다. 어쩐지 그의 고함 소리가 들리는 것 같았지만, 석화는 군인을 향해 권총을 조준했다.

◆ ◆ ◆

"석화야!"

곽수환이 수화기에 대고 석화를 불렀지만 대답은 돌아오지 않았다. 전화가 기어코 끊긴 것이다.

저 밑은 피바다였고, 눈을 찡그리고 올려다본 하늘은 흐렸다. 마치 비가 올 것 같았다. 그러나 레인보우 시티는 그저 흐리기만 했다. 비의 흔적은 어디에도 떨어지지 않았다.

곽수환은 거추장스러운 제복 코트를 벗고는 통신병에게 수화기를 넘겼다.

설마 58층까지 감염이 확산된 건가? 그렇다면 이연태 중장

방에 있는 전화 또한 울려서는 안 됐다. 석화가 있는 곳으로 놈들이 몰려들 가능성이 있었다.

"이 시간 이후로 이 중장 방으로 전화 걸지 마."

"알겠습니다."

"조 대위."

요새 위에서 참담한 광경을 넋 놓고 지켜보는 대위를 급히 불렀다.

"아담 키트 여유분 얼마나 있어?"

"교차로 창고에 100개 정도는 구비되어 있습니다."

"일단 격리한 생존자들 위주로 아담 키트 실시해봐. 생존자 확인되는 대로 그 사람들도 마찬가지로 검사하고, 자리 지키고 있어. 난 여의도 쉘터로 돌아간다."

"쉘터도 아담 감염이 시작됐다던데 괜찮으시겠습니까?"

곽수환이 대답 없이 가죽장갑을 끼고는 요새의 사다리를 타고 내려갔다. 그는 내려가면서 서울교 우측에 내려와 있는 헬기를 확인했다. 지프를 타지도 않고 곧장 그곳으로 달려가니, 어깨에 총을 걸친 두 놈이 시시덕거리고 있었다. 달려온 곽수환을 보자마자 군화를 딱 붙이고 서서 거수경례를 했다. 곽수환은 거추장스럽다는 듯 놈들을 제치고 헬기 안으로 들어갔다.

"파일럿, 지금 여의도 쉘터로 이동 가능한가?"

파일럿이 벗어둔 헤드셋을 쓰며 말했다.

"바람 영향이 적어서 바로 이륙 가능합니다."

"쉘터로 지원 간다. 밖에 너희 둘도 합류해."

수다를 떨다 한껏 긴장했던 두 놈이 곽수환의 명령에 바로 탑승했다. 두 놈은 아직 여의도 쉘터가 뚫린 것을 모르는 듯했지만, 상관의 명령에 의문을 띠지도 않았다. 그만큼 레인보우 시티 상부의 명령은 절대적이었다. 여기서 여의도 쉘터까지의 거리는 그래 봐야 몇 분이었다. 프로펠러가 돌아가고 기우뚱하던 헬기가 수직으로 상승하기 시작했다.

시끄러운 프로펠러 소리에 곽수환이 목소리를 키웠다.

"여의도 쉘터에 아담이 출현했다. 마더 방송에 따르면 48층은 지금쯤 폐쇄됐을 예정이고, 그 위층으로도 아담이 출현했을 가능성이 있다. 아담을 발견하면 즉시 사살해."

긴장을 풀고 있던 두 놈이 침을 꿀꺽 삼켰다. 최종 방어선이 뚫렸을 수도 있다는 말은 여의도 쉘터마저 괴멸 상태에 이를지도 모른다는 뜻이었다. 빽빽하게 들어찬 아파트 위를 나는 헬기는 쉘터 주변을 선회하며 고도를 점차 상승시켰다. 곽수환은 가죽장갑을 낀 주먹을 쥐었다가 풀었다. 손안에 식은땀이 가득했다.

이연태의 방이 고층에 위치해 있으니 아무런 문제가 없기를 바랐지만, 분명 아담의 괴이한 울음소리가 들렸다. 늘 솔직한 석화였다. 그러나 이번만큼은 괜찮다는 그 말이 저를 안심시키기 위한 거짓말로만 다가왔다. 행여 아담에게 물린다고 하더라도 석화는 면역체니까, 하고 안심할 수도 없었다. 아담에게 물려 과다 출혈이 지속되면 석화도 죽는다.

"착륙 준비합니다!"

파일럿이 소리를 치자마자 곽수환은 자리에서 일어나 지지대를 잡고 밑을 내려다봤다.

옥상에 지원을 기다리고 있는 고위 간부들이 모여 있었고, 그 안에 석화는 보이지 않았다. 완전히 착륙할 때까지 기다릴 여유조차 없었다. 곽수환은 착륙까지 몇 미터를 남겨두고 헬기에서 뛰어내렸다. 마찬가지로 뛰어내려야 하나 눈치를 보는 두 놈을 향해 옥상을 엄호하라는 수신호를 보냈다. 헬기를 피해 저기 멀찍이 서 있던 고위 관리 몇몇이 곽수환을 보고 그에게 달려왔다.

"우리 여의도 쉘터가 대체 왜 뚫린 건가?!"

인상을 잔뜩 쓰고 화를 내는 놈의 견장을 보니 원스타나 마찬가지인 준장이었다.

"대체 어떻게 군대를 관리했기에 이 모양 이 꼴이야!"

곽수환이 제 앞을 막아선 준장을 손으로 밀쳐냈다.

"지금 여의도 쉘터 내부 정확히 파악되시는 분 있습니까?"

곽수환의 고함에 준장이 오히려 버럭 화를 냈다. 저희들부터어서 안전한 곳으로 이동시키라면서 헬기로 탑승하려고 했다.

"쉘터 내부에서 아담을 보신 분 계시냐고 물었습니다!"

헬기에 두 놈은 장전된 총을 들고 있다가 헬기로 달려드는 준장을 보고 어쩔 줄을 몰라 했다. 까마득하게 높으신 상관인지라 준장이 헬기를 출발하라고 지시하면 그럴 수밖에 없기도 했다.

아니나 다를까, 준장이 헬기에 올라타더니 어서 출발하라는 소리를 지껄여댔다. 곽수환이 헬기로 달려가 준장의 목덜미를 잡아 밖으로 끌어냈다.

"네놈이 감히! 명령 불복종으로 죽고 싶어?!"

준장이 권총을 꺼내 들어 곽수환에게 겨눴다. 그러나 그보다 더 빠르게 곽수환이 준장의 손목을 거칠게 쳐서 총을 떨어뜨렸다.

"니들 두 놈 뭐 해! 이 새끼 체포 안 하고!"

우왕좌왕하는 군인 두 놈이 곽수환을 향해 총구를 조준했으나 쏘는 자는 없었다.

"병신 같은 새끼들! 기강도 없고 상관 말도 무시하니까 시티가 이 꼴이 난 거야! 네놈은 내가 반드시 헌병대에 잡아 처넣겠어!"

곽수환이 셔츠 안으로 손을 넣어 군번줄을 잡아 끌어냈다. 쓱, 손으로 밀어 레인보우 시티에서 인정한 컨트롤러 인식표를 드러내 보였다.

"레인보우 시티 컨트롤러 곽수환이다. 오선범 준장은 헬기에 태우지 않는다. 여의도 쉘터를 책임지고 지켜야 할 준장이 제 책무를 제대로 이행하지 않았으니 사건이 마무리되면 군사재판에 회부한다. 만일 불복할 시 준장을 사살해도 좋다."

헬기에 타 있던 두 놈도 안쪽의 인식표를 확인하더니 헬기 입구를 막고 섰다.

"오선범 준장을 제외하고, 순차적으로 생존자들을 실어 나른다. 2인 1조가 되어 헬기에 탑승하며, 장소는 레인보우 시티 1급 사태 안전 방공호인 여의도 학교다. 여의도 쉘터 인원은 중학교 건물로 이동한다."

1급 위기 사태의 방공호는 초중교가 한데 모여 있는 곳이었다.

"쉘터 생존자들도 전부 아담 키트로 혈액 확인하도록 지시하고, 양성 반응을 보이는 사람들은 격리해. 그리고 방공호에 있는 헬기 더 지원 요청해서 순차적으로 날라."

두 놈이 그제서야 빠릿빠릿하게 사람들을 헬기에 태우기 시작했다. 준장은 인식표를 봤으면서도 전부 거짓말이라는 듯 시끄럽게 굴었지만, 그를 아는 나머지 고위 관리들은 그가 컨트롤러라고 확신할 수밖에 없었다. 그래서 여태껏 기행을 일삼았나 싶기도 했다.

시끄럽게 떠드는 준장을 향해 장전된 총을 겨누자 놈이 입을 다물었다. 곽수환은 옥상으로 올라오려는 사람들과는 반대로 아래로 내려가기 시작했다.

개중에 연구원도 보였고, 고층에서 상주하는 직원들도 섞여 있었다. 무장한 군인들이 사람들을 인솔했지만 그 와중에 석화는 보이지 않았다.

곽수환은 인솔 중인 대위 한 명을 붙잡았다.

"아담이 저층에서부터 올라왔어?"

"그렇습니다. 정확한 사고 경위는 파악되지 않으나 감염자 중에 군인도 있습니다. 폐쇄된 각 층마다 아마 생존자도 존재할 것으로 보입니다."

각 층마다 아담 출현 시에 대피할 공간은 있었다. 그러나 그마저도 아담이 끼어 있다면 그 안에서 모두가 갇혀 죽게 되는 셈이었다.

"헬기 지원 나왔으니 합류해서 사람들 인솔해. 생존자 모두 인솔한 뒤에는 남은 군인들 전부 옥상에 집결시켜. 그 안에 내가 합류하지 못하면 김 대위 네가 위에서부터 다시 밑으로 아담을 밀고 내려간다."

각지에서 아담이 출현했기에 지휘관인 소령이나 중령급 대다수가 현장으로 나가 있었다. 쉘터에 남은 건 고위 간부와 위관장교들이 대부분이었다. 대위에게도 두려움은 존재했으나 이곳의 아담을 소탕할 군인은 저희들뿐이었다.

"명령을 따르겠습니다."

[48층 폐쇄 완료. 58층 아담 발견으로 58층 출입구 폐쇄합니다. 폐쇄 카운트 10, 9, 8…….]

마더의 방송에 곽수환이 사람들을 밀치고 밑으로 황급히 내려갔다. 이연태 중장의 방은 58층에 있었다. 만일 석화가 58층을 빠져나오지 못했다면 그 안에 갇히게 될 것이다. 곽수환은 계단을 내려가면서도 사람들을 확인했지만 여전히 석화는 없었다.

[3, 2, 1. 폐쇄를 시작합니다.]

곽수환은 위에서부터 내려오는 철문 밑으로 몸을 내던졌다.

덜컹! 안으로 굴러 들어가자마자 58층의 출입구가 전부 폐쇄됐다. 곽수환은 홀스터에서 권총을 꺼내 복도를 향해 겨눴다. 엘리베이터는 작동이 중지되었고 복도 천장에 달린 전등이 깜빡거렸다.

곽수환은 복도에 서 있는 군인을 총으로 겨누면서 다가갔다. 놈이 제 머리를 벽에다 쿵쿵 찧고 있었다. 그러다가 코를 쿵쿵 거리더니 고개를 들어 곽수환을 쳐다봤다. 눈이 시뻘겋고 입가에 피가 가득해 놈이 아담임을 금세 알아차렸다. 곽수환은 저에게 달려드는 놈을 향해 총을 발사했다. 그런데 왜 한 놈밖에 보이지 않지?

곽수환은 시체를 발로 걷어차고 이연태의 방으로 걸음을 옮겼다. 석 박사, 무사한 거 맞지? 아담이 출현했다는데도 지나치게 고요한 58층 분위기에 오히려 불길함이 더 짙어졌다.

깜빡, 깜빡, 전력에 이상이 생겼는지 전등마저 불안했다. 더 의아한 건 복도에서 보이는 각 사무실이 전부 닫혀 있다는 것이었다. 강당의 문도 굳게 닫혀 있었고, 준비실 문은 제복에 매달려 있는 밧줄에 꽁꽁 둘려 있었다. 누군가가 밖에서 문을 잠가둔 것처럼 보였다.

이 안에 아담을 가둬놓은 건가? 설마…….

곽수환은 최대한 기민하게 움직여 이연태의 방으로 향했다. 코너를 돌자 이연태의 방이 바로 보였고, 문은 빠끔히 열려 있었다. 곽수환은 다시 주먹을 쥐었다가 폈다. 저벅저벅 걸어가 문을 확 열었다. 널브러져 있는 시체 한 구가 보였다. 심장이 철렁 내려앉았지만, 놈은 제복을 입고 있었다. 내려다보니 총알이 머리를 관통한 게 보였다.

혹시 석화는 이미 위로 도망갔는데 자신과 마주치지 못한 건가? 아니, 그럴 리가 없다. 내가 석화를 발견하지 못했을 리가 없어.

곽수환은 이연태의 방을 나오고 나서 숨을 크게 들이켰다. 그렇다면 찾아야지. 아담 때문에 숨어 있는 거라고 굳게 믿고 싶었다.

그는 권총의 밑 부분으로 철문을 쾅쾅 내리쳤다. 쾅, 쾅쾅, 쾅. 조용한 58층의 복도를 타고 파열음이 퍼져나가기 시작했다.

"석화야!"

곽수환의 외침에 쿵-! 어딘가에 몸을 부딪치는 듯한 소리가 들렸다. 또다시 쿠웅! 한 놈이 아니라 적어도 몇 놈이 문에 몸을 박는 소리였다.

"석화 형!"

쾅지직! 나무문이 부서지는 소리와 함께 복도의 중앙, 군사회의실의 문이 박살났다. 동시에 안에 갇혀 있던 아담이 괴성을 지르면서 달려오기 시작했다. 적어도 열, 많으면 스물이었다. 곽수환은 악귀같이 달려들기 시작하는 아담을 보고는 이놈들을 가둬둔 게 혹시 석화가 아닐까 생각했다. 그렇다면 다 죽이면 그만이다. 놈들을 다 죽여 석화를 만날 수만 있다면 말이다.

"소령님!"

곽수환이 가장 먼저 달려든 놈의 턱뼈를 부숴놨을 때였다. 석화의 목소리가 들려왔다.

제가 헛것을 들었나 싶을 정도로 희미한 목소리였다. 곽수환은 반사적으로 뒤를 돌았다가 달려드는 아담 때문에 다시 앞을 봐야 했다. 아주 짧은 순간이었지만 분명 석화의 얼굴을 봤다. 그것도 이연태 방 옆에 닫혀 있던 화장실이었다. 거기서 석화가 문 밖으로 얼굴을 내밀고 있었다. 지금 당장 석화에게 달려가고 싶건만 날뛰는 놈들이 문제였다.

"문 닫고 들어가 있어!"

곽수환은 정면을 보면서 소리를 질렀다.

변이된 개체는 대다수가 군인이라 체격이 좋은 놈들투성이였다. 그런 놈들을 상대하자니 곽수환도 정신을 차릴 수가 없었다.

크아악, 괴성을 지르며 달려드는 감염자들이 저마다 먼저 공격하겠다고 늘어진 시체를 밟고 기어 올라왔다. 거리가 너무 가까워 총을 발사하지도 못하고 주먹으로 머리뼈를 깨부쉈다. 가죽장갑에 스며들지 못하는 뇌척수액과 피가 뚝뚝 흘러내렸다.

저 새낀 뭐야.

당황스럽게도 저 끝에 있는 놈 하나가 아담을 공격하고 있었다. 같은 방에서 나온 놈인 데다 뺨의 살점이 너덜거리는 꼴이 딱 봐도 아담이었다. 곽수환이 턱을 뜯어낸 아담의 멱살을 잡고 방패 삼아 앞으로 돌진했다. 가뜩이나 흥분해서 날뛰던 놈들인지라 곽수환도 거칠게 숨을 몰아쉬었다.

"넌 뭐야, 새끼야!"

열두 놈의 머리를 으깨놓고 나니 복도는 피뿐만 아니라 피로 떡진 구불구불한 뇌가 그로테스크하게 범벅되어 있었다. 어느 도살장도 이런 참상은 없을 거다. 너덜거리는 뺨을 하고 있는 놈이 고개를 연방 경련하듯 흔들었다. 마치 아담으로 변이되기 직전의 행동처럼 보였다.

사람마다 변이 시간이 다르긴 했지만 아담이 아담을 공격한 사례는 본 적이 없었다. 혹시 저놈도 면역자라면……. 크르륵, 목 안쪽에서 피 끓는 소리를 내던 놈이 피를 왈칵 토해냈다. 불분명한 발음을 일삼더니 시뻘건 눈으로 곽수환을 쳐다봤다. 기괴하게 뒤틀린 다리를 하고서는 제복 안쪽으로 손을 쑥 넣었다. 돌연 놈이 총을 꺼내 들었다. 곽수환도 방패 삼은 아담을 내려놓고 제 총을 꺼내 놈을 겨눴다.

탕-! 놈의 총구가 향한 건 곽수환이 아니라 저 자신의 관자놀이였다. 기막힌 일이 아닐 수 없어 곽수환은 자살한 군인을 내려다봤다.

변이가 되던 도중이었던 건가? 완전히 정신을 놓기 전에 자살을 선택한 거고? 그는 놈의 군번줄을 떼어냈다. 58층을 지키고 있던 소위 중 한 명이었다.

곽수환은 인식표만 떼어내 뒷주머니에 넣고 장갑을 벗어던졌다. 그러고는 최대한 뇌나 장기가 군화에 묻지 않을 부분으로 발을 디뎌 내달리기 시작했다.

쾅! 닫힌 화장실 문을 여니 잔잔한 클래식이 흘러나오고 있었다. 이연태나 그와 비슷한 직급들만 사용할 수 있는 간부용 화장실이 지금 이 건물 중 가장 깨끗하지 않을까 싶었다. 그는 문을 굳게 닫고는 안으로 걸음을 옮겼다. 이용할 수 있는 칸은 총세 개로 그중 마지막 칸 하나만 문이 닫혀 있었다. 곽수환이 그 앞으로 다가가 석화를 불렀다.

"석 박사."

달칵, 잠금쇠가 풀리는 소리와 함께 문이 천천히 열렸다. 석화의 동공이 크게 확장되어 있었다. 얼마나 놀라고 겁먹었을지 눈에 선해서 제 속이 다 답답했다. 곽수환은 손을 뻗어 석화를 잡아당겼다. 그러고는 석화의 뺨을 두 손으로 감쌌다. 따끈따끈한 온기에 곽수환은 잠시 눈을 감았다가 안도의 한숨을 쉬었다.

"다친 데는?"

"없어요. 소령님은요?"

"건강해."

그가 제 이마를 내려서 석화의 이마에 툭 부딪쳤다.

"올라가려고 했는데……. 아담이 자꾸 따라붙어서……. 가지 못했어요."

석화가 기를 쓰고 옥상에 올라갔다면, 어쩌면 제가 도착하기도 전에 저 위는 초토화됐을지 모른다. 그렇다 하더라도 석화가 희생을 하는 건 원치 않았다. 저 자신의 안전을 최우선하지 왜 다른 사람을 생각했냐며 탓을 할 뻔했지만, 곽수환은 애써 말을 삼켰다.

"잘했어. 석 박사가 다 가둔 거야?"

석화가 이마를 떼어내더니 그렇다고 고개를 끄덕했다.

"다음에는 무조건 피하기만 해. 운이 계속 따라준다는 법은 없어."

"운은 아니에요. 전화를 기다렸거든요."

"응?"

제 옷에 피가 묻어 있기 때문에 최대한 멀찍이 몸을 떨어뜨려야 할 테지만, 더는 참지 못하고 석화의 몸을 껴안았다.

얇고 말랑거리는 귀에서부터 목덜미까지 코를 문지르며 내려왔다. 석화는 손을 들어 곽수환의 머리를 쓰다듬었다. 석화의 손이 아직도 긴장으로 떨리고 있는 게 느껴졌다.

"전화벨 울리면 감염된 아담들도 소리에 몰려들잖아요. 타이밍을 기다렸는데 전화가 안 오더라고요."

곽수환이 하, 하고 속에서부터 깊은 숨을 토해냈다. 분명 이연태 중장의 방으로 전화를 걸지 말라고 했었다. 석화는 그렇게 전화를 끊었으니 다시 걸려올 줄 알았나 보다.

"위험할 줄 알고 안 했지."

"중장님 방에서 다른 방으로 계속 전화를 걸었죠. 아담들 몰리면 가서 문 닫고 도망오고, 그렇게요. 처음에는 멀쩡한 군인들이 더 많았고 다들 막으려고 애썼는데……. 준장이 군인들에게 쉘터를 사수하라고 명령하고 자기만 위로 도망가더라고요.

그렇게 밑에서 또 사람들이 올라오면서…….”

밑에 있던 아담들도 58층으로 올라왔을 테고, 마더의 판단으로 폐쇄가 됐던 것이다. 곽수환은 아직도 몸을 떨고 있는 석화를 단단히 안았다. 이대로 몸 어디 할 것 없이 만지고 위로해주고 싶었지만, 이 도시는 항상 그런 여유조차 주지 않았다.

“아담 키트로 생존자들 확인하라는 소리는 뭐였어?”

석화는 이제 괜찮다면서 곽수환의 가슴을 밀어냈다. 세면대로 다가가 수도꼭지를 올렸다. 물탱크에는 문제가 없는지 물이 흘러나왔고 석화는 찬물로 얼굴을 닦았다. 곽수환에게도 이리오라고 손짓을 했다. 그 역시 얼굴을 물로 씻어 내렸다.

석화는 뒤에서 그 모습을 지켜보면서 말을 이어나갔다.

“에덴동산이 배포한 백신 중에 휴면 상태의 기생충이 들어간 백신이 있었어요. 그 기생충은 아담 바이러스에 노출되면 깨어나서 활동하기 시작해요. 그리고 아담 바이러스의 진행을 막아주는 역할을 하고요. 전에 에덴동산 서펀트가 백신을 맞고, 아담 바이러스를 제 몸에 투여하는 영상을 퍼뜨렸잖아요. 그 사람이 분명 최호언은 아닐 테니 대역을 썼겠죠. 통상적으로 우리가 알고 있던 시간 내에 변이를 하지 않은 건 맞아요. 그러니 에덴동산 사람들은 백신을 믿을 수밖에 없었죠.”

곽수환이 고개를 들어 거울에 비친 석화와 눈을 마주했다.

“그러니까 그 기생충이 담겨 있는 백신이, 바이러스가 진행되는 속도를 늦췄다는 거야?”

"네. 사람마다 말라리아 기생충이 일으키는 합병증이 생기는 속도도 다 달라요. 아마 이번 일 말고도 아담이 없던 지역에서 갑자기 아담이 출현했던 적도 있었을 거예요."

석화의 말이 맞았다. 상부는 이게 얼마나 위험한 상황인지 인지조차 하지 못한 거다.

"그럼 문제 있는 백신을 맞은 시민이 또 어딘가에 있을지도 모른다는 이야기고?"

"맞아요. 그래서 백신을 맞지 말라는 방송을 해달라고 한 거예요. 이연태 중장님이 해주셨어요."

세면대를 잡고 있던 곽수환이 몸을 돌렸다.

"아직 변이되지 않은 아담 바이러스 보균자가 있을 거라는 말은 가설이야, 확신이야?"

"확신이요. 대피한 사람들 중에 최근에 에덴동산 백신을 맞은 사람이 있을 수도 있어요. 말라리아 감염 증상을 보이는 사람들도 격리해야 해요. 그런데 이 악성 말라리아는 열이 일정하지 않게 올랐다가 내리거든요. 일단은 발열 증상을 보이는 사람들을 격리해야 하는데, 문제는 감기뿐일 환자들과 뒤섞일 수도 있다는 거예요."

격리실이 그렇게 많지도 않기에 이상 증세를 보이는 사람을 한데 몰아넣는 수밖에 없었다.

석화가 두 손으로 제 눈을 꾹 눌렀다가 떼어냈다. 엄청난 피로감에 휩싸였지만 그걸 애써 막아내고 있었다. 곽수환이 젖은 손으로 문고리를 잡아 열었다. 58층이 폐쇄됐기 때문인지 제가 저질러놓은 참상만 펼쳐져 있었다. 그는 석화의 손을 잡고 화장실을 나와 이연태의 방으로 걸었다. 참상을 봤다면 석화가 구토를 했을지도 모르기에 방이 바로 옆이라 다행이었다.

바닥에 널브러진 시체를 잡아끌어서 밖에다 내놓은 곽수환이 문을 잠갔다. 물걸레가 지나간 것처럼 시체가 끌려간 자리에는 쓸린 핏자국이 남았다. 석화는 그 핏물을 눈으로 따라가다가 시선을 위로 들었다. 이 방에서 처음 변이를 시작했던 군인을 쏘려고 했던 건 맞았다. 그러나 그 군인은 어떻게든 정신을 차리려고 노력했고, 스스로의 힘으로 복도로 나갔다. 그 이후로 석화는 군인의 행방을 알지 못했다.

이 안에 있던 시체는, 변이된 군인들을 준비실에 가두고 돌아왔을 때 들어와 있던 아담이었다. 전화벨을 계속 준비실로 울리게 놔두었기에 수화기도 책상에 올려둔 상태였다. 석화는 수화기를 타고 울리는 신호음에 반응을 보이는 아담을 가만히 보다가 슬그머니 중장의 방문을 닫았다.

그 기척을 느낀 아담이 뒤를 돌았고, 석화는 눈에 잔뜩 힘을 주어 이마를 향해 발사했다. 학습센터에 있을 때 몇 번이고 모의사격을 했었지만, 저 혼자서 아담을 상대하니 손발이 덜덜 떨렸다. 게다가 몇 번 구내식당에서 보았던 군인이었다. 일전에 곽수환이 그랬다. 이들은 다 누군가의 아는 사람들이고 이웃이고 가족이었다고.

그때는 그저 그가 냉정한 사람이라고만 생각했는데, 가족을 제 손으로 죽였다던 그가 어느 날 말했다. 아직도 그때를 생각하면 무척이나 아프다고.

중장의 컴퓨터에 컨트롤러 코드로 접속하는 곽수환의 얼굴은 담담했다. 피가 옷 여기저기에 튀어 있었지만 그 또한 대수롭지 않게 여기는 듯했다.

석화는 자신보다 몸도 훨씬 크고 강한 곽수환이 왜 안타깝게 느껴지는지 몰라 했다. 저 역시 살기 위해 아담을 죽였으나, 사람을 죽였다는 생각은 쉽사리 가시지 않았다. 저도 이런데 곽수환은 얼마나 더 많은 자괴감을 가졌을지 가늠하는 것조차 주제넘었다.

이제 저희는 58층에 갇힌 것이나 마찬가지였다. 그래도 늘 그래왔듯 주어진 상황에서 할 수 있는 일을 하는 게 우선이었다.

"소령님. 아까 전에 제가 세컨드 마스터에게 연락을 했는데, 최호언이 받았어요."

설마 최호언이 우도까지 간 건가 싶은 표정이었기에 석화가 서둘러 말을 더했다.

"해킹이라는 말도 운운했는데, 아마도 세컨드 마스터 이야기인 것 같아요. 세컨드에게 걸었던 전화가 최호언에게 돌려지더라고요. 다른 건 모르겠지만 최 박사는 혁명이나 개혁을 원하는 것 같지 않아요."

"내 생각도 그래. 그 새끼 무슨 매드 사이언티스트야? 신인류로 세상을 재구성하기라도 한대? 마더, 컨트롤러 권한 접근을 허가하도록."

곽수환이 빈정거림을 숨기지 않으면서 용건까지 막힘없이 내뱉었다.

[허가합니다. 컨트롤 타워에서 전체 알림이 내려왔습니다.]

컨트롤 타워라 함은 퍼스트 마스터와 세컨드 마스터, 조언가를 뜻했다.

석화도 곽수환의 옆으로 다가가 마더의 말을 경청했다.

[군인들의 살신성인과 뛰어난 위기 대응 능력을 갖춘 상부의 노력으로 에덴동산이 살포한 아담 바이러스는 소강상태에 들어섰다. 에덴동산의 백신은 앞서 경고했듯 레인보우 시티를 괴멸시키기 위한 아담 바이러스가 내포되어 있었다. 백신을 투여받은 자에게도 해결책이 있으니 군인에게 자진 신고를 하도록 한다. 앞으로 3일 안으로 아담 소탕이 완료될 것이며, 자택에서 피신 중인 시민들은 방역이 끝날 때까지 대기하도록 한다.]

석화는 흐린 눈을 하고 입술을 벌렸다. 곽수환은 한 번 헛웃음을 흘린 게 다였다.

"상부도 기생충과 바이러스 사이에 작용이 있었다는 건 눈치챘나 봐요."

아마도 세컨드 마스터가 가장 먼저 알아차리지 않았을까 싶기는 했다.

[컨트롤러 접속 시, 전달 사항이 있습니다.]

곽수환은 전달 사항을 열람했다.

[29그린구역 생존자인 오산 쉘터 대위가 바이러스 감염 경로 없이 아담으로 변이, 현장 사살함. 15인디고 생존자 2인 아담으로 변이, 현장 사살함. 모두 에덴동산의 첩자로 확인. 또한 아담이 발생한 격리실에 모여 있는 시민은 전원 사살함. 여의도 쉘터 역시 생존자들 중 아담 감염 증세를 보이는 자가 있으면 즉시 사살하도록 한다. 이 전달 사항을 마지막으로 곽수환의 컨트롤러 직위는 해제한다.]

마더의 목소리에 감정 따위는 담겨 있지 않았다. 석화는 놀란 채로 그의 팔을 붙들었다. 컨트롤러 직위가 박탈됐다는 건 퍼스트 마스터와 세컨드 마스터가 모두 동의했다는 말이었다.

퍼스트 마스터는 아마도 곽수환이 세컨드 마스터를 만나고 온 사실을 알았을 것이다. 뒤통수를 칠 수 있다고 생각해 직위를 해제했을 가능성이 농후했다.

"이 새끼들 그냥 다 뒈지라고 하고, 우리 둘이 어디 도망가서 살까?"

달콤했다. 석화라고 해서 흔들리지 않을 재간은 없었다. 그와 몰래 어느 섬이라도 들어가서 살면 행복하게 지낼 수 있을 것도 같았다.

그러나 혹시 자신이 먼저 죽는다면?

그럼 곽수환은 완전히 홀로 남을 테고, 그 반대의 경우도 마찬가지였다.

"소령님……."

[마지막 전달 사항이 있습니다. 열람하시겠습니까?]

마더가 석화의 말을 끊다시피 했다. 곽수환이 확인을 눌렀음에도 빈 창만 떠올랐다.

[암호를 입력해주십시오.]

그는 자신의 컨트롤러 코드 넘버나 암호로 유추될 만한 숫자나 글을 적어 넣었지만, 그 어떤 것도 정답은 아니었다.

"마지막 전달 사항을 남긴 사람을 확인할 수 있나?"

[가능합니다.]

"말해봐."

[세컨드 마스터입니다.]

곽수환은 불안한 눈을 한 석화를 중장의 의자에 앉혔다. 그리고 자신은 책상에 엉덩이를 붙이고 걸터앉았다.

"영감이 왜 암호를 걸어놨을까?"

"다른 사람이 보면 안 되나 봐요."

컨트롤러 직위까지 해제한 마당에 전달할 게 또 뭐가 있단 말인가. 곽수환은 되는대로 아무거나 키보드를 두드렸다. 에덴동산, 서펀트, 비손, 티그리스 등등 이것저것 막힘없이 쳐보다가 설마 이거겠어? 하고 암호를 입력한 때였다.

[암호 확인되었습니다. 세컨드 마스터의 음성을 전달합니다.]

의자에 앉아 기운을 비축하던 석화도 눈을 조금 키웠다.

"암호가 뭐였어요?"

"몰라, 이것저것 치다 보니까 열렸어."

[컨트롤러 직위가 박탈된 점에 대해서 길길이 날뛰고 있을지 모르겠지만, 부디 내 말을 끝까지 듣게나.]

세컨드 마스터는 저를 몰라도 한참 모른다. 흥분할 일이 뭐가 있나. 어차피 늦든 빠르든 제 권한을 거둬갈 건 분명했는데 말이다.

[최호언이 퍼스트와 손을 잡은 정황이 있네. 최호언이 아둔한 퍼스트를 이용한 게지. 퍼스트와 조언가들의 반발이 거세 곽수환 자네의 컨트롤러 직위 권한을 해제하는 수밖에 없었네. 벌써 1,000명이 넘는 시민이 죽어 나갔어. 이게 혁명을 말하던 최호언이 벌인 참사지. 우도에 손발이 묶인 내가 할 수 있는 일은 이제 정말 치료제를 개발하는 것뿐일세. 그러니 석화 박사를 내게 보내고, 곽수환 자네는 여의도 쉘터를 사수하기를 바라네.]

전언이 끝나고 곽수환의 컨트롤러 직위가 해제되며 연결도 끊겼다. 곽수환은 하루 만에 얼굴이 핼쑥해진 것 같은 석화를 눈에 담았다. 아무런 고생 없이 편히 살 수 있는 길이 석화에게는 있었다.

"진짜 우도 가서 살래? 거기 사람들 봤잖아. 엄청 평화롭고 행복하게 사는 거."

"곽 소령님 없으면 싫어요."

곽수환이 손을 뻗어 석화의 몸을 제 쪽으로 끌어 올렸다. 그가 어리광을 부리듯 석화의 어깨에 얼굴을 비볐다.

"그 말 듣고 싶어서 일부러 빈말해봤어."

석화는 두 다리를 벌리고 그의 허벅다리 위에 올라탄 꼴이 됐다. 석화는 거부하지 않고 곽수환의 등에 손을 감았다.

"자기, 나 믿어?"

"믿어요."

싫다, 아프다, 부정적인 말도 잘 내뱉지만 그만큼 긍정적인 말도 마찬가지였다. 고민 없이 확답을 주는 석화가 얼마나 제게 안정감을 주는지 석화는 모를 거다.

곽수환이 석화의 뒷머리를 커다란 손으로 감쌌다. 이럴 상황은 아니라는 듯 약간 곤란해 보이는 석화의 입술을 쪽 빨아들이고 혀를 안으로 미끄러뜨렸다. 석화는 입술을 슬쩍 벌렸다. 그의 등에 달라붙은 셔츠를 손으로 꽉 움켜쥐고 입술의 움직임을 부지런히 따라갔다. 그가 입안을 거세게 빨아들이고 떼어내자 석화의 혀가 아랫입술에 걸쳐 나와버렸다.

혀 아래쪽이 아릿아릿해 제자리로 넣으려는데, 말캉거리는 혀를 한껏 깨문 곽수환이 다시 입술을 깊숙이 탐했다. 가슴을 손으로 만지작거려 기어코 젖꼭지까지 찾아내 주욱 잡아당겼다. 홋, 하고 석화가 몸을 움츠렸다.

하아, 젖꼭지가 잡힌 채로 입술을 떼어냈다. 양쪽 젖꼭지를 잡아당긴 채 손으로 굴리는 곽수환 때문에 달뜬 숨만 내뱉어야 했다.

곽수환은 자석처럼 자꾸 석화의 몸에 달라붙으려는 제 본능에 혀를 찼다. 책상에 눕혀놓고 질펀하게 뒹굴고 싶은 사람 마음을 모르는지 석화는 얌전히 가슴을 내어주고 있었다. 마치 더 만져달라는 것처럼 느껴졌다.

"나도 석 박사 빨고 싶은 거 꾹 참고 있거든."

안 그래도 침이 고여 젖꼭지가 퉁퉁 부르틀 때까지 물고 빨고 싶었다. 곽수환은 대신 입술을 맞추고는 석화를 바닥에 내려두었다.

"일단은 여기부터 탈출하자."

석화는 대답 없이 고개로만 대답했다. 몽롱하게도 야릇함이 얼굴에 머물러 있었다.

좀 전까지만 해도 유두에 감각이 있는지도 몰랐는데, 솜씨 좋게 그에게 잡힌 뒤로는 셔츠가 스쳐도 저릿저릿했다. 그 바람에 더 딱딱하게 솟고 있는 듯했다. 석화는 뾰족하게 솟은 것을 가라앉히려는 듯 손으로 제 가슴을 비비며 마사지했다.

중장의 옷장을 열던 곽수환이 석화를 바라봤다. 사람을 나무라는 듯한 시선이었기에 석화는 사실을 고했다.

"젖꼭지가 서서 쓸려요."

"석 박사, 젖꼭지가 뭐야."

곽수환이 제 인내심 박살내지 말라는 듯 말했다.

"유두요."

석화의 솔직한 화법을 막을 재간은 없기에 짧게 웃고만 말았다. 그는 피가 묻은 셔츠를 벗고, 중장의 옷장에서 이동하기 편한 일상복을 꺼냈다. 한쪽 바닥에 놓여 있는 비상용 배낭을 휙 들어올리니 이 정도는 석화도 충분히 들 수 있을 것 같았다. 통통한 배낭을 들고 가 석화에게 메게 했다.

"무거워?"

"들 만해요."

안에는 물통 몇 개와 응급처치 약품들 그리고 전투식량이 들어 있었다. 아담이 뒤에서 공격을 해와도 배낭이 방패 역할을 해줄 테니 일거양득이었다.

배낭을 다시 끌어 내린 곽수환은 중장의 두꺼운 코트를 꺼내 석화에게 입혔다. 봄은 멀지 않았건만 추위가 끝날 기미가 보이지 않았기 때문이다. 권총 두 자루를 석화의 주머니에 넣어두고 이번에는 저 자신의 몸을 무장했다.

석화는 서둘러 나갈 준비를 하는 곽수환을 보다가 제 손목에 테이프를 두르기 시작했다. 중장의 두꺼운 코트 덕분에 팔꿈치 밑 부분까지 그럴싸한 방어막을 만들 수 있었다. 곽수환은 검은색 하의에 마찬가지로 어두운 색 재킷을 마저 걸친 채였다.

"학습센터에서 알려준 거야?"

테이프를 두른 두 팔은 그야말로 둔해 보였다.

"학습센터는 이런 거 안 알려줘요."

곽수환은 잘했다는 듯이 석화의 정수리를 손바닥으로 꾹 눌렀다.

다시 배낭을 메준 그는 테이프로 감긴 석화의 두 팔을 가져와 부드럽게 움켜쥐었다.

"팔에 상처는 어때?"

"괜찮아요."

그럼 됐다며 곽수환이 보일 듯 말 듯이 고개를 끄덕했다.

"옥상으로 올라가봤자 여의도 방공호로 이동하게 될 텐데, 컨트롤러 직위도 박탈됐으니 오히려 더 위험해질 수도 있어."

이번에는 석화가 알아들었다는 듯 반응을 보였다.

"그러니까 비상구를 통해서 위가 아니라 아래로 내려갈 거야. 58층에서 1층까지 돌파할 거니까 많이 힘들 테고."

"전부 잠겼잖아요."

"지금 우리가 있는 곳하고 48층만 폐쇄됐을 테니, 나머지는 비상구 이용이 가능해."

말이 58층이지 1층까지의 여정은 족히 하루가 넘을 수도 있고, 그사이에 크게 다칠 수도 있었다.

"소령님, 쉘터 내에 낙하산 있죠?"

곽수환이 눈 한쪽을 살짝 찡그렸다.

"있긴 하지."

"차라리 뛰어내려요."

곽수환도 그 생각을 하지 않은 것은 아니나 과연 석화가 할 수 있을까 걱정이었다.

"1층까지 뚫고 내려가는 게 더 위험해요."

쉘터 내에 구비되어 있는 낙하산은 1인용으로 곽수환이 석화를 안고 뛰어내리기란 무리였다. 제주도에서 이채윤과 같이 뛰어내릴 수 있었던 건 낙하산이 수용할 수 있는 무게였기 때문이다.

"그냥 1층까지 내가 뚫고 갈게."

"할 수 있어요, 저도."

짐이 되고 싶지 않다는 뉘앙스가 느껴졌다.

석화는 현 상황에서 가장 이성적인 판단을 내린 것이다. 제아무리 곽수환이라고 한들 숫자도 가늠되지 않는 아담을 헤치고 무사히 내려갈 확률은 현저히 낮았다. 게다가 1층까지 따라 내려가는 것도 만만치 않은 일일 테니까.

"준비실에 아담은 몇 명이나 가둬놨어?"

"정확히는 모르겠는데, 다섯 정도 되는 것 같아요. 강당이 제일 많아요."

다행히 철로 된 강당문은 아담의 힘으로는 부술 수 없었다. 준비실은 나무문이지만 양문형이어서 석화는 밧줄을 이용해 문고리 두 개를 묶어놨었다.

"내가 신호할 때까지 문 열지 말고 기다려."

도와줄게요, 라는 말은 차마 하지 못했다. 그가 혼자 준비실에 가게 놔두는 게 외려 도와주는 일이었다. 석화는 테이프를 가져와 곽수환의 팔에 칭칭 둘러맸다.

"난 이런 거 안 해도 돼."

"혹시 모르잖아요."

"모양 안 사는데."

"목숨이 더 중요해요."

"알았어, 석화 형."

곽수환의 팔에 테이프를 감는 석화는 시종일관 진지한 표정이었다. 양쪽 다 마무리를 지었음에도 성에 차지 않는지 테이프를 다 쓸 때까지 감는 행동을 멈추지 않았다.

석화는 곽수환이 말하는 석 박사라든지 석화 형이라는 부름이 좋았다. 또 어떨 때는 석화야, 하고 부르기도 했지만 기분은 나쁘지 않았다.

그간 모두가 자신을 석 박사 혹은 석화 박사라고 불렀고, 학습센터에서조차 제 이름을 다정하게 불러줬던 이는 없었다. 곽수환이 감정을 담아 이름을 불러주니 석화는 자신의 존재가 특별해지는 것만 같았다. 어머니도 그랬었다. 배 속에 있을 때부터 이름을 불러주었더니 꽃이 되어서 제 품에 왔다고.

"수환아."

석화는 다 쓴 테이프를 내려두었다.

덤덤한 석화와는 다르게 곽수환만 놀란 눈을 했다. 내가 제대로 들은 게 맞아? 그런 의문이 섞인 눈이었다.

"곽수환."

석화는 저의 부름이 그에게도 특별한 의미로 다가갔으면 했기에 말에 마음을 담았다.

"무사히 와요. 그리고 같이 여기서 나가요."

그는 전에 없이 가슴이 지끈했다. 아, 젠장. 곽수환이 고개를 푹 숙이면서 나직한 욕설을 터뜨렸다.

"감탄사인 거 알지? 다음에는 좀 여유 있을 때 불러줘."

곽수환이 쪽, 석화의 입술에 입을 맞추고는 문으로 성큼성큼 걸었다. 문고리를 쥐고는 다시 석화를 돌아봤다.

"술이 식기 전에 다녀올게."

"술이요?"

"그런 게 있어."

문을 열고 나간 곽수환의 귀 끝이 미묘하게 붉어져 있었다.

석 박사 솔직함에 충분히 면역되어 있다고 생각했는데 제가 바로 비면역자였다. 그는 애꿎게 귀만 손으로 꾹 누르고는 준비실로 달려가기 시작했다.

깜빡깜빡, 기어코 복도 천장의 전등이 나가고 바닥에 비상전력이 들어왔다. 그마저도 달려 나가야 할 길을 알려주는 이정표 역할을 할 뿐 시야 확보에는 큰 도움이 되지 못했다. 하필 손전등도 없어 어둠에 눈이 익숙해지기를 기다렸다.

곽수환은 준비실 문 앞에 서서 석화가 묶어둔 밧줄을 손으로 쓱 훑었다. 급한 와중에도 꼼꼼하게 묶어두어서 풀기에 애를 먹을 게 분명했다. 주머니에서 잭나이프를 꺼내 밧줄을 자르기 시작했다. 그 덜컹거리는 소리에 문에 몸을 부딪쳐오는 놈들이 문을 뒤흔들었다. 곽수환은 밧줄을 절반쯤 잘라내고는 뒤로 재빠르게 물러섰다. 바닥의 비상조명이 들어오는 곳까지 이동해 총을 겨눴다.

콰직, 콰지직, 나무가 갈라지는 괴이한 소리와 함께 밧줄이 끊어져 나갔고, 문이 거칠게 열렸다.

바닥의 빛을 길 삼아 달려드는 놈들의 머리를 총탄이 관통했다. 움직임이 불규칙한 몇 놈은 다리를 쏴서 자빠뜨렸고, 그 틈을 타 어둠을 질러온 한 놈의 얼굴이 코앞으로 다가왔다. 곽수환이 일부러 놈의 입에 제 팔을 물렸다. 그 상태로 나머지 놈들의 머리를 가격했다. 팔을 문 놈의 머리채를 쥐고 떼어내 이마에 구멍을 냈더니 후두둑, 피와 뇌수가 바닥으로 쏟아졌다.

"여섯이잖아, 석 박사."

곽수환은 탄환을 다시 채우면서 권총을 재장전했다. 준비실에는 놈들이 토해놓은 피로 비린내가 짙었다. 피 웅덩이를 밟고 지나가 손전등부터 찾아내고 내부를 비췄다. 배낭형 낙하산은 한쪽에 놓인 관물대에 켜켜이 쌓여 있었다.

그는 재빨리 낙하산 두 개와 아날로그 방식의 군용 무전기, 수류탄을 챙겨서 도로 밖으로 나왔다. 복도의 불빛을 지표 삼아 석화에게 달려갔다. 이 소란에 저 뒤편 강당 문이 덜컹거렸지만 듣기 불편한 소음만 자아낼 뿐이었다.

곽수환이 이연태 중장의 방문을 두드렸다.

"나야."

목소리를 확인하자마자 석화가 문을 열었다. 곽수환은 씩 웃으면서 낙하산과 무전기 함을 들어 보였다. 중장의 방은 다행히 불이 훤히 들어와 있었다. 안으로 들어온 곽수환은 석화에게 낙하산 사용법을 재차 설명하기 시작했다. 이미 제주도로 향하는 헬기를 타기 전에 들었던 내용이지만, 석화도 다시 한번 머리에 되새겼다.

어느 정도 위치에서 낙하산을 펼쳐야 하는지, 줄이 엉킬 경우에는 훅 나이프를 이용해 잘라내야 한다든지, 이론은 확실했다. 낙하산에 문제가 있는 경우는 극히 드물지만 0.1퍼센트의 위험에도 대비해야 했다.

석화가 낙하산 배낭을 메니, 곽수환이 허리와 다리에 하네스를 단단하게 고정해주었다. 그도 마찬가지로 낙하산을 등에 멨다.

"여기서 강당이 있는 복도로 갈 거야. 그 방향에서 뛰어내려야 앞에 장애물이 없거든. 밑에 주차장을 향해서 방향을 조정해. 알겠지?"

"네."

"무서워도 잘 뛰어내려야 해. 주저하면 오히려 더 위험해져."

"알고 있어요."

"그냥 1층까지 정면 돌파하는 게 어때?"

어째 석화보다 곽수환이 더 긴장하고 있는 듯했다. 석화는 비상식량이 담긴 배낭을 앞으로 멨다.

"가요. 근데 창은 어떻게 해요?"

"방탄유리도 기관총으로 갈기면 깨져."

"기관총 있어요?"

"응, 아마."

곽수환이 이연태 중장의 옷장을 열어 서랍에 있던 장갑을 꺼내 꼈다. 이어 주먹을 쥐고 나무로 된 옷장 벽을 깨부쉈다. 부서진 나무판을 두두둑 뜯어내고는 도로 장갑을 벗었다.

"장군 새끼들은 좋은 걸 이렇게 꼭 자기 방에 꼬불쳐두거든."

곽수환이 그 안에서 긴 총구를 잡아 쓱 꺼냈다. MK3라고 불리는 7.62mm형 기관총이었다. 기관총은 본래 아담이 나타나기 전에도 분대당 약 한 정씩 지급됐는데, 이건 세상이 이 꼴이 나기 전부터 나름 신형 기종이라 불리던 녀석이었다. 이연태 중장이 어지간히도 아끼고 닦아뒀는지 노인의 제트스키처럼 상태가 제법이었다. 총에 욕심이 없는 곽수환이지만 이건 챙겨가고 싶었다.

"내가 한 말 다 기억하지?"

"걱정 마요."

석화는 나름 씩씩해 보이도록 문 앞으로 가더니 또 그 앞에서 곽수환을 기다렸다. 아마 석화는 학습센터에 있을 때부터 말 잘 듣는 착한 아이였을 거라고 생각했다. 묵직한 기관총을 어깨에 멘 곽수환이 석화의 손을 잡았다. 문을 열고 손전등으로 앞을 비췄다.

코너를 돌아 시체가 늘어져 있는 복도를 죽 걸어갔다. 곽수환과 석화는 저기 복도 앞, 통유리 창문에서부터 멀찍이 떨어져서 섰다.

곽수환이 더 떨어져 있으라는 손짓을 하고 MK3 개머리판을 겨드랑이에 단단히 끼웠다. 탄환이 촘촘하게 박혀 길게 늘어진 탄띠가 묵직했다. 이 정도면 창은 충분히 깨부술 수 있을 것이다. 투투툭, 통유리를 향해 기관총을 난사하기 시작했다. 연발로 발사되는 동안 탄피는 바닥으로 우수수 떨어져 내렸다. 그 소리에 다시금 뒤쪽 강당의 철문이 덜컹댔다. 석화는 불안한 눈으로 뒤를 돌아봤다가 다시 유리창을 향했다. 드디어 방탄유리에 균열이 가고 있었다. 조금만 더, 곽수환은 창을 향해 총알을 난사하는 일을 멈추지 않았다.

쾅! 기관총만큼이나 엄청난 굉음이 강당 쪽에서 터졌다. 크어, 크아악. 빠끔히 벌어진 철문을 타고 짐승의 소리가 들려왔다. 피로 젖은 수 개의 손이 태풍에 흔들리는 나뭇가지처럼 철문 밖으로 튀어나왔다.

혈기왕성한 군인이 변이했기 때문일까. 수도 없이 몸을 부딪쳐온 철문이 기어코 열렸다. 강당 안에 갇혀 있던 아담들이 달려오기 시작했다.

"소령님!"

뒤돌아보지 않아도 곽수환 또한 사태는 충분히 감지했다. 그는 균열이 가 검게 그을린 자국이 남은 유리를 발로 연거푸 내리쳤다. 그 힘에 유리창이 통째로 뜯어져 까마득한 저 밑으로 떨어져 내렸다.

"석 박사, 지금이야! 뛰어!"

곽수환은 기관총의 방향을 바꿔 아담을 향해 난사했다. 단 2초만 지나도 남은 탄환은 전부 없어지고 말 상황이었다. 석화는 깊게 생각하지 않았다. 낙화하는 잎처럼 곧장 58층에서 제 몸을 날렸다. 그러면서 그가 언제 뛰어내릴까 무사할까 싶어 돌아보고 싶었지만, 그랬다가는 낙하산을 펼칠 타이밍을 놓치고야 말 것을 알았다.

58층에서 몸을 날리는 그 순간부터 지금까지 아주 느린 화면처럼 장면이 지나갔다. 저 멀리 아직 빛을 뿜는 건물 몇 채가 보였고, 그 반대편으로 이동하는 헬기도 눈에 들어왔다.

뇌가 1초 사이에 수백 장의 사진을 찍는 듯 추락하는 동안 엄청난 양의 시각정보가 쏟아졌다. 이걸 주마등이라고 말한다면 너무 보잘것없었다. 제 인생을 돌아보는 게 주마등이 아니었던가. 그렇다면 아직은 아니다. 석화는 힘껏 손잡이를 잡아당겼다. 공기 저항에 몸이 위로 딸려 올라가면서 낙하산이 완전히 펼쳐졌다.

석화는 위를 보지 않았다. 눈물이 날 것 같았지만 그가 말한 주차장을 향해 양 핸들을 조절했다. 이윽고 바닥에 구르듯이 쓰러졌을 때에야 위를 올려다봤다. 그러나 낙하산 천에 몸이 감겨 있어 시야가 갑갑했다.

석화는 손을 허우적거려 두꺼운 천을 거두고 또 거두어서 훅 나이프로 낙하산과 연결된 끈을 끊어냈다. 상공에는 곽수환이 보이지 않았다. 이 바닥 어디에도 그의 모습이 없었다.

총소리도 들리지 않았고, 그저 스산한 바람만 건물을 휘감고 있었다. 석화는 두 손을 펼쳐 제 얼굴을 가렸다. 엉망으로 일그러지는 얼굴이 손바닥에 고스란히 느껴졌다. 이제는 흉할 정도로 온 근육을 일그러뜨리고 있었다.

퍽! 석화는 커다란 수박이 터지는 것 같은 소리에 얼굴에서 손을 떼어냈다. 군복을 입은 군인이 추락해 죽어 있었다. 다시금 고개를 휙 들었다. 곽수환이 낙하산을 펼치는 게 보였다. 그를 따라 뛰어내린 아담 몇몇이 바닥으로 픽픽 떨어져 제 몸을 터뜨려대고 있었다.

석화는 두 팔을 뻗어 곽수환을 받아주고 싶었다. 그런데도 꼼짝없이 굳은 채였고, 곽수환은 이쪽으로 유유히 낙하산을 조종해 내려오는 중이었다. 그가 내려오는 순간이 참으로 더디게 느껴졌다. 석화는 두 눈으로 봤음에도 그가 무사한 게 잘 믿기지 않아 눈도 떼지 않고 그의 궤적을 따랐다.

두 다리를 굴러 땅에 착지한 곽수환은 주저앉아 있는 석화를 보며 씩 웃었다.

"석 박사, 이제 군에 입대해도 되겠어."

그러나 분명 그 역시 두려워하고 있었다. 제가 낙하산의 날개를 제대로 펼치지 못했을까 봐, 혹시나 바람에 휘말려 자칫 잘못됐을까 봐서.

텅, 터엉! 유리에 충격이 가해지는 파장이 들렸다. 살아남은 것에 안도하며 여유를 즐길 시간 따위는 없었다. 곽수환은 석화를 확 잡아 일으켰다. 그러고는 모양새가 안 좋다던 팔뚝의 테이프를 북북 잡아 뜯었다. 아담이 떨어지는 소리에 몰려든 1층 감염자들이 둘을 발견하고 무리지어 달려 나오기 시작했다.

곽수환은 석화를 들쳐 메고 지프가 있을 만한 곳을 향해 내달리기 시작했다. 석화는 악귀처럼 달려드는 아담을 바라보며 이제 레인보우 시티 어디에도 더는 안전한 곳이 없다고 느꼈다. 지옥이 있다면 아마 이런 모습이 아닐까. 표현할 말은 단 하나였다. 정말로 끔찍했다.

석화는 그의 등에 얼굴을 푹 숙인 채 셔츠를 움켜쥐었다. 곽수환이 쉘터를 두른 철조망 밖의 지프를 발견하자마자 소리쳤다.

"혀 깨무니까 대답하지 말고 듣기만 해! 곧장 앞에 있는 철조망 넘어갈 거야! 내가 뛰어서 위에 붙들면 어떻게든 넘어가, 알았지?!"

동시에 속도를 더 붙인 그가 뛰어올라 상단을 붙들었다.

석화는 그의 어깨를 밟고 올라서 철조망 끝에 몸을 얹었다. 철조망 반대편으로 무사히 기어 내려가는 것을 본 곽수환도 팔에 힘을 주어 몸을 끌어올렸다. 훌쩍 뛰어내린 그는 다시 석화와 함께 지프로 달려가 문을 열었다.

석화부터 조수석에 앉히고, 운전석에 올라타 열쇠를 돌리는데 젠장 맞게도 시동이 걸리지 않았다. 엔진은 기운 빠진 노인처럼 희미하게 앓는 소리나 내고 있었다. 분명 문제 있는 차를 누가 버리고 간 게 틀림없었다. 철조망을 무너뜨리고자 몸을 밀어대는 제복 차림의 아담이 저 밖에 바글바글했다.

"운전석으로 넘어와. 클러치 밟을 줄 알지? 여기 보면 왼쪽 끝에 있는 거 밟는 거야. 알았지?"

"소령님은요?"

"시동 걸릴 때까지 뒤에서 밀 거야. 시동 걸리면 바로 따라잡아서 탈 테니까 절대 브레이크 밟지 마."

"해볼게요."

석화는 조수석에서 운전석으로 이동했다. 곽수환은 철조망 쪽을 다시 돌아봤다가 조금 더 빠르게 몸을 움직였다. 조수석의 문을 열어둔 다음 지프 뒤로 가서 목소리를 키웠다.

"기어 3단 알지?"

"기억해요."

"기어 3단 놓고, 클러치 밟아! 지금!"

석화가 기어를 3단에 놓고 클러치를 꾹 밟았다. 군용 지프는 수동변속기어 차량이었기에 바퀴의 움직임으로 엔진을 작동시킬 수 있었다. 곽수환이 다리를 앞뒤로 놓고 힘을 주어 지프를 밀기 시작했다. 바퀴가 힘겹게 돌아가기 시작하더니 엔진이 폭발하듯 시동이 걸렸다.

석화는 차가 앞으로 굴러가니 반사적으로 브레이크를 밟을 뻔했지만 곽수환의 말을 믿었다. 빨리, 빨리 올라타요. 액셀을 밟은 석화가 속으로 중얼거렸다. 턱! 열어둔 조수석의 문을 잡은 그가 그 반동으로 안에 올라탔다. 자리에 앉은 곽수환은 웬일로 후, 하고 들리도록 한숨을 쉬었다.

"누가 그렇게 빨리 가래. 자기, 나 버리고 가는 줄 알았잖아."

그러면서도 뭐가 웃긴지 몇 번이나 가슴을 울려댔다. 석화는 정면만 본 채 핸들을 쥐고 아담에게서 멀어지고 있었다.

"우리, 어디로 가요?"

"좀 더 가다가 나랑 자리 바꾸자."

석화는 룸미러로 시선을 들어 뒤를 확인했다. 철조망이 무너졌는지 아담이 이쪽으로 달려오고 있었지만, 차의 속도를 이기는 놈들은 없었다.

"레인보우 시티를 벗어날 거야."

곽수환이 말했다.

◆ ◆ ◆

초창기 아담 바이러스가 퍼져나갈 무렵, 각 나라들은 주변국들과 연계해 생존 루트를 형성하려 했다.

가장 먼저 유럽에서 둠스데이라고 불리는 비상사태가 선포됐다. 아직 마비되지 않은 의회를 통해 도시 하나를 통째로 날려버리는 일도 있었고, 핵을 사용하자는 의견도 분분하게 오갔다. 그러나 그 어떤 파괴도 바이러스의 전파를 완벽하게 차단할 수는 없었다.

이러한 둠스데이에 준비되어 있던 나라는 세상을 재건할 핵심 인사들을 추려 프로토콜을 따라 각지의 벙커로 이동시켰다. 그 과정에 아담에 감염되어 사살된 사람도 수많았다. 치우지 못한 채 방치된 시체는 또 다른 전염병을 야기했으며, 몇 개의 국가를 제외하고 대다수 나라는 정부의 기능을 상실했다.

빠른 판단과 대처로 감염의 전파를 막았던 나라들은 대부분 축소될 수밖에 없었다. 예를 들어, 20개의 도시를 전부 지킬 수 없으니, 10개의 도시를 버리고 나머지 지역을 사수한 것이었다. 그러나 그들과 대륙이 이어져 있는 지역으로 소문이 퍼져나갔다. 그곳에 가면 무사히 살아남을 수 있다는 희망을 품은 생존자들은 망명을 위해 삶의 터전을 버리고 이동했으며 그에 아담도 따라붙었다.

군대는 생존자들의 망명을 막으려 애를 썼다. 멀쩡한 사람을 향해 총을 쏘는 일은 정신적, 물리적인 한계가 있었고, 장벽을 세운 것도 아니니 모든 통로를 완벽하게 차단할 수도 없었다.

결국 안전하다 자부했던 국가도 다시금 아담 바이러스가 퍼져나갔다. 그 모든 게 겨우 3년 만에 일어난 일이었다. 그들은 혼란을 막기 위해 연합국이라는 새로운 집합체를 만들었다. 서로의 영역을 침범하지 않아야 했으며, 아담 바이러스가 완전히 박멸될 때까지 교류는 지정된 장소에서만 가능했다.

7차 변이 아담이 나오기 전, 석화를 비롯해 타 연구진들은 중국지부와 연락이 닿았었다. 지금 레인보우 시티는 고립되다시

피 했지만 사실 그전에도 교류가 활발하지는 않았다.

연합국이라는 게 대체 어떤 의미가 있을까 싶었고, 과연 멀쩡한 기능을 하는 걸까 의구심 정도는 생겼다. 제아무리 아담 바이러스가 속수무책으로 변이했다고 하지만, 생존해 있는 연합국의 연구자들은 이렇다 할 결과를 내놓지 못했기 때문이었다.

어쩌면 아담 바이러스에서 자유로워진 나라들은 다시 그들끼리 나라를 재건 중인 게 아닐까 하는 생각도 들었다. 인구의 숫자가 현저하게 줄었으니 재건까지도 엄청난 시간이 소요될 테니 말이다. 통제되고 억압을 일삼는 레인보우 시티를 벗어나면 유토피아가 펼쳐질지도 모르는 일이었다.

"내려서 걷자. 거의 다 왔어."

곽수환은 버려진 차들로 빼곡하게 막힌 도로를 턱짓했다. 석화는 뒷좌석에 놓아둔 배낭을 어깨에 멨다. 다행히 식량은 여유가 있었다.

그는 차량의 배터리를 분리해 석화가 멘 배낭을 제가 다시 가져갔다. 기운이 다 빠진 석화를 보니 지금 제 판단이 과연 맞는 것일까 싶었다. 이제라도 석화를 우도에 데려다 놔야 하는 건가. 벌써 두 번이나 이런 식으로 길이 막혀 차도 몇 번이나 갈아타야 했다.

"괜찮아요."

곽수환의 시선을 느낀 석화는 그의 손을 잡았다. 위로 올라가는 동안 레인보우 시티의 지역이 아닌 곳은 완전히 폐허가 되어 있거나 곳곳에 생존자들이 살고 있었다. 다만 그들도 부락을 이루거나 모여 살지 않았다. 적자생존 방식으로 살아남았기에 행색은 초라하기 이를 데 없었다. 약탈을 일삼는 무리도 있었으나 총기를 소유하고 있는 둘에게 섣불리 덤벼드는 자는 거의 없었다.

"여기서 조금만 더 벗어나면 괜찮아질 거야."

그는 걸음이 더딘 석화를 등에 업고 빠른 걸음으로 도로를 질러나갔다.

레인보우 시티에 해당되지 않는 위 지역에 해남처럼 꾸려놓은 비밀기지가 있었다. 다른 군인보다 행동반경이 자유로운 컨트롤러였기에 그는 자신의 지위를 이용해 차곡차곡 일을 진행시켰었다. 21바이올렛구역에 있던 부대와 차 중령 또한 그 진행 과정 안에 있던 자들이었다. 그러니 세컨드 마스터의 눈 밖에 난 것도 어떻게 보면 당연할 수밖에.

도로가 뚫리기 시작한 지점이 보이자 곽수환은 나름 상태가 나쁘지 않은 차를 선택해 배터리를 갈아 끼웠다. 조수석에 앉은 석화는 배낭을 안은 채로 눈을 감았다. 퀴퀴한 냄새가 코를 괴롭혔지만 지금은 휴식이 더 먼저였다. 운전대를 쥔 곽수환이 시동을 걸고는 속도를 천천히 올려 차를 길들였다. 라디오 주파수도 조정해봤지만 잡음만 흘러나올 뿐이었다.

레인보우 시티를 벗어나고자 하는 가장 큰 이유는 석화를 안전한 곳으로 피신시키고, 중국지부와 접선해 치료제를 만들려는 목적에 있었다. 뿐만 아니라 세력을 형성하려면 마더나 군의 감시가 없는 레인보우 시티 밖이 용이했다.

연합국들의 조약에 따라 평소 중국으로 가는 길은 철저하게 막혀 있었다. 지금은 군 전력이 에덴동산 사태로 레인보우 시티 중심에 거의 집결하다시피 해 통제를 피할 수 있었다.

"소령님."

슬며시 눈을 뜬 석화가 그를 불렀다.

"응?"

"중국지부로 가면 괜찮을까요?"

우리를 받아줄까요? 마치 그렇게 묻는 듯했다.

"연합국에게 레인보우 시티의 상황은 전해야 하지 않겠어?"

연합국이 멀쩡하게 존재한다면 말이지.

석화도 말뜻에 숨겨진 의도를 알 수 있었다. 제가 우도를 선택하지 않은 이상 레인보우 시티에 있을 수 없을 테고, 곽수환은 상부의 명령을 무조건 따라야 하는 소령이 되어버렸다.

"솔직히 치료제고 뭐고 다 버리고, 우리 둘이 떠나서 살고 싶은 마음만 가득한데."

"우리 둘만 살 수는 없어요."

"왜 없어."

강경한 석화의 어조에 곽수환이 투덜거렸다.

"이 소령님, 양 소령님뿐만 아니라…… 곽 소령님을 믿고 있던 사람들도 있었어요. 그리고 봤잖아요."

석화는 목이 막히는지 남은 물을 아껴서 마셨다.

"할 수 있는 일을 해야 해요. 회피하는 건 안 돼요."

죄 없는 사람들이 바이러스에 감염돼 죽는 일은 사라져야 한다. 여태 모두가 상부에게 놀아난 셈이니 레인보우 시티의 수뇌부들은 어떤 식으로든 단죄를 받고 물러나야 했다. 권력을 유지하기 위한 수단이 아담 바이러스가 되어서도 안 됐다.

곽수환은 그저 웃을 수밖에 없었다.

예전에도 무기력하고 힘없어 보이는 석화였지만 오양석 박사의 사건을 어떻게든 알아내려고 했다. 또한 학습센터에서 세뇌를 당했음에도 상부에 의구심을 가졌다. 그때나 지금이나 석화는 시티에서 말하는 반군 기질이 투철한 편이었다.

석화는 할 말은 다 했다는 듯 금세 잠이 들어버렸다. 고개가 삐딱하게 기울어져 있어 피로함도 고스란히 느껴졌다. 그 탓에 우리 둘만 있으니 한판 뜨고 가자는 말은 쏙 들어갔다. 뭐, 사실 그럴 만한 상황도 아니었지만.

근 몇 시간을 달려 목적지를 향하던 곽수환은, 어느 순간 차를 멈춰 세웠다. 그는 눈앞에 펼쳐진 광경을 빤히 바라봤다. 옛 지명으로 신의주라 불리던 이곳은 연합국에서 출입을 전면 금지한 곳이기도 했다.

차분하게 가라앉아 있는 곽수환의 눈이 서늘했다. 반도와 중국 대륙을 잇는 단 하나의 철교인 조중우의교가 끊겨 있었다.

아담 사태 이후 폭발로 끊겼던 다리를 우리와 중국이 연합국에 포함되면서 다시 재건했다고 들은 바 있었다. 마더의 역사교육방송에서도 끊임없이 되풀이되기도 한 내용이었다.

곽수환은 핸들에 팔을 기대고 목을 울렸다. 나직하지만 음산한 웃음소리에 자고 있던 석화도 몸을 뒤척이며 눈을 떴다.

석화는 흐린 눈을 끔뻑이면서 그의 시선이 향해 있는 곳을 같이 바라봤다. 시야가 차차 맑아지니 저기 끊긴 철교가 보였다. 마치 한강철교처럼 아주 오랜 시간이 흐른 듯 메마른 덩굴들만 뒤엉켜 있었다.

"중국지부와 연락한 적이 있었다고 했지?"

"……네."

"그들을 직접 본 적은?"

"……없어요."

강 건너 저 멀리 보이는 건물들은 폭파되어 무너진 상태로 방치된 채였다. 어쩌면 그 너머는 안전할지도 모르지만…….

"석 박사가 연락하던 연구원들이, 정말 중국지부 사람이었을까?"

곽수환이 석화를 돌아보았다. 석화의 눈꺼풀이 한 차례 경련하듯 떨렸다. 이 광경을 보아하니 이제 그것조차 확신할 수 없었다.

레인보우 시티는 연합국에 속해 있지 않거나, 연합국이 무너졌거나 둘 중 하나라는 사실만 확실해졌을 뿐이었다.

Restricted Area – Rainbow City Autonomy

출입금지 – 자치정부 레인보우 시티

낡고 조악한 표지판이 철교의 입구에서 앞뒤로 흔들리고 있었다.

에덴동산 아담 바이러스 사태로부터 460일, 레인보우 시티 마스터 당선인 최호언 취임 발표부터 130일 뒤인 오늘.

전前 연합국 러시아 하산Xacah.

'치직, 치지직.'

곽수환은 지프 보닛에 올라타 CB무전기를 쥐고 있었다. 분명 러시아는 고추도 얼 혹한이 닥쳐오는 곳이라고 했는데 한반도와 거의 맞닿아 있다시피 한 도시라 그런지 날은 제법 선선했다.

겨울 내내 살얼음이 붙어 있던 저 앞의 강도 언제 그랬냐는 듯이 물살이 거셌다. 인구가 급격히 줄어들어 강과 호수의 수질이 더할 나위 없이 좋아졌다지만, 곽수환은 그때 태어나 본 적이 없으니 예전에는 얼마나 더러웠을지 알지 못했다.

그는 셔츠를 말아 올려 햇볕에 탄 팔뚝을 드러냈다.

'치직, 지지직.'

훌쩍 보닛에서 뛰어내려 차량에 매달린 안테나를 다시 재정비했다.

'치직, 씨발!'

무전기에서 거친 욕설이 터져 나왔다. 됐다, 곽수환은 무전기를 운전석 창문 안으로 던져 넣었다.

'씨……. 치직, 들리냐? 똘수, 칙…….'

"……이 소령님이에요?"

조수석에서 꾸벅꾸벅 졸고 있던 석화가 몸을 일으켰다.

'연합국, 지직, 진짜냐고!'

운전석에 올라탄 그가 석화에게 무전기를 안겨주었다.

엊그제 제가 잘라준 앞머리가 조금 삐뚤빼뚤했지만 그 나름의 멋은 있었다.

"잘 잤어?"

곽수환이 석화의 뺨에 쪽 입술을 대고는 한입 빨아들였다. 햇볕에 달궈진 뺨이 따끈따끈했다. 석화는 욱신거리는 통증에 미약한 인상만 쓰고 무전기에 말을 했다.

"이 소령님, 들리세요? 저 석화예요."

'칙, 어어. 박사님?! 보고 싶어! 진짜로! 너무 많이! 차 중령님, ……했는데, 치직.'

"지금 접선하러 갈게요. 저도 보고 싶었어요."

곽수환이 다시 무전을 가져왔다. 보고 싶기는, 괜히 속으로만 구시렁거릴 뿐이었다.

"슬슬 돌아가 볼까?"

그가 액셀을 밟자 석화도 턱밑에 걸쳐두었던 마스크를 끌어올렸다.

뒷좌석에는 투명한 용액이 담긴 바이알 박스가 빼곡하게 놓여 있었다.

◆ ◆ ◆

러시아에서 한반도를 잇는 유일한 철교는 두만강을 가로질렀다.

강의 폭이 짧아 강 건너 사람이 훤히 보일 정도였지만, 빠른 유속 때문에 수영해서 건너가기란 무리였다. 높이가 낮은 두만강 철교는 방치된 지 오래되어 군데군데 시멘트와 철근이 부서지거나 떨어져 나가 있었다. 처음 러시아로 넘어갈 때도 이 철교를 이용했으나 겨울을 지나는 사이 좀 더 낙후된 듯 보였다.

철교 입구에 차를 세운 곽수환은 용액 박스를 배낭 안에 차곡차곡 쌓아 올렸다. 석화도 먹을거리와 물을 넣은 배낭을 메고는 조수석에서 내렸다.

강렬한 빛이 정수리에 내리꽂히자 천천히 고개를 들었다. 지난 러시아의 혹한이 잊힐 정도로 뜨거운 볕이 온 주변을 달구고 있었다.

철교 뒤로는 어느새 푸른 잎이 무성했으며, 한반도와 러시아의 국경이라 불리는 이곳은 그 의미가 퇴색된 지 오래였다. 숲이 조금 더 덩치를 키우면 어느새 이 철교까지도 잡아먹혀 어느 날 다리가 폭삭 주저앉을지도 몰랐다.

"소령님."

"소령 딱지 뗀 지가 벌써 언젠데 아직도 그 소리야."

"컨트롤러 직위만 박탈된 거죠."

석화가 마스크 안에서 입술을 움직였다.

"최호언이 마스터가 됐는데 가만 놔뒀겠어? 공개수배나 내리지 않았으면 다행이지."

결국 최호언은 새로운 나라를 세우려는 게 아니라 제가 권력의 중심에 서고 싶었나?

석화로선 피가 반만 섞인 제 형제의 속내 같은 건 알 바 아니었다. 지금은 이 백신을 가지고 우리 편이라고 확신하는 사람들과 접선하는 게 우선이었다.

앞으로 한 발 내딛으려는데 곽수환이 잠깐, 하고 석화를 멈춰 세웠다. 씩 웃더니 검지를 마스크에 걸어 턱까지 쭉 끌어내렸다.

"걸어가려면 숨차잖아."

"얼굴을 숨기는 게 좋지 않겠어요?"

"러시아에서 마지막 뽀뽀."

석화가 곽수환을 올려다보자 얼굴로 짙은 그림자가 졌다.

쪽, 가볍게 입술을 두드린 그가 다시 쪽 소리가 나게 뽀뽀했다. 그새를 못 참고 뒷목을 꽉 쥐어 깊게 입을 맞추었다. 석화도 입을 벌리고는 자연스럽게 눈을 감았다. 물컹한 혀를 빨리니 그의 배낭끈을 움켜쥔 손이 하얗게 바랬다. 혀뿌리가 아릿해 좀 더 몸을 맞댔고 후끈거리는 열이 삽시간에 솟았다.

"하아…… 이제, 가요."

"아니야, 애들 오려면 10분 더 있어야 돼."

곽수환이 능숙하게 말을 뱉어내며 배낭에 가려진 석화의 허리를 끌어안았다. 이래서는 휩쓸리고 만다. 벌써 몇 번이나 겪어왔던 석화는 입술을 떼어내더니 어? 하고 반대편을 향해 눈을 크게 떴다.

그는 인상을 쓰면서 석화가 바라본 쪽을 돌아봤다.

"뭐야, 벌써 왔어?"

그러나 철교 중심에는 열차만 덩그러니 방치되어 있을 뿐이었다.

"가요."

석화가 젖은 입술을 하고는 무표정하게 대꾸했다.

"와, 석 박사. 이제는 사기까지 쳐."

그런데도 곽수환의 입매는 부드럽게 풀어져 있었다. 석화가 더 먼저 걸어가자 그가 등 뒤에서 목소리를 키웠다.

"같이 가, 자기야."

곽수환이 달려오자 철로가 삐걱삐걱 불안한 소리를 빚어내고 있었다. 끽해야 두 사람의 무게로 다리가 부서질 일은 없겠지만, 저기 중간에 놓인 열차 때문에 걱정은 됐다. 곽수환도 그걸 아는지 옆에 와서는 조금 신중하게 발걸음을 옮겼다.

드득, 툭.

다리를 고정한 나사 몇 개가 튕겨져 나가는 소리가 들렸다. 열차 안에 백골이 된 뼈는 누구의 것인지 모를 정도로 뒤엉켜 있었다. 설상가상으로 주변 곳곳에 시멘트가 움푹 패어 있어 철골 밑은 흐르는 강물이 보일 지경이었다.

"전에 왔을 때보다 구멍이 더 커졌지?"

"커졌어요. 더 많아졌고."

끼긱, 끽, 그들의 등 뒤로 마치 백골을 실은 열차가 출발을 하려는 듯 철로를 긁어대고 있었다. 드득, 철이 구부러지고 시멘트가 박살나는 소리에도 점차 박차가 가해지고 있었다. 곽수환이 팔을 쥐자 석화도 우뚝 멈춰 섰다. 호흡을 짧게 들이쉬고 내뱉은 그가 배낭을 앞으로 고쳐 멨다.

"준비됐어?"

"네, 가요."

단숨에 석화를 들쳐 메고 냅다 달리니, 다리가 콰직거리며 밑으로 주저앉기 시작했다. 거대한 중력이 작용하는 듯 열차의 허리가 반으로 휘어 강물로 잠수하기 직전이었다. 간신히 지탱하던 다리에 두 사람의 무게가 더해지니 기폭제가 되어버린 꼴이었다. 철로를 벗어나 가장자리를 질러 달리는 곽수환의 근육이 잔뜩 단단해지는 게 느껴졌다. 바로 코앞이 한반도의 시작이건만 이 앞은 이제 철골만 남아 있었다.

다리 밑으로 오리 떼들이 무리지어 한가로이 유영하고 있었다. 짐승은 저렇게 평온한데 위에서 인간만 아등바등하는 것 같았지만, 따지고 보면 오리도 물 밑에서 부지런히 다리를 움직이고 있을 터였다. 게다가 아담에 감염되지 않는 조류를 더는 부러워할 필요도 없었다.

엎힌 채 지나가기에는 이 녹슨 철골이 두 사람의 무게를 버텨줄지 의심스러웠다. 게다가 폭이 좁아 아무리 곽수환이라고 해도 중심을 잡을 수 있을까 싶었다.

"내릴게요."

다급하게 말한 석화가 바닥에 내려서는 그를 잡아끌었다.

"먼저 뛰어요."

"그냥 내가 업고."

"뛰어요. 우리 둘 무게 한번에 못 버틸 거예요. 빨리요."

"뒤따라오다가 안 될 것 같으면 바로 말해."

"가요!"

다리 외측에 남아 있는 시멘트를 디디며 곽수환이 달리기 시작했다. 석화도 제가 할 수 있는 최대한의 속도를 내어 부지런히 다리를 움직였다.

후둑, 후두둑, 석화는 시멘트 덩어리가 밑으로 떨어지는 걸 느꼈지만, 밑을 보지 않고 앞만 보고 달렸다. 뒤에서 엄청난 굉음이 터졌어도 마찬가지로 돌아보지 않았다. 먼저 다리 밖으로 나간 곽수환이 손을 뻗은 순간이었다. 코앞에서 석화의 몸이 철근 사이로 훅 꺼졌다.

석화가 위로 뻗은 손을 놓치지 않고 낚아챈 곽수환이 팔을 확 잡아당겨 올렸다.

"씨발, 십년감수했네."

그는 바닥에 드러누운 채로 석화를 껴안았다. 석화도 안도했지만, 앞으로 멘 배낭이 눌려진 터라 황급히 몸을 일으켰다.

"백신은요?"

"안 깨졌는데 저긴 끝장났어."

턱짓한 방향을 돌아보니 열차는 강 속으로 추락한 뒤였고, 다리는 완전히 끊겨 너덜거리는 형편이었다.

"석 박사가 안 말렸으면 우리 합체한 채로 죽었을지도 몰라."

한숨을 돌린 그는 뭐가 그렇게 웃긴지 연방 가슴을 울려댔다. 석화는 곽수환의 옆에 드러누워서 천천히 숨을 골랐다. 엔진이 그릉거리는 소리가 머리맡으로 다가오는 동안 두 팔을 바닥에 펼쳐 하늘만 올려다볼 뿐이었다.

"와씨, 다리를 부수고 넘어 오냐?"

고개를 올린 석화는 멈춰 있는 지프를 쳐다봤다. 기막힌 얼굴을 하던 이채윤이 이내 기분 좋게 미소 지었다.

"박사님! 레인보우 시티로 돌아온 걸 환영해. 똘수환 너도 좀 반갑다?"

"존나겠지."

먼저 몸을 일으킨 곽수환이 석화의 팔을 잡아주었다.

"뭐야, 얼굴색이 도망 다닌 사람들 같지가 않다?"

운전대를 잡고 있던 양상훈도 훌쩍 지프에서 뛰어내렸다. 석화도 오랜만에 보는 두 사람에게 꾸벅 인사를 했다.

"두 분 다 잘 지내셨어요?"

"응, 우리야 잘 지내기는 했지. 너무 잘 지내서 문제지."

이채윤이 조금 민망하다는 듯 눈가를 손으로 긁었다.

"이야기는 나중에. 일단 이동부터 하자."

양상훈이 어서 지프에 타라면서 보닛을 탕탕 두드렸다.

◆ ◆ ◆

도로를 달리는 내내 석화는 주변의 경치를 차분히 눈에 담았다.

러시아에서 지낸 날도 나쁘지는 않았지만 다시 이 땅에 돌아오고 싶었다. 그래 봐야 제주도와 여의도 쉘터에서 생활한 게 인생의 전부라고 해도 과언이 아니었지만, 어찌됐든 레인보우 시티는 저의 고국이었다.

460일, 그리 긴 시간은 아니나 또 짧은 시간도 아니었다.

옛 지명인 평양까지 내려가는 동안 석화는 정리된 도로를 보며 놀라움을 금치 못했다. 분명 중국으로 올라가던 당시에는 버려진 차가 빼곡하게 서 있던 도로였다. 그러나 지금은 지프가 무리 없이 다닐 수 있을 만큼 도로가 정리되어 있었다.

"한번 싹 밀었나 보네?"

뒷좌석에 같이 앉아 있던 곽수환도 혀를 찼다.

"어. 이 위로는 시티에서 완벽하게 버린 땅이 됐고. 전부 출입통제구역으로 지정됐어."

양상훈이 다소 쓸쓸하게 대꾸했다.

"이 새끼 방금 출입통제 뜻도 모르고 지껄였을걸?"

"이게 누굴 바보로 아나."

"그럼 뭔데."

"출입통제가 출입통제지, 무슨 뜻이 있냐."

오히려 네가 모르는 거 아니냐며 양상훈이 질린 얼굴을 하니, 이채윤은 대답 대신 가운뎃손가락을 가볍게 들었다.

투덕거리는 그들만큼은 변한 게 없어 보여 석화는 웃음이 번졌다. 입꼬리가 미세하게 움직이고 만 거라 눈치챈 사람은 곽수환뿐이었다.

블라디보스토크에 거점을 두고 근 300일을 넘도록 살았는데, 곽수환은 반쯤 솔직한 심정으로 돌아가지 말까 하는 생각도 했었다.

"최호언 지지율 벌써 90퍼센트 돌파했대. 대충 각 나오지?"

이채윤이 머리받침대를 쥐고 뒤를 돌아봤다.

"그중 20퍼센트는 뻥이라고 쳐도 솔직히 사람들 반응은 나쁘지 않아. 오히려 젊은 마스터를 더 선호하는 분위기고."

"군은 어때?"

"꼰대 새끼들 중에 최호언한테 반기 세우는 놈들은 다⋯⋯."

끽, 하는 소리와 함께 이채윤이 목을 긋는 시늉을 했다.

한동안 비포장도로를 달리던 양상훈은 우거진 풀숲의 한 곳에 지프를 세웠다. 근처에는 보호색을 입힌 12인용 군용 텐트가 놓여 있었고, 지프에서 내린 양상훈이 주변을 확인했다. 별다른 문제가 없음을 확인한 그가 밖으로 나오라는 신호를 보냈다.

석화도 오래 앉아 있던 터라 훌쩍 바닥으로 내려 뻐근한 허리를 폈다. 곽수환은 석화의 배낭까지 제가 들고 백신이 담긴 가방도 단단히 챙겼다.

"박사님, 괜찮아?"

이채윤이 옆으로 와서는 조심스럽게 물었다. 석화는 그녀의 말뜻을 완전히 헤아리지는 못했지만 네, 하고 대답했다.

"피곤하면 자도 돼."

내가 박사님 체력 잘 아니까 괜히 체면 차릴 필요 없어, 그런 말을 하는 듯싶었다. 석화는 작게 웃음을 더하면서 괜찮다는 표현을 대신했다.

"왜 이래, 옛날의 석 박사가 아니야. 니들이 못 봐서 그렇지, 철교 부수면서 달린 게 석 박사야."

"낡아서 부서진 건데요."

"농담 모르는 건 여전하시네."

양상훈도 그제야 긴장이 풀린다는 듯 목소리를 키웠다.

어느덧 해가 저물고 있었고, 풀숲이 우거진 만큼 기울어진 빛이 들어오는 양도 현저히 줄어들었다. 양상훈은 트렁크에서 위스키와 때가 꼬질꼬질하게 낀 플라스틱 컵을 꺼냈다. 나머지 인원은 군용 텐트로 들어가 짐을 풀고 있었다.

곽수환이 입구를 가린 천막을 들어올리자 시원한 바람이 내부를 파고들었다. 안에는 간이침대와 통조림, 생수들이 제법 한 켠에 켜켜이 쌓여 있었다.

양상훈이 훌쩍 안으로 들어오더니 천막을 내렸다. 그는 텐트 중앙에 매단 전구의 불을 밝히고 간이테이블을 펼쳤다. 플라스틱 컵을 인원수에 맞춰 올려두고는 기세 좋게 술병을 땄다.

"보기만 해도 식중독 걸리겠다."

컵을 들여다 본 곽수환이 욕설을 내뱉었다.

"새끼야, 술로 소독하면 식중독 같은 건 안 걸리거든?"

"누가 내가 걸리겠대? 우리 석 박사가 걱정이지."

"박사님은 술 못 드시지 않아?"

"러시아에서 살면서 한 잔 정도는 늘었어요. 괜찮습니다."

석화가 먼저 플라스틱 컵을 두 손으로 쥐고 양상훈에게 들어 보였다. 양상훈도 얼떨결에 위스키를 두 손으로 졸졸 따랐다.

"야야! 그만 따라! 아무리 늘었어도 한 잔이 아니라 한 모금 수준이야."

"저 씹새는 1년이 넘도록 잠수를 타더니 이제 무슨 보모가 돼서 돌아왔어."

"저 새끼 원래 저랬거든."

겹쳐둔 플라스틱 의자를 쪽쪽 뽑아낸 이채윤이 각자 자리로 던졌다. 그녀는 어디서 꺼낸 건지도 모를 말린 오징어 다리를 질겅질겅 씹고 있었다.

각자 잔에 한 잔씩 따르고 나니 잠시 동안 침묵이 번져나갔다. 이제 해는 완벽히 숨어 희끄무레한 빛을 내뿜는 전구만이 텐트를 밝히고 있었다.

"일단 한잔하자."

곽수환이 양주를 휙 들이켰다. 꽤 값나가는 양주를 가져왔는지 목 넘김이 아주 그럴싸했다. 첫 잔은 원샷이라는 암묵적인 룰이 통용되지 않는 석화는 입만 축였다.

"똘수환아, 우리가 어디부터 이야기를 시작해야 하냐."

이채윤이 골이 아프다는 듯이 이마를 꾹꾹 눌렀다.

블라디보스토크에 있는 동안에도 레인보우 시티의 소식은 이따금 접할 수 있었다. 그곳까지 우연찮게 흘러들어 온 선전물 때문이었다.

곽수환과 석화가 머물던 곳에는 오래전 이민을 갔던 한인 혈통들이 터를 잡고 있었다. 그들 대부분이 아담 사태가 발발한 뒤에 태어난 이들이었기에 한국어를 거의 못 한다고 해도 과언이 아니었다. 따지고 보면 이민 4, 5세대나 마찬가지였다. 그런 그들이 레인보우 시티 소식인 것 같다며 가져왔던 첫 선전물은 최호언의 마스터 당선 포스터였다.

"최호언이 어떻게 마스터가 됐는지, 거기부터 시작해봐."

곽수환의 말에 이채윤이 쪽쪽 빨고 있던 오징어를 입에서 떼어냈다.

"음, 분명 처음에는 최호언이 퍼스트랑 손잡고 마스터 선거 운동을 했거든? 근데 마스터 선거 한 달 전인가, 퍼스트가 죽었어. 지병으로 죽었다는데 그걸 누가 믿어. 우린 최호언이 죽였다고 확신하는데 사람들은 알 길이 없지. 그때 아담 사태 터진 뒤에 최호언이 사람들한테 식료품도 존나게 퍼줬거든? 나중에 그 자식 도움으로 에덴동산 본거지도 알아내 급습해서 다 털어버렸고."

"최호언이…… 밀고를 했다고요?"

듣고만 있던 석화가 의아한 얼굴을 했다.

"응."

여기 있는 모든 사람은 최호언이 에덴동산의 핵심 인사인 것을 다 알고 있었다.

"박사님도 안 믿기지? 나도 여전히 그래. 근데 최호언 엄마가 대신 처형당했어. 그 새끼가 그 여자 친아들이 아니라 양아들이었다며? 제 양엄마가 에덴동산 수뇌부인지 몰랐다면서 엄청난 배신감을 느낀다고 라디오에서 나불나불했거든. 그렇게 양엄마가 다 뒤집어쓰고 처형당했는데, 씨발 진짜……. 그 양반 끝까지 아무 말도 안 하고 가더라. 그다음은 최호언 새끼 시나리오대로였지. 퍼스트 마스터도 죽었겠다, 자기가 그 뜻을 이어받았다고 선전하기 시작했으니까."

"세컨드는 선거 전에 잠수 탔고?"

곽수환이 배낭에서 물을 꺼내 석화에게 넘겼다.

"그건 어떻게 알았어?"

양상훈이 눈을 커다랗게 떴다.

"보면 몰라? 목말라 보이잖아."

아니나 다를까, 석화는 곽수환이 건넨 물을 들이켜고 있었다.

"아니, 세컨드 잠수 탄 거 말이야, 새끼야."

"러시아에 있어도 대강 소식은 들어왔거든."

결국 그렇게 단일 마스터가 탄생한 거라는 소리였다. 이채윤이 오징어를 이로 물고 손으로 잡아 뜯었다.

"근데 똘수, 그거 진짜야? 연합국 무너졌다는 거?"

"어. 무너진 지 오래야. 애초에 연합국이 제 역할을 해낸 기간이 그래 봐야 몇 년이었다고 하니까, 레인보우 시티는 계속 고립되어 있었던 거지. 아마 최호언이나 선대 마스터들은 전부 알고 있었을 거고."

양상훈은 기가 찬 웃음을 내뱉더니 한 잔 더 술을 채웠다. 곽수환이나 석화가 아니었다면 자신이 알고 있는 진실이 송두리째 거짓이었다는 사실을 쉽게 믿지는 못했을 것이다.

"지금 시티 상황은 어떤데?"

"울 엄마가 그러더라. 전보다는 살기 좋아졌다고. 시민들 대부분이 최호언을 지지하고 따른다고 해도 과장은 아니야. 전에 비해서 안전해지고 평화로워졌거든. 버려진 지방들까지 단숨에 군인들 차출해서 다 정리한 것만 봐도 그렇지 않냐? 그 자식이 마스터 된 후로 아담이 함부로 날뛰는 일도 거의 없어졌어."

"좀 더 살기 좋아지는 대신 좀 더 자유를 빼앗겼고."

양상훈의 추임새에 그건 그렇지, 이채윤이 고개를 주억거렸다.

"박사님, 백신 만들었다는 건 진짜예요?"

"네."

석화는 곽수환이 바닥에 내려놓은 배낭을 눈으로 가리켰다.

"박사님, 진짜야? 진짜 백신이라고?"

"이것들이 속고만 살았나 싶은데, 속고만 살기는 했지. 어, 진짜야."

"대체 어떻게……?"

레인보우 시티에서도 이룩해내지 못했던 백신인데 어떻게 다른 나라로 가서 완성할 수 있느냐고 묻고 있었다.

"러시아에 도착하자마자 내공 3갑자의 고수를 만나 신비의 영약을 얻고, 엄청난 두뇌와 힘을 키워 백신을 만들고 돌아온 거지. 니들도 석 박사 뛰는 거 봐야 돼. 경공술 뺨쳐."

"쟤 뭐라는 거냐."

좀 더 이거 돼서 왔나 봐, 이채윤이 관자놀이에 대고 손가락을 빙빙 돌렸다.

"그러니까 러시아 기술로 백신을 만들었다는 거야?"

"아니, 석 박사 기술이지."

곽수환이 위스키를 병째로 들고 오더니 아예 입을 대고 벌컥 벌컥 들이켰다.

"석 박사, 내가 말했지?"

하, 알싸한 숨을 내뱉으며 병을 내려놓은 곽수환이 석화를 바라봤다.

"돌아가면 이제 우리가 반군이라고."

석화가 고개를 한 번 끄덕였다.

"진짜 최호언하고 싸우게?"

양상훈만큼은 떨떠름한 반응이었다.

"글쎄."

곽수환이 애매한 대답을 내놓고 비싼 알코올을 간에 공급했다. 바람에 텐트 비닐이 속살대며 수풀이 흔들리는 소리도 들려왔다.

"차 중령님도 수배 내려진 건 알지?"

"알아."

"난 처음에 이채윤이 접선 장소 알려줄 때 차 중령님이 뺑친 줄 알았다."

수배 중인 차 중령이 이채윤에게 접선해 곽수환과 접점을 이어준 건 맞았다.

차 중령과 마지막으로 연락이 닿은 건 약 한 달 전이었고 곽수환은 그날, 양상훈과는 좀 더 시간을 둔 뒤에 만나는 편이 낫겠다는 결정을 내렸다. 이채윤이 같이 가자고 운을 떼었을 줄은 곽수환도 예상하지 못한 바였다.

"차 중령님은 대체 너희 애들 데리고 어디 숨어 있는 거냐?"

곽수환은 밑으로 향했던 눈꺼풀을 들어 양상훈을 바라봤다.

"양상훈아."

"뭐야, 새끼야. 소름 돋아."

"차 중령이 어디 있는지 왜 궁금한데."

"그렇게 정색까지 할 질문이었냐?"

농담처럼 웃어넘기려는 양상훈에게 곽수환이 재차 물었다.

"진짜 뒤 안 밟히고 온 건 확실해?"

"뭐?"

"확인도 안 한 건 아니고? 아니, 뒤따라오는 놈들이 있다는 걸 이미 알고 있었을 테니 확인할 필요도 없었겠지."

표정 없이 대꾸하자 양상훈이 당황한 눈을 깜빡였다가 곧 인상을 구겼다. 마치 불시에 바닥에 나자빠진 아이가 뒤늦게 통증을 인지한 듯 한 박자 느릿한 반응이었다.

"이 씨발! 좆같은 새끼!"

쾅! 양상훈이 테이블을 발로 걷어찼다. 석화의 컵이 엎어져 호박색 액체가 바닥으로 뚝뚝 떨어졌다. 곽수환은 테이블 밑에서 석화의 손등을 툭툭 두드렸다.

"너 지금 나 의심하냐?"

레인보우 시티 제복을 반듯하게 갖춰 입은 양상훈과 이채윤 그리고 셔츠와 바지 차림의 석화와 곽수환은 한 테이블에 있음에도 어우러지지는 못했다. 같은 제복을 입고 깨끗한 하얀 가운을 입고 있던 때와는 사뭇 달랐다. 둘의 신경전에 이채윤이 테이블을 고정해 두 팔로 단단히 쥐었다.

"곽수환, 이번에는 네가 너무한 거 알지? 다른 사람은 몰라도 우린 의심하지 마라. 우리 현장 나간다고 하고 앞뒤 짜 맞추고 오느라 고생한 건 모르지?"

"넌 그랬을지 몰라도 저 새끼는 아니야."

곽수환이 무심히 말하고는 술병을 기울여 입을 축였다. 양상훈과 곽수환의 매서운 눈빛이 서로 부딪쳤고, 양상훈이 더 먼저 동공을 획 들어 백열등을 쳐다봤다. 곽수환이 곧장 술병 주둥이를 붙들고는 텐트 상단에 매달린 전구를 향해 날렸다.

픽! 술병에 부딪힌 전구가 터지는 소리와 함께 완벽한 암흑이 찾아들었다.

"야! 미친 똘수환! 저 새끼 진짜 제대로 돌아서 왔나 봐! 대체 뭐 하는 거냐고!"

석화는 이미 그의 신호에 밑에 있던 배낭을 챙긴 뒤였다. 곽수환은 석화의 손을 잡고서 잭나이프로 텐트를 북 찢었다. 몸을 빼내려는 순간에 총성이 터지니 곽수환이 배낭 주머니에서 권총을 꺼내 정면을 향해 발사했다.

"차 중령! 지금!"

곽수환이 외치자 우거진 숲을 타고 울림이 거세게 퍼져나갔다. 그와 동시에 텐트 주변으로 총성이 터지기 시작했다. 석화는 최대한 몸을 낮춰 곽수환을 따라갔고, 그는 숲길을 헤쳐가는 동안 매복 중인 군인을 향해 권총을 발사했다.

번쩍, 11시 방향에서 불빛이 세 번 깜빡였다. 곽수환의 21바이올렛부대에서 보낸 신호였다. 곽수환은 그 불빛을 따라 석화를 달리게 만들고 뒤를 엄호하면서 따라가기 시작했다. 석화는 금세 숨이 찼지만 달리는 일을 멈추지 않았다. 다시 깜빡, 불빛이 점차 가까워지고 있었다. 총알이 나무 기둥에 박히는 소리가 귀 옆에서 들려오는 것만 같았다. 곽수환이 낮은 신음을 흘리자 석화의 속도가 조금 느려졌다.

"뒤돌지 말고 계속 달려!"

그는 나직하게 외치며 탄창을 새롭게 갈았다.

텐트를 포위한 레인보우 시티의 군을 둘러싸고 있던 건 살아남은 곽수환의 부대원들이었다. 계획대로라면 이채윤과 차 중령 그리고 자신의 부대원들과 합류해야 했는데, 양상훈이 따라붙는 바람에 차 중령은 모습을 드러내지 않았다. 대신 뒤따라오면서 곽수환을 계속 엄호했다.

헤드라이트를 끈 채 대기 중인 지프를 발견한 석화는 조수석으로 한껏 내달렸다. 열린 문을 잡고 목 끝까지 차오른 숨을 계속 몰아쉬었다. 누군가 자신의 몸을 훌쩍 들어서 조수석에 올렸다. 석화는 온기만으로도 그가 누군지 알 수 있었다. 다만 그가 움켜쥐었던 허리 맡에 붉은 피가 묻어나 있었다. 지프에 올라탄 곽수환이 무전기를 가져와 입술에 가져다 댔다. 총알이 팔뚝을 스쳤는지 그의 손가락 사이사이에 핏물이 보였다.

"전원 철수한다. 각개 이동으로 넘버 53에서 접선한다."

헤드라이트는 켜지 않은 채로 핸들을 한껏 감았다. 바로 뒤로 차 중령의 지프가 그들을 따라오고 있었다.

"이유가…… 하아, 있었을 거예요."

자신이 없는 건지 석화의 목소리는 평소보다도 작았다.

"다친 데는?"

"……괜찮아요."

소령님은 피가 나요. 그 말은 하지 못하고 다시 숨을 골라야 했다.

곽수환은 아무렇지도 않다는 듯 정면만 응시하고 있었다. 그러나 다른 누구도 아닌 양상훈이었다. 석화는 능숙한 손길로 배낭에서 지혈제를 꺼내 그의 팔뚝에 덜었다. 붕대를 감싼 비닐을 이로 벗기고 운전대를 잡은 그의 팔뚝을 단단히 압박했다.

석화는 한 치 앞도 가늠할 수 없는 새까만 숲길을 바라보면서 과연 이곳으로 돌아온 것이 올바른 선택이었나 자문했다.

어째서 양상훈이 배신을 한 걸까? 물론 곽수환의 친구이기는 하지만 군대에서 만난 인연이었고, 레인보우 시티의 군인이기도 했다. 최호언이 에덴동산 수장이라는 것을 알면서도 마스터가 됐으니 그에게 충성하게 된 건가? 석화는 증식하는 질문을 입 밖으로 꺼내지는 않았다.

"석 박사, 양상훈 새끼가 배신한 건 아니야."

씨발. 곽수환이 핸들을 한 번 내리쳤다.

◆ ◆ ◆

　텐트에서 손전등을 찾아낸 이채윤이 버튼을 눌렀다. 양상훈을 향해 비추니 무표정하게 서 있는 동료가 어쩐지 낯설게 느껴졌다.

　"너 이 새끼, 대체 뭐 한 거야?"

　이채윤에게서 손전등을 낚아챈 양상훈이 가방이 놓여 있던 자리를 비췄다. 그곳엔 쏟아진 술의 잔해만 남아 있을 뿐이었다.

　"양상훈! 너 뭐 한 거냐고. 네가 진짜 저 새끼들 데리고 온 거야!?"

　이채윤이 사살당한 밖의 군인들을 가리켰다. 대답 없이 텐트를 걸어 나간 양상훈이 제복 안쪽에서 권총을 꺼냈다. 그는 이미 죽은 군인들을 확인사살했다. 뒤따라 나온 이채윤이 양상훈에게서 권총을 빼앗아 저 밖으로 던졌다.

　"너 미쳤냐! 어?! 주둥이 뚫려 있으면 왜 이러는지 제대로 설명이라도 해!"

　이채윤이 양상훈의 멱살을 거칠게 쥐고는 흔들었다.

　"쟤들 다 최호언 직속이야. 쟤들이 살아서 돌아가면 우린 어떻게 될 것 같은데?"

　칼집에 꽂힌 나이프를 꺼내 곧장 이채윤의 팔뚝을 긁어내렸다.

　"악! 양 소령, 양상훈! 너 진짜!"

　"이채윤, 집안 지키고 싶으면 내 말대로 해. 차 중령네랑 전면

전 벌이다가 이렇게 된 거라고. 알겠어?"

이 미친 새끼! 소리를 지른 이채윤이 양상훈의 얼굴에 연거푸 주먹질을 했다.

"분명 오해하고 갔을 텐데! 어떻게 풀려고 그래!"

멱살을 잡고 마구 뒤흔들자 제복 단추가 함부로 뜯겨 나갔다.

"그만 때려! 그 새끼 똑똑하잖아! 똑똑하니까 내가 왜 그랬는지 알 거라고!"

코피가 터진 데다 이도 상했는지 양상훈이 핏물을 뱉어냈다.

"이 소령, 너는 진급에 눈 돌아간 거야. 친구고 뭐고 곽수환이랑 석화 박사님 이용해서 차 중령 잡으려고 한 거라고. 내 말 알지? 그러게 너는 왜 나를 끌어들여서는!"

흐트러진 셔츠 사이로 양상훈의 군번줄이 흘러나왔다. 이채윤이 군번줄을 쥐더니 빗겨나간 안쪽의 군번을 확인했다.

MP-CONTROLLER

현재 양상훈의 위치였다.

◆ ◆ ◆

전국적으로 아담 감염이 발생한 사태 이후로 곽수환과 석화는 실종 처리되었고, 그로부터 300일 뒤에는 레인보우 시티 무

453

단이탈로 사상 불순 범죄자가 되어 있었다. 또한 최호언과 21바이올렛구역에서 전면전을 벌인 뒤, 소대를 이탈한 것으로 알려진 바이올렛부대원들에게는 당연하게도 수배 명령이 떨어졌다. 최호언이 풀어둔 아담과 전면전을 벌인 탓에 남은 부대원은 거의 절반 가량으로 줄었다.

최호언이 서펀트인 것을 아는 이들은 잠적한 세컨드 마스터를 비롯해 바이올렛부대원들도 포함됐지만, 박사일 때도 잘만 빠져나간 놈이었다. 이제 마스터까지 되었으니 사태의 전말을 밝히기는 더욱이 쉽지 않을 것이었다.

바이올렛부대원들과 접선하기로 한 53지역은 연천군의 버려진 교회 건물이었다. 현장에 있던 군인들 중 차 중령만 제외하고 아직 미합류 상태였다. 그들은 뒤쫓는 세력이 있을 수도 있기에 길을 돌아오는 중이었다.

"차 중령님."

석화는 백신 앰플을 하나 들어 빈 주사기에 용액을 채웠다.

"유효한 백신이에요. 제 몸에 가장 먼저 실험을 해봤고요. 그래도 어떤 변수가 있을지 모르니 아담에게 물리는 일만은 피해주세요."

팔뚝을 내놓은 차 중령에게 석화가 차분히 설명했다.

"하루 정도는 열이 날 수도 있어요."

"예, 준비됐습니다."

소독솜으로 쓱 문지른 다음 차 중령의 팔뚝에 백신을 투여했다.

"에덴동산 움직임은 어때?"

상처를 확인한 곽수환이 다시 붕대를 질끈 동여맸다.

"에덴동산이 레인보우 시티의 반군 세력이었지 않습니까? 비약일지 모르겠으나 최호언이 에덴동산을 재정비해 시티의 국교로 삼을 생각을 하는 것 같습니다. 시티 각지에서 에덴동산 집회가 열리는데 최근에는 군에서도 방치하는 분위기로 변하고 있고요."

"아무래도 아담 사태 때 에덴동산에게 도움을 받은 사람들이 있으니 우호적인 시민도 있겠지."

"예, 그런 것 같습니다. 그런데 양상훈 소령이 정말 돌아선 게 맞습니까?"

"아니."

곽수환은 한숨처럼 대답했다.

"나도 그놈이 신호 줘서 포위된 거 확신했거든."

놈이 전구를 눈으로 가리키기 전까지 솔직한 말로 양상훈을 완벽히 신뢰하지는 못했다.

양상훈이 안다면 길길이 날뛰면서 화를 낼 노릇이겠지만, 목숨이 걸린 문제니 누군가를 온전히 믿는다는 건 불가능에 가까웠다.

"그래도 양상훈 소령 행동거지에 좀 수상한 데가 보이니 조심하십시오. 저희도 시티 밖에서 지내다 보니 소식이 좀 늦는 편인데, 마더 시스템도 전면 개편되고 교육센터는 방식이 이상해

졌습니다. 마스터를 지지하는 게 아닌 최호언 개인을 지지하는
교육 방식을 택했다고 합니다."

곽수환이 레인보우 시티 구역을 정리해둔 지도를 내려다보
면서 입을 열었다.

"단일 독재 체제로 굳히겠다는 소리지. 에덴동산 교리가 생명
의 나무가 구원한다 어쩐다, 이 지랄 떠는 거였지?"

"잘은 모르겠지만 비슷했던 것 같습니다."

"구원자는 자신이 구원자라 말하지 않는다. 구원자라 사칭하
며 우리를 현혹하지 않는다. 자신을 부정하는 구원자야말로 진
정한 생명의 나무다."

곽수환과 차 중령이 동시에 석화를 바라봤다. 교리를 읊었지
만, 에덴동산에 심취한 신도의 신념과는 거리가 먼 무미건조한
말투였다.

"최호언에게 납치당했을 때 부산에서 신도가 했던 말이에요.
대대적 아담 사태가 발발했을 때 라디오에서 나왔던 방송 기억
하세요?"

곽수환도 대충 맥락만 기억했다. 석화는 제가 기억하는 것을
정면에 놓인 칠판에 고스란히 써 내려갔다.

구원받고 싶은 자, 에덴동산을 믿으십시오. 레인보우 시티는 시민
을 버렸습니다. 우리에게는 구원인 생명의 나무와, 나무를 지키는
지혜의 뱀이 함께합니다. 에덴동산은 시민들의 안전을 최우선합니

다. 믿는 자, 인내하면 에덴동산이 그대를 마중하러 가리니.

"지혜의 뱀은 아마도 서펀트이자 최호언일 거예요. 그리고 처형당한 양어머니는 아마도 지금쯤 에덴동산에서 순교자가 되어 있겠죠. 그때 봤던 교리와 사람들 말에 따르면 아담 바이러스 면역체가 즉 생명의 나무예요. 최호언은 저를 말했고요. 저 말고 다른 면역체가 있다면 새로운 생명의 나무를 앞세웠을 거예요."

"생명의 나무에게 단 한번 축복을 받았다는 신도들이 있는 것은 맞습니다. 그 축복을 받았다는 신도들이 지금 장로들이고요."

석화는 정작 축복을 내린 적도 없건만 그들 마음대로 그것을 축복이라고 여겼었다.

"시티에서 에덴동산을 인정하는 분위기가 형성된다면…….
시티가 완전히 최호언의 손아귀에 들어가는 거겠네요."

"아마도 그럴 겁니다."

차 중령이 기억하는 석화는 허여멀개서 비실대기만 하는 박사였다. 말을 많이 하는 일도 없었고 멍해 있던 때가 대부분이었는데, 멍한 기운은 여전해도 눈빛이 전보다는 선명했다.

"차 중령."

곽수환은 책상에 엉덩이를 걸터앉았다. 쓱, 한쪽 발목을 끌어다 허벅지에 얹었다.

"예, 대장, 말씀하십시오."

"이제 백신도 맞았겠다, 굳이 나랑 함께할 이유가 있겠어? 애들 데리고 시티로 다시 돌아가서 편히 살든지 아니면 러시아로 올라가든지 해."

"누가 뭐래도 전 레인보우 시티 시민인데 떠날 생각은 없습니다. 잘못된 게 있다면 피하지 않고 바로잡을 겁니다. 녀석들도 최호언이라면 다 이를 갑니다. 놈 때문에 동고동락하던 동료를 잃은 건 몰라주십니까?"

"그냥 떠봤어."

"예, 그러신 것 같았습니다."

곽수환이 픽 웃었다. 그러나 석화는 빈말이 아니었음을 알았다.

차 중령이나 부대원들이 제 삶을 찾아 떠나고 싶다고 하면 얼마든지 보내줄 사람이었고, 실제로 이탈을 했던 군인도 한두 명 있었다. 지금 남은 건 말 그대로 소수의 정예부대였다.

쿵, 교회 문이 열리고 평범한 복장의 군인들이 들어오기 시작했다. 복귀를 알리며 거수경례를 한 군인들에게 곽수환이 다가오라는 신호를 보냈다.

"한 놈씩 팔뚝 걷고 줄서."

의아한 얼굴들이었지만 대꾸도 않고 다들 팔을 내밀었다. 곽수환도 석화를 도와 부대원에게 백신을 투여했다. 석화는 한 사람 한 사람에게 아담 바이러스 백신이라는 설명도 덧붙였다. 백신을 투여받은 자는 차 중령을 포함해 우연찮게도 총 열두 사람이었다.

"이 중에 유다 될 새끼 있냐? 있으면 미리미리 말하고."

백신을 투여받은 군인들은 저들끼리 멀뚱멀뚱 쳐다보기만 했다.

"대장, 유다가 뭡니까?"

"먹는 거다, 새끼야."

곽수환도 제 직속 부하들 얼굴을 직접 보니 반갑기도 하면서 복잡다단한 심정이었다. 컨트롤러부대로 소속된 놈들이라 원래도 유령 같은 존재였는데 이제는 쫓기는 몸까지 되어버렸다.

"저기, 대장."

덩치가 러시아 곰만 한 군인이 슬며시 손을 들었다.

"말해."

"이제 아담하고 대놓고 막 싸워도 되는 겁니까?"

곽수환이 남은 백신 박스를 배낭에 넣고는 대꾸했다.

"새끼야, 넌 방탄조끼 입었다고 적이 총질하는데 그냥 달려들 거야?"

"아닙니다."

책상에서 엉덩이를 떼어내고 신발 앞코를 툭툭 두 번 두드렸다.

"앞으로 우리 목표는 아담 박멸이고, 백신 대량생산이다. 그리고 세컨드도 찾아낸다. 최호언도 끌어내려야 하는데 우리 숫자로는 어림도 없겠지."

대장이 그렇게 말하니 부하들도 어두운 얼굴일 수밖에 없었다. 개개인 전투력은 높다고 쳐도 숫자 앞에 장사 없는 법이었다.

459

"그러니까 우리는 이걸 쓰자고."

곽수환이 자신의 관자놀이를 가리켰다.

"이제부터 나도, 너희들도 전부 다 에덴동산 신도야. 뿐만 아니라 우리가 진짜 에덴동산 본체인 거고."

"대장, 저 종교 안 믿는데요?"

"누가 진짜로 믿으래? 그런 행세를 하자는 거지. 그 자식들이 인정한 생명의 나무가 우리 쪽에 있는데, 누가 진짜로 구원받은 거겠어."

차 중령을 뺀 나머지 군인들은 무슨 소리인지 전혀 모르겠다는 표정이었다.

"에덴동산에서 말하는 구원자가 여기 계신 석 박사라고. 지금 에덴동산 장로들이 석 박사를 생명의 나무로 인정하고 있으니까 우리가 진짜 에덴동산인 거야."

군인들의 시선이 일제히 석화에게 쏟아졌다. 석화는 배낭 안에 있던 땅콩을 꺼내 들고 고개만 꾸벅했다. 서둘러 교회 밖으로 나갈 채비를 했다. 아무래도 시선이 부담스러웠던 탓이다.

"오늘은 여기서 쉬고, 내일부터 본격적으로 이동한다."

곽수환은 석화가 나간 길을 뒤따라가기 시작했다. 오래된 시골 교회는 인적이 끊긴 지 오래되어 마당에 잡초들이 무성했다. 석화는 어디 멀리 가지 않고 교회 바깥 계단 밑에서 쭈그려 앉아 있었다. 땅콩을 오독오독 씹으며 나뭇가지로 주변의 돌을 솎아내는 정수리가 동그랬다.

"마음에 드는 돌 있어?"

"아직은 없어요."

여기저기 이동을 했기 때문에 석화의 돌 수집 욕심은 전보다 많이 줄어들었다. 곽수환이 나타나기 전까지는 집착 대상이 계속 돌이었지만, 지금은 돌만큼이나 곽수환에게 집중하는 일도 잦았다.

"우리…… 잘 돌아온 거 맞아요?"

곽수환이 석화의 앞에 마찬가지로 쭈그려 앉았다.

"그게 무슨 말이야."

"레인보우 시티가 전보다 더 안정적으로 변했다면서요."

"최호언 그 새끼가 박사라서 그런지 대가리 하나는 잘 써. 지금 사람들이 원하는 게 뭐겠어, 안전이지. 안전과 자유를 맞바꾼 거야. 만일 아담이 박멸되고 백신이 완벽하다면 어떨 거 같아?"

석화는 나뭇가지로 흙을 긁다가 고개를 들어 곽수환을 봤다.

계속 함께 있었기에 무엇이 변했는지 쉽게 눈치채지는 못했다. 그러나 오늘 양상훈과 이채윤을 보고 나서야 알았다.

곽수환은 누구보다 시티의 제복이 잘 어울렸던 남자였고, 저만 아니었다면 승승장구했을지도 몰랐다. 최호언과 반목할 일도 없었겠지. 이런 뜻을 내비쳐봤자 곽수환은 어차피 자기는 반군 기질이 투철했기에 언제든 삐뚤어졌을 거라고 말할 게 분명했다.

"또또."

"왜요."

"형처럼 본다."

"형 맞는데요."

"들어봐. 나 어릴 때 베트남 아주머니가 나랑 내 동생을 돌봐 줬다고 말했지? 그 아주머니가 동화 하나는 기똥차게 들려줬거든?"

석화는 눈만 두어 번 깜빡거렸다. 곽수환은 석화가 들고 있던 나뭇가지를 쓱 가져가더니 뾰족한 성을 그리기 시작했다.

"이렇게 작은 섬에 왕국 하나가 있는데, 거기 사는 왕 새끼가 바다가 위험하니 사람들한테 바다 근처도 가지 말라고 말했거든. 만일 선을 넘은 사람이 있다면 벌을 줬고. 그런데 누군가가 배를 개발해서 좀 더 넓고 자유로운 땅을 찾아 떠나가겠다고 말해. 그랬더니 왕 새끼가 배를 부수고 그 배를 만들 수 있는 사람들을 모조리 처형했대. 그리고 백성들에게는 거짓말을 하지. 배를 타고 밖으로 나갈 수 있게 해주었더니 거대한 파도를 만나서 좌초되어 이렇게 시체로 돌아왔다고. 그 이후로 섬사람들은 절대 바다 밖으로 나가지 않게 됐대."

어릴 때는 거지 같은 왕 새끼라고만 생각했는데 레인보우 시티를 제대로 압축한 동화나 마찬가지였다.

연합국이라는 그럴싸한 타이틀을 박아두고, 함부로 넘나들지 못하게 사람들을 고립시켰다. 그리고 그 안에서 자신들의 권력 계승과 호의호식을 위해 아담을 이용했다.

분명 독초는 잘 쓰면 약이지만, 허용 범위를 초과했을 때는 사람을 죽음에 이르게 한다는 것을 과연 최호언이 알까 모르겠다. 본인이 아담을 완벽히 컨트롤할 수 있을 거라고 확신하는지 말이다. 이미 그 말로를 러시아에서 보고 온 둘이었다.

"석 박사, 내가 동화 들려줬으니까."

곽수환이 검지로 석화의 셔츠 라운드를 쓱 끌어당겼다.

"젖꼭지 빨아도 돼?"

여기서 보니 은밀하게 가려진 안쪽에 뾰족이 솟은 게 보였다.

"옷 늘어나요."

석화가 손을 떼어냈다.

그 대신 스스로 셔츠를 밑에서 위로 쓱 끌어올렸다. 전보다 알이 조금 더 통통해져 있는 건 곽수환이 어제 물고 빨았기 때문일 거다. 곽수환은 입을 달싹거리고는 석화가 들어 올린 셔츠를 끌어 내렸다. 나뭇가지를 버리는 대신 석화의 손목을 잡았다. 성큼, 교회를 돌아서 지프 몇 대가 세워진 곳으로 향했다.

그는 벽에 석화를 기대 세우고는 주변을 쓱 한번 둘러봤다. 음흉하게도 눈을 가느다랗게 떴다.

"다시 해봐."

"뭘요."

"셔츠 올려서 가슴 보여줘."

곽수환이 일부러 저러는 걸 안다. 석화도 그리 싫지는 않아 셔츠 끝자락을 잡아 목까지 끌어 올렸다.

산을 타고 넘어온 듯 풀 냄새를 머금은 습한 바람이 드러난 상체를 달랬고, 안에서 새어 나오는 불빛으로 유두의 색이 음란하게 물들었다. 곽수환은 더는 참지 못하고 한입에 가슴을 빨았다. 석화의 몸을 번쩍 들어올린 것도 덤이었다.

"웃."

석화는 거세게 빨리는 통증에 곽수환의 머리를 감싸 안았다.

이로 잘근잘근 연한 살을 씹었다가 뾰족하게 올라온 알을 콱 깨무니 신음이 튀어나올 것만 같았다. 석화는 일부러 입술을 굳게 다물고 그를 감싼 팔에만 힘을 주었다.

나머지 한쪽 가슴도 빨아들였다가 떼어내니 울긋불긋한 자국이 금세 솟아올랐다. 하아, 뜨거운 입김으로 가슴을 달군 곽수환이 고개를 들었다. 석화의 광대 언저리에 오른 홍조가 조명을 받아 좀 더 짙게 보였다.

곽수환이 젖은 입술을 벌리자 석화는 뺨을 감싸고 얼굴을 내렸다. 석화는 평소 볼 수 없는 각도에서 그를 바라보는 이때가 좋았다. 위에서 그를 내려다보면 눈에 드리운 속눈썹이라든지 잘빠진 콧대가 새삼스럽게 눈에 들어왔다.

입술을 맞대 부드러운 점막을 혀로 미끄러뜨리고, 드러난 가슴은 그의 셔츠에 무의식적으로 문질렀다.

"자꾸 그러니까 터질 것 같잖아."

속삭이며 하반신을 맞대온 그가 석화를 스륵 다시 내려두었다. 말려 올라갔던 셔츠도 흘러내려와 가슴께에만 젖은 자국이 남았다.

가벼운 페팅만 하려고 했지만 그런 결심이 지켜지는 일은 한 번도 없었다. 석화는 젖은 부분이 서늘하게 느껴지는지 손으로 그 부분을 쓱쓱 문질렀다.

불을 붙이는 건 곽수환이지만, 불씨를 키우는 건 석화였다. 곽수환은 아래가 더 커져서 힘들어지기 전에 석화를 지프 뒷좌석으로 이끌었다. 바지 버클을 풀어 속옷까지 한번에 끌어 내리니 매끄러운 다리와 반쯤 발기해 있는 성기가 고스란히 드러났다.

"밝히기는. 가슴 좀 빨아댔다고 발딱 섰어."

"발딱…… 아닌데요."

"응. 반쯤 섰어."

곽수환이 가슴을 한 번 울리며 석화의 성기를 입에 넣었다.

안에 고인 침과 석화의 쿠퍼액이 뒤엉켜 음란한 소리를 자아냈다. 뜨거운 동굴 속으로 잡아먹히는 감각에 석화의 눈가가 나른하게 풀렸다.

곽수환이 쭉쭉 빨아올릴 때면 아래가 뽑힐 것 같은데, 금세 엄청난 쾌감으로 변해 머리를 들끓게 했다. 석화는 입술을 슬쩍 벌리고 달뜬 숨만 토해냈다. 이대로 몇 번 빨리면 토정을 할 것만 같았다. 허벅지에 힘이 바짝 들어갔다.

그는 허벅지 안쪽의 말랑거리는 살을 커다란 손으로 주무르고 고환까지 슬며시 문질렀다.

"하아, 소령님……. 가겠……어요……."

좆을 뿌리까지 삼켰던 곽수환이 소리가 나도록 입을 떼어냈다. 묽은 타액이 그의 혀에서부터 길게 이어졌다. 사정감이 치달았던 성기는 안타까울 정도로 움찔거렸다.

"왜, 소령님 말고 있잖아."

곽수환은 손으로 젖은 성기를 감싸 쥐었다. 그대로 흔들어주었으면 하는데도 애를 태우려는 듯 선단만 엄지로 쓱쓱 비볐다. 석화는 몽롱한 눈을 하고 속삭이듯 말을 흘렸다.

"……수환아. 나 할 것 같아."

젠장. 곽수환이 제 페니스를 손으로 꽉 쥐고는 나직하게 탄성했다. 다짜고짜 회음부로 손을 미끄러뜨려서 쓱쓱 문질러주니 아래가 말랑하게 풀려가는 게 느껴졌다.

"여기 왜 자꾸 젖어?"

"……아니."

젖은 손 때문이라고 말을 하려는데 발음이 뭉개져버렸다. 석화는 그의 손가락이 안을 파고들 동안 저 스스로 약이 오른 성기를 두 손으로 감싸 쥐었다.

"안에 싸도 돼? 응?"

안쪽의 예민한 부분을 손가락으로 꾹꾹 누르면서 귓바퀴를 씹었다. 상반되는 체온이 서로에게 스며들어 딱 적당한 온도로 변하고 있었다.

"아, 손……. 싫어."

왜 싫냐는 듯 손가락 세 개를 단번에 쑤셔 넣고 빙글 돌렸다.

눈이 깔깔해졌다. 석화는 그의 등을 감싼 셔츠를 움켜쥐고 간간이 경련했다. 지익, 지퍼가 내려가는 소리가 들렸고, 곧 묵직한 성기가 엉덩이를 벌리고 들어왔다.

뭉툭한 앞이 구멍을 내리누르자 긴장감에 아래에 힘이 들어가 버렸다. 의식해서 힘을 빼려고 했지만 그럴수록 밑은 더 닫혀만 갔다.

곽수환이 석화를 제 쪽으로 확 끌어당겨서 허벅지를 잡아 올렸다. 완전히 드러난 아래를 사악, 혀로 핥아 올렸다.

"아, 싫어······! 그거, 싫어요."

몸을 비틀어서 빠져나가려는 석화를 더 단단히 붙들고는 계속해서 아래를 혀로 눅진눅진하게 풀었다. 반쯤 울상에 가까운 얼굴을 했던 석화도 이제는 흡사 흐느낌에 가까운 신음만 내뱉었다.

그가 허리를 일으키더니 다리 한쪽은 바닥에, 한쪽 무릎은 석화의 어깨 옆에 벌려두고 발기한 좆을 들이댔다. 석화는 두 손으로 성기를 쥐어 혀로 귀두를 애무했다.

"형, 여기 봐봐."

이럴 때만 꼭 형이라고 한다. 석화는 입에 귀두를 가득 물고 곽수환을 올려다봤다. 슬쩍슬쩍 허리를 움직여 입안에 좆을 박는 그의 얼굴이 음란했다. 그럴 때마다 석화는 아래가 간지러워지는 느낌이 들었다. 꾸욱, 목구멍의 굴곡을 따라 휘어진 좆 때문에 석화는 눈을 깜빡깜빡했다.

"읍……! 흐읍!"

못 참겠다는 듯 곽수환의 허벅지를 손으로 두드리자 그가 좆을 쑥 빼냈다. 고개를 돌려 잔기침을 하니 미안한 듯 얼굴 여기저기에 잔키스를 퍼부었다.

다시 허벅지를 붙든 곽수환은 타액으로 젖은 귀두를 구멍에 가져다 댔다. 석화가 숨을 쉴 때마다 아래가 움찔움찔하는 게 마치 저를 빨아들이는 듯했다.

"넣어도 돼?"

"……아, 천천히."

"매도 빨리 맞는 게 낫다던데. 빨리 넣으면 안 돼?"

석화가 고개를 기운 없이 젓다가 그의 어깨에 올라간 다리에 힘을 뺐다.

곽수환이 좆을 잡고 구멍의 아래위를 문질렀다. 물컹한 혀와는 다른 단단하고 커다란 기둥에 아래가 헤지는 것만 같았다. 고환을 치고 올라오는 감각마저도 머리를 쭈뼛 서게 만드는 쾌감이 뒤따랐다.

꼬리뼈부터 쓰윽 회음부를 치고 올라왔던 좆이 긴장을 놓은 어느 순간이었다. 푹! 파고들었다.

"아! 아윽!"

아래가 곽수환의 좆에 맞춰 단박에 벌어졌다. 엄청난 격통과 충격에 눈과 귀가 멍해지고 그를 붙들고 있는 손이 함부로 경련했다.

"미안, 금방 기분 좋게 해줄게. 응? 내가 얼마나 기분 좋게 해주는지 알지?"

난폭한 아래와는 다르게 목소리는 부드러웠다. 식은땀이 송골송골 맺힌 이마에 입술을 내리니 삽입이 더 깊어져 석화는 나직한 비명을 토해냈다.

"아흐, 몰라…… 아파."

"왜 몰라. 내가 항상 질질 싸게 해주잖아. 그럴 때마다 좆이 고장 난 것 같다며."

그런 말 한 적 없다고 고개를 돌리려는데 몸이 완전히 굳어버려 숨만 몰아쉬는 게 고작이었다.

그는 괜찮다고 귓가에 속삭이면서도 맞물린 내벽을 부지런히 넓히면서 들어왔다. 완전히 들어찬 성기는 익숙하지만 여전히 낯설었다.

"이거 봐. 석화 형 슬슬 안에 난리 나기 시작했네."

곽수환이 젖은 입술을 하고는 기분 좋게 웃었다.

그의 말마따나 자극받은 안쪽이 성기를 쥐어짜듯 감쌌다. 식은땀이 눈가를 적시는 바람에 눈을 감았더니 아래의 감각이 좀 더 짙어졌다.

꼬리뼈와 배꼽이 동시에 시큰거렸고 움찔, 곽수환의 것이 한번 더 커지는 게 느껴졌다.

"내가, 소령인 게 좋아?"

단단한 상체로 뒤 허벅지를 내리누르며 깊숙이 삽입하자 입이 저절로 벌어졌다. 무슨 말인지 모르겠다는 듯이 석화는 고개만 연방 저었다. 가는 머리카락이 가죽시트에 마찰하는 소리마저도 음란했다. 그는 깊게 들어왔다가 애를 태우듯 얕게 허리를 놀렸다. 전립선도 슬쩍슬쩍 건드려 손끝 발끝이 시큰했다.

"아!"

다시 끝까지 퍽 치고 올라오니 몸이 떨렸다. 위에서 아래로 푹푹 찌를 때마다 꼬리뼈가 밀려나는 착각이 들 지경이었다.

"거, 거칠어요."

"하아, 난 지금이 좋은데."

거칠게 하는 게? 그런 의미를 담아 올려다보자 곽수환이 엉덩이를 콱 벌려 쥐었다.

"하루 종일 우리 붙어 지내고 이렇게, 같이 있는 게 좋잖아."

아무래도 아까 안타깝게 쳐다봤던 것을 마음에 둔 모양이었다.

"응? 석 박사도 그렇지?"

곽수환이 움직임을 멈추고 새카만 눈으로 내려다봤다.

확답을 받고 싶어 하는 듯해 석화가 천천히 고개를 끄덕끄덕했다. 곽수환은 좀 더 엉덩이를 벌렸다. 팽팽하게 벌어진 곳이 한계까지 늘어나는 것만 같아 허리를 틀었지만, 짓눌린 몸은 꼼짝도 하지 않았다.

석화는 곽수환의 손목을 쥐고는 입술을 천천히 벌렸다.

"같이 있는 게…… 좋아. 앗!"

반으로 접힌 몸에 곽수환이 제대로 내리꽂기 시작했다.

왼쪽으로 찔렀다가 또 한 번 휘젓고, 음모가 닿게끔 깊숙이 박은 채로 허리를 빙글 돌렸다. 석화의 입에서 비명 섞인 숨이 터졌다. 안 된다는 말이 혀끝에 매달려서 떨어지지 않았다. 곽수환은 계속해서 안으로 더 좆을 들이밀 뿐이었다.

삽입을 반복할 때마다 발기한 석화의 성기가 뱃가죽을 때리며 액을 뱉어냈다. 곽수환이 만날 밝힌다고 놀리는데, 이것 때문이었다. 허벅지도 축축하게 젖어 들어버렸다.

"야, 이 씹. 담배가 남아도냐?"

흐릿하게 젖어 있던 석화의 눈에 초점이 돌아왔다.

밖에서는 곽수환의 부대원 둘이 투덕거리면서 담배를 나눠 피우는 중이었다. 손을 올려 곽수환을 밀어냈지만 그가 조용히 하라면서 더 바짝 몸을 맞대어 왔다. 툭, 허리를 쳐올리자 지프가 흔들리는 듯해 석화는 몸을 잔뜩 굳혔다.

좆이 석화의 안에서 잔뜩 쥐어짜지는 바람에 곽수환도 낮게 숨을 토해냈다. 이대로 가만히 있으라는 건 흡사 고문 수준이었다. 인내도 잠시, 곽수환이 허리를 놀려 안을 비벼대고 휘저었다. 석화가 놀라 두 손으로 입을 틀어막으며 발로 그의 어깨를 밀어냈다.

부드러운 발바닥의 촉감을 더 참지 못하고 석화를 들어서 제 위에 돌려 앉혔다. 놈들이 갈 동안 뒤에서 끌어안은 채 젖은 성기를 손으로 감쌌다. 뒷목을 핥아 올리면서 젖꼭지까지 만져주자 석화가 몸을 앞으로 구부렸다. 그 바람에 삽입이 훨씬 깊어져 다물지 못한 입에서 타액이 떨어졌다.

버둥거리며 벗어나려는 석화의 아랫배를 눌러 막았더니 새된 신음을 터뜨렸다. 충격에 왈칵, 성기에서도 뭔가가 샜다. 요의는 없었기에 실수한 건 아니었지만, 석화의 몸에 열이 확 올랐다.

빼요…….

등이 미약하게 진동했다. 지금은 안 돼요. 석화의 몸 자체가 울림통이 된 듯 소리를 낼 때마다 울렸다. 몸 깊숙이 결합하고 있으니 석화의 모든 게 좀 더 확실하게 느껴졌다. 곽수환은 뺨을 석화의 어깨에 기대고 대답했다.

싫어.

아이를 달래주듯 손바닥으로 아랫배를 살살 문지르고 어깨의 살점을 빨아들였다. 그러다가 또다시 배를 꽉 누르니 석화가 흐느끼기 시작했다. 허리도 비틀려 곽수환의 좆도 한껏 휘감아 쥐어짜 댔다. 밖에서 움직이던 빨간 점이 사라지고 발걸음 소리가 멀어지는 순간, 그가 석화를 거칠게 눕혔다. 참았던 것만큼 내벽을 쳐대면서 젖꼭지를 손으로 굴렸다.

"아…… 아아!"

소령님, 수환아……. 석화는 제가 무슨 말을 하는지도 모르고 참았던 신음을 마구 내뱉었다.

"후, 거봐. 내가 기분 좋게 해주잖아."

"아! 으읍."

박아대는 안쪽에서 열이 잔뜩 피어오르고 연한 비부가 함부로 짓눌리는데, 이게 기분이 좋은 건지 쾌감이 지나쳐 괴로운 건지 정체 모를 감각들만 닥쳐왔다.

삽입이 수도 없이 반복되고 풀어진 아래만큼이나 석화의 몸에서도 힘이 빠졌다. 제아무리 전보다 건강해졌다지만 지치지 않는 곽수환 앞에선 체력이 금세 고갈되어버린다. 게다가 성욕 억제제를 맞지 않아도 사정하기까지 끈질긴 건 여전했다. 밑이 완전히 풀어지고 배 안쪽이 멍이 든 것처럼 욱신거릴 때가 되어서야 사정을 하니 말 다했다.

안에 쏟아내고 싶은 충동을 참는지 그가 허릿짓에 박차를 가하다가 움직임을 멈췄다.

"아⋯⋯. 흐으."

갑자기 멈춘 탓에 오히려 석화가 몸을 움찔거렸다.

곽수환의 목에 힘줄이 바짝 서고, 입술이 한 차례 꽉 다물렸다. 숨을 들이쉬었다가 뱉어낸 그는 이마에 쪽 키스했다.

"같이 하자."

석화의 두 다리를 붙여 제 한쪽 어깨에 끌어올리고 한 팔로 단단히 감쌌다. 나머지 손으로 석화의 성기를 꽉 쥐었다.

단단하게 부풀어 오른 것을 쥐고 있으면 저도 모르게 터뜨려 버리고 싶을 만큼 손에 힘이 들어가고는 했다. 왜, 애들도 너무 좋으면 손에 쥐고 놓지 않다가 터뜨리고는 하지 않나. 힘을 조절하지 못할 만큼 어린아이도 아니니 악력을 조절해 석화의 것을 휘감았다.

쪽, 한 팔로 감싸고 있는 종아리에 입을 맞췄다. 타악, 탁, 느릿하게 시작해 점차 박차를 가했다. 석화는 가죽시트를 손으로 움켜쥔 채 아래부터 스멀스멀 올라오는 사정감을 참으려고 했다. 그럴수록 안쪽의 가장 예민한 곳을 밀고 들어와 쿡쿡 쑤셨다. 움직임에 맞춰 성기를 흔드는 손이 요도구멍을 막자, 석화는 그의 엄지를 떼어내려고 손을 휘저었다.

"웃."

고통을 띤 목소리에 석화가 그를 쳐다봤다. 팔뚝에 두른 붕대에 피가 조금 비치고 있었다.

"괜찮……아요?"

"힘주면 아파."

그러니까 힘쓰지 말라는 듯 제 손을 막는 석화를 나무랐다. 석화는 금세 포기하고는 곽수환의 바지자락만 꽉 쥐었다.

사실 피는 붕대를 감았을 때부터 묻어난 거라 아무렇지도 않았다. 어쩐지 석 박사가 다리에서 사기 친 게, 평소 내 행실을 따라한 것 같은데……. 곽수환이 속으로 중얼거리더니 곧 석화의 요도 구멍을 문질러댔다. 함부로 주어지는 쾌감에 석화는 이도저도 못 한 채 곽수환에게 자신을 온통 맡겼다.

안의 점막이 성기를 옭아대 발끝부터 올라온 사정감이 기어코 머리까지 치달았다. 곽수환은 석화의 고환까지 함부로 치대며 허리를 처박아댔다. 아랫배가 불룩하게 솟아오를 정도로 집어넣었다가 완전히 뒤로 빼내고, 또다시 단박에 때려 넣었다. 나 하고 싶어. 수환아. 괴로워. 석화의 목소리도 알아들을 수 없을 정도로 뭉개져 있었다. 그가 안쪽에 들어가 있던 좆을 확 빼내고는 두 성기를 겹쳐 쥐었다. 있는 대로 비비며 거세게 흔들자 석화가 먼저 사정을 시작했다. 나쁘지 않은 기세로 정액을 내뱉는 사이 곽수환이 다시 말랑거리는 구멍에 쿡 좆을 쑤셔 넣었다.

"아, 아흐. 아……."

지나친 쾌감에 괴로워하는 석화의 양 팔뚝을 쥐고 꼼짝도 못하게 막았다.

주, 죽을 것 같아. 힘이 들어가지 않아 가볍게 깨문 이가 다닥하고 부딪쳤다. 곽수환은 완전히 풀어져버린 석화를 내려다보면서 빠르고 깊게 삽입했다. 그때마다 튀어 오르는 정액도 손으로 쓸어 석화의 상체에 문질렀다.

젖은 젖꼭지 양쪽을 쥐어 올리자 허리가 휘며 좆을 더 꽉꽉 물었다. 곽수환은 석화의 안을 제 것으로 전부 채우고 싶은 충동이 일었다. 그러나 본능에 먹혀버릴 수는 없다. 간신히 참고 좆을 빼내 흔들었다. 기운 없이 늘어진 석화의 성기에 비벼대면서 사정을 했고 정액은 석화의 가슴께까지 튀어나갔다.

"하아……."

석화는 제 몸을 만져대는 손길에 몇 번 몸을 떨다가 힘이 다 빠져 눈을 감았다. 곽수환의 정액이 고인 부분이 뜨겁게 녹아내리는 듯했다.

"괜찮아?"

고개 하나 까딱하는 것조차도 버거웠다. 괜찮다는 듯이 숨만 고르자 곽수환은 급한 대로 제 셔츠로 몸을 닦아주었다.

여전히 흐릿한 불빛만 교회 안에서 새어나오고 있을 뿐 주변은 고요했다. 곽수환은 석화를 뒷좌석에 편히 눕히고 트렁크에서 수건 하나를 꺼냈다. 앞뒤로 차문을 잠그고 나서야 재빨리 앞마당으로 이동했다.

교회 앞마당에는 자동 펌프가 설치되어 있었기에 지하수가 문제없이 쏟아져 나왔다. 곽수환은 수도꼭지를 돌려서 연결된 호스를 잡고 냉수로 전신을 마찰했다. 이렇듯 지하에서 끌어 올린 물은 한 여름에도 얼음장 같았다. 그러니 아직 열기 가득한 몸을 식히는 데는 이만한 게 없었다.

제 몸을 대충 닦고는 수건을 적셔서 다시 지프로 돌아왔다. 트렁크에서 멀쩡한 옷을 꺼내 입고 석화의 몸을 수건으로 닦기 시작했다. 이럴 때면 금욕하는 수도사가 된 듯도 하고, 구원자의 몸을 정갈하게 닦아주는 신도가 된 듯도 했다. 어쨌거나 석화의 몸 곳곳을 어루만질 수 있는 시간은 곽수환에게 중요했다.

"큼, 큼큼."

그때 차 밖에서 인기척이 나더니 헛기침 소리가 자그맣게 들렸다. 누군가 일부러 목을 긁어가며 신호를 보내고 있었다. 아직 가까이 오지는 않았기에 이번에는 마른 수건으로 석화의 몸을 감쌌다.

곽수환은 뒤늦게 몸을 일으켜 뒷좌석에서 밖으로 내렸다.

"왜."

조금 떨어진 곳에 있던 차 중령이 또다시 헛기침을 했다.

"할 말 있으면 하던가."

상사의 허가가 떨어지자 차 중령이 성큼 다가갔다. 제 상관의 성격을 아는지라 차 중령은 지프로 시선을 던지지 않고 단도직입적으로 용건만 꺼냈다.

"양상훈 소령 말입니다."

끝난 이야기를 다시 꺼낸 것을 보니 아무래도 말이 좀 길어질 듯했다. 곽수환은 조수석의 모포를 끌어와 석화에게 덮어주었다. 문을 닫은 뒤에 손을 내밀자 차 중령이 담배를 건넸다.

"끊으신 줄 알았습니다."

"석 박사 폐 아플까 봐."

앞에서는 안 피운다고 말했다. 차 중령이 웃고는 곽수환의 담배에 대신 불을 붙였다.

"그렇게 따지면 대장 폐도 위험한 거 아닙니까."

"몰랐어? 내 폐는 니코틴이 비타민으로 전환되거든."

"아……."

차 중령이 그럴 수도 있겠다는 듯이 고개를 주억거렸다.

"그걸 믿냐. 양상훈은 왜."

"대장 말대로 완전히 배신한 것 같지는 않지만, 행동거지가 좀 이상하다고 말씀드렸지 않았습니까? 이따금 나타나지 말아야 할 데서 모습을 드러내고요. 동에 번쩍 서에 번쩍 하는 것 같은데, 좀 의아합니다. 그게 마치……."

곽수환이 오랜만에 피우는 담배를 깊이 빨아들였다가 연기를 길게 내뱉었다.

"예전의 나 같지?"

그의 입가로 백해무익한 잔해가 흩어졌다.

차 중령은 쉽게 긍정하지 못했다. 예상이 맞는다면 양상훈이 컨트롤러일 테고, 단일 마스터 최호언의 직속이나 다름없었다.

"양 소령이 컨트롤러라면 더더욱 거리를 두셔야 합니다."

정작 양상훈이 배신하지 않는다고 해도 컨트롤러인 이상 앞으로 절대 엮여서는 안 됐다.

"음습하고 음험한 새끼지?"

"예?"

"최호언 말이야."

곽수환이 담배를 발로 비벼 껐다.

양상훈을 컨트롤러로 임명한 이유는 놈이 그만큼 잘나서가 아닐 거다. 일종의 미끼겠지. 저희들이 러시아로 떠나 있던 동안 최호언이 추적을 포기했다고 생각하지 않았다. 단지 조금 미적지근하게 움직인다고 여겼을 뿐이었다. 아마도 체제를 굳건히 다지는 게 우선이었을 테니, 시간적 여유가 부족했을 것이다. 그런데 지금 생각해보니 과연 그 이유뿐이었을까 싶었다.

"안에서는 녀석들 사기 떨어질까 봐 말은 못 했지만 이제 어쩌실 겁니까?"

"계란으로 바위 치기 같아?"

차 중령은 이번에도 말을 아꼈다. 계란으로 바위를 쳐봤자 비린내만 풍길 뿐, 그마저도 비가 오면 씻겨 나가버리는 것을 알기 때문이었다.

"우리 석 박사 돌 전문이잖아. 바위 깨부수는 방법도 알고 있을걸."

"대장."

반 농담에 차 중령은 표정을 굳힌 채 대꾸했다.

"말해."

"저도 최호언은 받아들이기 힘듭니다. 그래도 만약에 대장이 놈과 손을 잡을 생각이 있으시다면, 그 선택도 존중합니다."

곽수환은 담배를 한 대 더 얻어 피우려다가 멈칫했다. 이건 무슨 개소리인가 싶어서 헛웃음도 나오지 않았다.

"내가 왜 최호언하고 손을 잡아. 그 새끼랑 살갗 닿는 생각만 해도 토 나오는데. 우리가 백신 가지고 있다는 거 알면 어떻게든 찾아내서 다 부숴버리려고 할 놈이고."

차 중령은 설마 그렇게까지 할까, 의심하는 기색을 내비쳤다.

최호언이 21바이올렛부대에 몹쓸 짓을 했지만, 놈은 현재 마스터이며 레인보우 시티를 안정시킨 장본인이었다. 시민들 대다수가 마스터의 편이니 차 중령도 사실은 자신이 없는 거다.

게다가 마음 한구석에는 이런 물음도 존재했다.

최호언이 레인보우 시티의 썩은 부분을 도려내고 마스터가 되어 나라를 정상화시키고자 피를 본 것은 아닐까 하고 말이다.

차 중령을 가만히 지켜보던 곽수환이 짧게 혀를 찼다.

"차 중령, 설마 싫은데 타협하지 마. 아담 바이러스를 변이시켜 퍼뜨린 새끼가 최호언이야. 제가 권력을 쥐고 싶어서 그 짓을 벌였고, 수많은 사람이 죽었잖아? 그런데 지금 시티를 안정시켰다고 앞서 한 일이 전부 사라져? 단일 마스터 체제 좋다 이거야. 만약에 최호언이 또 미친 짓을 하면 그때는 누가 막을 건데."

최호언을 떠나서 가장 중요한 건 아담 박멸이었다. 아직 러시아도 아담을 완벽히 제거하지 못했기에 민가 형태로 모여 사는 집단이 대부분이었다. 건너건너 듣기로는 정상화된 국가도 있다고 하던데, 그마저도 직접 본 적이 없으니 소문에 불과했다.

"죄송합니다, 대장."

"뭐가."

"제가 쓸데없이 한심한 소리나 해대니 말입니다."

차 중령이 면목 없다는 듯 쓰게 웃었다. 부대원들을 죽을 위기에서 몇 번이나 구한 게 대장이었다. 곽수환을 따르다 보면 삶도 편해졌기에 어느 순간부터 대장에게 기댈 수밖에 없었다. 그 때문인지 몰라도 오랜만에 얼굴을 마주하니 절로 약한 소리가 나와버렸다. 지금이야 쫓기는 신세로 전락했지만, 그조차도 남은 부대원들이 선택한 결과였다.

"엄살은. 지금 있는 놈들 중에서 이탈하고 싶은 놈 있으면 눈치 보지 말고 가라고 해. 여태 버틴 것만도 용하지."

"초반에 이탈한 놈들이야 저희 정보 팔고 다시 시티의 군으로 들어갔지만, 이제 저놈들이 어딜 갑니까."

수뇌부인 곽수환이 러시아에 있었으니 딱히 건질 만한 정보는 없었을 것이다. 오히려 지금 이탈하면 정보 팔기는 더 쉬울 테지만, 차 중령은 아무 내색도 하지 않았다.

"도망자 신세 티 내? 수염 좀 밀어라."

그간 고생이 심했는지 아니면 제복을 벗어서 그런지 차 중령은 전보다 거칠어진 느낌이었다.

"이게 다 관록으로 기르는 겁니다. 시티에서는 못 기르게 했잖습니까?"

곽수환은 마음대로 하라면서 차 중령의 어깨를 툭 쳤다.

"오전부터 이동할 거니까 좀 쉬어."

다시 석화에게 가려는데 차 중령이 불현듯 허리에 맨 가방을 열었다. 총이라도 꺼내 죽일 셈인가 싶은 시시콜콜한 생각에 기가 막혔다. 차 중령에게까지 이 모양이니, 이곳에 돌아온 이후 내내 신경을 곤두세우고 있다는 게 증명된 셈이었다.

차 중령은 가방 안에서 네모난 무언가를 꺼내 들었다.

"이건 대장 겁니다."

차 중령이 내민 것은 수첩을 닮은 책과 큐브였다. 낡은 큐브는 마모된 부분이 매끄러웠다. 그간 잊고 있던 게 무색할 정도로 손에 닿는 감촉이 익숙했다. 곽수환은 지프 보조서랍 위에 큐브를 툭 올려두었다. 책은 열어보지도 않고 마찬가지로 그 옆에 두고만 말았다.

"그리고 이건……."

여전히 뒤에 선 차 중령이 엄지와 검지로 뭔가를 쥐고 있었다. 손대기도 싫다는 듯 떨떠름한 표정이 고스란히 보였다.

"바이올렛 건물에서 박사님이 못 챙겨가신 돌입니다."

좆돌은 어둠 속에서도 확고한 형태로 솟아 있었다. 엉덩이를 닮은 돌은 어디로 사라지고 없는지 이 하나만 가져왔다. 곽수환이 소리 없이 웃더니 차 중령에게서 돌을 건네받았다.

"석 박사가 돌 좋아하는 게 그렇게 유명했어?"

"그렇습니다. 그, 이상한 모양 돌 들고 다닌다는 소문도 쫙 났었습니다."

약간의 과장을 더한 것뿐이었다. 곽수환의 명령에 따라 석화를 내내 지켜보았기에 차 중령은 박사가 얼마나 저 돌을 좋아했는지 잘 알고 있었다.

"고맙다. 원래 돌 같은 건 차고 넘치잖냐."

"차고 넘쳐도 애착이 있는 건 남다르죠."

안 그렇게 생겨서 의외로 섬세한 차 중령이었다. 남근석을 보조석에 둘까 하는데 소리 없이 일어난 석화가 어느새 앉아 있었다.

"시끄러워서 깼어?"

다행히 모포로 몸을 감싸고 있던 터라 석화를 감출 생각은 들지 않았다. 석화가 쓱 창문으로 다가오더니 차 중령을 향해 고개를 꾸벅했다. 목소리는 내지 않았지만 감동하는 게 느껴졌다. 마치 아무도 알아주지 않던 자신의 돌 사랑을 누군가 또다시 알아봐준 것에 감격한 듯했다.

돌을 쥐고 있던 곽수환의 손에 힘이 들어갔다. 이대로 저 멀리 던져버릴까 하는 충동 또한 견뎌냈다.

"차 중령, 이해는 안 되지?"

"예? 무슨 말씀이십니까?"

"왜 이런 돌을 좋아하는지 말이야."

곽수환이 남근석을 달랑달랑 흔들었다.

"……그게. 사람이 뭔가를 좋아하는 데에는 큰 이유가 필요하지 않은 법이라고 생각합니다."

차 중령은 웃고 있는 곽수환을 보자마자 서둘러 정색했다.

"예! 그렇지만 저로선 이해는 되지 않습니다. 왜 돌 같은 걸 좋아하는지 저는 정말 모르겠습니다."

곽수환이 어깨를 다시 한번 툭툭 두드렸다. 그러고는 엄지를 치켜올리더니 가보라는 신호를 보냈다. 대장, 참 유치하십니다. 중얼거렸지만 곽수환은 그러거나 말거나 등만 떠밀었다.

차 중령이 가는 걸 확인한 곽수환이 뒷문을 열었다. 기운이 다 빠진 석화에게 돌을 주는 대신 앞에 달린 그물망에 꽂아두었다.

"불편하면 안에 가서 잘까?"

멍한 얼굴과 정리되지 않은 머리카락이 제법 잘 어울렸다. 키스를 하고 싶어 다가가자 잔뜩 잠긴 목소리가 새어 나왔다.

"최호언과 손……잡을 거예요?"

차 중령에게는 그럴 생각이 없다고 했는데 잠결에 들은 건지 다시 묻고 있었다.

"그럴 생각 없어."

"밖에서부터 밀고 들어가기 힘들면…… 안쪽부터 공격하는 것도 나쁘지 않다고 배웠어요."

옛 동료들에게 러시아에서 내공 3갑자 고수를 만났다고 농담을 했지만, 실제로 그와 비슷한 인물과 인연이 닿기는 했었다.

"트로이 목마는 불가능하지. 그 새끼가 우리를 그냥 놔두겠어?"

레인보우 시티로 들어오기 전까지 최호언의 지지율이 이렇게 높을 거라고는 생각하지 못했다.

반군이 대단한 힘을 발휘할 때는, 수뇌부에게 반감을 가진 시민이 넘치거나 지지율이 턱없이 낮을 때였다. 앞으로 에덴동산 본체가 되어서 덩치를 키우자고 했지만, 시간이 얼마나 걸릴지 장담할 수 없었다.

"최호언이 절 죽일 생각이었다면…… 이미 그럴 기회는 넘쳐 났잖아요."

"석 박사. 내가 여기 오기 전에 말했지? 따로 떨어질 생각 없다고. 백기를 들고 최호언의 밑으로 들어간다고 쳐. 일거수일투족 다 감시당할 텐데 이용만 당하고 끝날 가능성이 가장 높아."

"이용을 당해줄 대로 당해주는 거예요. 저를 생명의 나무로 앞세우면 그때 제가 최호언에게서 돌아서는 행동을 하면 돼요."

"그런 걸 희망적 사고방식이라고 하는 거야. 석 박사가 최호언 옆에서 생명의 나무가 되면 밖에 나다닐 수나 있을 것 같아? 빛도 못 보는 방에 가둬버릴 거라고는 생각 안 하고?"

"그럼 다른 좋은 방법이라도 있어요?"

석화는 답지 않게 말에 힘을 주었다가 곧 어깨를 내려뜨렸다.

"일단…… 좀 더 잘게요."

몸을 뒷좌석에 뉘더니 모포를 머리끝까지 끌어 올렸다.

"숨 막히잖아."

말씨름한 게 걸려 얼굴을 덮은 모포를 뒤집었다.

러시아에서 있을 때도 종종 그랬지만 석화가 이불을 머리끝까지 뒤집어쓰고 자는 게 싫었다. 가만히 잠들어 있을 때는 숨은 쉬고 있는지 인중에 손가락을 가져다 대기도 했다. 미동도 없이 자고 있는 모습을 보면 괜히 한번 건드려서라도 뒤척이게끔 만들고 싶었다. 그만큼 불안했다.

석화는 제가 생각보다 약하지 않다고 누누이 말했지만, 늦잠이라도 자는 날에는 석화가 깰 때까지 노심초사였다. 곽수환은 뒷좌석에 올라타서 의자를 뒤로 눕혔다. 적당히 기울이고는 옆으로 누워 눈을 감은 석화를 물끄러미 쳐다봤다.

들어가서 자요. 석화는 속삭이듯 말을 했지만 곽수환은 제 팔을 베개 삼아 뻤다.

"이렇게 보다가 잠들래."

"불편하잖아요."

"안에 들어가서 자는 게 더 불편해."

군용 지프라고는 해도 성인 두 사람이 붙어 자기에는 턱없이 좁았다. 게다가 곽수환의 키 때문에라도 지금 이 위치가 가장 이상적이었다.

"이야기해줘요."

"무슨 이야기."

"곽 소령님이 본 소설 같은 거."

밤마다 천일야화에 버금가는 이야기를 들려줬던 곽수환이었다. 그러다 보니 슬슬 본 책들이 고갈되는 중이었다.

"음……. 21바이올렛구역에 폐허가 된 학교가 하나 있거든? 거기 교칙 책에서 본 건데 첫 번째 교칙이 뭐냐면, 불건전한 이성교제를 금지한다 거든."

"19금 말고요."

석화가 잠이 들 듯 말 듯한 잠긴 목소리로 웅얼거렸다. 야한 소설 이야기를 해줄 때마다 19금이라고 했더니 이제는 잘만 말했다.

"19금은 무슨, 교칙이라니까."

곽수환은 나무라듯 말했지만 웃음기는 숨길 수가 없었다.

"그리고 교칙 두 번째가 뭐였냐면……. 너무 같잖지도 않은 거라 잘 기억도 안 나네. 수업 시간을 잘 지키는 거였나. 어쨌든 첫 번째 교칙을 어긴 애들이 있었는데 교칙 책에 뭔 종이를 껴놨더라고. 우리가 섹스를 했냐, 뽀뽀를 했냐, 손만 잡았는데 징계를 줬다면서 대머리나 되라고 욕을 써놨더라."

석화는 이야기를 들으면서 눈만 뜨면 그를 볼 수 있도록 옆으로 누웠다. 움직임 하나하나가 힘에 부쳐 금세 한숨이 흘렀지만 곧 안정을 찾을 수 있었다.

"그런데 좀 부럽더라. 그런 시답잖은 것들이."

석화는 그가 어떤 의미에서 부럽다고 했는지 알 것도 같았다. 그들은 아담이 나타나기 이전의 삶을 몰랐다. 어제 알던 사람들이 오늘은 괴물이 되어버리고, 내 가족들이 한순간 적으로 돌변하는 게 일상이었다.

그때 탕! 한 발의 총성이 울려 퍼졌다. 그리고 이어 두 발의 총성이 들리고 나서는 고요해졌다. 불빛을 보고 기어온 아담을 부대원들이 정리하고는 완전히 소등에 들어간 것이다. 얇은 달이 비추는 빛은 암흑을 뚫지 못했다. 온통 새카만 시야 속에 이르게 땅을 뚫고 올라온 귀뚜라미만 울어대고 있었다.

지프 안 두 사람의 목소리도 두런두런 울리다가 고요해졌다.

곽수환은 숨소리조차 들리지 않는 석화의 잠버릇에 한참이나 뒤척이다가 불안하게 잠이 들었다.

◆ ◆ ◆

"괜찮아요. 그렇게 긴장할 것 없습니다."

검은 슈트에 검은 와이셔츠를 입은 남자의 손은 지나치게 고왔다.

시선을 올려보면 넥타이 위로 단정한 얼굴이 보였고, 혈색 또한 나무랄 데가 없었다. 한 가지 기이한 건 몸을 감싼 검정 옷과 대비될 만큼 흰 피부였다.

이채윤은 마스터의 방에서 양상훈과 나란히 앉아 동공만 굴리고 있었다.

"이채윤 소령님, 곽수환 소령과 석화 박사가 두만강을 넘어 레인보우 시티로 진입했다고요."

"······예, 그렇습니다."

최호언은 다리를 꼬아 그 위에 깍지 꼈던 손을 풀었다. 테이블에 놓인 찻잔을 들어 입을 축였다. 찻잔 안에는 맑은 생수가 담겨 있었다.

"양상훈 소령이 말하기를 이채윤 소령이 진급에 욕심이 나 그 둘과 만난 사실을 숨겼고, 직접 헌병대로 넘기려고 했다는데, 맞나요?"

아, 존나 싫다, 이 새끼. 이채윤이 속으로 중얼거렸다. 멀끔하게 잘생긴 상판대기를 방패 삼아 배 속에 구렁이 수십 마리를 기르고 있는 부류였다.

"저도 언제까지나 소령으로 있을 수는 없다고 생각했습니다. 벌은 달게 받겠습니다."

"아, 그래요? 벌을 어떻게 달게 받지?"

최호언이 짙게 웃었다.

"참수를 해 이 소령님 가문으로 그 머리를 보내도 벌이 달게 느껴질까요?"

당황을 숨기지 못한 이채윤이 손을 한번 움찔했다.

"마스터."

"양상훈 소령은 끼어들지 말아요. 양상훈 소령은 내가 소령을 믿는 것만큼 반대로 믿음을 주지 못했으니 입이 열 개라도 할 말이 없어야 합니다."

이채윤이 제 편을 들려던 양상훈을 흘끔 쳐다봤다. 양상훈도 시선을 마주하더니 곧 눈에 힘을 꽉 줬다. 이채윤의 성질머리와 함께 그녀의 속마음을 알아차렸기 때문이었다.

'저 새끼 머리통 박살내고 튈까?'

뭐 그와 비슷한 충동이었을 거라 확신했다. 그러나 이채윤도 최호언과 붙어본 적이 있기에 맞붙었을 때 자신이 완벽하게 승리하리라는 확신은 갖지 못했다. 그게 이채윤의 기분을 더 최악으로 만들었다.

"이채윤 소령을 탓하고자 하는 건 아닙니다. 마찬가지로 곽수환 소령과 석화 박사를 벌하기 위해서 그들을 찾는 것도 아니고요. 그들은 인재가 아닙니까? 내가 아직도 곽수환 소령을 여전히 소령이라 부르는 이유가 뭐겠습니까? 그들이 법을 어기고 레인보우 시티를 벗어났다지만, 당시는 그럴 수밖에 없는 상황이었을 테죠. 그들이 국외에서 지내면서 백신이나 아담 바이러스를 박멸할 방법을 찾았다면, 꼭 우리와 함께해야 합니다."

최호언의 목소리에는 진중한 호소가 담겨 있었다. 이채윤은 청산유수 같은 말에 그대로 빨려들어 갈까 봐 정신을 똑바로 차렸다.

"석화 박사에게 뭔가 들은 말이 없나요?"

"마스터가 군인을 보낸 바람에 바로 눈치채고 도망가서 별 이야기도 듣지 못했습니다."

"그렇군요. 백신을 만들었군요."

"!"

이채윤이 놀라서 고개를 퍼뜩 들었다가 아차 싶은 얼굴을 했다. 양상훈조차도 최호언의 말에 놀랐기 때문에 그녀를 탓할 수도 없었다. 반응을 보였으니 뒤늦게 거짓말이나 변명을 해봤자였다. 방심하지도 않았건만 부드러움을 가장해 훅 치고 들어오니 막아낼 방도는 없었다.

"석화 박사에게 이야기 들었을지는 모르겠지만, 석화 박사와 나는 같은 어머니에게서 태어났습니다."

거짓말을 하는 게 아닐까 싶던 둘이었다. 그 의심조차도 최호언이 순식간에 종결시켰다.

"믿기지 않는다면 얼마든지 석화 박사를 만나서 물어봐도 좋아요. 내가 이 자리까지 오는데 곽수환 소령이나 석화 박사와 방법이 달랐다는 건 인정합니다. 하지만 지금 레인보우 시티를 보세요. 시민들의 고혈을 빨던 세력들이 사라지니 얼마나 좋아졌습니까? 더 나은 세상을 위해서 무고한 피를 볼 수밖에 없었던 겁니다."

최호언은 그들의 죽음이 정말 안타깝다는 듯이 눈을 내리깔며 괴로움을 표출했다. 그는 곧 고개를 들어 멀끔한 얼굴로 둘을 응시했다.

"가족은 원래 함께 살아야 해요. 누군가가 죽고 다쳐 가족이 떨어지게 되는 일이 더는 생겨나서도 안 돼요. 그러려면 레인보우 시티의 리더이자 마스터인 나부터 가족과 함께하는 모습을 보여야겠죠. 소령님들은 내 말이 무슨 뜻인지 알 거라 믿습니다."

최호언에게 당한 게 없었다면 아마 저 마스터의 밑에서 충성을 다 바쳤을지도 모른다. 놈의 구린 구석을 알면서도 이딴 생각이 들다니 이채윤은 소름이 끼쳤다.

"나는 두 분에게 그 어떠한 처벌도 내리지 않을 겁니다. 아마 곽수환 소령과 석화 박사는 한동안 두 분께 접선하지 않으려 하겠죠. 대신, 시간이 흐르고 두 사람의 소식을 듣게 된다면 내게 꼭 알리도록 해요. 두 번의 선처는 없습니다."

이들을 처형해봤자 현재로서 최호언이 얻는 이득은 없었다. 또한 그는 곽수환과 석화를 놓쳤다고 해서 화가 나거나 분하지도 않았다.

"대전 11바이올렛의 아담이 그린구역으로 이동했다는 소식이 들어왔습니다. 두 분은 그쪽으로 지원을 가면 됩니다. 이제 나가보세요."

최호언이 문을 가리켰다.

이채윤과 양상훈은 각 잡힌 경례를 하고 누구보다 재빠르게 마스터의 방을 나섰다. 문이 닫히기 전 말을 주고받는 둘이 보였지만, 별다른 관심을 갖지는 않았다. 문이 닫힘과 동시에 마더를 불렀을 뿐이었다.

[마스터, 명령을 기다립니다.]

"실험실 3호 영상 송출해."

최호언은 찻잔 옆에 놓여 있던 안경을 들어 얼굴에 썼다.

스크린에는 흑백 화면이 펼쳐졌고, 그 안에서 저들끼리 물어뜯고 있는 아담들이 보였다. 배 밖으로 내장을 다 흘린 놈이 제 장기를 입에 넣고 씹기도 했다. 그러다가 쭉쭉 펼쳐서 흔들기도 했다. 장기자랑도 아니고. 최호언은 눈살을 찌푸리며 설핏 웃었다.

어쩐지 먹을 것을 가지고 장난을 치는 아이들 같아 보이기도 했다. 영상 속의 이들은 곽수환의 부대에서 이탈한 군인들이었고, 유령 같은 그들이 사라져도 찾는 이는 없었다.

"마더, 곽수환과 석화의 위치를 보고해."

화면이 암전되고 [로딩 중]이라는 기계음이 흘러나왔다.

[추적 실패. 제 능력 밖의 일입니다. 마지막으로 확인된 위치는 구舊 신의주입니다.]

최호언은 소파에서 일어나 커다란 창을 앞에 두고 섰다.

시선만 아래로 내리니 아파트 옥상 곳곳에 헬기장이 보였고, 그 너머로는 한강이 흐르고 있었다. 이 건물 최상층이 현재 마스터의 룸이었다. 최호언은 우도에 있던 사람들을 대부분 육지로 이송시켰으며, 제주도 전 지역 또한 군의 통제 아래에 두었다.

감정 없는 마네킹처럼 밖을 보던 최호언이 다시 뒤를 돌았다. 원호 박사와 함께 찍은 사진이 그의 책상에 놓여 있었다.

"가족은 함께해야지."

이곳 여의도 쉘터는 축제를 구경하기에 더없이 훌륭한 장소였다.

◆ ◆ ◆

곽수환과 석화가 파주까지 내려오는 동안 라디오의 잡음이 점차 사라지고 있었다. 레인보우 시티의 중심에 점차 다가가고 있다는 뜻이었다.

열어둔 차창을 타고 거센 바람이 석화의 머리카락을 뒤흔들었다. 앞머리가 눈을 가리는 일은 없어 바람을 편히 맞았다. 중간중간 길목에 다 썩은 아담의 시체가 보였는데 까마귀 떼들도 부리를 들이밀지 않았다.

[아담 박멸이 머지않았습니다. 우리 레인보우 시티는 아담 박멸을 위해 오늘도 군인들이 열심히 아담을 퇴치합니다. 군대에 자원하세요. 군대가 우리 가정을 책임집니다.]

전과 크게 다르지 않은 방송이었기에 귀담아 듣지는 않았다. 그런데도 전원을 끄지 않은 건 정보를 조금이라도 얻기 위해서였다.

[……오는 23일, 단일 마스터께서 77그린구역인 성남을 방문하십니다. 레인보우 시티의 미래를 위한 마스터의 연설이 준비되어 있으니 23일 오후 2시, 모두 하던 일을 멈추고 라디오를 틉니다. 마스터께서 중대발표를 하실 예정입니다. 오늘도 해피 레인보우 시티!]

예전에는 라디오 진행자의 목소리가 딱딱하기만 했다면, 지금은 친밀감이 들 정도로 활기찼다. 얼마간 음악이 흘러나오고 곧 겁에 질린 아이의 목소리가 들렸다.

[엄마, 오늘도 아담이 우리 집 문을 기웃거리고 있어요!]

[걱정하지 말렴, 우리 집은 아담 퇴치 방범 시스템이 있잖니? 아담이 우리 집을 넘어오면 아담 퇴치 기사님들이 출동을 한단다. 두려울 것은 하나도 없어요. 레인보우 시티에서 인정한 기업이고, 기사님들 모두가 군인 출신이란다.]

[맞습니다. 우리 가족의 안전을 위해서라면 1년에 고작 60그린! 60그린이면 충분합니다.]

그린은 레인보우 시티의 지폐 단위다. 60그린이면, 웬만한 시민들 평균 연봉이었다. 이건 목숨을 지켜주는 대신 가진 돈을 전부 내놓으라는 날강도 심보였다. 게다가 전에는 상상도 못했던 이런 광고가 라디오에서 흘러나온다니…….

둘은 서로의 얼굴을 마주 봤다.

"돌았군."

석화도 동감이었다.

RAINBOW CITY

#2

덜컹, 속도방지턱에 지프가 흔들리자 석화가 놀라 뒤를 돌아봤다.

"걱정 마, 이 정도로는 안 터져."

지프가 덜컹거릴 때마다 다이너마이트도 달그락거렸다.

"빵!"

곽수환이 한 손을 펼쳐서 석화의 얼굴에 들이댔다. 정말 놀랐는지 석화가 꼼짝없이 굳어 있었다. 차라리 핀잔이라도 주지, 이런 반응이면 괜히 미안해진다. 곽수환은 뒷머리를 감싸서 제쪽으로 끌어와 입술을 쪽 맞췄다.

"그냥 뽀뽀하자는 신호였어."

민망하지도 않은지 당당히 말하고는 다시 속도를 올렸다. 다시 한번 덜컹하는 순간에 이번에는 석화가 손을 가져다 펼쳤다.

"빵."

"뭐야, 불발탄이야?"

그래도 뽀뽀 신호가 왔으니 한번 더 해야지. 룸미러를 봤다가 석화를 끌어안아 입술을 맞추는 그때였다. 빠아앙- 경적 소리가 거세게 났다. 옆 차선으로 질러나가는 또 다른 지프 안에서 부하가 소리쳤다.

"대장! 저기 한 놈 있는데 준비할까요?"

"어, 시작해."

추월해나간 지프 앞에는 변이한 지 꽤 오래돼 보이는 아담이 있었다. 달려드는 차를 향해 고개를 돌리는 아담을 지프로 처박았다. 뒤따라오는 나머지 지프도 점차 속도를 줄였고, 선두에 선 부하가 차에서 훌쩍 뛰어내렸다. 부패한 내장에서 풍기는 악취는 마스크를 뚫을 정도로 고약했다. 부하는 다리가 뒤틀린 아담을 포박해 입에 수건까지 물렸다. 이도 다 빠진 터라 위협적이지는 않았지만, 위험에 대비하는 건 몸에 밴 습관이었다.

"미안하게 됐수다. 할 거 다 하면 편히 보내줄 테니 좀 참으쇼."

부하는 곰 같은 손으로 아담을 잡아 올려 트렁크에 고정시켰다. 두 팔을 핸들에 기댄 곽수환은 정면을 향한 채로 물었다.

"꼭 이래야겠어?"

"전 괜찮아요."

석화는 담담하게 대꾸했다. 곽수환은 뭔가 달리 할 말이 있어 보이는 얼굴이었지만, 준비가 다 됐다는 신호를 받자 다시 가속 페달을 밟았다.

그들의 목적지는 에덴동산 집회가 열리는 곳이었다. 차 중령이 체크한 바에 따르면 여기서 약 30킬로미터 떨어진 지역에 에덴동산 북부지부가 있었다.

도로를 달리며 심심치 않게 아담을 볼 수 있었지만, 힘이 없거나 육신이 썩은 변이체가 대부분이었다. 바닥을 기는 아담에게 돌팔매질을 하는 사람도 있었다. 갓 변이한 아담은 두려운 존재였으나 썩어버린 아담은 세 살배기 아이만도 못했다. 그렇다고 해도 지나치게 안일하게 대처하면, 어떤 일이 벌어질지 모른다. 돌팔매질에 튄 아담의 피가 상처에 닿는 경우도 있었다. 감염은 그 누구도 상상치 못한 경로로 퍼져나가고는 했으니까.

레인보우 시민 등록 허가 기간, 시민 등록세 1그린 소지자에 한함.

약 10킬로미터 거리마다 매달린 현수막은 주름 하나 없이 팽팽했다.

최호언은 레인보우 시티 바깥 사람들까지 흡수해 지지율을 올렸지만, 레인보우 시티의 돈을 소지하고 있는 사람들은 밖에서도 유산계급에 속했다. 결국 마스터가 바뀌었어도 누구나 시민이 될 수 있는 건 아니라는 소리였다. 석화는 점차 가까워지는 현수막을 올려다보다가 지프가 그 밑을 지나가자 시선을 내렸다. 허벅지 옆에 놓아두었던 돌을 쥔 채 보조서랍을 열었다.

두 번 다시 못 볼 돌이라고 생각했는데 차 중령이 챙겨준 덕분에 제 손에 돌아왔다. 곽수환의 부대원들은 대장인 그를 닮아서 그런지 그간 봐왔던 군인들과는 조금 달랐다. 거들먹거리지도, 약한 자신을 무시하지도 않았으며 결정적으로는 저에게 별 관심을 두지 않았다. 괜히 말이라도 붙였다가는 곽수환의 살기 어린 눈빛이 내리꽂힌다는 이유가 있었지만 말이다.

석화는 그의 수첩과 큐브 옆에 얌전히 돌을 뉘려다가 멈칫했다.

곽수환

이름 석 자가 수첩에 큼지막하게 쓰여 있었다. 그 안에 그가 글씨를 연습한 흔적과 한 장의 메모지가 있던 것을 기억했다. 두 글자에 서린 염원 또한 여전히 석화의 뇌리에 남아 있었다. 석화는 보고도 보지 못한 척 조심스럽게 배낭 안에 그것들을 주워 담았다.

레인보우 시티 핵심 지구에 들어서기 전이었다. 산으로 이동한 바이올렛부대원들은 풀과 나뭇가지로 지프를 감싸기 시작했다. 이제부터 레인보우 시티의 군인과 얽힐 수가 있기에 좀 더 주의를 기울여야 했다.

"대장, 여기서 10시 방향으로 쭉 내려가면 산장이 나옵니다."

컨트롤러였던 곽수환은 지역마다 포인트를 하나씩 두어 무기나 차량을 가져다 두고는 했었다.

"내부는 확인해봤어?"

"예, 대장과 접선하기 전에 확인해봤는데 아무 문제없었습니다."

"문길이는 나 따라오고, 석 박사도 제복으로 갈아입자. 나머지는 얼굴 팔린 놈들 많으니 여기서 대기해."

곽수환의 부름에 러시아 곰만 한 사내가 포박한 아담을 끌고 나왔다.

곽수환은 입고 있던 옷을 전부 벗어버리고 준비해둔 레인보우 시티의 제복으로 갈아입었다. 문길도 오랜만에 입는 제복에 혀를 찼다. 생긴 것만 그럴싸하지 치렁치렁한 케이프 때문에 실용적이지도 못했다. 그래도 십수년간 입던 옷이기에 옷매무새를 다듬는 손길은 막힘이 없었다.

불행 중 다행히 곰 같은 근육을 자랑하는 군인을 위한 사이즈만 있는 건 아니었다. 석화에게 맞는 것도 있었다. 석화는 어디에 끈을 매야 하는지 헤매는 중이었다.

"내가 해줄게."

곽수환은 크로스 벨트와 가죽 끈을 교차해 둘러주면서 허리 벨트는 당겨 고정했다. 이어 석화의 머리를 쓱쓱 손으로 헤쳐 정리했다. 제복을 입고 있는 석화를 보니 기분이 묘했다.

'하얀 가운이 더 익숙해서 그런가. 그래도 잘 어울리네.'

그런 마음과는 반대로 석화는 오랜만에 보는 그의 제복 차림에 또다시 미안한 눈을 했다. 그는 일부러 웃기만 했다.

이동할 채비를 마치고 나니 부대원들이 앞에서 일렬로 대기하고 있었다.

"좋아. 니들은 지금부터 24시간 이내로 내가 복귀하지 않으면 다시 위로 올라가. 거기서 일주일 이상 연락받지 못하면 차 중령, 네가 알아서 애들 정리해주고."

"예, 명령 하달받았습니다."

문제가 생겼을 때 남은 녀석들에게 돈을 나눠주라던 곽수환의 명령은 아직 유효했다.

컨트롤러였을 때 받았던 활동비는 턱없이 적었지만, 윗대가리 놈들의 구린 주머니를 털어서 모아둔 돈이 상당했다. 추운날에는 지폐를 땔감 삼아도 되겠다면서 차 중령이 우스갯소리를 내뱉을 정도였다. 물론 그마저도 최호언이 화폐개혁을 해버리면 쓸모없는 돈이 될지도 모르는 일이었다.

보닛에 올라타 있던 곽수환은 명령을 마친 뒤 훌쩍 뛰어내렸다.

"시간 잘 세."

배낭도 챙기고는 차 중령에게 마지막 말을 건넸다. 그동안 문길은 포박한 아담을 비닐 시트로 돌돌 말았다. 이도 없고, 손가락도 다 썩어 문드러진 아담이었지만 업었을 때 풍기는 악취가 문제였다. 그나마 살점은 거의 다 썩어들어간 터라 무게는 제법 가벼웠다. 문길은 노끈으로 비닐을 묶고 제 등에 아담을 멨다. 곽수환은 마지막으로 점검을 하고 나서야 가자면서 문길의 종아리를 툭 쳤다.

석화는 그중 가벼운 배낭을 들었는데, 곽수환이 대신 들어준다고 채가 버렸다. 앞으로 갈 길이 멀기에 최대한 체력을 비축하려면 쓸데없는 고집은 버려야 했다. 그래서 석화는 고맙다는 말만 하고 그 뒤를 따르기 시작했다.

혹한의 러시아에서 모든 짐을 메고 걷던 곽수환의 뒷모습이 떠올랐다. 돌이켜 떠올리고 싶지도 않은 기억이었지만, 그래도 저희들은 이렇게 무사히 레인보우 시티로 돌아왔다. 종이의 염원처럼 자신들은 아직 살아 있었다.

곽수환은 나침반으로 방향을 확인한 뒤 주머니에 도로 넣었다. 남은 부대원들은 지프가 지나온 바퀴 자국을 지우는 작업에 들어갔고, 셋은 앞으로 나아가기 시작했다.

원래는 등산로로 이용됐던 곳이지만, 식물이 땅의 주인이 되어 사람의 앞길을 막았다. 앞장선 문길이 우거진 풀숲에 정글도를 휘두르면서 길을 텄다. 아담의 머리도 단박에 날릴 수 있는 칼은 사탕수수나 나무줄기를 베는 데도 그만이었다.

"대장, 그냥 지프 타고 도로로 가면 안 됩니까?"

문길이 여간 귀찮은 게 아니라면서 나뭇가지를 휙휙 쳐냈다.

"왜, 아예 확성기도 꺼내서 수배범들 돌아왔다고 광고하지?"

서울까지는 거리가 꽤 있기에 군인들이 쫙 깔려 있지는 않겠지만, 도로에서 불심검문을 당하는 것보다 산길을 이용하는 게 더 수월했다.

석화는 가장 꼴찌로 따라가면서 문길이 메고 있는 아담을 몇 번이나 쳐다봤다. 안구도 썩어버렸기에 그 안에서는 구더기가 꿈틀거리고 있었다. 아마 앞으로 하루 이틀이면 신체의 움직임이 정지될 듯 보였다.

"좀 멀쩡한 걸 구하든가 해야지. 오늘내일하는 새끼를 가져와."

곽수환도 아담을 보고는 나직하게 욕설을 뱉었다. 차 중령이 말한 산장이 저 밑으로 슬슬 모습을 드러내고 있었다. 내리막길이 지나치게 가팔랐기에 곽수환은 석화에게 업히라는 신호를 보냈다. 석화가 곽수환의 배낭을 도로 맡고는 제 등에 멨다.

"문길, 달려라."

"예, 대장."

문길이 등에 정글도를 확 꽂았다.

꾸에엑……!

그와 동시에 마지막 비명을 지른 아담의 몸이 완전히 늘어졌다. 습관처럼 등의 칼집에 정글도를 꽂으려다가 일어난 참사였다.

"저 병신 새끼."

곽수환이 석화를 업은 채로 이마를 꾹 눌렀다. 문길도 놀라 얼른 어깨에 묶어둔 노끈을 풀었지만, 이미 아담의 정수리에 정글도가 직격타로 꽂힌 뒤였다.

곽수환은 문길에게 있는 욕 없는 욕을 다 하려다가 생각해보니 차라리 잘됐다 싶었다.

"대, 대장. 뒈졌어도 그냥 업고 갈까요?"

"놔둬. 그냥 가자."

"소령님."

석화가 곽수환의 목을 끌어안은 채로 그를 불렀다. 숨결이 목 덜미를 간질였다.

"석 박사, 그냥 가자고. 거기서 속삭이면 나 못 달려."

"크하학, 대장 거시기 선다고요."

문길이 배를 잡고 웃었다.

"지금 웃음이 나오냐? 문길이 새끼야?"

"아닙니다, 대장! 시정하겠습니다!"

곰이 낄낄거리는 것 같은 모양새로 배를 두드리던 문길도 곧 정색하고 정글도를 잡아 뺐다. 걸쭉한 피를 털어내어 칼집에 제 대로 꽂았다.

"달려."

곽수환이 군화 앞코로 돌을 툭 쳐서 문길의 다리를 맞혔다.

신호를 받은 문길이 내리막길을 구르듯이 달리기 시작했고, 곽수환도 중간중간 박힌 돌을 브레이크 삼아 누르며 산장까지 이동했다. 석화는 혀라도 깨물까 이를 가볍게 물고 곽수환만 꽉 감쌌다. 혹시 이 산 어딘가에 다른 아담이 있나 동공도 부지런 히 굴렸지만, 이런 곳에 뚝 떨어진 아담이 있을 리가 없었다.

멀리서 볼 때는 티가 잘 안 났는데 산장 근처에 다다르니 산 의 일부분처럼 위장해놓은 커버가 보였다. 곽수환이 커버를 벗 겨내자 나름 상태가 멀끔한 오토바이가 모습을 드러냈다. 곽수 환은 지체 없이 오토바이에 올라타 시동을 걸었다. 문길은 정글도를 산장 계단 밑에 숨긴 뒤 마찬가지로 다른 오토바이에 올라 탔다.

석화가 배낭 안에서 주섬주섬 뭔가를 꺼내 문길에게 내밀었다.

"혹시 검문을 받게 되면 이걸 쓰세요."

러시아에서 위조해 온 시민증 중 하나였다.

"감사합니다, 박사님."

"저 새끼 얼굴하고 완전히 다른데 믿겠어?"

곽수환이 시민증의 얼굴이 저 새끼 반쪽이라면서 손가락질했다.

"없는 것보다는 낫잖아요."

석화는 그의 뒤에 올라타고 허리를 붙들어 안았다.

"가요."

신호와 함께 곽수환이 핸들을 틀어쥐었다.

"앞으로 20분, 그 안에 목적지까지 간다."

문길의 대답을 듣기도 전에 그가 먼저 산장 밑으로 질러나갔다. 끝날 것 같지 않은 수풀이 우거진 길이었지만, 저 멀리로 건물이 하나둘 보이니 확실하게 실감나기 시작했다. 정말로 레인보우 시티에 돌아왔다고.

◆ ◆ ◆

"처음 뵙는 군인분들이신데, 등록은 하셨나요?"

차트를 가슴에 품고 있는 여성이 인자하게 웃었다.

그녀가 입은 하얀 사제복의 가슴팍에는 생명의 나무가 그려져 있었다. 에덴동산 북부지부이자 기도를 드리는 건물은 제법 눈에 띄는 곳에 있어 찾기 어렵지는 않았다. 문제는 내부로 진입하는 일이었다. 기도원은 레인보우 시티의 제복을 입은 군인 몇몇이 경비인지 감시인지 모를 자세로 주변을 돌아다녔기 때문이었다.

문길이 죽여서 없애자는 소리를 해대자 곽수환이 정강이를 두 번이나 깠다. 놈들의 초소를 급습해 교대하는 놈들을 묶어두고, 문길에게 딱 30분만 버티라는 명령을 내렸다. 분명 30분이면 충분할 터였다.

"저희는 오늘부터 이 지역으로 전출을 나왔습니다. 잘 부탁드립니다."

곽수환이 호감 가는 얼굴로 입꼬리를 매끄럽게 올렸다.

"그렇군요. 그런데 신자 등록은 하셨나요?"

여자도 마찬가지로 좀 전과 같이 미소를 마주했다.

"이건, 아담의 피예요."

불현듯 석화가 앰플을 하나 들이댄 채로 말했다. 여자는 눈을 커다랗게 뜨더니 뒤로 한 걸음 물러났다.

"말씀드릴 게 있어서 가져왔으니 걱정 마세요."

석화는 다시 앰플을 제복 주머니에 넣었다. 대체 무슨 의미로 아담의 피 운운한 것인지 몰라 그녀는 경계심 어린 얼굴로 뒤를 돌아봤다. 경비라도 부를 심산처럼 보였기에 곽수환이 거리를 좁혔다.

"에덴동산의 장로가 이곳에 있습니까?"

"……장로님이요?"

레인보우 시티의 군인이기에 함부로 대할 수는 없으나 이 둘이 진짜 군인일까 의심스러웠다. 전출 예정이 있었다면 미리 이야기를 전달했을 텐데 금시초문이었다.

"장로님이 계시다면 뵙고 싶습니다."

석화는 정중하지만 확고하게 말을 꺼냈다.

"장로님은 뵙고 싶다고 아무나 뵐 수 있는 분이 아니에요."

그 말은 지금 이곳에 장로가 없다는 소리도 아니었다. 앞으로 25분, 한가하게 대응할 여유는 없다.

"상부에서 내려온 전언이 있으니 그것만 전달하고 가겠습니다."

"그럼 저에게 말씀하세요."

"그쪽이 뭔데."

곽수환이 위협적으로 여자를 내려다봤다. 권력의 주축이 되는 레인보우 시티의 군인에게 감히 맞서지 말라는 이야기는 세 살짜리 아이들도 귀에 못이 박히게 들어 알고 있었다.

"저는 이 북부지부를 책임지고 있는 인도자예요."

의심만으로 군인에게 맞설 자신은 없었기에 여자는 조금 누그러진 태도를 취했다.

"그리고 장로님은 지금 출타 중이세요."

"그럼 전달할 것만 전하고 갈 테니 안으로 들어갑시다."

"뭘 전달하시려고요?"

"인도자라고 했나? 군에 뒷배라도 있어?"

"그게……. 다짜고짜 연락도 없이 오셨으니……."

연락? 곽수환이 황당하다는 듯 짧게 웃었다.

"시티에서 지원을 해준다고 주객이 전도되면 안 되지. 우리가 당신들을 보호하는 건 그쪽들이 대단해서가 아니라 그냥 우리가 일방적으로 베푸는 것뿐이야. 내가 되지도 않는 예의 차리고 있을 때 그냥 알아들으셨으면 얼마나 좋아. 북부지부? 한 시간 만에 잿더미로 만들어줄까?"

곽수환이 자신의 견장을 가리켰다. 길 가던 사람을 잡아가 없던 죄도 만들어낼 기세였다. 석화는 불한당처럼 구는 곽수환이 낯설었지만 그저 연기겠거니 했다.

"아닙니다, 아니에요. 제가 인도자가 된 지 얼마 되지 않아 생각이 짧았습니다. 이쪽으로 따라오세요."

사색이 된 여자가 길을 터주고 앞서 걷기 시작했다.

곽수환이 석화를 보더니 마치 '다 연기인 거 알지? 나 그런 사람 아니야'라는 듯 한쪽 눈을 찡긋했다. 석화는 고개를 주억거렸다.

긴 복도의 벽에는 붉은 손바닥 자국과 핏자국이 빼곡했다. 이어 피 웅덩이 속에서 절규하는 아담의 괴이쩍은 벽화가 그려져 있었다. 좀 더 걸어갈수록 핏빛은 옅어지고 환한 배경이 드러났다. 그곳부터는 아담들이 불에 타 죽는 모습이 보였으며, 아담이 손을 뻗는 저 환한 빛 앞에는 다섯 사람이 서 있었다.

벽화를 보던 곽수환과 석화는 걸음을 멈춰 설 수밖에 없었다.

발걸음 소리가 들리지 않자 인도자가 뒤를 돌았다. 벽화에 시선을 빼앗긴 둘에게 그녀는 환하게 웃으며 되돌아왔다.

"정말로 성스럽죠? 현신한 생명의 나무와 초창기 장로님들이세요. 저기 장로님들이 에덴동산을 설립하신 분들이죠. 휴거에 성공하셨고 은혜를 내리실 때가 되면 다시 지상에 현신하시어 후계자를 선정하신답니다."

비손, 기혼, 티그리스, 유프라테스가 의인화된 생명의 나무를 중심으로 둘러싸고 있었는데, 그 얼굴들이 어쩐지 낯이 익었다.

"돌아가신 뒤로 한번도 못 뵀는데, 현신까지 하신다고."

곽수환이 냉소적으로 지껄였다.

장로의 모습은 곽수환의 부모와 석화의 어머니, 그리고 원호 박사와 닮아 있었다.

"네?"

인도자는 무슨 말이냐는 듯 뒤늦게 반문했다. 곽수환은 아무것도 아니라면서 다시 앞장서라고 턱짓했다. 인도자는 곽수환의 뒤에 조용히 서 있는 석화를 쳐다봤다. 벽화를 한참이나 바라보는 옆모습이 저 벽화 속 생명의 나무를 고스란히 빼닮아 있었다.

고개를 갸웃하는 인도자를 보자마자 곽수환이 혀를 찼다.

"가자고, 석 소령."

그는 석화의 정신을 일깨웠다. 이러고 있을 시간이 없다며 인도자보다 더 빠르게 복도를 걸었다. 통로의 끝에는 커다란 홀이 보였고 천장은 까마득하게 높았다.

"새로운 가족이 오신 건가요? 시티의 군인이시군요! 정말로 환영합니다."

바닥에 앉아 기도를 드리던 신자 한 명이 격한 환영을 해왔다. 이 험난한 세상에서 우리는 하나, 뭐 그런 슬로건을 내세워 사람을 끌어 모으는 것 같은데, 가족 행세를 하는 말투가 듣기만 해도 불쾌했다. 곽수환이 다가온 이를 무시하고 단상으로 성큼 뛰어 올라갔다.

아, 마이크 테스트. 마이크를 쥐고 무심하게 말을 하자 곽수환의 목소리가 홀을 가득 채웠다. 석화는 등에 메고 있던 배낭을 풀어 내려 박스 하나를 꺼냈다.

"거두절미하고 용건만 말하자면, 지금부터 백신을 배포할 겁니다."

웅성거림이 점차 소란스러움으로 바뀌고 있었다. 곽수환을 올려다보고 있는 사람들 수는 스무 명 남짓했고, 하나같이 하얀 옷에 생명의 나무가 그려진 셔츠를 입고 있었다.

"백신이요? 무슨 백신을 말하는 겁니까?"

나이 지긋한 남자가 손을 들고 외쳤다.

"아담 바이러스 백신입니다."

반응은 하나같이 다 똑같았다. 눈을 크게 뜨고, 벌린 입으로는 저마다 이야기를 쏟아내고 있었다. 그때 인도자가 단상으로 뛰어 올라왔다.

"백신이요? 저는 들어보지도 못한 일인데요? 정말 시티의 군인이 맞으세요?"

"좋은 일을 한다는데 왜 불신하시나."

"그럼 일단 마이크부터 주시고, 장로님과 대화를 나누신 뒤에⋯⋯."

인도자가 곽수환에게서 마이크를 빼앗으려 했지만, 그가 손을 위로 들었다.

"여러분! 확실하지 않은 사실이에요. 이렇게 쉽게 현혹되시면 안 됩니다!"

인도자는 마이크를 빼앗지 못하니 목소리를 키워 사람들에게 소리쳤다. 그럼에도 소동이 벌어지자 지하로 이어져 있는 계단에서도 사람들이 하나둘 모습을 드러냈다. 석화는 그사이 단상으로 올라가 백신 박스를 마이크 지지대가 놓인 탁상에 올려두었다.

"이 정도면 충분한 양일 거예요."

석화가 사람들을 향해서 말을 했지만, 제대로 들은 이가 없었다.

대체 무슨 일이냐면서 곽수환에게 따지는 자들과 레인보우 시티가 드디어 백신 개발에 성공했느냐며 화색을 띠는 자들도 있었다. 위로 올라와 손을 뻗어 백신을 가로채 가려는 사람도 있었으며 진짜 군인이냐면서 신분을 확인해달라고 목청을 키우는 사람도 존재했다.

다수가 각자 생각을 가지고 말을 내뱉는 바람에 홀은 대혼란에 휩싸였다. 곽수환은 마이크를 석화의 손에 쥐여주고 총을 꺼내 허공에 발사했다.

탕-! 총성이 메아리가 되어 홀을 울리니 단숨에 고요해졌다.

"이야기해."

석화는 사람들을 향해 반듯하게 섰다.

"혼란스러우신 마음은 십분 이해합니다. 그러나 백신은 확실합니다. 물론 백신을 투여받았다고 해서 아담에게 물리는 일을 우습게 보시면 안 됩니다. 독감 백신을 맞았다고 한겨울에 반팔을 입지는 않으니까요. 무조건 조심해야 합니다."

다수의 사람들 앞에서 연설을 해본 경험이 없었기에 수많은 시선이 마치 바늘처럼 온몸을 콕콕 찌르는 듯했다.

"백신이 맞는다면 왜 시티의 정규방송에서 이야기가 나오지 않았죠?"

곽수환이 너 말 잘했다면서 그자를 검지로 가리켰다. 이번엔 곽수환이 마이크를 건네받고 입술에 가져다댔다.

"오는 23일 2시, 우리 위대한 마스터께서 중요한 연설을 한다고 하셨죠."

그건 라디오를 통해 대대적으로 방송이 됐기에 다들 알고 있는 사실이었다. 몇몇이 수긍하자 곽수환은 한 박자 쉬고 말을 이었다.

"그 연설의 핵심이 바로 아담 바이러스 백신입니다."

사람들에게서 탄성이 터졌다. 사실 연설에서 무슨 소리를 지껄일지 알 바 아니었지만, 백신이 개발됐다는 소문이 퍼지면 최호언도 마냥 회피할 수는 없을 것이다.

"그리고 아시다시피 시티에서 에덴동산을 국교로 만들려는 조짐을 보이고 있죠. 믿음이 훌륭한 여러분께서 가장 먼저 백신을 투여받을 수 있는 기회를 얻은 겁니다."

당신들은 아주 특별한 사람이야. 그런 말을 우회적으로 돌려 말하니 들뜬 표정들이 가관이었다.

"그래도 그 백신이 진짜인지 아닌지 어떻게 압니까?"

"그건 직접 보여드릴게요."

석화가 불쑥 끼어들어서 곽수환이 들고 있는 마이크 가까이서 말했다. 곽수환은 절대 하고 싶지 않았다. 아무 문제가 없을 것을 알고 있지만 불안했다. 어째서 석화가 실험체가 되어야 하는지, 믿지 않는 새끼들은 그냥 맞지 말라고 소리치고 싶었다. 석화는 싸늘한 기운을 스멀스멀 풍기는 곽수환의 손목을 잡았다. 그러고는 조용히 속삭였다.

"약속했잖아요."

"약속은 했지. 그래도 싫어."

석화는 떼를 쓰는 동생을 달래듯 곽수환의 등을 토닥였다.

"생명의 나무님이다."

엄마를 따라 에덴동산의 신도가 된 어린아이가 석화를 손으로 가리켰다. 엄마는 무슨 위험한 소리를 하느냐며 아이의 입을 막았지만, 신도들이 모두 들은 뒤였다.

벽화에서 수없이 봐왔고, 또 교리책에 초상화로도 등장하기에 생명의 나무의 생김새는 눈을 감고도 그릴 만큼 선명했다. 그들은 그 모습이 저 앞에 제복을 입고 있는 사람과 심히 닮았다는 것을 그제야 눈치챘다. 그러면서도 그저 닮은 사람일 뿐일 거라며 다들 부정하기 바빴다. 그 어떤 사람도 자신이 믿는 신이 직접 눈앞에 나타난다면 쉽게 믿지 못할 테니까.

석화는 쏟아지는 시선 속에서 이번에는 마이크 없이 입을 열었다.

"당연히 이 백신이 미심쩍겠죠. 쉽게 믿기 힘들다는 건 압니다."

주머니에서 앰플을 꺼내 보였다.

"아담의 피예요. 아시다시피 아담의 피에 노출되면 시차를 두고 변하지만, 제 체격 정도면 약 10분 내로 완전히 전이되죠."

석화는 빈 주사기에 백신 용액을 채웠다. 다짜고짜 제복 소매를 걷어서 백신을 투약했다.

단상 밑에 모인 사람들은 침묵 속에 그 모습을 지켜봤다.

"전 사실 백신을 미리 투여받았지만, 혹시 믿지 않는 분들이 계실까 봐 주사했어요. 그리고 이제 아담의 피를 투여할 거예요."

"그게 정말 아담의 피가 맞아요?"

"그러게요. 멀쩡한 혈액을 가져와서 거짓말하는 거 아닙니까?"

"그럼 니들이 직접 해보든가."

곽수환은 지금 당장이라도 아담의 피를 입에 처넣을 기세로 험악하게 굴었다. 석화는 그가 왜 화가 났는지 알기에 한편으로는 고맙기도 하고 또 한편으로는 미안했다.

이들이 이런 식으로 나올 거라고 예상한 바였다. 아담을 직접 잡아와 확신을 주려던 것뿐인데, 문길이 썩은 아담을 완전히 승천시킨 바람에 바이러스가 심어진 혈액만 보여줄 수밖에 없었다.

석화가 또다시 빈 주사기에 혈액을 채우고 숨을 한 번 들이켰다. 무사할 것을 알고 있으나 저조차도 긴장이 되는 건 어쩔 수가 없었다. 석화가 바늘을 제 손목에 찔러넣으려는 때였다.

"하지 마."

곽수환이 석화를 막았다.

"그냥 내가……."

"안 돼요."

곽수환의 혈액은 백신으로도 항체가 생성되지 않았다.

러시아에서 총 50명의 혈액을 제공받아 백신을 실험했는데, 항체가 생기지 않던 사람은 단 한 명도 없었다. 곽수환만이 예외였지만, 세상에 그 같은 사람이 또 존재할지도 모르기에 백신을 맞아도 항상 주의를 기울이라는 말을 꼭 덧붙였다. 그러니 지금 할 수 있는 사람은 석화 자신밖에 없었다.

"나 화낼 거예요."

분명 약속했잖아요. 석화가 곽수환을 올려다봤다. 말과는 달리 화는커녕 미안함에 눈가가 붉어져 있었다. 석화는 그를 바라보면서 주삿바늘을 손목에 찌르고 피스톤을 눌렀다. 그는 석화의 양 팔뚝을 쥔 채로 계속해서 석화를 바라봤다. 모두가 침묵하는 가운데 째깍거리는 시계의 초침 소리조차 들리지 않았다.

행여 석화가 아담으로 변할까 싶어 뒤로 물러서는 이들도 있었고, 막연한 희망만 갖고 살던 이들은 완벽한 백신이기를 바랐다. 자신들을 구하러 온 생명의 나무가 저 군인이기를 기도하기도 했다.

곽수환은 하얗게 질린 석화에게서 눈도 떼지 않았다.

다 없애버리고 싶었다. 최호언도, 백신을 믿지 않는 놈들도. 석화가 왜 이렇게까지 해서 사람들을 구하려 하는지도 곽수환은 이해할 수 없었다. 아니, 이해는 해도 석화가 희생하는 것은 원치 않았다.

석화 너는 내 건데, 생명의 나무 같은 게 아닌데, 모두의 구원자가 아니라 나만의 것이어야 하는데…… 곽수환은 입술을 꽉 다물었다. 머리가 열로 터져버릴 것 같았다.

러시아에서도 하루에도 수십 번이나 생각했었다. 그냥 우리 둘이 행복하게 살면 안 되는 것인지. 남들이 어떻게 되든 상관없이 우리만 멀리 떠나서 오순도순 살면 안 되는지 말이다.

레인보우 시티를 무너뜨리려 했었지만, 이제는 석화와 자신이 안전한 곳에서 사는 게 삶의 가장 중요한 목표가 되어버렸다.

'수환아…… . 나 죽고 나면 어떻게 해. 혼자 남게 되잖아.'

한 치 앞이 보이지 않을 만큼 눈보라가 휘몰아치던 러시아의 밤이었다.

먼저 잠이 들었다고 생각했는지 석화가 혼잣말을 했다. 왜 제가 더 먼저 죽을 것처럼 말하는지 화가 났지만, 일부러 자는 척을 했다. 좆같게도 그 말이 사실처럼 다가오는 것만 같아서 울 것만 같았다.

10분이 100분 같던 시간이 지나고 석화는 마이크를 쥐었다.

"원래는 아담을 붙잡아서 그 피를 사용하려고 했어요. 사정이 여의치 않아서…… 이런 식으로 보여드리게 됐지만, 믿어주세요. 정말 백신입니다. 물론 안 믿으셔도 좋아요."

"믿어요."

사람들 사이에 섞여 있던 나이 지긋한 여성이 앞으로 걸어왔다. 석화는 그 여성을 보자마자 눈을 조금 크게 떴다.

분명…… .

"돌아오실 거라고, 기적을 행하실 거라고 믿었어요, 저는."

그녀는 부산의 저택에서 만난 적 있는 에덴동산 신자였다.

"장로님! 대체 뭘 믿고 저 백신을!"

인도자가 막자, 장로라 불린 여자는 강경한 눈을 하고 뒤를 돌았다.

"구원자는 자신이 구원자라 말하지 않는다! 구원자라 사칭하며 우리를 현혹하지 않는다! 저를 부정하는 구원자야말로 진정한 생명의 나무이니라!"

그녀는 그날과 한 치도 다름없는 말을 하며 사람들을 향해 목청껏 소리쳤다.

"우리를 버리지 않으셨을 거라고, 그날부터 지금까지 굳게 믿었어요."

그녀는 어서 백신을 놓아달라며 팔을 내밀었다. 장로의 말에 신자들도 저마다 생명의 나무가 맞았다며 석화의 주변으로 몰려들기 시작했다.

곽수환은 환멸 어린 시선으로 그들을 내려다봤다. 쇼들을 하네. 장로가 죽으라면 자살이라도 할 놈들인가? 불신만 가득해 믿지 않던 자들이 오히려 제일 먼저 튀어나오는 모습을 보니 흡사 기생충 같았다. 석화는 제가 다 놓을 수는 없기에 백신과 함께 새 주사기를 사람들에게 나눠주고 있었다. 석화의 손을 한번이라도 잡기 위해 손을 뻗는 자들이 생기자 곽수환이 그 앞을 막고 섰다.

"백신이나 받아 가."

곽수환이 정확히 남은 인원만큼 백신을 내려두고는 석화를 붙들었다.

"가자."

"어디를 가세요? 저희와 함께하시는 게 아닌가요?"

장로가 다급하게 다가왔다.

"남은 백신을 다른 곳에도 지급하려고 합니다."

석화의 말에 장로는 두 손을 모아 가슴에 대고 눈을 지그시 감았다.

"그렇군요. 우리가 가장 처음으로 구원받았습니다. 우리는 이 제 아담에게서 자유롭습니다."

"그렇지 않아요."

석화가 다급하게 말을 했으나 장로는 흐뭇하게 미소만 지었다.

"가야 돼. 시간 없어."

"백신은 만병통치약 같은 게 아니에요. 피치 못할 위험에 대비할 뿐입니다."

호소했지만 그 말을 제대로 이해한 이들이 과연 있을까 싶었다. 곽수환에게 손목이 붙들려 밖으로 나가는 동안 사람들이 뒤따랐고, 곽수환이 더 따라 나오는 새끼들이 있으면 머리통에 바람구멍을 내주겠다고 엄포를 놓았다. 그는 건물 앞에 세워둔 오토바이에 올라타 문길에게 무전을 보냈다.

다시 부대원들에게 합류하기 위해 오토바이의 속도를 올렸다. 석화가 뒤에서 몇 번 그를 불렀으나 대답이 돌아오는 일은 없었다. 몸에 닿는 근육이 평소보다 더 딱딱한 것 같아 엄청나게 화가 나 있다는 것만 알아차렸다. 산길 중턱에서 문길이 합류했는데, 하얀 와이셔츠에 붉은 피가 튀어 있었다. 문길이 다친 것은 아니라 슬슬 다시 출발하려는 때였다.

"……대장."

"뜸들이지 말고 말해."

"대장은 알고 계셨습니까?"

"뭘."

문길이 안 그래도 험악한 인상을 더 일그러뜨렸다. 포효하기 직전의 곰처럼 보이기도 했다.

"새끼야, 제대로 말 안 해?"

"군인 놈들이 거길 지키고 있는 이유요!"

"1초 준다."

"대장! 거기에 아담이 있다고요! 그래서 군인들이 지키는 거였다고요! 대장은 알고 계셨어요?"

그릉거리는 오토바이의 엔진 소리가 잦아들었다. 곽수환이 시동을 꺼버린 탓이었다.

"뭐?"

"제가 초소에서 제압한 놈들이요. 그놈 중에 한 놈을 제가 아는데, 우리가 아담을 처리하러 온 줄 알았대요. 북부지부에 실험실이 있다고요. 그런데 그 새끼들이 엄청 이상한 소리를 했는데……."

"초소에 있던 놈들은 어쨌어."

횡설수설하는 문길이 제 셔츠에 묻은 피를 내려다봤다.

"그럴 수밖에 없었어요. 그 개새끼들이 우리도 다 실험체가

523

될 거라고……."

결국 다 죽였다는 소리였다.

"대체 왜 실험실이 북부지부에 있는 겁니까? 대장, 놈들이 또 뭔 짓을 벌이는 건데요."

"넌 석 박사 모시고 애들하고 합류해."

곽수환이 오토바이에서 내린 뒤 석화를 들어 내렸다.

"소령님은요?"

"내 눈으로 봐야겠어."

"소령님……!"

버둥거리는 석화를 문길의 뒤에 억지로 앉혔다.

곽수환은 오토바이의 핸들을 쥐고 앞바퀴를 들어 방향을 반대로 바꿨다. 훌쩍 올라타더니 시동을 걸자마자 왔던 길을 다시 내려가기 시작했다. 석화는 꼼짝 없이 그가 사라질 때까지 뒷모습만 지켜봐야 했다.

"걱정 마세요, 박사님. 우리 대장 엄청 세잖아요."

문길이 솥뚜껑 같은 손으로 석화의 어깨를 두드렸다.

"지금보다 엄청 위험했던 일도 많았는데, 늘 대장은 무사했어요. 꽉 잡으세요, 출발할게요."

석화가 계속 시선을 떼지 못하자 문길은 오토바이를 위로 몰기 시작했다. 석화는 하는 수 없이 고개를 돌려 문길의 허리춤을 붙들었다.

순식간에 가버린 곽수환을 붙잡을 수도, 그를 따라가겠다고 고집을 피울 수도 없었다. 항상 저는 짐이니까. 그 사실은 변함이 없었다.

"……전 제가 너무 싫어요."

석화가 고개를 숙인 채로 중얼거렸다.

"하핫, 전 박사님 좋아요."

귀가 밝은 문길이 위로를 해주었지만, 석화는 자꾸만 사라지던 곽수환의 등이 눈에 밟혔다. 문길의 말처럼 무사히 돌아올 거라는 말만 굳게 믿을 뿐이었다.

◆ ◆ ◆

"무슨 일이세, 컥!"

곽수환은 제 앞을 막아선 놈의 멱살을 잡아 들어서 던졌다.

그는 재빠르게 제복의 밧줄을 떼어내 북부지부 문을 봉쇄하고, 두 손에 장갑까지 꼈다. 사람들이 몰려드는 순간 천장을 향해 총을 발포하자 홍해처럼 주변이 갈라졌다. 곽수환은 아까 봤던 지하로 막힘없이 달려가기 시작했다. 거추장스러운 케이프가 흔들리는 바람에 그마저도 떼어서 던져버렸다.

지하의 습하고 눅눅한 냄새가 후각을 자극했다. 계단 곳곳은 전기 대신 촛대가 불을 밝혔고, 밑으로는 또 다른 홀이 보였다. 장로와 인도자는 마주 보고 앉아 서로의 손을 잡고 있었다.

"돌아오셨군요! 구원자님과 함께 돌아오신 건가요?"

장로는 곽수환을 보더니 반갑게 맞이했다. 그는 한 번 더 지하로 이어지는 계단을 발견했다. 다만 내려가는 입구가 철창으로 막혀 있었다.

"저 밑은 뭐야."

장로는 대수롭지 않다는 듯 입술만 길게 끌어올렸다.

"죄수들을 가둬둔 감옥이랍니다."

"니들은 서펀트가 마스터인 거 알고 있지?"

불빛이 일렁거리자 장로의 미소 위에 그림자가 져 악귀처럼 얼굴이 일그러져 보였다.

"전에 어머니께서 그러셨죠. 구원자를 인도해줄 자가 슬프게도 악마가 되어버렸다고요. 당신이 그자인가요?"

곽수환이 장로의 어깨를 밀쳐내고 철창에 달린 자물쇠를 향해 총을 발사했다. 그러자 장로가 그의 앞길을 막았다.

"비켜, 아니면 죽는다."

"서펀트를 방해하지 마세요. 그의 깊은 뜻을 당신같이 하찮은 사람이 이해할 수는 없을 거예요. 구원자가 백신을 창조해냈으니, 이제 남은 건 사람들에게 백신을 퍼뜨리고 에덴동산의 교리를 알리는 일뿐이에요. 모두가 구원받을 일만 남았습니다."

"맞아, 그게 당신들이 할 일이지."

"이해해주시는군요! 이미 남부와 동부로 구원자님의 이야기를 전달했답니다. 이제 백신을 가지고 그쪽으로 이동하시면 되는 거예요."

"너 인도자라고 했나?"

아무 말도 없이 등 뒤에 서 있기만 하던 인도자가 눈을 데룩데룩 굴렸다.

"이 밑에 아담이 있어?"

철창의 자물쇠가 박살나자마자 그 누구보다 큰 동요를 보였던 게 인도자였다.

"넌 장로와는 다르지? 사실 생명의 나무 같은 건 믿지도 않잖아? 그냥 몸 편히 위탁할 곳이 필요해서 믿는 척하는 게 아니고?"

"인도자님은 그런 분이 아니세요! 누구보다 우리 교리를 잘 이해하시는 분인데 어디서 감히!"

"너도 솔직히 장로가 멍청하다고 생각하지? 생명의 나무 같은 게 어디 있어. 백신을 개발한 건 그냥 아담 바이러스 수석연구원인데 말이야. 일개 사람이 무슨 구원자야. 만일 최호언이 몰락하게 되면 어떻게 될 것 같아?"

선두에 서 있던 너희들부터 무사하지 못할 거야. 곽수환은 흔들리는 인도자에게 쐐기까지 박아줄 생각은 없었다. 장로를 옆으로 밀쳐내고 불빛조차도 들지 않는 계단을 성큼성큼 뛰어 내려갔다.

제복 안쪽에서 휴대용 손전등을 꺼내 앞을 비췄다. 더는 장로와 인도자가 뒤따라오지 않았다. 그렇다는 건 이 안에 저들이 피하고 싶은 뭔가가 있다는 거다.

쿵! 안쪽에서 파열음이 앞으로 뻗어 나왔다. 곽수환은 손전등으로 정면을 비추며 다시 달려 나갔다. 크륵거리는 아담의 소리가 어둠을 긁어댔다. 짐승 소리도 이보다는 선명하고 깨끗할 터였다. 지나온 철문은 여러 개였으나 문이 닫혀 있는 방은 지금 이곳뿐이었다. 그는 손전등을 올려 철문을 비췄다.

3호 실험실

쾅! 크악, 크륵! 네모난 창에 아담이 번뜩거리는 눈을 하고 얼굴을 부딪쳐왔다. 살아 있는 사람을 발견하자 누런 이를 창에 미끄러뜨렸다. 한 놈에서 두 놈, 이제 적어도 다섯은 되는 놈들이 서로 곽수환에게 닿겠다고 철문에 몸을 들이받았다.

마치 불나방 같았다. 저놈들이 홀리듯 달려든 불은 최호언이었을까, 아니면 애초부터 불을 향해 직진해야 할 세상에 태어났던 걸까. 다만 적어도 차 중령을 따랐다면 이 꼴은 되지 않았을 거다.

배신하고 떠났으면 욕이라도 실컷 할 수 있게 한 자리라도 차지하든가, 꼴이 이게 뭐냐.

"등신 같은 새끼들."

곽수환이 얼굴을 쓸어내렸다.

대장이라면서 따르던 놈들이 내장을 바닥에 질질 흘려댔고, 사람으로서의 모든 긍지를 버려둔 채 살아 있는 생명을 질투라도 하듯 이나 다닥거리고 있었다. 남은 탄환을 확인하고 총을 재장전했다. 썩어도 제 부하들이었다. 손으로 머리를 박살내는 짓만큼은 하고 싶지 않았다.

곽수환은 철문의 문고리를 쥐었다. 잠금장치가 밖에 달려 있어 문을 열기는 손쉬웠다. 놈들에게 자유를 주듯 옆으로 밀어젖혔다. 뒤로 물러선 그는 놈들이 밖으로 나오기를 기다렸다. 권총을 쥔 손목 위에 손전등이 있는 손을 얹었다.

칵, 크각! 제일 처음 문을 벌리고 나온 놈은 제 내장에 미끄러져 자빠졌다. 곽수환은 정수리를 향해 권총을 발사했고, 이어 달려드는 놈들도 재빨리 캐치해 미간을 꿰뚫었다. 얼마나 오랫동안 이 안에서 굶주려 있던 건지 이제껏 보아온 그 어느 아담보다도 악취가 지독했다. 총 다섯 발의 총성이 터졌으나, 관자놀이를 빗맞은 한 놈이 기운도 좋게 달려들었다. 살아 있을 때도 무식하게 힘만 센 놈이었는데 아담이 된 뒤에도 똑같았다.

미안하다.

곽수환은 입을 커다랗게 벌린 부하의 면상에 주먹을 꽂아 넣었다. 엎어진 몸에 올라타 연거푸 주먹을 내리쳤다. 퍽, 퍽, 두개골이 박살나는 감각이 손등을 타고 머리를 찌르르하게 울렸다. 푸들거리던 몸은 금세 축 늘어졌다. 그는 아직 빠끔히 열려 있는 문으로 시선을 던졌다. 문을 차고 들어가니 구석에 죽은 동태 같은 눈을 한 부하가 보였다. 하반신이 완전히 망가져서 허벅지 뼈가 밖에 드러나 있었다. 무슨 실험을 당한 것인지 다리가 썩어서 빠진 게 아니라 인위적으로 썽둥 잘려 있었다. 그런데도 괴이쩍은 소리나 내면서 곽수환이 있는 곳을 향해 기어오려고 했다. 마치 그 소리가 대장이라며 저를 부르는 것만 같았다.

남은 탄환이 없기에 잭나이프를 놈의 정수리에 꽂아 넣었다. 그는 죽은 부하 앞에서 한참을 쭈그려 앉아 있었다.

부모와 동생도 제 손으로 죽였다. 겨우 이깟 일에 마음을 쓸 여유는 없었다. 잭나이프를 뽑아내고 몸을 일으키니 머리 위에서 감시카메라의 불빛이 붉게 점멸했다.

그는 피 웅덩이 속에서 카메라를 올려다봤다. 어깨에 힘을 실어 피가 묻은 잭나이프를 날려 카메라를 박살냈다. 그럼에도 붉은 빛은 여전히 깜빡거리고 있었다.

◆ ◆ ◆

"대장, 이게……."

피가 말라붙어 있는 수 개의 군번줄을 받아 든 차 중령이 입을 벌렸다.

"그거라도 산에다 묻어줘."

설마 배신한 놈들을 찾아내 죽였느냐는 의문을 담았다가 곧 아니라는 것을 깨달았다. 문길에게 대충이나마 이야기를 들었기 때문이었다. 정말로 부하들이 실험체가 됐던 것이다.

"일단 이동하자. 곧 군이 수색에 나설 거야. J타입 야전훈련 때처럼 네 조로 찢어진다. 합류 장소는 지금 불러줄 테니 조장들이 적어.”

곽수환은 보닛에 군사지도를 펼치고 군사좌표에 따라 성남에서 가까운 곳에 거점을 두었다. 오래전 과학연수원으로 사용된 건물이 있는 자리였다.

석화는 곽수환에게 다가가지 못하고 멀찍이 떨어져서 지켜보기만 했다. 무사히 돌아왔음을 감사하기도 잠시, 곽수환은 전에 없이 지쳐 보였다. 언제나 제가 버거울 정도로 기운이 넘치던 그였기에 석화는 말없이 그의 지프 옆자리에 올라타 앉기만 했다. 무슨 일이 있었냐고, 괜찮으냐고 묻고 싶었지만 입이 잘 떨어지지가 않았다.

“문길이가 잘 운전했어?”

시동을 건 그가 먼저 말을 꺼냈다.

“배고프죠?”

석화는 보조서랍에서 에너지바 하나를 꺼내 포장지를 벗겼다. 곽수환에게 넘기자 두 번에 걸쳐 입에 넣더니 우물우물 씹었다.

“피곤하면 제가 운전할게요.”

“아직은 괜찮아.”

석화는 피 묻은 군번줄에 대해 물어볼까 하다가 에너지바만 베어 물었다.

“지하에 갔더니, 실험실이라는 데가 있더라.”

석화의 궁금증을 아는 건지 그는 숨기지 않고 사실대로 말했다.

"무슨 짓을 벌였는지는 모르겠는데 혹시나 싶어서 가져와봤어."

그는 검붉은 혈액이 담긴 바이알 병을 석화에게 넘겼다.

"실험실에 있던 놈 중 한 놈 피인데, 그 병이 백신이 담겨 있던 빈 병이라 피가 오염됐을 수도 있어."

석화는 수건으로 바이알을 감싸 보조서랍에 넣어두었다.

"아는 군인들이었어요?"

"내 부하였던 놈들."

석화는 소리 없이 탄식했다. 어떻게든 위로해주고 싶었지만, 직접 그들의 숨통을 끊었을 곽수환을 생각하니 그 어떤 말도 위선으로밖에 들리지 않을 것 같았다.

"석 박사."

석화는 어쩐지 긴장이 돼서 먹던 에너지바도 내려놓았다. 평소보다 체온이 올라 머리가 지끈거렸지만, 아무 내색도 하지 않았다.

"그 벌레 같은 새끼들 제대로 봤어?"

"벌레요?"

"장로가 구원자다 뭐다 운운하니까 백신을 가지려고 개떼같이 몰려드는 게 딱 벌레 같잖아. 나는 왜 자꾸 화가 나지?"

그는 헤드라이트도 밝히지 않고 어두운 숲을 달렸다. 불빛이라고는 안에서 바닥을 비추는 램프뿐이었다. 그 빛은 곽수환의 얼굴에 닿지도 않아서 그가 어떤 표정을 하고 있는지조차 알 수 없었다.

"왜 그런 새끼들을 살리려고 석 박사가 실험체가 되어야 해? 안 믿으면 맞지 말아야 하는 게 정상 아니야?"

"……저를 처음 본 사람들이 어떻게 제 말을 다 믿겠어요."

"그러니까 안 믿으면 때려치우면 그만 아니야. 믿는 놈들만 주면 되잖아. 가짜 에덴동산 행세 다 좋아. 근데 신도들이라는 놈들을 직접 보니, 내 눈에는 전부 쥐새끼들이나 다름없게 보여. 대체 그 인간들이 여태까지 해온 게 뭐야? 아무것도 안 하고 수긍하며 살았는데 왜 그런 놈들까지 챙겨야 해?"

석화는 반쯤 남은 물을 조금씩 나눠 마셨다. 그가 무슨 말을 하는지 충분히 이해했다.

"러시아에서 수도 없이 이야기했잖아요. 아담이 없는 세상이 정상이었다고요. 감염만 막을 수 있다면 아담을 전멸시키는 건 조금 더 손쉬워져요."

"글쎄. 난 그냥 레인보우 시티가 망하길 바랐던 것뿐인데, 석 박사 만나서 정의의 사도 행세를 하려니 나랑은 너무 안 어울리는 것 같잖아."

"소령님은…… 세죠. 아담을 두려워하지도 않고요. 그런데 전 두려워요."

아담에게 물렸을 때 죽고 싶지 않았고, 아담처럼 되고 싶지도 않았다.

지금 코앞에서 아담이 덤빈다면 힘으로 이겨낼 자신도 없었다. 아담이 존재한다는 건 커다란 우리에서 호랑이와 함께 사는 것과 다를 바가 없었다. 언제 어디서 공격받을지도 모르는 일에 대비해야 했고, 늘 불안함이라는 무거운 감정을 등에 지고 있어야 했다. 게다가 맹수는 배가 부르면 사냥을 하지 않지만, 아담은 살아 있는 인간이라면 무조건 공격했다.

"어차피 내가 있잖아."

곽수환은 별걱정을 다 한다면서 핀잔을 줬다.

"소령님이 없었다면 전 이미 죽었을지도 몰라요. 그런데 모든 사람들이 다들 소령님 같은 사람과 동행하는 게 아니잖아요."

"내가 왜 그것까지 신경 써야 하냐는 거지."

"잊었어요? 나 아담한테 물렸었어요. 원래였다면 지금 이 자리에 있을 수도 없어요."

핸들을 움켜쥐는 소리가 여실하게 들려왔다.

"소령님도 시티의 기술로 태어난 인류잖아요. 완벽한 유전자를 탄생시키기 위해서 희생당한 자들이 많다는 것도 알고요."

"내가 언제 이렇게 태어나고 싶다고 했어?"

"그럼 지금이라도 러시아로 가요. 가서 그냥 나는 철창이 둘린 집 안에만 있고, 소령님이 없으면 어디도 못 가는 그런 짐 덩어리가 돼서 같이 살아요."

석화 역시도 정면만 보고 말을 내뱉었다. 곽수환은 그제야 석화를 바라보더니 기막히게 웃었다.

"석화 형 이럴 때는 참 말 잘해. 사람 오장육부 뒤틀리게 하는 말 말이야."

석화는 자신의 발언을 후회했지만 이번에는 물러날 수 없었다. 물론 알고 있다. 그가 항상 자신을 우선시하기 때문에 일어난 다툼이라는 것도.

"저는…… 아담이 없는 세상에서 소령님과 살고 싶어요. 정의감 같은 건 저도 몰라요. 그냥 오늘처럼 나를 두고 사라지는 소령님 모습을 봤을 때처럼 불안함에 떨고 싶지도 않고, 돌아올 때까지 아무것도 못 한 채로 1분이 한 시간 같은 삶을 살고 싶지 않다고요."

석화는 점차 가빠지는 호흡을 천천히 갈무리했다. 자꾸만 골이 지끈거려 다시 물로 입을 축였다. 이 느낌은 마치 아담에게 물려 고열을 앓았을 때와 흡사했다. 설마 감염 증세가 일어난 건가? 그렇다고 하기에는 열이 좀 나는 것 빼고는 멀쩡했다.

"그래도 난 석 박사 방식대로는 못 해."

그의 목소리가 낮게 스며들었다.

"이제부터는 내 방식대로 할 거야."

평소에도 말씨름은 없다시피 했지만 오늘만큼은 더더욱 그러고 싶지가 않았다. 제 손으로 부하들을 죽이고 온 그에게 대체 무슨 말을 하란 말인가. 석화는 차창에 욱신거리는 머리를 기댈 뿐이었다.

눈을 좀 붙이면 괜찮아지겠지. 아니면 열이 난다고 말을 할까? 눈꺼풀을 슬쩍 들어 그를 봤지만 끝끝내 입을 떼지는 못했다. 지프가 덜컹거려 창에 댄 머리가 몇 번 튕기는 바람에 의자만 뒤로 젖히고 똑바로 몸을 뉘었다.

"어디 안 좋아?"

"아뇨, 그냥 좀 자려고요."

곽수환이 손을 뻗어 석화의 얼굴을 쓱 쓸어내렸다. 석화는 그 손길을 따라서 눈을 감고는 다시 뜨지 않았다.

◆ ◆ ◆

허리께 오는 앵두나무에 붉은 알이 대롱대롱 달려 있었다. 손을 내밀어 앵두 몇 개를 따 먹다가 개미들이 줄지어 개미굴로 이동하는 걸 보았다. 그 모습이 퍽이나 가학심리를 자극해 발로 밟을까 했지만, 그래 봐야 도망치는 개미가 더 많다는 것을 알았다.

최호언은 좋은 생각이 났다는 듯 끓는 물을 가져와 구멍에 퍼붓기 시작했다. 뜨거운 홍수에 개미들이 와글와글 밖으로 나와 도망치기 바빴다.

"마스터, 뭐 하십니까?"

"오셨나요, 이연태 중장님. 보다시피 해충구제 중이죠."

퍼스트 마스터나 세컨드 마스터에게 눈에 띄게 편승했던 사람들은 전부 시티 밖으로 내쫓기거나 죽음을 맞이했다.

아담 감염 사태가 터졌을 때 이연태는 석화의 말을 믿고, 에덴동산이 퍼뜨린 백신이 문제였다고 방송을 내보냈었다. 그에 대해 신임 마스터가 무슨 말이라도 꺼낼 줄 알았건만, 최호언은 오히려 이연태를 곁에 두었다. 어쩌면 이연태가 그 누구의 라인도 아니었기 때문에 살려둔 것일 수도 있었다.

"뜨거운 물을 부으면 개미가 죽습니까?"

"전부는 아닙니다. 안쪽에 있는 개미들은 무사하죠."

"그럼 해충구제가 제대로 되지 않을 텐데요. 제가 살충제를 구해오겠습니다."

"중장님, 참 신기하죠?"

"예?"

최호언의 자택은 여의도 쉘터에서 약 10분 거리에 있었다. 퍼스트 마스터가 서울에 올라올 때마다 거주했던 곳인데 정원은 그때보다 훨씬 정돈된 모습이었다. 나무들도 잎이 무성하게 피어나 자연 그늘을 만들어주었다.

"이 개미들은 신의 분노가 내린 줄 알 것 아닙니까. 뜨거운 비라니, 얼마나 놀랐겠어요."

"하하. 개미가 사람처럼 생각을 할까요?"

그래서 네가 신이란 소리냐? 속마음을 숨긴 이연태는 억지웃음을 지어 보였다.

"개미보다 게으르고 생각 없는 사람도 세상에는 넘쳐나죠. 투표를 통해서 내가 마스터가 된 걸 보세요. 참 희한하지 않습니까? 이제는 모두가 에덴동산이 퍼뜨린 백신에 문제가 전혀 없었다고 생각을 해요. 기존 시티의 수뇌부들은 시민을 버렸고, 시민을 구제한 건 다름 아닌 에덴동산이었으니까요."

최호언이 서펀트인 것을 아는 사람 중 한 명이 바로 이연태였다. 그러나 그는 말을 아꼈다. 석화의 말처럼 에덴동산 백신에 문제가 있었다고 한들 지금 철퇴를 들고 있는 건 최호언이었다.

에덴동산을 국교로 만들려는 목적은 아마도 종교와 정권을 일체화시키려는 데에 있을 것이다. 희한하게도 최호언이 엄청난 야심을 가지고 권력을 독점하려는 것 같지는 않았다. 제가 가진 권력을 마음대로 휘둘렀던 건 오히려 퍼스트 마스터가 더 심했다.

"이렇게 맛있는 열매를 먹고 있으니 문득 동생이 보고 싶네요. 온갖 고생이라는 고생은 다 했을 텐데요."

최호언은 종종 동생에 대해 언급했지만 이연태는 그자가 누구인지 몰랐다.

"러시아까지 가서 백신을 만들어 올 줄이야, 대단하지 않나요? 이래서 내가 동생을 놓지 못합니다."

러시아에서 백신을 만들어 왔다는 말에 속으로 놀라움을 삼켰다.

에덴동산 북부지부 근처 초소가 무너졌으며, 신전에서 백신이 배포되었다는 소식을 보고하기 위해 찾아온 길이기 때문이었다. 그리고 중심인물들이 바로 석화와 곽수환이었다.

"이미 보고를 받으셨습니까?"

"보고만 받나요, 선전포고도 받았죠."

최호언이 앵두나무에서 또다시 앵두 몇 개를 따서 이연태에게 넘겼다. 터진 앵두 물이 이연태의 손을 지저분하게 물들였다.

"동생이 잘해줬는지 얼굴이 좋아 보이던데, 질투가 다 나더라고요?"

마스터는 앵두를 입에 넣고 굴렸다.

"다들 성남 일정을 바꾸자고 하더군요. 이연태 중장의 생각은 어때요?"

"위험……하실 수도 있을 것 같습니다. 만일 곽수환 소령이 온다면 말입니다."

"그렇죠? 저도 곽수환 소령과 석화 박사가 전면적으로 나설 줄은 몰랐지 뭡니까. 예상외예요."

마스터가 고개를 주억거렸다.

"그래서 이번엔 이쪽에서 먼저 찾아가려고 합니다."

그는 이연태 중장의 다 터진 앵두 열매를 가리키며 먹어요, 다정하게 말했다.

◆ ◆ ◆

동이 터 오르고 있었다. 과학연구소까지는 이제 약 3킬로미터를 남겨둔 지점이었고, 곽수환은 운전을 하는 내내 생각에 잠겨 있었다.

석화에게 화풀이를 했던 건 아니었다. 다만 남을 위해 희생하는 건 자신의 가치관과는 거리가 멀었다. 석화가 원한 아담이 없는 세상을 위해서 피를 봐야 된다면 피로 강을 만들 거고, 형제고 나발이고 석화의 눈앞에서 최호언의 살점을 조금씩 발라줄 수도 있었다. 뼈가 드러날 때까지 아주 천천히, 죽고 싶어도 죽지 못하는 고통을 선사하지 못할 것도 없었다. 그게 최호언이 아니라 다른 누구라도 마찬가지였다.

방치된 지 십수년은 되어 보이는 연구소는 덩굴과 잡초들이 무성했다. 가장 먼저 도착한 건 곽수환이었기에 시동을 끈 채로 석화를 바라봤다. 아직은 창백한 빛에 석화의 얼굴이 하얗게 질린 듯 보였다.

"석 박사."

분명 빛 때문만은 아니었다. 반쯤 정신을 놓은 석화가 이마에서 식은땀을 쏟고 있었다. 다시 한번 석화를 부르자 신음만 작게 내뱉을 뿐이었다. 손으로 이마를 짚어보니 평소보다 열이 더 높았다. 갑자기 왜 이러는 거지?

"석화야, 정신 차려봐. 응?"

곽수환은 운전석에서 튀어 나가다시피 내려 조수석으로 이동했다. 정리되지 않은 건물로 데리고 들어갈 수는 없기에 석화의 몸을 안아 뒷좌석에 눕혔다. 수건에 물을 적셔서 석화가 입고 있던 제복을 하나둘 벗기기 시작했다. 일단 열부터 내려야 한다. 그는 석화의 마른 팔부터 겨드랑이, 가슴까지 수건으로 닦아 내렸다. 차가웠던 수건이 석화의 열에 금세 달아올랐다. 다시 새롭게 물을 적셔 열이 떨어질 때까지 석화의 전신을 계속해서 문질렀다.

"······추워요."

파랗게 질린 입술이 덜덜 떨렸다. 무의식적으로 제복을 찾아 덮으려는 것을 막았다.

"조금만 참아. 열부터 내려야 돼."

종종 열에 시달린 적이 있었기에 곽수환의 대처법은 능숙했다. 그러나 그럴 때마다 제가 다 불덩이를 삼킨 것 같았다. 차라리 내가 아픈 게 낫지.

"······백신에······ 문제가 있나 봐요."

이 와중에도 혹시 백신에 이상이 있을까 봐 어떻게든 정신을 차리려고 몸을 뒤척거렸다.

"그냥 평소처럼 가끔 열 오르는 걸 거야. 괜찮아."

곽수환은 수건으로 몸을 툭툭 두드려주면서 마사지를 병행했다. 만일 정말 아담의 피를 주사한 뒤에 이렇게 열에 시달렸다면, 지금쯤 자신은 아마 눈 돌아가 미쳐 날뛰었을지도 모른다. 그러나 석화가 주사한 건 아담 바이러스가 아니었다.

사람들에게 확신을 주기 위해 아담 피에 노출되겠다던 석화의 의견에 이미 곽수환은 절대 그렇게 놔두지는 않을 거라고 결심한 지 오래였다.

"미안."

아담의 피와 자신의 피를 바꿔치기 했다는 진실은 말하지 않았다. 조금씩 열이 내리기 시작한 석화의 다리와 팔을 주물러줄 뿐이었다.

"소령님이…… 왜 미안해요."

기운 빠진 목소리가 곽수환을 위로하듯 다가왔다.

"그냥 다 미안해."

러시아에서 석화에게 수혈을 했던 적이 있었는데 그때는 괜찮았다. 그래서 안심했건만, 열이 나는 줄도 모르고 제 성질 못이겨 석화를 보지도 않고 운전이나 처했던 병신 새끼가 저였다. 그래도 거짓말한 건 사실대로 말 안 할 거다. 이런 일쯤은 속여 넘겨도 된다고 생각하는 자신과 석화는 다른 사고방식을 가지고 있었으니까.

"물 줄까?"

석화가 보일 듯 말 듯 고개를 끄덕했다.

곽수환은 누워 있는 석화의 몸을 받쳐 올려서 제 입에 물을 넣고는 조심스럽게 가져다 댔다. 물을 받아먹는 석화를 거세게 끌어안지 않으려고 팔에서 힘을 뺐다. 간신히 물을 삼킨 석화의 몸에 흰 셔츠 한 장을 입혔다. 어느 정도 열이 내리면 얇은 모포라도 둘러줘야 더 앓지 않았다.

만일 신이 있다면 진정 얄궂은 자였다. 저와는 정반대인 사람을 눈앞에 가져다 두고 보기 좋게 빠지게 했다. 석화가 아플 때마다 저는 고통스러웠지만, 그래도 옆에서 숨만 쉬어준다면 그것으로도 좋았다. 아프지 않았으면 좋겠지만, 정말 아프다면 제 눈앞에서만 그랬으면 했다. 나 없는 데서 석화 혼자 아프다고 생각하면 이거야말로 오장육부가 뒤틀리는 일이다.

"수프 먹을래?"

그래 봐야 미지근한 물에 타서 흔들어 먹어야 하는 인스턴트가 고작이었다. 레인보우 시티 안에 있었다면 의식주에는 아무런 문제도 없었을 거다. 석화가 미안한 마음을 가지고 있듯 곽수환도 그 못지않았다.

"조금 있다가 먹을게요."

석화는 좀 더 자야겠다며 몸을 웅크렸다. 곽수환은 뒷문을 열어둔 채로 앉아 저 밖을 쳐다봤다. 등에 닿는 석화의 맨발바닥에 아직 열기가 서려 있었다. 앓는 소리를 숨기려는 듯 얼굴을 시트에 묻는 것 또한 느껴졌다.

러시아에 있을 때는 이렇지 않았다. 사람들과 얽혀 지냈지만, 이런 비참한 기분은 느껴본 적은 없었다. 레인보우 시티로 돌아오니 너무나 뼈저리게도 제가 가진 게 없다는 것을 깨닫게 됐다. 최호언은 마스터 자리에 올라 온갖 것들을 누리고 있으나 저는 지금 해열제 하나도 가지지 못해 내 사람이 아픈 걸 지켜봐야 했다.

마스터가 별거야? 곽수환은 코웃음을 쳤다. 누구보다 마스터

가까이에서 수뇌부들과 함께 있었던 그였다. 권력 같은 건 아무래도 좋았고, 그따위 지폐 다발도 별 미련 없었다. 그런데 그것들이 제 사람을 지킬 수 있는 방패가 된다면 얼마든지 갈취해 차지해야 했다.

치직, 칙, CB무전에 신호가 들어오기 시작했다.

[……매 ……2조 이동……. 합류 불가……, 뒤가 밟혔다.]

몸을 일으킨 곽수환이 손을 뻗어 무전기를 움켜쥐었다.

"합류할 필요 없어. 지금부터 세컨드 마스터에게 이동한다."

명분 따윈 필요 없다고 생각했지만, 이제는 아니었다.

◆ ◆ ◆

전국적 아담 감염 사태가 발발한 이후로 레인보우 시티의 인구는 제법 줄어들었지만, 존속을 위협당하는 일은 없었다. 생존본능은 인간의 가장 원초적이고 선천적인 행동인지라 제아무리 아담이 날뛴다고 해도 살아남을 이들은 어떻게든 살아남았다. 초창기 적자생존 양상으로 살아남았던 이들이 공동체의 중요성을 깨닫고 꾸린 나라 또한 레인보우 시티였다.

오랜 기간 세뇌학습을 거듭했어도 레인보우 시티가 자신들을 도와줄 거라고 생각하지 않는 이들도 존재했다. 그들 대부분은 약 460일 전의 그날, 라디오 방송을 듣고 문을 걸어 잠갔다. 비상식량과 상비해둔 식수로 버티면서 군인들이 상황을 정리하기를 기다렸다. 그러나 그들조차도 나름 부유층에 속했다. 식량을 구비해두지 못한 사람들은 집 밖으로 나올 수밖에 없었고, 레인보우 시티가 마련한 보호소에서 감염되거나 멀쩡한 상태에서 사살당했다.

세컨드 마스터는 이 모든 사태를 우도에서 지켜보면서 한 가지를 확신했다. 이대로 손을 놓고 있다가는 제 목이 언제 날아갈지 모른다는 것이다. 아담 감염 사태에 대한 책임을 져야 할 사람은 분명 두 명의 마스터였다. 제아무리 막강한 군을 거느리고 있다고 하지만, 수많은 사람이 죽었으니 시민들의 반감은 곧 마스터 투표로 나타날 것이었다.

세컨드 마스터는 혁명이 아닌 개혁을 원했다. 퍼스트 마스터는 현상 유지와 권력 승계를 원했으며, 세컨드 마스터가 보는 서펀트는 대체 뭘 원하는 것인지 애매했다.

최호언이 자신의 양모를 밀고하고 퍼스트 마스터와 손을 잡은 게 확실시되었을 때 세컨드 마스터는 우도를 빠져나와 몸을 숨겼다. 그의 유일한 희망인 석화는 곽수환과 러시아로 이동했다는 사실만 접할 수 있었다.

"마더로 침투가 불가능합니다."

세컨드 마스터의 곁을 지키는 집사는 초췌함이 가득했다.

"내 자식을 적에게 빼앗긴 꼴이지. 이보게, 강 집사."

"예, 마스터."

마스터라는 호칭을 때려치우라고 몇 번이나 말했지만 듣지 않아서 이제 정정해주기도 지쳤다.

"자네가 보기엔 최호언이 대체 뭘 원하는 것 같은가."

집사는 반쯤 깨진 안경의 중심을 손으로 꾹 눌렀다. 우도에서 해남으로 도피했을 때 차 중령의 도움을 받을 수밖에 없었다. 세컨드 마스터는 자신이 아닌 곽수환에게 충성하는 차 중령에게 분노했지만, 찬밥 더운밥 가릴 처지가 아니었다. 차 중령은 당시 곽수환과 세컨드 마스터를 연결해주는 파랑새 역할을 했는데, 아무래도 곽수환에게 목줄을 잡힐 듯해 세컨드 마스터 나름대로 은신처를 다시 찾았다.

"글쎄요. 지금으로서는 마스터를 찾아내 없애는 데에 혈안이 되어 있지 않을까요."

집사의 현답에 설핏 웃고는 두 다리로 거실을 걸었다.

"저마저 속이실 줄은 몰랐습니다, 마스터."

집사는 아직도 섭섭하다는 뜻을 내비쳤다.

"내가 어떻게 세컨드 마스터로 계속 당선될 수 있었겠나. 퍼스트 놈이 운신이 불편한 이 두 다리에 속아 넘어간 덕이지. 그러니 석화 박사가 내 자식인 것도 알 수가 없었을 게야."

세컨드 마스터는 생각했다. 석화가 면역체가 아니고 하자품에 불과했다면 절대 사실을 드러내지 않았을 거라고.

유전자를 제공했긴 하지만 특별히 애틋한 마음이 있는 것도 아니요, 이제 와 아비 행세를 할 뜻도 없었다. 단지 세컨드 마스터는 레인보우 시티에 누구보다 큰 애착이 있었다. 자신이 반평생 이상을 가꾸고 키워온 시티였고, 연합국이 무너졌던 때도 결코 좌절하지 않았다. 수뇌부의 동요는 시민들에게 불안감만 심어주는 꼴이니, 내일 당장 지구에 혜성이 충돌한다고 해도 세컨드 마스터는 이성을 유지할 자신이 있었다. 자신은 누구보다 마스터의 자질이 뛰어나다고 확신도 했다.

"마스터…… 불빛이 보입니다."

집사가 감시카메라 화면을 보고 당황했다.

"뭐?"

"아마도 군용 지프인 것 같습니다."

"보안등급을 최대로 올리게."

"예, 마스터."

지하벙커의 남은 식량은 이제 보름 치 정도였다.

◆ ◆ ◆

석화의 열이 내린 건 과학연수원을 빠져나오고 얼마 지나지 않아서였다. 잠을 좀 자둔 덕인지 개운한 감이 맴돌았지만, 땀을 흘린 터라 몸이 찝찝했다.

"부대원들 뒤가 밟혔대요?"

"그 정도는 예상했어."

분명 그는 무사한 대원들에게 세컨드 마스터에게 이동한다는 전언을 보냈었다. 열 기운에 잘못 들었을 수도 있어서 석화가 다시 운을 떼었다.

"우리 세컨드 마스터한테로 가요?"

곽수환의 옆모습을 보는데 감정을 읽을 수가 없었다. 아무 감정도 없는 사람처럼 무표정하기만 했다.

"어디 있는지 알아요?"

"몸은 괜찮아?"

딴소리하는 곽수환이 석화의 이마를 짚었다. 평소의 온기로 돌아와 있어 그는 안심하고 다시 핸들을 쥐었다.

"세컨드가 어디 있는지 알아요?"

석화는 화는 내지 않고 담담하게 재차 물었다.

"예상하는 데는 총 세 군데니까 첫 번째에 찾기를 바라야지."

"어떻게 알아요?"

벨트를 맨 채로 곽수환을 향해 완전히 몸을 틀었다.

석화도 세컨드 마스터가 잠적했다는 소식은 러시아에 있을 때 그에게 들어 알고 있었다. 그런데 그는 그때부터 세컨드 마스터의 거취를 이미 짐작하고 있던 듯했다. 곽수환이 자신에게 모든 것을 다 공유한다고 생각하지는 않았지만, 공허한 기분이 들었다.

내가 못 미더운 건 알지만 이야기 좀 해주면 안 돼요? 그를 탓하는 말이 튀어나갈 것 같았다. 이제와 따져봐야 서로 감정만 상하는 꼴이 될 거다.

석화는 짧게 고심을 마치고 더는 그 점에 대해 말하지 않기로 했다.

"소령님 말대로 첫 번째에 찾았으면 좋겠어요."

비꼬는 것처럼 들리지 않도록 진심을 담아야 했다.

"우리 레인보우 시티로 돌아오고 나서 자꾸 부딪치는 거 알지?"

자신은 그러고 싶지 않다고, 곽수환이 그렇게 뜻을 전해오고 있었다.

"그냥 저한테도 이야기해줬으면 좋았을 것 같았어요."

그가 잠시 시선을 위쪽으로 했다가 차를 멈춰 세웠다.

"뭘 이야기할까? 이야기해서 좋을 게 없다고 생각했을 뿐이야."

앞서 몇 번 그와 이랬던 적이 있었다. 그건 오양석 박사 피살 사건을 파헤치던 때였다. 그는 자신이 뭔가에 몰두하고 진실에 다가가는 것을 꺼렸다. 안전을 위해서라고 하지만, 사실을 회피하는 것밖에 되지 않았다.

여태 내색하지 않았으나 곽수환의 아버지가 아담으로 변이한 일도, 급작스럽게 돌아가신 어머니의 죽음도 석연치 않은 점이 한두 군데가 아니었다. 그것보다 더 중요한 목적이 있었기에 묻어뒀을 뿐이다.

앞뒤 정황을 따져봤을 때 그의 부모나 제 어머니는 오양석을 처치했던 것과 같이 퍼스트 마스터의 계략이었다고 의심할 수도 있었다. 그러나 이미 그자는 이 세상 사람이 아니었다. 만일 퍼스트 마스터가 아닌 최호언이나 다른 누군가가 관련되어 있다면……?

우리는 늘 진실을 제대로 알지 못했다. 태어날 때부터 굳게 믿어왔던 연합국이 무너진 것도 직접 두 눈으로 확인한 뒤에야 알게 되지 않았나.

"석 박사 능동적인 거 좋지. 근데 그 약한 몸 이끌고 여기저기 다니는 것도 나한테는 부담이야."

곽수환이 안색하나 변하지 않고 석화에게 진실을 고했다.

틀린 말은 아니었으며 반박할 거리도 없었기에 석화는 침묵했다. 다문 입안으로 지독하게 쓴 독을 머금고 있는 듯했다. 제가 짐이라는 것을 누구보다 잘 알지만 그의 입으로 직접 들으니 독이 퍼진 몸이 시큰거렸다.

"내 인생에서 석 박사가 1순위잖아. 그러니까 이렇게 고생시키기 싫다는 거야."

지금 석화가 할 수 있는 말은 하나뿐이었다.

"알았어요……."

미안해요. 희미한 목소리로 말끝을 흐렸다.

쾅! 곽수환이 갑자기 핸들을 내리쳤다. 한 번 더 후려치더니 두 손으로 핸들을 짧게 움켜쥐었다. 그것으로 그치지 않고, 이마를 거세게 처박았다.

"난 씨발, 왜 말을 이따위로밖에 못 하지? 그냥 내가 속상해 돼지겠다고, 석 박사."

그가 충혈된 눈을 하고는 고개만 돌려 석화를 쳐다봤다.

"너 아플 때마다 내가 무력해 죽겠다고."

오히려 곽수환을 만나기 전보다 지금이 더 좋아졌다는 말 같은 건 차마 할 수 없었다. 제가 아플 때마다 그가 얼마나 고통스러워하는지 알았고, 오늘 또한 마찬가지였다. 석화는 손을 뻗어 그의 팔을 쥐었다.

"가요. 세컨드에게로."

여전히 자괴감을 갖는 그를 대신해 석화가 시동을 걸었다. 자동차의 엔진이 다시 돌아가기 시작했다.

◆ ◆ ◆

러시아 땅에 처음 발을 디뎠을 때 곽수환은 한 가지 자신에게 다짐한 게 있었다. 적어도 우리 석 박사 춥거나 굶게 하지는 말자고.

산속에 들어가 살 때도 산짐승이나 땔감을 부지런히 공수했고, 사람들과 안면을 터 도심으로 내려왔을 때는 나름 좋은 대우를 받았다.

부락을 이뤄 사는 사람들에게 석화는 똑똑한 의사이자 식물학자였으며 현자였다. 러시아어를 공부해 어느 정도 소통하기 시작한 뒤로는 그들에게 도움을 준 만큼 저희들도 원하는 것을 건네받았다.

블라디보스토크에 있던 바이러스 연구소를 이용할 수 있게 됐으며, 그곳에서 여든이 넘은 영감도 만날 수 있었다. 영감은 그 옛날 조상이 러시아로 이주해 온 교포라고 자신을 소개했다. 특이한 건 영감이 아담 바이러스 면역자라는 것이었다.

살날이 얼마 남지 않았다며 제 몸에 별의별 실험을 다 하던 괴팍한 늙은이가 어느 날, 석화가 자고 있을 때 넌지시 말을 건넸다.

'대체 레인보우 시티에서 뭘 만든 것이냐.'

영감은 주름진 손가락을 들어 곽수환의 가슴팍을 꾹꾹 눌렀다.

'영감, 이 환장할 근육은 레인보우 시티에서 만들어준 게 아니라 내가 만든 거거든?'

폐행, 하면서 피리 같은 웃음소리를 낸 노인이 독한 술을 연거푸 들이켰다.

'바이러스에 감염되어 본 적이 있는가.'

'왜 내가 아는 영감탱이들은 다들 제정신이 아닌지 몰라. 영감, 내가 아담이었으면 레인보우 시티도 이미 끝장났고, 러시아까지 초토화됐어. 아무도 나 못 죽일걸? 그보다 석 박사도 나 없으면 죽어. 저 봐, 오늘 좀 일찍 일어났다고 정신 못 차리고 자잖아.'

곽수환은 한달음에 달려가서 석화의 얼굴 여기저기에 입술을 부딪치고 싶은 것을 참았다.

'그럼 돌아가지 말어.'

'뭐?'

'그냥 여기서 살라고.'

'하하, 이 영감탱이 지금 나랑 가족 놀이라도 하자는 거야?'

'네놈…… 고열로 아팠던 적 있지? 바이러스에 감염되고 나서.'

'……바이러스에 감염된 적 없다니까.'

'기억해봐, 곽수환이. 네놈은 독이야.'

뭔 개소리냐고 비웃어주려고 했지만, 아버지를 칼로 찔렀던 그날이 스쳐 지나갔다. 베인 손에 흐르던 피는 오로지 자신의 것이었을까?

'짐작되는 게 있나 보지.'

'영감탱이, 그딴 건 없어. 그리고 석 박사 말 못 들었어? 나 비면역자야. 내 피로는 어떤 항체도 안 생긴다잖아.'

'그러니까 그 망할 시티가 대체 뭘 만든 거냐고 물은 게야. 하기야 네 녀석도 알 길은 없었겠지.'

알코올이 혈관까지 찌든 미치광이 과학자의 말이라고 치부했다. 그러나 그때부터 종종 가족을 잃었던 날을 다시 상기하고는 했다. 상처 난 손에 아버지의 피가 뒤섞였던 기억이 떠올랐지만, 너무도 오래전의 일이라 기억이 변질됐을 수도 있었다. 제가 면역자인지 아닌지 확실히 하기 위해 바이러스에 노출되는 방법도 말이 안 됐다. 어디 죽나 안 죽나 고층 빌딩에서 뛰어내리는 것과 뭐가 다른가.

부스럭거리는 소리에 석화를 바라보니 육포를 까서 제 입에 물려주려 하고 있었다.

"자기, 화 안 났어?"

"화가 왜 나요."

"내가 말을 좆같이 했잖아."

"말은…… 좆이 될 수 없어요."

그건 그렇지. 웃은 곽수환이 입을 벌려 육포를 받았고, 석화도 남은 한 줄을 꺼내어 씹었다. 되는대로 끼니를 때우고 있기에 곽수환의 마음은 더 조급해져갔다.

그는 무전기를 들고 신호를 보냈다.

"차 중령, 들리나?"

수신이 가능한 거리인지는 알 수 없었고 답변은 치직, 칙, 하는 잡음뿐이었다.

"차 중령 말고 들리는 놈들 있어? 있으면 응답해."

'돼져, 1조. 저희는 차 중령님께 연결됩니다.'

차 중령과 거리가 꽤나 먼지 중간에 있는 1조가 연결고리 역할을 해야 했다.

"내가 지시 내리기 전까지 다시 돌아가서 대기하라고 전해. 뒤 밟힌 놈들은 알아서 떼어내고, 필요하다면 추적자를 전부 사살하도록."

'1조, 전달합니다.'

1~2분 정도 지나서야 다시 무전이 울려왔다.

'1조 전달 완료했습니다. 대장, 뒤 밟힌 2조도 놈들 떼어냈답니다. 저희 조도 위치 대기로 들어서겠습⋯⋯. 커헉!'

퍼억! 뭔가가 터지는 소리가 들린 순간이었다. 곽수환이 급격하게 브레이크를 밟아 지프를 세웠다. 석화도 분명 무전을 타고 흘러나온 둔탁한 소리를 들었다.

"1조, 방금 무슨 일이야."

그가 무전기에 대고 목소리를 키웠으나 아무런 답도 들려오지 않았다.

"소령님."

석화도 마른침을 꿀꺽 삼켰다.

"응답하라, 1조. 상황 보고해!"

칙, 치직, 칙.

누군가가 무전기의 버튼을 눌렀다가 떼는 듯 불협화음이 규칙적으로 잡혔다. 칙, 치직, 몇 번이나 반복되더니 곧 잠잠해졌다. 곽수환이 다시 말을 하려는 때였다.

'⋯⋯오랜만이에요.'

웃음기 서린 목소리가 무전기를 타고 흘러나오기 시작했다.

'레인보우 시티 마스터 최호언, 인사드립니다.'

석화는 허벅지에 얹은 손을 움찔 떨었다. 무전기가 최호언의 손에 들어갔다는 건 달리 말해 1조가 위험에 처했다는 것이다.

'음? 거기 교통사고라도 났어요? 왜 대답이 없을까요. 아, 교통사고는 이쪽이 났구나. 정예인 줄 알았는데 이 군인들도 별

볼 일 없네요. 실망스럽게도 시티에 쓸 만한 놈들이 참 없어요.'

곽수환은 무전기의 전선을 잡아 뜯어 차 바닥에 던졌다.

두 손으로 눈을 꾹 누르더니 화를 삭이듯 숨을 한껏 들이쉬었다가 내뱉지도 않고 삼켰다. 그는 다시 목적지를 향해서 차를 몰기 시작했다. 석화는 1조 군인들이 무사하냐고 묻고 싶었다. 그 대답은 최호언에게서 들어야 할 테지만, 그자와 말을 섞어봐야 좋을 것 없었다. 간사한 뱀의 혀를 가진 게 최호언이었기에 곽수환도 충동을 참고 무전기를 무용지물로 만들어버린 거였다.

"괜찮을 거예요."

틀에 박힌 위로는 석화 저 스스로에게 하는 말이기도 했다.

"적을 못 죽이면 죽는 거야. 원래 항상 그런 거야."

계기판의 속도계가 위로 치솟았다가 옆으로 넘어가고 있었다. 지프의 엔진은 굉음을 내며 돌아갔고, 중간에 기름을 한 번 채울 때를 제외하고 바퀴가 멈추는 일은 없었다. 여름의 긴 해가 내려앉을 때쯤 레인보우 시티의 관리 구역을 벗어날 수 있었다. 도로와 숲이 더 이상 구분되지 않아 어디가 길인지조차 헷갈렸다.

방향은 나침반으로 가늠할 수 있었지만, 끝도 없는 숲은 두 번 다시는 밖으로 나오지 못할 열대 밀림 같았다. 한 뼘 정도 열어둔 창문 밖에서 개구리 울음소리가 끊임없이 새어 들어왔다. 무성한 나뭇잎은 어둠에 물들어 산발이 된 머리를 잔뜩 늘어뜨렸다. 푸릇푸릇하던 한낮과 정반대로 음산한 모습이었다.

곽수환이 상향등을 켜 시야를 확보했다. 강렬한 불빛에 사슴 두 마리가 후다닥 저 어둠 속으로 뛰어들었다. 개구리 울음뿐만 아니라 어디선가 물이 흐르는 소리도 들려왔다. 언덕을 타고 올라가던 곽수환이 잠시 차를 세우고 주변을 둘러봤다. 핸들을 왼쪽으로 틀어 무성한 풀을 밟고 지나가자 놀랍게도 폭포가 떨어지는 계곡이 보였다.

컨트롤러가 되고 나서 1년 뒤였던가, 세컨드 마스터가 반군을 처리하라는 지시를 내린 적이 있었다. 세컨드 마스터가 지정한 인물을 잡고 났더니 골골대는 게 한눈에 봐도 반군은 아니었다.

'위치는 어디에도 발설하지 않았고, 앞으로도 절대 말하지 않을 테니 목숨만 살려주십시오.'

저에게 살려달라며 비는 남자의 말이 의아했다.

곽수환은 그자를 떠봤고, 약 반세기도 더 전에 세컨드 마스터의 가문이 은신처를 만들어낸 것을 알아냈다. 당시 건설에 참여한 인부들은 살해당하거나 사고사로 죽음이 위장됐다. 세컨드 마스터가 죽이라 지시한 놈은 간신히 목숨을 건진 인부였기에 곽수환은 그를 죽이지 않고 놓아주었다. 물론 살려주는 대신 방공호의 위치를 넘겨받은 건 그저 기브 앤 테이크일 뿐이었다.

은신처는 총 세 곳. 컨트롤러로 전국 방방곡곡을 쏘다녔기 때문에 위치를 확보하는 데 어려움은 없었다. 나중에 제가 쓸 일이 있을까 하고 알아놓은 곳이었지만, 세컨드 마스터가 먼저 굴속에 숨어 삶을 연명하게 될 줄은 몰랐다.

"차 문 잠가둘 테니까, 여기서 기다려봐."

"조심해요."

"응."

곽수환이 석화의 이마에 쪽 뽀뽀를 했다. 지프에서 내려 문을 잠근 그는 버릇처럼 차키를 위로 던졌다가 잡았다. 주머니에 키를 쑤셔 넣고 대신 권총을 들었다.

이 계곡은 산천어나 버들치 같은 생선도 제법 살았고, 식수로 사용해도 별문제가 없을 급수였다. 그 생선들이 별맛이 없다는 것과 별개로 생존하는 데 나름 적합한 곳이었다.

곽수환은 손전등으로 바닥을 비추며 군화로 쓱쓱 풀을 헤쳤다. 만일 드나들었던 흔적이 있다면 입구 근처에 풀들이 짓밟혀 있을 것이다. 세컨드 마스터 혼자 도망갔을 리는 없고, 분명 집사 놈이 보필하고 있겠지.

사람 귀찮게 하고 있어.

곽수환이 혼잣말을 중얼거렸다. 신변을 보호해준다고 했을 때 얌전히 있을 것이지 손 가게 만든다.

쿵, 쿵쿵. 곽수환이 풀이 짓눌려 있는 어느 한 지점을 발견하고는 그 자리에서 발을 굴렀다. 흙이 아닌 단단한 철이 찌르르하게 발바닥을 울렸다. 그 부근의 풀을 다 치우고 나서야 동그란 철판 안쪽에 손을 넣을 수 있는 홈을 발견했다.

한 팔은 흙바닥에 놓아 지탱하고, 한 손으로 철문의 홈을 단단히 쥐고 들어올렸다. 꿈쩍도 안 하는 걸 보니 안에서 잠가 둔 모양이었다.

"제비를 살려줬더니 박씨를 물어 왔거든."

생존자는 방공호의 문이 잠겨 있을 때 여는 법도 알려주었는데 이건 저 혼자서는 힘들었다. 곽수환은 손전등으로 앞을 비추며 다시 지프로 달려갔다. 조수석과 운전석, 그 어느 곳에도 석화의 모습이 보이지 않았다. 곽수환이 창문을 똑똑 두드리자 몸을 숨기고 있던 석화가 쓱 올라왔다.

"나와도 돼. 같이 가자."

"짐은요?"

석화는 배낭을 가리켰다.

"일단 두고."

곽수환은 숲의 색을 닮은 보호 비닐시트를 펼쳐 지프를 완벽히 감쌌다. 뒤에서 일을 도운 석화는 반쯤 풀어둔 셔츠 단추를 꼼꼼히 채우면서 방공호 입구로 함께 걸어갔다.

"저기가 입구예요?"

곽수환이 비춘 방향에 동그란 철문이 보였다.

"응. 안에 있는지 없는지는 모르겠는데, 문을 안 열어주는 걸 보면 없는 것도 같고, 있는 것도 같고."

"무슨 말이 그래요."

"나도 세컨드 속내를 모르니까. 자기, 이것 좀 위에서 비춰줘."

곽수환이 손전등을 석화에게 내밀었다. 석화는 우뚝 서서 그가 말한 철문에 손전등을 비췄다. 철문은 한쪽에 파인 홈만 제외하고 굳게 다물려 있었다.

"힘으로 열려고요?"

"나를 힘만 센 무식한 놈으로 알아?"

"힘이 세면 무식한 게 아니라 좋은 거예요. 그래도 다치면 안
되잖아요."

"시티 내려오고 나서 내내 굳어 있더니, 긴장 좀 풀렸어?"

곽수환이 흡, 숨을 들이켜더니 힘을 주어 들어올리는 척을 했
다가 도저히 안 되겠다는 듯 엄살을 부렸다.

"이건 내 힘으로도 안 되네."

"도와줘요?"

"응."

홈은 곽수환 손 하나만 들어갈 크기라 어떻게 도와줘야 할지
고심했다. 석화는 곧 그의 뒤에서 허리를 꽉 끌어안았다.

"뭐 하는 거야."

"같이 당기려고요."

곽수환은 순간 참지 못하고 웃음을 터뜨렸다. 예전에 오양석
의 자택에서 엄호를 하겠답시고 등을 맞대던 모습이 생각나 버
렸기 때문이었다.

"더 꽉 껴안아 봐."

나름대로 힘을 주었는지 몸이 꽉 조이는 느낌은 분명 들었다.
그 감촉을 곱씹는데 석화가 힘을 더 줘서 몸을 뒤로 빼려 하고
있었다.

"영차영차 할까?"

"……지금 놀린 거죠?"

"응."

화 풀라는 듯 석화의 손을 풀어 손가락을 살짝 깨물었다. 닫힌 철문을 여는 방법은 간단했다. 홈 안쪽의 고리에 끈이나 밧줄을 걸어 반대로 잡아당기면 그만이었다. 안쪽을 좀 비춰보라며 손전등을 다시 턱짓하려는 때였다. 끼이익, 철문 밑으로 쇠고리가 돌아가는 소리가 들렸다. 끼릭, 끼릭, 힘겹게 돌아가던 철문이 저절로 쓱 열렸다. 석화는 놀라 그 안쪽을 손전등으로 비췄다.

"오랜만입니다. 곽수환 소령님, 석화 박사님."

세컨드 마스터의 집사였다.

안에 있었으면 빨리 기어 나올 것이지. 곽수환은 발로 머리통을 깔까 하다가 석화를 봐서 인내심을 가슴에 새겼다.

"다행이에요."

첫 번째에 찾았네요. 그 말은 안 했지만 석화는 희미하게 화색을 띠었다.

"세컨드 마스터는?"

"예. 무사히 안에 계십니다."

집사가 철제 사다리를 타고 내려가기 시작했다.

곽수환은 석화가 사다리를 잘 잡고 가는지 확인한 다음에야 제가 따라가면서 철문을 닫았다. 공조가 잘된 편이라 내부의 공기는 나쁘지 않았다.

바닥에 깔린 카펫과 아일랜드 형태 주방, 대형 가죽소파에 계곡을 감시하는 카메라 화면까지. 100평 남짓한 방공호는 그야말로 고급 주택이라 불러도 과언이 아니었다. 그리고 그 가운데 전보다도 훨씬 마르고 볼품없어진 세컨드 마스터가 휠체어에 앉아 있었다. 무슨 말을 해야 할지 모르겠다는 듯 복잡한 심경이 담긴 눈이었다. 세컨드 마스터는 몇 번 한숨도 쉬어댔다.

이렇게 편안한 곳에 처박혀 있었으면서 피난민 같은 행색을 하기는. 목 비틀어 죽여버릴까 보다.

곽수환은 석화를 스쳐 지나 곧장 주방으로 향했다.

"이보게, 곽수환 소령."

인사도 없는 곽수환을 향해 세컨드 마스터가 입을 뗐지만, 그는 다짜고짜 찬장부터 열었다. 안에서 이것저것 꺼내더니 버너를 켜서 물을 데우고 즉석밥을 안에 담갔다. 한쪽 통에는 집사가 잡아둔 것으로 보이는 산천어도 있었다. 요리조리 제 손을 피해 달아나는 산천어를 솜씨 좋게 잡아 잭나이프로 배를 갈랐다. 그는 펄떡거리는 산천어의 내장을 다 빼내고 곧장 팬에 얹었다.

"대체 지금, 뭐 하는 겁니까?"

집사가 미간을 구기며 그에게 다가갔다.

"거, 밥부터 먹여야 할 거 아니야."

석 박사 여태 밥다운 밥도 못 먹었는데. 곽수환이 집사보다 더한 인상을 와작 썼다.

"곽 소령! 감히, 말본새를 고치세요."

어디서 하대를 하느냐며 집사가 권위를 내세웠다.

"그럼 이 지경까지 와서 대우해드릴까? 할 일 없으면 생선이나 뒤집든가."

곽수환은 소금까지 끄집어내 배를 가른 산천어에 툭툭 뿌렸다.

"밥 먹자."

세컨드 마스터를 빤히 쳐다보던 석화가 식탁으로 몸을 틀었다. 배는 별로 고프지 않았지만, 곽수환이 준비해준 걸 안 먹기도 뭐해 의자에 앉았다.

두 놈이 러시아에 다녀오더니 정신이 나가버린 게 틀림없다면서 집사가 미쳤다는 말만 중얼거렸다. 세컨드 마스터는 휠체어를 직접 손으로 미는 대신 제 두 다리로 자리에서 일어났다.

"마, 마스터!"

기적을 목도한 신도의 탄성이 아니라 경악에 가까웠다. 곽수환과 석화도 두 다리로 서 있는 세컨드 마스터를 꼼짝도 하지 않고 쳐다봤다. 하, 짧게 비웃은 곽수환은 데운 즉석밥을 꺼내 식탁에 내려두었다.

"에덴동산 신도가 돼서 구원이라도 받은 건 아닐 테고, 퍼스트가 무서워 그간 불구 행세를 하셨구만."

어쩐지 불편한 두 발로 잘도 도망갔다 했다.

곽수환이 덮개를 벗기자 즉석밥에서 김이 모락모락 올라왔다. 수증기가 석화의 턱을 간질이며 올라와 속눈썹에 매달렸다.

석화는 눈꺼풀을 깜빡여 습기를 털어내고 수저를 들었다. 세컨드 마스터의 두 다리가 멀쩡하다는 건 놀라운 일이지만, 큰 감동을 주지는 못했다.

세컨드 마스터가 다가와 석화의 맞은편에 앉았다.

"그간 얼굴이 많이 상했군, 석화 박사."

"그 대단한 마스터라는 사람은 방공호에 처박혀서 전원생활을 즐기고 계시는데, 우리 석 박사는 먹을 거 제때 못 먹고 고생 많았지."

"곽 소령이. 뚫린 입이라고 함부로 지껄이지 말게나, 큭."

곽수환이 세컨드 마스터의 멱살을 쥐었다.

"곽수환!"

집사가 달려들자 그가 발로 집사의 복부를 걷어찼다. 배를 움켜쥐고 구르는 집사가 헛구역질을 뱉어냈다.

"뒈지고 싶지 않으면 덤비지 마. 지금 내 기분이 얼마나 더러운지 알면 못 그럴 거야."

상명하복이 몸에 밴 집사는 곽수환의 행동을 믿을 수 없어했다. 제복을 입고 있지만 사실상 그는 수배자이지 레인보우 시티에 소속된 소령이 아니었다.

석화는 노릇노릇하게 익은 산천어의 살점을 발라 수저에 얹었다. 마치 아무 일도 없었다는 듯 식사를 하는 데만 집중했다. 집사는 그 모습조차 기가 막힌다는 듯 바라봤고, 곽수환은 세컨드 마스터를 다시 들어 의자에 밀어 앉혔다.

"이보게, 곽 소령이."

노기는 서려 있었지만 한풀 쇠약해진 음성으로 곽수환을 불렀다.

"자네가 언제가 되든 나를 찾아올 것은 예견했었네."

"말은."

곽수환이 옥수수가 담긴 통조림을 따서 일회용 그릇에 탁탁 쏟아부었다. 석화의 앞에 밀어두고 제 즉석밥도 대강 덥혀서 뚜껑을 벗겼다. 한가하게 식사를 하고 있으니 세컨드 마스터와 집사는 아예 할 말을 잃어버린 기색이었다.

"이 방공호를 만든 인부들을 전부 죽여 없앴다면서. 마지막 생존자까지 죽이려고 날 이용했는데, 사실은 내가 살려 보냈거든. 제 손 더럽히지 않으려고 했다가 뒤통수 맞은 거지."

곽수환이 수저를 들고 방공호의 천장을 가리켰다. 인부들을 죽였다고? 석화는 경멸 어린 시선을 숨기지 않고 세컨드 마스터를 쳐다봤다. 세컨드 마스터는 주름진 얼굴을 덤덤하게 들고 있을 뿐이었다.

"최호언을 저지하려고 나를 찾았다면 그만한 예의를 갖추는 게 좋을 게야."

"마스터의 도움이 필요하기는 하죠. 최호언이 퍼스트를 죽였고, 세컨드조차도 죽이려 했기에 어쩔 수 없이 몸을 숨겼다는 변명도 필요하고. 무엇보다 에덴동산의 이거가 최호언이라는 걸 만천하에 밝혀야 하니까."

그는 제 관자놀이를 툭툭 가리켰다.

"내가 올 걸 예견했다면 이것도 짐작했겠지. 당신은 명분이고, 난 힘이라는 거."

"애초에 네놈이 내 신변을 보호한다고 했을 때부터 짐작했지. 나를 제 좋을 대로 이용할 것이라고."

"똑같이 해줬는데 왜."

당신도 나와 석 박사를 좋을 대로 이용한 적이 있지 않나? 석 박사를 마스터 자리에 앉혀 제 마음대로 좌지우지하려고 했던 게 세컨드 마스터였다.

"불손하기 그지없어. 손을 잡자는 자의 태도로 보기가 어려울 정도야. 협상가로서 자질이 최악이라는 말일세."

"협상하러 온 거 아닌데. 협박에 가깝지."

곽수환이 거짓 웃음기를 싹 지우고 매섭게 노려봤다. 세컨드 마스터는 만만한 노인네가 아니라는 것을 보여주듯 일말의 변화도 없었다.

"그럼 죽이게나."

"뭐가 그렇게 당당하십니까?"

세컨드 마스터는 방금 그 불손한 말이 곽수환에게서 나온 게 아닐까 의심했다. 하지만 분명히 석화의 목소리였다. 석화는 식사를 마치고 물을 마시는 중이었다. 이 정도로 깨끗하고 시원한 물은 아주 오랜만이었지만, 맛을 즐기기는커녕 외려 모멸감이 치솟았다.

"목숨 부지하려고 숨어 계시잖습니까. 사태가 터졌던 그날에는 뭘 하셨어요? 정작 재난이 났을 때는 아무것도 못 하셨죠."

레인보우 시티의 젊은 군인들은 방패막이가 돼서 싸웠고, 부조리한 명령을 따랐다. 세컨드 마스터는 이 안에 숨어서 지냈지만 수없이 많은 사람은 이미 그날에 죽었다.

"저는 불과 어제까지만 해도 이야기 나누고 함께했던 사람들의 생사가 어떤지도 모릅니다. 소령님은 저보다 더 오래 그분들과 함께 지냈고요. 비겁한 마스터들보다 더 나은 군인들이 왜 먼저 다쳐야 하죠? 그런 우리가 왜 예의 같은 걸 차려야 합니까?"

세컨드 마스터는 멱살을 잡혔을 때와 다르게 동요하고 있었다. 지금 석화는 레인보우 시티의 근간을 뒤흔드는 사상을 내뱉고 있었다.

"석화 박사, 그간의 고생을 이해 못 하는 바는 아닐세. 그래도 나는 분명 그때 내 후계자가 되어달라고 부탁을 했었네. 전부 레인보우 시티를 위해서였고, 그걸 거절하고 떠난 건 너희들이야."

세컨드 마스터는 잘못은 전부 너희들에게 있다면서 애석해했다.

"거동이 불편한 행세까지 하면서 마스터 자리를 지켰죠. 레인보우 시티를 위해서라고요? 아니요, 자신의 안위를 위해서겠죠. 퍼스트와 전면으로 붙을 자신은 없었던 것 아닙니까?"

고저 없이 진실을 내뱉으니 세컨드 마스터의 얼굴이 붉게 타올랐다. 감히 내 유전자를 제공받아 태어난 주제에 자신을 이겨

먹으려고 하다니. 자식의 도발이라 생각한 세컨드 마스터는 자존심이 꺾여 체면을 차리지 못했다. 부들거리며 분노하는 그를 대신해 집사가 거들었다.

"석화 박사님, 절대 그렇지 않습니다. 세컨드 마스터께서는 독재를 꿈꾸던 퍼스트를 지속해서 막아오신 분입니다."

"자, 대변인 노릇은 그만하시고."

지켜보던 곽수환이 탁 소리 나게 수저를 내려두었다.

"지지율 높은 최호언을 잡으려면 에덴동산 서펀트가 놈이라는 확실한 증거가 필요하죠. 아담 감염 사태는 서펀트가 꾸민 짓이라는 것도 밝혀야 할 테고."

곽수환이 용건을 정리하자 차라리 잘됐다는 듯 세컨드 마스터가 식탁을 붙들고 일어났다. 두 다리는 자유롭지만, 근육은 한없이 퇴화한 터였다. 지팡이를 이용하지 않는 건 세컨드 마스터의 아집이었다.

"부딪쳐보니 알겠던가? 네놈들이 말하는 허울뿐인 마스터의 힘을 말이야."

유감없이 뒤끝을 발휘한 세컨드 마스터가 거실 모서리로 걸어가더니 카펫을 벗겨냈다. 나무 바닥에 붙어 있는 손잡이를 잡아 올리자 작은 공간이 나왔고, 그곳에서 서류가방을 끄집어 올렸다. 평소에도 종종 꺼내 보던 가방인지 먼지 한 톨 묻어 있지 않았다.

세컨드 마스터는 빈 그릇을 옆으로 죽 밀어두고 서류가방을 올렸다.

"그래, 최호언을 잡아둘 올가미는 이 안에 있다네. 대신 놈을 끌어내리고 나면 다시 두 마스터 체제로 가겠다고 약속부터 해 주게나."

"나는 지금 당신을 죽이고 가져갈 수도 있는데?"

"명분이 필요하다고 한 놈은 곽 소령 자네지. 말의 파급력을 가진 건 세컨드 마스터인 나고."

"그래서 당신을 또 마스터로 추대해달라?"

"그럼 퍼스트는 자네가 맡을 텐가? 원한다면 그리해주겠네."

곽수환이 이를 드러내고 웃었다. 마음만 먹으면 퍼스트 마스터로 추대할 수도 있다고 자신하는 꼴이 우스웠다.

"앞서서 행해왔던 마스터 투표가 정말 공정하긴 했습니까?"

곽수환의 비꼼에 세컨드 마스터가 입술을 다물었다.

"석 박사, 그거 알아? 내가 처음 육사에 들어갔을 때 가장 황당했던 게 뭐였냐면, 마스터 투표용지였거든. 학도들에게 투표용지를 나눠줬는데, 이미 투표가 되어 있는 종이였어. 군인들은 투표 때마다 전부 지정된 마스터를 뽑아야 했지. 그러지 않으면 반군으로 몰려 쥐도 새도 모르게 죽었거든."

그 말에 석화는 고개를 제대로 들 수가 없었다. 저 자신도 투표용지를 받은 적이 있었지만, 위에서 뽑으라는 사람을 뽑았다. 그때는 퍼스트 마스터와 세컨드 마스터가 레인보우 시티의 수장으로 있어야 사람들의 안전이 보장받는 줄 알았다. 학습센터의 선생도 말했다. 변화와 의심은 곧 지옥이라고. 아담에게서 이 정도로 안전할 수 있는 건 모두 수녀부들과 군인들이 힘을 써준 덕분이니 체제를 유지해야 한다고 했다.

레인보우 시티를 이렇게 방치한 데에 자신도 일조한 셈이었다.

"학습센터도…… 문제가 있었어요."

"그건 동감이네. 최호언에게 충성하게 되는 교육 방식은……."

"아니요. 기존에도요."

세컨드 마스터가 깊은 한숨을 내쉬었다. 레인보우 시티 밖을 나갔다가 오더니 이상한 사상에 잔뜩 물들어 온 모양이었다.

"그럼 무슨 방식으로 바뀌어야 하겠나."

"아담이 없던 세상처럼요. 강제적인 세뇌교육이 아니라 자유롭고 개인의 선택이 보장되는 형태로요. 그래야 저 같은 사람이 생기지 않습니다."

"그야말로 유토피아군. 너무 꿈만 꾸는 것 아닌가? 석화 박사, 자네가 무사히 살아왔던 것도 다 이 시티의 체제가 안정적이었기 때문일세."

세컨드 마스터가 석화를 신랄하게 비꽜다.

"이용 가치가 있어 무사했던 것이겠죠."

석화의 말대답에 세컨드 마스터는 마치 시민들 앞에서 연설하듯이 목에 핏대를 세웠다. 식탁을 후려치는 것도 잊지 않았다.

"우리에게는 아담이라는 최악의 적이 있네! 통제와 관리가 없었다면 우리 시티가 유지되었을 것 같아!?"

"그럼 왜 아담을 이용한 겁니까!"

석화가 조금 언성을 높였다. 놀란 건 세컨드 마스터와 집사였지만 그 못지않게 곽수환도 눈을 크게 떴다. 석화가 이 정도로 타인의 앞에서 감정을 드러낸 적은 없었다. 체력이 없는 만큼 스스로 억눌러왔고, 참아왔다.

"애초에 아담을 전멸시킬 생각도 없었고, 그 위험한 시한폭탄을 이용해 사람들을 억압하고 협박했어요. 아세요? 이미 아담에게서 자유로운 나라들이 있다는 걸요. 아니, 알 리가 없죠. 스스로 우물 안에 갇혀 있는데 저 밖이 보이시겠습니까?"

석화의 얼굴에 희미하게 홍조가 서렸다. 열이 오르는 듯했다. 지켜보던 곽수환이 석화에게 다가갔다. 저딴 노인네 때문에 제 사람이 쓰러지는 것은 원치 않았다.

"우물 속에 갇혀 있는 게 무엇이 나빠. 덕분에 안전하게 생명을 보장받았잖은가! 겪어봤으니 알지 않는가! 저 밖의 놈들은 굶어 죽어 나자빠지기 십상이야! 그래, 네 말도 맞지. 이용가치가 있으니 좋은 옷, 좋은 음식을 네놈에게 제공한 게야! 네 어미역시 이용가치가 있었다면 그렇게 죽게 놔두지는 않았어!"

"……뭐라고요?"

주먹을 쥐고 있는 석화의 손이 하얗게 바랬다.

세컨드 마스터는 석화의 불순한 사상에 흥분해 말실수를 했다는 걸 뒤늦게 깨달았지만, 이미 엎어진 물이었다.

"퍼스트가 손을 쓸 거라는 예상은 했었네. 그런데 그게 어찌

내 잘못이겠나."

죄책감 하나 없이 마치 남의 일을 말하듯 읊고 있었다. 석화는 소리 없이 자리를 박차고 일어나더니 품에서 꺼낸 권총으로 세컨드 마스터를 겨눴다.

알고 있었으면서 방치했다고?

석화에게 집중하고 있던 곽수환이었지만 예상외의 행동에 먼저 막지 못했다. 정확히는 막지 않았다는 것이 맞았다.

"지금, 석화 박사 자네가 무슨 행동을 하는지는 아나?"

세컨드 마스터는 총구를 눈앞에 두고도 서슬 퍼런 기세였다. 석화는 손바닥이 아릿할 정도로 총을 세게 쥐었다. 권총 손잡이는 석화의 열로 점차 달아오르고 있었다. 전신이 화마에 휩싸이는 것 같았다. 세상에 태어나 이 정도로 분노했던 적이 있던가.

남들이 뭐라고 해도 귀담아듣지 않았고 누군가가 해코지를 해도 울분은 흘러가게 놔두었다. 그때는 정말 아무렇지도 않았다. 감정에 휘둘리면 몸도 아팠기에 스스로 참아냈으며, 어머니가 무력한 자신을 품어주었기에 견딜 수 있던 날들이었다. 그런 그녀가 위험에 처한 것을 알면서도 세컨드 마스터는 묵인했다고 한다.

"저를…… 제주도로 보내야 했기 때문에 어머니를 희생시킨 겁니까?"

"치료제 제작에 지나친 열의를 띠고 있으니 퍼스트가 그리 행동한 것이겠지. 오양석 박사와도 더 깊이 연관되어서는 안 된다고 생각했겠고."

다물린 석화의 입술이 경련했다.

"겨우 그 이유 때문에요?"

"자네가 시키는 일만 묵묵히 했다면 진연이도 살았을 게야. 나라고 슬프지 않았겠나. 나 역시 진연이를 누구보다 아끼고 사랑했었네."

아끼고 사랑했는데 죽게 놔둘 수가 있다고? 학습센터 선생의 말처럼 제가 감정이 남들과 달라 이해를 하지 못하는 건가?

"……소령님."

석화가 고개를 돌려 곽수환을 쳐다봤다. 뭔가에 홀린 사람처럼 눈의 초점이 흐렸다. 그러나 총구는 여전히 세컨드 마스터를 향해 있었다.

"소령님은 목적을 위해서 저를 죽게 놔둘 수 있어요?"

"아니, 나라면 목적을 죽여."

곽수환은 석화의 손에서 총을 빼앗아야 할지, 아니면 세컨드 마스터를 죽인다고 하더라도 놔둬야 할지 결정할 수가 없었다. 지금 자신이 석화를 가로막는 건 월권이었다.

제가 있기 전에 석화를 지킨 건 그의 어머니였고, 가족의 죽음이 얼마나 사람을 미치게 하는지도 누구보다 잘 안다. 그렇기에 저딴 말을 지껄인 세컨드 마스터를 용서할 수 없었다. 한 나라의 수장이었던 작자가 열등감에 사로잡혀 세 치 혀를 휘둘렀다.

"석화 박사, 이거 하나는 확실히 해야 하네. 진연이가 죽은 건 석화 박사에게도 일말의 책임이 있는 셈이야."

석화의 손이 떨리는 걸 보자마자 쾅! 곽수환이 식탁을 주먹으로 내리쳤다. 단단한 나무판이 움푹 파이고 곽수환의 손등도 붉게 달아올랐다.

"난 당신이 어떤 부류인지 아주 잘 알아. 당신 같은 사람은 죄책감이 없거든. 오히려 다른 사람이 죄책감을 가지게 만들지. 이제 보니 그 알량한 주둥이를 놀려서 마스터 자리를 지켜온 거였어."

"육체의 힘만 힘인 줄 아나? 네놈이 말하는 알량한 입이 더 큰 힘을 가질 때도 있는 법이야."

이성적인 달변가 행세를 하고 있지만, 퍼스트 마스터 가문에 밀려 기세를 펼치지 못하는 열등감을 그럴싸하게 포장하는 행위에 불과했다. 세컨드 마스터는 그저 패배자일 뿐이었다.

"석 박사, 권총 이리 줘."

곽수환은 석화의 손에서 권총을 떼어냈다. 못 가져가게 힘을 줄 거라고 생각했는데 너무도 손쉽게 넘겨주었다.

"그래서, 내 도움을 받지 않을 텐가?"

찬장과 바닥에 있는 식료품을 보니 잘 버텨봐야 열흘에서 보름이었다. 자신은 세컨드 마스터의 말대로 뛰어난 협상가는 아니지만, 진창보다 더한 바닥에서 살아남은 레인보우 시티의 낙오자이자 군인이었다.

탕! 짧고도 간결한 총성이 터졌고, 이어 노인의 지저분한 괴성이 들렸다. 석화는 바닥에 나자빠져 몸을 웅크리고 있는 세컨드 마스터를 쳐다봤다. 카펫을 붉게 물들이는 피를 보고 나서야 무슨 일이 일어난 건지 알아차릴 수가 있었다.

총알이 관통한 세컨드 마스터의 다리에서 피가 쏟아져 나왔다. 대체 무슨 짓을 한 거냐며 고래고래 소리를 지르는 집사와 곽수환에게 저주를 퍼붓는 세컨드 마스터의 목소리가 귀를 먹먹하게 했다.

"불구 행세를 했으면 끝까지 해."

곽수환이 옆에서 싸늘하게 뇌까리니 그의 목소리에 정신이 퍼뜩 돌아왔다.

세컨드 마스터는 어머니의 죽음에 제 탓이 있다고 했다. 어머니를 죽게 만든 건 퍼스트 마스터였는데, 알고도 침묵한 건 세컨드 마스터였고…… 만일 자신이 치료제에 관심을 쏟지 않았다면 어머니는 살아 있었을까?

곽수환은 휘청거리는 석화를 단단히 붙들었다. 석화는 그에게 몸을 기댄 채 고통에 신음하는 세컨드 마스터를 내려다봤다.

후회해봤자 어머니는 돌아가셨고 모든 잘못은 레인보우 시티의 수뇌부들에게 있었다. 결코 저의 탓은 아니었다. 세컨드 마스터의 말에 현혹되어 지금 곁에 있는 사람에게 짐이 되는 행동은 하지 않는다. 그러니 당신이 죽든 말든 내 알 바 아니지만, 그에게 아직은 필요한 존재라면 얼마든지 살려낼 수도 있었다.

석화는 저 스스로 서서 세컨드 마스터에게 다가갔다.

집사는 바지를 찢어 상처를 드러냈어도 지혈법을 몰라 허둥지둥하고 있었다. 석화는 구멍 뚫린 허벅다리에서 울컥울컥 쏟아지는 피를 두 손으로 막았다. 세컨드 마스터가 저리 치우라며 소리를 질렀다. 석화는 아무 표정 없이 총상을 압박했다.

"급한 대로 지혈부터 하고…… 상처를 압박하죠."

총알이 관통했으니 탄환을 빼낼 필요는 없었다. 뼈를 건드린 것은 아니기에 곽수환이 정말 불구로 만들고자 총을 발사한 게 아니라는 것도 깨달았다. 그는 자신을 대신해 고통을 안겨주었을 뿐이었다.

석화는 상처를 압박하면서 이를 악물었다. 그깟 말에 휘둘려 그의 손을 더럽힐 뻔했다. 만일 세컨드 마스터가 죽었으면 좋겠다고 울부짖었다면 곽수환은 충분히 살인을 행하고도 남을 사람이었다. 석화는 이 시간 이후로 절대 어떤 간언에도 휘둘리지 않으리라 다짐했다. 그게 제가 곽수환을 지키는 길이기도 했다.

곽수환도 바닥에 무릎을 대더니 석화를 대신해 상처 부위를 압박했다. 석화는 피에 젖은 손을 털고 응급키트에 있는 과립지혈제를 뿌렸다. 젤리처럼 혈액이 응고돼 출혈을 막는 역할을 했지만, 생각보다 상처가 깊어 지혈은 완벽하지 못했다.

석화는 라텍스 장갑을 손에 끼운 뒤 구멍 난 상처 안에 거즈를 쑤셔 넣기 시작했다. 신음을 억지로 참고 있던 세컨드 마스터가 눈을 까뒤집으며 경련했다.

"엄살은."

곽수환이 발버둥치는 세컨드 마스터의 몸을 위에서 아래로 짓눌렀다. 위급 상황에 부닥친 군인들은 앞서 다 겪어봤던 고통이었다. 그 또한 거즈를 직접 상처에 쑤셔 넣은 일이 몇 차례나 있었다. 세컨드 마스터는 이런 육체적 고통을 한번도 겪어본 적 없으니 더 끔찍하겠지. 그러나 제아무리 고통에 자주 노출되었던 군인들도 통증에 내성이 생기는 일은 없었다. 누구나 아픈 강도는 언제나 똑같았다.

상처 안을 거즈로 채운 석화는 진통제를 꺼내 집사에게 건넸다.

"수면 효과도 같이 들어 있는 약이에요. 일곱 시간마다 한 번씩 복용하면 되고, 거즈는 내일 한 번 더 갈아주셔야 해요."

집사는 자신이 직접 거즈를 쑤셔 넣어야 하냐는 듯 경악했다.

"쑤셔 넣을 때보다 빼낼 때가 더 아프거든. 거즈가 아물기 시작한 살을 쓸면서 나오니까."

일부러 겁먹으라고 한 말이지만, 사실이기도 했다. 석화가 세컨드 마스터의 허벅지를 붕대로 감는 동안 곽수환은 서류가방을 끌어왔다.

"비밀번호."

세컨드 마스터는 정신을 못 차리고 있었기에 집사를 향해 물었다.

"……비밀번호는 저도 모릅니다. 마스터께서만 알고 계십니다."

식은땀을 털어내는 집사는 곽수환의 눈치를 살폈다.

제어되지 않는 S급 군인이 얼마나 어려운 상대인지 떠올리며, 세컨드 마스터가 다시 마스터가 된다면 군인들을 좀 더 효과적으로 억압하고 다룰 수 있는 법안을 만들리라 마음먹었다.

"비밀번호. 말하기 싫으면 다른 한쪽도 날려 보내줄까?"

곽수환이 협박하자 석화는 의자를 끌어 와 기절한 세컨드 마스터의 다리를 올려두었다. 단순히 지혈을 위한 행동일 뿐이었는데, 집사는 저 두 놈이 작정하고 쳐들어온 거구나 하고 이를 갈았다.

석화는 심장보다 더 높게 다리를 고정하고 그제야 한숨을 몰아쉬었다. 피를 많이 쏟아 하얗게 질린 세컨드 마스터의 얼굴을 봤는데도 다행히 안타깝다는 감정은 생기지 않았다.

"3초."

"정말 모릅니다! 정말로요."

"그래?"

곽수환은 서류가방의 손잡이를 잡고 위로 획 들었다. 집사가 짧은 비명을 지르며 두 손으로 제 얼굴을 막았다. 그 꼴을 한심하게 쳐다만 보고는 가방 모서리를 바닥을 향해 내리쳤다. 한두 번에 그치지 않고 연거푸 내리치니 맞물린 부분이 비틀어지며 속이 보이기 시작했다.

그럼에도 제법 견고하게 제작되었는지 카펫이 헤지고 시멘트 가루가 튈 때가 되어서야 손을 넣을 틈이 생겼다. 곽수환은 가방을 양쪽으로 벌려 쥐고 억지로 잡아 뜯었다.

가방 안에는 USB 한 개와, 기지국이 무너진 뒤로 사용할 수 없어진 휴대폰 몇 대가 고정되어 있었다. 터치 형식의 휴대폰은 곽수환도 쉽게 보지 못한 종류였다. 기지국이 기능을 상실한 뒤 휴대폰을 제작하는 공장 또한 사라진 지 오래였기 때문이다. 아마 충분히 정상화할 수도 있었을 테지만, 레인보우 시티의 높은 놈들이 시민을 통제하기 위해 통신 제품을 활성화하지 않았을 가능성이 더 높았다.

그중 한 휴대폰을 꺼내 손으로 액정을 쓱 밀자 핏자국이 번져 나갔다. 전원을 켜니 산뜻한 알림 소리와 함께 화면이 로딩되기 시작했다. 그때 어디선가 쇠가 마찰하는 소리가 들려왔다. 끼익, 고막을 찌르는 소음의 근원지가 이 휴대폰은 아니었다. 마찬가지로 소리를 접한 석화도 급히 곽수환의 뒤로 다가갔다.

곽수환이 권총을 장전해 방공호의 입구로 겨누는 순간이었다.

쿵! 누군가가 위에서부터 뛰어내렸다. 몸의 중심을 낮춰 안전히 착지한 남자는 허리를 일으키며 손까지 탁탁 털었다.

"이런. 단란한 가족 식사를 제가 방해했나요?"

검은 슈트를 입고 있는 최호언이었다. 곽수환은 시선을 올려 뒤따라 들어오는 군인이 없는지 확인했다. 최호언이 두 손을 펼쳐 들어올리더니 인상 좋게 웃었다.

"걱정 마요, 여기는 나뿐입니다. 내 동생 겁먹을까 봐, 혼자 왔어요."

개소리를 지껄이는 최호언의 이마에 총구멍을 내주고 싶었지만, 한번에 사살하지 못하면 놈이 석화를 저격할 수가 있었다. 게다가 놈과 붙어봐서 잘 알고 있다. 생각 없이 몸을 움직이면 빈틈을 내어주는 꼴이 되고 마니, 그 어느 때보다 긴장을 극도로 끌어올려야 했다.

"설마 믿는 건 아니죠? 저 위에 대기 중인 S급 장성들이 한 스무 명 되려나."

"어떻게……."

집사가 어떻게 이 방공호를 찾았느냐며 걸음을 뒤로 물렸다. 어딘가에 패닉룸이라도 있는지 도망갈 퇴로를 찾는 모양새였다.

"마더."

최호언이 무심하게 마더를 불렀다.

[음성인식 완료. 마스터의 방문을 환영합니다.]

방공호에 마더의 기계음이 퍼져나갔다.

"세컨드 마스터께서 마더에 대한 미련을 못 버리셨는지 접속을 시도하셨던데요. 뭐, 그날 한 번이었지만 덕분에 우리가 이렇게 함께 모여 가족회의를 할 수 있게 됐어요. 그럼 마더, 카운트를 시작할까?"

[로딩 중. 카운트 들어갑니다.]

최호언이 입을 터는 동안 곽수환은 석화의 팔을 붙들었다. 놈이 무슨 생각으로 혼자 내려왔는지는 몰라도 카운트를 운운한 것을 보니 다른 꿍꿍이가 있어 보였다. 위에 군인들이 버티고 있다고 한들 내려오는 입구도 좁으니 한 놈씩 처리하는 데 어려움은 없을 테지만.

"석화 박사님, 곽수환 소령님. 직접 두 눈으로 보니까 너무 반갑군요. 아무리 그래도 무전에 답은 해줘야죠. 대답이 없으니 무슨 일이라도 난 줄 알고 제가 이렇게 부리나케 달려왔잖아요."

최호언이 웃으며 한 발 앞으로 내딛은 때였다.

[카운트 제로, 시작합니다.]

쾅! 뒤쪽에서 폭탄이 터지는 굉음과 함께 지축이 뒤흔들렸다. 태피스트리에 가려진 벽에 달려 있던 문짝이 날아가 버렸고, 유황불에서 올라온 듯 퀴퀴하고 지독한 악취가 삽시간에 흘러들어왔다. 집사는 터져나간 문을 등진 채 눈을 커다랗게 뜨고 있었다.

타탁, 타탁, 탁, 이건 어둠을 뚫고 빛을 향해 내달리는 군홧발이었다. 크륵, 크그억, 기괴한 괴성 또한 메아리치듯 구멍에서 뻗어 나왔다. 마치 포효하는 호랑이를 눈앞에 둔 것처럼 공포심에 두 다리가 묶여버렸다. 피해요! 석화가 소리쳤고 집사가 고개를 돌린 그 순간이었다.

"으아악!"

어둠 속에서 나온 놈이 집사에게 달려들어 목을 물어뜯었다. 뜯긴 살점과 함께 붉은 피가 공중에 솟구쳤다.

"석 박사, 지금!"

곽수환이 발로 식탁을 쳐올려서 모서리에 밀어 세우고 그 안에 석화를 숨겼다. 동시에 거센 총성이 터졌고, 최호언이 삽시간에 거리를 좁혀왔다. 빌어먹을 놈이 안에 방탄조끼를 입고 왔는지 가슴팍에 제대로 맞았음에도 막힘없이 달려들었다.

총구를 붙잡은 최호언과 힘을 겨루는 바람에 총구가 위로 올라갔고, 발사된 총알이 천장에 박혔다. 젠장! 곽수환은 석화가 숨어 있는 식탁으로 총을 던져주고는 최호언의 턱에 잽을 날렸다.

한 방에 꽂혔으면 나자빠졌을 테지만, 중심을 낮춰 주먹을 빗겨낸 최호언이 반대로 명치를 향해 주먹을 쳐올렸다. 손을 펼쳐 충격을 막아내면서 최호언의 주먹을 송두리째 움켜쥐었다. 그대로 손목을 비트는데 잭나이프의 날카로운 끝이 가슴을 스쳤다. 제복 셔츠까지 찢겨나갔어도 뒤로 몸을 빠르게 빼낸 덕에 살갗은 멀쩡했다.

최호언의 시선이 비스듬히 서 있는 식탁 모서리로 향했다. 곽수환은 그 순간을 놓치지 않고 한 발을 내딛으며 쇄골을 팔꿈치로 내리찍었다. 큭, 놈이 휘청거리는 것을 보고 반대편 주먹을 일직선으로 뻗었다. 이번에야말로 제대로 타격한 느낌이 손뼈에 와 닿았다. 그러나 안심할 여유도 없이 아담이 뒤에서 달려드는 바람에, 머리통을 쥐어 바닥에 내리찍어 으깼다.

핏물을 뱉어낸 최호언이 곧장 옆구리에서 총을 꺼내 곽수환을 저격했다. 그는 늘어진 아담을 방패 삼아 제 앞을 막았다. 탕, 탕탕! 세 번 연사한 총알이 아담의 몸에 푹푹 박히며 곽수환은 그사이 거리를 최대한 좁혔다.

다행인지 불행인지 아담은 기절한 세컨드 마스터보다 살아 날뛰는 두 남자에게 달려들기 바빴다. 최호언 하나만 상대하기도 벅찬데 아담에게 등을 보이고 있으니 곽수환은 더 죽을 맛이었다. 그렇다고 최호언과 방향을 바꾸면 석화가 있는 모서리가 사각지대가 되어버린다.

크아아! 뒤에서 아담의 숨결이 확 쏟아지자 곽수환은 중심을 낮춰 멱살을 잡았다. 주둥이를 괴이쩍게 벌린 아담을 최호언에게 내던졌다. 방향을 틀어 피한 최호언이 나자빠진 아담의 머리통을 콰직, 발로 밟아 뭉개버렸다.

"빌어먹을 새끼. 아담 푸는 건 여전해."

"난 내 몸 하나 지키면 그만이지만, 그쪽은 석화 박사님도 지켜야 하잖아요? 유리한 건 써먹어야죠."

곽수환은 석화를 재차 확인했다. 머리카락 한 올도 보이지 않게 잘 숨어 있었지만 안심이 될 리는 없었다. 최호언을 공격하기에 앞서 달려드는 아담들을 잡아 놈에게 보내고, 또 남은 놈들은 직접 숨통을 끊어냈다. 사람은 머리를 써서 공격하지만, 아담은 본능에 충실하기에 변수는 오히려 아담 쪽에 있었다. 최호언도 그 점을 알기에 섣불리 곽수환에게 집중하지는 못했다.

곽수환은 흘끗 뒤를 돌아 남은 아담의 숫자를 확인했다. 끊임없이 쏟아져 들어오지 않을까 예상했건만, 나자빠져 죽은 놈들 외에 뒤늦게 한두 놈만 기어 나왔다. 이 방공호에 퇴로는 저 철제 사다리 위의 동그란 통로뿐이었다. 21바이올렛부대에 쳐들어와 아담으로 물량공세를 쏟아부었던 때와는 사뭇 다른 양상을 띠었다.

저 새끼 저거, 아담한테 물리면 안 되나 본데.

물론 곽수환 자신도 백신 효과가 없기 때문에 감염되어서는 안 되지만, 저만 약점이 있는 게 아니라는 뜻이었다. 곽수환은 거버 나이프를 펼쳐 덩치가 커다란 아담의 눈알을 꿰뚫었다. 한 바퀴 빙 돌려서 안까지 후벼준 다음 아담과 대적하고 있는 최호언에게 내질렀다. 칼날이 뺨을 스칠 듯 아슬아슬하게 허공을 베었다. 간신히 피한 최호언이 눈썹을 찡그린 채 짧게 웃었다.

"곽 소령님, 안 본 사이에 많이 추잡해지셨네요."

"추잡한 새끼 상대로 정직해봤자 나만 손해라서."

"이야기를 하러 왔다면 믿어주시겠어요? 석화 박사님, 제 말 들리죠?"

석화는 식탁 뒤에서 몸을 한껏 웅크린 채 귀만 열고 있었다. 곽수환이 보낸 총을 두 손으로 꽉 쥐는 일만큼은 잊지 않았다.

아담의 뼈가 으깨지는 소리도, 두 사람이 벌이는 육탄전도 오로지 청각에 의존해 분간해야 했다. 만일 아담이 저를 발견하고 공격해온다면 곽수환에게 빈틈이 생겨 최악의 상황에 빠질 수도 있었다.

픽! 식탁에 충격이 와 놀라서 옆을 쳐다봤다. 이쪽으로 내던져진 아담이 숨어 있는 석화를 발견했다. 아래턱이 뜯겨나가 피를 질질 흘리면서도 이리로 기어오고 있었다. 뒤로 몸을 옮기려

했지만 벽에 가로막혀 더는 이동할 수 없었다. 느리게 기는 아담이 손을 뻗으니 석화의 몸에 닿을 듯 말 듯했다.

총을 쏠까? 만일 총소리에 아담이 더 몰리면 어떻게 하지? 차라리 손잡이로 머리를 으깨면…….

제가 곽수환도 아닌데 사람의 머리뼈를 쉽게 부술 수는 없었다. 석화는 벽에 바짝 붙어서 아담이 더 이상 기어 오지 않기를 바랐다. 송골송골 이마에 맺힌 땀이 흘러내려 눈으로 들어왔다. 따끔거리는 눈을 손으로 비비지도 못하고 질끈 감았다가 뜨기만 했다.

그아아……. 아래턱이 없는지라 음성은 더없이 괴상했다. 세컨드 마스터는 아담에게 물렸을까? 좀 더 기어 온 아담을 향해 총을 발사하고자 마음을 먹은 때였다.

콰직! 그곳만 거대한 중력이 작용한 듯 아담의 머리가 바닥에 압사됐다. 깨진 이가 주변으로 흩어졌고, 위로 뻗은 팔은 몇 번 파들파들 떨리더니 이내 바닥에 툭 떨어졌다. 석화는 군화를 보고 곽수환임을 확신했다. 다급히 얼굴을 내밀었더니, 직선으로 매끈하게 뻗어오는 최호언의 주먹이 보였다. 두 팔을 들어 가드를 올린 곽수환이 뒤로 밀려나면서 석화와 눈을 마주쳤다.

괜찮지? 마치 그렇게 묻는 듯했다. 그는 석화가 안전한지 확인하자마자 다시 최호언을 향했고, 이곳에서 최대한 멀어지도록 힘으로 밀어붙였다. 입가가 전부 터진 그는 코에서도 피를 쏟고 있었다. 순식간에 스쳐 지나갔던 곽수환의 얼굴이 계속 잔상으로 남았다.

석화는 몸을 엎드려 다시 식탁 밖으로 얼굴을 내밀었다. 바닥은 핏물 투성이에 아담의 시체가 여기저기에 나뒹굴었다. 그사이에 정신을 차린 세컨드 마스터는 피를 뒤집어쓴 채 구석에 숨죽여 있었다.

곽수환과 최호언이 시체 더미 속에서 서로에게 주먹을 꽂아넣었다. 타격 소리가 거세 석화는 제 숨이 다 막혔다. 그가 핏물에 잠깐 미끄러진 순간, 최호언이 팔로 목을 감싸 뒤에서 잡아당겼다. 빠져나가지 못하도록 두 팔까지 교차했기에 곽수환은 일부러 뒤로 몸을 넘어뜨렸다. 팔꿈치로 최호언의 옆구리를 내리쳐도 잡아당기는 힘은 여전히 엄청났다. 석화는 서둘러 총을 쥔 채로 그들에게 달려갔다.

"석화 박사!"

세컨드 마스터가 나직하게 불렀지만, 석화는 그쪽을 쳐다보지도 않았다.

"당장 그 팔 풀어요. 아니면 쏠 겁니다."

거리는 가깝지만 두 남자가 몸을 겹치고 있어서, 확실히 최호언을 저격할 자신은 없었다. 지금도 몸 대부분이 곽수환에게 가려져 있었고, 총을 발사할 때 최호언이 몸을 움직일 수도 있었다.

곽수환이 최호언의 팔을 움켜쥐었다. 이를 악문 곽수환의 얼굴에서 핏기가 가시고 있었다. 최호언은 마치 쏴볼 테면 쏴보라는 듯이 그를 옭아맨 팔을 풀지 않았다. 석화는 문득 두려워졌다. 최호언이 강한 것은 알고 있었으나 곽수환과 필적할 만한 힘을 가진 줄은 예상하지 못했다. 그러나 여기서 더 지체할 수는 없다. 석화는 두 눈을 크게 뜨고 총을 더 단단히 움켜쥐었다.

탕!

최호언의 머리 위쪽으로 총을 발사했고, 그 틈에 곽수환이 재빨리 팔을 떼어냈다. 컥, 쿨럭, 컥! 그는 오랫동안 숨이 끊긴 터라 기침과 함께 삼키지 못한 침을 토해냈다. 최호언이 바닥에 떨어진 잭나이프를 쥐어 그의 등에 꽂으려는 때였다.

타앙! 다시 한번 석화의 손에서 총성이 터졌다. 잭나이프가 푹신한 카펫으로 투욱 떨어졌다.

"그냥 이야기 좀 하자는 건데……. 왜 이렇게 힘들어요."

슈트 소매가 피로 흠뻑 젖었다. 그 밑으로 피가 뚝뚝 떨어졌다. 팔뚝을 움켜쥔 최호언이 마치 원망하듯 석화를 바라봤다.

"곽 소령한테서 물러서요."

"쏴……!"

뒤에서 노인의 거친 음성이 터졌다.

"뭐 해! 지금……! 지금이야! 쏘라고!"

석화가 총구를 세컨드 마스터에게로 겨누자 노인이 눈을 부릅떴다. 석화는 망설임 없이 다시 한번 권총을 발사했다. 세컨드 마스터가 제 얼굴을 손으로 가렸다. 이럴 수는 없다. 최호언이 아닌 아비인 저를 쏘다니. 그런데도 통증은 허벅지뿐이라 세컨드 마스터는 아직 자신이 살아 있는지를 확인했다. 그 옆에는

587

아담으로 변해버려 세컨드 마스터를 공격하려던 집사가 널브러져 있었다.

"석 박사."

곽수환은 석화를 자신의 뒤로 보내고 욕설을 내뱉었다. 이미 대열을 맞춰 내려온 정예군이 소총을 들이대고 있었다. 만일 석화가 세컨드 마스터의 말대로 최호언을 저격했다면, 총알 세례가 퍼부어졌을 것이다. 이곳에서 현 마스터가 죽는다면 정예군들이 따를 이는 세컨드 마스터뿐일 테니, 놈은 그것을 알면서도 제 아들을 희생시키려던 거였다. 늙은이의 더러운 수작에 이가 갈렸다.

"차라리 나 혼자였다면. 그렇게 생각하죠?"

최호언이 곽수환을 향해 입을 열었다.

"빈틈이 많아요. 나 하나쯤 손쉽게 처리할 거라 생각했을 텐데, 석화 박사까지 지키려니 집중이 흐트러지잖아요?"

최호언은 식탁이 있던 자리로 걸어가 너덜거리는 서류가방을 들어올렸다. 바닥에 흩어진 휴대폰과 USB를 챙기고는 이게 뭘까, 하면서 너스레를 떨었다. 석화는 곽수환의 뒤에서 넝마가 된 그의 제복 코트를 움켜쥐었다. 이대로 연행되면 곽수환의 목숨은 보장받기 힘들었다. 그건 물론 자신도 마찬가지였다. 석화는 그에게 기대듯 움켜쥐었던 손을 풀고 옆에 섰다.

"……뭘 원하는 겁니까?"

"뭘 원하다니? 우리 가족이잖아요."

최호언이 너무도 당연한 걸 묻는다는 듯 오히려 석화를 나무라는 표정을 했다. 곽수환은 놈이 벙커를 돌아다니는 동안 들끓는 피를 계속해서 내리눌렀다. 이곳에 온 게 실수라면 실수겠지만, 생각 이상으로 세컨드 마스터는 미련하고 하찮은 존재였다. 마더에 접속해 위치를 드러내다니 한심하기 그지없었다.

안전한 울타리 안에 있을 때는 얼마든지 이성적으로 대처하며 살았겠지만, 사람은 궁지에 몰릴 때 진가가 드러나는 법이었다. 세컨드 마스터는 궁지에 몰린 쥐조차 되지 못했다.

물론 최호언이 레인보우 시티를 장악하고 있는 이상 언제가 되든 만남은 피할 수 없었을 것이다. 그때가 지금은 아니기를 바랐을 뿐이지. 자신은 석화가 너무 소중했기에 석화의 의견에 반하는 행동을 하고 싶지 않았다. 비겁했다. 소중해서가 아니라 석화가 조금이라도 자신을 미워할까 봐 몸을 사린 것이었다. 예전의 자신이었다면 목적을 가로막는 방해물은 모두 부수고 죽였을 거다. 그도 아니면 싫다는 석화를 데리고 억지로 러시아에 남았을지도 모르지.

"자, 그럼. 우리 집으로 돌아갈까요?"

최호언이 두 손을 모아서 가볍게 박수를 쳤다.

"아, 그 전에……."

그가 군인을 향해 손을 까딱이자 달려온 군인이 그에게 권총을 넘겼다. 최호언은 총구를 세컨드 마스터에게 겨눴다. 세컨드 마스터는 지나친 출혈로 다시 정신을 잃은 상태였다.

푸슉! 설마 싶었건만, 최호언이 세컨드 마스터의 이마를 총으로 꿰뚫었다.

이번에는 그 총구를 저희들 쪽으로 돌렸다.

"긴장하지 말아요. 우리 동생이 끔찍하게 아끼는 곽수환 소령에게 해를 가할 생각도 없고, 곽수환 소령은 오해하는 것 같은데 난 그쪽 싫어하지 않습니다. 특별하잖아요? 아버지께서 얼마나 정성을 쏟으셨는지 생각하면……."

휴, 마치 연극을 하듯 고개까지 절레절레 저었다. 곽수환은 그동안 계속해서 시뮬레이션만 그렸다. 석화와 함께 탈출하기 위한 방법을 여러 경우로 돌려봤지만, 군인의 숫자가 너무 많았다. 함부로 총을 갈길 가능성은 낮아도 만일 총상을 입는다면 회복하는 일이 더 문제였다. 그동안 숨어서 지내야 할 텐데, 재수가 없으면 상처에 감염이 일어나 괴사할 가능성도 있겠고…….

소령님, 일단은 상황부터 지켜봐요.

석화는 곽수환이 무리한 행동을 할까 봐 그의 손목을 쥐었다. 최호언이 무슨 꿍꿍이일지는 모르겠지만, 앞서서 그래왔듯이 저희를 다짜고짜 죽이거나 처형할 것 같지는 않았다.

최호언이 턱짓하자 군인들이 다가와 곽수환의 팔을 움켜쥐었다. 그 팔을 반대로 꺾어 짓누르니 두세 명이 달려들어 곽수환을 바닥에 억지로 엎어뜨렸다. 그는 실험실 동물처럼 사지가 짓눌린 채 뒤로 수갑이 채워졌다. 저만 아니었다면 충분히 도망가고도 남았을 거다. 그는 이런 취급을 받을 만한 이유가 없었다.

"박사님."

반항하지 말라는 듯한 군인의 말투에 석화는 두 손을 앞으로 내밀었다. 수갑이 감겨 손의 자유가 사라졌다.

"최호언 박사님, 저와 대화를 하고 싶다고 하셨죠?"

"그래요, 식사도 부실했던 것 같은데 우리 집으로 가서 이야기를 하자고요."

아직도 팔에서 피를 흘리고 있는 최호언은 고통도 느껴지지 않는지 아이처럼 들뜬 모습이었다.

"그럼 곽수환 소령님에게 해를 가하지 않는다고 약속해주세요."

"물론이죠. 우리 집 식탁에 빈자리는 많아요."

곽수환은 군인들을 하나씩 탐색했다. 소총을 뺏어서 역으로 공격한다면 탈출하지 못할 것도 없었다. 문제는 최호언이었다. 놈은 일전에도 석화가 다쳐도 목숨만 붙어 있다면 상관없다는 태도를 취했다. 그게 저와 놈의 다른 점이었다. 그러다 보니 제 힘을 십분 다 발휘하기도 힘들었다.

군인 셋이 먼저 철제 사다리를 올라가기 시작했다. 그들이 밖으로 나가 총을 조준한 뒤에야 곽수환을 올라가게 했다. 그의 앞뒤로 군인 두 명이 따라붙었고, 손이 뒤로 묶여 있어 균형 잡기가 버거운 탓에 몇 번 멱살도 잡혔다. 이번에는 석화의 차례였다. 수갑이 채워진 손으로 사다리를 잡고 올라가다가 뒤를 돌아봤다.

세컨드 마스터, 자신에게 유전자를 제공하기만 했을 뿐인 아버지가 시체가 되어 아담들과 섞여 있었다. 아담을 이용해 권력을 탐했지만, 그 말로는 아담과 함께였다.

"세컨드는 가족이 될 가치가 없는 자예요."

밑에 있던 최호언이 말했다. 석화는 아무 대답도 하지 않고 다시 올라가기 시작했다. 그사이 최호언이 위에서 내려보낸 기름을 벙커 여기저기에 뿌렸다. 마지막 순서로 사다리를 타고 오르다가 지포라이터의 불을 켜 밑으로 던졌다. 불길이 삽시간에 번져 세컨드 마스터의 몸도 곧 화마에 잠겼다. 지상에 도착한 최호언은 입구를 발로 밀어 닫았다. 지하를 태우는 불의 열기가 여기까지 느껴지는 듯했다. 무언가가 폭발하는 소리가 둔탁하게 들려오고 곧 잠잠해졌다.

곽수환은 첫 번째 지프에, 석화는 그 뒤의 지프에 따로 타야 했다. 곽수환은 지프로 걸어갈 때까지도 한껏 생각에 잠겨 있었다. 군인들의 총구는 그가 이동하는 방향과 함께 움직였다. 그는 지프에 앉기 전 석화를 돌아봤다. 수갑이 채워진 손목에서 얼굴로 천천히 시선이 올라왔다.

그가 무슨 생각을 하는지 모르겠지만, 석화만큼은 불안한 기색을 숨기듯 평소처럼 무표정하게 그를 응시했다. 그러나 솔직히 이제 어떻게 해야 할지 아무 방법도 생각나지 않았다. 거대한 권력 앞에 저희들은 무력했다. 목적은 아담을 없애자는 것으로 아주 단순했다. 그러나 과정은 복잡했다.

곽수환이 먼저 고개를 돌리더니 지프에 올라탔다. 까만 어둠이 도처에 내려앉아 있어 이제 그의 뒷모습조차도 보이지 않았다.

석화는 옆에 올라탄 최호언에게 입을 열었다.

"곽 소령님을 어떻게 하실 겁니까?"

불안했지만 냉정한 목소리로 물었다.

"내가 어떻게 할 것 같아 보여요? 난 곽수환 소령에게 항상 아무 짓도 안 했어요. 매번 나를 방해한 건 곽 소령이죠. 형제의 재회를 막고, 내게서 석화 박사를 빼앗아갔잖아요."

최호언이 미간을 구기더니 석화의 손을 자신에게로 끌어갔다. 놀랍게도 곽수환만큼이나 서늘한 손이었다.

"저 친구들이 좀 거칠죠."

최호언은 앞에 탄 군인에게 수갑 열쇠를 받아 석화의 손을 자유롭게 해주었다.

"출발해요."

그가 신호하자 그들이 탄 지프가 앞차를 지나쳐 먼저 달려가기 시작했다. 석화는 뒤를 돌았지만 여전히 그가 타 있는 지프 안은 보이지 않았다. 최호언이 석화의 나머지 손까지 잡더니 제 뺨에 가져다댔다. 석화가 불쾌함에 손을 빼내려고 하자 좀 더 단단히 움켜쥐었다.

고개를 옆으로 틀어서 저를 보더니 손바닥에 뺨을 부드럽게 비볐다.

"뭐 하는 겁니까?"

"우리의 어머니가 자주 이렇게 해줬죠."

석화는 당혹감에 입술을 벌렸다. 어머니는 정말로 두 뺨을 항상 소중하게 감싸주고는 했었다.

"어머니도 이렇게 따뜻했는데……."

최호언은 옛 생각에 잠긴 듯 눈을 감았다. 입꼬리가 미세하게 올라가 있어 좋은 추억을 떠올린다는 것은 쉽게 알 수 있었다. 석화는 최호언의 힘에 손을 빼지도 못하고 연방 뒤만 돌아봤다. 제 몸을 힘으로 좌지우지하는 걸 싫어한다는 것을 최호언이 알 리는 없었다. 그러나 알았다고 해도 과연 곽수환처럼 자신을 존중해줬을까 싶었다.

"너무 걱정할 것 없어요. 곽수환 소령은 아주 우수한 종마잖아요?"

최호언이 눈을 가늘게 접었다.

◆ ◆ ◆

석화가 타 있는 차가 이동하는 것을 본 곽수환은, 두 다리를 모아 조수석 뒤를 걷어찼다. 재차 수갑이 채워진 두 손목은 지프 손잡이에 걸쳐져 있었다.

"곽 소령님, 제발 얌전히 계십시오. 부탁드립니다."

조수석의 대위가 운전석 뒤편에 앉아 있는 곽수환에게 사정했다.

"너 나 알아?"

"예, 저는 아는데 아마 소령님은 저를 모르실 겁니다."

대위는 단 한 번 곽수환이 지휘하는 현장에 지원 나간 적이 있었다. 곽수환이 날뛸 때의 모습을 아는 터라 더욱 긴장을 풀지 못했다. 수갑을 채울 때도 한껏 경계했지만, 어째서인지 그가 몸을 사린다는 생각이 들 정도였다. 아마도 저기 앞에 먼저 출발한 석화 박사 때문일 것이라 짐작했다.

접점이 없는 박사와 군인이 대체 어떤 사상으로 뭉쳤는지 궁금증이 들었다. 곽수환에게 수배가 내려졌다는 소식에 대위는 제 귀를 의심했을 정도였으니까. 곽수환은 누구보다 빠르게 고속 승진을 했기에 배경이 없는 군인들에게는 나름 선망의 대상이었다.

"소령님은 대체 왜 시티를 벗어난 겁니까?"

대위는 궁금증을 참지 못하고 운을 떼었다. 곽수환은 대답 없이 석화가 지나간 방향만 계속 눈으로 좇았다. 그는 거리를 가늠하는 중이었다.

"백신이…… 정말입니까? 그 소문 말입니다. 에덴동산 신도들이 백신을 맞았다고 하던데요. 석화 박사님이 개발하신 겁니까? 시티 밖에서요?"

"시끄러. 출발 안 해?"

석화와 자신의 거리는 이제 상당히 멀어져 있었다. 아무래도 이것들이 저를 죽이려는 건가, 그렇다면 최호언이 이놈들을 과

대평가한 것일 테고.

"곽 소령님도 백신을 맞으셨습니까?"

"씨발놈아, 소령은 나지, 이 새끼가 무슨. 이 새끼는 그냥 반군에 수배자거든?"

주위를 정리하고 돌아온 육군 소령이 대위의 뒤통수를 손으로 후려쳤다.

"범죄자 씨, 우리 문제 일으키지 말고 조용히 가자고, 어?"

소령은 소총을 옆으로 조준해 곽수환을 위협했다.

"듣자 하니 너 컨트롤러였다면서? 씨발, 나 같으면 머리부터 고추까지 충성하겠다."

이 새끼들은 촉새만 모아났나. 곽수환은 입에 고여 있는 피를 바닥에 뱉었다. 일단 이 정도 거리에 어느 정도 힘이면 충분할 듯했다.

'2호차 뒤따라와.'

예상과는 다르게 앞차에서 무전이 울렸다. 아무래도 석화와 자신의 거리를 상당히 벌리고 나서야 명령을 내린 듯했다. 총구를 들이대고 있던 놈이 검은 천을 곽수환의 얼굴에 뒤집어씌웠다. 여유 있는 척 비아냥거리기는 했지만 곽수환을 잘 알고 있는 이들이기에 잠시라도 해이해지지는 않았다.

"2호 지금 출발합니다."

곽수환은 차가 출발하자마자 속으로 10초를 세기 시작했다. 올라오면서 봐두었던 지형을 그리기는 어렵지 않았고, 정확히

1초에 다다랐을 때였다. 물이 추락해 수면에 부딪치는 소리가 완전히 선명해졌다. 그는 숨을 쓰읍 하고 들이켰다. 이 반대편은 분명 계곡물이 떨어지는 절벽이었다. 기회는 지금이다. 팔에 잔뜩 힘을 주고 손잡이에 매달려 몸을 들어올렸다. 동시에 두 다리를 모아 안쪽으로 굽혔다가 확 펼치며 옆에 앉은 놈을 걸어찼다.

투투툭! 엄청난 반동에 소령이 문짝과 함께 밖으로 떨어져 나가며 소총을 휘갈겼다. 곽수환은 재빠르게 얼굴을 감싸고 있던 천도 벗겨냈다.

"김 소령님!"

대위도 황급히 총구를 뒤로 들이댔다.

"야! 씨발 새끼야! 차 세워! 나부터 잡으라고! 아악! 씨발, 차 안 세워?!"

불시에 공격을 당한 놈은 소총마저 놓친 채 두 팔로 조수석 헤드를 붙들고 있었다. 지프가 내달리는 속도가 엄청나, 지프 밖으로 떠밀려 나가버린 몸을 안으로 들이지 못하고 있었다. 대위가 손을 뻗어 소령을 붙들려 하자 곽수환이 한 번 더 걸어차 완전히 절벽으로 보내버렸다.

소령을 포기한 대위가 반대로 몸을 틀었으나 이 좁은 공간에서 쏴봤자다. 제가 더 빠르다. 빠아앙- 거센 경적 소리가 들렸다. 소총의 오발에 머리가 뚫린 운전병의 머리통이 기어코 핸들에 처박힌 것이다.

황급히 차를 세우려는 대위를 향해 두 다리를 뻗어 목을 끼워 졸랐다. 산소를 순식간에 차단당한 놈이 혼절해버렸고, 곽수환은 수갑이 걸쳐진 손잡이를 힘껏 밑으로 내리눌렀다. 빌어먹을. 군용 지프의 손잡이는 수갑을 걸어두는 용도로도 만들어져 있어 쉽게 부러지지 않았다.

산길을 덜컹거리며 내달리니 핸들도 제멋대로 돌아갔다. 이제 지프가 오른쪽을 향해 더 맹렬히 내달리기 시작했다.

쿵, 쿵! 두 다리를 뻗어 천장을 밀쳐내며 두 손목은 제 쪽으로 잡아당겼다. 수갑에 살점이 파이자 얼굴로 피가 떨어졌다. 젠장, 젠장, 빨리 부서져라. 핏방울이 밑이 아닌 천장으로 역류한다 싶었을 때 차가 계곡으로 추락하기 시작했다.

3권에서 계속

레인보우 시티 ❷

초판 1쇄 인쇄 2022년 1월 20일
초판 1쇄 발행 2022년 2월 28일

지은이 채팔이
펴낸이 김문식 최민석
총괄 임승규
기획편집 이수민 김소정 박소호
　　　　　 김재원 이혜미 조연수
표지디자인 산
디자인 배현정
제작 제이오

펴낸곳 (주)해피북스투유
출판등록 2016년 12월 12일 제2016-000343호
주소 서울시 성북구 종암로 63, 5층 (종암동)
전화 02)336-1203
팩스 02)336-1209